KB058161

맨스필드
파크

JANE AUSTEN

맨스필드 파크

제인 오스틴 지음 | 류경희 옮김

시공사

일러두기

1. 이 책은 1814년 영국의 T. 에저턴(T. Egerton) 출판사에서 출간된 제인 오스틴(Jane Austen)의 《맨스필드 파크(Mansfield Park)》를 우리말로 옮긴 것이다.
2. 번역은 2014년에 출간된 펭귄 고전 시리즈의 《맨스필드 파크(Mansfield Park)》 (Kathryn Sutherland 편집, Penguin Books 발행)를 대본으로 삼았다. 해설을 쓰고 주석을 다는 데에는 이 판본과 1966년과 2005년 판본의 서론, 캠브리지 대학교 출판부에서 출간한 《맨스필드 파크(Mansfield Park)》(2005), 《제인 오스틴 가이드(The Companion to Jane Austen)》(Edward Copeland 편집, Cambridge University Press 발행, 1997) 등을 참고했다.
3. 본문의 주는 모두 옮긴이 주이다.

Contents

오스틴을 사랑하는
한국 독자들에게

마틴 프라이어(주한영국문화원장)

18세기 영국 시골 마을에서 마흔두 해 짧은 생을 살다 간 제인 오스틴이라는 작가가 2백 년이 지난 지금도 전 세계적으로 사랑받고 있다는 건 매우 경이로운 일이다. 19세기에서 20세기 초만 해도 오스틴의 영향력은 주로 미국과 유럽 국가들에 한정되어 있었으나, 20세기 들어 널리 번역되어 읽히면서 오늘날 그의 작품은 언어와 문화권을 초월해 어마어마한 규모의 독자층을 형성하기에 이르렀다. 동아시아 지역도 예외는 아니어서 1920년대에는 일본어로, 1930년대에는 중국어로 번역되어 명성을 얻었고, 한국에서는 1958년 《오만과 편견》을 시작으로 주요 작품들이 차례로 소개되어 지금껏 식을 줄 모르는 인기를 누리고 있다. 특히 1900년대 후반부터 오스틴의 작품이 크고 작은 규모로 꾸준히 영상화되며 그의 아성은 더더욱 공고해졌다.

오스틴이 주제를 다루는 데 있어 한결같이 발휘한, 시공을 뛰어넘는 보편적 접근법 덕분에, 그의 작품이 아득히 멀고도 이질적인 18세기 영국을 배경으로 하고 있음에도 우리는 별다른 어려움 없이 그 속에서 공감을 느끼게 된다. 남녀의 성 역할, 사회적 지위, 돈, 결혼, 그리고 사랑까지…… 제인 오스틴의 소설에 담긴 다양한 주제는 2백 년 전 햄프셔의 작은 마을에 살았던 작가 자신뿐만 아니라 21세기를 사는 우리네 삶에서도 여전히 중요한 요소들이다.

일찍이 제인 오스틴의 탁월한 재능을 간파하고, 그가 영국 문학의 전통을 일구어온 거장들에 견주어 한 치의 부족함도 없음을 알아본 또 다른 영국 여성 작가가 있었다. 버지니아 울프는 작가로서의 여성과 소설 속 인물들에 대해 쓴 에세이《자기만의 방》에서 제인 오스틴에 대해 이렇게 말했다. "1800년 무렵에 증오도 고통도 두려움도 없이, 항의하는 법도 설교하는 법도 없이 글을 쓰던 한 여자가 여기 있다. 그것은 셰익스피어의 작법이기도 했다." 어떤 비평의 언어도 이만큼 강렬한 울림을 전해주진 못할 것이다.

곧 이 위대한 작가가 세상을 떠난 지 꼭 2백 년이 된다. 부디 이 책이 한국의 독자들에게 널리 사랑받아 다음 2백 년간도 여전히 유효한 고전으로 남게 되길 바란다.

2016년 10월
마틴 프라이어

제1권

1

30년 전쯤 헌팅던에 살던 마리아 워드 양은 7천 파운드만 갖고서도 운 좋게 노샘프턴 주 맨스필드 파크의 주인 토머스 버트럼 경의 마음을 사로잡았으며, 그 덕분에 준남작 부인으로 신분이 상승했고, 멋진 저택과 막대한 수입이 주는 온갖 안락과 영향력을 누리게 되었다. 헌팅던 사람들은 하나같이 이 결혼이 정말 대단하다고 감탄을 했다. 변호사인 그녀의 숙부조차도 조카딸이 이런 결혼을 정당하게 요구할 자격을 갖추려면 적어도 3천 파운드는 더 있어야 한다고 인정할 정도였다. 그녀에게는 이런 신분 상승으로 득을 볼 자매가 둘 있었다. 맏딸인 워드 양*과 프랜시스 양이었다. 이 두 딸도 마리아 양 못지않게 예쁘다고 생각한 친지들은 이들도 마리아 양의 결혼에 버금가는 유

---

* 결혼하지 않은 맏딸은 가족 이외의 사람들에게 항상 성(姓)으로 불렸다. 이에 따라 맏딸은 워드 양으로, 다른 두 자매는 각각 마리아 양과 프랜시스 양으로 불린다.

리한 결혼을 할 것이라고 주저 없이 예측했다. 그러나 이 세상에는 막대한 재산을 소유한 남자를 차지할 자격이 있는 아름다운 여자들의 수만큼 재력가 남자들이 존재하지는 않는 법이다. 6년 뒤 워드 양은 개인 재산이라고는 거의 없는, 제부의 친구 노리스 목사와 사랑에 빠지고 말았고, 프랜시스 양은 그보다 더 불운했다. 사실 워드 양의 결혼은 실제로 성사되었을 때만 해도 경멸의 대상까지는 아니었다. 다행히도 토머스 경이 친구에게 맨스필드 교구의 성직록이라는 수입을 보장해주었던 것이다. 연 수입이 1천 파운드에 조금 못 미치긴 했지만, 노리스 부부는 그 수입으로 행복한 결혼 생활의 여정을 시작할 수 있었다. 그러나 프랜시스 양은 흔히들 하는 말로, 가족에게 누를 끼치며 결혼했다. 교육 수준도 낮고, 재산도 없고, 이렇다할 친인척 하나 없는 해군 대위를 짝으로 맞아, 그야말로 가족에게 완벽하게 누를 끼친 것이었다. 그보다 더 부적절한 선택은 있을 수 없었다. 토머스 버트럼 경은 자존심 때문만이 아니라 도의적 차원에서, 바른 일을 하고 싶다는 일반적인 바람에서, 그리고 자신의 품위에 영향을 미칠 모든 것을 알아보고 싶은 소망에서, 레이디* 버트럼의 여동생의 이익을 위해 기꺼이 관심을 표할 생각이었다. 하지만 처남의 직업이 하필이면 그가 어떠한 영향력도 행사할 수 없는 직종이었다.** 그런데 그가 막내 처제 부부를 도울 수 있는 다른 방도를 알아볼 새도 없

*귀족이나 작위를 가진 신사의 부인에게 붙이던 칭호.

이, 그만 자매들 간에 돌이킬 수 없는 불화가 생겼다. 각자의 처신이 빚어낸 자연스러운 결과이자, 경솔하기 짝이 없는 결혼이 거의 언제나 빚어내는 결과였다. 프라이스 부인은 불필요한 잔소리를 듣지 않으려고, 결혼을 실제로 감행할 때까지 그 일에 관해 가족들에게 철저히 함구했다. 지극히 평온한 성정과 놀랄 만큼 태평하고 게으른 기질을 지닌 여성이었던 레이디 버트럼은 동생을 그냥 포기해버리고, 자족하면서 그에 관한 일은 더 이상 생각하지 않을 요량이었다. 하지만 노리스 부인은 적극적인 기질의 소유자였다. 부인은 막내 패니에게 그녀가 얼마나 어리석은 짓을 저질렀는지 지적하고 그런 행동이 초래하기 십상인 온갖 불운한 결과들을 거론하며 위협하는, 분노에 찬 장문의 편지를 보내고서야 만족했다. 그러자 이번에는 프라이스 부인이 상처를 입고 분노했다. 그래서 답장을 보냈는데, 이 답장 속 독설에 두 언니가 모두 포함된 데다, 노리스 부인 혼자서는 도저히 간직할 수 없는 내용, 즉 토머스 경의 자존심을 불손하게 비방하는 내용까지 들어 있었다. 이런 연유로 이 답장 편지는 상당히 오랜 세월 동안 자매들 간의 모든 교류를 끝장내게 되었다.

**이야기의 시작 시점인 1780년대의 영국 해군은 영향력 행사를 통한 진급이 가능했던 상황이 아니었다. 1783년에 미국 독립 전쟁이 끝난 데다 집권당의 피트 총리는 해군 전력 증강에 관심이 별로 없었다. 1783년 11만 명에 달했던 해군 병력은 1793년에 1만 6천 명으로 줄어들었다. 그러니 버트럼 경이 처남의 진급을 알아보는 일은 녹록지 않았을 것이다.

사는 곳도 너무 먼 데다 어울리는 사람들이나 행동반경도 너무 달라서, 이후 11년 세월이 흐르는 동안 서로의 소식을 조금이라도 들을 수 있는 수단은 거의 다 막힌 셈이었다. 가끔 노리스 부인이 노기 어린 목소리로 패니가 또 아기를 낳았다고 말할 때면, 토머스 경은 그녀가 대체 무슨 수로 그런 소식을 입수하여 전하는 것인지 놀라지 않을 수 없었다. 11년이 다 되어갈 무렵 프라이스 부인은 더 이상 자존심이니 분노니 하는 감정을 품고 있을 수 없었다. 그녀에게 도움을 줄지도 모르는 유일한 연줄을 놓칠 수 없었다. 가뜩이나 많은데 계속 불어나기만 하는 식구들, 군 복무를 의욕적으로 하다가 장애를 입었으나 이젠 사람들과 어울리고 술 마시기만 좋아하는 남편, 생필품 확보에 턱없이 부족한 수입 등으로 인해, 그녀는 한때 너무나 경솔하게 연을 끊었던 언니들과의 관계를 회복할 수 있기를 간절히 바랐다. 그래서 레이디 버트럼에게 편지를 보내, 자신의 처신을 몹시 후회하고 낙심하고 있으며, 먹여 살릴 아이들은 많은데 거의 모든 게 너무나 부족하다고 전했다. 이런 편지가 오갔으니 세 자매 모두 이제는 화해해야겠다고 마음먹지 않을 수 없었다. 이 무렵 프라이스 부인은 아홉 번째 아이의 출산을 준비하고 있었다. 따라서 그녀는 처지를 한탄하면서 곧 태어날 아이의 후원자가 되어달라고 애원한 뒤, 앞서 태어난 여덟 명의 아이를 부양하는 일에서도 언니들의 도움이 지극히 중요하다고 생각한다는 속내를 숨기지 않았다. 맏이가 열 살 먹은 사내아이인데 세상에 나가 출세하겠다는 열망으로 가득 차 있다. 늠름하고 성정도 좋은 이 아이를 위해 그녀가 무슨 일을 할 수 있겠는가? 그 애가 앞으로 서인도 제도에 있는 토머스 경의 자산을 관리하는 일을 맡아, 유용하게 쓰일 가능성은 없을까? 어떤 일자리도 아이의 품위를 손상시키는 일은 없을 것이다. 아니면 아이를 울위치로 보내는 일에 대해 토머스 경은 어떻게 생각할까? 그도 아니면 아이를 어떻게 동양으로 보낼 수는 없을까?*

이 편지가 아무런 수확도 거두지 못한 것은 아니었다. 이 편지로 인해 평화와 애정이 되살아났다. 토머스 경은 다정한 조언과 함께 여러 직종을 추천해주었으며, 레이디 버트럼은 돈과 아기 속옷을 보냈고 노리스 부인은 편지 여러 통을 보냈다.

프라이스 부인의 편지가 당장 빚어낸 효과는 그런 것들이었다. 그런데 열두 달 뒤 그 편지가 프라이스 부인에게 더욱 커다란 이득을 안겼다. 그동안 노리스 부인은 종종 다른 사람들에게, 가난한 여동생과 그 식구들 생각이 머릿속을 떠나지 않는다, 다들 그 애를 위해 많은 일을 했지만 자신은 그보다 더 많은 것을 해주고 싶다, 그러니 그 많은 아이들 중에서 한 명만이라도 거두어 가엾은 프라이스 부인의 양육 부담과 비용을 완전히 덜어주고 싶은 것이 자신의 소망이라고 털어놓지 않을

---

* 울위치는 포츠머스 항과 더불어 영국의 중요한 군항이었다. 프라이스 부인이 이 항구를 언급한 것은 큰아들의 진로를 해군 쪽으로 정하고 싶다는 의미이고, 서인도 제도의 자산 관리나 동인도 쪽을 언급한 것으로 보아 상업 계통도 고려하고 있음을 알 수 있다.

수 없다며 떠벌리고 다닌 터였다. "아이들 중 맏딸이라도 우리가 데려다가 키우면 어떨까. 이제 아홉 살 된 계집아이인데 제 엄마가 베풀 수 있는 것보다는 더 많은 관심이 필요한 나이 아니겠니. 그 애를 데려다 키움으로써 생겨나는 불편함이나 비용 같은 건 그 일이 얼마나 자비로운지에 비하면 그리 대수로운 것도 아니지." 레이디 버트럼은 언니의 말에 즉각 동의했다. "그보다 더 좋은 일은 없다고 생각해." 그녀가 말했다. "그 애를 데려오자."

토머스 경은 그렇게 선뜻, 그리고 무조건적으로 동의할 수 없었다. 그는 이것저것 따져보며 망설였다. 중대한 변화 아닌가. 그런 집에서 자란 아이니 반드시 제대로 키워야지, 그렇지 않았다가는 아이를 가족에게서 데려오는 것이 친절은커녕 잔혹한 처사가 될 터였다. 그는 자신의 네 아이들, 특히 두 아들이 마음에 걸렸다. 사촌끼리 사랑에 빠질 가능성도 생각해야 했다. 그러나 그가 신중히 반대 의사를 피력하려 하자마자 노리스 부인이 그의 말을 막으면서, 그가 직접 말한 것과 미처 말하지 못한 것을 통틀어 이렇게 응수했다.

"친애하는 토머스 경, 무슨 생각 하시는지 다 알아요. 그리고 그 생각이 얼마나 관대하고 세심한지 공정하게 인정합니다. 그런 생각이야말로 경의 일반적인 태도를 제대로 보여주는 거겠죠. 그리고 아이를 맡아 부양하려면 온 힘을 다해 정성껏 돌봐야 한다는 경의 주장에도 전적으로 동의해요. 장담하건대, 이런 일에 미약한 정성이나마 보태겠다는 마음을 갖지 않는 이가 있다면 세상에서 그와 가장 무관한 사람이 바로 저일 거예요. 제겐 아이가 없어요. 그러니 혹시라도 물려줄 소소한 재산이 있다면 제 동생의 아이들 말고 누구한테 신경을 쓰겠어요? 그리고 제 남편 노리스 씨도 매우 올바른 사람이라고 확신해요. 어쨌거나 경도 아시다시피 저는 말만 앞세우며 큰소리 뻥뻥 치는 사람이 아니에요. 사소한 문제에 겁을 먹고 선행을 멀리하는 일은 하지 않기로 해요. 그 애를 제대로 교육시켜서 적절히 세상에 내보내면, 누구에게도 더 이상 금전적인 폐를 끼치지 않고, 십중팔구 훌륭하게, 안정된 가정을 꾸릴 수단을 갖게 될 거예요. 토머스 경, 우리 조카딸이라면, 아니 적어도 경의 조카딸이라면 분명 이런 환경에서 자라면서 많은 이득을 보게 될 거예요. 그 애가 사촌 언니들만큼 미인이 될 거라는 말은 하지 않겠어요. 아마 그렇지는 않겠죠. 하지만 지극히 유리한 상황에서 이곳 사교계에 입문하게 될 것이고, 그렇게 될 경우 한 인간에게 열리는 온갖 가능성을 두고 볼 때, 믿을 만한 안정된 가정을 꾸릴 수 있을 거라고 봐요. 지금 경의 아들들을 생각하고 계시겠죠. 하지만 그런 일이야말로 세상의 모든 일들 가운데 일어날 가능성이 가장 희박합니다. 실제로도 그렇게 되겠지만, 아이들은 늘 친남매처럼 지내며 자랄 텐데요. 그런 일은 도덕적으로 불가능해요. 그런 사례는 알지도 못하고요. 사실상 이는 아이들의 그런 부적절한 관계를 예방하는 유일하고 확실한 길이지요. 지금부터 7년 뒤 그 아이가 아름다운 외모를 갖추었을 때 톰이나 에드먼드가 그 아이를 처음 봤다고 가정해

보세요. 그러면 문제가 생길 수도 있겠죠. 그 애가 우리 모두에게서 멀리 떨어져 가난 속에 방치된 채 자라난다면, 마음씨 착한 우리 조카들은 그런 생각만으로도 그 아이와 사랑에 빠지기에 충분할 거예요. 하지만 지금부터 그 아이를 제 사촌 오빠들과 함께 자라게 한다면, 설령 천사 같은 미모를 지녔다 하더라도 두 오빠 모두에게 결코 여동생 이상의 존재는 되지 않을 겁니다."

"처형의 말씀이 전적으로 옳습니다." 토머스 경이 대답했다. "그리고 양가의 상대적 상황에 아주 걸맞은 이 계획을 실행하는 데 있어, 조금이라도 변덕을 부려 방해할 생각은 없습니다. 제가 말하고자 하는 바는 이것뿐입니다. 이 일을 결코 가볍게 시작해서는 안 된다는 것, 이 일이 프라이스 부인에게 실질적인 도움이 되고 우리 스스로에게도 공이 되게 하려면, 앞으로 그 아이가 상황에 맞게 교양 있는 여성으로 자랄 수 있도록 확실히 보장해주거나, 적어도 우리에게 그런 보장을 해줄 의무가 있다고 생각해야 한다는 겁니다. 처형이 그토록 낙관하는 안정된 가정을 꾸리지 못한다면 말이죠."

"무슨 말인지 잘 알겠어요." 노리스 부인이 외쳤다. "정말이지 너그럽고 사려 깊으세요. 이 점에서는 경과 제 의견이 결코 다르지 않아요. 아시다시피 저는 사랑하는 사람들의 이익을 위해 언제라도 제가 할 수 있는 모든 일을 다 할 준비가 되어 있답니다. 물론 그 애에게는 경의 사랑하는 아이들에 대해 제가 품고 있는 따뜻한 애정의 백 분의 일만큼도 느낄 수 없을 것이고, 또 어떤 면에서든 그 아이가 제 친자식 같다는 생각은 하기 힘들 거예요. 하지만 혹여 그 아이를 홀대하기라도 한다면 그런 저 자신을 혐오할 겁니다. 제 동생의 아이인걸요. 그러니 제가 그 애한테 줄 빵 한 조각이 있는데도 그 애의 가난을 모른 척할 수 있을까요? 친애하는 토머스 경, 저는 흠이 많은 사람이지만 따뜻한 가슴을 지녔답니다. 그리고 가난하게 살지언정 인색하게 구느니 차라리 제게 필요한 것들을 멀리하는 편을 택할 거예요. 그러니 반대만 하지 않으신다면 내일 불쌍한 제 동생에게 편지를 보내서 제안을 하겠어요. 이번 일이 확정되면 제가 나서서 그 애를 맨스필드로 데려오겠어요. 토머스 경이 번거롭게 이 일에 신경 쓰실 필요는 전혀 없어요. 아시다시피 저라는 사람은 성가신 일이라도 마다하는 법이 없으니까요. 우리 집 내니를 런던으로 보내지요. 마구 판매상으로 일하는 자기 사촌 집에 머물 테니, 그곳에서 내니와 만나라고 그 애한테 일러두면 돼요. 포츠머스에서 런던까지 오가는 역마차를 이용하면 손쉽게 데려올 수 있을 거예요. 혹시 런던으로 가는 믿을 만한 사람이 있으면 그 사람한테 보호자 역할을 맡기면 되죠. 평판 좋은 상인의 아내든 누구든, 런던으로 가는 사람들은 늘 있기 마련이니까요."

내니의 사촌이라는 자를 험담한 것만 뺀다면 토머스 경은 어떤 반대도 하지 않았다. 비용이 좀 더 들더라도 만남의 방식이 품위 있어야 한다는 의견에 따라 다른 대안이 제시되었고, 그 뒤에는 모든 일이 확정된 것으로 여겨졌다. 그들은 벌써부터 이토록 자비로운 계획이 안기는 뿌듯한 만족감을 만끽하기까지 했다. 사실 엄밀하고 공정하게 말한다면, 이런 뿌듯한 만족감을 균등하게 나누어서는 안 되었다. 토머스 경은 선택받은 아이에게 진실하고 한결같은 후원자가 되리라 굳게 마음먹었지만, 노리스 부인은 아이를 부양하는 일에 비용을 댈 생각이 눈곱만큼도 없었기 때문이다. 그녀는 찾아와서 말로 때우고 머리를 짜내는 일에서만큼은 완벽하게 자비로웠다. 남들에게 후하게 베풀라고 지시하는 방법을 그녀보다 잘 아는 사람도 없었다. 그러나 부인은 남들에게 말로 지시하기를 좋아하는 것만큼이나 돈도 좋아했다. 그리고 지인들이 돈을 쓰게 만드는 방법만큼이나 자기 돈을 아끼는 방법도 잘 알고 있었다. 과거 기대했던 것보다 적은 수입에 의존해 결혼 생활을 하게 되다 보니, 애초부터 검약한 생활이 필수적이었다. 따라서 처음에는 그저 신중을 기하려는 의도로 절약에 나섰으나, 이내 그녀는 자신의 모든 근심 걱정을 돈 문제에 쏟게 되었다. 달리 근심 걱정을 불러일으킬 자식이 없었으니 그럴 만도 했다. 만약부양할 다른 가족들이 있었더라면 노리스 부인이 돈 모으는 일에 그렇게 혈안이 되지는 않았을지도 모른다. 여하튼 그런 종류의 신경은 쓸 필요가 없었기 때문에 그녀의 인색한 생활 방식을 방해한다거나, 그들 부부가 그동안 한 번도 다 써본 적 없는 수입이 매년 늘어나는 데서 오는 위안을 줄어들게 하는 것은 아무것도 없었다. 여동생에 대한 진정한 애정조차도 방해할수 없었던 이 같은 원칙에 온 마음을 빼앗기고 있었으니, 그녀가 이번 경우처럼 비용이 많이 드는 일에서 계획을 세우고 준비를 하는 것 이상의 공로를 목표로 삼을 리 없었다. 물론 이 대화를 끝내고 목사관으로 걸어 돌아가면서 자신이야말로 세상에서 가장 마음씨 후한 언니이자 이모일 거라는 행복한 믿음을 가질 만큼, 그녀 스스로도 자신의 속마음을 잘 몰랐을지도 모르지만.

이 일을 다시 거론하게 되었을 때, 노리스 부인의 속마음은 더욱 명확하게 드러났다. 레이디 버트럼이 차분한 말투로 "언니, 아이를 데려온 다음엔 어디서 지내게 해? 언니 집이야, 우리 집이야?"라고 물었을 때, 토머스 경은 다소 놀랍게도, 노리스 부인이 아이를 잠시라도 직접 보호하는 것은 자신의 능력을 완전히 벗어난 일이라고 말하는 소리를 들었다. 그는 아이가 오면 목사관에 머물며 자식이 없는 이모의 바람직한 말벗이 되어줌으로써 각별히 환영받는 식구가 되리라 생각하고 있었다. 하지만 그건 완전한 착각이었다. 노리스 부인은 미안하다면서 적어도 지금으로선 아이를 자기 집에 데려가는 게 불가능하다고 말했다. 가엾은 노리스 씨의 변변찮은 건강 상태를 감안할 때, 그에게 아이의 시끄러운 소리를 견디라고 하는 것은 하늘을 날라고 하는 것만큼이나 무리한 요구라는 것이다. 만에 하나 그의 통풍 증세가 호전된다면 상황은 달라질 것이었고, 그래서 자기 순번이 돌아오면 불편쯤은 개의치 않고 기꺼이 책임을 질 테지만, 당장은 가엾은 노리스 씨를 돌보는 데 시간을 몽땅 쏟고 있는 데다, 조카딸을 데려온다는 말만 들어도 그가 심란해할 게 틀림없다고 했다.

"그럼 우리 집으로 데려오는 게 낫겠네." 레이디 버트럼이 지극히 차분한 어투로 말했고, 잠시 후 침묵하던 토머스 경이 근엄하게 덧붙였다. "그렇게 합시다. 우리 집으로 데려와요. 어디 한번 아이를 곁에 두고 우리 의무를 다하며 애써봅시다. 적어도 이곳엔 자기 또래의 사촌 언니 오빠들이 있고, 정식 가정교사도 있으니까 말이오."

"지당한 말씀이세요." 노리스 부인이 외쳤다. "둘 다 아주 중요하게 고려할 사항이죠. 그리고 리 선생에게는 여자 아이 둘을 가르치든 셋을 가르치든 똑같은 일일 거예요. 아무런 차이도 없고말고요. 전 그저 제가 좀 더 유용하게 쓰였으면 하지만, 보시다시피 저로서는 최선을 다하고 있는 거예요. 전 번거로운 일은 어떻게든 피하려고 하는 그런 사람이 아니랍니다. 우리 집 내니를 보내 그 아이를 데려올게요. 제 소중한 말벗이 사흘씩이나 집을 비우게 돼 엄청 불편하겠지만요. 마리아, 그 애한테 오래된 육아실 옆에 있는 하얀색 낡은 다락방을 쓰라고 할 거지? 리 선생과 가까운 곳이 그 애한테 가장 나을 테니까. 사촌 언니들에게서 멀지도 않고 하녀들하고도 가깝고. 하녀 둘 중 하나가 옷 입는 걸 도와주고 옷도 관리해주겠지. 엘리스한테 다른 딸들에게 하듯 그 애 시중까지 들라고 하는 건 온당치 않다고 너도 생각하잖아. 정말이지 나는 네가 그곳 말고 다른 방을 내줄 거라고는 생각하지 않아."

레이디 버트럼은 아무런 반대도 하지 않았다.

"성품이 고운 아이였으면 좋겠네요." 노리스 부인이 계속해서 말했다. "그리고 이런 친척들과 함께 살게 된 게 정말 보기 드문 행운이란 걸 그 아이가 알아야 할 텐데요."

"아이의 성품이 정말 나쁘다면," 토머스 경이 말했다. "우리 아이들을 생각해서라도 그 애를 계속 데리고 살 수는 없지요. 하지만 그런 불운을 미리 걱정할 필요는 없습니다. 개선해야 할 점들은 많이 보일 겁니다. 그 애가 아주 무지하고, 생각하는 게 다소 상스럽고, 태도도 거슬릴 만큼 천박하리라는 마음의 준비는 하고 있어야겠지요. 하지만 그런 것들은 고칠 수 있어요. 함께 어울릴 사촌 언니 오빠들에게 해가 될 거라고도 생각지 않습니다. 제 딸들이 그 아이보다 더 어렸다면, 그런 말벗을 우리 집에 들이는 걸 분명 심각하게 고민했을 겁니다. 하지만 지금으로선 딸들 때문에 걱정할 일은 전혀 없을 거라 기대하고 있습니다. 사촌 언니들과 어울리면서 그 아이에게 온통 희망적인 일만 있기를 바라고 있어요."

"제 생각도 같아요." 노리스 부인이 외쳤다. "오늘 아침 제 남편에게 했던 말이기도 하고요. 사촌 언니들과 함께 사는 것만으로도 그 아이에겐 교육이 될 거라고 말했죠. 리 선생이 그 아이에게 아무것도 가르치지 않는다 해도 언니들에게서 착하고 총명해지는 법을 배울 테니까요."

"그 아이가 불쌍한 내 퍼그를 괴롭히지 않았으면 좋겠어." 레이디 버트럼이 말했다. "방금 전에도 간신히 줄리아에게 개를 그냥 좀 놔두라고 말한 참인데."

"살면서 다소간의 어려움은 생길 겁니다, 노리스 부인." 토머스 경이 말했다. "제 딸들과 그 아이가 함께 커가는 동안, 적절하게 차별을 두어야 하는 일과 관련해서요. 어떻게 하면 제 딸들이 사촌 동생을 얕잡아보지 않고도 자신들의 위치에 대한 확고한 의식을 가질 수 있을지, 그리고 어떻게 하면 그 아이를 너무 기죽이지 않고도 자신이 '버트럼가의 아가씨'가 아니란 사실을 기억하게 할 수 있을지가 문제예요. 저는 그 애들이 친하게 지내는 모습을 보고 싶습니다. 그리고 제 딸들이 사촌 동생에게 조금이라도 오만하게 구는 것은 절대 용납하지 않을 겁니다. 하지만 그렇다고 세 아이가 똑같은 자격을 누릴 수는 없지요. 신분과 재산, 권리, 상속받게 될 유산에서 언제나 차별이 있을 겁니다. 매우 미묘한 문제지요. 그러니 처형께서 우리가 올바른 길을 선택하려고 애쓸 때 꼭 도와주셔야 합니다."

노리스 부인은 무슨 일이든 분부만 내리라는 태세였다. 아이들을 함께 키우는 일에 적잖은 어려움이 따를 거라는 그의 우려에 전적으로 동의하지만 힘을 합치면 쉽게 해결해나갈 수 있을 거라고 그를 격려했다.

노리스 부인이 여동생에게 보낸 편지가 헛수고로 끝나지 않았을 거라는 점은 쉽게 알 수 있을 것이다. 프라이스 부인은 씩씩한 사내아이가 여럿인데도 딸을 데려다 키우기로 결정했다는 소식에 다소 놀란 듯했지만, 더없이 감사하는 마음으로 제안을 받아들였다. 그리고 딸아이가 마음씨가 아주 곱고 상냥하다고 그들을 안심시켰으며, 그들이 아이를 내쳐 돌려보내는 일은 절대 없을 것으로 믿는다고 했다. 딸아이가 조금 예민하고 연약하다는 말을 보태기는 했지만, 생활 환경이 바뀌면 달라질 거라는 낙관적인 태도를 보였다. 가엾은 프라이스 부인! 그녀는 자신의 다른 아이들에게도 환경의 변화가 필요하다고 생각하는 모양이었다.

2

꼬마 아가씨는 긴 여행을 무사히 마치고 노샘프턴에서 노리스 부인을 만났다. 이렇게 해서 노리스 부인은 가장 먼저 아이를 반갑게 맞이하고, 다른 사람들에게 데리고 가고, 친절히 맞이하도록 소개하는 자신의 공로를 마음껏 즐겼다.

이때 패니 프라이스는 겨우 열 살이었다. 첫인상으로 봐서는 마음을 사로잡을 만한 구석이 그리 많지 않았다. 하지만 적어도 친척들 눈에 거슬리는 면은 없었다. 나이에 비해 몸집이 작은 편이고 안색은 밝지 않았으며, 눈에 띄게 예쁘지도 않았다. 무척 겁이 많고 수줍음을 많이 탔으며, 주목받지 않으려고 움츠리기만 했다. 하지만 어색해하면서도 태도가 상스럽지는 않았고 목소리도 예뻤다. 말할 때 짓는 표정도 귀여웠다. 토머스 경과 레이디 버트럼은 아주 다정하게 아이를 맞아주었다. 아이가 너무 주눅 들어 있는 것을 본 토머스 경은 달래주려고 온갖 것을 다 시도해보았다. 하지만 부적절하기 짝이 없는 그 근엄한 거동부터 거두었어야 했다. 레이디 버트럼은 남편의 절반만큼도 노력을 기울이지 않고 또한 남편이 열 마디 할 때 고작 한 마디 했을 뿐이지만, 그저 상냥한 미소를 짓는 것으로 즉시 둘 중에서 덜 무서운 사람으로 여겨졌다.

마침 아이들도 모두 집에 있었다. 그들은 서로 소개하는 자리에서 자신들이 맡은 역할을 쾌활하게 아주 잘해냈다. 적어도 남자 아이들 쪽에서 당황해하는 기색은 전혀 없었다. 각각 열일곱 살과 열여섯 살이었던 이 사촌 오빠들은 나이에 비해 키가 큰 편이어서 어린 패니가 보기에는 어른 같은 위풍당당한 면모를 풍겼다. 두 딸들은 나이가 더 어린 탓인지 오빠들보다 조금은 더 당황했고, 이번 일을 맞아 지혜롭지 못하게도 까다롭게 굴며 훈계를 늘어놓는 아버지를 무서워하고 있었다. 그러나 사람들과 어울리는 일이나 칭찬에 워낙 익숙해 있었던지라 타고난 수줍음 같은 것은 없었고, 사촌 동생이 잔뜩 주눅 들어 있는 걸 알아차리고는 자신감이 더욱 높아져, 이내 무관심한 척하면서도 마음 편하게 패니의 얼굴과 원피스를 찬찬히 뜯어보는 것이었다.

놀랄 만큼 외모가 훌륭한 가족이었다. 아들들은 아주 잘생겼고 딸들은 눈에 띄게 예뻤다. 게다가 발육 상태도 하나같이 좋아서 나이보다 성숙해 보인 까닭에, 교육의 차이로 인한 말투만큼이나 외모 면에서도 현저히 차이가 나 보였다. 따라서 실제로는 그러하지만, 이 세 소녀를 보고 비슷한 또래라고 생각하는 사람은 아무도 없을 터였다. 사실 막내딸과 패니는 두 살밖에 차이가 나지 않았다. 줄리아 버트럼은 겨우 열두 살이었고 마리아도 그보다 고작 한 살 더 많았을 뿐이다. 한편 어린 손님은 너무나 불행했다. 모든 사람이 무섭고, 자신의 모습이 창피하고, 떠나온 고향 집도 너무나 그리워 눈길을 어디다 둬야 할지 몰랐다. 말만 할라치면 잘 들리지 않거나 울음이 나오거나 했다. 노샘프턴에서 오는 내내 노리스 부인은 패니에게 참 놀라운 행운을 맞이했다고, 그러니 그런 행운에 걸맞은 감사의 마음을 지니고 올바로 처신해야 한다고 누누이 강조했었다. 따라서 패니는 행복해하는 모습을 보이지 않는 것이 못된 행동이라고 여겨져 더욱 비참한 심정이 되었다. 긴 여정에서 쌓인 피로 또한 적잖은 문제를 야기했다. 황송하게도 토머스 경이 선의를 보이며 잘 대해주었지만 아무 소용이 없었고, 패니가 착한 아이일 거라는 노리스 부인의 주제넘은 예측도 소용없었다. 레이디 버트럼이 미소를 지으며 자기 개와 함께 소파 위에 앉혀도 소용없었다. 아이를 달래려고 구스베리 파이까지 보여주었지만 이마저도 그러했으니, 패니는 두 입을 먹기도 전에 왈칵 눈물을 쏟은 것이다. 결국 그들은 잠이 가장 알맞은 친구일 거라 결론짓고 아이를 침대에 눕혔고, 패니는 거기서 자신의 슬픔을 끝내야 했다.

"별로 바람직한 시작은 아니네요." 패니가 방에서 나가자 노리스 부인이 말했다. "여기 오는 동안 잘 알아듣게 일러서 저것보단 잘할 줄 알았는데. 맨 처음 도착해서 얼마나 처신을 잘하느냐에 아주 많은 것이 달려 있다고 얘기해주었거든요. 부루

통한 성격은 아니었으면 좋으련만……. 가엾은 저 애 엄마가 많이 그런 편이었죠. 하지만 아직은 어리니 그 점을 감안해야겠지요. 집을 떠나온 게 서글퍼서 엇나가는 건 아닌지 걱정이네요. 아무리 엉망인 곳이라 해도 어쨌든 제 집이었으니까요. 그리고 자기 처지가 얼마나 더 좋은 쪽으로 바뀌었는지 아직은 이해할 수 없을 테지요. 하지만 그렇다고 쳐도 모든 일엔 정도라는 게 있는 법인데."

그러나 패니가 맨스필드 파크라는 새로운 환경을 받아들이고 그간 함께 지내온 고향 사람들과의 이별에 적응하기까지는 노리스 부인이 바란 것보다 더 오랜 시간이 걸렸다. 패니는 아주 예민한 아이였다. 한데 그 사실이 제대로 이해되지 않아 적절한 보살핌을 받을 수 없었다. 누구도 불친절하게 대할 마음은 없었지만, 누구도 자기 일상생활에 지장을 받으면서까지 패니의 마음을 편하게 해주려고 하지 않았다.

다음 날, 어린 사촌 동생과 친해지고 그 애를 즐겁게 해주라는 명목으로 버트럼 자매에게 휴일이 주어졌지만 그들은 별다른 화합을 이뤄내진 못했다. 두 자매는 패니가 허리띠도 두 개밖에 안 갖고 있고 프랑스어도 배우지 않았다는 사실을 알아내고는 자기들보다 급이 낮은 아이라고 결론을 내렸다. 그리고 패니가 자기들의 장기인 이중주곡 연주를 듣고도 그다지 놀라지 않는 것을 보고는 자기들 장난감 중에서 제일 보잘것없는 것 몇 개를 너그럽게 선물한 뒤 혼자서 놀도록 내버려둔 채 더이상 아무것도 하지 않았다. 그러고는 자리를 옮겨 조화를 만

28

들거나 금박종이를 오려대며, 그 무렵 한창 빠져 있던 휴일 놀이를 하며 따로 시간을 보냈다.

사촌들과 함께 있든 떨어져 있든, 공부방에 있든 응접실에 있든 혹은 관목 숲에 나가 있든 패니는 한결같이 외로웠고, 사람들과 장소들도 모두 두렵게만 느껴졌다. 패니는 레이디 버트럼의 침묵에 낙심했고, 토머스 경의 근엄한 표정이 무서웠고, 노리스 부인의 훈계에 완전히 압도됐다. 사촌 오빠 언니들은 자신의 조그만 체구를 놀리며 굴욕감을 안겼고, 수줍어하는 태도를 지적하며 당황하게 만들기도 했다. 리 선생은 패니에게 어쩌면 그렇게 무식하냐며 놀라워했고, 하녀들은 패니의 옷가지를 비웃었다. 이런 서글픈 일들에, 자신이 언제나 놀이 친구, 선생님, 보모로서 중요한 역할을 했던 고향 집의 오빠와 동생들 생각이 더해지니 안 그래도 낙심한 마음이 더욱 의기소침해져갔다.

패니는 저택의 위풍당당한 모습에 놀랐지만 거기서 위안을 얻지는 못했다. 방들은 너무 커서 이동하기가 힘들었고, 어떤 물건이든 손을 댔다간 망가질 것만 같았다. 그래서 언제나 이런저런 것들을 두려워하며 살금살금 돌아다녔다. 종종 제 방으로 물러나 울기도 했다. 밤이 되어 패니가 응접실을 나가면, 가족들은 그녀가 자신에게 주어진 특별한 행운을 알긴 아는 모양이라고 쑥덕였지만, 정작 그 어린 소녀는 매일같이 흐느껴 울면서 잠이 들었다. 이런 식으로 일주일이 흘렀다. 조용하고 소극적인 태도 때문에 패니가 매일 울면서 잠든다는 사실을 아는 사람은 아무도 없었다. 그러던 어느 날 아침 버트럼가의 막내 아들인 에드먼드가 다락방 계단에 앉아 울고 있던 패니를 발견했다.

"사랑스러운 패니." 마음 착한 소년이 다정한 태도로 말했다. "무슨 일이라도 있니?" 그런 뒤 옆자리에 앉아 갑작스레 우는 모습을 들켜버린 패니의 부끄러움을 달래주려 애쓰면서 우는 이유를 솔직하게 말해보라고 했다. "어디 아파? 아니면 누가 너한테 화라도 낸 거니? 혹시 마리아나 줄리아랑 싸웠어? 아니면 수업을 받다가 모르는 게 나와서 당황한 거야? 그런 거면 내가 가르쳐줄게. 뭐든 내가 가져다주거나 대신 해줬으면 하는 게 있으면 말해." 그는 한동안 "아니, 아니에요, 오빠, 고맙지만 아무것도 아니에요"라는 대답밖엔 얻어낼 수 없었다. 그럼에도 불구하고 소년은 끈질기게 애를 썼다. 그러다 고향 집 이야기로 넘어가자 울음소리는 더 커졌고 소년은 패니가 그토록 슬퍼하는 이유를 알아차렸다. 그는 패니를 위로해주고 싶었다.

"패니, 엄마랑 헤어져서 슬픈 거로구나." 그가 말했다. "네가 참 착한 아이라는 증거야. 하지만 네 곁에 친척들이 함께 있다는 걸 잊지 마. 다들 너를 사랑하고, 네가 행복해지길 바라니까. 정원에 나가서 같이 산책하자. 걸으면서 네 형제자매들 얘기를 들려줘."

이야기를 나누면서 에드먼드는 패니에게 모든 형제들이 다 소중하지만 그중에서도 한 사람이 유난히 패니의 머릿속에 많이 어른거린다는 것을 알게 되었다. 바로 오빠인 윌리엄이었다. 패니는 오빠 이야기를 가장 많이 했고, 가장 그리워했다. 패니보다 한 살 많은 장남 윌리엄은 언제나 패니와 함께 있어준 친구 같은 존재였고, 패니가 곤란한 상황에 처하면 어머니에게(어머니는 자식들 중에 그를 가장 아꼈다) 변호해주는 역할을 맡기도 했다. "윌리엄 오빠는 내가 떠나는 걸 원치 않았어요. 내가 정말 많이 그리울 거라고 했어요." "아마 윌리엄이 네게 편지를 보낼 거야." "맞아, 그렇게 하겠다고 약속했어요. 하지만 나한테 먼저 편지를 보내달라고 한걸요." "그럼 언제 보낼 건데?" 패니는 고개를 숙이고 머뭇거리더니 대답했다. "몰라요. 나한텐 편지지가 없어서."

"그런 문제라면 네가 원할 때 언제든 편지를 쓸 수 있게 내가 편지지나 필요한 다른 것들을 전부 구해줄게. 윌리엄한테 편지를 쓰면 기분이 나아지겠니?"

"응, 아주 많이요."

"그럼 지금 당장 쓰자. 나랑 조찬실로 가. 거기 가면 필요한 게 다 있을 거야. 지금이라면 우리밖에 없을 테고."

"하지만 오빠, 편지가 우체국까지 갈까요?"

"그럼, 내 말 믿어. 확실해. 다른 편지들하고 같이 갈 거야. 우리 아버지가 무료 송달 서명을 할 테니* 윌리엄이 우편료를

*의원들에게는 편지를 무료로 보낼 수 있는 특권이 주어졌다. 그러기 위해서는 의원이 직접 편지에 자신의 필체로 주소를 써야 했다. 우표 값이 비쌌기 때문에 이 특권은 가족과 친구들이 부탁해 쓰는 일이 잦았다.

낼 일도 없을 거야."

"이모부가!" 패니가 겁에 질린 표정으로 되받았다.

"그래. 편지를 다 쓰면 내가 아버지한테 들고 가서 무료 송달 서명을 부탁드릴게."

패니는 염치없는 부탁이 아닐까 하는 생각이 들었지만 더이상 반대하지 않았다. 둘은 함께 조찬실로 들어갔다. 에드먼드는 종이를 준비해주고 패니의 친오빠가 그랬을 법한 다정함을 한껏 발휘해 종이에 줄까지 쳐주었는데, 심지어 윌리엄 오빠가 쳐준 줄보다 더 정확해 보였다. 그는 패니가 편지를 쓰는 내내 옆에 머물면서, 깃펜을 깎는 주머니칼이나 철자법 지식, 둘 중 한 가지가 필요할 때마다 도움을 주었다. 그는 이런 배려에 더해 패니의 오빠에게 전하는 다정한 말까지 덧붙였다. 패니는 그 어떤 배려보다 이 말이 제일 마음에 와 닿았다. 그는 사촌 동생 윌리엄에게 전하는 안부 인사를 자필로 적어 넣었고, 봉투에 반 기니 금화까지 넣어서 보냈다. 이번 일로 패니가 느낀 고마움은 말로 표현할 수 없을 정도여서, 그녀의 표정과 꾸밈없는 몇 마디 말로도 얼마나 고맙고 기쁜지가 충분히 전달되었다. 에드먼드는 더 많은 대화를 나누고 패니가 하는 말을 들으면서, 그녀가 사랑스러운 성품을 갖고 있으며 올바른 행동을 하려는 의지를 갖고 있다고 확신하게 되었다. 그리고 자신의 처지를 아주 잘 알고 있고 몹시 내성적인 아이니 더 관심을 가져주어야겠다고 느꼈다. 지금까지 그는 일부러 패니에게 고통을 주었던 적이 한 번도 없었다. 하지만 이제야 비로소 더욱 적극적으로, 친절하게 대해줄 필요가 있다고 깨달았다. 그러기 위해서 그는 우선 패니가 자기 가족들에 대해 품고 있는 두려움을 줄여주려고 애를 썼으며, 특히 마리아나 줄리아와 좀 더 잘 어울릴 수 있도록, 그리고 좀 더 명랑한 모습을 보일 수 있도록 많은 조언을 해주었다.

그 이후로 패니는 점점 더 마음이 편해졌다. 자기도 이제는 친구가 생긴 셈이었다. 사촌 오빠 에드먼드의 친절한 조언 덕분에 다른 사람들에 대해서도 한결 편하게 느끼게 되었다. 저택에도 차츰 익숙해졌고 사람들에 대한 두려움도 옅어졌다. 그중 몇몇에 대한 두려움까지 완전히 떨쳐버리지는 못했다 해도, 적어도 이제는 그들의 행동 방식을 이해하고, 그들에게 자신을 맞추는 최선의 방법을 파악하기 시작했다. 모든 가족들, 특히 패니 본인의 평온한 생활을 방해하던 소소한 시골티와 어색한 태도도 자연스레 사라져갔다. 이모부 앞에서 눈에 띄게 긴장하던 모습도 더 이상 보이지 않았고, 노리스 이모의 목소리를 듣고 소스라치게 놀라지도 않았다. 이제는 사촌 언니들에게도 이따금씩 놀이 친구로 인정받기 시작했다. 나이도 어리고 힘도 약해 계속해서 어울리진 못했지만, 가끔 세 번째 참가자가 아주 유용하게 쓰이는 놀이나 계획들이 있었다. 특히 그 세 번째 사람이 말 잘 듣고 고분고분한 기질을 가진 아이일 때 더욱 그랬다. 그러다 보니 노리스 이모가 패니의 결점을 물을 때나 에드먼드 오빠가 패니는 친절하게 대할 만한 아이라고 말할 때, 그들은 "패니는 마음씨가 참 고운 아이"라고 인정할 수밖에 없었다.

에드먼드 본인은 한결같이 친절했다. 그리고 톰 오빠는, 열일곱 살 먹은 청년이 열 살 먹은 아이에게 언제든 해도 무방하다고 여겨지는 장난만 걸었지 그 이상 괴롭히는 일은 없었다. 막 성인의 길로 들어서고 있어 활기가 넘쳤던 톰은 씀씀이가 헤픈 장남, 그저 돈을 펑펑 쓰며 즐기기 위해 태어났다고 생각하는 첫째 아들의 기질을 갖고 있었다. 어린 사촌 동생에 대한 친절도 그런 자기 신분과 권리에 걸맞은 방식으로 베풀어서, 아주 예쁜 선물을 몇 개 하고는 동생을 바라보며 웃음을 터뜨리곤 했다.

패니의 모습과 기분이 점점 나아지자 토머스 경과 노리스 부인은 더욱 큰 만족감을 느끼며 자신들의 자비로운 처사에 대해 생각했다. 그리고 얼마 안 있어 두 사람은 패니가 영리하진 않지만 무척 유순한 성격이니 큰 폐를 끼칠 것 같지는 않다고 결론지었다. 패니의 능력에 대한 인색한 평가는 이들 두 사람에게만 국한되지는 않았다. 읽을 줄 알고, 바느질을 할 줄 알고, 글을 쓸 줄 알지만 그 이상의 것을 배운 적은 없다고들 생각했다. 사촌 언니들은 자기들은 이미 오래전부터 알고 있는 많은 것들을 패니가 모른다는 사실을 알아차리고 참 신기할 만큼 멍청하다고 생각했다. 그래서 처음 두세 주 동안은 끊임없이 새로운 고자질거리를 들고 응접실로 달려왔다. "엄마, 세상에, 사촌 동생이 유럽 지도 퍼즐도 못 맞춰요." "그 아인 러시아의 큰 강들 이름도 모르는걸요." "소아시아에 대해 한 번도 들어본 적이 없대요." "그림물감하고 크레용의 차이도 모른다니까요!" "얼마나 이상한 일인지!" "저렇게 바보 같은 아이 얘기를 들어보신 적이 있어요?"

"얘야." 두 자매의 신중한 이모가 대답했다. "참 안된 일이구나. 하지만 모두가 너처럼 배우는 일에서 앞서나가고 이해가 빠르다고 생각해서는 안 돼요."

"하지만, 이모, 그 아이는 정말 무식하다니까요! 있잖아요, 지난밤 우리가 '아일랜드(Ireland)'에 간다면 어디로 가겠느냐고 물었어요. 그랬더니 바다를 건너서 '와이트 섬'으로 가겠다는 거예요. 그 애는 와이트 섬밖에 모르나 봐요. 세상에 섬이라곤 그곳 하나뿐이라는 듯 거길 '아일랜드(Island)'라고 부르더라고요.* 저 같으면 개보다 더 어린 나이였다 해도 그 정도밖에 모르는 게 부끄러웠을 거예요. 제가 언제부터 알았는지 기억조차 나지 않는 것들을 그 앤 아직도 모른다니까요. 이모, 우리가 역대 잉글랜드 왕들의 즉위 연도와 재임 순서, 재위 시의 주요 사건들을 외우곤 했던 게 얼마나 오래전 일이에요."

"맞아." 다른 자매가 덧붙였다. "그리고 세베루스 황제까지 내려오는 로마 황제들에 대해서도 암송했어. 그리스 로마 신화, 온갖 금속과 반금속들, 저명한 철학자들에 대해서도 엄청나게 공부했고."

"맞는 말이야, 애들아. 하지만 너희는 비상한 기억력이라는

---

*패니는 '아일랜드(Ireland) 공화국'을 발음이 유사한 '아일랜드(Island)', 즉 '섬'으로 잘못 들었다. 와이트 섬은 패니의 고향인 포츠머스 인근에 위치해 있다.

축복을 타고나지 않았니. 아마 가여운 너희 사촌 동생은 그런 걸 갖지 못한 걸 거야. 다른 모든 면들과 마찬가지로 기억력에도 큰 차이가 있단다. 그러니 그 점을 생각해서 부족한 동생을 불쌍히 여겨야 해. 그리고 너희가 훨씬 더 앞서나가고 이해력이 좋다 해도 언제나 겸손해야 한다는 것을 명심해라. 이미 많은 것을 알고 있겠지만 앞으로 더 배워야 할 게 엄청나게 많으니까."

"네, 열일곱 살이 될 때까지는 배워야 할 게 많다는 걸 저도 알아요. 하지만 하나만 더, 패니에 대해 이상하고 멍청한 얘기를 해야겠어요. 이모도 아실지 모르겠지만, 그 애가 음악도 그림도 배우고 싶지 않다고 말했다니까요."

"저런, 그건 정말이지 확실히 멍청한 생각이구나. 그 아이에게 재능이나 경쟁심이 많이 부족하다는 것을 보여주기도 하고. 하지만 모든 점을 고려하면, 그게 그렇게나 나쁜 일인지는 모르겠구나. 너도 알다시피 너희 어머니와 아버지가 참으로 인자하게도 너희와 그 아이를 함께 키우기로 작정했다고 해서(다 내 덕분이지), 그 아이가 교양까지 너희와 똑같이 쌓을 필요는 없거든. 오히려 차이가 나는 게 훨씬 바람직하지."

이것이 조카딸들의 정신을 형성시키는 데 일조한 노리스 부인의 조언들이었다. 그러니 전도유망한 재능과 조기에 습득한 학식에도 불구하고, 이 두 자매가 자기 인식이나 관대함, 겸손함 같은 보다 흔치 않은 심성을 습득하는 데 전반적으로 부족하다는 것은 그리 놀랄 일이 아니다. 심성만 제외한다면 그들은 감탄을 자아낼 만큼 훌륭한 교육을 받았다. 토머스 경은 무엇이 부족한지 몰랐다. 아버지로서 딸들을 진심으로 걱정했지만, 겉으로 애정을 드러내는 편은 아니었다. 그리고 아버지의 과묵한 태도로 인해 딸들은 자연스럽게 그 앞에선 감정 표출을 자제하게 되었다.

딸들의 교육에 관해 레이디 버트럼은 최소한의 관심도 기울이지 않았다. 그녀는 그런 일에 신경 쓸 시간이 없었다. 그저 화려하게 옷을 차려입고 소파에 앉아서 아무 쓸모도 없고 아름답지도 않은 자수거리에 수를 놓거나, 아이들보다 퍼그 애완견을 더 많이 생각하는 여자였다. 자신을 귀찮게 하지만 않으면 아이들이 제멋대로 행동해도 방치했고, 중요한 모든 일들은 토머스 경이 하는 대로 따랐고 중요도가 떨어지는 소소한 일들은 언니가 하는 대로 따랐다. 설령 딸들에게 도움을 줄 수 있는 여유 시간이 더 많았다고 해도, 그녀는 아마 그런 도움이 불필요하다고 생각했을 것이다. 딸들이 적절한 과목별 선생님들과 붙박이 입주 가정교사의 지도를 받고 있었으니 그 이상의 도움을 원할 리가 없었을 것이기 때문이다. 패니가 배우는 게 느리고 우둔하다는 말에도 그녀는 그저, 안타까울 뿐이다, 어떤 경우에나 우둔한 사람은 있는 법이니 패니가 좀 더 열심히 노력해야 한다, 자기는 무엇을 더 해주어야 할지 모르겠다, 그렇게 우둔하다는 점만 빼면 자기는 그 불쌍한 어린것한테서 해가 될 만한 점은 보지 못했다, 게다가 늘 보면 말을 전하라거나 원하는 물건을 가져오라는 심부름은 순발력 있게 잘하는 것 같다고

만 말했다.

아는 것이 없고 겁이 많다는 결점에도 불구하고, 패니는 맨스필드 파크의 붙박이 거주자로 자리를 잡았다. 그리고 고향 집에 품었던 애정을 그 저택 쪽으로 돌리는 법을 배우면서 사촌들 틈에서 그다지 불행하지 않게 성장해나갔다. 마리아나 줄리아는 눈에 띄게 비뚤어진 편은 아니었고, 패니도 그들의 푸대접에 종종 굴욕감을 느끼긴 했지만 애초에 자신의 권리를 낮추어 보고 있던 터라 상처를 받지는 않았다.

패니가 이 집안에 들어올 무렵부터 레이디 버트럼은, 적게는 안 좋은 건강 때문이고 크게는 게으름 때문에, 해마다 봄이 되면 찾던 런던의 집을 포기하고 시골에만 머물렀다. 의회 업무를 봐야 하는 토머스 경을 홀로 런던에 남겨둔 채, 자신의 부재로 인해 남편이 불편해지든 말든 전혀 신경 쓰지 않았다. 버트럼 자매도 함께 시골에 머물면서 기억력을 연마하고 이중주곡을 연습했고, 그러는 사이 키도 크고 점차 여성스러워졌다. 그리고 그들의 아버지는 딸들이 용모 면에서나 태도 면에서나 교양 면에서나, 자신의 걱정을 없앨 수 있는 지극히 바람직한 모습으로 바뀌어가는 것을 지켜보았다. 그의 장남만 아직 정신을 못 차리고 돈을 펑펑 쓰며 이미 진작부터 아버지의 마음을 불편하게 만들고 있었다. 나머지 아이들은 앞으로 아버지에게 좋은 일만 있을 거라는 약속과 같았다. 그는 딸들이 버트럼가문의 이름을 보유하고 있는 동안, 틀림없이 그 이름에 새로운 품격을 부여하리라 생각했다. 나아가 그들이 그 이름을 버리게 되면 버트럼가문의 훌륭한 연고 관계를 더욱 넓혀주리라 믿었다. 그리고 차남 에드먼드의 성격, 확실한 분별력과 올곧은 정신은 본인 자신과 온 가족, 친인척들에게 유용할 것이고, 명예와 행복이 될 것이라는 점에서 지극히 값지게 생각했다. 에드먼드는 성직자가 될 예정이었다.

친자식들을 걱정하기도 하고 만족스러워하기도 하는 가운데 토머스 경은 프라이스 부인의 아이들을 위해 할 수 있는 일도 잊지 않았다. 그는 사내아이들이 진로를 확실히 결정할 나이가 되면 교육이나 직종을 선택하는 데 지원을 아끼지 않았다. 패니는 가족들과 거의 연락을 끊고 살긴 했지만 그들에게 배려가 베풀어졌다거나 그들의 상황이나 행실에 희망적인 일이 생겼다는 이야기를 들으면 크게 기뻐했다. 단 한 차례, 여러 해가 흐르는 동안 단 한 번, 그녀는 윌리엄 오빠를 만나는 지극한 행복을 누릴 수 있었다. 다른 형제자매들은 전혀 볼 수가 없었다. 누구도 패니가 자기들에게, 잠깐 다니러 오는 목적으로라도 다시 올 거라고는 생각지 않는 것 같았다. 집에 남은 그 누구도 패니를 원하는 것 같지 않았다. 그러나 패니가 집을 떠난 지 얼마 되지 않았을 때 수병이 되겠다고 결심했던 윌리엄이, 마침내 바다로 나가기 전에 노샘프턴 주에서 누이동생과 한 주를 함께 지내라고 초대받는 일이 생겼다. 오랜만에 만난 두 남매의 열렬한 애정과, 함께하면서 느낀 지극한 기쁨, 행복하고 즐거운 시간들과, 진지한 이야기를 주고받던 순간들을 상상하기란 어렵지 않을 것이다. 떠나는 마지막 순간까지 오빠가 보여주었던 낙관적인 전망과 기백, 그리고 오빠가 떠난 후 여동생이 보여준 가련한 아쉬움도 마찬가지다. 다행히 윌리엄의 방문 시기가 크리스마스 휴일 기간이어서 패니는 이내 사촌 오빠 에드먼드의 위안을 얻을 수 있었다. 그는 패니에게 윌리엄이 해군 수병이 되기로 했으니 앞으로 그에게 무슨 일이 일어날 것이며, 그가 어떤 모습이 될 것인지에 관해 매력적인 이야기를 들려주었다. 패니는 그런 이야기들을 들으면서 오빠와의 이별이 조금은 도움이 될 수도 있겠다고 서서히 인정하게 되었다. 에드먼드의 우애는 패니의 기대에 어긋난 적이 한 번도 없었다. 이튼 학교를 졸업하고 옥스퍼드로 진학했어도 그의 다정한 성품에는 전혀 변화가 없었다. 오히려 그런 성품을 입증하는 기회가 더 잦아졌을 뿐으로, 다른 사람들보다 더 많이 배려한다고 과시하지도 않고, 혹은 자신이 너무 과하게 행동한다는 걱정도 없이 그저 패니의 이익을 한결같이 충직하게 지켜주었고, 패니의 감정을 사려 깊게 배려해주었다. 그러면서 패니의 훌륭한 자질을 다른 사람들에게도 이해시키려고 노력했고, 그 자질이 더욱 분명하게 드러나는 것을 방해하는 패니의 수줍은 태도를 불식시키려고 애쓰면서 조언과 위안과 격려를 베풀었다.

모든 사람들에 의해 뒷전으로 밀려나 있던 패니였기에, 에드먼드 혼자만의 도움으로 앞으로 나설 수는 없는 노릇이었다. 그렇다고는 해도 패니의 정신을 향상시키고 그 정신이 좋아하는 일들을 늘리는 데 도움을 주었다는 점에서, 그의 관심은 지극히 중요한 역할을 했다. 그는 패니가 영리하고 분별력이 있으며 이해도 빠르다는 것을 알았다. 패니는 독서도 좋아했다. 잘 이끌어주기만 하면 책 읽는 것 자체로 틀림없이 훌륭한 교육이 될 터였다. 프랑스어를 가르치고 패니가 매일 정해진 분량의 역사책을 읽도록 하는 것은 리 선생이 해주었지만, 여가 시간을 즐겁게 해줄 책들을 권장하고, 패니의 독서 취향을 격려하고, 분별력을 바로잡아준 것은 에드먼드였다. 읽은 내용을 두고 함께 이야기를 나눔으로써 패니의 독서를 유익하게 만들었고, 적절한 칭찬으로 독서의 즐거움을 고조시켰다. 이 같은 도움에 대한 보답으로 패니는 (윌리엄 오빠만 빼면) 에드먼드를 세상 누구보다도 사랑했다. 패니의 마음은 두 사람에게 반반씩 갈려 있었다.

3

버트럼가문에 일어난 첫 번째 중요한 사건은 노리스 씨의 죽음이었다. 패니가 열다섯 살쯤 되었을 때 일어난 일이었는데, 이 일로 불가피하게 여러 변화와 새로운 상황이 전개되었다. 목사관을 떠나게 된 노리스 부인은 처음에는 맨스필드 파크로 이사했다가 나중에 교구 마을에 있는 토머스 경 소유의 작은 집으로 이사했다. 그러면서 남편의 부재에 대해서는 혼자서도 잘 살아나갈 수 있다는 생각으로, 수입이 줄어든 일에 대해서는 분명히 더욱 엄혹한 검약 생활을 하겠다는 다짐으로, 스스로를 위로했다.

목사관의 성직은 장차 에드먼드가 물려받을 예정이었다. 이모부가 몇 년 더 일찍 세상을 떠났다 해도, 에드먼드가 성직을 제수받을 나이가 될 때까지 지인에게 적절히 맡아달라고 부탁하면 될 일이었다. 그런데 톰의 낭비벽이 워낙 극심했던지라, 일이 계획대로 흘러가기 전에 다음과 같이 다른 방향으로 처리되는 결과를 빚고야 말았다. 형이 누린 쾌락의 대가를 동생이 나누어 질 수밖에 없었다. 사실 에드먼드를 위해 보유하고 있던 버트럼가문 소유의 성직 자리가 다른 곳에 하나 더 있기는 했다. 하지만 그로 인해 이번 결정에서 토머스 경이 양심의 가책을 덜 수는 있을지언정, 이번 결정을 부당한 처사라고 생각지 않을 수는 없었다. 그는 장남에게도 자신과 같은 생각을 심어주려고 애썼다. 지금껏 자신이 한 말이나 행동보다 그러한 생각이 장남에게 더 좋은 효과를 내리라는 희망에서였다.

"너 때문에 내 얼굴이 붉어진다, 톰." 토머스 경이 근엄한 태도로 말했다. "편법을 동원한 게 부끄러워 얼굴이 붉어진다고. 이번 일을 겪으면서 너도 형으로서 느끼는 바가 있으리라 믿는다. 넌 에드먼드에게서 10년, 20년, 30년, 아니 어쩌면 평생 동안 당연히 그 애의 몫이었어야 할 수입의 절반 이상을 빼앗았어. 나중에라도 내 힘으로, 혹은 네 힘으로(꼭 그렇게 되길 바란다), 그 애에게 더 좋은 성직 자리를 구해줄 수는 있겠지. 하지만 절대 잊어서는 안 돼. 그런 식으로 그 애가 이득을 얻게 된다 해도 그건 그 애가 우리에게 마땅히 요구할 수 있는 수준을 넘지는 않는다는 것, 그리고 네 빚을 급히 청산하느라 에드먼드가 포기해야 했던 확실한 소득에 버금가는 혜택이란 결코 있을 수 없다는 것 말이다."

톰은 약간의 수치심과 비통함을 느끼며 아버지의 말을 경청했다. 그러나 할 수 있는 한 빨리 이 같은 심정에서 벗어나더니, 즉각 명랑하고도 이기적으로 이렇게 반박했다. 첫째, 자기가 진 빚은 친구 몇 명이 진 빚에 비하면 그 절반도 안 되며, 둘째, 아버지는 이 문제를 넌더리가 날 정도로 지겹게 추궁하고 있으며, 셋째, 누가 될지 모르겠지만 다음에 오는 목사는 십중팔구 곧 세상을 떠날 사람일 것이라고 말했다.

노리스 씨가 세상을 뜬 뒤 교구의 후임 목사로 추천되는 일은 그랜트 박사라는 사람의 권리가 되었고, 따라서 그가 맨스필드 교구에 거주하러 왔다. 그가 마흔다섯 살의 건강한 사람으로 판명되었으니 톰의 계산은 좌절될 가능성이 커 보였다. 하지만 그는 한사코 "아니야, 목이 짧으니 중풍에 걸리기 쉬운 사람이야. 그러니 맛있는 음식을 잔뜩 권하다 보면 갑자기 세상에서 사라지고 말걸" 하고 말했다.

그랜트 박사는 자기보다 열다섯 살 정도 어린 아내가 있었지만 자식은 없었다. 이들 부부는 매우 점잖고 사근사근한 사람들이라는, 통상적인 호평을 받으며 이웃으로 등장했다.

이제 토머스 경에게 처형이 조카딸에 대한 자신의 몫을 요구하리라 기대했던 시점이 찾아온 셈이었다. 노리스 부인의 환경 변화와 패니의 나이가 몇 살 더 많아졌다는 사실이 예전에 노리스 부인이 패니와 함께 살 수 없다고 내세웠던 이유들을 상쇄했을 뿐만 아니라 이제 그 두 사람이 함께 사는 것이 적절한 일로까지 보이도록 했다. 그리고 장남의 방탕한 생활 말고도 최근 서인도 제도의 자산에서 발생한 다소의 손실로 인해 토머스 경 자신의 상황이 안 좋아졌기 때문에, 조카딸의 양육비라든가 앞날을 대비하는 부담을 더는 일이 달가울 수밖에 없었다. 그는 반드시 성사되리라 철석같이 믿으면서 아내에게 일이 그렇게 될지도 모른다고 말해주었다. 남편의 이 말이 처음으로 문득 다시 떠올랐을 때 우연히 패니가 그녀 옆에 있었다. 레이디 버트럼은 차분하게 물었다. "그래, 패니, 우리를 떠나서 노리스 이모와 함께 살게 된다고? 너는 마음에 드니?"

패니는 하도 놀라서 이모의 말만 되풀이했을 뿐 아무것도 할 수 없었다. "제가 이모님 가족을 떠나서 살게 된다고요?"

"그렇단다, 애야, 그런데 왜 그렇게 깜짝 놀라니? 우리와 5년이나 함께 살았잖니. 그리고 언니도 노리스 씨가 돌아가시면 늘 너를 데리고 가서 살 생각이었고. 하지만 반드시 우리 집에 와서 지금까지 그랬던 것처럼 내 자수에 시침질은 해줘야 한다."

뜻밖이었던 것만큼이나 불편한 소식이었다. 노리스 이모에겐 한 번도 따뜻한 대접을 받아본 적이 없었으니 이모를 좋아할 수가 없었다.

"떠난다면 참 슬플 거예요." 떨리는 목소리로 패니가 말했다.

"그래, 그렇겠지. 그러는 게 지극히 당연하고. 이 집에 온 뒤론 세상 누구보다 괴로운 일을 덜 겪었으니까."

"배은망덕한 사람이 되고 싶진 않아요, 이모." 패니가 겸손하게 말했다.

"너는 그런 사람이 아니야. 그렇진 않을 거야. 난 항상 네가 참 착한 아이라고 생각했단다."

"그럼 저는 이곳에서 다시 살지 못하나요?"

"그럴 거야. 하지만 분명히 안락한 집에서 살게 될 거야. 이 집에서 사나 그 집에서 사나 네게는 별 차이가 없어."

패니는 슬프기 그지없는 마음으로 방을 나갔다. 그녀는 이모가 말한 것처럼 차이가 그리 작다고 생각할 수 없었고, 큰이모와 함께 사는 일에도 만족감 비슷한 감정을 전혀 느낄 수 없었다. 패니는 에드먼드를 만나자마자 고민을 털어놓았다.

"오빠." 그녀가 말했다. "내키지 않는 일이 생길 것 같아요. 어떤 일이 처음엔 마음에 안 들더라도 우선은 받아들이라고 종종 말해주었지만 이번에는 그럴 수 없을 것 같아요. 이제 내가 노리스 이모 집에 가서 쭉 살게 됐대요."

"정말!"

"네, 방금 전 버트럼 이모가 말씀해주셨어요. 이미 다 결정된 일이래요. 노리스 이모가 화이트 하우스로 이사 가시면 곧바로 나도 맨스필드 파크를 떠나 그곳에 가서 살 것 같아요."

"알겠다, 패니. 네가 싫지만 않다면 나는 괜찮은 계획이라고 하고 싶은데."

"괜찮다니요, 오빠!"

"다른 유리한 장점들이 많다는 거야. 너를 원하시는 걸 보니 이모가 분별 있는 분답게 행동하셨네. 꼭 필요한 시점에 말벗 겸 동거인을 선택하신 거야. 돈을 무척 좋아하시는데 그런 사항이 개입하지 않아 기쁘구나. 넌 이모께 꼭 필요한 사람이 될 거야. 네가 너무 괴로워하지 않았으면 좋겠다, 패니."

"정말 괴로워요. 도무지 좋아할 수가 없는걸요. 이 집과 이 집의 모든 것들을 내가 얼마나 사랑하고 있는데. 노리스 이모 집은 그런 게 하나도 없을 거예요. 이모와 함께 있을 때면 내가 얼마나 불편해하는지 오빠도 알잖아요."

"어렸을 때 너를 대하셨던 이모 태도에 대해 내가 무슨 말을 할 수 있겠니. 하지만 우리들 모두에게 마찬가지였어, 아니, 거의 똑같았어. 노리스 이모는 어린아이들 마음에 드는 법을 전혀 모르셔. 하지만 이젠 너도 더 나은 대접을 받을 나이가 됐으니까. 이미 이모께서 더 잘 대해주시는 것 같던데. 그러니 네가 이모의 유일한 말벗이 되면 틀림없이 그분께 소중한 사람이 될 거야."

"나는 누구에게도 소중한 존재가 될 수 없는 사람이에요."

"뭐가 마음에 걸리는데?"

"모든 게 다요. 내 처지…… 바보 같고 어색한 모습."

"바보 같고 어색한 모습이라니. 분명히 말할게, 패니. 어휘를 매우 부적절하게 사용한다는 점만 빼면 너한테 그런 구석은 전혀 없어. 너를 아는 사람들이 널 소중히 여기지 않을 이유가 하나도 없다고. 넌 훌륭한 분별력과 상냥한 마음씨를 가진 아이야. 그리고 난 네게 친절한 대접을 받으면 보답하지 않고는 못 배기는 보은의 감정이 있다고 확신해. 말벗이나 동거인으로 이런 심성보다 더 나은 자격이 있나 모르겠다."

"오빠 너무 상냥해요." 그 같은 칭찬에 얼굴을 붉히면서 패니가 말했다. "그렇게 좋게 봐주니 뭐라고 말을 해야 할지 모르겠어요. 마땅히 고맙다는 말을 해야 하는데. 아아! 오빠, 이곳을 떠나더라도 마지막 순간까지 오빠의 호의를 두고두고 기억할 거예요."

"그래, 알았다, 패니. 화이트 하우스까지 가는 거리 내려면 그렇게 기억되기를 바랄게. 그런데 너 말하는 걸 보면 고작 우리 숲 건너편까지 가는 게 아니라 꼭 2백 마일이라도 가는 사람 같구나. 여하튼 너는 지금까지와 거의 다름없이 우리 가족의 일원일 거야. 1년 내내 두 집 사람들이 매일같이 만나게 될 걸. 유일한 차이는 이모와 함께 살게 되면 네가 불가피하게 앞으로 나서야 한다는 거겠지. 마땅히 그래야 하고. 이곳에는 사람들이 너무 많아서 네가 뒤로 숨을 수 있었지. 하지만 이모와 함께 살게 되면 어쩔 수 없이 앞으로 나서서 자기 입장을 밝혀야 할 거야."

"제발요! 그런 말 말아요."

"말해야지. 그것도 즐거운 마음으로 말해야지. 지금은 어머니보다 노리스 이모가 너를 맡는 게 더 나아. 관심을 보이는 사람에게는 진심으로 엄청나게 많은 일을 해주시는 분이니까. 그리고 그분은 네 타고난 재능도 공정하게 평가해서, 제대로 사용하라고 강요하실걸."

패니는 한숨을 내쉰 뒤 말했다. "나는 이번 일이 오빠처럼 보이지 않아요. 하지만 내 생각보다 오빠 생각이 옳다고 믿어야겠죠. 어차피 일어날 일이라면 받아들이라고 애써 말해줘서 너무너무 고마워요. 이모께서 저를 진심으로 좋아하신다고 생각할 수만 있다면, 그래서 내가 누군가에게 의미 있는 사람이라는 생각이 든다면 참 기쁠 텐데! 이곳에서 나는 있으나마나 한 사람이란 걸 알아요. 그래도 이곳이 너무 좋은데."

"이 집을 떠나도 이곳 교구까지 떠나는 건 아니야, 패니. 그 전과 똑같이 우리 숲과 정원들을 마음껏, 자유롭게 돌아다닐 수 있을 거야. 네가 여리기만 한 소심한 가슴을 가졌다고 해도 이런 명목상의 변화라면 두려워할 필요가 없어. 똑같은 산책로들을 자주 걸을 수도 있고, 같은 서재를 골라 이용할 수도 있고, 같은 사람들을 바라볼 수도 있고, 같은 말을 탈 수도 있을 테니까."

"정말 그러네요. 맞아요, 사랑하는 늙은 회색 조랑말. 아! 오빠, 내가 승마를 얼마나 무서워했는지를 떠올려보니 그러네요. 그땐 승마가 내게 유익할 거란 말을 듣는 게 얼마나 두려웠는지 몰라요(숙부님이 말 이야기를 꺼내실까 봐 입만 여시면 얼마나 떨었다고요). 오빠가 무서워하지 말라고 달래주고 애써 권하고 조금만 지나면 승마가 좋아질 거라고 생각하게 해주려고 얼마나 애썼는지를 생각하면(결국 오빠 말이 옳았으니까

48

요), 오빠의 예언이 그때만큼 잘 맞았으면 좋겠어요."

"승마가 네 건강에 유익했던 것처럼, 난 노리스 이모와 함께 사는 일도 네 정신 건강에 유익할 거라고 전적으로 확신해. 또, 네 궁극적인 행복에도 유익할 거고."

두 사람의 대화는 이렇게 끝났다. 패니에게 매우 적절한 도움이 되었는지는 모르겠지만, 결론적으로 이 대화는 하지 않아도 될 뻔했다. 노리스 부인은 패니를 데려갈 생각이 전혀 없었기 때문이다. 이번 사태를 맞이하여 노리스 부인은 패니를 데려오는 일을 용의주도하게 피할 일로만 생각했지 다른 생각은 해 본 적이 없었다. 그녀는 그런 기대를 싹부터 잘라버리려고 맨스필드 교구에서 그나마 품위를 갖춘 집이라고 여겨질 수 있는 것 중 가장 작은 집을 자기가 살 곳으로 정했다. 바로 화이트 하우스로, 노리스 부인 자신과 하인들이 들어가면 손님용으로 쓸 방 하나가 겨우 남는 작은 집이었다. 그녀는 손님용 방이 있어야 할 필요성을 특히 강조했다. 목사관에 살 때는 남는 방이 필요했던 적이 한 번도 없었으면서도, 지금은 손님을 위해 남는 방 하나가 있어야 한다는 것을 절대로 잊지 않았다. 하지만 이처럼 온갖 주의 조치를 취했음에도 그녀가 뭔가 더 착한 일을 할 것이라는 사람들의 기대를 불식시킬 수 없었다. 아마 남는 방이 중요하다고 너무 대놓고 강조하는 바람에 토머스 경이 그것을 오해해서, 그 방이 패니를 위해 마련된 방이라는 생각을 하게 된 것인지도 모르겠다. 결국 레이디 버트럼이 무심결에 노리스 부인에게 내뱉은 말이 이 문제를 확실히 매듭짓게 되었다.

"언니, 패니가 언니와 함께 살러 가니까 이제 리 선생을 더 이상 쓸 필요가 없을 것 같다는 생각이 들어."

노리스 부인은 너무 놀라서 움찔하기까지 했다. "나랑 살다니, 마리아, 대체 무슨 소릴 하는 거야?"

"그 아이가 언니와 함께 살기로 되어 있지 않아? 토머스 경과 이미 합의가 된 사항이라고 생각했는데?"

"나하고! 결코 그렇지 않아. 토머스 경에게 그런 얘기는 한마디도 한 적이 없어. 경도 나한테 그런 말은 한 적이 없고. 패니가 나랑 살다니! 나로서는 꿈도 꿔보지 않은 일이야. 우리 두 사람 속사정을 잘 아는 사람들도 가장 바라지 않을 일이고. 원, 세상에! 패니와 살면서 내가 뭘 해줄 수 있겠니? 나라니! 아무 짝에도 쓸모없고, 기분도 엉망이고, 가난하고 무기력하고 외로운 미망인인 내가 한창 피어오르는 열다섯 살 그 아이에게 무슨 일을 해줄 수 있다고! 인생을 통틀어 관심과 보살핌이 제일 많이 필요한 나이가 그때고, 가장 밝은 성격을 지닌 사람들이라 하더라도 시험에 들게 하는 나이가 바로 열다섯이야. 토머스 경이 이런 일을 진심으로 기대했을 리가 없어! 토머스 경이 나를 얼마나 생각하는데. 내가 잘 살기를 바라는 사람이라면 이런 제안은 하지 않을 거라고 확신해. 토머스 경이 어떻게 해서 너한테 이 얘기를 하게 된 거니?"

"사실은 나도 몰라. 아마 그렇게 하는 것이 최선이라고 생각했나 보지."

"하지만 뭐라고 말했는데? 내가 패니를 데려갔으면 좋겠다

50

고 말했을 리가 없는데. 토머스 경이 진심으로 내가 그렇게 하기를 바라진 않았을 거라고 확신해."

"맞아. 그저 그렇게 될지도 모른다고 생각한다는 말만 했어. 나도 그렇게 생각했고. 우리 둘 다 그렇게 되면 언니에게 위안이 될 거라고 생각했어. 하지만 언니 마음에 안 들면 더 이상 얘기할 게 없겠네. 이곳에서 패니가 폐를 끼치는 존재는 아니니까."

"사랑하는 마리아! 이 언니의 불행한 처지를 좀 고려해주렴. 그 아이가 어떻게 나한테 위안을 줄 수 있겠니. 지금 나는 가난하고 외로운 미망인이야. 가장 훌륭한 남편을 여의었고, 그를 돌보고 간병하느라고 건강은 망가졌고, 기분은 계속해서 점점 더 엉망이 되어가고 있어. 이 세상에서의 모든 평화가 깨져버렸고, 상류층 부인 신분으로 살 수 있도록 해주는, 그리고 세상을 떠난 사랑하는 사람의 기억에 누가 되지 않도록 해주는 재산도 거의 없는 사람이 바로 나라고. 그런 내가 패니처럼 짐이 되는 아이를 맡아서 무슨 위안을 얻을 수 있다고! 나 자신을 위해 그런 일을 바랄 수 있다고 해도, 나는 그 가엾은 아이한테 그토록 부당한 일은 하지 않을 거야. 이미 훌륭한 사람들의 손길에 맡겨져 있어 분명히 잘 살아나갈 아이야. 내 슬픔과 어려움은, 할 수만 있다면, 전력을 다해 내 힘으로 헤쳐나가야지."

"그럼 외롭게 혼자 살아도 괜찮단 말이야?"

"고독보다 나한테 어울리는 게 뭐가 있겠니. 이따금 내 작은 집에 친구나 부르면 좋겠다고 바라는 거지(친구를 위해 늘 침대 하나는 비워놓을 거야). 하지만 대부분의 나날은 완전한 은둔 생활 속에서 보내게 되겠지. 그저 빚만 안 질 수 있다면, 내가 원하는 건 그것뿐이야."

"언니, 언니의 처지가 그 정도로 나쁘진 않았으면 좋겠어. 웬만큼은 되어야 할 텐데. 토머스 경 말로는 1년에 6백 파운드는 될 거라던데."

"마리아, 나도 불평은 안 해. 지금까지 살아온 것처럼 살 수 없다는 것은 알고 있어. 힘이 닿는 한 절약을 해야지. 살림을 더 잘 꾸려나가는 법도 배워야 하고. 그동안은 돈에 구애받지 않는 안주인으로 살아왔어. 하지만 이제부터는 절약을 실천하는 걸 부끄러워하지 않을 거야. 내 수입만큼 내 처지도 바뀌었으니까. 가엾은 노리스 씨가 교구 목사였던 덕분에 그간엔 많은 것이 당연히 제공되었지만, 이제는 그런 것들을 기대할 수 없어. 뜻밖에 찾아왔다 돌아갈 손님들 때문에 우리 집 부엌에서 얼마나 많은 것을 써야 할지 모르잖니. 화이트 하우스에서 살면 여러 문제들에 더 신경을 쓰고 잘 관리해야 할 거야. 내 수입의 한도 내에서 살아야지 안 그랬다가는 참혹한 지경에 이르고 말 거야. 아니, 그 이상을 할 수만 있다면……. 연말에 저축이라도 조금 할 수 있다면 정말 기쁠 거라고 고백할게."

"그렇게 되겠지. 언니는 늘 저축을 하는 편이잖아, 안 그래?"

"내 목표는 뒤를 이을 조카들에게 도움이 되겠다는 거야. 더 많은 돈을 모으고 싶어 하는 건 전부 조카들을 위해서라고. 사

실 나한텐 신경 쓸 자식이 없잖아. 하지만 조카들에게 적게나
마 유산을 남겨줄 수 있다고 생각하면 너무 행복해."

"언니는 너무 착해. 하지만 우리 아이들 걱정은 하지 마. 분
명히 대책이 잘 마련되어 있을 테니까. 그 일은 토머스 경이 책
임지겠지."

"저런! 너도 알다시피 안티과*의 자산에서 나는 수익이 지
금처럼 형편없다면 토머스 경도 재정적으로 조금은 곤란한 지
경에 처하게 될걸."

"아! 그 일은 곧 해결될 거야. 그이가 그 일 때문에 편지를
쓰고 있다고 알고 있어."

"알았어, 마리아." 노리스 부인이 떠나려고 일어나면서 말
했다. "내 유일한 바람은 네 가족에게 도움이 되는 것이라는 것
만 말할게. 그러니 혹시라도 토머스 경이 패니를 우리 집에 데
려가는 일을 다시 얘기하면, 내 건강과 기분 때문에 그런 일이
전혀 불가능하다고 말해줄 수 있겠지. 그것 말고도 정말이지
우리 집에는 그 아이에게 내줄 침대도 없어. 남는 방 한 곳은
손님용으로 남겨놔야 하고."

레이디 버트럼은 언니와 나눈 이 대화를 남편에게 충분히
되풀이했다. 그 결과 그는 처형의 생각을 잘못 읽었다고 결론
내리게 되었다. 이렇게 해서 그 순간부터 노리스 부인은 제부

*1632년에 만들어진 가장 오래된 영국의 서인도 제도 식민지 가운데 하나. 카리브
해 동쪽 끝에 위치한 섬이다. 토양이 고갈되고, 당시에 안정되기 시작한 주변의 다
른 식민지 섬들이 번창하면서 18세기 말부터 경제적 중요성이 줄어들었다. 설탕이
주산물이다.

의 기대에서 완전히 벗어날 수 있었다. 이 문제를 넌지시 언급하는 일조차 없었다. 토머스 경은 조카딸을 데려다 키우자고 그렇게 발 벗고 나섰던 처형이 실제로는 아무 일도 하지 않겠다고 하는 것을 보고 의아하지 않을 수 없었다. 그러나 노리스 부인이 레디 버트럼뿐만 아니라 그에게도 일찌감치 신경을 써서 자신의 모든 재산이 그들 가족을 위해 쓰일 거라고 납득시켜두었기 때문에, 그도 곧 처형의 특이한 처사를 받아들이기 시작했다. 그들 가족에게 이득이 되고 칭찬할 만한 처사인 동시에, 그가 패니를 위해 더 나은 대책을 세울 수 있게 해줄 처사라고 말이다.

패니는 거처를 옮기는 일에 대한 자신의 근심 걱정이 얼마나 불필요한 일이었는지 곧바로 알게 되었다. 떠나지 않아도 된다는 사실을 알고 패니가 느낀 자발적이고 자연스러운 행복감은 에드먼드에게까지 전염되어 그 역시 다소간 안도감을 느꼈다. 이 일이 패니에게 본질적으로 도움이 될 것이라고 기대했던 만큼 다소 실망했음에도 그랬다. 노리스 부인은 화이트 하우스에 가서 살게 되었고 그랜트 부부가 목사관에 도착했다. 이런 일들이 마무리되자 한동안 맨스필드의 일상은 평소처럼 흘러갔다.

그랜트 부부는 우호적이고 사교적인 성품을 보여주어 그들을 새로이 알게 된 사람들에게 대체로 큰 만족을 주었다. 물론 그들에게도 흠은 있었다. 그리고 노리스 부인은 즉시 그 흠을 찾아냈다. 그랜트 박사는 먹는 것을 대단히 좋아해서 매일 성찬을 들고 싶어 했다. 그리고 그랜트 부인은 적은 비용으로 남편의 식욕을 충족시키기 위해 머리를 짜내기는커녕, 자기 집요리사에게 맨스필드 파크에서 지불하는 것만큼이나 많은 급료를 주고는 부엌에는 코빼기도 비치지 않았다. 노리스 부인은이런 불만스러운 상황에 대하여, 그리고 그 집에서 정기적으로소비되는 버터와 계란의 양에 대하여 도저히 냉정을 유지할 수없었다. 자기보다 더 풍성한 음식과 따뜻한 접대를 사랑하는사람은 없으며 쩨쩨하게 구는 것을 자기보다 더 싫어하는 사람은 없다, 자기 생각으로는 자신들이 거주하던 동안 목사관에선어떤 종류의 안락함도 부족하지 않았고 어떠한 나쁜 평판도 들은 적이 없었다, 하지만 지금 그곳의 안주인이 꾸리는 생활 방식은 도무지 이해가 안 된다, 시골 목사관에 고상한 귀부인이라니 전혀 어울리지 않는다, '자신'의 창고는 그랜트 부인이 드나들기에 모자람이 없다고 생각한다, 어디를 가서 알아봐도 그랜트 부인이 5천 파운드 이상의 재산을 소유한 적이 있었는지알아낼 수 없었다, 등등.

버트럼 부인은 큰 관심 없이 언니의 이런 험담을 들었다. 그녀는 근검절약하는 사람의 부당한 언사에 동조할 입장이 아니었다. 하지만 그랜트 부인이 예쁘지도 않으면서 그렇게 훌륭한결혼 생활에 안착했다며 부인의 미모를 깎아내리는 온갖 무례한 험담에 대해서는 철저히 동조했다. 노리스 부인은 첫 번째사항을 이야기할 때만큼 자주 (물론 그렇게 산만하게는 아니지만) 이 두 번째 사항에 관해서도 놀라움을 표시했다.

이런 의견들이 1년 동안 오갔고, 그러던 중 부인들의 생각과 대화 속에 마땅히 자리를 차지할 자격이 있는 중대한 사건이 버트럼가에 다시 일어났다. 토머스 경이 사업 문제를 더욱 원활히 처리하기 위해 직접 안티과로 가기로 한 것이었다. 그는 집에 있으면 나쁜 친구들과 어울릴 테니 그걸 막을 요량으로 장남도 데려갔다. 두 사람은 영국을 떠났고, 거의 열두 달 가까이 집을 비울 가능성이 높아 보였다.

　재정적인 측면에서 이 같은 조치가 불가피했고, 또한 아들에게도 유익하리라는 기대를 품고 있었으므로 토머스 경은 다른 가족들을 두고 떠나면서, 인생에서 가장 흥미진진한 시간을 보내고 있는 딸들을 다른 사람의 손길에 맡겨야 한다는 사실을 체념하고 받아들였다. 그는 딸들을 감독하는 데 있어 레이디 버트럼이 자신의 대역을 완벽히 수행할 수 있을 거라고는 생각지 않았다. 아니, 마땅히 그녀가 감당해야 할 몫조차도 제대로 해낼 것 같지 않았다. 하지만 노리스 부인의 세심한 관심과 에드먼드의 분별력을 십분 신뢰했기에, 그는 딸들의 행실에 대한 걱정 없이 떠날 수 있었다.

　레이디 버트럼은 남편이 자신을 두고 떠나는 게 영 마음에 들지 않았다. 하지만 그의 안전이 걱정된다든가 그의 안위가 염려되어 불안한 건 아니었다. 무슨 일이든 자신에게 일어나지만 않는다면, 위험할 수도 힘들 수도 피곤할 수도 없다고 생각하는 사람 중 한 명이 바로 그녀였다.

　이번 일에서 버트럼 양들은 참으로 딱해 보였다. 슬퍼해서 딱한 것이 아니라 그런 슬픔을 안 보여서 딱했다. 그들에게 아버지는 애정의 대상이 아니었다. 아버지는 자매가 좋아하는 일에 호의적인 반응을 보인 적이 없었다. 그러니 불행하게도, 딸들로서는 아버지의 부재가 더없이 반가운 일이었다. 아버지가 떠나면서 그들은 온갖 제약에서 벗어났다. 토머스 경이 그동안 금했을 법한 것들 중 한 가지 정도만 충족시키려 한 게 아니라 즉각 자기들 마음대로 행동할 수 있을 거라고, 할 수 있는 한도 내에서 온갖 도락을 만끽할 수 있다고 느꼈다. 패니가 느낀 해방감, 그리고 그런 감정에 대한 자각도 사촌 언니들 못지않았다. 하지만 언니들보다 더 따뜻한 성품을 지닌 그녀는 자신의 그런 감정이 배은망덕하다고 느꼈다. 그녀는 가슴 아파 할 수가 없어 진심으로 가슴이 아팠다. "이모부가 나와 오빠와 남동생들을 위해 얼마나 많은 일을 해주셨는데! 그리고 어쩌면 떠났다가 다시는 돌아오시지 못할지도 모르는데! 그런데도 눈물 한 방울 없이 그분이 떠나는 걸 보고만 있었다니! 참으로 부끄럽고 무심한 처사였어." 더군다나 토머스 경은 마지막 날 아침 패니에게, 다가오는 겨울에 윌리엄을 다시 보면 좋겠다고 말하면서 그가 속한 소함대가 영국에 있다는 사실을 알게 되면 바로 편지를 보내 맨스필드로 초대하라는 지시까지 내렸었다. "얼마나 사려 깊고 친절한 말씀인지!" 토머스 경이 그런 말과 함께 미소를 지으며 그녀를 "귀여운 우리 패니"라고 불렀다면, 그전에 보여준 온갖 찡그린 표정들과 차가운 말투를 전부 잊을 수 있었을 터였다. 하지만 대신 그는 다음과 같은 말을 함으로

써 패니를 서글픈 굴욕감에 젖게 만들었다. "윌리엄이 맨스필드에 오게 됐을 때, 네가 집을 떠난 뒤로 아무런 발전 없이 시간만 흘려보낸 게 아니라는 걸 확실히 알게 해줄 수 있었으면 좋겠다. 열여섯 살이나 먹은 널 보고 어느 면에서는 아직도 열살 먹은 여동생 같다고 느낄까 봐 걱정이야." 패니는 이모부가 떠나고 난 뒤 이런 힐난조의 말을 곱씹으며 울음을 터뜨렸다. 패니의 눈이 새빨개진 것을 본 사촌 언니들은 그녀가 위선자라고 여겼다.

4

최근 들어 장남 톰 버트럼은 집에서 보내는 시간이 워낙 적어서 다들 그저 겉으로만 그를 찾을 뿐이었다. 그리고 레이디 버트럼은 모두들 아버지 없이 얼마나 잘 지내는지 보고는 깜짝 놀랐다. 또 에드먼드는 식탁에서 고기를 썰어 나누어주고, 집사와 상의를 하고, 변호사에게 편지를 쓰고, 하인들 문제를 해결하고, 그리고 편지 겉봉을 쓰는 일 외의 모든 일들을 처리하는 데 있어 피곤하거나 힘든 것이 있으면 제 아버지처럼 그녀의 부담을 덜어주려 하면서 아버지의 빈자리를 얼마나 잘 메우고 있는지.

여행을 떠난 두 사람이 순조로운 항해 끝에 안티과 섬에 무사히 도착했다는 첫 소식이 도착했다. 물론 그 소식은 노리스 부인이 끔찍한 두려움에 사로잡혀 에드먼드와 단둘만 있을 때마다 그를 자신의 두려움에 끌어들이려고 애쓰던 시간보다 앞서 온 것은 아니었다. 끔찍한 참사라도 벌어진다면 그 소식을 맨 처음 듣게 될 사람이 바로 자기라고 믿은 그녀는 다른 사람들에게 그 소식을 어떻게 전할지 이미 방법까지 준비해두고 있었다. 그러던 참에 토머스 경이 아들과 자신이 살아 있으며 잘 지내고 있다고 안심시키는 소식을 전해온 것이었다. 따라서 그녀는 불가피하게 자신의 불안감과 미리 준비해놓은 애정 어린 연설을 그냥 저축해두고 있어야 했다.

겨울이 오고 다 지나갈 때까지 그녀가 저축해놓은 그 불안감과 연설은 사용할 일이 없었다. 그 예금은 계속해서 완벽하게 온전한 상태를 유지했다. 그리고 노리스 부인은 조카딸들을 위해 즐거운 모임들을 주선하고, 그들의 화장을 도와주고, 그들의 교양을 자랑하고, 그들의 신랑감을 찾느라고 무척 할 일이 많았다. 그리고 그 밖에도 제 살림을 돌보랴, 동생네 살림에 간섭하랴, 그랜트 부인의 헤픈 씀씀이를 감시하랴 해서, 집 떠난 사람들을 걱정할 틈조차 없을 정도였다.

버트럼 자매는 이제 아리따운 이웃 아가씨들 사이에서 두각을 나타내고 있었다. 아름다운 외모와 눈부신 교양, 타고난 여유로움, 전반적으로 예의 바르고 친절하게 행동하도록 철저히 교육받은 태도까지 겸비하고 있었으니, 이런 것들이 제공하는 유리함과 그것이 자아내는 경탄 또한 그들 차지였다. 그들의 허영심은 워낙 잘 제어되어 있어 겉으로는 전혀 드러나지 않았고, 물론 잘난 척도 하지 않았다. 그런 태도에는 으레 칭찬의 말이 따르기 마련인 데다 그것이 이모에 의해 널리 퍼져나가면서, 본인들에게 아무런 결점도 없다는 자매의 확신은 더욱 확고해졌다.

레이디 버트럼은 딸들과 함께 사람들 앞에 나서는 일은 하지 않았다. 너무나 게으른 나머지, 어머니라면 귀찮음이라는 대가를 치르더라도 딸들의 성공과 기쁨을 지켜보며 갖기 마련인 만족감조차 받아들이려 하지 않았다. 결국 귀찮음을 감수하는 역할은 언니인 노리스 부인에게 넘어갔다. 그런 영광스러운 대역을 언니보다 더 좋아할 사람은 없었다. 그리고 그녀는 동생의 대역을 맡음으로써 따로 말들을 빌리지 않고도 그런 사교 모임에 낄 수 있게 된 이점을 철저히 만끽했다.

패니는 이런 즐거운 겨울철 사교 모임에 낄 수 없었다. 하지만 사람들이 언니들을 불러내면 자신이 작은이모의 말벗으로 유용하게 쓰이게 될 것이 분명하다 생각하고 기뻐했다. 리 선생이 맨스필드를 떠났기 때문에, 무도회나 파티가 열리는 밤이면 자연스레 패니는 레이디 버트럼에게 더없이 소중한 존재가 되었다. 그녀는 이모에게 말을 걸고, 이야기에 귀 기울여주고, 책도 읽어주었다. 그런 저녁 시간의 고요함, 단둘이서 어떤 불친절한 소리도 들을 필요 없이 누리는 완벽한 안도감이란, 늘 경계하거나 당황스러워하면서 휴식이라고는 모르고 살아온 정신의 소유자에게는 말로 표현할 수 없을 만큼 반가운 것이었다. 패니는 사촌 언니들이 참석한 즐거운 모임에 대해 이야기 듣는 것을 좋아했다. 특히 무도회 이야기나 에드먼드 오빠의 춤 파트너에 대한 이야기가 좋았다. 하지만 자신의 처지를 워낙 비관적으로 바라본 탓에 언감생심 그런 무도회에 낀다는 생각은 꿈에도 하지 못했다. 그런 무도회에 대해 그 이상의 개인적인 관심은 갖지 못한 채 그저 귀 기울이며 듣기만 했다. 패니에게 그해 겨울은 대체로 편안하게 지나갔다. 윌리엄 오빠가 영국에 돌아오는 일은 일어나지 않았지만, 그래도 올 거라는 희망을 결코 버리지 않고 소중히 간직했기 때문이었다.

다음번 봄이 찾아왔을 때 패니는 자신의 소중한 친구인 늙은 회색 조랑말을 잃었다. 조랑말의 죽음으로 인해 패니는 한동안 감정적으로뿐만 아니라 신체적인 면에서도 중대한 위험에 처했다. 승마가 패니의 건강에 필요하다는 걸 알면서도 누구도 패니가 승마를 할 수 있게끔 조치를 취하지 않았던 것이다. 이모들은 "사촌 언니들이 말을 타지 않을 때 언제든지 그중 한 마리를 타면 된다"고 말했지만, 버트럼 자매는 날씨가 화창할 때마다 자신들의 말을 찾았고 자신들의 즐거움을 희생시켜가면서까지 친절을 베풀려 하지 않았기 때문에, 당연하게도 그 "언제든지"라는 시간은 결코 오지 않았다. 그들은 4월과 5월의 화창한 아침나절마다 상쾌하게 승마를 즐겼다. 그동안 패니는 온종일 한쪽 이모와 집 안에 틀어박혀 시간을 보내거나, 아니면 다른 쪽 이모의 부추김에 넘어가 힘에 부치는데도 산책을 나서야 했다. 레이디 버트럼은 자신과 마찬가지로 다른 사람들에게도 산책이 재미없을 거라고 생각했다. 온종일 바지

런히 걸어 다니는 사람인 노리스 부인은 모든 사람들이 자기만큼은 걸어야 한다고 생각했다. 이 무렵 에드먼드는 집에 없었다. 그가 있었더라면 이런 불행한 상황은 좀 더 일찍 해결되었을 것이다. 돌아와서 패니가 처한 상황과 그것이 초래한 안 좋은 결과를 알게 되었을 때, 그가 할 일은 단 한 가지밖에 없어 보였다. 그는 단호하게 선언했다. "패니에게는 꼭 말이 있어야 해요." 어머니의 게으른 심성 때문이든 이모의 알뜰한 절약 정신 때문이든 그 두 사람은 억지 주장을 펴며 그 일이 중요하지 않다고 설득하려 했지만, 에드먼드는 그 주장에 반대하며 위와 같이 선언했다. 노리스 부인은 맨스필드 파크 소유의 말들 중에서 제법 쓸 만한 착실한 늙은 말을 찾아내든지, 아니면 집사에게서 그런 말을 빌리든지 해야겠다고 생각하지 않을 수 없었다. 어쩌면 그랜트 박사가 우체국에 보낼 때 사용하는 조랑말을 가끔 빌릴 수도 있을 것이었다. 그녀는 패니가 사촌 언니들처럼 정식으로 제 소유의 숙녀용 말을 가질 필요가 전혀 없으며, 심지어 그것이 부적절하다고 생각했다. 또한 토머스 경도 패니에게 말을 구해준다는 생각은 결코 하지 않았을 거라고 확신했다. 따라서 그녀는 토머스 경이 집을 비운 동안 그렇게 말을 구입해서 가뜩이나 부담이 되는 마구간 유지비에 추가로 부담을 준다면, 그것은 자신이 보기에 몹시 부적절한 일 같다고 말했다. 에드먼드의 대답은 그저 "패니에게는 꼭 말이 있어야 해요"였다. 노리스 부인은 이 문제에 대해 조카와 같은 관점으로 보지 않았지만 레이디 버트럼은 달랐다. 그녀는 패니에게 말이 필요하며 아버지 역시 그 점을 인정할 거라는 아들의 주장에 전적으로 동의했다. 다만 너무 서두르지 말라고 주의를 주며, 아버지가 돌아올 때까지 아들이 기다려주기만을 바랐다. 토머스 경이 9월이면 돌아올 테고 그러면 이 문제를 직접 처리할 텐데, 겨우 그때까지 기다리는 게 무슨 대수냐는 것이었다.

에드먼드는 조카딸에 대한 애정이 눈곱만큼도 없다고 증명해 보이는 것 같아 어머니보다 이모가 더 얄미웠지만, 이모가 한 말에 관심을 갖지 않을 수 없었다. 마침내 그는 너무 과한 행동을 했다고 아버지에게 혼이 날 위험도 없으면서 패니에게 즉각 운동 수단을 마련해줄 수 있는 방식으로 이 문제를 해결하기로 했다. 패니가 적절한 운동 수단 하나 없이 지내는 건 참고 볼 수 없는 일이었다. 에드먼드는 말 세 마리를 가지고 있었는데, 그중 여자가 탈 수 있는 말은 없었다. 두 마리는 사냥용이었고 한 마리는 여행용으로 유용하게 쓰이는 말이었다. 그는 이 세 번째 말을 사촌 여동생이 탈 수 있는 말과 바꾸기로 결심했다. 어디에 가면 그런 말을 찾을 수 있는지도 알고 있었다. 일단 결심이 서자 곧장 모든 일이 일사천리로 해결되었다. 새로 구한 암말은 보석처럼 훌륭한 말로 판명 났다. 암말은 별다른 수고를 들이지 않고도 정확하게, 의도했던 목적에 적합한 말이 되었다. 그 후로 패니는 이 암말을 거의 완전히 독점했다. 그전까지 그녀는 죽은 회색 조랑말처럼 자신에게 잘 맞는 말이 있을 거라고는 생각하지 않았다. 그러나 에드먼드의 암말을 타고 다니면서 느낀 기쁨은 그전에 느낀 같은 종류의 어떤 기쁨보다도 더 컸다. 게다가 그 기쁨의 원천인 에드먼드의 친절한 배려를 생각하니 기쁨은 더욱 배가되었고 어떤 말로도 표현이 불가능했다. 그녀는 이 사촌 오빠가 선하고 위대한 온갖 것들의 본보기이고, 그녀 외의 어느 누구도 그 진가를 알아보지 못하는 가치를 지니고 있다고, 어떤 감정으로도 충분히 보답할 수 없을 만큼 강렬한 자신의 고마움을 받을 자격이 있다고 생각했다. 패니는 그에게 존경과 고마움과 신뢰와 따뜻한 애정 등 온갖 것이 뒤섞인 감정을 품고 있었다.

이 암말은 명목상으로나 실질적으로나 에드먼드의 소유였으니, 노리스 부인은 패니가 그 말을 타고 다녀도 참을 수밖에 없었다. 그리고 설령 레이디 버트럼이 다시 반대 의견을 표하려 했다 하더라도 그녀로서는 토머스 경이 돌아오는 9월까지 기다리지 않은 아들의 처사를 용서할 수밖에 없는 상황이 벌어졌으니, 9월이 되어서도 토머스 경이 여전히 해외에 체류 중이었던 것이다. 일이 이른 시일 내에 마무리될 가능성도 별로 없어 보였다. 불운하게도 토머스 경의 마음이 영국 쪽으로 기울기 시작한 순간, 갑자기 뜻밖의 상황이 벌어졌다. 그리고 관련된 일들이 당장 해결될 전망이 매우 불투명했기 때문에 그는 우선 아들만 집으로 돌려보내고, 자신은 최종적으로 일이 마무리될 때까지 기다리기로 결정했다. 톰은 아버지가 건강하다는 희소식을 듣고 무사히 도착했다. 하지만 노리스 부인에게 그 소식은 별로 소용이 없었다. 그녀의 눈에 토머스 경이 아들만 보낸 것은 불행이 닥칠지 모른다고 예감한 그가 아버지로서 아들의 안위를 우선시한 결정으로만 보였다. 정말로 그렇게 보여 그녀는 끔찍한 예상을 하지 않을 수 없었다. 기나긴 가을밤이 찾아오자 자신의 작은 집에 홀로 외로이 앉아 있는 그녀의 머릿속에서는 무시무시한 망상들이 떠나질 않았다. 따라서 그녀는 매일같이 맨스필드 파크의 정찬실로 도피하지 않을 수 없었다. 그러나 겨울철 사교 모임이 다시 시작되자 상황은 나아졌다. 그런 모임이 진행되는 동안 그녀는 즐거운 마음으로 큰 조카딸의 운명을 관리하는 일에 몰두하느라 웬만큼 자신의 신경을 진정시킬 수 있었다. 그녀는 종종 '가엾은 토머스 경이 다시 돌아오지 못할 운명을 맞이한다 해도 사랑하는 마리아가 결혼을 잘했다는 것을 알면 크게 위로받을 거야'라고 생각했다. 그녀는 재력가 남자들과 함께하는 자리에 갈 때마다 이런 생각을 했다. 특히 최근 거대한 영지와 그 지역에서 가장 훌륭한 저택을 물려받은 젊은 청년을 소개받았을 때 그랬다.

러시워스 씨는 버트럼 양의 아름다운 외모를 보고 첫눈에 매혹됐다. 그리고 결혼할 마음이 생겨나면서 자신이 사랑에 빠졌다고 상상했다. 그는 육중한 체구에 그저 평범한 머리를 가진 청년이었다. 그러나 외모나 말투에서 마음에 안 드는 구석은 전혀 없었으므로 젊은 아가씨는 그를 사로잡았다는 사실에 기뻐했다. 이제 스물한 살이 된 마리아 버트럼은 결혼이 자신의 의무라고 생각하기 시작하던 참이었다. 그리고 러시워스 씨와 결혼하면 아버지의 수입보다 더 많은 부를 누릴 수 있을 뿐만 아니라 현재 가장 중요한 관심사인 런던의 집까지 확실히 사용할 수 있게 될 테니, 같은 도덕적 원칙에서라면 되도록 그와 결혼하는 게 그녀의 분명한 의무일 터였다. 노리스 부인은 이 결혼이 바람직하다고 양측을 부추길 수 있는 온갖 암시와 계획들을 꾸미면서, 일을 성사시키려고 최대한 열의를 보였다. 그리고 다른 여러 수단들 중에서도 특히 이 신사의 어머니와 친해지는 데 애를 썼다. 마침 지금 그 어머니가 아들과 함께 지내고 있어서, 그녀는 레이디 버트럼에게까지 10마일이나 되는 열악한 길을 뚫고 아침 방문을 가라고 강요했다. 노리스 부인과 이 귀부인이 서로의 마음을 잘 이해하게 되기 얼마 전에 일어난 일이었다. 러시워스 부인은 아들의 결혼을 진심으로 바란다고 시인했으며, 여태껏 본 모든 아가씨들 가운데 상냥한 성품으로 보나 교양으로 보나 버트럼 양이야말로 자기 아들을 행복하게 해줄 최고의 적임자인 것 같다고 단언했다. 노리스 부인도 그 같은 칭찬을 인정했다. 그리고 러시워스 부인이 사람 됨됨이를 보는 안목을 갖고 있어 장점을 그리 잘 분별할 수 있는 거라고 감탄했다. 마리아는 실제로 그들 가족 모두의 자랑이자 기쁨이었다. 흠잡을 데 없이 완벽한, 천사 같은 존재였다. 그러니 그녀가 너무나 많은 구혼자들에게 둘러싸여 선택에 어려움을 겪고 있음은 자명했다. 비록 안 지 얼마 안 됐지만 그 짧은 시간을 근거로 노리스 부인이 결론을 내려봐도 좋다면, 러시워스 씨야말로 조카딸을 차지하고 그 애의 마음을 사로잡을 자격이 있는 청년 같았다.

적절한 횟수만큼 무도회에서 함께 춤을 추고 난 뒤 두 젊은 남녀는 이 생각이 옳았음을 입증했다. 그렇게 해서 집을 떠나 있는 토머스 경에게 적절히 통보가 간 가운데 약혼이 성사되었다. 양가 가족이 크게 만족해하고, 지난 여러 주 동안 러시워스 씨와 버트럼 양의 결혼이 적절하다고 느껴온 대부분의 이웃 구경꾼들도 크게 만족해하는 약혼이었다.

토머스 경의 동의는 몇 달이 지난 뒤에야 받을 수 있었다. 하지만 그 기간 동안 그가 마음에서 우러나는 기쁨을 느꼈을 것이라는 점을 의심한 사람은 하나도 없었기에, 두 집안의 친교는 아무런 제약 없이 계속됐다. 그리고 이 일은 노리스 부인이 어디에서든 당장 입 밖에 내서는 안 된다고 말한 것 말고는, 전혀 비밀에 붙여지지 않았다.

가족 중에서 유일하게 에드먼드만이 무언가 잘못되었음을 감지할 수 있었다. 노리스 부인이 아무리 애를 써도 그는 러시워스 씨가 여동생의 바람직한 짝이라는 주장을 받아들이지 않았다. 그도 여동생이 본인의 행복을 제일 잘 판단할 거라는 점은 인정했다. 그러나 그 행복이란 것이 거액의 수입에 좌우되는 게 달갑지 않았고, 러시워스 씨와 함께 있는 자리에서 이런 혼잣말이 나오는 것을 억누를 수 없었다. "이 친구한테 1만 2천 파운드라는 연 수입이 없었다면 아마 대단히 멍청이 취급을 받았을 거야."

그러나 토머스 경은 딸이 의심의 여지 없이, 그토록 훌륭한 인연을 맺게 되었다는 기대감으로 진심으로 행복했다. 그리고 그는 그 인연이 더없이 유익하고 흡족한 것이라는 이야기만 들었다. 제대로 된 올바른 인연이라는 것이었다. 두 집안이 거주하는 지역도 같고, 관심사도 같았다. 그는 자신이 돌아올 때까지 결혼을 미루어달라는 조건만 달았고, 다시 한 번 귀향을 학수고대했다. 그렇게 편지를 보낸 때가 4월이었다. 그는 모든 일을 완전히, 만족스럽게 마무리 짓고 9월 말이 되기 전에 안티과를 떠나게 되기를 열렬히 희망했다.

이것이 7월의 상황이었다. 패니의 나이가 막 열여덟 살에 이른 때였다. 이 무렵 마을의 사교 모임에 그랜트 부인의 동생 남매가 새로이 등장했다. 그랜트 부인의 어머니가 두 번째 결혼에서 얻은 자식들로, 크로퍼드 씨라는 청년과 크로퍼드 양이라는 아가씨였다. 둘 다 많은 재산을 소유한 젊은이들이었다. 청년은 노퍽 주에 넓은 영지와 저택을 소유하고 있었고, 아가씨는 현금 2만 파운드를 갖고 있었다. 어렸을 때 그랜트 부인이 무척 사랑하던 동생들이었다. 그런데 그들 모두의 어머니였던 크로퍼드 부인이 세상을 뜬 지 얼마 안 됐을 때 그녀가 결혼을 하는 바람에 이들 남매는 숙부의 손에 맡겨졌다. 그랜트 부인은 그 숙부라는 사람을 전혀 알지 못했다. 그녀는 그 후로 동생들을 한 번도 본 적이 없었다. 그들 남매는 숙부의 집에서 따뜻한 안식처를 찾았다. 크로퍼드 제독과 크로퍼드 부인은 다른 점에 있어서는 전혀 마음이 맞지 않았지만 이 아이들에 대한 애정만큼은 일치했다. 부부가 각자 더 좋아하는 쪽만 달랐을 뿐, 그 이상의 차이는 없었다. 그들은 자기가 더 좋아하는 아이를 각별히 편애했다. 제독은 사내아이를 보며 더 기뻐했고,

크로퍼드 부인은 딸아이를 맹목적으로 사랑했다. 그런데 그만 크로퍼드 부인이 세상을 떠났다. 부인의 피후견인이었던 크로퍼드 양은 몇 달을 더 숙부 집에서 머물며 애써봤지만, 결국은 다른 거처를 마련할 수밖에 없었다. 크로퍼드 제독은 행실이 부도덕한 편이었다. 그는 조카딸을 계속 데리고 사는 대신 집에 정부를 들이는 쪽을 택했다. 그리고 그 덕분에 그랜트 부인은 여동생으로부터 언니 집에서 함께 살아도 되겠느냐는 부탁을 받게 된 것이었다. 한쪽에 적절했던 만큼 다른 쪽에도 반가운 제안이었다. 마침 이 무렵 그랜트 부인은 자녀 없이 시골에 사는 부인이 통상적으로 즐기는 오락거리를 다 소진한 참이었다. 제일 좋아하는 거실을 예쁜 가구들로 가득 채우고, 최고로 예쁜 화초와 가금류를 수집하는 일까지 마친 참이라 뭔가 집 안에 변화가 일어나기를 바라고 있던 중이었다. 그러던 참에 그녀가 늘 애지중지하던 여동생이 온다고 하니, 그것도 결혼하지 않는 한 계속해서 함께 살 수 있을지도 모른다니, 기분이 너무나 좋았다. 제일 걱정스러운 점은 맨스필드라는 곳이 런던에서 사는 데 익숙한 아가씨에게 과연 흡족할 것인가 하는 점이었다.

크로퍼드 양도 언니와 비슷한 걱정을 하지 않았던 것은 아니었다. 물론 그녀의 걱정은 주로 언니의 생활 방식이라든가 사교 모임의 품격에 관한 의심에서 비롯되었다. 그녀는 먼저 오빠에게 그가 소유한 시골 저택에서 함께 살면 안 되겠느냐고 설득하려 했지만 무위로 끝났고, 그래서 언니 집에서 살아보기로 마음을 먹을 수 있었던 것이었다. 불행하게도 헨리 크로퍼드는 계속해서 같은 집에 살거나 사교 모임에 제약을 받는 것을 지독히 싫어했다. 그러니 그렇게 중요한 문제에서 동생의 부탁을 들어줄 수 없었다. 하지만 동생이 노샘프턴 주까지 갈 때 최대한 친절하게 동행해주었으며, 언제라도 그곳이 싫증 난다고 하면 통보받은 지 30분 안에 다시 데리러 오겠다고 약속했다.

남매들의 만남은 양쪽 모두에게 매우 만족스러웠다. 크로퍼드 양은 언니가 딱딱하거나 촌스럽지 않다는 것을 알아차렸다. 형부라는 사람도 신사다워 보였고, 집도 널찍하고 가구도 잘 구비되어 있었다. 그랜트 부인은 동생들을 전보다 더 사랑하게 되기를 바라면서 반갑게 맞이했다. 매력 넘치는 남매였다. 메리 크로퍼드는 단연 눈에 띄게 예뻤다. 헨리는 미남은 아니었지만 의젓했고 표정도 차분했다. 남매 모두 태도에 활기가 넘쳤고 사근사근했다. 그래서 그랜트 부인은 이들이 당연히 그밖의 다른 자질들도 갖고 있을 것이라고 믿었다. 둘 다 마음에 들었지만 특히 메리 쪽이 더 사랑스러웠다. 본인의 미모를 자랑할 처지가 못 됐기에, 여동생의 미모를 자랑할 수 있게 된 기쁨을 한껏 만끽했다. 사실 짝을 찾아주려고 여동생의 도착을 기다렸던 것은 아니었지만, 그녀는 이미 톰 버트럼을 메리의 짝으로 점찍어두고 있었다. 준남작의 장남 정도면 2만 파운드 재산에다 우아함과 교양까지 겸비한 아가씨에게 과분한 상대는 아니지 않은가. 그랜트 부인은 동생이 그 같은 자질을 갖추고 있을 것이라고 넘겨짚고 있었다. 사람 좋고 말수도 결코 적지 않은 그녀는 메리가 도착한 지 세 시간도 채 안 되어 자신의 계획을 몽땅 털어놓았다.

크로퍼드 양은 그렇게 가까운 곳에 그렇게 지체 높은 집안이 있다는 걸 알고 기뻐했다. 언니의 때 이른 관심과 그 관심의 대상으로 선택된 사람에 대해서도 전혀 불쾌한 생각이 들지 않았다. 결혼을 잘할 수만 있다면, 결혼이야말로 그녀의 목표였다. 그리고 런던에서 버트럼 씨를 이미 만난 적이 있던 터라 그의 신분과 마찬가지로 그의 외모에 대해서도 반대할 만한 것은 없음을 잘 알고 있었다. 겉으로는 언니의 말을 농담으로 취급했지만, 내심은 진지하게 고려해봐야겠다고 생각했다. 이 계획은 곧 헨리에게도 전해졌다.

"그래서 말이다." 그랜트 부인이 말했다. "내가 이번 일을 완벽히 성사시키기 위해 생각한 게 있어. 진심으로 너희 둘 다 이 지역에 정착했으면 좋겠구나. 그러니 헨리, 버트럼 집안의 둘째 딸과 결혼하는 게 어떠니. 착하고 예쁘고 명랑하고 교양 있는 아가씨야. 분명히 너를 행복하게 해줄 거야."

"사랑하는 언니." 메리가 말했다. "오빠를 설득하는 데 성공해서 그 비슷한 일이라도 하게 만든다면, 저한텐 정말 신선한 기쁨일 거예요. 그렇게 할 수 있을 정도로 영리한 사람과 가족이라니 기쁘고말고요. 그리고 그런 언니한테 해결해야 할 딸들이 여섯 명쯤 되지 않는 걸 아쉬워하겠지요. 헨리 오빠를 설득해서 결혼하게 하려면 프랑스 여자 같은 말솜씨가 있어야 할걸요. 영국 사람의 능력으로 할 수 있는 일은 제가 이미 다 시도해봤어요. 저한테 각별한 친구 셋이 있는데 그 애들이 차례대로 오빠를 죽도록 사랑한다고 나섰던 적이 있었어요. 그 아가씨들, 그 애들의 어머니들(아주 똑똑한 부인들이죠), 그리고 숙모와 저까지 나서서 오빠를 결혼시키려고 설득하고, 구슬리고, 속이고 하면서 얼마나 애썼는지 믿지 못할 정도였다니까요! 오빠는 상상도 안 갈 만큼 지독한 바람둥이예요. 언니가 말한 버트럼 자매에게 가슴이 찢어지는 상심을 겪지 않으려면 헨리 오빠를 피하라고 하세요."

"사랑하는 헨리, 나는 네가 그런 사람이라는 말을 믿을 수가 없구나."

"절대 아니에요. 누님이 참 선량한 분이라는 확신이 드는군요. 메리보다 훨씬 더 인정이 많으세요. 아직 젊어서 갖게 되는 의심과 경험 부족은 참작해주시리라 믿습니다. 제 성격이 좀 신중한 편이라서요. 저는 지나치게 서둘러 제 행복을 두고 모험을 감행하고 싶은 마음은 없습니다. 누구도 저보다 더 결혼 생활의 중요성을 높이 평가할 수 없을 거예요. 저는 아내를 '하늘이 마지막으로 주는 최고의 선물'*이라고 한 어느 시인의 신중한 구절이야말로 아내라는 축복을 가장 올바르게 표현한 것이라고 생각해요."

"저것 봐요, 언니. 보다시피 유독 한 단어만 길게 강조하고

---

*존 밀턴의 《실낙원》의 구절.

있잖아요. 그리고 슬며시 미소를 머금고 있는 것만 해도 그래요. 정말 보기 싫다니까요. 제독님이 보이신 모범이 오빠를 완전히 망쳐놓았지 뭐예요."

"난 별로 신경 안 써." 그랜트 부인이 말했다. "젊은 사람들이 결혼 문제에 대해 하는 이야기들 말이야. 그들이 결혼할 마음이 없다고 공언한다면, 그건 아직 임자를 만나지 못했다는 소리지."

그랜트 박사는 껄껄 웃으면서 크로퍼드 양에게 결혼할 생각이 없진 않은 것을 축하했다.

"어머! 맞아요. 저는 그런 생각이 전혀 부끄럽지 않아요. 적절한 결혼만 할 수 있다면 모든 사람들이 결혼하게 되기를 바란답니다. 사람들이 자신을 아무렇게나 내던지듯 행동하는 것은 좋아하지 않아요. 하지만 자기에게 유리하게만 할 수 있다면 누구나 결혼을 해야 해요."

5

양가의 젊은이들은 처음부터 서로가 마음에 들었다. 양쪽 모두 서로의 마음을 끌 만한 요인들이 많았다. 정중한 태도로 보건대 그들이 일찌감치 친해지리라는 것은 자명한 일이었다. 크로퍼드 양의 미모는 버트럼 자매에게 아무런 해가 되지 않았다. 본인들이 너무나 아름다우니 다른 아가씨도 그렇다고 싫어

할 까닭이 없었다. 그들은 크로퍼드 양의 강렬한 검은 눈과 맑고 가무스름한 안색, 그리고 전반적인 아름다움에 대해 오빠만큼이나 매력을 느꼈다. 키가 크고, 체형이 완벽하고, 살결까지 희었다면 좀 더 힘든 상황이 벌어졌을지도 모른다. 그러나 현상태라면 비교가 될 수 없었다. 크로퍼드 양이 충분히 봐줄 만하게 상냥하고 예쁜 아가씨였다면, 버트럼 자매는 그 지역에서 최고로 아름다운 아가씨들이었다.

　오빠 쪽은 잘생긴 편은 아니었다. 절대로 그렇지 않았다. 첫인상만 보면 확실히 못생긴 편이었다. 까무잡잡한 데다 수수한 얼굴이었다. 하지만 그럼에도 호감 가는 태도를 지닌 신사였다. 두 번째 만남 뒤, 그는 그렇게 볼품없는 사람은 아닌 것으로 판명이 났다. 분명히 못생기긴 했지만 그래도 표정이 매우 풍부했고 치아도 아주 가지런했다. 게다가 체격도 아주 당당해서 얼굴 생김은 금방 잊게 할 정도였다. 세 번째 만남 뒤, 목사관에서 함께 정찬을 들고 나자 그는 더 이상 누구도 못생겼다고 말할 수 없는 사람이 되어 있었다. 사실 그는 두 자매가 지금껏 알고 지낸 누구보다도 더 마음에 드는 청년이었다. 자매는 똑같이 그에게 호감을 느꼈다. 그러나 버트럼 양이 약혼을 했으니 그는 형평의 원칙상 줄리아의 차지였다. 줄리아도 그 사실을 충분히 의식하고 있었다. 따라서 그녀는 그가 맨스필드에 온 지 일주일도 채 지나지 않아 그와 사랑에 빠지겠노라고 단단히 각오를 다졌다.

　이 문제에 대한 마리아의 생각은 다소 혼란스럽고 불분명했다. 그녀는 어떻게 해야 할지 알고 싶지 않았고 이해하기도 싫었다. "마음에 드는 남자를 좋아한다고 해가 될 리 없어. 내 상황이야 누구나 아는 거니까. 크로퍼드 씨가 알아서 조심하겠지." 크로퍼드 씨는 자신을 위험에 던져 넣고 싶은 생각이 추호도 없었다. 버트럼 자매는 친절하게 대해줄 가치가 있는 아가씨들이었고, 기꺼이 그런 대접을 받을 준비가 되어 있었다. 애초에 그는 이 아가씨들이 자기를 좋아하도록 만들겠다는 것뿐, 다른 의도는 없었다. 두 아가씨가 자신을 죽도록 사랑하는 상황은 바라지 않았다. 그러나 분별력과 냉정을 유지한다면 틀림없이 더 잘 판단하고 잘 즐길 수 있을 것이므로, 그들과의 교제에서 스스로 상당한 자유를 가지고 말하고 행동해도 좋을 것이라 보았다.

"누님 말씀처럼 버트럼 양 자매가 지극히 마음에 듭니다." 앞서 말한 정찬 방문이 끝나고 두 아가씨를 그들의 마차까지 배웅하고 온 그가 말했다. "아주 우아하고 상냥한 아가씨들이군요."

"정말 그래. 네가 그렇게 말하는 소리를 들으니 기쁘구나. 하지만 줄리아가 더 마음에 들겠지."

"아! 맞아요. 줄리아가 더 마음에 듭니다."

"하지만 진심이니? 대개는 버트럼 양이 더 아름답다고 생각하는데."

"그런 것 같기는 합니다. 이목구비 모두 더 나았어요. 표정도 더 좋았고요. 하지만 저는 줄리아가 더 좋습니다. 버트럼 양이 확실히 더 아름답고 상냥하다는 건 알지만, 계속 줄리아를 더 좋아할 겁니다. 누님이 그러라고 명령하셨잖아요."

"너한테 무슨 말을 못 하겠구나, 헨리. 하지만 분명히 너도 결국은 그 아가씨를 좋아하게 될걸."

"처음부터 그 아가씨가 더 마음에 든다고 말하지 않았나요?"

"게다가 버트럼 양은 약혼까지 했어. 그 점을 명심해야 한다, 사랑하는 동생. 그 아가씨의 선택은 이미 끝났어."

"알겠습니다. 그런데 그 점 때문인지 그 아가씨가 더 마음에 드는데요. 약혼한 여자는 늘 약혼하지 않은 여자보다 더 매력적이거든요. 자기 자신에 대해 만족하고 있으니까요. 걱정이 끝났으니 아무런 의심 없이 다른 사람을 매혹시키는 자신의 능력을 마음껏 발휘할 수 있는 거죠. 약혼한 아가씨와 함께하면 모든 게 안전해요. 어떤 해도 입힐 수 없으니까요."

"글쎄, 그 점에 대해서는…… 러시워스 씨는 참 훌륭한 청년이야. 그리고 그 아가씨에게 정말 잘 맞는 짝이고."

"하지만 버트럼 양은 그 청년을 별로 신경 쓰지 않는 것 같다? 가까운 사이라는 그 아가씨에 대해 이렇게 생각하시는 거죠? 하지만 저는 동의하지 않겠습니다. 전 버트럼 양이 러시워스 씨에게 대단한 애정을 갖고 있다고 확신해요. 러시워스 씨 얘기를 할 때 그 아가씨 눈빛에서 그걸 읽을 수 있었어요. 제 눈엔 버트럼 양이 워낙 좋게 보여서인지, 그녀가 아무런 마음도 없이 덥석 약혼할 사람이라는 생각은 안 드네요."

"메리, 네 오빠를 어떻게 해야겠니?"

"그냥 놔둘 수밖에 없다고 생각해요. 말해봤자 아무 소용 없으니까요. 결국엔 자기가 당하고 말걸요."

"하지만 나는 저 애가 당하는 건 바라지 않아. 누군가에게 기만당하게 내버려두고 싶지 않다. 모든 게 정당하고 명예로웠으면 좋겠는데."

"어머! 언니, 그냥 운을 시험해보라고, 그래서 한번 당해보라고 놔두세요. 그래도 별 지장 없을 거예요. 누구든 그런 때가 있기 마련이잖아요."

"결혼 문제에 관해서라면 늘 그런 게 아니란다, 사랑하는 메리."

"결혼 문제에서 특히 그래요. 지금 말하고 있는 그 두 사람의 결혼 운에 대해서는 적절한 경의를 표하는 바이지만요, 친애하는 그랜트 부인, 결혼할 때 기만당하지 않는 사람은 여자건 남자건 백 명 중 한 명도 안 된답니다. 앞으로 제가 처하게 될 입장에서 보면, 정말 언제나 그렇게 보여요. 결혼이라는 것이 모든 거래 중에서 상대에게 가장 많은 것을 기대하면서도 정작 자신은 가장 정직하지 않은 모습을 보이는 거래라는 점을 고려해보면요."

"저런! 너 런던의 힐 거리에 살면서 결혼에 대해 정말 잘못 배웠나 보다."

"돌아가신 가엾은 숙모의 결혼 생활은 분명 만족스럽지 않았어요. 하지만 제가 직접 관찰한 것들만 근거해서 말한다고 해도, 결혼이란 책략을 쓰는 작전 같은 일이에요. 결혼하면서 기대감에 잔뜩 부풀어 인척 관계에서 뭐라도 한 가지 득이 있 겠지, 혹은 상대방이 교양과 훌륭한 성품을 갖고 있겠지 하고 철석같이 믿었다가, 자신이 완전히 기만당했다는 것을 알아차 리고, 그래서 그 정반대의 상황을 참고 견딜 수밖에 없게 된 사 람들을 제가 얼마나 많이 알고 있는데요! 바로 이런 게 사기가 아니고 뭐겠어요?"

"얘, 그 생각에는 틀림없이 상상이 어느 정도 가미된 것 같 구나. 미안한데 네 말을 전부 믿을 수는 없어. 내가 장담하는데 너는 절반밖에 못 보고 있어. 안 좋은 면은 보지만 위안이 되는 면은 못 보고 있다고. 어디든 사소한 마찰이나 실망은 있는 법 이야. 그리고 우리는 모두 너무 많은 걸 기대하는 경향이 있고. 하지만 그렇더라도 한 가지 행복의 계획이 실패하면 인간은 본 능적으로 다른 계획 쪽으로 눈을 돌리기 마련이지. 첫 번째 계 산이 잘못되면 두 번째 계산은 더 잘하게 되는 법이야. 어디에 서든 위안을 찾아. 사랑하는 메리, 심사가 비뚤어져서 사소한 문제를 중요한 일로 치부하는 제삼자들이 사실은 당사자들보 다 더 많이 기만당하고 속아 넘어간단다."

"참 훌륭한 말씀이네요, 언니! 언니네 기혼 부인 집단의 단 결심에 존경을 표하겠어요. 저도 기혼 부인이 되면 딱 그만큼 심지를 굳게 가질게요. 제 친구들 모두 그렇게 되기를 바라고 요. 그럼 가슴 아픈 여러 일들을 피하게 되겠죠."

"이제 보니 너도 네 오빠만큼이나 비뚤어졌구나, 메리. 하 지만 우리가 너희 둘을 바로잡을 거야. 맨스필드에서 생활하다

보면 둘 다 고쳐질 거야. 기만당하는 일 없이. 우리 집에 머무르는 동안 우리가 바로잡아줘야지."

크로퍼드 남매는 바로잡히기를 원하지 않았지만 기꺼이 그곳에 머무르기로 했다. 메리는 당장 머물 집으로 목사관이 마음에 들었다. 헨리도 같은 마음이어서 기꺼이 방문을 연장하기로 했다. 그는 원래 그곳에서 며칠만 머물 생각이었다. 하지만 맨스필드에서의 생활이 무척 재미있을 것 같은 데다, 그곳을 떠나 할 일도 딱히 없었다. 그랜트 부인은 두 동생을 다 곁에 둘 수 있어 기뻤다. 그랜트 박사도 일이 이렇게 된 데 지극히 만족했다. 크로퍼드 양처럼 예쁘고 수다스러운 아가씨는 그처럼 집 안에만 틀어박혀 지내는 게으른 사람에게 항상 반가운 말벗이었다. 게다가 크로퍼드 씨가 그의 손님으로 머물면서 클라레*를 매일 마실 훌륭한 구실을 제공해주었던 것이다.

크로퍼드 씨를 보고 버트럼 자매가 품은 호감은 크로퍼드 양이 기질상 느낄 수 있는 그 어떤 감정보다도 더 열광적이었다. 그러나 메리는 버트럼 형제가 지극히 훌륭한 청년들이고, 런던에서도 그런 청년들을 한꺼번에 보는 일은 흔치 않으며, 그들의 태도, 특히 장남의 태도가 매우 훌륭하다는 점은 인정했다. 런던에 가본 적이 많아서인지 그는 에드먼드보다 더 활달했고, 여성을 공대하는 태도도 더 지극했다. 그러니 호감이 더 가는 것은 어쩔 수 없었다. 게다가 그가 장남이라는 점도 또

---

*보르도산 적포도주.

다른 강점이었다. 그녀는 어쩐지 그를 더 좋아하게 될 것 같다는 때 이른 예감을 느꼈다. 그게 자신이 나아갈 길이라는 생각이 들었다.

어쨌든 톰 버트럼이 호감 가는 청년이라는 것은 틀림없는 사실이었다. 그는 누구나 좋아하는 유형의 청년이었다. 부드러운 태도와 훌륭한 성품, 폭넓은 교유 관계, 풍부한 화젯거리까지 갖고 있어서, 그에게서 느껴지는 호감은 품격 높은 자질들보다도 오히려 더 자주 사람들의 마음을 사로잡았다. 게다가 맨스필드 파크와 준남작 작위 계승권도 그의 이 모든 장점들을 더욱 돋보이게 했다. 크로퍼드 양은 그와 그의 조건이 충분히 유망하다는 사실을 곧바로 감지했다. 그녀는 적절히 숙고하면서 주변을 둘러본 뒤 거의 모든 점들이 그에게 유리하다고 판단했다. 저택을 에워싼 숲과 둘레가 5마일이나 되는 정원, 가구들만 좀 더 구비하면 완벽할, 영국 신사들의 저택을 묘사한 판화집에 나옴 직한 널찍한 현대식 저택,* 상냥한 누이들과 조용한 어머니, 그리고 그녀 자신의 마음에 드는 청년이라는 것 등 모든 점이 그랬다. 그리고 현재 아버지와의 약속 때문에 도박도 많이 못 하고 묶여 있다는 것과 나중에 그가 토머스 경이라는 호칭을 물려받을 것이라는 점도 강점이었다. 그 정도면 앞날이 지극히 유망할 것 같았다. 그녀는 톰 버트럼을 자기 사람으로 만들겠다고 생각했다. 그래서 그가 B 경마 대회에서 타게

---

*18세기에 대저택 관광이 인기를 끌기 시작하면서, 해당 지역을 설명하는 삽화가 판화 형식으로 수록되고 건물 소유주에 대한 설명이 실린 안내서가 출판되곤 했다.

될 말에 더 많은 관심을 보이기 시작했다.

톰은 이 경마 대회에 참석하기 위해 크로퍼드 남매와의 교제가 시작된 지 얼마 지나지 않아 집을 떠날 예정이었다. 가족들이 평상시 행동에 비추어 그가 여러 주 동안 돌아오지 않을 거라고 예상하는 것을 보니 그가 경마 대회에 얼마나 열광하는지 짐작할 수 있었다. 그는 그녀에게도 대회에 참석하라고 권하며 끈질기게 설득했다. 그리고 많은 사람들이 경주를 구경하러 가고 싶다고 열의를 표하는 가운데 모두 함께 가자는 계획들이 세워졌지만 결국은 그저 말로만 그칠 뿐이었다.

그런데 이런 일들이 벌어지는 동안 패니, 패니는 무엇을 하고 무슨 생각을 하고 있었을까? 열여덟 살 먹은 어린 아가씨들 중에서 패니보다 더 자기 생각을 말해보라는 권유를 덜 받은 아가씨는 없었을 것이다. 조용히, 거의 주목받지 못한 채 그녀도 크로퍼드 양의 미모에 감탄 어린 찬사를 바치고 있었다. 그러나 패니는 시종일관 크로퍼드 씨가 못생겼다고 생각했기 때문에 사촌 언니들이 몇 번이고 되풀이해서 그렇지 않음을 입증해 보여도 그에 대해서는 결코 입을 열지 않았다. 패니 자신이 워낙에 주목을 끌지 않았기 때문에 심지어 이런 말도 나왔다. "이제야 이 댁의 모든 분들을 알기 시작한 것 같네요. 패니 양만 빼고요." 버트럼 형제와 산책을 하던 중 크로퍼드 양이 말했다. "부디 말씀해주세요. 패니 양이 사교 모임에 데뷔는 했나요? 아니면 안 했나요? 정말 궁금한데……. 일전에 그 아가씨가 다른 가족분들과 함께 목사관에서 정찬을 들었잖아요. 그걸 보면 사교 모임에 데뷔한 것 같기도 하고요. 하지만 말수가 너무 적어서 데뷔하지 않은 것 같기도 해요."

이런 질문을 주로 상대하던 에드먼드가 대답했다. "무슨 말씀인지 알 것 같군요. 하지만 그 질문에는 대답하지 않겠습니다. 제 사촌 동생은 다 자랐습니다. 이제 어른이 다 된 데다 분별력을 가진 아가씨이긴 하지요. 하지만 그 아이가 사교 모임에 데뷔했는지 안 했는지는 저로서는 알 수 없군요."

"하지만 대개 보면요, 그것보다 더 쉽게 확인할 수 있는 일도 없답니다. 차이가 너무 확연하니까요. 일반적으로 겉모습뿐만 아니라 태도까지 완전히 다르게 변하거든요. 저는 지금까지 어떤 아가씨가 사교 모임에 데뷔했느냐 하지 않았느냐를 잘못 본다는 게 가능하다고 생각해본 적이 없어요. 아직 데뷔하지 않은 어린 아가씨는 항상 똑같은 옷만 입어요. 이를테면 꽉 끼는 보닛을 쓴다거나, 무척 새침한 태도를 보인다거나, 말을 한마디도 하지 않는다거나 하죠. 웃으셔도 좋아요. 하지만 분명히 그렇다고 장담해요. 가끔은 다소 도를 넘을 때도 있지만 그건 매우 당연한 모습이죠. 어린 아가씨는 당연히 얌전하고 겸손해야 하니까요. 가장 거슬리는 부분은, 그런 아가씨들이 사람들에게 처음 소개될 때 종종 너무 갑작스럽게 태도가 돌변한다는 거예요. 말없이 조용하던 사람이 너무 짧은 시간 안에 정반대 모습으로 돌변하기도 하죠. 뻔뻔스럽기까지 한 모습으로요! 그게 바로 현 제도의 잘못된 부분이에요. 누구도 열여덟이나 열아홉 먹은 어린 아가씨가 너무 갑작스럽게 모든 일을 하겠다고 나서는 꼴은 보고 싶지 않을 거예요. 한 해 전까지 거의 말이 없던 그 아가씨를 알고 있다면 더욱이요. 버트럼 씨, 가끔 그렇게 돌변하는 아가씨들을 만나보셨겠죠."

"그렇긴 합니다만 그 말씀은 공정하다고 할 수 없는데요. 누구를 염두에 두고 그런 말씀을 하시는지 알겠습니다. 저와 앤더슨 양을 놀리고 계시는 거겠죠."

"어머! 앤더슨 양이라뇨! 누구를 말씀하시는 건지 무슨 일을 말씀하시는 건지 모르겠는데요. 전혀 모르겠어요. 하지만 무슨 뜻인지 말씀해주신다면 아주 즐거운 마음으로 놀려드릴게요."

"아! 참 잘도 빠져나가시는군요. 하지만 그렇게까지 속아드릴 수는 없지요. 태도가 돌변한다는 아가씨를 언급하면서 눈빛으로 앤더슨 양 이야기를 하신 게 분명하니까요. 묘사가 하도 정확해서 다른 사람으로 오해할 수조차 없군요. 정확히 앤더슨 양에 관한 묘사였어요. 베이커 거리에 사는 앤더슨 집안 말입니다. 아시다시피 일전에 제가 그 집 사람들 얘기를 했었죠. 에드먼드, 너도 내가 찰스 앤더슨 얘기를 하는 걸 들었겠지. 그 댁 상황이 이 숙녀분이 말씀하신 상황과 정확히 같아. 2년 전쯤 앤더슨이 처음으로 나를 자기 가족들에게 소개했을 때 그의 여동생은 사교 모임에 데뷔하기 전이었어. 그래서인지 도무지 말을 붙일 수가 없었어. 어느 날 아침 앤더슨을 기다리면서 그 댁에 한 시간 동안 앉아 있었지. 방 안에는 앤더슨의 여동생과 한두 명의 꼬마 아가씨들이 있었고. 가정교사는 아픈 건지 달아난 건지 알 수 없었고, 그의 어머니는 사무적인 편지들을 들고 계속해서 들락거리고 있었어. 그때는 그 어린 아가씨가 말하는 걸 거의 듣지 못했고 얼굴 표정도 제대로 못 봤어. 예의 바른 대답 같은 것도 전혀 못 들었지. 입을 꼭 다물고 잔뜩 새침을 떨면서 나한테서 돌아앉아 있더라니까! 그 후로 열두 달 동안은 그 아가씨를 다시 보지 못했어. 이후 사교 모임에 데뷔했다고 하더라고. 그러다 홀퍼드 부인 댁에서 다시 만났는데…… 누군지 기억이 안 나는 거야. 그런데 그 아가씨가 다가오더니 나를 안다고 나서면서 무안할 정도로 빤히 쳐다보더라고. 그러고는 눈길을 어디다 두어야 할지 모를 만큼 수다를 떨며 깔깔거리고 웃어댔어. 분명 그 순간 내가 그 방 안에서 놀림감이 됐을 거라고 생각해. 크로퍼드 양이 이 이야기를 들은 게 분명하고."

"꽤 그럴듯한 이야기네요. 그 안에 그 이상의 진실이 담겨있는 것도 같고요. 앤더슨 양에게는 누가 될지도 모르겠지만 말예요. 그런 건 너무나 흔한 실수예요. 확실히 요즘 어머니들은 자기 딸들을 제대로 관리하는 법을 몰라요. 그런 잘못이 어디서 비롯됐는지 모르겠어요. 사람들의 잘못을 바로잡겠다고 주제넘게 나서고 싶진 않지만, 그들이 종종 잘못을 저지른다는 것만은 확실히 알아요."

"여성들의 태도가 어때야 하는지 세상 사람들에게 본을 보이는 사람들이 그런 어머니들을 바로잡아주기 위해 많은 일을 하고 있을 겁니다." 버트럼 씨가 정중하게 말했다.

"잘못된 것만큼은 틀림없지요." 조금 덜 정중하게 에드먼드가 말했다. "그런 아가씨들은 잘못 자랐어요. 처음부터 그릇된 생각이 머리에 심어진 거지요. 허영이라는 동기에 따라 처신하고 있는 겁니다. 그런 아가씨들에게는, 사람들 앞에 나서기 전부터 이미, 진실한 겸손함 같은 것은 없습니다. 그 후에도 그런 것처럼 말이죠."

"저는 모르겠어요." 크로퍼드 양이 주저하며 말했다. "아뇨, 저는 그 말씀에는 동의할 수 없네요. 사교 모임에 데뷔도 하지 않은 아가씨가 데뷔한 아가씨와 똑같이 거드름을 피우고 제멋대로 행동하는 게 더 나빠요. 그런 행태를 직접 봤으니까 하는 말이에요. 그게 제일 나빠요. 얼마나 밉살스럽다고요!"

"맞습니다. 그런 행태는 사람을 정말 불편하게 해요." 버트럼 씨가 말했다. "대체 그 앞에서 어떻게 해야 할지 갈팡질팡하게 만들거든요. 어찌해야 할지 알 수가 없지요. 크로퍼드 양이 아주 잘 묘사한(그보다 더 적절한 묘사는 없을 겁니다) 꽉 끼는 보닛에 새침한 태도를 보면 그런 아가씨 앞에서는 어떻게 처신해야 할지 알 수 있어요. 하지만 작년에 그런 표지들이 없는 바람에 그만 끔찍한 곤경에 처한 적이 있었습니다. 9월에 일주일 예정으로 친구 한 명과 램스게이트*에 갔었어요. 서인도 제도에서 돌아온 직후였는데 스네이드라는 친구와 함께였었죠. 너도 내가 스네이드 얘기 하는 걸 들었겠지, 에드먼드. 그

---

*켄트 남부의 유명한 휴양 도시.

친구의 아버지와 어머니, 그리고 누이들이 그곳에 있었습니다. 앨비언 저택에 도착하니 모두들 외출하고 안 계시더군요. 우리는 뒤따라 나갔고 부둣가에서 그분들을 찾았습니다. 스네이드 부인과 두 따님이 다른 지인들과 함께 그곳에 계셨지요. 저는 정식으로 인사를 드렸습니다. 그리고 스네이드 부인이 다른 남성들에게 둘러싸여 있었기 때문에 따님 한 분에게만 주로 관심을 쏟았습니다. 집으로 돌아오는 내내 그 아가씨 옆에서 걸으며 최대한 친절을 베풀었지요. 그 아가씨의 태도는 지극히 자연스러웠고, 상대방의 이야기에 귀를 기울이는 것만큼이나 스스럼없이 말도 잘했습니다. 그때 저는 제가 잘못을 저지르고 있을지도 모른다는 생각은 꿈에도 하지 않았어요. 두 아가씨 다 똑같아 보였으니까요. 다른 아가씨들처럼 둘 다 베일을 쓰고, 파라솔을 들고, 옷을 잘 차려입고 있었지요. 그러다 뒤늦게야 제가 사교 모임에 데뷔도 하지 않은 막내딸에게 온 관심을 쏟았고, 그로 인해 큰딸의 분노를 샀다는 것을 알게 되었습니다. 막내딸 오거스타 양은 그 후로도 6개월 동안은 남자의 주목을 받아서는 안 되는 아가씨였습니다. 그러니 맏딸 스네이드 양은 저를 절대로 용서하지 않았을 겁니다."

"정말 잘못하셨네요. 스네이드 양이 너무 가엾고요! 전 여동생이 없지만 스네이드 양에게 동정이 가요. 아직 한창때를 맞이하지도 못했는데 동생에게 밀려 무시당했으니 틀림없이 약이 올랐을 거예요. 하지만 그 일은 전적으로 그 아가씨들 어머니 잘못이에요. 오거스타 양 옆에 당연히 가정교사를 붙여놨어야죠. 그렇게 덜 떨어지게 행동하면 잘될 리가 없다니까요. 여하튼 이제는 프라이스 양에 대한 궁금증을 해소해야겠네요. 그 아가씨가 무도회에는 참석하나요? 우리 언니 집뿐만 아니라 어디든 다른 댁 정찬 모임에도 가나요?"

"아닙니다." 에드먼드가 대답했다. "무도회에 간 적이 있다고는 생각하지 않아요. 제 어머니께서 다른 사람들과 어울리는 일은 좀처럼 하시지 않아서, 그랜트 부인 댁을 제외하면 나가서 정찬을 드시는 일이 없어요. 패니는 우리 어머니와 함께 집에 머무는 편이고요."

"아! 그럼 답은 명확하네요. 프라이스 양은 아직 사교 모임에 데뷔하지 않았군요."

6

버트럼 씨는 ─로 떠났다. 크로퍼드 양은 그가 없는 동안 사교 생활에 큰 공백이 생길 것이고 이제는 두 가족의 일상사가 되다시피 한 만남을 가질 때마다 틀림없이 그를 그리워하게 되리라 생각하며 단단히 각오를 다졌다. 그가 떠나고 얼마 후 맨스필드 파크에 모여 정찬을 들게 되었을 때 그녀는 다시 식탁 끝에서 가까운 곳으로 정한 자신의 자리에 앉아 식사를 주관하는 사람이 바뀐 데에서 비롯된 우울한 변화를 절감하게 되리라는 생각에 잠겨 있었다. 그녀는 정찬 모임이 몹시 따분할 거라고 확신했다. 자기 형과 비교하면 에드먼드는 화젯거리가 그다지 많지 않은 사람이었다. 맥 빠진 모습으로 수프를 돌릴 테고, 미소를 짓거나 재미난 가벼운 농담도 없이 포도주를 마실 테고, 옛날에 먹은 맛있는 등심에 관한 즐거운 일화를 이야기한다거나 "내 친구 중에 이런 친구가 있었는데……" 하며 흥미로운 이야기를 꺼내지도 않고 사슴 고기를 잘라서 나눠줄 게 분명했다. 그녀는 식탁 끝 위쪽에서 오가는 대화를 듣거나 자신들이 이곳에 도착한 이후 처음으로 맨스필드에 모습을 드러낸 러시워스 씨를 관찰하는 일에서 애써 즐거움을 찾으려 했다. 그는 이웃 주에 살고 있는 친구 집을 방문하고 오는 길이라고 했다. 그런데 그 친구가 최근에 주택 개량업자를 고용해 자신의 집 경내 부지를 새로 꾸민 참이라 러시워스 씨의 머릿속은 온통 그 이야기로 가득 차 있었다. 그는 자신의 집도 같은 식으로 개량하고 싶어 했다. 그는 그 이야기를 그다지 요령 있게 하는 것 같지 않았지만 다른 이야기는 할 수 없었다. 이 화제는 이미 응접실에서 한 차례 언급되었다가 정찬실에서 다시 나온 것이었다. 러시워스 씨는 분명 버트럼 양의 관심을 끌고 그녀의 의견을 구하려고 이 화제를 다시 꺼낸 것 같았다. 버트럼 양은 그에게 열렬히 호의를 표하기보다 의식적으로 우월감을 내보이는 듯했지만, 소서턴 코트 저택 이야기와 그 저택에 따라붙는 여러 가지 생각이 그녀를 만족시키고 있었다. 그녀는 그런 만족감으로 퉁명스러운 태도를 자제할 수 있었다.

"버트럼 양도 콤프턴 저택을 봤으면 좋았을 텐데요." 그가 말했다. "완벽한 저택이었어요! 제 평생 그렇게 완전히 달라진 집은 본 적이 없습니다. 스미스에게 내가 지금 어디에 와 있는지 모르겠다는 말까지 했다니까요. 이번에 바뀐 그 집의 진입로는 아마 그 지역에서 가장 훌륭할 겁니다. 가서 직접 보면 정말 놀라실 텐데. 어제 소서턴으로 돌아온 후 저는 우리 집이 꼭 감옥 같아 보인다고 선언했다니까요. 음침하기 짝이 없는 감옥 말입니다."

"아유! 너무 지나친 말이에요." 노리스 부인이 외쳤다 "감옥이라니 말도 안 돼요! 소서턴 코트는 세상에서 가장 고상하고 웅장한 고택인걸요."

"개량이 필요합니다, 노리스 부인, 정말로요. 제 평생 우리 집처럼 개량이 절실히 필요한 집은 본 적이 없어요. 하도 낡아빠져서 대체 뭘 할 수 있을지 모를 정도입니다."

"지금은 러시워스 씨께서 저런 생각을 하시는 게 별로 놀랍지 않네요." 그랜트 부인이 미소를 지으며 노리스 부인에게 말했다. "하지만 조만간 분명히 저분이 소망하시는 대로 소서턴 저택에서 온갖 개량이 행해질 테죠."

"무슨 일이라도 하려고 애써봐야죠." 러시워스 씨가 말했다. "하지만 무엇부터 해야 할지 모르겠습니다. 도움을 줄 솜씨 좋은 지인이라도 있으면 좋으련만."

"그런 일에 도움을 줄 만한 최고의 지인이 있잖아요." 버트럼 양이 차분히 말했다. "렙턴 씨* 말이에요."

"저도 바로 그 사람을 생각하고 있었습니다. 스미스의 집을 잘 고쳤으니 더 고민할 필요 없이 그 사람을 쓰는 편이 낫겠죠. 일당 5기니가 조건이라던데."

"그렇군요. 일당이 10기니라고 해도 러시워스 씨라면 신경 쓰지 않겠죠." 노리스 부인이 큰 소리로 말했다. "비용이 문제가 되진 않을 테니까요. 저라면 모든 걸 최고급으로 써서 최대한 멋지게 만들겠어요. 소서턴 코트 같은 저택은 취향과 돈으로 할 수 있는 온갖 모습을 갖출 자격이 있지요. 작업할 공간도 널찍하고 경내 부지도 넓으니 투자할 가치가 충분해요. 저라면, 제게 소서턴 저택 부지의 50분의 1만 있다면, 매일같이 초목을 심고 개량할 거예요. 천성적으로 그런 일을 무척 좋아하는 편이거든요. 지금 살고 있는 집에서, 고작 반 에이커의 땅을 갖고 그런 일을 하면 우스꽝스럽겠죠. 참 웃기는 일일 거예요. 하지만 그것보다 더 넓은 공간이 있으면 그걸 개량하고 초목을 심으면서 큰 기쁨을 느낄 텐데. 목사관에 살 때 그런 일을 많이 했었죠. 맨 처음 살러 들어갔을 때와 비교하면 완전히 다른 모습으로 탈바꿈시켰다니까요. 아마 여기 있는 젊은이들은 잘 기억 못 할 거예요. 하지만 토머스 경이 계셨으면 우리가 그 집을 얼마나 훌륭하게 바꿔놓았는지 말씀해주실 수 있었을 텐데. 가엾은 노리스 씨의 건강 상태만 아니었다면 훨씬 더 많은 일을

---

*험프리 렙턴은 당대의 유명 조경업자로, 사유지 숲, 정원, 관목 숲길, 마차가 다니는 자갈길, 저택 등의 개조를 전문으로 했다. 그는 훌륭한 조경이란 인간의 정신에 사회적, 도덕적 영향을 미친다고 믿었다.

할 수 있었을 거예요. 딱한 사람, 바깥 활동이라곤 전혀 즐길 수가 없었으니. 남편의 상태가 그렇다 보니 토머스 경과 제가 의논하곤 했던 몇 가지 일은 해볼 엄두도 내지 못했답니다. 그렇지만 않았으면 우리는 틀림없이 정원 담장을 확장하고 초목도 더 심어서 교회 묘지를 보이지 않게 했을 거예요. 지금 그랜트 박사님이 해놓으신 것처럼 말이에요. 사실 우리는 항상 뭔가를 하고 있었답니다. 튼튼한 정원 담장 옆에 살구나무를 심은 게 노리스 씨가 세상을 뜨기 열두 달 전 봄이었어요. 지금 멋지게 자라서 완벽한 나무가 되어가고 있죠, 박사님." 그녀는 그랜트 박사에게로 말을 돌렸다.

"나무가 잘 자란다는 점에선 의심할 여지가 없습니다, 부인." 그랜트 박사가 대답했다. "토질이 워낙 좋으니까요. 그 옆을 지날 때마다 수고스럽게 열매를 따먹을 만한 가치가 없다는 점이 유감스럽긴 하지만요."

"박사님, 그 살구나무는 무어파크* 종인데요. 무어파크 종이라고 해서 구입한 거라고요. 비싼 값을 주고 산 건데……. 토머스 경이 선물하신 나무이기는 해요. 하지만 제가 직접 영수증을 봤어요. 그래서 그 값이 7실링이었고, 무어파크 종으로 가격이 매겨졌다는 것도 알고 있지요."

"그렇다면 속으신 겁니다, 부인." 그랜트 박사가 대답했다. "그 나무의 열매가 무어파크 종 살구라면 여기 이 감자의 맛이

---

*17세기 말의 유력 정치인 윌리엄 템플이 살았던 저택. 살구 애호가였던 그가 그곳에 살구나무를 재배한 사실에서 이 이름이 비롯됐다.

무어파크 종 살구 맛이겠습니다. 아무리 좋게 봐줘도 아무 맛도 안 나요. 그렇지만 맛 좋은 살구는 먹을 만하지요. 우리 집 정원의 살구는 결코 그런 살구가 아닙니다."

"사실은 말이죠, 부인." 그랜트 부인이 식탁 너머로 속삭이는 척하면서 노리스 부인에게 말했다. "제 남편은 우리 집 살구의 진짜 맛을 몰라요. 제대로 먹고 즐겨본 적이 한 번도 없거든요. 살구란 게 뭘 조금만 보태면 아주 유용하게 쓰이는 과일이잖아요. 게다가 우리 집 살구는 놀랄 만큼 알이 크고 품종도 훌륭해서 우리 집 요리사가 타르트를 만든다, 잼을 만든다 하면서 일찌감치 다 가져가버린답니다."

얼굴을 붉히기 시작하던 노리스 부인은 그제야 마음을 가라앉혔다. 그 후 소서턴 저택의 개량 이야기를 대신해 잠시 다른 화젯거리들이 나왔다. 그랜트 박사와 노리스 부인은 결코 친한 사이가 아니었다. 두 사람이 처음 얼굴을 마주한 것은 목사관의 하자 보수 보상 문제로 만났을 때였다. 두 사람은 기질도 완전히 달랐다.

잠시 입을 다물고 있던 러시워스 씨가 다시 말을 꺼냈다. "이제 스미스의 집은 그 지역 모든 사람들의 감탄을 사고 있어요. 렙턴이 손보기 전만 해도 그저 그런 집이었는데. 저도 그 사람을 써야 할 것 같습니다."

"러시워스 씨." 레이디 버트럼이 말했다. "내가 러시워스 씨라면 아주 예쁜 관목 숲길을 만들겠어요. 날씨가 화창하면 관목 숲길로 나가고 싶잖아요."

러시워스 씨는 부인의 의견을 따르겠다고 장담했고 그녀에게 어떤 찬사를 바칠지 궁리하느라 분주했다. 그러나 부인의 취향을 따르겠다는 둥 실은 자기도 늘 같은 생각을 했었다는 둥 갈팡질팡하더니, 거기에 숙녀분 모두의 즐거움을 배려하겠다고 공언하고, 그중 각별히 즐겁게 해드리고 싶은 숙녀분은 단 한 명뿐이라고 넌지시 내비치고 싶은 욕구까지 더해지면서 그는 점점 더 당황하기 시작했다. 에드먼드가 포도주를 마시자고 제안하며 선뜻 그의 말을 마무리해주려고 했다. 하지만 평소 말이 많은 편이 아니었던 러시워스 씨는 자신으로서는 무척 중요한 이 화제에 관해 아직 할 말이 더 남아 있었다. "스미스의 영지는 다 합쳐봐야 1백 에이커에도 훨씬 못 미칩니다. 아주 작아요. 그런 곳이 그런 모습으로 개량될 수 있다니 더 놀라운 겁니다. 하지만 소서턴의 부지는 비옥한 목초지를 셈에 넣지 않더라도 족히 7백 에이커는 됩니다. 그러니 저는 콤프턴 저택에서 그렇게 많은 일을 해낼 수 있었다면 우리도 절망할 필요가 없다고 생각합니다. 그 집 건물에서 너무 가까운 곳에 서 있던 멋진 고목 두세 그루를 베어냈는데, 그러고 나니 전망이 놀랄 만큼 탁 트였어요. 그걸 보면 렙턴이든 그런 일을 하는 어느 누가 됐든 간에 아마 소서턴 산책로의 가로수도 베어버릴 거라고 생각해요. 아시다시피 서쪽에서 언덕 꼭대기까지 이어진 산책로지요." 그는 이렇게 말하며 특별히 버트럼 양 쪽을 바라보았다.

"산책로라고요! 어머! 기억이 안 나는데. 소서턴에 대해 정말로 아는 게 별로 없어요."

크로퍼드 양 맞은편의 에드먼드 옆자리에 앉아 이 이야기를 관심 있게 듣고 있던 패니가 그를 쳐다보면서 낮은 목소리로 말했다.

"산책로의 가로수를 베어내다니! 너무 가여워요! 저 말을 들으면 '너희 베어 넘어진 가로수들이여, 다시 한 번 너희의 덧없는 운명을 슬퍼하노라'라는 쿠퍼의 시*가 떠오르지 않아요?"

에드먼드가 미소를 지으며 대답했다. "패니, 저 댁 산책로는 아무래도 악운을 견뎌야 할 것 같은데."

"가로수를 베어내기 전에 소서턴을 구경하고 싶어요. 옛날부터 이어져온 그대로의 상태를 보고 싶어요. 하지만 그럴 수 있을 것 같지 않네요."

"러시워스 씨 댁에 한 번도 안 가봤니? 하기야 가볼 수 없었겠지. 안타깝게도 말을 타고 갈 수 있는 거리는 아니니까. 갈 방법을 궁리해낼 수 있으면 좋겠는걸."

"아! 그건 중요하지 않아요. 언제건 제가 가볼 수 있게 되었을 때 오빠가 뭐가 어떻게 바뀐 건지 얘기해주세요."

"제 짐작으로는 소서턴 저택은 유서 깊은 고택 아닌가 싶은데요." 크로퍼드 양이 말했다. "위풍당당한 모습을 지닌 고택 말예요. 혹시 저택 건물이 특별한 양식으로 지어졌나요?"

---

*영국 시인 윌리엄 쿠퍼는 전원생활과 자연의 아름다움을 찬미한 시를 썼으며, 훗날 낭만주의 시인들에게 영향을 주었다.

"엘리자베스 여왕 시대에 지어진 겁니다. 정통 양식의 거대한 벽돌 건물이지요. 육중하지만 품격 있어 보이고, 방들도 상당히 많습니다. 사실 위치는 그리 좋지 않아요. 영지 내에서 가장 낮은 지대 중 한 곳에 자리 잡고 있거든요. 그런 점에서 보면 개량을 한다 해도 유리할 게 없습니다. 하지만 숲은 훌륭해요. 시냇물이 있는데 아마 그쪽은 개선의 여지가 상당할 겁니다. 저는 자기 집에 현대식 옷을 입히려고 하는 러시워스 씨의 생각이 매우 타당하다고 생각합니다. 그리고 아주 훌륭하게 완수될 거라 믿어 의심치 않아요."

크로퍼드 양은 공손히 이 말을 경청했다. 그러면서 속으로 생각했다. '참 잘 자란, 예의 바른 사람이야. 최대한 좋게 얘기해주고 있잖아.'

"러시워스 씨에게 이래라저래라 하고 싶진 않습니다." 그가 말을 계속했다. "하지만 저에게 새로이 개조할 저택이 있다면 그 일을 주택 개량업자 손에 맡기지는 않을 겁니다. 저라면 저 스스로의 선택에 따라, 격은 조금 낮더라도 조금씩 점진적으로 얻어지는 아름다움을 택하겠어요. 실수를 하더라도 다른 사람보다 제가 실수한 결과물 옆에서 사는 편을 택하겠습니다."

"에드먼드 씨라면 당연히 자신이 무슨 일을 하는지 아시겠죠. 하지만 그런 일은 저 같은 사람에겐 맞지 않아요. 저는 그런 안목도 재주도 없거든요. 그저 그런 일이 제 눈앞에서 일어나고 있다는 것만 알지요. 그러니 만약 제게도 제 소유의 시골 저택이 있다면, 돈을 받고 저 대신 그런 일을 맡아서 최대한의 아름다움을 선물할 렙턴 씨 같은 사람에게 정말 고마워할 겁니다. 그리고 일이 다 끝날 때까지는 결코 현장을 보지 않을 거고요."

"저라면 모든 진행 상황을 구경하는 게 참 즐거울 것 같은데." 패니가 말했다.

"아, 패니 양은 그런 교육을 받았나 보네요. 저는 못 받았어요. 딱 한 번 그런 경험을 조금 해본 적이 있긴 한데, 세상에서 제일 인기 있는 업자한테 맡기지 않는 바람에 집을 개량하는 일을 가장 귀찮은 일로 생각하게 됐답니다. 3년 전, 제독님, 그러니까 존경하는 우리 숙부께서 트위커넘 지역에 코티지* 한 채를 구입하셨어요. 우리 모두 함께 여름을 보낼 별장이라면서요. 숙모와 저는 기뻐서 어쩔 줄 몰라 하며 그곳에 갔죠. 아주 예쁜 집이었어요. 하지만 곧바로 개선이 필요하다는 사실을 깨달았죠. 그러고 나서는 석 달 동안 온통 흙먼지뿐이었고 모든 게 혼란스럽기 그지없었어요. 산책할 만한 자갈길도 없었고 적당히 쉴 벤치 하나 없었어요. 모든 것을 그 지역에서 가장 완벽하게 만들고 싶었죠. 관목 숲길도 만들고, 꽃밭도 만들고, 통나무 의자도 많이 만들고. 하지만 그 모든 일은 제가 신경 쓰지 않는 상태에서 이루어져야 해요. 헨리 오빠는 저랑 달라요. 오빠는 직접 하는 걸 좋아하죠."

크로퍼드 양에게 이제 막 호감을 느끼기 시작하던 에드먼드

---

*시골 가옥 스타일로 지은 전원주택. 당시 상류층 사이에서는 저택 인근, 혹은 시골에 코티지를 갖는 것이 유행이었다.

는 그녀가 자기 숙부에 대해 이토록 거리낌 없이 말하는 것을 듣게 되자 몹시 유감스러웠다. 그래서 입을 다물었다. 하지만 결국 그녀가 화사한 미소를 짓고 더 쾌활한 모습을 보이자 당장은 그 문제를 외면하기로 했다.

"버트럼 씨." 그녀가 말했다. "드디어 제 하프 소식을 들었어요. 노샘프턴에 있는 게 확실해요. 그렇지 않을 거라고 심각한 투로 확신하는 말을 너무 자주 들었지만, 아마 최근 열흘 동안 그곳에 있었던가 봐요." 에드먼드는 기쁨과 놀라움을 표했다. "사실 우리가 너무 직접적으로 알아본 게 아닌가 싶어요. 하인도 보내고, 직접 가보기도 했으니까요. 런던에서 70마일이나 떨어진 이곳에서는 그래봤자 소용없는 일일 텐데……. 그렇지만 오늘 아침 진짜로 소식을 들었어요. 어느 농부가 그걸 발견해서 방앗간 주인에게 말했고, 그 방앗간 주인이 푸줏간 주인에게 말했고, 푸줏간 주인의 사위가 가게에 소식을 전했다는군요."

"어찌 되었든 하프 소식을 들었다니 참 기쁩니다. 더 이상 지체되지 않았으면 좋겠군요."

"내일이면 손에 넣게 되겠죠. 하지만 하프를 어떻게 운반하면 좋을까요? 짐마차나 짐수레는 쓸 수 없고…… 세상에! 쓸 수 없었다니까요. 그런 운반 수단은 도무지 빌릴 수가 없더라고요. 차라리 짐꾼과 손수레를 알아보는 편이 낫겠어요."

"수확이 한창 막바지에 이른 요즘 같은 때에 말과 수레를 빌리는 일이 얼마나 어려운지 이제 아셨다고요?"

"저도 제가 무슨 일을 한 건지 알고는 깜짝 놀랐어요. 이런 시골에서 말과 수레를 뭐 그리 많이 쓸까 싶어 하녀에게 알아보라고 바로 지시했었거든요. 제 작은 사실(私室)에서 바깥을 내다볼 때마다 농가 앞마당이 보였고, 관목 숲길을 산책할 때마다 농가 앞마당을 지나치지 않은 적이 없었기 때문에 부탁만 하면 곧바로 구할 수 있을 거라고 생각했어요. 모두가 이득을 볼 수 있는 일인데 그럴 수 없다니 속이 상했죠. 그러다 제가 세상에서 제일 터무니없고 가장 불가능한 일을 부탁했다는 걸, 마을의 모든 농부들과 일꾼들, 나아가 모든 건초들까지 화나게 만들었다는 걸 알고 얼마나 놀랐을지 짐작해보세요. 그랜트 박사의 농장 관리인의 경우는, 그 사람 눈에 안 띄는 게 상책이라는 생각까지 든다니까요. 보통은 제게 친절하기 그지없었던 형부도 제가 무슨 일을 했는지 아시고는 조금 찌무룩한 표정을 지으셨어요."

"당신이 전에 이런 문제들을 생각해봤을 거라고는 아무도 기대하지 않을 겁니다. 하지만 그런 생각을 하셨을 때는 곡물이나 건초 수확이 얼마나 중요한 일인지 고려하셨어야죠. 어느 때고 수레를 빌리는 건 크로퍼드 양의 생각처럼 그리 쉬운 일이 아닙니다. 이곳의 농부들은 수레를 빌려주는 일에 익숙하지 않아요. 더욱이 수확 철에 말을 빌려준다는 것은 생각도 할 수 없는 일일 겁니다."

"조만간 이곳 사람들의 습관을 다 이해하게 되겠죠. 하지만 '돈만 있으면 만사 해결'이라는 런던식 처세훈을 갖고 이곳에 온지라, 이 지역의 풍습이 그토록 완고하다는 것을 알고 처음에는 조금 당황스러웠어요. 하지만 제 하프는 내일 제 손에 들어오게 될 거예요. 친절 그 자체인 제 오빠가 자기 바로슈*에 실어서 가져다주겠다고 했거든요. 그 정도면 명예롭게 옮겨지는 셈 아니겠어요?"

에드먼드는 악기들 중에 하프를 제일 좋아한다고 말하면서 곧 그녀의 연주를 듣게 되기를 바랐다. 패니 역시 지금까지 하프 연주를 들어본 적이 없었던 터라 무척 듣고 싶었다.

"두 분께 연주를 들려드리면 참 좋겠네요." 크로퍼드 양이 말했다. "적어도 연주가 마음에 드실 때까지 말이에요. 어쩌면 더 오래 연주할지도 모르고요. 저는 음악을 깊이 사랑하니까요. 타고난 취향이 비슷한 분들 앞에서 연주자들은 늘 실력을 더 발휘한답니다. 한 가지 면이 아니라 더 많은 면들에서 만족하니까요. 참, 버트럼 씨, 혹시 형님께 편지를 쓰게 되면 제 하프가 제대로 도착했다는 소식을 전해주세요. 제가 하프 때문에 속상해한다는 얘기를 그분도 무척 많이 들으셨거든요. 그리고 괜찮으시다면 그분이 돌아오실 때를 대비해서 제가 구슬픈 곡을 준비하고 있다고도 전해주세요. 왠지 그분의 말이 경주에서 질 것 같은 생각이 들어 동정심이 우러나서 그런다고요."

"편지를 쓰게 된다면 원하시는 모든 내용을 전하겠습니다

---

*앞뒤 포장을 따로따로 개폐할 수 있는 대형 사륜마차.

만, 당장은 편지를 써야 할 이유를 딱히 모르겠군요."

"그래요, 그렇겠죠. 형님이 열두 달 동안 떠나 계신다고 해도 편지 쓰기를 피할 수만 있다면 안 쓰시겠죠. 그분도 마찬가지고요. 편지를 쓰시기나 할까요? 남자 형제들은 참 이상한 존재예요! 세상에서 제일 급박한 일이 아니면 서로에게 좀처럼 편지를 안 보내려고 해요. 어떤 말이 죽었다거나, 어떤 가족분이 돌아가셨다는 소식을 전하기 위해 어쩔 수 없이 펜을 들어야 하는 경우에도, 그 소식을 되도록 짧게 전하죠. 남자들 편지는 한 가지 스타일밖에 없어요. 제가 아주 잘 알죠. 헨리 오빠만 해도 그래요. 헨리 오빠는 다른 모든 면들에서 바람직한 오빠의 귀감 같은 사람이고, 저를 사랑하고, 조언을 해주고, 속마음을 털어놓고, 한 시간씩 함께 앉아 얘기도 나누고 하지만, 여태껏 오빠가 편지를 한 페이지 이상 쓰는 걸 못 봤어요. 많은 경우에, 그저 '사랑하는 메리, 방금 도착했다. 바스는 사람들로 북적거리는 듯해. 모든 게 평소 그대로다. 이만 총총' 하면 끝이랍니다. 남자들이 쓰는 편지의 전형이죠. 완벽하게 남자 형제가 쓰는 편지라니까요."

"가족들 모두에게서 멀리 떨어져 있을 때는 달라요." 윌리엄 때문인지 얼굴이 빨개진 패니가 말했다. "남자 형제들도 편지를 길게 쓸 수 있어요."

"프라이스 양의 오빠가 바다에 나가 있습니다." 에드먼드가 말했다. "그 오빠가 워낙 편지를 잘 쓰다 보니 아마 패니는 크로퍼드 양이 우리 남자들에게 조금 가혹했다고 생각하는 모양입니다."

"바다에 나갔다고요, 그런 오빠가 있어요? 당연히 국왕 폐하의 해군에 복무하겠네요."

패니는 에드먼드가 사정을 설명해주기를 바랐다. 하지만 그가 작정이라도 한 듯 입을 다물고 있었기 때문에 어쩔 수 없이 스스로 오빠의 상황을 설명할 수밖에 없었다. 오빠의 직업과 오빠가 그동안 주둔했던 외국 기지들에 대해 이야기할 때는 목소리에 활기가 넘쳤다. 그러나 오빠가 떠난 지 몇 년이 흘렀는지 말할 때는 눈에 눈물이 그렁그렁 맺혔다. 크로퍼드 양은 예의 바르게 패니의 오빠가 빨리 진급하기를 기원했다.

"혹시 제 사촌 동생이 탄 배의 함장에 대해 아시는 게 있습니까?" 에드먼드가 말했다. "마셜 함장이라는 분인데요. 해군 쪽에 아는 분이 많으리라 짐작합니다만."

"제독님들 가운데는 아주 많죠. 하지만요." 조금 거만을 떠는 듯한 말투였다. "그보다 낮은 계급 사람들은 거의 몰라요. 대령 함장*들도 아주 훌륭한 분들일 수 있겠지만 그런 함장들은 우리와 어울리지 않아요. 두 분께 해군 제독님들에 대해서는 많은 얘기를 해드릴 수 있어요. 그분들의 됨됨이, 통솔하는 함대의 깃발, 호봉의 차이, 그분들의 다툼, 질투 등에 대해서요. 하지만 대개 그분들 모두가 무시를 당하거나 지독히 푸대접을 받고 있다고 분명히 말씀드릴 수 있답니다. 숙부 댁에서

---

*명목상 직함만 가진 함장이 아니라 실질적으로 배를 통솔하는 정식 함장을 가리킨다.

살다 보니 당연히 여러 제독님들을 알게 됐죠. 함대 후위 담당 제독님들과 함대 선두 담당 제독님들은 만나볼 만큼 만나봤어요. 제가 실없는 소리를 한다고 의심하지 말아주시기를 부탁드릴게요."

에드먼드는 다시 진지한 마음으로 이렇게만 대답했다. "해군은 고귀한 직업입니다."

"맞아요. 두 가지 상황만 해결되면 참 좋은 직업이죠. 돈을 많이 벌 수 있고, 번 돈을 신중하게 쓰기만 한다면요. 하지만 간단히 말해 제가 좋아하는 직업은 아니랍니다. 저는 그 직업을 한 번도 좋게 본 적이 없어요."

에드먼드는 하프 이야기로 화제를 돌렸고, 그녀의 연주를 들을 수 있을 거라는 기대감으로 기분이 다시 아주 좋아졌다.

그동안 다른 사람들 사이에서는 여전히 저택 개조에 관한 이야기가 오가고 있었다. 그러던 중 그랜트 부인은, 줄리아 버트럼에게 관심을 쏟고 있던 남동생의 주의를 흐트러뜨리는 일이긴 했지만, 그에게 이렇게 말하지 않을 수 없었다. "얘, 헨리, 너는 뭐 할 말 없니? 너도 직접 저택을 고쳐봤잖아. 에버링엄 저택에 대해 내가 들은 바에 의하면, 그곳이 영국 어느 저택과 견주어도 손색이 없다고 하던데. 자연 풍광이 훌륭하다는 것은 나도 확실히 알고 있어. 에버링엄의 옛 모습은 내가 보기에도 완벽했어. 부지가 얼마나 적절히 경사지고, 나무들은 얼마나 멋있었는지! 그 모습을 다시 볼 수만 있다면 무엇인들 못 할까!"

"누님이 그 집을 그렇게 생각한다니 더 이상 만족스러울 수가 없네요." 그가 대답했다. "하지만 조금 실망하실까 봐 걱정되는데요. 지금 상상하는 모습과 일치하지 않는다고 생각하실지도 모르니까요. 규모는 대단치 않아요. 시시해 보여서 놀라실 수도 있어요. 그리고 개조에 대해서라면 사실 제가 할 일이 별로 없었지요. 너무 없었어요. 더 오랫동안 바빴으면 좋았을 텐데 하는 생각까지 들었습니다."

"그런 일을 좋아하시나 봐요?" 줄리아가 말했다.

"지나치다 싶을 만큼 좋아하죠. 하지만 본래 장점이 많은 부지라서 풋내기의 눈에도 확실히 별로 손댈 데가 없어 보였고, 또 저 스스로 결심한 것도 있고 해서, 성년이 된 지 석 달이 지나고 나서야 비로소 에버링엄 저택을 지금의 모습으로 바꿀 수 있었습니다. 처음 계획을 세운 것은 웨스트민스터에 있을 때였어요. 아마 케임브리지에 있을 때 조금 손을 봤을 겁니다. 그러다 스물한 살에야 제대로 실행에 옮겼지요. 앞으로도 여전히 큰 행복이 남아 있는 러시워스 씨가 부럽다는 생각까지 드는군요. 저는 제 행복을 몽땅 탐식해버렸으니 말입니다."

"빨리 보는 사람이 빨리 결정하고 빨리 행동하는 법이잖아요." 줄리아가 말했다. "크로퍼드 씨 같은 분에게 할 일이 없을 리가요. 러시워스 씨를 부러워하는 대신 의견을 제시하며 도와드리면 되잖아요."

이 말의 뒷부분을 들은 그랜트 부인은 열의를 보이며 그렇게 해야 한다고 강조하고, 자기 동생의 판단력에 버금가는 것은 없다는 점을 확인시켰다. 마찬가지로 버트럼 양도 그 생각을 환영하며 전적으로 지지했고, 나아가 친한 지인들이나 사심 없는 조언자들에게 조언을 구하는 것이 직업적인 개량업자의 손에 맡기는 것보다 훨씬 낫다고 생각한다고 단언했기 때문에, 러시워스 씨는 선뜻 크로퍼드 씨에게 도움을 청했다. 크로퍼드 씨는 자신의 능력을 적절히 깎아내린 뒤, 어떤 식으로든 도움을 드릴 수 있다면 기꺼이 돕겠다고 말했다. 그러자 러시워스 씨는 크로퍼드 씨에게 소서턴에 와서 묵고 가는 영광을 베풀어달라고 제안하기 시작했다. 그 순간 노리스 부인은 두 조카딸이 내심 크로퍼드 씨가 멀리 떠나야 하는 이 계획을 탐탁지 않게 여긴다는 것을 알아차리고는, 제안 내용을 이렇게 바꾸며 끼어들었다. "크로퍼드 씨가 기꺼이 그리 할 것이라는 점에는 의심의 여지가 없어요. 하지만 우리 모두 함께 가면 안 될까요? 가서 작은 파티라도 열면 어때요? 친애하는 러시워스 씨, 여기 있는 많은 사람들이 당신의 저택을 개조하는 일에 관심을 갖고 있고, 현장에서 크로퍼드 씨의 의견을 듣고 싶어 해요. 각자 나름의 의견을 제시해서 조금이나마 도움이 될 수 있기를 바라고 있고요. 그리고 제 경우는 오래전부터 러시워스 씨의 인자하신 모친을 다시 뵙고 싶다는 바람을 품고 있었답니다. 제 소유의 말들이 없다는 이유로 그동안 이렇게 게으름을 피우며 격조했던 거지요. 하지만 이번 기회에 찾아뵙고 몇 시간 동안 러시워스 부인과 자리를 함께할 수 있겠네요. 그러는 동안 여러분은 이곳저곳을 걸어 다니면서 어떻게 개조하면 좋을지 결정하고요. 그런 다음 모두 돌아와 이곳에서 느지막이 정찬을 드는 거예요. 러시워스 씨의 어머니만 허락하시면 그곳에서 정찬을 들어도 되고요. 그리고 달빛을 벗 삼아 즐겁게 마차를 타고 집으로 돌아오는 거예요. 얘, 마리아, 나랑 우리 두 조카딸은 크로퍼드 씨의 바로슈에 타고 가고, 에드먼드는 자기 말을 타고 가면 될 거야. 패니는 너랑 같이 집에 남아 있을 테고."

레이디 버트럼은 반대하지 않았다. 그리고 에드먼드를 제외하고 소서턴 방문과 관련이 있는 모두가 기꺼이 방문에 찬성하고 나섰다. 에드먼드는 이 모든 이야기를 듣기만 할 뿐 아무 말도 하지 않았다.

7

"패니, 크로퍼드 양 말이야, 네가 보기엔 어떤 것 같아?" 이튿날 에드먼드는 이 문제에 대해 스스로도 한참을 생각하고 난 뒤 물었다. "어제 봤을 때 마음에 들었어?"

"참 좋은 분 같아요. 아주 많이요. 그 아가씨의 얘기를 듣는 게 정말 좋아요. 참 재미있어요. 워낙 예뻐서 쳐다보기만 해도 기분이 무척 좋아지기도 하고요."

"정말로 매력적인 건 얼굴 표정이야. 이목구비를 어쩌면 그렇게 놀랍게 놀릴 수 있을까! 대화하면서 혹시 부적절하다고 생각되는 점은 없었니?"

"아! 있었어요. 자기 숙부님에 대해 그런 식으로 말하면 안 되죠. 깜짝 놀랐어요. 그렇게 오랫동안 함께 산 데다, 무슨 결점이 있든 간에 오빠를 그토록 애지중지하면서 친아들처럼 대해주신 분이잖아요!"

"네가 놀랐을 거라고 생각했어. 정말 잘못한 일이지. 너무나 불손한 일이고."

"아주 배은망덕한 일인 것 같기도 해요."

"배은망덕이라는 표현은 너무 지나친걸. 사실 그 숙부라는 사람에게 크로퍼드 양의 감사를 받을 자격이 있는지 모르겠다. 그분의 부인이라면 분명 자격이 있지. 숙모에 대한 소중한 기억이 워낙 강렬하다 보니 지금 같은 잘못을 하게 된 게 아닐까 싶어. 지금 그 아가씨가 거북한 처지에 놓여 있잖니. 그토록 열정적인 마음과 활기찬 기질을 갖고 있으니 제독님을 나쁘게 말하지 않고서 크로퍼드 부인에 대한 애정을 제대로 표현하기는 힘들 거야. 두 분이 의견 차이를 보인 일에 있어 어느 쪽이 더 비난받아야 하는지 아는 척하지는 않을게. 물론 지금 제독님이 하고 있는 처신을 보면 부인 편을 들고 싶긴 하지만. 어쨌든 크로퍼드 양이 자기 숙모에게 잘못이 전혀 없다고 생각하는 건 자연스럽고 착한 일이야. 그런 점을 비난할 생각은 없어. 하지만 그런 생각을 다른 사람들 앞에서 드러낸 건 무례한 일이지."

"오빠, 혹시 이런 생각은 안 들어요?" 잠시 생각에 잠겨 있던 패니가 말했다. "그런 무례함 자체가 크로퍼드 부인에게 누가 되는 건 아닌가 하는 생각 말예요. 조카딸의 양육과 교육을 그분이 전적으로 맡으셨잖아요? 크로퍼드 양이 제독님께 마땅한 예의를 보이도록 올바른 생각을 심어주었어야 했는데, 그분이 그렇게 하지 않았던 걸 수도 있어요."

"옳은 말이야. 맞아, 조카딸의 잘못이 숙모의 잘못이기도 하다고 봐야겠지. 하지만 크로퍼드 양이 지금 머물고 있는 가정이 틀림없이 그녀에게 도움을 줄 거야. 그랜트 부인은 말 그대로 예의범절의 귀감이니까. 그 아가씨가 자기 오빠에 대해서는 참 기분 좋은 애정을 갖고 말하더구나."

"맞아요. 편지를 너무 짧게 쓴다고 푸념했던 것만 빼고요. 하지만 저는 여동생들과 떨어져 살면서도 그들에게 읽을 만한 편지를 쓰는 수고를 감수하지 않으려는 오빠의 사랑이나 심성은 그다지 높게 평가할 수 없어요. 윌리엄 오빠라면 어떤 상황에서도 저를 그렇게 대하지 않을 거라고 확신해요. 참, 그런데 그 아가씨는 무슨 권리로 에드먼드 오빠가 집을 떠나도 긴 편지를 쓰지 않을 거라고 생각하는 거죠?"

"명랑한 심성의 소유자가 갖는 권리겠지. 그런 사람들은 자신에 관한 것이든 다른 사람들에 관한 것이든, 즐겁게 하는 데 도움만 된다면 무슨 내용이라도 얘깃거리로 삼잖아. 고약한 심술이나 상스러움에 물들어 있는 게 아니라면 충분히 용인할 수 있어. 크로퍼드 양의 표정이나 태도에는 그 두 가지 다 보이지 않았어. 신랄하거나 뻔뻔하거나 야비한 구석은 전혀 없었으니까. 정말 지극히 여성스러운 아가씨야. 방금 우리가 얘기한 점만 뺀다면 말이지. 그 점은 변명의 여지가 없어. 너도 나처럼 그 결점을 모두 알아차렸다니 기쁜걸."

　그는 지금껏 패니의 정신을 형성시키고 그녀의 애정을 차지해왔으니, 사고방식에 있어서도 그녀를 자신과 같게 만들 가능성이 아주 높았다. 물론 이 무렵부터 크로퍼드 양에 대한 두 사람의 견해에 차이가 생겨날 위험성이 조금씩 나타나긴 했다. 그는 크로퍼드 양을 향한 애정의 길로 들어서고 있었고, 그 길은 패니가 따라갈 수 없는 곳까지 그를 끌고 갈 수도 있었으니까. 크로퍼드 양의 매력은 줄어들지 않았다. 하프가 도착하자 그녀의 미모와 재치, 명랑한 모습은 오히려 그 매력을 점점 더해갔다. 그녀는 독특하게 어우러지는 표정과 분위기로 부드럽게 연주를 했고, 연주가 끝날 때마다 재치 넘치는 말을 덧붙이기까지 했다. 에드먼드는 매일같이 목사관을 찾아가 자신이 제일 좋아한다는 그 악기에 흠뻑 빠져들었다. 숙녀 쪽에서도 자기 연주를 진심으로 즐기는 이런 관객을 마다할 리가 없으니, 한 날의 아침 방문이 다음 날 아침나절의 방문으로 이어졌고, 그러다 보니 곧 모든 게 규칙적인 일상사로 굳어졌다.

　본인만큼 우아한 하프와 함께 있는 예쁘고 쾌활한 아가씨의 모습, 그리고 그 아가씨와 하프가 여름철 나뭇잎 우거진 관목숲에 둘러싸인 작은 잔디밭을 향해 열려 있는, 바닥까지 닿은 창문 옆에 앉아 있는 모습이라면, 어떤 남자의 마음이든 사로잡기에 충분했을 것이다. 계절과 풍경과 연주하는 곡조, 모든 것이 다정한 애정과 감상적인 생각을 자아내는 데 유리하게 작용했다. 그랜트 부인과 그녀의 자수틀도 그 효용 가치가 없지 않았다. 모든 것이 조화를 이루고 있었다. 일단 사랑이 시작되면 모든 것이 도움이 되는 법인지라, 샌드위치를 나르는 쟁반과 그 쟁반을 들고 샌드위치를 나눠주는 그랜트 부인까지도 예뻐 보였다. 그러나 이런 일에 대해 별다른 숙고도 해보지 않은, 혹은 자신이 무슨 일을 하고 있는지 미처 알지도 못한 에드먼드는 이런 식의 친교가 이어진 지 일주일 만에 사랑에 빠지기 시작했다. 숙녀의 면을 세워주기 위해 이런 말은 덧붙일 수 있을 것이다. 그가 세속적인 남자나 장남이 아닌데도, 게다가 입에 발린 말을 하거나 시시껄렁하고 재미난 이야기를 늘어놓는 재주를 가진 남자가 아닌데도 그녀의 마음에 들기 시작했다고. 그녀로서는 예상하지 못했고 이해할 수도 없는 일이었다. 하지만 그녀 역시 분명히 그런 일이 일어났다고 느꼈다. 그는 상식적인 어떤 기준으로 봐도 호감을 느낄 만한 남자가 아니었다. 허튼소리는 일절 하지 않고, 찬사도 일절 바치지 않고, 자기 뜻을 굽히는 일도 결코 없으며, 관심을 기울일 때면 꾸밈없이 차분하게 하는 남자였다. 어쩌면 진지하고 한결같고 성실한 그의 모습에 무슨 매력이 있는 것인지도, 그리고 그녀에게 그 매력을 논리적으로 따져볼 능력은 없지만 감지할 능력이 있는 것인지도 몰랐다. 그러나 그녀는 이 일을 깊이 생각하지 않았다. 우선 당장 그가 마음에 들 뿐이었다. 그녀는 그를 가까이 두고 싶었다. 그걸로 충분했다.

패니는 에드먼드가 매일 아침 목사관에 가는 것을 의아하게 생각하지 않았다. 초대받거나 주목받지 않고도 하프 연주를 들으러 갈 수만 있다면 그녀도 기꺼이 그곳에 갔을 테니까. 에드먼드는 저녁 산책을 마치고 두 가족이 헤어질 때 그랜트 부인과 부인의 여동생을 집까지 바래다주는 걸 당연하게 받아들였고, 크로퍼드 씨가 맨스필드 파크의 두 아가씨에게 관심을 쏟는 것 역시 자연스러운 일이었다. 하지만 그렇게 서로 예의를 주고받는 모습이 왠지 이상한 거래처럼 느껴지긴 했다. 그녀는 에드먼드가 자기 자리를 지키면서 자신을 위해 포도주에 물을 타주지 않는다면 차라리 마시지 않겠다고 마음먹었다. 패니는 에드먼드가 크로퍼드 양과 그렇게 오랜 시간을 함께 보내면서도 이미 관찰한 바 있는 그녀의 결점, 자신이 그녀와 함께 있을 때면 전과 다름없는 태도를 보고서 거의 언제나 떠올릴 수 있는 그녀의 결점을 더 이상 보지 못한다는 게 조금 이상했다. 하지만 분명히 그랬다. 에드먼드는 패니에게 크로퍼드 양 이야기를 하고 싶어 했다. 그러면서도 그는 지난번 이후 그녀에게서 제독님 이야기가 나오지 않는 것만으로도 충분하다고 생각하는 것 같았다. 그래서 패니는 그에게 자신의 생각을 힘주어 말하는 걸 주저하게 되었다. 심술을 부리는 것처럼 보일까봐 걱정되었기 때문이다. 그러던 중 크로퍼드 양으로 인해 패니가 상처를 입는 일이 처음 일어났으니, 이는 승마를 배우고 싶어 하는 그녀의 바람이 만들어낸 결과였다. 맨스필드에 정착한 지 얼마 안 됐을 때 크로퍼드 양은 맨스필드 파크의 두 아가씨가 말을 타는 모습을 보고 그런 바람을 품기 시작했다. 그리고 에드먼드와의 친분이 더욱 깊어지자 그가 그런 바람을 부추겼다. 그는 크로퍼드 양에게 처음으로 말을 타보는 거라면 두 집 마구간에 있는 말들 가운데 자신의 온순한 암말이 초보자에게 가장 적당할 거라고 제안했다. 하지만 사촌 동생에게 고통과 상처를 주려던 건 아니었다. 사촌 동생은 그 암말을 타고 운동하는 걸 하루도 빠질 필요가 없었다. 그는 그저 패니가 승마를 시작하기 30분 전까지 암말을 데리고 목사관까지 내려갔다가 오면 될 일이라고 여겼다. 패니 역시 그 제안을 처음 들었을 때 자신이 무시당했다고 생각하기는커녕 오빠가 자신의 동의를 구한 것이 너무 고마워 감동마저 느낄 정도였다.

크로퍼드 양은 첫 승마에서 큰 칭찬을 들었다. 패니에게 불편을 주지도 않았다. 암말을 끌고 가서 모든 것을 주관했던 에드먼드는 패니와 패니가 사촌 언니들과 승마를 할 때 늘 따라다니는 성실한 늙은 마부가 출발 준비를 하기 전 제시간에 돌아왔다. 그런데 둘째 날 승마에서 뭔가 일이 잘못됐다. 말을 타는 것이 너무 재미있었던지 크로퍼드 양이 중간에 그만둬야 한다는 걸 잊고 만 것이다. 적극적인 데다 겁이 없고, 체구는 작지만 체격은 튼튼했던 그녀는 마치 기수가 되려고 태어난 사람 같았다. 순수하고 진정한 승마의 즐거움에 에드먼드가 따라다니면서 가르쳐준다는 기쁨까지 더해졌고, 나아가 빠른 향상 속도로 볼 때 자신의 승마 솜씨가 여자들의 일반적인 솜씨를 능가하게 되리라는 확신까지 더해지니 더욱 말에서 내리고 싶지 않았을 것이다. 패니는 나갈 준비를 마치고 기다리고 있었다. 노리스 부인이 왜 나가지 않느냐고 잔소리를 늘어놓기 시작했다. 하지만 아직 말이 도착했다는 알림도 없었고 에드먼드도 보이지 않았다. 그녀는 이모의 잔소리를 피하고 오빠가 도착했는지 알아보려고 바깥으로 나갔다.

두 집의 거리는 반 마일도 되지 않았지만 서로 보이지 않는 위치에 있었다. 그러나 현관문에서 50야드쯤 걸어가면 영지의 정원 아래쪽을 내려다볼 수 있었고, 마을 길 위로 완만히 솟아 있는 목사관과 그곳에 딸린 부지들을 한눈에 굽어볼 수 있었다. 그녀는 즉각 그랜트 박사의 목초지에 한 무리의 사람들이 모여 있는 광경을 보았다. 에드먼드 오빠와 크로퍼드 양이 나란히 말을 타고 있었고, 그랜트 박사 부부와 크로퍼드 씨, 두세 명의 마부들이 주변에 서서 구경하고 있었다. 무척 행복해 보였다. 모두 한 가지 목표에만 관심을 둔 채 의심의 여지 없이 즐거워하는 사람들처럼 보였다. 즐거운 듯한 목소리가 그녀에게까지 들렸다. 하지만 그 소리가 그녀까지 즐겁게 만들지는 못했다. 패니는 에드먼드가 자신의 존재를 까맣게 잊고 있다는 데 놀랐고 그로 인해 가슴 아팠다. 그들에게서 눈길을 뗄 수 없었고, 거기서 일어나는 모든 일들을 주의 깊게 지켜보지 않을 수 없었다. 크로퍼드 양과 그녀 곁의 에드먼드는 처음에는 걷는 속도로, 좁지 않은 그곳 풀밭을 한 바퀴 돌았다. 그러더니 속도가 붙으면서 천천히 달리는 모양새로 바뀌었다. 크로퍼드 양이 그렇게 하자고 제안한 게 틀림없었다. 겁 많은 패니로서는 그녀가 그렇게 꼿꼿한 자세를 유지하는 게 놀랍기만 했다. 몇 분 후 그들은 완전히 멈춰 섰다. 에드먼드가 그녀 곁에 바짝 다가서더니 뭐라고 말을 걸었고, 고삐 다루는 법을 가르쳐주는 듯하더니, 손까지 잡고 있었다. 패니는 그 광경을 똑똑히 보았다. 아니, 눈길이 닿지 않는 곳까지 그녀의 상상력이 채워주었다. 사실 이 모든 것이 그리 놀랄 만한 광경은 아니었다. 에드먼드 오빠가 다른 사람을 도와주고 착한 성품을 드러내 보이는 것만큼 자연스러운 일이 또 뭐가 있겠는가? 그녀는 크로퍼드 씨가 오빠의 수고를 덜어주는 편이 더 낫겠다고, 승마를 가르쳐주는 일 같은 건 친오빠가 직접 하는 게 훨씬 적절하고 자연스러운 일이라고 진심으로 생각했다. 그러나 크로퍼드 씨가 자신의 선량함과 마차 모는 솜씨를 한껏 내보이긴 했어도, 어쩌면 승마를 전혀 모를 수도 있고, 또 에드먼드 오빠와 비교해 보면 적극적으로 나서서 친절을 베푸는 사람이 아닐 수도 있었다. 그녀는 암말이 두 번씩이나 임무를 수행하는 게 다소 가혹하게 느껴지기 시작했다. 자신의 존재는 잊혔을망정 불쌍한 암말은 반드시 기억해주어야 했다.

목초지에 모인 사람들이 흩어지는 광경을 보면서, 자신과 암말을 가엾이 여기던 패니의 감정도 곧 조금 가라앉았다. 여전히 말 위에 올라타고 있는 크로퍼드 양과 그 옆에서 그녀를 따라 걸어오고 있는 에드먼드가 목초지 울타리 문을 지나 오솔길로 접어들었고, 맨스필드 파크의 영지 안으로 들어서더니 패니가 있는 곳을 향해 다가왔다. 패니는 자신이 무례한 모습을 보이거나 안달하는 모습을 보일까 봐 걱정이 되기 시작했다. 그런 의심을 사는 일은 없어야 한다고 잔뜩 경계하면서 그녀는 그들을 맞이하기 위해 걸어 나갔다.

"어머, 프라이스 양." 목소리가 들릴 만한 곳에 이르자마자 크로퍼드 양이 말했다. "기다리게 해서 미안하다고 직접 사과 하려고 이렇게 왔어요. 정말 뭐라 드릴 말씀이 없어요. 너무 늦 었다는 걸 알아요. 정말 잘못했다는 것도 알고요. 그러니까 용 서해줘야 해요. 아시다시피 이기적인 태도는 늘 용서해줘야 해 요. 치유할 희망이 없잖아요."

패니는 지극히 정중하게 대답했다. 에드먼드는 패니에게 서 두를 일이 있을 리 만무하다며 이렇게 덧붙였다. "제 사촌이 말 을 타고 먼 곳까지 갔다 오는 걸 두 번이나 할 수 있을 정도로 아직 시간이 충분해요." 그가 말했다. "그리고 크로퍼드 양이 출발을 30분 지연시키면서 오히려 패니를 편하게 해준 셈이에 요. 구름이 잔뜩 몰려들고 있거든요. 30분 전에 출발했으면 받 아야 했을 따가운 햇볕을 피하게 됐으니까요. 말을 너무 오래 타서 피곤하지 않으신지 모르겠군요. 집까지 걸어서 돌아가는 수고를 던다면 좋을 텐데."

"말에서 내리는 게 피곤할 뿐이지 말을 타는 건 조금도 피곤 하지 않아요. 정말이에요." 그녀가 그의 도움을 받아 말에서 뛰 어내리면서 말했다. "저는 무척 튼튼한 편이랍니다. 싫어하는 일만 아니라면 어떤 일에도 피곤해하지 않아요. 프라이스 양, 정말이지 마지못해 양보하는 거예요. 하지만 즐거운 승마가 되 기를 바랄게요. 사랑스럽고 온순하고 예쁜 이 말에 대해 좋은 얘기만 듣게 되길 바라고요."

자기 말을 데리고 근처에서 기다리던 늙은 마부가 그들에게 합류하자 패니는 말 위에 올려졌다. 에드먼드와 크로퍼드 양은 자리를 뜨더니 정원의 다른 구역을 가로질러 갔다. 패니는 뒤를 돌아보면서 그들이 함께 정원 언덕을 내려가 마을로 들어서는 모습을 목격하고 마음이 불편해졌고, 그 감정은 좀처럼 가라앉지 않았다. 동행하는 늙은 마부가 여자 기수로서 크로퍼드 양이 지닌 대단한 재능을 평가하는 것 또한 별로 도움이 되지 않았다. 마부도 패니와 거의 같은 정도의 관심을 갖고 크로퍼드 양의 재능을 주의 깊게 지켜보았던 것이었다.

"저렇게 승마에 열성적인 숙녀분을 보는 건 참 즐거운 일이지요!" 그가 말했다. "지금껏 저분보다 자세가 더 훌륭한 아가씨는 본 적이 없어요. 도무지 겁이라곤 없는 것 같으니, 원. 다가오는 부활절이면 아가씨가 승마를 배운 지 6년이 되지요. 아가씨가 처음 배울 때하고는 완전히 딴판이네요. 세상에! 토머스 경께서 처음 말에 태우셨을 때 아가씨가 얼마나 떨었는지 생각하면!"

응접실에 있던 사람들도 하나같이 크로퍼드 양을 칭찬했다. 버트럼 자매는 그녀가 체력과 담력을 타고났다는 걸 전적으로 인정했다. 승마를 즐기는 마음도, 처음부터 능숙하게 말을 타는 재주도 자신들과 다를 바 없다는 것이었다. 그들은 그런 칭찬을 하면서 무척이나 즐거워했다.

"틀림없이 잘 탈 줄 알았어." 줄리아가 말했다. "체형이 승마에 제격이잖아. 자기 오빠처럼 몸매가 날렵하지."

"맞아." 마리아가 덧붙였다. "그리고 자기 오빠처럼 대담한 데다 활기가 넘치지. 말을 타는 재주가 정신과 밀접한 관련이 있다고 생각할 수밖에 없다니까."

밤이 되어 각자의 방으로 돌아갈 시간이 됐을 때 에드먼드가 혹시 다음 날 말을 탈 생각이냐고 패니에게 물었다.

"아니요, 모르겠어요. 암말이 필요하시면 타지 않을게요." 그녀가 대답했다.

"내가 말이 필요한 건 아냐." 그가 말했다. "하지만 혹시 네가 집에 조금 더 머물 생각이라면, 그때 크로퍼드 양이 좀 더 오랫동안 말을 탈 수 있을 것 같아서. 간단히 말하자면 오전 내내 말이야. 맨스필드 마을 공유지까지 무척 가보고 싶어 해. 그랜트 부인한테 그곳 풍광이 아주 멋지다고 들었다는구나. 그 아가씨라면 충분히 거기까지 말을 타고 다녀올 수 있을 테고. 하지만 이런 일은 아무 날 아침이건 하면 되는 일이야. 크로퍼드 양도 너한테 방해가 되는 걸 몹시 미안해하니까. 또 그렇게 방해하는 건 정말 잘못된 일이기도 하고……. 그 아가씨는 그저 즐기려고 말을 타지만 너는 건강을 위해서 타는 거잖아."

"내일은 안 탈 거예요. 정말이에요." 패니가 말했다. "요즘 너무 자주 나갔어요. 그러니 내일은 집에 있으려고요. 요즘 제가 산책도 너끈히 해낼 만큼 건강하다는 걸 오빠도 알잖아요."

에드먼드는 만족스러워하는 것 같았다. 그나마 그의 그런 모습이 패니에게 위로가 되어주었다. 그리하여 말을 타고 맨스필드 공유지까지 갔다 오겠다는 계획은 다음 날 즉각 성사됐다. 패니를 제외한 양 집안의 모든 젊은이들이 함께하기로 했다. 그들은 그곳에서 무척 즐거운 시간을 보냈고, 저녁때 모여 먹고 마시고 놀면서 두 배로 즐거운 시간을 보냈다. 무릇 이런 종류의 계획이 성공하면 또 다른 계획을 불러오는 법이다. 맨스필드 공유지까지 다녀오고 나자 일행은 모두 다음 날 또 다른 곳에 가보고 싶어 했다. 그 지역에는 구경할 만한 경치 좋은 장소들이 아직 많이 남아 있었다. 날씨가 덥긴 했지만 그들이 가는 곳은 어디든 그늘진 오솔길이 있었다. 젊은 사람들은 늘 그늘진 오솔길을 찾는 법이다. 그들은 이런 식으로 크로퍼드 남매에게 그 지역을 소개해주었고, 가장 멋진 곳들의 면목을 세워주며 연달아 사흘 동안 화창한 아침나절을 보냈다. 나들이는 하나같이 보람 있었다. 모두들 무척 즐거워했고 명랑했다. 유일하게 더위가 불편을 초래했지만 그마저도 즐겁게 웃어넘길 수 있을 정도였다. 적어도 사흘째 되던 날까지는 그랬다. 그날 일행 중 한 명의 행복에 먹구름이 잔뜩 끼었다. 버트럼 양이었다. 에드먼드와 줄리아가 목사관에 정찬 초대를 받는데 하필이면 그녀만 제외된 것이 아닌가. 노리스 부인이 혹시 그날 러시워스 씨가 찾아올지도 모른다는 기대로, 순수한 선의에서 꾸민 일이었다. 그러나 버트럼 양에게는 이런 일이 몹시 고통스럽고 무례한 모욕으로 느껴졌다. 그녀는 집에 도착할 때까지 속상하고 화나는 심정을 감추기 위해, 가혹하다 싶을 만큼 예의범절을 총동원하여 꾹 참아야 했다. 러시워스 씨가 찾아오지 않았기에 그녀의 상처는 더욱 커졌고, 그에게 영향력을 과시하는 데서 오는 위안조차 얻을 수 없었다. 버트럼 양은 그저 부루퉁해져서 엄마와 이모와 사촌 동생에게 골을 내고 정찬과 디저트를 먹을 때 분위기를 최대한 어둡게 만들 수 있을 뿐이었다.

에드먼드와 줄리아가 밤 10시와 11시 사이쯤 상쾌한 밤공기를 묻히고 얼굴이 달아오른 즐거운 모습으로 응접실에 들어섰다. 그곳에 앉아 있던 세 숙녀의 모습과는 완전히 딴판이었다. 마리아는 책에서 눈길조차 떼지 않았고, 레이디 버트럼은 반쯤 잠들어 있었다. 노리스 부인조차도 조카딸의 심통에 불안해진 건지 정찬이 어땠느냐고 한두 마디 물어본 뒤에는 더 이상 입을 열지 않을 기세로 가만히 있었다. 오빠와 여동생은 잠시 즐거웠던 그날 밤의 정찬을 칭찬하거나 별들에 대해 몇 마디 하는 데 열중해서 그 이외의 것들에는 신경을 못 쓰고 있었다. 하지만 처음으로 침묵이 흐르자 주변을 둘러보던 에드먼드가 말했다. "그런데 패니는 어디 있어요? 벌써 잠자리에 든 건가?"

"아닐 거다. 내가 알기로는 아니야." 노리스 부인이 대답했다. "방금 전까지 여기 있었거든." 무척 긴 그 방의 다른 쪽 끝에서 패니의 조그만 목소리가 들려왔고, 그녀는 자신이 소파에 있음을 알렸다. 그러자 노리스 부인이 잔소리를 늘어놓기 시작했다.

"패니, 저녁 내내 소파에서 게으름을 피우면서 뭉그적거리다니 정말 왜 그렇게 바보같이 행동하는 거니. 이리 와서 우리처럼 바느질을 할 순 없는 거야? 바느질감이 없어서 그런 거라

면 여기 자선용 반짇고리*에서 내주마. 지난주에 들어온 새 옥
양목에 아직 손도 못 대고 있어. 옷감을 재단하느라고 정말 내
허리가 끊어질 지경이다. 너도 다른 사람들을 생각하는 법을
좀 배워야 해. 내 말 잘 새겨들어라. 어린 아가씨가 항상 그렇
게 소파에서 뭉그적거리는 건 정말이지 놀랄 일이야."

패니는 이 말이 채 끝나기도 전에 탁자 옆 자기 자리로 돌아
와 바느질감을 다시 잡았다. 그날 하루를 워낙 즐겁게 보낸 덕
분인지 기분이 아주 좋았던 줄리아가 이렇게 힘주어 말하며 공
정하게 패니 편을 들었다. "이모, 패니는 이 집에서 소파에 제
일 적게 올라가는 편이에요."

"패니." 에드먼드가 그녀를 주의 깊게 살펴보더니 말했다.
"너 머리가 아픈 거구나, 그렇지?"

그녀는 아니라고 하진 못했지만 그리 심하지는 않다고 말했다.

"못 믿겠어." 그가 말했다. "네 표정을 너무 잘 알아. 언제부
터 아팠던 거니?"

"정찬을 들기 조금 전부터요. 그냥 더워서 그런 거예요."

"이 더운 날씨에 바깥에 나갔다고?"

"나갔느냐고! 그럼 나갔고말고." 노리스 부인이 말했다 "오
늘처럼 좋은 날씨에 저 애가 집 안에 틀어박혀 있으면 좋겠니?
우리 모두 다 바깥으로 안 나갔겠어? 심지어 네 어머니도 오늘

---

*교구의 가난한 사람들에게 줄 옷을 지을 재료가 들어 있는 반짇고리. 당시 상류층
여성들 사이에는 가난한 사람들에게 자선을 베풀어야 한다는 생각이 널리 퍼져 있
었다.

은 한 시간 넘게 외출했었다."

"그래, 정말이야, 에드먼드." 노리스 부인이 패니를 심하게 나무라는 소리를 듣고 잠이 싹 달아난 레이디 버트럼이 덧붙였다. "한 시간 넘게 나가 있었다. 아마 화원에 45분은 앉아 있었을 게다. 그러는 동안 패니는 장미꽃을 따고 있었고. 무척 더웠지만 아주 즐거웠어. 정자 안에 충분히 그늘이 져 있었고. 하지만 집으로 돌아올 생각을 하니 무척 심란하더구나."

"패니가 장미꽃을 땄다고요, 정말이에요?"

"그래. 그게 올해 마지막 꽃봉오리들 아닌가 싶어 아쉽다. 가여운 것! 패니도 너무 덥다고 생각했을 거야. 하지만 꽃봉오리들이 만발했으니 아마 누구라도 그냥 내버려두진 못했을걸."

"확실히 따지 않고는 못 배기지." 노리스 부인이 조금 누그러진 목소리로 동생의 말을 받았다. "하지만 장미꽃을 따다가 패니한테 두통이 생긴 게 아닌가 싶어, 마리아. 따가운 햇볕을 받으면서 허리를 굽혔다 폈다 하는 것만큼 두통을 유발하는 일도 없으니까. 하지만 내일이면 괜찮아지겠지. 네가 저 애한테 향초를 빌려준다면 말이야. 내 것은 속을 새로 채워 넣어야 한다는 걸 늘 깜박해서."

"이미 저 애한테 줬어, 언니." 레이디 버트럼이 말했다. "언니 집에 두 번째로 다녀온 뒤부터 내내 저 애가 그걸 갖고 있었어."

"뭐라고요!" 에드먼드가 소리쳤다. "장미꽃만 딴 게 아니라 걸어서 돌아다니기까지 했다고요? 이런 날씨에 정원을 가로질러 이모 댁까지 다녀왔다고요? 그것도 두 번씩이나? 그러니까 두통이 생기죠."

노리스 부인은 줄리아와 이야기를 하고 있던 참이라 이 말을 듣지 못했다.

"나도 저 애한테 너무 무리한 일이 아닐까 걱정은 했단다." 레이디 버트럼이 말했다. "하지만 장미꽃을 다 딴 후에 네 이모가 그걸 갖고 싶어 했어. 그리고 너도 알다시피 딴 꽃들은 집에 갖다 놓아야 하잖니."

"패니가 이모 댁에 두 번이나 다녀와야 했을 만큼 장미꽃이 많았다는 거예요?"

"아니다. 하지만 꽃을 말리기 위해 손님용 빈방에 넣어둬야 했겠지. 그런데 딱하게도 패니가 그 방의 문을 잠그고 난 뒤 열쇠를 갖고 오는 걸 깜박했대. 그래서 다시 갈 수밖에 없었어."

에드먼드는 일어나서 방 안을 서성거리다가 이렇게 말했다. "세상에, 집 안에 패니 말고 그 일을 할 수 있는 사람이 그렇게 없었나요? 분명히 말씀드리지만, 어머니, 정말 잘못하신 거예요."

"그럼 나도 분명히 말하마. 난 어떻게 해야 그 일을 더 잘 처리할 수 있었던 건지 모르겠다." 더 이상 이 대화를 듣지 않을 수 없었던 노리스 부인이 버럭 소리쳤다. "내가 직접 갔어야 했다고 말하고 싶은가 본데. 하지만 내가 동시에 두 곳에 있을 수는 없잖니. 마침 네 어머니 부탁으로 낙농장의 여자 일꾼 문제를 두고 그린 씨와 얘기 중이었어. 게다가 마부 존한테 아들 문제로 제프리스 부인에게 편지를 써주겠다고 약속한 적이 있는데 그 가엾은 사람이 나를 반 시간째 기다리던 중이었고. 누구든 정당한 근거를 대면서 내가 몸을 사린다고 비난할 수 없을 거라 생각해. 정말이지 내가 모든 일을 한꺼번에 다 할 수는 없어. 그리고 패니가 고작 우리 집까지 걸어갔다가 온 일 말인데, 그 거리가 4분의 1마일도 채 안 되잖니. 그러니 나는 그런 요구가 부당하다고 생각하지 않는다. 내가 얼마나 자주, 이른 아침이고 밤늦은 시간이고 할 것 없이 하루에 세 번씩 그곳을 걸어다니는지 모르나 보지. 그렇고말고. 그것도 비가 오나 눈이 오나 상관없이 말이야. 그러니 이 문제는 그만 얘기하자꾸나."

"패니의 체력이 이모 체력의 절반만큼이라도 됐으면 좋겠네요."

"패니가 운동을 더 규칙적으로 했다면 저렇게 빨리 녹초가 되진 않았을걸. 요새는 한동안 승마를 하러 나가지도 않았어. 말을 안 탈 거면 걷기라도 해야지. 승마를 한 날이었다면 오늘 같은 심부름을 시키지도 않았을 게다. 하지만 장미 꽃밭에서 그렇게 허리를 구부리고 있었으니 걸으면 도움이 될 거라고 생각했어. 피곤한 일을 한 뒤에 걷는 것만큼 상쾌한 일도 없으니까. 햇볕이 좀 강하기는 하지만 그렇게 많이 따갑지는 않았거든. 우리끼리 하는 얘기지만 에드먼드, (그의 어머니에게 고개를 끄덕이면서) 저 애는 장미꽃을 딴다고 화원 이곳저곳을 돌아다니다가 탈이 난 거야."

"안됐지만 정말 그런 것 같아." 두 사람의 대화를 엿듣고 있던, 좀 더 솔직한 편인 레이디 버트럼이 말했다. "패니가 화원에서 두통을 얻은 게 아닌지 걱정이구나. 그곳이 너무 더워서 다들 죽을 것 같았거든. 나도 간신히 견뎠다니까. 그냥 앉아서 퍼그를 부르고, 그 아이가 꽃밭에 들어가지 못하게 막으려고 애쓰는 것만으로도 너무나 힘들 지경이었어."

에드먼드는 어머니와 이모에게 더 이상 아무 말도 하지 않았다. 그는 석식 쟁반이 아직 그대로 놓여 있는 다른 탁자로 가서 마데이라 포도주 잔을 들고 패니에게 가져간 뒤 그걸 많이 마시라고 재촉했다. 패니는 거절하고 싶었지만 여러 가지 복잡한 감정이 치밀어 오르는 통에 말을 하기보다 그걸 꿀꺽 삼키는 편이 더 쉬웠다.

에드먼드는 이모와 어머니 때문에 화가 나기도 했지만 무엇보다 자신에게 화가 났다. 두 사람이 한 어떤 일보다도 그가 패니를 잊어버린 일이 더 나빴다. 패니에게 좀 더 신경을 썼더라면 오늘 같은 일은 일어나지 않았을 것 아닌가. 그 애는 꼬박 사흘이나 말벗도 없이 승마도 못 한 채로, 이모들이 시키는 모든 심부름을 피할 길 없이 방치돼 있었던 것이었다. 패니가 사흘이나 말을 타지 못했다는 것을 생각하니 부끄러웠고, 그래서 크로퍼드 양의 기쁨을 불가피하게 방해해야 한다는 게 몹시 내키지 않긴 했지만, 다시는 이런 일이 일어나지 않게 하겠노라고 진지하게 다짐하고 또 다짐했다.

패니는 맨스필드 파크에 도착한 첫날 저녁에 그랬던 것처럼 가슴에 북받치는 설움을 한가득 담은 채로 잠자리에 들었다.

어쩌면 두통이 이 같은 기분 상태에 일정 부분 영향을 미친 것인지도 몰랐다. 지난 며칠간 그녀는 자신이 홀대받는다고 느꼈고, 불만과 질투심에 맞서 싸우려 발버둥 치며 지내왔다. 다른 사람들의 눈에 띄지 않으려고 소파로 물러나 기대앉자 두통보다 더 심한 마음의 고통이 밀려왔다. 게다가 그녀는 조금 전 에드먼드의 친절이 가져온 갑작스러운 상황 변화 때문에 스스로를 어떻게 추슬러야 할지 알 수가 없었다.

8

패니는 다음 날부터 다시 승마를 시작했다. 쾌적하고 산뜻하게 느껴지는 아침인 데다 날씨도 최근에 비하면 덜 더워서 에드먼드는 패니가 곧 잃어버린 건강과 즐거움을 되찾을 거라고 믿었다. 패니가 승마를 하러 나간 사이에 러시워스 씨가 어머니를 모시고 도착했다. 러시워스 부인이 인사차, 특히 소서턴 방문 계획을 속히 실행에 옮기라고 재촉하며 자신의 예의 바른 모습을 과시하러 찾아온 것이었다. 두 주 전에 제안되었다가 그녀가 집을 비우는 바람에 휴면 상태에 빠져 있던 계획이었다. 노리스 부인과 두 조카딸은 그 계획이 다시 깨어나자 쌍수를 들고 환영했다. 일찌감치 날짜가 정해지고 동의를 받았다. 크로퍼드 씨가 한가한 날이어야 한다는 조건이 붙었다. 두 아가씨는 그 조건을 잊지 않았다. 노리스 부인이 선뜻 나서서 크로퍼드 씨는 그날 한가할 거라고 장담했지만, 조카들은 이모가 제멋대로 내린 결론을 인정하지 않았고, 아무 근거 없이 위험을 감수하려고 하지도 않았다. 결국 레이디 버트럼이 넌지시 암시하자 러시워스 씨는 자신이 곧장 목사관으로 가서 크로퍼드 씨를 만나 수요일이 괜찮을지 물어보는 편이 가장 적절하리라는 것을 깨달았다.

그가 돌아오기 전에 그랜트 부인과 크로퍼드 양이 방문했다. 잠시 외출했다가 맨스필드 저택을 방문한 참이었는데, 다른 길로 오는 바람에 러시워스 씨를 만나지 못한 모양이었다. 하지만 그들은 크로퍼드 씨가 지금 집에 있으니 러시워스 씨와 만나게 되리라는 즐거운 희망을 선물했다. 당연히 소서턴 방문 계획이 화제에 올랐다. 다른 화제를 다루기란 거의 불가능했다. 노리스 부인은 그 계획 덕분에 너무나 들떠 있었다. 선량하고 예의 바르지만 지루한 말투에 젠체하길 좋아하는 러시워스 부인은 자기 자신과 아들이 관련된 일 말고는 어떤 일도 중요하다고 생각하지 않는 사람인지라 레이디 버트럼에게 이번 방문에 함께해달라고 거듭 간청하며 포기하지 않고 있었다. 레이디 버트럼은 시종 그 간청을 거절했다. 하지만 거절하는 태도가 워낙에 뜨뜻미지근해서 러시워스 부인은 레이디 버트럼이 실은 방문을 원하는 거라고 넘겨짚고 있었다. 마침내 노리스 부인이 더 장황하고 더 큰 목소리로 해명했고, 그러고 나서야 비로소 러시워스 부인은 레이디 버트럼의 진심을 분명히 확인할 수 있었다.

"제 동생에게는 너무 버겁고 피곤한 일이에요. 분명히 말씀 드리지만 엄청나게 무리하는 거랍니다. 친애하는 러시워스 부인. 아시다시피 가는 데 10마일 오는 데 10마일이잖아요. 이번에는 제 동생이 가지 못하는 것을 양해하시고, 저와 두 조카딸만 받아주세요. 동생에게 먼 거리를 감수하고서라도 가고 싶은 마음이 드는 곳이 있다면 아마 소서턴이 유일할 테지만, 정말 갈 수가 없어요. 아시다시피 패니가 말벗으로 남을 테니 큰 지장은 없을 거예요. 에드먼드가 지금 이 자리에 없어 본인 생각을 직접 들을 수는 없지만, 제가 보증하건대 그 애도 무척 즐거운 마음으로 이 계획에 동참할 거고요. 아시다시피 그 애는 말을 타고 가면 되지요."

러시워스 부인은 집에 남겠다는 레이디 버트럼의 결심을 받아들일 수밖에 없었지만 적잖이 서운해했다. "레이디 버트럼께서 빠지시면 이번 모임에 큰 손실이 될 거예요. 아직 소서턴에 와본 적 없는 젊은 아가씨 프라이스 양도 우리 집에서 볼 수 있다면 참 좋았을 텐데. 함께 저택 구경을 하지 못하게 돼 정말 유감이에요."

"너무나 친절한 말씀이에요. 정말 친절 그 자체이십니다, 친애하는 부인." 노리스 부인이 큰 소리로 말했다. "하지만 패니 말인데요, 그 애한텐 앞으로 소서턴을 구경할 기회가 얼마든지 있을 겁니다. 앞으로도 시간이 충분할 테니까요. 이번에 그 애가 함께 가는 것은 전적으로 불가능해요. 버트럼 부인이 그 애를 보내주지 않을 테니까요."

"맞아요! 안 될 일이죠. 패니가 없으면 안 돼요."

러시워스 부인은 모두가 소서턴을 보고 싶어 할 거라는 확신에서 이번에는 크로퍼드 양을 초대하려고 했다. 이곳으로 이사 온 후 수고스럽게 러시워스 부인 댁을 방문한 적이 없었던 그랜트 부인은 개인적인 이유를 들어 예의 바르게 초대를 거절했지만, 여동생이 기뻐하는 일이라면 무엇이든 기꺼이 확보하고 싶은 마음이었다. 적절히 간청하고 설득하자 메리도 얼마 안 가 자기 몫의 예의를 차리며 초대를 받아들였다. 이윽고 러시워스 씨가 목사관 방문을 성공적으로 마치고 돌아왔다. 때마침 에드먼드도 나타나서 수요일로 정해진 방문 계획에 대해 알게 되었다. 그리고 러시워스 부인을 마차까지 배웅하고 다른 두 숙녀를 정원 중간 지점까지 바래다주며 함께 걸었다.

조찬실로 돌아온 그는 크로퍼드 양이 이번 방문에 동참하는 것이 바람직한지 아닌지, 그 오빠의 바로슈가 그녀가 끼지 않더라도 이미 꽉 차는 건지 아닌지를 두고 노리스 부인이 결정을 내리려고 애쓰는 모습을 보았다. 버트럼 자매는 고심하는 이모를 보고 깔깔 웃으면서 바로슈는 마부석과 상관없이 네 명이 너끈히 들어가며, 마부석에도 한 명이 더 타고 갈 수 있다고 안심시켰다.

"그런데 굳이 그럴 필요가 있을까요." 에드먼드가 말했다. "우리가 왜 크로퍼드 양의 마차, 아니 한 대뿐인 그 오빠의 마차를 이용해야 하죠? 어머니의 마차를 이용하면 안 되는 건가요? 지난번 이 계획을 처음 언급할 때부터 저는 왜 우리 가족이 우리 마차를 타고 가지 않는건지 이해가 안 됐어요."

"뭐라고!" 줄리아가 외쳤다. "그럼 바로슈에 자리가 넉넉한데도 이런 날씨에 일반 마차에 세 명이 꽉 끼어 가란 말이네! 안 돼, 에드먼드 오빠, 안 될 말이야."

"게다가." 마리아도 말했다. "내가 알기로는 크로퍼드 씨도 우리를 데리고 가는 것으로 알고 있을걸. 맨 처음 얘기가 오가고 난 뒤부터 그분은 그런 약속을 당연한 권리라고 주장하고 싶어 했다고."

"그리고 말이다, 에드먼드." 노리스 부인이 덧붙였다. "한 대면 충분한데도 마차를 두 대나 갖고 가는 건 쓸데없이 번거로운 일이야. 우리끼리 하는 말이지만, 마부가 이곳과 소서턴 저택 사이의 길을 별로 좋아하지 않아. 길이 좁아서 마차가 긁힌다고 늘 투덜거린다니까. 너도 알다시피 토머스 경이 돌아오신 다음 마차의 니스 칠이 온통 벗겨졌다는 사실을 알게 되는 일은 아무도 바라지 않을 거다."

"그건 크로퍼드 씨의 마차를 이용하는 그럴싸한 이유가 못 돼요." 마리아가 말했다. "하지만 진실을 말하자면요, 윌콕스가 멍청한 노인네라 마차를 제대로 몰 줄 모른다는 거예요. 수요일이 되면 길이 좁아서 불편한 점은 전혀 없다는 걸 알게 될 거라 장담해요."

"그럼 고생할 것도 없고 기분 나쁠 것도 전혀 없겠네." 에드먼드가 말했다. "바로슈 마부석에 앉아서 간다고 해도 말이야."

"기분 나쁘다니!" 마리아가 소리쳤다. "어머, 오빠! 그 자리야말로 사람들이 가장 앉고 싶어 하는 자리야. 시골 경치를 감상하는 데는 그 자리만 한 데가 없다고. 아마 크로퍼드 양이 그 자리를 고르겠다고 나설지도 모르지."

"자, 그럼 패니가 너희와 함께 가는 것도 반대할 수 없겠구나. 분명히 마차에 그 애 자리가 있을 테니."

"패니라니!" 노리스 부인이 되받았다. "에드먼드, 그 애가 우리와 함께 간다는 생각은 해본 적이 없다. 그 애는 제 이모와 함께 남아 있어야 해. 러시워스 부인에게도 이미 그렇게 말해 두었고, 패니까지 온다는 생각은 못 하실 거다."

"저는 어머니에게 별다른 이유가 없다고 생각해요." 그가 어머니를 향해 말했다. "순전히 어머니 자신을 위하자고, 어머니 편하자고 그런 것이지 패니가 일행에 끼지 않았으면 좋겠다고 바라시는 다른 이유는 없잖아요. 패니가 없어도 된다면 굳이 그 애를 집에 묶어놓고 싶지 않으시잖아요?"

"물론이야. 그러고 싶지 않지. 하지만 패니가 없으면 안 되는걸."

"안 될 것 없죠. 제가 어머니와 함께 집에 남아 있으면 됩니다. 원래 그럴 작정이었어요."

이 말을 듣고 모두들 소리를 질렀다. "그래요." 그가 말을 이었다. "저까지 갈 필요는 없어요. 그리고 저는 원래부터 집에 머무를 작정이었어요. 소서턴을 구경하고 싶은 패니의 열망이 대단합니다. 그곳을 무척 보고 싶어 해요. 그 애한테 그런 소망을 충족시킬 기회가 그리 자주 있는 것도 아니었고요. 이번만큼은 어머니께서도 기꺼이 그 애에게 그런 즐거움을 만끽할 기회를 주시리라 확신해요. 그래도 되겠죠, 어머니?"

"아유! 알았다. 기꺼이 그러마. 네 이모가 반대하지만 않는다면."

노리스 부인이 아직 남아 있는 유일한 반대 이유를 대며 나섰다. 이미 러시워스 부인에게 패니가 갈 수 없다고 분명히 밝혔으니 그 애를 데리고 가면 모양새가 참 이상해질 텐데, 그건 자신에게는 도저히 극복할 수 없는 일처럼 보인다는 것이었다. 너무나 이상한 일로 보일 게 틀림없었다! 그런 일은 격식을 무시하는 처사이며, 태도로 볼 때 교양과 배려의 귀감 같은 러시워스 부인에게 거의 결례에 가까운 무례를 범하는 일이니 감당해낼 자신이 없다고 했다. 노리스 부인은 본래 패니에게 애정이라고는 눈곱만큼도 없었고, 그 애를 기쁘게 해주고 싶다는 바람 같은 건 전혀 없는 사람이었다. 하지만 그녀가 지금 에드먼드에게 반대하는 것은 다른 이유보다도 자신이 짠 이번 계획이 너무 소중했기 때문이었다. 그녀는 이 모든 계획을 아주 잘 짰으니 그걸 조금이라도 바꾸면 훨씬 안 좋은 쪽으로 진행될 거라고 느꼈다. 따라서 이모가 발언 기회를 주었을 때 에드먼드가 다음과 같이 응수하자 노리스 부인은 몹시 화가 난 나머지 그 말을 선뜻 받아들이지 못하고 이렇게 외치기만 했다. "잘 알았다, 잘 알았어. 너 하고 싶은 대로 해. 네 방식대로 결정하라고. 분명히 말하지만 나는 이제 신경 안 쓸 거다." 에드먼드가 응수한 내용인즉슨, 러시워스 부인 문제라면 이모가 고민할 필요 없다는 것이었다. 부인을 배웅하러 복도를 걸어가는 틈을 타 프라이스 양이 함께 갈지도 모른다고 이야기하자, 부인이 즉시 사촌 동생을 기꺼이 초대하겠다고 했다고 했다.

"너무 이상해." 마리아가 말했다. "오빠가 패니 대신 집에 남아 있겠다니 말이야."

"패니가 오빠한테 엄청 고마워하겠네." 줄리아가 덧붙였다. 그녀는 그 말을 하면서 황급히 방을 빠져나갔다. 애초에 집에 남아 있겠다고 말했어야 할 사람은 자기라고 생각해서 그런 것 같았다.

"패니는 고마워할 일이 있으면 누구보다도 크게 고마워할 아이야." 에드먼드는 이렇게만 대답했다. 그리고 이 이야기는 이것으로 끝났다.

이 같은 계획을 들었을 때 패니가 느낀 고마운 감정은 단순한 기쁨 이상이었다. 그녀는 에드먼드의 친절한 배려를 예민하게, 아니, 예민함 이상의 감정을 품고 절실히 느꼈다. 패니가 자기에게 애정을 품고 있다는 사실까지 눈치채지는 못했지만 에드먼드도 패니의 예민한 감정은 느낄 수 있었다. 하지만 패니는 오빠가 자기 때문에 즐거운 방문을 포기해야 한다는 것이 괴로웠다. 오빠가 함께 가지 않는다면 소서턴을 구경하며 느끼게 될 기쁨은 아무런 의미도 없었다.

맨스필드의 두 가족이 그다음에 만났을 때 계획에 또다시 변화가 생겼다. 모두들 바뀐 계획에 찬성하고 동의했다. 그랜트 부인이 방문 날 레이디 버트럼의 말벗으로 그녀의 아들 대신에 남겠다고 제안한 것이다. 그녀의 남편도 정찬 시간에 맞춰 두 사람에게 합류할 예정이라고 했다. 일이 이런 식으로 해결되자 레이디 버트럼은 무척 기뻐했다. 그리고 아가씨들도 활기를 되찾았다. 에드먼드는 방문 일행에 다시 낄 수 있도록 해준 이 같은 제안에 무척 감사했다. 노리스 부인도 참 훌륭한 계획이라고 치켜세우면서, 그런 제안이 자기 혀끝을 맴돌며 막 나오려는 찰나 그랜트 부인이 먼저 이야기한 것이라고 둘러댔다.

수요일은 날씨가 맑았다. 조찬을 든 직후 크로퍼드 씨가 누나와 여동생을 실은 바로슈를 몰고 도착했다. 모두들 준비를 마쳤기 때문에 그랜트 부인이 마차에서 내리고, 각자 마차에 자리 잡는 것 말고는 달리 할 일이 없었다. 마차에서 가장 좋은 자리, 즉 모두들 부러워하는 영예로운 자리는 비어 있었다. 그 자리를 차지하는 행운은 누구에게 돌아갈 것인가? 버트럼 자매가 어찌하면 그 자리를 제일 좋은 모양새로, 그것도 다른 사람들에게 한껏 호의를 베푸는 모양새로 차지할 것인가 나름대로 궁리하고 있던 참에, 마차에서 내린 그랜트 부인이 이런 말로써 이 문제를 마무리했다. "모두 다섯 명이니 한 명은 헨리 옆자리에 앉는 게 낫겠네요. 줄리아 양, 줄리아 양이 저번에 마차를 몰 수 있으면 좋겠다고 했었잖아요. 내 생각으로는 이번이 그걸 배울 수 있는 좋은 기회일 것 같은데."

행복한 줄리아! 불행한 마리아! 줄리아는 냉큼 마부석에 올라가 앉았고, 마리아는 침울해져서 굴욕감을 느끼며 마차 안 다른 자리에 앉았다. 이어 집에 남기로 한 두 부인의 잘 다녀오라는 인사와 주인 품에 안겨 짖어대는 퍼그 소리를 뒤로하고 마차가 출발했다.

그들은 상쾌한 시골길을 지났다. 승마를 하면서 먼 데까지 나온 적이 없었던 패니는 이내 자신이 아는 익숙한 지역을 벗어나자, 온갖 새로운 풍경을 감상하고, 멋진 경치가 나오면 감탄하면서 더없이 행복해했다. 마차에 함께 탄 사람들에게서 대화에 끼라는 권유를 그리 자주 받지는 못했지만 본인 역시 그런 일은 바라지 않았다. 그녀에게는 혼자만의 생각과 사색이 가장 익숙하고도 반가운 친구였다. 그녀는 아름다운 시골 풍경, 시시각각 바뀌는 길들, 각기 다른 땅의 모양새, 수확 현황, 조그마한 시골집들, 가축 떼, 아이들 모습 등을 바라보는 것이 즐거웠다. 그리고 자신의 느낌을 전할 수 있는 에드먼드의 존재만으로도 그 즐거움은 더 커질 수 있었다. 바로 그 점이 옆에 앉아 있는 아가씨와 그녀 사이의 유일한 공통점이었다. 에드먼드를 소중히 여긴다는 점만 빼면 크로퍼드 양과 패니는 닮은 구석이 하나도 없었다. 그녀는 패니가 지닌 섬세한 취향과 정신, 감정을 갖고 있지 않았다. 그녀는 생명이 있든 없든 자연에는 별 관심이 없었다. 그녀의 관심은 오로지 남자와 여자에게만 쏠려 있었고, 그녀의 재능은 경박하고 활기찬 것에만 발휘되었다. 그러나 마차 뒤편으로 곧게 뻗은 길이 나타난다거나 제법 가파른 언덕길을 오를 때 에드먼드가 따라잡기라도 하면, 두 사람이 동시에 뒤를 돌아다보며 "저기 오네요"라고 외친 적이 한두 번이 아니었다.

처음 7마일을 가는 동안 버트럼 양의 마음은 정말 편치 않았다. 경치를 보고 있노라면 그것은 매번 크로퍼드 씨와 동생이 나란히 앉아서 희희낙락 즐겁게 이야기를 나누는 모습으로 귀결되곤 했다. 미소를 띤 채 줄리아에게 몸을 돌리는 그의 옆모습을 보고, 동생의 깔깔거리는 웃음소리를 듣고 있자니 울화통이 치밀어 올랐다. 그녀는 예의를 생각해서 간신히 그런 마음을 가라앉혔다. 줄리아는 뒤를 돌아볼 때마다 만면에 기쁨이 가득했고, 그들에게 말을 건넬 때마다 기분이 최고로 좋아 보였다. 자기 자리에서 보이는 경치가 참 매력적이라는 둥 모두들 그걸 봤으면 좋겠다는 둥 어쨌다는 둥 떠들어대면서 말이다. 줄리아는 마차가 길게 이어지는 오르막 꼭대기에 이르렀을 때 딱 한 번 크로퍼드 양에게 자리를 바꿔 앉겠느냐고 제안했는데, 그마저도 겨우 이렇게 권유하는 데 그쳤을 뿐이었다. "여기 앉아 있으니 느닷없이 멋진 시골 경치가 펼쳐져요. 크로퍼드 양도 여기 앉으면 좋을 텐데. 하지만 아마 앉으려 하시지 않겠죠. 그러니 이 정도만 권할게요." 크로퍼드 양이 미처 대답하기도 전에 마차는 다시 빠른 속도로 움직였다.

그들이 소서턴 저택의 영향권 안으로 들어섰을 때에야 버트럼 양의 마음도 비로소 조금 풀렸다. 그녀로서는 활의 줄 하나가 끊어졌어도 다른 하나가 준비되어 있다고 말할 수 있었다. 그녀에게는 러시워스 씨를 좋아하는 마음도, 크로퍼드 씨를 좋아하는 마음도 있었다. 그런데 소서턴 인근에 이르자 전자의 감정이 상당한 효과를 발휘했다. 이제 러시워스 씨의 위세가 그녀의 것 아닌가. 그녀는 크로퍼드 양에게 "이 숲이 소서턴 소유랍니다"라고 말하거나 아무렇지도 않다는 듯이 "아마 지금부터는 길 양쪽 부지가 다 러시워스 씨 소유일 거예요"라고 말하며 의기양양해했다. 그리고 그런 의기양양함은 자유소유권*을 지닌 저택의 본관 건물, 러시워스 가족이 생활하는 고색창연한 영주의 거처로 다가서면서 점점 더 커졌다. 영지 내 주민의 경범죄 재판을 담당하는 영주 재판소와 민사 재판을 담당하는 장원 재판소의 권리를 모두 갖고 있는 거처였다.

"이제부터는 길이 험하지 않을 거예요, 크로퍼드 양. 고생은 끝났어요. 나머지 길은 마땅히 갖춰야 할 길 본연의 모습이랍니다. 러시워스 씨가 이곳 저택을 물려받은 뒤 이 길을 이렇게 만드셨대요. 여기서부터 마을이 시작되죠. 저기 저 작은 시골집들은 보기가 참 그래요. 저 교회 첨탑은 놀랄 만큼 예쁘다고 평판이 자자하죠. 다른 고택들에서 흔히 그런 것처럼 교회가 저택 본관 가까이에 있지 않아서 다행이에요. 교회 종소리가 몹시 짜증 나고 거슬릴 테니까요. 저기 목사관이 있군요. 건물이 참 깔끔해 보이죠. 제가 알기로는 목사님과 그 사모님이 아주 예의 바른 분들이시래요. 저기 이 가문의 어느 분께서 지으셨다는 마을 구빈원이 있네요. 그 오른쪽이 집사가 사는 집이에요. 참 점잖은 분들이랍니다. 자, 이제 저택의 경비 구역

*자유롭게 사용, 수익(收益), 처분할 수 있는 권리.

문 안으로 들어서고 있네요. 하지만 아직 저택의 숲과 정원을 지나 거의 1마일은 더 가야 해요. 보시다시피 저택의 이쪽 끝은 그렇게 보기 싫지 않아요. 멋진 나무들도 제법 있고요. 하지만 저택의 위치가 별로예요. 그곳까지 가려면 반 마일 정도는 내리막길로 내려가야 해요. 그 점이 아쉬워요. 진입로만 더 좋았으면 저택이 그렇게 안 좋아 보이지는 않았을 텐데."

크로퍼드 양은 주저 없이 감탄했다. 그녀는 버트럼 양의 생각을 너무나 잘 헤아리고 있어서, 그녀의 기쁨을 최대한 부추기는 것이 도의 문제라고 생각했다. 노리스 부인은 얼마나 기쁜지 계속해서 감탄을 내뱉고 있었다. 패니조차도 경탄을 금치 못하고 몇 마디 할 정도였다. 패니는 시선이 닿는 모든 것들을 열심히 눈에 담았다. 그녀는 조금 수고스럽게 저택을 눈에 담으며 "경의를 품지 않고서는 바라볼 수 없는 건물이네요"라고 말한 뒤, "그런데 가로수 산책로는 어디 있죠? 제가 보기에는 저택 건물이 동향인 것 같은데. 그럼 산책로가 그 뒤에 있나 보죠. 러시워스 씨가 서쪽 면 얘기를 하신 적이 있는데"라고 했다.

"맞아, 저택 건물 바로 뒤에 산책로가 있어. 건물에서 조금 떨어진 곳에서 시작해서 영지 경내 맨 끝까지 반 마일 정도 오르막으로 이어져 있어. 여기서 조금 보일걸. 조금 떨어진 곳에 나무들이 좀 보이지. 저건 전부 참나무야."

사실 버트럼 양은 아는 게 전혀 없었지만 러시워스 씨가 그녀의 의견을 구할 때 이런 사실들을 확실히 알게 되었고, 덕분에 이런 이야기들을 할 수 있었다. 마차가 건물의 주 현관 앞넓찍한 돌계단에 이르렀을 때, 그녀는 허영심과 자부심이 안길 수 있는 최대한도로 행복을 만끽하며 한껏 들떠 있었다.

9

러시워스 씨가 현관 앞에서 자신의 아리따운 약혼자를 기다리고 있었다. 그는 적절히 관심을 표하면서 정중한 태도로 모든 일행을 반갑게 맞이했다. 응접실로 들어선 그들은 아들과 마찬가지로 어머니에게서도 따뜻한 환대를 받았다. 그리고 버트럼 양은 바라는 대로 두 모자 모두에게 특별한 대접을 받았다. 의례적인 도착 인사가 끝나자 우선 뭘 좀 먹어야 했다. 일행이 중간의 빈방 한두 곳을 지나 식당으로 지정된 방으로 갈 수 있도록 문들이 활짝 열렸다. 그곳에 간단한 음식들이 풍성하고 품위 있게 차려져 있었다. 많은 이야기가 오갔고, 많이들 먹었고, 매사가 순조로웠다. 그러고 나자 그날의 특별한 용무가 논의의 대상으로 떠올랐다. 어떻게 저택 경내를 돌아봐야 크로퍼드 씨의 마음에 들 것인가? 그가 어떤 방식으로 돌아보고 싶어 할 것인가? 러시워스 씨가 자신의 쌍두 이륜마차를 제안했다. 그러자 크로퍼드 씨는 두 명 이상 태울 수 있는 마차가 더 낫지 않겠느냐고 제안했다. 다른 사람들의 시각과 견해를 들을 수 없게 된다면 당장의 즐거움을 잃는 것 이상의 손해가 되리라는 것이었다.

러시워스 부인은 그러면 이류 경마차도 가져가는 게 어떻겠느냐고 제안했다. 그러나 이런 수정안은 거의 받아들여지지 않았다. 아가씨들은 미소를 짓지도 않았고 아무 말도 하지 않았다. 저택에 와본 적 없는 사람들에게 저택 구경을 시켜주겠다는 부인의 다음 제안은 좀 더 호의적으로 받아들여졌다. 버트럼 양이 저택의 규모가 얼마나 큰지 기꺼이 자랑하고 싶어 했고, 모두들 뭐라도 할 수 있어 다행이라고 느꼈기 때문이다.

따라서 일행 모두가 자리를 털고 일어났고 러시워스 부인의 안내로 많은 방들을 구경했다. 모든 방들은 천장이 높았고, 대부분의 방이 널찍했으며, 50년 전의 취향을 반영하는 가구들로 가득 차 있었다. 저택은 반짝이는 바닥과 튼튼한 마호가니재로 이루어져 있었고, 화려한 다마스크 천, 대리석, 금도금, 조각 작품들이 풍성히 구비되어 있었다. 모든 것들에 나름의 멋이 있었다. 회화 작품들도 무척 많았다. 극소수 훌륭한 작품도 있었지만 대부분 집안사람들의 초상화여서 러시워스 부인을 제외한 다른 사람들에게는 아무런 의미도 없는 것들이었다. 러시워스 부인은 하녀장이 가르쳐줄 수 있는 모든 내용을 애써 배워두었기 때문에, 이제는 하녀장에 버금갈 만큼 다른 사람들에게 저택을 구경시켜줄 자격을 충분히 갖추고 있었다.* 이번 경

---

* 귀족이나 대지주의 대저택을 구경하는 일이 당시 상류 계층 사람들의 중요한 오락 거리였다. 안내를 담당하는 사람들은 대개 그 저택의 짐꾼, 정원사, 하녀(장)들이었으며 이들은 그 대가로 팁을 받았다. 비용이 들었기 때문에 이런 구경은 주로 상류 계층 사람들이 많이 했다. 《오만과 편견》에서 여주인공 엘리자베스 베넷과 외삼촌 가드너 부부가 다아시 씨의 펨벌리 저택을 구경하는 것이 좋은 예이다.

우에는 주로 크로퍼드 양과 패니를 대상으로 설명을 했다. 그러나 두 아가씨의 관심은 하늘과 땅 차이였다. 이미 대저택 수십 채를 구경해본 크로퍼드 양은 그런 설명에 별로 관심이 없어, 그저 예의 바르게 듣는 척만 했다. 반면 패니에게는 모든 것이 새롭고 흥미롭기 그지없어, 꾸밈없는 태도로, 진지하게 러시워스 가문의 옛 선조들과, 가문의 기원과 위풍당당했던 모습과, 국왕의 방문과, 충성을 바치려고 했던 선조들의 노력에 대해 부인이 들려주는 온갖 내용을 귀담아들었다. 그러면서 그녀는 어떤 설명을 듣건 그것을 이미 알려진 역사적 사실과 결부시켜보기도 하고, 상상력을 발휘하여 지나간 장면들을 뜨겁게 달구어보기도 하면서 무척 즐거워했다.

저택의 위치로 볼 때, 어떤 방에서 바깥을 바라보든 조망이 좋을 가능성은 없었다. 패니와 일행 몇몇이 러시워스 부인의 설명을 듣고 있는 동안, 헨리 크로퍼드는 창문가에 서서 심각한 표정으로 고개를 가로젓고 있었다. 서쪽 면의 모든 방들이 잔디밭을 가로지르는 높다란 철제 방책과 그 입구 너머로부터 곧바로 시작되는 산책로를 향해 있었다.

창문세*를 내거나 하녀들에게 일거리를 제공하는 데에만 쓸모가 있어 보이는 방들을 더 많이 구경하고 나자 러시워스 부인이 말했다. "자, 이제 예배실에 왔어요. 원래 위층으로 들어와서 아래쪽 방향으로 내려다봐야 하는 곳이지만, 모두 친한

*1696년부터 부과된 세금. 사람이 거주하는 모든 집에 창문 한 개당 연간 2실링이 부과됐다. 물론 창문이 많은 집일수록 세금을 더 많이 내야 했다. 1851년에 폐지됐다.

분들이니 괜찮으시면 이쪽으로 안내할게요."

그들은 방 안으로 들어갔다. 패니는 이 방이 신앙생활이라는 목적을 위해 단순히 장방형으로 널찍하게만 만들어진 것이 아니라 뭔가 장엄한 분위기를 풍기는 장소일 거라고 상상하며 마음의 준비를 하고 있었다. 그런데 막상 보니 그 안에는 마호가니 가구들만 가득할 뿐, 위쪽에 회랑식으로 튀어나오도록 만들어진 가족석 위로 보이는 진홍색 벨벳 쿠션들 말고는 눈길을 더 끈다거나 더 엄숙해 보이는 건 아무것도 없었다. "실망했어요, 오빠." 그녀가 목소리를 낮추며 에드먼드에게 말했다. "내가 생각했던 예배실 모습이 아니에요. 경외심을 불러일으키는 거라곤 하나도 없잖아요. 음울하거나 장엄한 분위기를 자아내는 것도 없고, 통로도 아치형 구조도 글귀를 새겨놓은 것도 깃발도, 하나도 없어요. '천국의 밤바람에 나부끼는' 깃발도 '스코틀랜드의 군주가 이 아래 잠들어 있도다'*라고 써 넣은 글귀도 없고요."

"이것들이 전부 얼마나 최근에 만들어졌는지, 그리고 성이나 수도원 같은 유서 깊은 장소들의 예배실에 비해 얼마나 제한적인 목적을 위해 만들어졌는지 깜빡한 모양이구나, 패니. 이 예배실은 집안사람들의 사적인 용도를 위해 만들어졌을 뿐이야. 게다가 그분들은 마을 교회 마당에 묻혀 있지. 그러니 깃발이니 공적이 적힌 글귀니 하는 것들은 거기서 찾아야 할걸."

*월터 스콧의 《마지막 음유시인의 노래》 2편.

"그런 점들을 미처 생각하지 못하다니 제가 바보였군요. 하지만 그래도 좀 실망스러워요."

러시워스 부인의 설명이 시작됐다. "이 예배실은 보시다시피 제임스 2세 시절에 만들어졌답니다. 그 이전에는 신도석에 그저 징두리널만 둘러져 있었다고 알고 있어요. 설교단과 가족석 안쪽 부분과 쿠션만 진홍색 천으로 만들어져 있었다고 짐작할 만한 근거가 있지만 확실하진 않아요. 참 멋진 예배실이죠. 옛날에는 아침저녁 할 것 없이 자주 사용했었어요. 우리 집안 전속 목사님이 늘 기도문을 읽던 모습이 많은 사람들의 머릿속에 남아 있어요. 하지만 돌아가신 러시워스 씨께서 그만두게 하셨죠."

"모든 세대는 나름대로 개선되나 봐요." 크로퍼드 양이 미소를 지으며 에드먼드에게 말했다.

러시워스 부인은 배운 내용을 크로퍼드 씨에게 들려주러 그에게로 갔다. 자연히 에드먼드와 패니, 크로퍼드 양이 한 무리를 형성하여 그 자리에 남게 됐다.

"정말 아쉬워요." 패니가 큰 소리로 말했다. "그런 관습이 이어지지 않은 것 말이에요. 소중한 과거의 자산인데. 예배실과 전속 목사님의 존재는 대저택, 또 그런 대저택이 마땅히 갖추고 있어야 할 모습과 참 잘 어울리잖아요! 온 가족이 기도를 위해 정기적으로 모여 예배를 드린다니 얼마나 고상한가요!"

"고상하고말고요!" 크로퍼드 양이 웃으면서 말했다. "하루 두 번씩 불쌍한 하녀와 하인들 모두에게 각자의 할 일과 소일

거리를 놔두고 이곳에 와서 기도를 하라고 강요했으니, 아마 이 집안의 윗사람들에게 참 큰 도움이 됐겠네요. 자기들은 다른 재미를 궁리해내고, 예배에 참석도 하지 않았으면서요."

"그건 패니가 생각하고 있는 가족 예배 모임과 거리가 멉니다." 에드먼드가 말했다. "주인 부부가 예배에 참석하지 않는다면 이런 관습은 틀림없이 득보다 해가 더 많아지겠죠."

"여하튼 사람들은 제 뜻대로 하도록 내버려두는 게 훨씬 더 안전해요. 모두가 자기 식대로 하는 걸 좋아하죠. 예배 시간과 방법을 자기 뜻대로 선택해야 해요. 참석을 강요하고, 격식을 차리고, 제약을 가하고, 예배 시간을 오래 끌고…… 이런 모든 일은 만만찮게 귀찮죠. 그 누구도 좋아하지 않고요. 저기 저 튀어나온 회랑 좌석에 무릎을 꿇고 앉아서 입을 벌리곤 하던 사람들이, 남자든 여자든 앞으로 자신들이 아침에 잠에서 깨어나 머리가 아파 침대에 10분 더 누워 있어도 예배에 참석 않는다고 혼날 위험 없는 시절이 다가온다는 것을 내다볼 수 있었다면, 아마 기쁘고 부러워서 자리에서 벌떡 일어났을걸요. 그 옛날 러시워스 집안의 아리따운 아가씨들이 얼마나 마지못해 이 예배실로 발걸음을 옮겼을지 상상이 안 되세요? 엘리너 부인이니 브리지스 부인이니 하는 젊은 하녀들이 겉으로는 경건한 척하면서 딱딱하게 굳은 모습으로 앉아 있었겠죠. 머릿속은 온통 딴생각들로 가득 차서요. 특히 집안의 전속 목사님이 보잘것없는 분이라면 더 그랬을 거고요. 게다가 요즘 목사님들과 비교해보면 그 시절 목사님들의 수준은 훨씬 더 낮았을 거라는 게 제 생각이에요."

얼마 동안 그녀는 아무런 대답도 듣지 못했다. 패니는 얼굴이 빨개져서 에드먼드를 쳐다봤지만 너무 화가 나서 말이 나오지 않았다. 에드먼드도 말을 꺼내기 전에 우선 마음부터 조금 가라앉힐 필요가 있었다. "워낙 쾌활하시니 이렇게 진지한 얘기를 하면서도 전혀 진지한 모습을 보일 수 없으신 거군요. 우리에게 정말 재미나게 설명해주셨습니다. 인간의 본성을 고려한다면 틀린 말씀이라고는 할 수 없을 겁니다. 우리는 누구나 이따금씩 우리가 원하는 만큼 생각을 집중하기가 힘들다는 것을 분명히 느낍니다. 하지만 그런 일이 너무 자주 발생한다고 생각하신다면, 다시 말해 무심결에 습관으로 굳어지는 결점이라고 생각하신다면, 그런 사람의 개인적인 신앙생활에서 뭘 기대할 수 있을까요? 예배실에 있을 때면 괴로워하면서 딴생각에 빠지기를 좋아하는 정신의 소유자가 자기 작은 방에서는 마음을 더 잘 집중할 수 있으리라고 생각하십니까?"

"그럼요, 그럴 가능성이 아주 높죠. 적어도 두 가지 유리한 면은 있는 셈이잖아요. 외부에서 그 사람 마음을 흩뜨리는 것이 더 적고, 예배를 그렇게 오랫동안 하지 않아도 되니까요."

"하나의 상황에서 자기 자신과의 싸움을 감당하지 못하는 정신의 소유자라면 다른 상황에서도 마음을 흩뜨리는 방해물을 만나게 될 거라고 생각합니다만. 그리고 현재 그 사람이 있는 장소와 그곳에 함께 있는 본보기가 되는 분들의 영향이 종종 처음 시작했을 때보다 더 나은 기분을 불러일으키기도 하지요. 하지만 예배 시간이 길어지면 가끔 정신을 긴장시키고 무척 고되게 만든다는 점은 인정합니다. 누구나 그러지 않기를 바라지요. 하지만 제가 예배실 기도가 어떤 것인지 잊을 만큼 옥스퍼드를 떠나온 지 오래되지는 않았답니다."

이들 사이에 이런 대화가 오가고 다른 사람들이 예배실 곳 곳에 흩어져 있는 가운데, 줄리아가 이런 말을 꺼내 크로퍼드 씨의 관심을 언니에게로 돌렸다. "저기 러시워스 씨와 마리아 언니가 나란히 서 있는 것 좀 보세요. 금방이라도 결혼식을 올릴 사람들 같지 않아요? 완벽하게 결혼식 분위기를 자아내고 있죠?"

크로퍼드 씨도 동의의 미소를 지었다. 그런 다음 마리아 쪽으로 걸어가서 그녀만 들을 수 있는 목소리로 말했다. "버트럼 양께서 이렇게 제단 가까이 있는 모습은 보고 싶지 않은데요."

상대 아가씨는 깜짝 놀라며 본능적으로 한두 걸음 물러섰다. 그러나 곧바로 침착한 태도를 되찾고는 웃는 척하면서 나지막한 목소리로 "저를 신랑에게 인도해주시겠어요?"라고 물었다.

"유감스럽지만 저는 그런 일에 무척 서투를 겁니다." 그는 의미심장한 표정으로 이렇게만 대답했다.

곧바로 줄리아가 두 사람 사이에 끼어 농담을 이어나갔다.

"정말이지 당장 결혼식을 거행할 수 없다니 참 아쉬워요. 우리에게 결혼식을 주재할 합당한 자격만 있었다면 그렇게 했을 텐데. 마침 모두들 모여 있는 데다 세상 그 어느 곳도 여기보다 더 안락하고 만족스럽진 않을 테니까요." 그녀가 조심성이라고 는 전혀 없이 농담을 하며 깔깔 웃어대는 바람에 러시워스 씨 와 그의 어머니도 그 이유를 알아차리게 되었고, 그녀의 언니 는 연인의 정중한 속삭임을 듣게 되었다. 그러자 러시워스 부 인은 예의 바르게 미소를 짓고 위엄 있는 태도를 보이며, 언제 든 그런 일이 일어난다면 자신은 정말 행복할 거라고 말했다.

"에드먼드 오빠가 성직 임명을 받았다면 참 좋았을 텐데!" 줄리아가 외쳤다. 그러고는 크로퍼드 양과 패니와 함께 서 있 는 에드먼드에게로 달려갔다. "에드먼드 오빠, 오빠가 지금 성 직 임명을 받은 신분이라면 결혼식을 즉시 주재해줄 수 있잖 아. 오빠가 아직 성직 임명을 받지 못했다는 게 얼마나 유감스 러운지 몰라. 러시워스 씨하고 언니는 준비가 다 돼 있거든."

만약 줄리아가 이런 말을 하는 동안 아무 상관 없는 구경꾼 이 크로퍼드 양의 얄궂은 표정을 보았다면 무척이나 재미있어 했을 것이다. 그녀는 새롭게 알게 된 사실을 듣고 거의 아연실 색하고 있었다. 패니는 그녀가 가엾게 느껴졌다. '자기가 방금 한 말 때문에 무척 괴롭겠지' 하는 생각이 그녀의 머리를 언뜻 스치고 지나갔다.

"성직 임명이라고요!" 크로퍼드 양이 말했다. "세상에, 버트 럼 씨가 성직자가 될 예정이라고요?"

"그렇습니다. 아버지가 돌아오시면 곧 성직 임명을 받게 될 겁니다. 아마 크리스마스 무렵이 되겠죠."

크로퍼드 양은 정신을 가다듬고 표정을 고친 뒤 이렇게만 대답했다. "그 사실을 진작 알았더라면 성직자에 대해 좀 더 큰 존경심을 품고 얘기했을 텐데요." 그러고는 화제를 다른 데로 돌렸다.

예배실은 이내 침묵과 정적 속에 잠겼다. 1년 내내 거의 아무런 방해도 받지 않고 그 방을 지배하는 침묵과 정적이었다. 동생 때문에 화가 잔뜩 난 버트럼 양이 가장 앞서 방을 나갔다. 모두들 그 방에 너무 오랫동안 머물렀다고 생각하는 것 같았다.

이제 저택의 아래층은 전부 구경한 셈이었다. 손님들에게 집 구경을 시켜줘야 한다는 의무감으로 지칠 줄 모르던 러시워스 부인은 아들이 시간이 부족할지 모른다며 말리지 않았더라면 주 계단 쪽으로 손님들을 끌고 가서 2층으로 올라간 뒤 그곳에 있는 방들도 몽땅 소개했을 것이다. "아무래도 안 되겠어요." 머리가 웬만큼 돌아가는 사람들이라면 대개 알아차릴 수밖에 없는 자명한 표현으로 그가 말했다. "집 구경에 시간을 너무 많이 썼어요. 밖에서 할 일들도 남아 있는데 시간이 될지 모르겠군요. 5시에 정찬을 해야 하는데 이미 2시가 넘었어요."

러시워스 부인은 아들의 뜻을 따랐다. 저택의 광활한 정원을 둘러보는 문제를 두고 더욱 자세하고 활발한 논의가 이어질 듯 보였다. 노리스 부인이 정원을 둘러보기 위해 마차와 말들을 어떻게 짝지을지 고민하는 사이, 젊은 사람들은 잔디밭과 관목 숲을 보고, 상쾌하고 쾌적한 정원의 온갖 것들과 곧바로 이어지는, 계단 쪽으로 유혹하듯 열린 문을 우연히 마주하고는, 바깥바람을 쐬고 자유를 만끽하고 싶은 충동을 느낀 듯 모두 밖으로 걸어 나갔다.

"일단 이 아래쪽으로 돌아서 가보면 어떨까요." 러시워스 부인이 모두의 속마음을 눈치챘는지 그들을 뒤따라가며 예의 바르게 말했다. "이쪽에는 나무와 꽃들이 엄청나게 많이 심어져 있고 신기한 꿩들도 많답니다."

"질문이 있습니다." 크로퍼드 씨가 주변을 둘러보며 말했다. "혹시 앞쪽으로 더 가기 전에 이곳에서 뭔가 할 일을 찾을 수 있지 않을까요? 저기 저 담장 쪽이 개선할 여지가 아주 많아 보이는데. 러시워스 씨, 이곳 잔디밭에서 회의를 열까요?"

"제임스." 러시워스 부인이 아들에게 말했다. "손님들 눈에는 우리 집 자연 정원*이 신기한 구경거리 아닐까 싶구나. 버트럼가 아가씨들도 아직 우리 집 자연 정원은 구경 못 했을 거야."

아무도 반대하지 않았다. 한동안 어떠한 계획이든, 거리가 얼마나 되든 움직이려는 사람은 없었다. 처음에는 모두들 갖가지 화초와 꿩들의 모습에 매료되었고, 행복감에 젖어 제각각 이곳저곳으로 흩어졌다. 크로퍼드 씨는 제일 앞장서서 나가며 저택의 그쪽 면 끝까지 넓이가 얼마나 되는지 살펴보았다. 높

---

*대저택 경내 대규모 정원에 만들어놓은 소규모의 자연 정원. 나무들을 장식적이거나 환상적인 방식으로 자연스럽게 심어놓았으며, 대개 미로 형태를 띠는 경우가 많았다. 소서턴의 '자연 정원'은 초목을 심어놓은 잔디밭과 볼링용 잔디밭, 테라스형 산책로를 지나서 이어지는 문을 통해 들어간다. 나무들이 비교적 규칙적으로 심어져 있었으며, 그 끝에 그 너머의 정식 정원과 구별할 목적으로 참호형 울타리인 은장(隱墻)과 철문이 만들어져 있었다.

은 담장들로 양쪽 경계가 이루어진 잔디밭은, 화초를 심은 맨처음 부분 너머에 볼링용 잔디밭이 자리하고 있었다. 볼링용 잔디밭을 지나면 철제 말뚝들이 지탱하고 있는 테라스형의 긴 보행로가 있었다. 그곳에 서면 그 뒤로 곧장 이어진 자연 정원 나무들의 우듬지들을 내려다볼 수 있었다. 혹시라도 무슨 흠이 보인다면 찾아내기 쉬운 장소였다. 버트럼 양과 러시워스 씨가 곧바로 크로퍼드 씨의 뒤를 따랐다. 얼마 후 다른 사람들도 각각 무리를 짓기 시작했다. 에드먼드와 크로퍼드 양, 패니는 테라스 보행로 위에 서서 열심히 의논하고 있는 세 사람을 발견했다. 패니 일행도 자연스럽게 그 무리에 끼려 했지만 잠시 머물면서 아쉬운 점 몇 가지와 어려운 점 몇 가지만 보탠 뒤, 그들을 남겨두고 계속 걸었다. 나머지 세 명, 즉 러시워스 부인과 노리스 부인, 그리고 줄리아는 여전히 더 뒤쪽에 처져 있었다. 줄리아는 이제 행운의 별이 빛이 바랬는지 러시워스 부인의 옆자리를 지키면서 자신의 초조한 발걸음을 부인의 느려터진 발걸음에 맞출 수밖에 없었고, 그러는 동안 그녀의 이모는 꿩 모이를 주러 나온 가정부를 우연히 만나 수다를 떠느라고 뒤쪽에서 꾸물거렸다. 아홉 명 중 유일하게 자신의 운을 만족스럽게 여기지 않았던 불쌍한 줄리아는 이제 완벽하게, 하기 싫은 일을 억지로 해야 하는 처지에 놓여 있었다. 그녀의 지금 모습이 바로슈의 마부석에 앉아 있을 때와는 사뭇 다르리라는 건 충분히 상상할 수 있을 것이다. 예의를 지켜야 한다고 교육받아온 터라 그 자리를 벗어날 수는 없었다. 그러나 자제력이라든가 타인에 대한 올바른 배려, 자신의 속마음에 대한 정확한 인식, 도의의 원칙 같은 것이 그녀가 받은 교육의 필수적인 내용은 아니었으니, 그녀는 그런 심성을 갖고 있지 못한 관계로 자신이 처한 상황이 비참하게 느껴졌다.

"정말 못 견디게 덥네요." 테라스 길을 한 바퀴 돌고 나서 그 중간 지점에 있는, 자연 정원으로 들어가는 문에 두 번째로 가까이 다가갔을 때 크로퍼드 양이 말했다. "잠시 휴식하자는 데 반대하는 사람은 없겠죠? 저기 아름다운 작은 숲이 있어요. 들어갈 수 있으면 좋겠는데. 문이 열려 있다면 참 다행일 텐데! 하지만 당연히 잠가놓았겠죠. 이런 대저택에서 들어가고 싶은 곳에 마음대로 드나들 수 있는 사람은 정원사뿐이니까요."

그러나 문은 잠겨 있지 않았다. 따라서 그들은 사정없이 이글거리는 뜨거운 태양을 뒤로하고, 그 문 안쪽으로 들어가는 데 기꺼이 동의했다. 계단을 제법 내려간 뒤에야 자연 정원에 이를 수 있었다. 그곳은 넓이가 2에이커쯤 되는, 나무들이 빽빽이 들어선 숲이었다. 낙엽송과 월계수가 주를 이루었고 너도 밤나무는 베어 넘어져 있었다. 나무들이 너무 규칙적으로 배열되어 있기는 했지만 그래도 어둑어둑하게 그늘져 있었다. 볼링용 잔디밭과 테라스 보행로와 비교하면 자연미도 느껴졌다. 모두들 그곳이 쾌적하다고 느꼈는지 한동안 걸어 다니며 감탄했다. 크로퍼드 양이 뜸을 들이다가 마침내 말을 꺼냈다. "그러니까 앞으로 성직자가 되신다는 말씀이죠, 버트럼 씨. 조금 놀랍네요."

"그게 왜 놀랍습니까? 제가 다른 직업을 가질 거라고 예상하셨던 모양이군요. 제가 변호사도 군인도 선원도 아니라는 것은 이미 알고 계셨잖아요."

"맞아요. 하지만 성직자가 되실 거라는 생각은 전혀 못 했어요. 아시다시피 둘째 아들한테는 삼촌이나 할아버지가 재산을 물려주시잖아요."

"매우 칭찬할 만한 관습이지요." 에드먼드가 말했다. "하지만 그렇게 보편적인 관습은 아닙니다. 제가 그 예외 중 하나고요. 그러니 저는 제 힘으로 뭔가를 해야 합니다."

"하지만 왜 하필이면 성직자가 되려고 하세요? 저는 그런 일은 항상 직업을 선택할 형들이 많은 막내의 운명이라고만 생각했거든요."

"그렇다면 자발적으로 성직을 택하는 일은 결코 없을 거라고 생각하시는 겁니까?"

"'결코'라는 말은 썩 듣기 좋지 않네요. 하지만 대화할 때 '결코'라는 단어가 '좀처럼'이라는 뜻으로 쓰이는 거라면 분명히 그렇다고 생각해요. 교회에서 무슨 일을 할 수 있나요? 남자들은 이름을 떨치는 걸 참 좋아하잖아요. 군대나 법조계 같은 다른 직종에서라면 어디서든 그런 유명세를 얻을 수 있죠. 하지만 교회에서는 그럴 수 없어요. 성직자는 미미한 존재예요."

"'결코'라는 단어처럼 대화할 때 쓰는 '미미한 존재'라는 표현에도 등급이 있으면 좋겠군요. 성직자는 지위라든가 유행을 선도하는 면에서는 등급이 그리 높지 않을 겁니다. 분명히 선두에 서서 대중을 지휘하거나 복장 면에서 최신 유행을 선도하는 사람은 아니니까요. 하지만 그렇다고 성직자의 위상이 미미하다고 할 수는 없지요. 개인적으로 보든 집단적으로 보든, 아니면 일시적으로 보든 영원한 시간으로 보든, 성직자는 인간에게 있어 가장 중요한 것을 책임지고 있습니다. 성직자는 종교와 도덕의 수호자입니다. 그리고 그 두 가지의 영향으로 생겨나는 예의범절의 수호자이기도 하지요. 여기 있는 어느 누구도 성직자의 역할이 미미하다고 말할 수 없을 겁니다. 혹시라도 성직을 수행하는 사람이 그렇게 미미한 존재라면, 그건 그가 자신의 의무를 게을리했거나, 그 의무의 중요성을 무시했거나, 본분을 벗어나 보여서는 안 되는 모습을 보였기 때문이겠지요."

"성직자에 대해 사람들이 익숙하게 들어왔던 설명보다, 또한 제가 완벽하게 이해할 수 있는 한도보다, 훨씬 더 큰 중요성을 부여하시네요. 실제 사회생활을 하다 보면 그런 영향력이나 중요성은 그다지 자주 보이지 않죠. 성직자 본인이 좀처럼 눈에 띄지 않는데 그런 것을 어떻게 얻을 수 있나요? 설교에 들을 만한 가치가 있다거나, 그 성직자가 자기 설교보다 블레어*의 설교를 더 선호하는 분별력을 갖추고 있다손 치더라도, 고작 일주일에 두 차례의 설교만으로 당신이 말한 그 모든 일들

*휴 블레어 목사. 에든버러 대학의 수사학 및 문학 교수이며, 명문장가로 유명했다. 그의 《설교집》 다섯 권이 1777년에서 1801년 사이에 출간됐다.

을 어떻게 해낼 수 있을까요? 일주일의 나머지 시간 동안 많은 신도들의 행실을 어떻게 통제하고, 그들의 예의범절을 어떻게 형성시켜주죠? 설교단을 벗어난 성직자는 좀처럼 눈에 보이지 않는다니까요."

"런던을 두고 말씀하시는 거군요. 저는 나라 전체를 두고 말하는 겁니다."

"저는 수도가 그 나라의 다른 모든 지역들을 아주 공정하게 대표하는 본보기라고 생각해요."

"온 나라의 미덕 대 악덕 비율의 본보기가 아니었으면 좋겠습니다. 우리는 대도시에서 최상의 도덕을 찾지 않습니다. 어느 종파든 간에 존경받는 사람들이 가장 많은 선을 베풀 수 있는 곳은 대도시가 아니에요. 그리고 성직자의 영향력을 가장 크게 절감할 수 있는 곳도 분명히 대도시가 아닙니다. 사람들은 훌륭한 설교자를 추종하고 존경하지요. 하지만 훌륭한 성직자가 책임지는 교구나 그 인근 지역이, 그곳 사람들이 그의 개인적인 성품을 알 수 있고 전반적인 행동을 관찰할 수 있는 정도의 규모라면, 그가 그곳에서 쓸모 있는 게 그저 훌륭한 설교 때문만은 아닐 겁니다. 런던에서는 사람들이 그런 일을 좀처럼 할 수 없습니다. 런던에서는 성직자가 수많은 교구민들에 묻혀 주목받지 못하지요. 그저 다수 대중에게 설교자로만 알려질 뿐입니다. 대중의 예의범절에 성직자들이 미치는 영향과 관련하여 크로퍼드 양께서 제 말뜻을 오해하시진 않으리라 봅니다. 제가 그들을 훌륭한 예의범절의 심판자, 세련되고 정중한 태도의 단속자, 일상생활을 주도하는 진행자로 부르려 한다고 생각하시진 않겠지요. 제가 말하고자 하는 예의범절은 아마 훌륭한 행동 원칙의 결과물이라고 할 수 있는 '품행'이라고 불러도 될 겁니다. 간단히 말해 성직자가 의무적으로 가르치고 권장해야 하는 교리의 결과물이지요. 그러니 어디에서든 성직자가 마땅히 보여야 할 모습을 보이느냐 보이지 않느냐에 따라 나머지 국민들의 모습도 결정된다는 걸 알 수 있다고 생각합니다."

"정말 그래요." 패니가 조심스럽고 진지하게 말했다.

"보세요." 크로퍼드 양이 큰 소리로 말했다. "프라이스 양은 확실히 설득하셨네요."

"크로퍼드 양도 설득할 수 있으면 좋겠군요."

"아마 영원히 성공하실 수 없을걸요." 그녀가 장난스러운 미소를 지으며 말했다. "성직 임명을 받으실 예정이라는 점에 대해서는 처음만큼이나 지금도 여전히 놀라고 있어요. 그보다 더 훌륭한 다른 일에 정말 잘 어울리실 텐데. 그러니 부디 마음을 바꾸세요. 아직 늦지 않았어요. 법조계로 들어가시면 어떤가요."

"법조계로 들어가라고요! 자연 정원으로 들어가자는 얘기만큼이나 쉽게 말씀하시는군요."

"이제 보니 두 가지 일 중에서 법조계가 조금 더 보잘것없는 자연 정원인 양 말씀하시려는 거군요. 하지만 선수는 제가 쳤어요. 그걸 기억하시길."

"말씀하시는 목적이 단지 제 재담을 막는 것이라면 그렇게 서두르실 필요 없습니다. 저는 타고나길 재치라고는 눈곱만큼도 없는 사람이니까요. 무미건조한 데다 말을 노골적으로 하는 사람이지요. 그래서 꼬박 30분 동안 재담 비슷한 말을 주고받는다고 해도 단 한 번도 표를 내지 못하고 우물쭈물하기만 합니다."

침묵이 이어졌다. 저마다 생각에 잠겨 있었다. 패니가 이런 말로 가장 먼저 침묵을 깼다. "이렇게 쾌적한 숲 속을 산책한 일만으로도 피곤해질 수 있다는 게 놀라워요. 하지만 다음번에 앉을 자리가 보이면, 두 분만 괜찮으시다면 잠깐 쉬었다 갔으면 하는데요."

"패니." 에드먼드가 곧바로 패니의 팔을 잡아끌어 자기 팔 안으로 넣으면서 말했다. "내가 생각이 모자랐구나! 심하게 피곤하지 않았으면 좋겠다." 그가 크로퍼드 양을 향해 말했다. "혹시 제 다른 길동무께도 제 팔을 잡는 영광을 베풀어달라고 부탁드려도 되겠습니까?"

"고맙습니다만 저는 전혀 피곤하지 않아요." 그러나 말은 이렇게 하면서도 그녀는 그의 팔을 잡았다. 그녀가 자기 팔을 잡았다는 만족감, 처음으로 그녀와 그런 친밀한 관계를 맺었다는 만족감 때문에 그는 잠깐 패니의 존재를 잊었다. "제 팔을 살짝 건드리기만 하시는군요." 그가 말했다. "제 도움을 별로 받고 싶지 않은가 봅니다. 원래 남자의 팔 무게와 여자의 팔 무게가 이렇게 다른가! 옥스퍼드에 있을 때 제 친구 녀석이 종종 거리의 한 구획을 다 걸을 때까지 제게 기대곤 했지요. 그 친구와 비교하니 크로퍼드 양은 꼭 나비 같군요."

"정말 피곤하지 않아요. 저도 놀랄 정도로요. 적어도 이 숲을 1마일은 걸은 것 같은데, 그런 것 같지 않나요?"

"반 마일도 안 될 겁니다." 그가 힘주어 대답했다. 그는 여자처럼 시간이나 거리를 터무니없이 잴 만큼 사랑에 깊이 빠진 상태는 아직 아니었다.

"어머나! 우리가 얼마나 돌아왔는지는 고려하지 않으시네요. 뱀처럼 구불구불한 길을 돌아왔잖아요. 숲만 해도 일직선으로 반 마일은 될걸요. 첫 번째 큰길을 벗어나고 나서 아직 그 끝을 보지도 못했어요."

"하지만 잘 기억해보세요. 첫 번째 큰길을 벗어나기 전에, 우리는 숲 끝자락까지 일직선상으로 바라보았습니다. 그곳에서 아래를 내려다보면서 숲 전체를 조망하며 그 끝에 철문이 있는 것을 보았습니다. 숲의 길이가 8분의 1마일 이상이 될 수가 없습니다."

"어머나! 말씀하시는 8분의 1마일이 얼마나 되는지 모르겠네요. 하지만 아주 긴 숲이었다고 확신해요. 숲에 들어선 이후로 쭉 나왔다 들어갔다 하면서 돌아왔고요. 그러니 우리가 이 숲을 1마일은 걸었다고 말해도 별 무리가 없을 거예요."

"숲 속에 들어온 지 정확히 15분 됐습니다." 에드먼드가 시계를 꺼내며 말했다. "한 시간에 4마일을 걷는다는 게 가능하다고 생각하십니까?"

"어머! 시계로 저를 공격하지 마세요. 시계는 늘 너무 빠르거나 너무 느리니까요. 저는 시계라면 증거로 인정할 수 없어요."

몇 걸음 더 나아가자 그들은 그동안 이야기해왔던 산책로의 끝에 다다랐다. 그곳의 한쪽 구석에 충분히 그늘지고 아늑하고 안락한 크기의 벤치가 있었다. 모두들 그 벤치에 앉았다.

"네가 많이 피곤할까 봐 걱정이다, 패니." 에드먼드가 패니를 살펴보며 말했다. "왜 더 빨리 말하지 않았니? 지치면 즐기기는커녕 하루를 망치는 셈이 되는데 말이야. 패니는 승마를 제외하곤 어떤 운동을 하든 빨리 지친답니다, 크로퍼드 양."

"그렇다면 지난주 내내 저로 하여금 프라이스 양의 말을 독점하게 하셨으니 버트럼 씨가 잘못하셨군요! 그쪽도 부끄럽고 저도 부끄럽네요. 하지만 다시는 그런 일은 하지 않겠어요."

"크로퍼드 양이 얼마나 세심하고 사려 깊은지, 제 부족함이 더 절실히 느껴지는군요. 이제 패니의 이익이 저보다 더 신뢰할 만한 분의 손길에 맡겨진 것 같습니다."

"여하튼 지금 프라이스 양이 지쳐 있는 것도 그리 놀랄 일이 아니네요. 의무적으로 해야 하는 일들 중에서 오늘 아침나절에 우리가 한 일만큼 피곤한 일도 없으니까요. 대저택을 구경했고, 이 방 저 방을 오래 돌아다녔고, 눈을 크게 뜨고 집중하면서 귀를 기울였고, 잘 알지도 못하는 얘기를 들었고, 별로 마음에 들지도 않는 것들에 대해 찬사를 늘어놓았잖아요. 일반적으로 이런 일은 세상에서 제일 따분한 일로 여겨지죠. 미처 의식하지 못했겠지만 프라이스 양도 그렇게 생각했을 거예요."

"곧 기운이 날 거예요." 패니가 말했다. "날씨가 맑은 날 나무 그늘에 앉아 푸르른 초목을 보는 일이 가장 완벽한 원기 회복제니까요."

잠시 앉아 있던 크로퍼드 양이 다시 일어났다. "저는 좀 움직여야겠어요. 가만히 쉬면 오히려 피곤해서…… 은장*이 있는 곳까지 가로질러서 보는 일도 싫증 나고요. 저기 저 철문까지 가서 그곳을 통해 같은 경치를 봐야겠어요. 여기서 보는 것만큼 잘 볼 수 없다 해도요."

에드먼드 역시 자리에서 일어났다. "그렇다면 크로퍼드 양, 거기서 숲 속 산책로를 올려다보면 그게 반 마일, 아니 반의반 마일도 안 된다는 점을 확실히 아시게 될 겁니다."

"아주 긴 거리라니까요." 그녀가 말했다. "저는 한 번 흘긋 보기만 해도 알아요."

그는 계속해서 논리적으로 그녀를 설득하려 했지만 소용없었다. 그녀는 계산도, 비교도 하지 않으려고 했다. 그저 미소 지으며 자신의 주장만 늘어놓으려 할 뿐이었다. 제아무리 합리적인 일관성을 보였다고 하더라도 그녀의 이런 모습보다 더 매력적이진 않았을 것이다. 두 사람은 만족스러워하며 이야기를 나눴다. 그리고 마침내 숲을 조금 더 걸으면서 크기를 가늠해보기로 결정했다. 그들이 있는 길을 따라서 일직선 방향으로 끝까지 가보고(은장과 나란히 끝자락을 따라 산책로가 곧게 나

*참호나 도랑식으로 파인 울타리. 경관을 해치지 않으면서 사유지 정원이나 숲의 경계를 짓기 위해 만든다. 가까이 다다르기 전까지는 잘 보이지 않는다.

있었다), 도움이 되겠다 싶으면 다른 방향으로 돌아서 조금 더 가본 다음, 몇 분 있다가 돌아오자는 것이었다. 패니는 충분히 쉬어서 기운이 나니 따라가고 싶다고 말했지만 허락을 얻지 못했다. 에드먼드가 거절할 수 없을 만큼 진지한 태도로 그냥 남아 있으라고 권했기 때문이었다. 결국 패니는 벤치에 홀로 남았다. 오빠의 자상한 배려에 기분이 좋기도 했지만, 자기 몸이 더 튼튼하지 못한 게 못내 아쉽기도 했다. 그녀는 두 사람이 모퉁이를 돌아 사라질 때까지 지켜보았고, 아무것도 들려오지 않을 때까지 그들이 내는 소리에 귀를 기울였다.

10

15분, 20분, 시간이 흘러갔다. 패니는 누구의 방해도 받지 않고 계속해서 에드먼드 오빠와 크로퍼드 양, 그리고 자기 자신에 대해 생각하고 있었다. 그녀는 그렇게 오랫동안 혼자 남겨져 있을 수 있다는 데 놀라면서, 두 사람의 발소리와 목소리가 다시 들려오길 간절히 바라기 시작했다. 계속 귀를 기울이고 있노라니 마침내 무슨 소리가 들렸다. 사람 목소리와 다가오는 발소리였다. 하지만 그녀가 기다리던 사람들이 아니라는 사실을 받아들일 수밖에 없던 그 순간, 버트럼 양과 러시워스 씨, 그리고 크로퍼드 씨가 그녀가 지나왔던 산책로에서 모습을 드러내더니 앞으로 다가왔다.

"프라이스 양 혼자 있네요!"와 "패니, 어떻게 된 거니?"가 그들이 제일 처음 건넨 인사였다. 그녀는 사정을 설명했다. "가여운 패니!" 사촌 언니가 외쳤다. "대체 그 두 사람이 너를 얼마나 홀대한 거니. 우리와 함께 있는 게 더 나을 뻔했어."

그러더니 그녀는 두 신사 사이에 앉아 그때까지 열심히 나누고 있었던 대화를 다시 시작했고, 저택을 어떻게 개량할 수 있을지 활기차게 논의했다. 확실히 결정된 건 아직 아무것도 없었다. 그러나 헨리 크로퍼드의 머리는 아이디어와 계획들로 가득 차 있었고, 대체로 그가 제안한 내용은 무엇이든 즉각적으로, 처음에는 그녀의 동의를, 그다음에는 러시워스 씨의 동의를 얻었다. 러시워스 씨의 주 임무는 그저 다른 사람들의 생각을 듣기만 하는 것으로 보였다. 그는 두 사람이 자기 친구 스미스의 저택을 구경했으면 좋겠다는 바람 말고는, 원래부터 갖고 있었던 자기 생각은 감히 꺼낼 엄두도 못 냈다.

이런 식으로 몇 분쯤 지났을 때 버트럼 양이 철문을 발견했다. 그녀는 그 철문을 통해 저택의 주 정원으로 나가보고 싶다는 바람을 피력했다. 그러면 좀 더 종합적으로 저택을 조망하면서 계획을 세울 수 있을 것 같다는 것이었다. 헨리가 생각하기에도 그것이야말로 정확히 그들이 바라는 바이고, 최선의 방안이며, 조금이라도 득이 되게 일을 진행하는 유일한 방법이었다. 그는 곧바로 그곳에서 1마일도 되지 않는 곳에 작은 언덕이 있다는 것을 알아차렸다. 그 언덕에 올라가면 필요한 만큼 저택을 조망할 수 있을 것 같았다. 그러니 반드시 그 언덕으로 가야 했다. 그것도 철문을 통해서 가야 했다. 그러나 문에 자물쇠가 채워져 있었다. 러시워스 씨는 열쇠를 가져왔으면 좋았을 뻔했다고 말했다. 그는 혹시 지금 열쇠를 가져온 게 아닌가 하는 생각까지 했다. 그리고 앞으로 다시는 열쇠 없이 다니지 않겠다는 결심까지 했다. 그러나 그런 결심을 했다고 해서 당장의 불편이 해소되는 것은 아니었다. 그들은 철문을 통해 나갈 수 없었다. 그 문을 통해 나가고 싶다는 버트럼 양의 바람이 전혀 사그라지지 않았기 때문에 결국 러시워스 씨는 당장 가서 열쇠를 가져오겠다고 공언할 수밖에 없었다. 그는 즉시 자리를 떴다.

"이미 집에서 너무 멀리 나왔으니 이렇게 하는 게 우리가 할 수 있는 최선이군요." 러시워스 씨가 사라지자 크로퍼드 씨가 말했다.

"맞아요, 달리 방법이 없어요. 그런데 진심으로 물을게요. 전체적으로 봐서 저택이 예상했던 것보다 더 안 좋아 보인다는 생각은 안 드시나요?" "아니요. 정말이지 그 반대입니다. 예상보다 훨씬 더 훌륭하고, 웅장하고, 건축 양식도 더 완벽하다고 생각했습니다. 물론 양식 면에서 최고 수준이라고 말할 수는 없지만요. 그리고 솔직히 말씀드립니다만." 그가 목소리를 조금 더 낮추고 말했다. "앞으로 소서턴을 다시 보는 일이 생긴다 해도 지금처럼 즐거운 마음으로 볼 수 있을 것 같지는 않은데요. 여름이 한 차례 더 지나간다고 해도 이곳이 더 나아 보이지는 않을 거라는 말입니다."

숙녀가 잠시 당황스러워하다가 대답했다. "세상 물정에 아주 밝으신 분이니 일반 세상 사람들 시선으로 보시지 않을 수 없을 텐데요. 세상 사람들이 소서턴이 더 좋아졌다고 생각한다면 크로퍼드 씨도 분명히 그리 생각하실걸요."

"유감스럽게도 저는 어떤 일에서든 제게 유리할 만큼 세상 물정에 밝지 못합니다. 한번 품은 생각은 쉽게 떨치지 못하고, 지나간 기억도 세상 물정에 밝은 사람들처럼 쉽게 제어하지 못하는 편이죠."

이 말이 끝나자 잠시 침묵이 이어졌다. 버트럼 양이 다시 입을 열었다. "오늘 아침 이곳으로 마차를 몰고 오시는 동안 대단히 즐거워 보였어요. 그렇게 즐거운 시간을 보내시는 걸 보고 아주 흐뭇했죠. 내내 줄리아와 즐겁게 웃으시던걸요."

"우리가 그랬나요? 맞습니다. 그랬던 것 같네요. 하지만 무슨 일로 그랬는지는 기억이 안 나는데. 아! 저희 숙부님 댁에 있는 아일랜드 출신 마부 영감에 관한 재미난 일화를 얘기했군요. 동생분께서 워낙 잘 웃으시던데요."

"그 애가 저보다 더 쾌활하다고 생각하시군요."

"더 쉽게 웃는 것 같더군요." 그가 대답했다. "버트럼 양도 아시다시피 길동무로는 동생분이 더 낫죠." 그는 지그시 미소를 지었다. "마차를 10마일 몰고 오는 동안 아일랜드 사람에 관한 일화로 버트럼 양을 웃길 수는 없을 겁니다."

"타고난 성격으로 본다면 저도 줄리아 못지않게 명랑한 편이에요. 하지만 지금 제 처지에서는 생각할 게 더 많잖아요."

"분명히 그렇기는 합니다. 게다가 때로는 지나치게 쾌활한 모습이 오히려 그 사람이 둔하다는 점을 드러내기도 하죠. 그렇지만 버트럼 양에게 명랑함이 부족하다는 것을 정당화시키기에는 앞날이 너무 밝은 것 아닙니까. 눈앞에 화사하게 미소 짓는 아름다운 전망이 활짝 펼쳐져 있는데요."

"실제 상황을 말씀하시는 거예요? 아니면 비유적으로 말씀하시는 거예요? 실제 상황을 말씀하시는 것으로 생각할게요. 그래요, 정말 그렇군요. 태양이 눈부시게 내리쬐고 있고 정원 전체가 참 밝게 보여요. 하지만 유감스럽게도 저 철문과 은장은 답답하고 불편한 느낌을 주네요. 새장 속 찌르레기가 노래한 것처럼*, 우리는 저 바깥으로 나갈 수 없어요." 그녀는 이렇게, 그것도 잔뜩 감정을 담아 말하면서 철문으로 다가갔다. 그는 그녀의 뒤를 따랐다. "열쇠를 가지러 간 러시워스 씨가 왜 이리 늦으실까!"

"열쇠가 없거나 러시워스 씨의 허락과 보호가 없으면 당신은 절대 철문 밖으로 나가지 않으시겠죠. 만약 그런 게 아니라면 이 자리에서 당장 제 도움을 받아 그리 어렵지 않게 철문을 돌아 넘어갈 수 있을 거라고 생각합니다만. 진정 더 큰 자유를 만끽하고 싶다거나, 그런 일이 금지된 일이 아니라고 생각하실 수만 있다면 저는 가능하다고 봅니다."

---

*18세기 영국 소설가 로런스 스턴의 《프랑스와 이탈리아 감상 여행기》에서 주인공 요릭이 바스티유 감옥에 감금될 위기에 처했을 때, 자신의 처지를 새장에 갇힌 찌르레기 울음소리에 빗대 묘사했다.

"금지된 일이라니요! 말도 안 돼요! 그런 식으로 나갈 수 있고말고요. 그렇게 하겠어요. 아시다시피 러시워스 씨는 곧 돌아올 테고, 우리가 그 사람 시야에서 사라지지는 않을 거예요."

"그리고 혹시 우리가 시야에서 사라진다 해도 프라이스 양이 친절하게 사정을 설명해주실 겁니다. 저기 저 작은 언덕 근처나 그 언덕 위의 작은 참나무 숲에서 우리를 찾을 수 있을 거고요."

패니는 부적절한 일이라는 생각이 들어 두 사람을 만류하려 했다. "그러다 다칠 거예요, 언니." 그녀가 큰 소리로 말했다. "담장 못에 긁혀 분명 다칠 거예요. 겉옷도 찢어질 거고요. 은장으로 굴러떨어질 위험도 있어요. 가지 않는 편이 낫겠어요."

그녀가 이런 말을 하는 동안 사촌 언니는 벌써 문을 넘어 그 반대편에 가 있었다. 무사히 성공해서 기분이 무척 좋은지 버트럼 양이 환하게 미소 지으며 말했다. "고마워, 패니. 하지만 나도 무사하고 내 겉옷도 멀쩡해. 자, 그럼 안녕."

패니는 다시 외로이 홀로 남겨졌다. 조금 전에 듣고 보았던 거의 모든 상황이 마음에 들지 않았다. 버트럼 양의 처신에 깜짝 놀랐고 크로퍼드 씨에게도 화가 난 터라 조금도 즐겁지 않았다. 가만히 보고 있자니 언덕 쪽으로 갈 거라던 두 사람은 엉뚱한 방향으로 돌아갔고, 이내 시야에서 사라졌다. 그렇게 해서 그녀는 누구의 모습도 보지 못하고 어떤 소리도 듣지 못한 채 몇 분 더 홀로 남아 있었다. 그 작은 숲을 자신이 독차지하고 있는 것 같았다. 그녀는 에드먼드 오빠와 크로퍼드 양이 숲을 떠나기는 했지만 설마 오빠가 그녀의 존재를 까맣게 잊는 일까지 일어나진 않겠지 하는 생각마저 할 뻔했다.

이렇게 불쾌한 생각에 잠겨 있던 차에 그녀는 갑작스레 들려오는 발소리를 듣고 정신을 차렸다. 주 산책로를 따라 누군가가 빠른 걸음으로 다가오고 있었다. 그녀는 러시워스 씨일 거라 생각했다. 하지만 줄리아였다. 더위에 지친 듯 숨을 헐떡거리며 다가온 줄리아는 패니를 보더니 잔뜩 실망한 얼굴로 소리쳤다. "뭐야! 다른 사람들은 다 어디 있어? 마리아 언니와 크로퍼드 씨가 너와 함께 여기 있을 줄 알았는데."

패니가 자세히 설명했다.

"참 그럴듯한 속임수구나! 그 두 사람, 아무 데도 안 보이잖아." 그녀가 주 정원 쪽을 바라보면서 말했다. "하지만 그리 멀리 가지는 않았겠지. 도와주는 사람이 없어도 나도 마리아 언니만큼 할 수 있어."

"줄리아 언니, 러시워스 씨가 곧 열쇠를 갖고 이리로 올 거야. 제발 그분이 올 때까지 기다려."

"아니, 안 기다릴 거야. 정말이야. 아침나절 동안 이 댁 가족을 신물 나게 만났어. 세상에, 패니, 조금 전에야 그 지긋지긋한 러시워스 씨의 어머니를 피해 겨우 도망칠 수 있었어. 네가 여기 앉아 아주 평온하고 행복한 시간을 보내는 동안 나는 얼마나 끔찍한 괴로움을 겪었는지! 나 대신 네가 그 자리에 있었으면 좋았을걸. 넌 항상 용케도 그런 곤경을 잘 벗어나더라."

부당하기 짝이 없는 비난이었지만 패니는 너그럽게 못 들은 척 넘어갔다. 줄리아는 짜증이 나서 조급하게 굴고 있었다. 그러나 패니는 언니의 이런 상태가 오래가지 않으리라 생각했다. 그래서 별 신경 쓰지 않고 그저 오는 동안 러시워스 씨를 못 만났는지만 물었다.

"그래, 만났어, 만났다고. 죽고 사는 문제라도 걸려 있는지 황급히 지나가더라. 무슨 볼일 때문에 그러는지, 모두들 어디 있는지 말할 짬도 겨우 내더라고."

"그렇게 수고하시는데 헛수고로 끝나게 돼 참 안됐네요."

"그건 마리아 양께서 걱정해야 할 일이지. 언니가 잘못한 일로 내가 자책할 필요는 없잖니. 성가시기 짝이 없는 이모가 이 댁 가정부를 만나 장단을 맞추고 수다를 떠는 통에 러시워스 씨 어머니에게서 벗어날 수는 없었지만, 그 아들만큼은 벗어날 수 있어."

그런 다음 그녀는 크로퍼드 씨나 에드먼드 오빠는 보지 못했느냐는 패니의 마지막 질문을 흘려듣더니 곧바로 담장을 기어올라 넘어간 뒤 사라져버렸다. 하지만 홀로 앉아 있던 패니는 곧 러시워스 씨를 만나게 될 일이 너무 걱정돼서, 조금 전 떠난 두 사람이 계속해서 모습을 보이지 않아도 크게 신경 쓸 만한 여력이 없었다. 그녀는 러시워스 씨가 홀대받고 있다는 생각이 들었다. 그리고 자신이 그동안의 일을 전해야 한다고 생각하니 몹시 불편했다. 줄리아가 사라진 지 5분 만에 러시워스 씨가 패니 앞에 나타났다. 그녀는 최선을 다해 상황을 설명했지만 그가 상당한 굴욕감을 느끼며 불쾌해한다는 게 명백해 보였다. 그는 처음에는 단 한 마디도 하지 않았다. 그저 표정으로 너무나 놀랍고 짜증스럽다는 것을 표현할 뿐이었다. 그러더니 철문까지 걸어가서 어찌해야 할지 모르겠다는 듯이 그 앞에 섰다.

"두 사람이 제게 이곳에 남아 있으라고 부탁했어요. 마리아 언니가 러시워스 씨가 오시면 저기 작은 언덕이나 그 근처에서 자기들을 만날 수 있을 거라고 전하라고 했어요."

"제가 저곳까지 가야 한다고 생각하지 않습니다." 그가 퉁명스럽게 말했다. "두 사람 모습은 전혀 안 보여요. 아마 저 언덕에 도착할 때쯤이면 다른 곳에 가 있을 겁니다. 저는 이미 실컷 걸었고요." 그러면서 침울한 표정으로 패니 옆에 앉았다.

"정말 죄송해요." 그녀가 말했다. "정말 유감스러운 일이에요." 그녀는 적절한 위로의 말을 좀 더 할 수 있기를 간절히 바랐다.

잠시 침묵을 지키던 그가 말했다. "두 사람이 저를 기다렸어야 마땅하다고 생각합니다."

"마리아 언니는 러시워스 씨가 뒤따라올 거라고 생각했어요."

"그들이 여기서 기다렸다면 제가 뒤따라갈 필요가 없었겠죠."

부인할 수 없는 사실이라 패니는 그만 입을 다물었다. 한 차례 더 침묵이 흐른 뒤 그가 말을 이었다. "부디 말씀해주세요, 프라이스 양. 프라이스 양도 다른 사람들처럼 저 크로퍼드 씨라는 사람에게 큰 호감을 느낍니까? 제가 보기에는 별 볼일 없는 사람 같던데."

"잘생겼다고 생각하진 않아요."

"잘생기다니! 저렇게 작달막한 사람은 어느 누구도 잘생겼다고 말하지 않습니다. 키가 5피트 9인치도 안 됩니다. 5피트 8인치도 안 된다고 해도 놀라지 않겠습니다. 인상도 그리 좋아 보이진 않고요. 제가 생각하기에, 저 크로퍼드 남매라는 사람들은 절대 이곳에 끼어서는 안 되는 사람들입니다. 저 사람들 없이도 우리는 아주 즐겁게 보냈어요."

이 대목에서 패니는 가볍게 한숨을 내쉬었다. 그 말을 어떻게 반박해야 할지 알 수 없었다.

"열쇠를 가지러 갈 때 제가 조금이라도 난색을 표했다면 둘만 먼저 간 핑계가 됐을지도 모르겠습니다. 하지만 저는 버트럼 양이 열쇠가 있었으면 좋겠다고 말하자마자 가지러 갔어요."

"그 누구도 러시워스 씨보다 더 친절한 태도를 보일 수는 없을 거라 확신해요. 게다가 분명 최선을 다해 다녀오셨을 거고요. 하지만 아시다시피 이곳에서 저택까지는, 더구나 그 안까지는 거리가 상당하잖아요. 그리고 사람들이 누군가를 기다릴 때는 원래 시간 계산을 잘 못 하니까요. 30초가 지날 때마다 5분이 지난 것처럼 느껴지죠."

그는 자리에서 일어나 다시 철문 쪽으로 갔다. 그러면서 "아까 그 시간에 열쇠가 있었더라면 좋았을 것"이라고 푸념을 늘어놓았다. 패니는 그곳에 서 있는 러시워스 씨의 모습을 보고 그의 마음이 조금 누그러졌다는 것을 감지했다. 그래서 용기를 내어 다른 이야기를 꺼내기로 하고 이렇게 말했다. "두 사람과 합류하지 않으시겠다니 정말 유감스러워요. 두 사람은 그쪽 정원에서 바라보면 저택을 훨씬 더 잘 조망할 수 있을 거라고 기대했어요. 그리고 그곳에서 저택을 어떻게 개량하면 좋을지 생각해보겠다고 했고요. 그런데 아시다시피 러시워스 씨가 안 계시면 그런 일은 결정할 수가 없잖아요."

그녀는 상대방을 붙잡는 일보다 떠나보내는 일에 더 성공했다는 생각이 들었다. 그는 마음이 동한 것 같았다. "그렇습니까." 그가 말했다. "제가 저기로 가는 게 진심으로 더 낫다고 생각하시는 모양입니다. 그래요, 열쇠를 가져온 것이 헛수고로 끝난다면 바보 같은 일이겠죠." 그렇게 속마음을 내보인 그는 더 이상의 인사치레 없이 그 자리를 떠났다.

패니는 이제 떠난 지 한참 된 두 사람 생각에만 몰두했다. 그리고 마음이 점점 더 초조해지자 직접 찾아 나서기로 결심했다. 그녀는 우선 길 가장자리 산책로를 따라서, 그들이 걸어갔던 길로 가보았다. 그런 다음 다른 산책로로 돌아서려는데, 크로퍼드 양의 목소리와 웃음소리가 다시 귓가에 들렸다. 그 소리가 점점 가까워지더니, 몇 번 더 돌아가자 마침내 두 사람의 모습이 눈에 들어왔다. 주 정원에서 자연 정원으로 이제 막 돌아온 것 같았다. 아마 패니 곁을 떠나자마자 잠겨 있지 않은 옆문을 발견하고 호기심이 생겨서 그곳을 통해 주 정원으로 들어갔고, 정원 일부를 가로질러 패니가 아침나절 내내 제일 마지막으로 가보고 싶다고 간절히 바라던 가로수 산책로까지 가서, 그곳 나무들 중 한 그루 아래 앉아 있다가 온 모양이었다. 그들이 직접 해명한 내용이었다. 즐거운 시간을 보내고 온 것이 분명했다. 그들은 떠난 후 시간이 얼마나 흘렀는지 의식조차 못 하고 있었다. 패니는 자신이 그렇게 지쳐 있지만 않았다면 에드먼드 오빠가 가로수 산책로까지 함께 가고 싶어했을 것이고, 그래서 분명히 그녀를 데리러 왔을 거라 확신하며 위안을 얻었다. 하지만 그가 겨우 몇 분 지난 것 같다고 말했을 때, 이런 확신만 가지고는 꼬박 한 시간 동안 홀로 남겨져 느꼈던 괴로운 마음을 충분히 씻어낼 수 없었다. 그 한 시간 동안 두 사람이 무슨 대화를 나누었는지 알고 싶은 마음도 말끔히 떨쳐버릴 수 없었다. 그리고 이 모든 일의 결과물이 나왔다. 그녀로서는 너무나 실망스럽고 우울하게도, 이제 돌아갈 준비들이 됐으니 모두의 동의하에 저택으로 돌아가자는 것이었다.

테라스 보행로로 오르는 계단 밑에 이르렀을 때 러시워스 부인과 노리스 부인이 그 꼭대기에 나타났다. 저택을 떠난 지 한 시간 반이 다 돼서야 자연 정원을 보겠다고 나타난 것이었다. 노리스 부인은 무슨 볼일이 그리 많았던지 너무 바빠 더 일찍 올 수 없었다. 조카딸들의 즐거움을 방해하며 어떤 엇갈리는 일들이 일어났든 간에, 그녀는 더없이 즐거운 아침나절을 보내고 있었다. 가정부가 공손한 태도로 꿩에 관한 이야기를 잔뜩 들려준 뒤, 그녀를 착유장으로 데려갔고, 젖소에 관한 모든 것을 설명해주었고, 유명한 크림치즈 만드는 법까지 가르쳐주었다. 그리고 줄리아가 자신과 러시워스 부인 곁을 떠난 뒤에는 정원사를 만나서 그와 매우 만족스러운 친분을 쌓기까지

했다. 그녀는 손자의 병에 대한 그의 잘못된 생각을 바로잡았고, 그 병이 학질이라고 단언했고, 그 병에 효험이 있는 부적을 만들어주겠다고 약속했다. 그러자 정원사는 그 보답으로 최고로 멋진 식물들이 자라나고 있는 온상을 전부 구경시켜주었고, 기묘하게 생긴 히스 관목 표본을 선물해주기까지 했다.

그들은 이렇게 우연히 마주쳐 모두 함께 저택으로 돌아왔다. 그들은 다른 사람들이 돌아오고 정찬이 시작될 때까지 소파에 기대앉아 최대한 한가롭게 시간을 보내면서 한담을 나누거나 계간지 《쿼털리 리뷰》를 뒤적거리고 있었다. 버트럼 자매와 두 신사는 한참 뒤에야 나타났다. 산책이 그리 즐겁기만 했던 건 아닌 듯했고, 그날의 주 용건과 관련해서도 이렇다 할 소득을 얻지 못한 것 같았다. 본인들의 설명에 따르면 계속 서로를 찾아다니기만 했고, 그러다 겨우 만나게 되었다는 것이었다. 패니가 관찰한 바로는, 그렇게 다시 만났을 때 이미 화기애애한 관계를 회복하기란 불가능한 상태 같았다. 저택을 개조하는 문제를 결정하는 것도 마찬가지인 게 분명했다. 패니는 줄리아와 러시워스 씨를 바라보며 일행 중에서 자신만 불만에 차 있는 건 아니라고 느꼈다. 그 두 사람의 얼굴도 잔뜩 흐려 있었다. 크로퍼드 씨와 버트럼 양은 그보다는 더 쾌활해 보였다. 패니는 정찬을 드는 동안 크로퍼드 씨가 다른 두 사람이 부루퉁해 보이면 달래주고, 더 나아가 모두의 기분을 원래대로 되돌리려고 각별히 애쓴다는 생각이 들었다.

정찬이 끝나자 금세 차와 커피가 나왔다. 마차를 타고 집까지 10마일을 달려가야 하니 허비할 시간이 없었다. 식탁에 앉았을 때부터 마차가 문 앞에 대령할 때까지 모든 일이 신속히 진행되었다. 방 안을 초조하게 서성거리던 노리스 부인은 가정부에게서 꿩 알 몇 개와 크림치즈를 얻은 다음, 러시워스 부인에게 의례적인 인사말을 늘어놓은 뒤 선뜻 앞장서서 나갔다. 그와 동시에 크로퍼드 씨가 줄리아에게 다가가서 "마부석처럼 노출된 자리에 앉아 저녁 바람을 맞아도 괜찮다면, 길동무가 되어주시길 청하고 싶다"고 했다. 예상치 못한 청이었지만 그녀는 무척 상냥한 태도로 제안을 받아들였다. 그러니 줄리아의 하루는 시작했을 때만큼이나 즐겁게 잘 마무리된 셈이었다. 버트럼 양은 일이 이렇게 돌아가리라고 생각지 못했던 터라 다소 실망했다. 하지만 그래도 그가 내심 동생보다는 자신에게 더 큰 호감을 갖고 있으리라는 확신이 들었다. 따라서 그 확신을 위안 삼아, 러시워스 씨의 작별 인사도 적절한 태도로 받아들일 수 있었다. 러시워스 씨로서는 그녀가 마부석으로 오르도록 손을 잡고 도와주는 것보다 마차 안으로 오르도록 도와주는 게 분명히 더 기분 좋은 일이었다. 그는 일이 그렇게 된 것을 확실히 만족스럽게 생각하는 것 같았다.

"얘, 패니, 오늘 하루가 너한테는 정말 멋진 날이었을 게다! 내가 장담한다니까." 마차가 저택 정원 사이를 달리는 동안 노리스 부인이 말했다. "처음부터 끝까지 온통 즐거운 일뿐이었잖니! 넌 버트럼 이모하고 나한테 정말로 고마워해야 해. 너를 이곳에 데려오려고 우리가 얼마나 신경을 썼니. 정말 날을 제대로 잡아서 마음껏 즐긴 거야!"

마리아는 그 즉시 이렇게 대꾸하며 불만을 표했다. "제 생각
으로는 이모야말로 좋은 시간을 보낸 것 같은데요. 거기 이모
무릎 위에 멋진 선물 꾸러미가 잔뜩 쌓여 있잖아요. 여기 이모
와 저 사이에도 바구니 하나가 있고요. 이게 내 팔꿈치를 사정
없이 치고 있다고요."

"애야, 그건 그저 예쁘고 자그마한 히스 관목일 뿐이란다.
착한 정원사 노인이 하도 가져가라고 애원해서 갖고 온 거야.
하지만 방해가 된다면 당장 내 무릎 위에 올려놓으마. 자, 패
니, 네가 이 꾸러미를 갖고 가렴. 조심, 또 조심하고. 바닥에 떨
어지지 않게 해. 그건 크림치즈야. 우리가 정찬 때 먹었던 맛
좋은 치즈하고 똑같은 거래. 내가 이걸 안 갖고 가면 그 착하고
나이 많은 휘터커 부인이 서운해할 것 같아서 갖고 온 거야. 최
대한 버텼지만 눈에 눈물까지 그렁그렁 맺히는데 어떡하겠니.
그리고 집에 있는 우리 동생도 좋아하는 치즈인걸. 휘터커 부
인은 정말이지 보배 같은 가정부야! 데리고 간 아랫사람들 식
탁에도 포도주를 내줬느냐고 물었더니 깜짝 놀라더라고. 그리
고 글쎄, 흰색 옷을 입었다고 하녀를 둘씩이나 내쫓았대. 패니,
치즈 조심해. 이제 다른 꾸러미들과 바구니는 내가 잘 들고 있
을 수 있어."

"그것들 말고 또 뭘 뜯어냈어요?" 이모가 소서턴을 그렇게
후하게 평가하자 조금 기분이 좋아진 마리아가 말했다.

"애는, 뜯어내다니! 겨우 예쁘게 생긴 꿩 알 네 개야. 휘터커

부인이 제발 갖고 가라고 우겨서 갖고 왔다니까. 아무리 거절하려고 해도 받아들이지를 않지 뭐니. 내가 혼자 산다는 걸 알고 있다면서, 살아 있는 가금 몇 마리를 키운다면 분명히 재미난 소일거리가 될 거라고 했어. 맞아, 틀림없이 그리 될 거다. 낙농장에서 일하는 우유 짜는 여자에게 시켜, 알을 안 품고 있는 노는 닭 밑에 갖다 놓게 하려고. 그래서 알들이 부화하면 태어난 꿩들을 우리 집에 갖다 놓을 수 있을 거야. 닭장도 하나 빌리고. 무료한 시간에 꿩들을 돌보면 참 즐겁겠지. 운이 좋으면 너희 엄마에게도 몇 마리 키우게 하고."

온화하고 평온한 아름다운 저녁이었다. 그런 저녁에 마차를 타고 달리는 일이야말로 고요한 자연이 선물할 수 있는 최고의 즐거움이었다. 그러나 노리스 부인이 말을 마치자 마차 안은 완전히 정적에 휩싸였다. 다른 두 사람은 모두 기운이 빠져 지친 상태였다. 그리고 그날 하루 동안 기쁨이 더 컸는지 아니면 괴로움이 더 컸는지 판단하느라 일행 대부분의 머릿속은 상념으로 가득 차 있었다.

11

미흡한 점은 있었지만 그래도 버트럼 자매에게는 소서턴에서 보낸 하루가 안티과에서 보내온 편지들보다 더 나은 기분을 선사했다. 편지는 소서턴을 방문하고 얼마 지나지 않아 도착했는데, 이들에게는 아버지보다는 헨리 크로퍼드를 생각하는 편이 훨씬 더 즐거웠다. 편지들이 있었으니 피할 수 없는 일이기는 했지만, 정해진 기간 내에 아버지가 영국으로 돌아오신다는 생각을 하는 것은 정말 반갑지 않은 일이었다.

아버지가 귀국하기로 한 11월은 우울한 달이었다. 토머스 경은 경험에 비추어보아도 그렇고 걱정이 돼서도 그렇고, 반드시 그때까지 돌아갈 거라고 장담하면서 그 못지않은 결연한 어투로 편지를 써 보냈다. 용무가 거의 다 마무리됐으니 9월에 떠나는 정기선 승선권을 구할 생각이며, 그러면 11월 초쯤 사랑하는 가족과 다시 만날 수 있으리라 고대한다는 것이었다.

마리아는 줄리아보다 보기가 더 딱했다. 그녀의 입장에서 아버지가 돌아온다는 건 곧 남편을 맞이하게 된다는 것을 의미했다. 그리고 그녀의 행복을 가장 원하는 후원자가 돌아온다는 것은 그녀의 행복을 좌우할 사람으로 선택한 연인과 결합이 이루어진다는 것을 의미했다. 우울한 전망이었다. 그녀가 할 수 있는 일이라고는 그런 전망이 안개로 덮여버리고, 안개가 걷힌 다음에는 다른 전망을 볼 수 있기를 바라는 것뿐이었다. 사실 아버지의 귀국이 11월 초에 성사될 가망은 거의 없었다. 대개 이런 일은 지연되거나, 항해가 순조롭지 못하거나, 무슨 사건을 만나기 마련이었다. 앞을 보고 있으면서 눈을 감아버리거나, 생각을 하면서 두뇌 활동을 멈춰버리는 모든 사람들이 안도의 한숨을 내쉬는 적절한 사건 말이다. 아버지의 귀국은 적어도 11월 중순은 되어야 성사될 것이었다. 11월 중순이면 지금부터 3개월 뒤의 일이고, 3개월은 열세 주나 되지 않던가. 그 정도면 많은 일들이 일어날 수 있는 시간이었다.

만일 토머스 경이 자신의 귀국 문제로 딸들이 느끼는 감정을 절반이라도 눈치챌 수 있었다면 큰 실망감을 느꼈을 것이다. 그리고 자신의 귀국이 또 다른 아가씨의 가슴속에 불러일으킨 관심에 대해 알게 되었다 하더라도 좀처럼 위안을 얻지 못했을 것이다. 크로퍼드 양은 오빠와 함께 맨스필드 파크에서 저녁 시간을 보내려고 찾아왔다가 이 희소식을 들었다. 그녀는 이 소식을 듣고 의례적인 반응만 보였을 뿐 겉으로는 그 이상 관심이 없는 척했다. 그리고 차분하게 축하의 말을 건네며 자신의 모든 감정을 표현하는 척하면서, 실은 쉽게 충족되지 않는 호기심을 느끼며 상세한 내용에 귀를 기울였다. 노리스 부인이 편지에 적힌 자세한 내용을 들려주었다. 그런 다음 이 화제는 중단됐다. 하지만 차를 마시고 난 뒤 크로퍼드 양과 에드먼드, 패니가 열린 창의 창가에 서서 해 질 녘 풍경을 바라보고 있을 때, 그리고 버트럼 자매와 러시워스 씨, 헨리 크로퍼드가 피아노 앞에서 촛불에 불을 붙이며 바삐 움직이고 있을 때, 갑자기 크로퍼드 양이 그들을 향해 돌아서며 이렇게 말을 꺼내서 그 화제를 되살렸다. "러시워스 씨가 참 행복해 보여요! 11월을 생각하고 계시나 봐요."

에드먼드도 몸을 돌려 러시워스 씨를 바라보았다. 하지만 할 말은 없었다.

"아버님의 귀국이 참 흥미로운 사건이 되겠어요."

"그렇게 오랫동안 나가 계셨으니 당연히 그럴 겁니다. 기간이 길기도 했지만 위험 요인이 너무 많았거든요."

"그리고 또 다른 흥미로운 사건들의 예고편이 되겠죠. 동생분의 결혼과 에드먼드 씨의 성직 임명 말이에요."

"맞습니다."

"무례하다고 생각지 마셨으면 해요, 하지만." 그녀가 웃으면서 말했다. "어쩐지 아버님의 귀국이 옛날 그리스 로마 신화에 나오는 몇몇 영웅들을 생각나게 해요. 외국에 나가서 혁혁한 공을 세우고 돌아온 뒤, 무사 귀환을 감사드리며 신들에게 산 제물을 바치는 영웅들 말예요."

"이번 경우에는 그런 산 제물이 없습니다." 에드먼드가 심각하게 미소 짓더니, 피아노 쪽으로 다시 눈길을 던지며 말했다. "동생의 결혼은 그 애가 전적으로 알아서 한 일입니다."

"어머! 그래요, 저도 그렇게 알고 있어요. 그냥 농담한 것뿐이에요. 버트럼 양은 아가씨라면 모두 하고 싶어 하는 일을 한 것뿐이죠. 그리고 저는 동생분이 지극히 행복하리라는 것도 의심하지 않아요. 제가 염두에 둔 다른 제물이 무엇인지도 물론 제대로 이해하지 못하시겠네요."

"분명히 말씀드리지만, 제 성직 임명도 마리아의 결혼만큼이나 자발적으로 결정한 일입니다."

"에드먼드 씨의 뜻과 아버지의 형편이 그렇게 잘 들어맞아서 다행이네요. 제가 알기로는, 에드먼드 씨를 위해 이 근방에 성직록을 받는 아주 훌륭한 성직자 자리가 마련돼 있다던데."

"그 자리 때문에 제 생각이 한쪽 방향으로만 기울어졌다고 생각하시는 모양이죠."

"오빠가 그 자리 때문에 그러는 게 아니라는 건 제가 장담해요." 패니가 소리쳤다.

"좋게 말해주니 고맙다, 패니. 하지만 나도 자신 있게 그렇다고 말하진 못하겠다. 그 반대로, 나를 위해 그런 자리가 마련돼 있다는 걸 알고 있어서 내 생각이 정말 한쪽 방향으로 기울어진 거야. 그리된 게 잘못이라고 생각할 수는 없고. 극복해야 할 반감 같은 건 없었으니까. 나는 어떤 사람이 이른 나이에 충분한 수입이 보장된 자리가 마련돼 있다는 걸 알고 있다고 해서, 그 사람이 형편없는 성직자가 돼야 하는지 잘 모르겠다. 나는 신뢰할 수 있는 분들의 보호를 받고 자랐어. 그러니 내가 잘못된 영향을 받고 크진 않았을 거야. 게다가 아버지는 지극히 양심적인 분이시니 그런 일을 허용하지 않았으리라 확신하고. 내가 한쪽으로 치우쳐 생각했다는 점에는 의심할 여지가 없어. 하지만 비난받을 일은 아니라고 생각해."

"이런 일들과 마찬가지예요." 패니가 잠시 뜸을 들이다 말했다. "해군 제독의 아들이 해군에 입대하거나 육군 장군의 아들이 육군에 입대하는 일 말예요. 누구도 그런 일을 잘못됐다고 생각하지 않아요. 그런 사람들이 가족 친지가 최선의 도움을 줄 수 있는 직업을 선택했다고 해서 누구도 놀라워하지 않아요. 그들이 그런 직업을 수행하면서 겉으로 보기보다는 열성을 덜 보인다고 의심하지도 않고요."

"맞아요, 의심하지 않을 겁니다, 친애하는 프라이스 양. 그리 생각할 타당한 이유들도 많고요. 해군이든 육군이든 군대라는 곳은 그 자체로 정당성을 인정받잖아요. 유리한 온갖 요인들을 갖고 있죠. 육군이든 해군이든 군인은 언제나 사교계의 환영을 받아요. 남자가 육군과 해군이라고 놀라는 사람은 아무도 없어요."

"그렇지만 성직록 자리가 확실히 보장된 상태에서 성직 임명을 받는 사람의 동기는 의심하는 게 마땅하다고 생각하시는 거군요?" 에드먼드가 말했다. "크로퍼드 양의 눈으로 볼 때 정당성을 인정받으려면, 이미 자리가 준비되어 있다는 확신이 전혀 없이 성직 임명을 받아야 한다는 거겠죠."

"어머나! 성직록 자리도 마련돼 있지 않은 상태로 성직 임명을 받는다니요! 아니죠. 그건 정말 정신 나간 짓이에요. 완전히 정신 나간 짓이요!"

"성직 자리가 준비된 상태에서도 성직 임명을 받으면 안 되고, 준비되지 않은 상태에서도 안 된다면, 대체 교회의 빈자리는 어떻게 채워야 한다는 말씀인지 물어봐도 될까요? 대답 못하시겠죠. 뭐라고 대답해야 할지 모르실 테니까요. 하지만 크로퍼드 양 자신의 논리에 비추어봐도 성직자에게 다소 유리한 점이 있다고 생각해주시기를 부탁드리겠습니다. 육군이나 해군들이 직업을 선택할 때 유혹이나 보상이 된다고 크로퍼드 양께서 높이 평가한 점들에 성직자가 영향을 받을 리는 없습니다. 그리고 영웅심이니 시끌벅적한 활기니 유행이니 하는 것들도 그에게는 맞지 않습니다. 그러니 그가 직업을 선택할 때 진정성이나 선한 의도가 부족하다는 의심을 살 가능성은 분명히 덜하다고 할 수 있는 겁니다."

"그렇겠죠! 수입을 확보하려고 열심히 일하는 수고를 감당하는 것보다, 이미 준비된 수입이 더 좋다는 쪽에 큰 진정성을 보이겠죠. 그리고 평생 먹고, 마시고, 살이나 찌는 일 말고는 아무것도 하지 않겠다는 선한 의도를 가지겠죠. 진심으로 말씀드리지만 게으름입니다, 버트럼 씨. 게으름과 편안한 생활에 대한 사랑 때문에 사람들은 성직자가 되려는 거예요. 칭찬할 만한 야심이라고는 전혀 없고, 좋은 사람들과 어울리고 싶어 하는 취향도 없고, 애써 사근사근하게 구는 수고를 감당하고 싶은 마음이 없을 때 성직자가 되려는 거라고요. 성직자는 게으름을 피우며 이기적인 모습을 보이는 것 말고는…… 그저 신문이나 읽고, 날씨나 살피고, 아내와 말다툼이나 하는 것 말고는 딱히 할 일이 없는 사람이에요. 그를 보조하는 부목사가 나머지 일은 다 하죠. 자기 생활의 주된 볼일이라고는 그저 밥 먹는 일밖에 없어요."

"분명히 그런 성직자들이 존재하긴 합니다만, 저는 그것이 일반적인 모습이라고 평가하는 크로퍼드 양의 주장이 정당화될 만큼 흔하다고 생각하진 않습니다. 포괄적이고 상투적인 (이런 표현을 써도 되겠죠) 그런 비난이 본인의 판단이 아니라 크로퍼드 양이 습관적으로 의견을 구하는, 편견을 지닌 다른 사람들의 판단에 의한 것 아닌가 하는 의구심이 드는군요.

당신이 직접적인 관찰을 통해 성직자들에 대한 많은 지식을 얻었을 리 없습니다. 그렇게 결론 내리듯 단호하게 비난하신 극소수의 성직자들을 개인적으로 알 수는 없었을 겁니다. 아마도 숙부의 식탁에서 들어온 얘기를 말씀하신 거겠죠."

"일반적인 견해로 여겨지는 생각을 말씀드린 것뿐이에요. 어떤 견해가 일반적인 성격을 띠면 대개 옳은 견해잖아요. 제가 제 눈으로 성직자들의 가정생활을 자주 본 것은 아니지만, 그간 수많은 다른 사람들이 지켜봐왔을 테니 정보가 부족할 여지는 없죠."

"사람들이 교육을 받은 어떤 무리의 사람들을 비난할 때나, 혹은 종파를 불문하고 어떤 종파에 속한 사람들을 무차별적으로 비난할 때 보면, 분명히 정보가 부족하거나 뭔가 다른 것이 (미소를 지으면서) 부족하더군요. 크로퍼드 양의 숙부님과 동료 제독님들은 군함의 군목(軍牧)들 말고는 성직자에 대해 아는 게 거의 없을 겁니다. 좋은 분이든 나쁜 분이든 늘 사라져주었으면 하는 군목들 말이죠."

"가엾은 윌리엄 오빠! 오빠는 앤트워프 호 군목님한테서 따뜻한 대접을 받고 있다던데." 대화에 어울리지는 않았지만 본인의 감정에는 아주 적절하게도, 패니가 애정이 잔뜩 담긴 목소리로 외쳤다.

"제가 어떤 의견을 정할 때 숙부님의 영향을 그토록 자주 받는다고는 절대 말할 수 없어요." 크로퍼드 양이 말했다. "그러니 그런 일은 절대로 생각할 수 없고……. 그렇게 심하게 절 몰아붙이시니 이 말씀을 드리지 않을 수 없네요. 제게 성직자들이 어떤 사람들인지 관찰할 방법이 전혀 없지 않다는 것입니다. 마침 제 형부이신 그랜트 박사님 댁에 손님으로 머무르고 있는 참이니까요. 형부는 참 다정한 분이에요. 늘 저를 친절하게 대해주시고, 진정한 신사이시고, 또 훌륭한 학자에다 머리가 좋은 분이라고 말씀드릴 수 있죠. 그리고 종종 아주 좋은 설교도 하시고, 여러모로 참 존경할 만한 분이죠. 하지만 제가 보기에는 게으르고 이기적인 미식가이기도 해요. 자신의 입맛을 기준으로 모든 일을 처리하고, 다른 사람의 편의를 위해서는 손가락 하나 까딱 안 하고, 나아가 요리 담당 하녀가 큰 실수라도 하면 착한 아내에게까지 화를 내세요. 솔직히 말씀드리자면 오늘 저녁 저와 헨리 오빠가 마지못해 집을 나오게 된 것도 부분적으로는 형부가 갓 잡은 거위 고기에 크게 실망했기 때문이랍니다. 그 실망을 가라앉히질 못하더라고요. 불쌍한 언니만 집에 남아서 형부의 심술을 다 받아줘야 했어요."

"거참, 조금 전 그렇게 비난하신 것도 놀랄 일이 아니네요. 중대한 성격적 결함입니다. 그렇게 자기 뜻대로만 하는 잘못된 습관에 빠지다 보니 더 악화됐을 테고요. 형부의 그런 결함으로 언니가 그토록 고생하는 모습을 보는 게 크로퍼드 양처럼 고운 마음씨를 지닌 분에겐 큰 고통이 되었겠지요. 패니, 어째 이야기가 우리한테 불리하게 돌아가는구나. 그랜트 박사를 옹호하려는 시도조차 할 수 없으니."

"맞아요." 패니가 대답했다. "하지만 그렇다고 해서 우리가 그분의 직업을 옹호하는 일까지 포기할 필요는 없겠죠. 그랜트 박사님은 무슨 직업을 선택하셨든 그 일을 수행하시면서 성질…… 아니, 더 나은 성품을 보이시지 않았을 테니까요. 그랜트 박사님이 해군이나 육군에 복무하셨더라면 분명히 지금보다 더 많은 사람들을 수하에 두고 통솔하셨을 텐데, 그랬으면 성직자로서의 그분보다 해군이나 육군으로서의 그분 때문에 훨씬 더 많은 사람들이 불행해졌을 거라고 생각해요. 게다가 저는 무엇이 되었든 간에, 그랜트 박사님께 그러지 않으셨으면 싶은 부분이 있다면 그분이 더 활동적이고 세속적인 직업에 종사하셨을 경우 더욱 악화됐을 거라고 생각하지 않을 수 없어요. 그런 직업에 종사하셨다면 시간도 더 모자랐을 것이고 양심의 명령도 더 적었을 거예요. 그리고…… 자기 자신에 대한 인식, 적어도 지금 그분의 처지에서는 피할 수가 없는 빈번한 자기 인식을 못 하게 되셨을 수도 있겠죠. 사람이라면…… 그랜트 박사님처럼 현명하신 분이라면 매주 다른 사람들에게 도리를 다하라고 가르치는 습관을 들이면서, 그리고 일요일마다 두 차례씩 교회에 나가 선량한 태도로 극히 훌륭한 설교를 하시면서, 본인이 더 나은 사람이 되지 않을 도리는 없죠. 그런 일을 하다 보면 틀림없이 생각이 깊은 분이 될 거예요. 저는 그분이 성직자가 아닌 다른 직업을 가졌을 때보다 현재 상황에서 더 자주, 자기 절제를 위해 애쓰시리라는 것을 의심하지 않아요."

"그 반대라는 증거는 댈 수가 없네요. 그렇지만 프라이스 양, 부디 당신은 마음에 드는 구석이라곤 설교밖에 없는 사람의 아내가 되는 것보다는 더 나은 운명을 맞게 되길 바랍니다. 그 사람이 매주 일요일 설교를 잘해서 그날은 기분이 좋을지 모르지만, 월요일부터 토요일 밤까지는 갓 잡은 거위 고기 때문에 아내와 말다툼을 벌이는 모습은 정말 꼴불견이니까요."

"패니와 자주 말다툼을 벌일 수 있는 사람이 있다면요." 에드먼드가 애정을 담아 말했다. "설교의 영향을 받지 않는 사람이 틀림없습니다."

패니는 창가로 더 바짝 다가섰다. 크로퍼드 양은 좀 더 명랑한 태도로 이런 말을 할 짬밖에는 없었다. "프라이스 양은 칭찬을 듣는 일보다 칭찬받을 자격을 갖추는 데에만 익숙한가 봐요." 그런 다음 그녀는 버트럼 자매가 삼중창에 끼라고 간청하자 경쾌한 발놀림으로 피아노 쪽으로 갔다. 자리에 남은 에드먼드는 다정한 태도부터 가볍고 우아한 발걸음에 이르기까지, 온갖 매력을 다 갖춘 그녀의 뒤태를 황홀한 듯 바라보며 감탄을 금치 못하고 있었다.

"정말 저 아가씨는 명랑한 심성의 본보기야." 그가 즉시 말했다. "남의 속을 전혀 상하게 하지 않는 선한 성품의 본보기고. 저것 좀 봐, 다른 사람들이 바라는 일을 얼마나 흔쾌히 받아들이는지! 부탁을 받자마자 동생들에게 합류하잖아. 정말 안 됐어." 그가 잠시 생각에 잠기더니 덧붙였다. "지금까지 그런 분들의 손길에 맡겨져 보호받을 수밖에 없었으니!"

패니도 그 말에 동의했다. 그녀는 그가 삼중창을 기다리면서도 자신의 곁을 떠나지 않고 창가에 서 있는 게 무척 기뻤다. 그가 자신과 마찬가지로 바깥쪽 풍경에 시선을 두고 있는 것도 기뻤다. 장엄하면서 위안이 되는, 아름다운 온갖 광경들이 구름 한 점 없이 찬란히 빛나는 밤하늘을 배경으로, 숲의 짙은 어둠과 대조를 이루며 펼쳐지고 있었다. "저것 좀 봐요, 얼마나 조화로워요! 마음을 얼마나 평온하게 해주는지! 저런 광경은 그림이고 음악이고 할 것 없이 모두 뒤로 밀어내요. 오로지 시(詩)로만 묘사할 수 있죠. 온갖 근심 걱정을 달래주고, 가슴을 벅차게 만들어 황홀감에 빠지게 할 수 있는 풍경이잖아요! 오늘 같은 이런 밤에 바깥을 내다보면 이 세상에 악덕도 슬픔도 있을 수 없다는 느낌마저 들어요. 사람들이 저런 숭엄한 자연에 좀 더 많은 관심을 기울인다면, 그리고 저런 풍경을 찬찬히 응시하면서 자신의 존재를 잊는다면, 악덕이니 슬픔이니 하는 것들이 지금보다 분명히 줄어들 텐데."

"그렇게 흥취에 흠뻑 젖어 있는 모습을 보니 참 좋은걸, 패니. 정말 아름다운 밤이야. 너처럼 감성을 풍부히 갖추는 법을 배우지 못한 사람들이 어쩐지 가엾다는 생각이 드는구나……. 아마 어린 시절부터 자연을 감상하는 법을 조금도 배우지 못한 사람들이겠지. 그런 사람들은 많은 것을 잃고 있는 셈이야."

"내게 그런 걸 생각하고 느끼라고 가르쳐준 사람이 바로 오빠예요."

"네가 아주 영리한 학생이었던 거지. 저기 목동자리에 아르크투루스*가 아주 밝게 빛나고 있네."

"맞아요. 큰곰자리도 보이고요. 카시오페이아도 볼 수 있으면 좋겠어요."

"그걸 보려면 잔디밭으로 나가야 할 텐데 괜찮겠어?"

"문제없어요. 오빠랑 같이 별 구경을 한 지 참 오래됐네요."

"그래, 어쩌다 그리됐는지 모르겠다." 그때 삼중창이 시작됐다. "저 노래가 끝날 때까지만 기다리자, 패니." 에드먼드가 창문에 몸을 기대고 돌아서면서 말했다. 패니는 노래가 시작되자 그가 피아노 쪽으로 조금씩 다가서는 모습을 보고 속이 상했다. 삼중창이 끝났을 때 그는 어느새 노래하는 세 사람 옆으로 바짝 다가가서, 삼중창을 다시 불러달라고 간곡히 청하는 사람들 틈에 끼어 있었다.

패니는 창가에 서서 한숨을 내쉬다가 감기에 걸릴지 모른다며 노리스 이모에게 꾸지람을 듣고서야 그곳을 떠났다.

12

토머스 경은 11월에 귀국할 예정이었다. 그러니 그의 큰아들은 그보다 일찍 집에 돌아와서 아버지를 뵐 의무가 있었다. 9월이 다가오자 장남 버트럼 씨는 처음에는 사냥터지기에게 편지를 보내고 그다음은 에드먼드에게 편지를 보내 소식을 전해 왔다.

---

* 목동자리에서 가장 밝은 별.

그리고 8월 말이 되자 직접 집으로 돌아왔다. 그는 쾌활하고 사근사근하고 정중한 모습을 다시 보이면서 필요성을 느끼거나 크로퍼드 양이 요청한다 싶으면, 웨이머스에서 있었던 경마 경주들과 친구들에 관한 이야기를 했다. 6주 전이었다면 그녀는 다소 흥미를 느끼며 이런 이야기를 들었을 것이다. 그러나 전체적으로 봐서 그의 이야기는 이제 두 형제를 실제로 비교해본 결과, 동생 쪽이 더 마음에 든다는 확신만 완벽하게 심어줄 뿐이었다.

몹시 혼란스러운 일이었다. 그리고 그녀는 일이 이렇게 돼 진심으로 아쉬웠다. 하지만 사실이 그랬다. 이제는 장남과 결혼하고 싶다는 생각이 싹 사라져, 그에게 자의식을 지닌 미인이 더없이 솔직하게 내세우는 매력 말고는 다른 매력은 발산하고 싶은 생각조차 없었다. 쾌락을 즐기는 것 외에 별다른 목적도 없이 자신의 뜻만 중시해 기간을 연장해가면서까지 맨스필드를 떠나 있었던 것을 보면, 그가 그녀에게 관심이 없다는 것은 지극히 명백했다. 게다가 그의 무관심이 그녀의 무관심과 맞먹는 정도를 훨씬 상회했는지라, 그녀는 그가 언젠가 물려받게 되어 있는 토머스 경이라는 칭호와 맨스필드 파크의 주인 자리를 한발 앞서 물려받는다 해도 그를 남편감으로 받아들일 수 있다는 생각이 안 들었다.

버트럼 씨를 맨스필드로 돌아오게 했던 것과 똑같은 계절적 이유와 의무 때문에, 크로퍼드 씨도 노퍽 주로 돌아갔다. 9월 초의 에버링엄 저택은 그가 없으면 제대로 돌아가지 않았다.

그는 두 주를 예정하고 갔다. 버트럼 양 자매에게는 너무나 무료한 시간이었지만, 둘 다 크로퍼드 씨를 더 조심해야 한다고 마음을 다잡았어야 할 두 주였다. 언니를 질투하던 줄리아조차도 그의 관심을 수상히 여기고, 그가 돌아오지 않기를 바라는 것이 절대적으로 필요하다는 걸 인정했어야 할 두 주였다. 또한 그가 만약 자신의 동기를 자세히 점검하거나 자신의 무익한 허영심의 탐닉이 어디를 향하고 있는지 성찰하는 습관을 더 많이 보유한 사람이었다면, 사냥을 하거나 잠을 자는 틈틈이 충분히 여유 있게 맨스필드를 더 오래 떠나 있는 게 마땅하다는 확신을 가졌어야 할 두 주였다. 그러나 유복한 환경에서 나쁜 본보기를 보고 자란 탓에 분별력이 모자라고 이기적이었던 그는 지금 당장이 중요하지 그 너머의 앞날은 내다보려고 하지 않는 사람이었다. 쾌락에 물린 그의 마음에, 아름답고 똑똑하고 호의적인 두 자매는 참 재미난 놀잇감이었다. 따라서 그는 맨스필드의 사교 생활에 필적할 만한 것이 노퍽 주에는 없다는 것을 깨닫고는, 기꺼이 약속한 시간에 돌아왔다. 그리고 앞으로 좀 더 가지고 놀겠다는 마음으로 찾아간 두 아가씨들에게서 자신 못지않게 기꺼운 환영을 받았다.

그동안 마리아는 자신에게 신경을 써줄 사람이 러시워스 씨밖에 없어서, 그에게서 성공이든 실패든 그가 그날 하루 동안 했던 사냥과 사냥개를 자랑하는 이야기, 이웃들이 자기를 부러워한다는 이야기, 이웃들에게 수렵 권한이 있는지 의심스럽다는 이야기, 밀렵꾼들을 열심히 쫓아다닌다는 이야기만 되풀이해서 듣는 운명에 처할 수밖에 없었다. 한편으로는 사냥에 재능이 있어야 하고 다른 한편으로는 어느 만큼의 애정이 있어야 참고 듣지, 그렇지 않으면 좀처럼 여자들의 마음에 와 닿지 않는 이야기였다. 그러니 크로퍼드 씨가 무척 그리울 수밖에 없었다. 한편 줄리아는 약혼도 안 했고 딱히 할 일도 없는 처지라, 자신이야말로 그를 그리워할 모든 권리를 갖고 있다고 느꼈다. 두 자매는 각자 그가 호감을 더 느끼는 사람이 바로 자신이라고 생각했다. 줄리아가 그렇게 생각하는 근거는, 자신이 바라는 바를 믿고 싶어 하는 그랜트 부인의 암시 때문이라고 할 수 있었고, 마리아의 근거는 크로퍼드 씨 본인의 암시 때문이라고 할 수 있었다. 모든 상황이 그가 떠나기 전과 같은 상태로 되돌아갔다. 그는 두 자매 양쪽 모두의 지지를 잃지 않을 만큼은 쾌활하고 사근사근한 태도를 보였다. 그러나 모두의 이목을 끌 만큼 일관성이 있고, 한결같고, 간절하고, 열렬한 태도라고 말하기에는 뭔가 부족했다.

이들 중에서 그의 태도에서 뭔가 마음에 안 드는 구석을 발견한 유일한 사람이 패니였다. 사실 그녀는 소서턴에서 하루를 보내고 난 이후, 크로퍼드 씨와 두 언니 중 한 명이 같이 있을 때면 그 장면을 유심히 관찰하지 않은 적이 한 번도 없었고, 그때마다 놀라거나 비난을 하지 않은 적도 좀처럼 없었다. 만일 자신의 판단력에 대한 확신이 다른 일들에서와 같았다거나, 혹은 자신이 사태를 명확하게 파악하고 솔직하게 판단하고 있다는 자신감만 있었다면, 아마 평소에 속마음을 털어놓는 에드먼드 오빠에게 심각하게 이야기를 했을 것이다. 그러나 실제로는 넌지시 암시만 했다. 그리고 그 암시는 헛수고로 끝났다. "조금 놀랐어요." 그녀가 말했다. "크로퍼드 씨가 이곳에는 그렇게 오랫동안 머무르다 가셨으면서도, 이렇게 빨리 돌아오셔서요. 꼬박 7주 동안 머무르셨잖아요. 변화를 워낙 좋아하시고 이곳저곳 거처를 옮기는 걸 좋아하시는 분이라고 알고 있었어요. 그래서 일단 이곳을 떠난 다음에는 분명히 다른 볼일이 생겨서 다른 곳으로 가실 거라고 생각했는데. 맨스필드보다 사교적으로 더 즐거운 장소들에 익숙하신 분이잖아요."

"칭찬할 만한 부분이야." 에드먼드의 대답이었다. "동생이 참 기뻐하겠다. 자기 오빠의 불안정한 습성을 싫어하니까."

"그분이 언니들한테 얼마나 인기가 높은지!"

"그렇더구나. 여자를 대하는 태도가 그 애들 마음에 쏙 들 테니까. 가만히 보니까 그랜트 부인은 그가 줄리아를 더 좋아한다고 생각하는 것 같던데. 내가 직접 그런 낌새를 많이 눈치챘다는 건 아니고. 하지만 그렇게 됐으면 좋겠다. 그는 결점이 별로 없는 사람이야. 진지한 사랑만 있으면 없앨 수 있는 결점 말고는."

"마리아 언니가 만약 약혼을 안 했다면요." 패니가 조심스럽게 말했다. "가끔은 그분이 줄리아 언니보다 그쪽을 더 좋아했을 거라는 생각도 들어요."

"정말로 그렇다면 그게 패니 네가 의식할 수 있는 것보다 훨씬 더 많이 그가 줄리아를 좋아하는 일에 유리하게 작용할 거다. 남자들은 확실하게 마음을 굳히기 전까지는 자기가 진짜로 마음을 주고 있는 여자의 자매나 친한 친구를 그 여자보다 더 각별하게 생각하는 일이 종종 있으니까. 크로퍼드 씨는 분별력이 대단한 사람이니까 마리아 때문에 조금이라도 위험에 빠진다는 생각이 들면 이곳에 머무르지 않을 거야. 나도 그 애 걱정은 전혀 하지 않고. 그 사람에 대한 호감이 대단치 않다는 걸 여러 번 입증해 보였거든."

패니는 자신의 짐작이 잘못된 게 틀림없다고 생각했다. 따라서 앞으로는 생각을 고쳐먹겠다고 다짐했다. 하지만 에드먼드의 조언을 따르겠다고 아무리 다짐했어도, 그리고 가끔 다른 사람들에게서 관찰한 내용, 즉 크로퍼드 씨가 선택한 사람이 줄리아라고 말하는 것 같은 동시다발적인 표정과 암시의 도움에도 불구하고, 그녀는 늘 이 문제를 어떻게 생각해야 할지 알 수 없었다. 어느 날 저녁 그녀는 이 문제에 대한 이모 노리스 부인의 바람뿐만 아니라, 이와 비슷한 다른 문제에 대한 이모의 생각 그리고 러시워스 부인의 생각까지 엿듣게 됐는데, 그걸 들으며 놀라지 않을 수 없었다. 차라리 듣지 않았다면 좋았을 뻔했다는 생각마저 들었다. 다른 모든 젊은이들은 춤을 추던 중이었고, 내키지 않았지만 그녀만 난롯가에 앉아 있는 중년 부인들 틈에 끼어서 큰오빠가 다시 나타나기를 고대하던 중이었다. 큰오빠의 등장 여부에 파트너가 생길 수 있다는 희망이 달려 있었다. 사전 준비가 된 것도 아니었고 다른 많은 아가씨들의 첫 무도회처럼 화려하지도 않았지만, 이 무도회가 패니에게는 첫 무도회였다. 오후에 갑작스레 제안됐다가, 최근 하인들 방에 바이올린을 켤 줄 아는 자가 들어왔다는 점과, 그랜트 부인과 방문차 방금 도착한 버트럼 씨의 절친한 새 친구의 도움으로 다섯 쌍은 모을 수 있다는 점에 힘입어 성사된 무도회였다. 그러나 네 번의 춤곡이 이어지는 동안 패니에게는 참 행복한 무도회였다. 그녀는 15분 동안 춤을 출 수 없다는 게 몹시 아쉽게 느껴졌다. 앞서 말한 두 부인의 대화는 춤추는 사람들을 구경하기도 하고 문 쪽을 바라보며 기다리기도 하면서 자신도 춤을 추고 싶다고 간절히 바라던 와중에 억지로 듣게 된 것이었다.

"저기 말이에요, 부인." 노리스 부인이 말했다. 눈길은 두 번째로 파트너가 된 러시워스 씨와 마리아에게 가 있었다. "이제 다시 행복한 얼굴들을 좀 보게 되겠네요."

"그럼요, 부인, 그렇고말고요." 거들먹거리는 태도로 억지웃음을 지으면서 상대방이 말했다. "이제야 좀 만족스럽게 구경하겠네요. 그동안 저 둘이 서로 떨어져 있을 수밖에 없어서 조금 안됐다는 생각이 들었었거든요. 저 애들 같은 상황에 있는 젊은이들은 보통의 관례에서 면제받아야 해요. 제 아들이 그렇게 하지 않겠다고 제안한 것 아닌가 싶어요."

"아마 그랬을 겁니다, 부인. 러시워스 씨는 부주의한 모습은 절대로 안 보이니까요. 하지만 우리 마리아도 예의범절은 철저히 지키는 편이죠. 요즘은 좀처럼 볼 수 없는, 정말 세심한 마음을 갖고 있답니다, 러시워스 부인. 저 애가 특별대우를 얼마나 피하고 싶어 한다고요! 세상에, 친애하는 부인, 지금 저 얼굴 좀 보세요. 방금 전의 춤곡 두 곡을 출 때와 얼마나 달라 보이는지!"

버트럼 양은 정말로 행복해 보였다. 기쁨에 겨워 눈이 반짝였고 말도 생기발랄하게 하고 있었다. 줄리아와 그녀의 파트너인 크로퍼드 씨가 바로 옆에 있었기 때문일 것이다. 네 사람이 모두 한 무리를 이루고 있었다. 언니가 그전까지는 어떤 모습을 보이고 있었는지 패니는 기억할 수 없었다. 에드먼드 오빠와 춤을 추느라고 언니 생각을 할 겨를이 없었기 때문이다.

노리스 부인이 말을 이었다. "젊은 애들이 저렇게 보기 좋게 행복해하고, 저렇게 잘 어울리고, 저렇게 서로 꼭 맞는 모습을 보니 정말 기뻐요, 부인! 친애하는 토머스 경께서도 기뻐하시리라 생각하지 않을 수 없네요. 그런데 또 다른 한 쌍의 결혼이 성사될 가능성에 대해 하실 말씀이 없으세요, 부인? 러시워스 씨가 좋은 선례를 남겼고 이런 일은 원래 전염성이 강하잖아요."

자기 아들만 쳐다보고 있던 러시워스 부인은 무척 당혹스러워했다. "위쪽에 있는 커플 말이에요, 부인. 저 커플에서 무슨 낌새를 못 채셨나요?"

"아! 그렇구나. 줄리아 양과 크로퍼드 씨군요. 맞아요, 정말 잘 어울리는 한 쌍이죠. 저 사람 재산은 얼마나 된다죠?"

"연 수입 4천 파운드래요."

"무척 훌륭하군요. 그것보다 많지 않은 사람들도 자신의 재산에 만족하니까요. 연 수입 4천 파운드면 상당한 재산이에요. 게다가 참 점잖고 의젓한 청년 같던데. 줄리아 양이 정말 행복 해졌으면 좋겠어요."

"아직 확정된 일은 아니에요, 부인. 그저 가족 친지들 사이 에서 말만 오가고 있을 뿐이랍니다. 하지만 반드시 그렇게 될 것이라고 의심하지 않아요. 청년 쪽에서 점점 더 각별한 관심 을 보이고 있거든요."

패니는 더 이상 들을 수 없었다. 귀 기울여 들으면서 놀라는 일을 잠시, 완전히 미뤄야 했다. 버트럼 씨가 다시 방에 나타났 기 때문이다. 그가 춤을 신청해준다면 큰 영광이라는 생각은 들었지만 그래도 기대는 하고 있었다. 그가 모여 있는 그들 무 리 쪽으로 왔다. 그러나 그는 춤 신청 대신 그녀 쪽으로 의자를 끌고 와 앉더니, 아픈 말의 현재 상태와 방금 헤어지고 온 마부 의 생각을 자세히 전하기만 했다. 패니는 오빠가 춤 신청을 하 고 싶지 않아 한다는 사실을 알아차렸다. 그리고 즉시 자신의 타고난 겸손한 성격대로 그런 기대감을 품었던 것 자체가 터무 니없었다고 느꼈다. 말 이야기가 끝나자 그는 탁자에서 신문을 집어 들고 훑어보면서 맥 빠진 말투로 심드렁하게 말했다. "패 니, 춤을 추고 싶다면 파트너가 돼줄게." 그녀는 그가 보인 예 의보다 훨씬 더 바른 예의를 보이며 제안을 거절했다. 춤을 추 고 싶지 않다고. "다행이네." 그가 더 밝은 말투로 말한 뒤 다 시 신문을 내려놓았다. "피곤해 죽겠거든. 저 멋진 젊은이들이 어떻게 저렇게 오래 춤출 수 있는지 놀라울 따름이야. 저런 바보 같은 짓에서 재미를 찾으려면 모두들 사랑에 빠져 있지 않으면 안 될 텐데…… 가만 보니까 전부 그런 모양이네. 자세히 보니 저 중에 실제로 연인 관계인 쌍들이 많은걸. 예이츠와 그랜트 부인만 빼고 전부 다야. 우리끼리 하는 말인데, 저기 저 불쌍한 부인도 실은 저 사람들 누구 못지않게 연인이 필요할 거야! 박사님과 사는 건 지독히 따분할 테니까." 그랜트 박사가 앉아 있는 의자 쪽을 향해 장난기 섞인 표정을 지으며 한 말이었는데 공교롭게도 당사자가 바로 곁에 앉아 있었다. 때문에 그는 즉시 표정과 화제를 바꿔야 했다. 모든 상황들에도 불구하고 패니가 웃지 않고서는 못 배길 만큼 그래야 했다. "미국에서 지금 일어나고 있는 사태가 참 이상합니다, 그랜트 박사님! 박사님 견해는 어떠신지요? 공적인 문제를 어떻게 생각해야 하는지 늘 박사님께 의견을 구하러 오잖습니까."

"애야, 톰." 곧이어 그의 이모가 외쳤다. "너 지금 춤을 안 추고 있으니 우리하고 러버 게임을 하는 데 반대 안 하겠지, 그렇지?" 그러더니 자리를 떠나서 자기 말대로 하자고 강요하려고 그에게 와 이렇게 속삭이며 덧붙였다. "알다시피 지금 러시워스 부인을 위해 카드 판을 벌이려고 한다. 네 엄마가 그리 해 달라고 간곡히 부탁했거든. 자기는 지금 옷자락 술 장식 때문에 시간을 낼 수 없다면서. 그러니 너하고 나하고 그랜트 박사가 참여하면 딱 맞을 거다. 우리는 반 크라운밖에 안 걸겠지만, 알다시피 너와 박사님은 반 기니를 걸고 해도 될 거야."

"참 재미있겠네요." 그가 큰 소리로 대답하고는 민첩하게 벌떡 일어났다. "정말 즐겁겠어요. 하지만 막 춤을 추러 나가려던 참이었어요. 나가자, 패니." 그가 패니의 손을 잡았다. "더 이상 꾸물거리면 안 돼. 춤이 곧 끝날 거야."

패니는 선뜻 오빠가 이끄는 대로 따라갔다. 물론 춤을 신청해준 오빠가 참 고맙다고 느낄 수도 없었고, 이모의 이기심과 오빠의 이기심이 (톰 본인이야 분명히 구분했겠지만) 달라 보이지도 않았다.

"참 점잖기도 한 부탁이네, 정말!" 그는 걸어 나가면서 화가 잔뜩 나 외쳤다. "늘 말싸움만 하는 두 분하고, 넷이서 하는 휘스트 게임은 산수만큼도 모르는 꼬장꼬장한 저 늙은 부인하고 앞으로 두 시간 카드 게임만 하며 꼼짝 못 하게 하고 싶다니. 제발 좀 착한 이모가 덜 바빴으면 좋겠다! 나한테까지 이런 식으로 부탁하다니, 나 원 참! 모든 사람들 앞에서 거절할 여지도 안 남기고 격식도 안 차리고 저러다니! 내가 정말 싫어하는 것이 바로 저런 태도야. 부탁하거나 선택권을 주는 척하면서, 사실은 저런 식으로 자기가 원하는 일을 억지로 하게 만들려고 접근하는 걸 보면, 다른 어떤 일보다도 더 내 울화가 치밀어 오른다니까. 무슨 일이든 다 그래! 다행히 너와 춤을 추겠다는 생각을 해냈으니 망정이지, 하마터면 못 빠져나올 뻔했어. 정말 기분 나쁘네. 하지만 이모 머릿속에 뭔가가 떠오르면 무엇으로도 막을 수 없으니까."

13

톰의 새로운 친구 존 예이츠 씨는 유행을 좇거나 돈을 낭비하는 습관, 귀족의 차남으로 상당한 자기 재산을 갖고 있다는 점 말고는 호감을 살 만한 게 그리 많지 않은 사람이었다. 토머스 경이 있었다면 그를 맨스필드에 소개하는 일을 결코 바람직하게 여기지 않았을 것이다. 버트럼 씨와 그의 친교는 웨이머스에서 시작됐다. 그들은 같은 사교 모임에서 열흘을 함께 보냈고, 톰이 언제든 시간이 될 때 맨스필드 방문을 일정에 넣어달라고 부탁하자 그가 그렇게 하겠다고 약속함으로써 둘의 우정(그걸 우정이라고 부를 수 있을지 모르겠지만)은 증명되고 완결되었다. 그런데 다른 친구의 집에서 재미있게 놀기 위해 열기로 했던 대규모 파티가 무산되는 바람에 그는 예상보다 일찍, 정말로 맨스필드를 방문했다. 파티에 참석하기 위해 웨이머스를 떠났다가 돌아오는 길이었다. 도착했을 때 그는 몹시 실망한 상태였고, 머릿속은 온통 연극 생각뿐이었다. 무산된 파티는 연극을 공연하며 즐기는 것이었는데, 그도 역할을 맡기로 했던 그 연극은 공연을 불과 이틀 남겨두고 있었다. 그런데 그 시점에서 하필 그 가족과 제일 가까운 친척이 세상을 떠나는 바람에 공연 계획이 무산됐고 참가자들은 뿔뿔이 흩어지고 말았다. 행복이 눈앞에 너무나 가까이 다가와 있었고, 명성도 너무나 가까이 다가와 있었고, 존경받는 레이븐쇼 경의 콘월주 에클스퍼드 저택에서 열릴 예정이었던 이 사적인 연극 공연

(참가자 모두에게 적어도 열두 달 동안은 불멸의 명성을 가져 다주었을 공연이다)을 칭찬하는 장문의 기사도 눈앞에 너무나 가까이 다가와 있었던 참이었는데! 너무나 가까이 다가와 있다 가 싹 사라져버렸으니 통렬하게 느껴질 수밖에 없는 상처였다. 그런지라 예이츠 씨는 다른 화제는 입에 올릴 수가 없었다. 그 는 에클스퍼드 저택과 그곳의 무대, 무대 장치와 의상, 예행연 습, 주고받은 농담들을 끊임없이 입에 올렸다. 그에게는 지난 일을 자랑하는 것만이 유일한 위안이었다.

그런데 그로서는 다행스럽게도 이곳의 모두가 연극에 대해 대단한 애정을 갖고 있는 데다, 젊은이들의 경우 연기에 대한 갈망도 매우 커서 그가 아무리 이야기를 많이 해도 듣는 사람 의 관심이 좀처럼 충족될 수 없을 정도였다. 맨 처음 배역 설정 이야기부터 에필로그 이야기에 이르기까지 모든 것이 매혹적 으로만 들렸으며, 그런 연극에 동참하고 싶은 바람을 갖지 않 는 사람이라든가 연기 솜씨를 시험해보기를 주저하는 사람은 거의 없었다. 공연이 무산된 작품은 〈연인들의 맹세〉*라는 작

---

*독일 작가 아우구스트 폰 코체부의 〈사생아〉를 엘리자베스 인치볼드가 자유롭게 번 안한 작품이다. 1798년 코번트 가든 극장에서 초연되었고, 이후 7년 동안 공연되면서 큰 인기를 끌었다. 맨스필드 파크에서의 공연은 결국 무산되지만 이 작품의 줄거리 는《맨스필드 파크》의 주요 인물들의 처신과 밀접한 관계를 맺고 있다.
  가난에 시달리는 애거사 프리부르크(마리아 버트럼이 맡기로 한 역할)는 길거리 에서 오래전에 헤어졌던 사생아 아들 프레더릭(헨리 크로퍼드)을 만난다. 두 사람 은 힘을 합쳐 함께 생활하기로 하고, 인정 많은 시골 농가 주인 부부의 집에서 더 부살이를 하게 된다. 그러던 중 애거사의 사연이 밝혀지고, 그녀를 유혹하여 타락 시킨 장본인이 그 지역의 대지주 빌덴하임 남작(예이츠 씨)임을 알게 된다. 남작 이 젊은 시절 어머니의 시녀였던 애거사를 유혹하여 사내아이를 낳게 했던 것이

품이었고, 예이츠 씨는 카셀 백작 역을 맡을 예정이었다. "그저 단역에 불과하죠." 그가 말했다. "제 취향에 전혀 맞지 않는 역이었고요. 다시는 맡고 싶지 않은 배역이라고 장담할 수 있습니다. 하지만 그때는 불평하지 않겠다고 마음먹었죠. 제가 에클스퍼드에 도착하기 전에 이미 연기할 만한 두 배역은 레이븐쇼 경과 공작님이 가로채버렸거든요. 레이븐쇼 경이 자기 배역을 포기하고 저에게 넘기겠다고 했지만, 아시다시피 그런 제안을 넙죽 승낙할 수는 없잖습니까. 자신의 능력을 그토록 잘못 알고 계셨던 그분이 참 안쓰럽더군요. 남작 역할이라니 언감생심이죠! 키도 작고 목소리도 작은 데다 처음 10분만 지나면 언제나 목이 갈라졌으니! 아마 분명 작품을 망쳐놓았을 겁니다. 헨리 경은 공작님이 프레더릭 역에 안 맞는다고 말씀하셨어요. 하지만 그건 본인이 그 역을 원했기 때문이었죠. 그래도 그 역할이 두 분 중에서 좀 더 잘하는 분에게 떨어진 건 분명합니다.

다. 그는 어머니가 두려워 이 일을 비밀에 붙인 채 알사스 지방 귀족의 딸과 결혼했고, 이제는 홀아비가 되어 딸 어밀리어(메리 크로퍼드)와 함께 살고 있다. 어밀리어는 자신의 가정교사이자 가족 목사이며, 지금은 과거를 뉘우치고 있는 아버지의 영적 조언자이기도 한 안할트(에드먼드)와 은밀한 사랑을 나누는 사이다. 어밀리어는 아버지의 뜻에 따라 부자이지만 멋만 잔뜩 부리는 카셀 백작(러시워스 씨)과 정략결혼을 할 예정이다. 남작은 안할트에게 어밀리어에게 사랑과 결혼에 관해 조언을 해주라고 요구한다. 이후 충분히 예측 가능한 장면이 이어진다. 어밀리어와 안할트는 서로의 뜻을 오해하고 말이 어긋나지만, 마침내 서로에 대한 사랑을 깨닫는다. 한편 프레더릭은 어머니 대신 남작에게 돈을 요구하다가 체포된다. 어밀리어는 이 청년을 용서해달라고 애원한다. 그런 과정에서 그가 남작의 사생아임이 밝혀지고 남작은 애거사와 정식으로 결혼을 함으로써 그녀에게 보상을 해줘야 한다는 설득을 받아들인다. 재산과 사회적 지위만 중시하던 편견이 사라지자 남작은 어밀리어와 안할트의 결혼을 허락하고 연극은 화해 속에서 결말을 맺는다.

헨리 경이 어찌나 뻣뻣하게 연기하는지 보고 놀랐다니까요. 다행히 작품이 그 역할에 달려 있지는 않았습니다. 애거사 역할을 맡은 아가씨는 비할 데 없이 훌륭한 연기자였어요. 공작님의 연기도 많은 사람들이 대단하다고 생각했고요. 전체적으로 봤을 때 공연이 성사됐다면 아주 멋지게 진행됐을 겁니다."

사람들은 그의 이야기를 경청하며 "참 힘드셨겠어요", "정말 안됐네요" 하고 친절하게 동정을 표했다.

"불평해봤자 소용없는 일입니다만, 정말이지 그 가엾은 미망인께서 그보다 더 안 좋은 시점에 돌아가실 수는 없었을 겁니다. 우리에게 필요한 사흘 동안만 부음을 덮어두었으면 좋겠다는 생각을 하지 않을 수 없더군요. 딱 사흘이었죠. 돌아가신 분이 연로한 노부인이었고 모든 게 2백 마일이나 떨어진 곳에서 일어났으니, 그렇게 해도 큰 지장이 없었을 거라고 생각합니다. 제가 아는 바로는 그렇게 하자는 제안이 실제로 있기도 했고요. 하지만 영국에서 가장 엄정한 분 가운데 한 분인 레이븐쇼 경이 그런 제안을 들어줄 턱이 없었지요."

"희극 대신 막간극이 공연된 셈이군." 버트럼 씨가 말했다. "〈연인들의 맹세〉는 끝나고 레이븐쇼 경과 그 부인이 몸소 〈나의 할머니〉*를 연기하러 떠난 거야. 그렇지, 미망인이 남긴 유산이 위로가 됐겠네. 자네와 친한 사이니 하는 말인데, 아마 레이븐쇼 경은 남작 역할이 자기 명예에 누가 될지도 모른다고

*1794년에 발표된 프린스 호어의 음악 익살극.

생각했을지도 몰라. 그 역할에 적합한 목청을 가졌는지 걱정되기도 했을 거고. 그러니 발을 뺐어도 하나도 섭섭하지 않았을걸. 이봐, 예이츠, 여기 맨스필드에서 작은 연극 무대를 올리고, 그 연출을 자네에게 맡기면 보상이 될 것 같네만."

순간적으로 떠올린 생각이었지만 그 순간만으로 끝나지 않았다. 모두의 마음속에 연기 욕구를 불러일으켰기 때문이다. 그리고 현재 이 저택의 주인이라고 할 수 있는 사람의 욕구가 가장 강렬했다. 그는 새로운 오락거리라면 거의 모든 게 재미있을 거라고 여길 만큼 한가했으며, 연극이라는 새로운 오락거리에 꼭 들어맞는 활기찬 재능과 희극적인 취향을 갖고 있는 사람이었다. 연극을 하고 싶다는 생각은 거듭해서 되살아났다. "아아! 에클스퍼드의 무대와 배경이 있었다면 뭐라도 해볼 수 있을 텐데!" 그의 여동생들도 똑같은 바람을 피력하며 맞장구쳤다. 그리고 지금까지 자기 욕구를 마음껏 충족시키면서 실컷 놀아보긴 했어도 아직 연극의 재미는 맛보지 못한 상태였던 헨리 크로퍼드도 이런 생각에 대해 듣고는 활기를 띠었다. "저도 잘할 수 있으리라는 생각이 드는데요." 그가 말했다. "지금까지 쓰인 극작품들에 나왔던 어떤 배역이라도 당장 맡을 수 있을 만큼 제가 충분히 바보같이 굴 수 있을 것 같다는 소립니다. 샤일록과 리처드 3세부터 시작해서 주홍색 외투를 입고 삼각 모자를 쓴 익살극의 노래하는 주인공에 이르기까지 전부 다요. 어떤 역할이든 다 할 수 있을 것 같습니다. 영어로 쓰인 어떤 작품이든, 그게 비극이든 희극이든 간에 그 안에 등장해서 호언장담하고, 고함지르고, 한숨 쉬고, 까불수 있을 것 같습니다. 작품이 무엇이든 합시다. 전체 작품의 절반이라도…… 아니, 한 막이라도…… 아니, 한 장면이라도합시다. 안 될 게 뭐 있습니까? 여기 이 숙녀분들 표정을 보니절대 그렇지 않다는 확신이 듭니다." 버트럼 자매 쪽을 바라보면서 그가 말했다. "그리고 극장 말인데, 극장이 뭐가 중요합니까? 그냥 우리끼리 즐길 거잖아요. 저택의 어느 방을 사용해도 충분할 겁니다."

"막은 꼭 있어야 해." 톰 버트럼이 말했다. "당구대용 녹색천 몇 야드만 있으면 되겠지. 그 정도면 아마 충분할 거야."

"그럼! 충분하고말고." 예이츠 씨가 외쳤다. "무대 옆 배경을한두 개 올리고, 무대 출입용 문을 마련하고, 무대 배경을 서너개만 내리면 충분. 이런 계획에 그 이상은 필요하지 않아. 그저 우리끼리 즐기려는 것이니 그 이상은 바랄 필요가 없어."

"그것보다 더 간단한 무대 장치라 해도 만족해야 한다고 생각해요." 마리아가 말했다. "시간이 부족하니까요. 다른 어려운 문제들도 발생할지 모르고요. 크로퍼드 씨의 말씀대로 무대가 아니라 연기 자체를 목적으로 삼아야 해요. 이 나라 최고의 연극 작품들에 나오는 많은 부분이 무대 배경과 무관하잖아요."

"아니지." 놀라면서 귀를 기울여 듣고 있던 에드먼드가 말했다. "어중간하게 하려면 아예 아무것도 하지 말아야 해. 연극공연을 하려면 아래층 관람석, 2층 칸막이 특석, 꼭대기 삼등

석까지 완벽히 갖춘 극장에서 제대로 해야 해. 처음부터 끝까지 전부 다루는 온전한 작품을 공연해야 하고. 이를테면 독일 연극이든 어느 나라 연극이든 간에 그럴듯한 반전이 등장하고, 다양한 막간극이 들어가고, 막과 막 사이에 피겨 댄스*나 나무 피리 춤곡에 맞춘 빠른 춤이나 노래가 들어가야 해. 에클스퍼드보다 더 훌륭하게 공연하지 않으려면 아예 하지 말아야지."

"아, 에드먼드 오빠, 제발 밉살스럽게 굴지 좀 마." 줄리아가 말했다. "오빠보다 연극을 더 사랑하는 사람도 없잖아. 연극을 보겠다고 오빠보다 더 멀리 갈 수 있는 사람도 없을걸."

"맞아, 진짜 연기라거나 제대로 단련된 연기라면 그렇지. 하지만 연기를 본업으로 삼지 않고 살아온 사람들의 미숙한 연기를 보는 일이라면 이 방에서 옆방까지도 결코 가지 않을 거다. 교육이니 예절이니 하는 것과 애써 맞서 싸워야 하는, 온갖 불리한 여건의 신사 숙녀들이 하는 연기 말이야."

대화가 잠시 끊겼지만 다시 같은 화제가 이어졌다. 열기가 전혀 가시지 않은 채로 논의가 이뤄졌고, 자기 말고 다른 사람들도 마찬가지로 연기를 하고 싶어 한다는 걸 알고서는 동참하길 원하는 모두의 바람도 줄어들지 않았다. 톰 버트럼이 희극을 선호하고 그의 두 여동생과 헨리 크로퍼드가 비극을 선호한다는 것, 모두의 마음에 드는 작품을 고르는 것보다 더 쉬운 일은 세상에 없으리라는 것 말고는 결정된 게 없었지만, 무

*복잡한 자세와 회전을 주로 하는 춤.

슨 작품을 고르든 반드시 공연하자는 결심이 워낙 확고해 보여 에드먼드의 마음이 불편할 정도였다. 그는 가능하기만 하다면 반드시 공연을 제지하리라 마음먹었다. 그러나 그의 어머니는 식탁에서 오간 대화를 똑같이 듣고도 반대하는 기색을 전혀 내비치지 않았다.

그날 저녁 에드먼드는 자신의 설득력을 시험해볼 기회를 잡았다. 마리아와 줄리아, 헨리 크로퍼드, 예이츠 씨는 당구실에 있었고, 그들과 함께 있던 톰이 응접실로 들어오던 참이었다. 에드먼드는 깊은 생각에 잠겨 난롯가에 서 있었고, 레이디 버트럼은 조금 떨어진 소파에 앉아 있었다. 패니는 레이디 버트럼 가까이서 바느질감을 정리하던 중이었다. 응접실로 들어온 톰이 이렇게 말을 꺼냈다. "우리 집 당구대처럼 형편없는 당구대는 세상 어딜 가도 못 볼 거야. 이제 도저히 못 참겠어! 장담하는데 어떤 유혹이 있어도 당구를 다시 치고 싶은 생각은 절대로 안 날 거야. 하지만 방금 전 한 가지 좋은 점은 확인했다. 저 당구실이 무대로 쓰기에 안성맞춤이라는 거야. 모양새와 길이가 딱 맞아. 양쪽 끝에 있는 문들이 5분 정도만 시간을 들여 아버지 방의 책장을 옮기면 서로 통하는, 우리가 바랄 수 있는 바로 그 문들이더라고. 공연을 하는 쪽으로 결정이 난다면 말이야. 게다가 아버지 방은 출연자 대기실로 쓸 수 있을 것 같아. 꼭 그런 용도로 일부러 당구실 옆에 붙여놓은 방 같다니까."

"설마 진심으로 공연을 하겠다는 건 아니겠지, 형?" 톰이 난롯가로 다가오자 에드먼드가 작은 목소리로 말했다.

"진심이 아니라니! 분명히 말하는데 그보다 더 진지했던 적은 없을 거다. 내 말이 뭐 그리 놀라운데?"

"실언의 여지가 무척 많다고 생각해. 일반적인 관점으로 볼 때 사적인 연극 공연은 반박을 부르기 십상이야. 지금 우리의 처지에서도 연극 공연은 참으로 지각없는 짓이라고 생각할 수밖에 없어. 아니, 지각없는 짓보다 더하지. 아버지를 생각해서도 그런 공연은 생각이 짧다는 걸 드러내는 일이라고 봐. 아버지께서 지금 집에 안 계실뿐더러 여전히 어느 정도는 위험에 노출되어 있으신 거잖아. 마리아를 생각해도 무분별한 짓이야. 지금 그 애의 상황이 아주 미묘하잖아. 모든 걸 고려하면 지극히 미묘한 상황이라고."

"넌 무슨 일이든 너무 심각하게 받아들여서 탈이라니까! 마치 우리가 아버지께서 돌아오실 때까지 일주일에 세 번 연극 공연을 하면서 이 지역 사람들을 전부 초청하기라도 한다는 투로 말하네. 이건 그런 보여주기식 공연이 아니야. 그저 우리끼리 조금 즐겨보자는 것뿐이라고. 무대 배경을 바꿔가며 뭔가 새로운 방면에서 우리의 능력을 발휘해보자는 거지. 그러니 관객도 홍보도 필요 없어. 우리가 나무랄 데 없는 완벽한 작품을 고르리라 믿어도 좋아. 그리고 우리끼리 시시껄렁한 이야기나 주고받는 것보다 존경하는 작가가 쓴 고상한 언어를 주고받는 것이 여러모로 나을 거라고 생각해. 나는 걱정하지도 망설여지지도 않아. 아버지가 집에 안 계신다는 네 지적 말인데, 나는 그게 반대 이유이기는커녕 오히려 동기를 부여한다고 생각해. 아버지가 돌아오시길 기다리는 시간이 어머니께는 몹시 초조하고 불안한 시간일 테니까. 어머니의 그런 불안감을 달래드려서, 몇 주 동안이라도 기분 좋게 해드린다면 난 우리가 시간을 아주 잘 쓴 거라고 생각해. 그리고 확신하는데 그건 아버지도 마찬가지일걸. 앞으로 남은 시간 동안 어머니가 무척 불안해하실 거라고."

그가 이 말을 하는 동안 두 형제는 각자 어머니 쪽을 바라보고 있었다. 소파 한구석에 푹 파묻혀 있는 레이디 버트럼은 건강과 부와 안락과 평온의 화신 같은 모습으로 꾸벅꾸벅 졸면서 잠에 빠져들려는 참이었다. 그리고 패니는 레이디 버트럼을 위한 바느질감에 문제가 생겨 그걸 해결하던 중이었다.

에드먼드가 미소를 지으며 고개를 저었다.

"어, 저런! 저러시면 안 되는데." 톰이 껄껄 웃으면서 의자에 몸을 던졌다. "아이고, 어머니, 근심 걱정은 다 어디다 두시고…… 내가 불운하게 때를 잘못 잡았네."

"무슨 일이라도 있니?" 레이디 버트럼이 반쯤 깨서 졸음에 겨운 목소리로 물었다. "나 안 잤어."

"아! 저런, 아니에요, 어머니. 아무도 주무신다고 생각하지 않았어요. 자, 에드먼드." 레이디 버트럼이 다시 꾸벅꾸벅 졸기 시작하자 그가 조금 전의 화제와 자세와 목소리로 되돌아가 말을 이었다. "그렇지만 이것만은 주장하고 싶어. 우리가 누구에게도 해를 끼치지 않는다는 거 말이야."

"그런 주장에 동의할 수 없어. 난 아버지가 공연에 전적으로 찬성하시지 않을 거라고 확신해."

"나는 그 반대라고 확신한다. 젊은이들이 재능을 발휘하는 일을 아버지보다 더 좋아하거나 장려하는 사람은 없어. 연기나 낭독, 낭송 같은 일들은 언제든 좋아하셨다고 생각하고. 우리가 어렸을 때 아버지께서 그런 일들을 얼마나 장려하셨는지 너도 알잖아. 바로 이 방에서 우리가 아버지를 즐겁게 해드리려고 얼마나 자주 카이사르의 시신에 조의를 표하고, '사느냐 죽느냐 그것이 문제로다'를 암송했느냐고. 어느 해 크리스마스에는 시즌 내내 저녁마다 '내 이름은 노르발이다'*를 암송했을걸, 그건 분명해."

"그건 완전히 다른 얘기잖아. 형도 그 차이를 잘 알 텐데. 우리가 어린 학생이었을 때 아버지께서 우리에게 바라신 것은 말을 잘하는 거였어. 하지만 다 큰 딸들이 연기를 하는 것은 결코 바라시지 않았을걸. 예의범절을 얼마나 중시하시는 분인데."

"나도 다 안다." 기분이 상한 톰이 말했다. "나도 너 못지않게 아버지를 잘 안다고. 그리고 딸들이 아버지께 걱정을 끼치는 일을 하지 않도록 유념할 거고. 넌 네 일이나 신경 써라, 에드먼드. 나머지 가족 일은 내가 신경 쓸 테니."

"공연을 감행하기로 결심했다면 말이지." 에드먼드가 포기하지 않고 대꾸했다. "부디 작은 규모로 조용히 했으면 좋겠어. 무

---

*18세기 말에 큰 인기를 끌었던 존 홈의 〈더글러스, 비극〉의 주인공. 톰이 인용하는 대사는 2막에 나오는 가장 유명한 장면이다.

대 제작 따위를 해서는 안 된다고 생각해. 아버지가 안 계신다고 해서 아버지 집을 마음대로 하는 것은 용납되지 않을 거야."

"내가 전부 책임질 거다." 톰이 단호한 어조로 말했다. "아버지 집을 훼손하는 일은 없을 거야. 나도 너만큼이나 아버지 집을 소중히 여긴다고. 방금 전에 제안했던 변화, 이를테면 책장을 옮긴다거나, 문의 자물쇠를 연다거나, 일주일 동안 당구를 치지 않고 당구실을 필요한 공간으로 이용한다거나 하는 일들에 대해 아버지가 반대하실 거라고 생각한다면, 차라리 아버지께서 떠나시기 전에 우리가 했던 것보다 더 자주 거실이 아니라 응접실에 앉아 있거나 동생들의 피아노를 방 한쪽에서 다른 쪽으로 옮기는 일에 대해 반대하실 거라고 생각하는 편이 낫겠다. 네 생각은 정말 말도 안 돼!"

"새로운 변화 자체는 잘못이 아닐지 모르지만 비용 면에서는 문제가 될 텐데."

"그래, 이런 일엔 비용이 엄청나게 많이 들긴 하지! 아마 20파운드가 다 들지도 몰라. 의심할 여지 없이 극장 비슷한 방은 꾸며야 할 테니까. 하지만 우리는 가장 단순한 계획에 따라 무대를 만들 거라고. 녹색 커튼하고 약간의 목공 일이 필요한 전부야. 목공 일은 크리스토퍼 잭슨을 시켜 집에서 하면 되니 비용 운운하는 건 터무니없는 시비야. 그리고 잭슨을 시켜서 하면 아버지도 모든 일을 이해해주실 거야. 너 말고 이 집 사람들 중에서 사태를 제대로 볼 줄 알거나 판단할 줄 아는 사람이 없다고 생각하지 마. 마음에 안 들면 너는 연기를 하지 마. 하지만 다른 사람들까지 전부 네 마음대로 좌지우지할 생각은 말라고."

"알았어. 내가 연기를 하는 것 말인데." 에드먼드가 말했다. "절대로 반대야."

톰은 말을 마치고 방을 나갔고, 에드먼드는 화가 나서 그 자리에 앉은 채 깊은 생각에 잠겨 난롯불만 뒤적거렸다.

두 사람의 대화를 듣는 내내 에드먼드의 생각에 전적으로 공감하던 패니는 오빠를 조금이라도 위로하고 싶은 생각이 간절해서 결국 이렇게 말하고 나섰다. "어쩌면 적절한 극작품을 찾지 못할 수도 있어요. 톰 오빠의 취향과 언니들의 취향이 많이 다르잖아요."

"나는 그런 기대는 별로 안 해, 패니. 계획을 집요하게 추진하다 보면 뭔가를 찾아낼 거야. 동생들에게 말해보고 포기하라고 설득해봐야겠다. 내가 할 수 있는 일은 그것뿐이니까."

"어쩐지 노리스 이모께서 오빠 편을 들어주실 것 같다는 생각이 들어요."

"그럴지도 모르지. 하지만 이모는 형에게든 동생들에게든 영향력을 전혀 행사하실 수 없는 분이야. 내가 직접 그 애들을 설득하지 못하면, 이모를 통해서 설득하는 것도 포기하고 그냥 자기들 마음대로 하도록 놔두려고. 가족끼리 다투는 일이 모든 일들 중에서 가장 보기 흉하니까. 사이가 완전히 틀어지느니 무슨 일이든 감수하는 편이 나아."

다음 날 아침 그는 여동생들에게 말을 건넬 기회를 잡았지만, 그들은 오빠의 조언을 못 견뎌 하는 만큼 그의 설명에 단호한 태도를 보였고, 재미나게 즐기겠다는 목적으로 톰처럼 확고하게 마음을 굳히고 있었다. 어머니도 연극 계획에 반대하지 않는다는 것이었다. 따라서 두 자매는 아버지의 반대에 대해서도 전혀 걱정하지 않았다. 많은 점잖은 집안들에서, 최고로 높은 신분의 고귀한 숙녀분들이 많이 행한 바 있는 행사를 벌인다고 해서 해가 될 리 없다는 것이었다. 그리고 형제자매들과 친한 지인들만 참여하고, 밖으로는 말이 새어 나갈 리 없는 자신들의 계획에서 비난거리를 찾아낸다면, 그건 지나치게 예민하고 까다로운 반응이 아닐 수 없다는 것이었다. 줄리아는 마리아 언니의 현재 처지가 각별한 주의와 신중을 요한다는 점은 인정하고 싶어 하는 것 같기도 했다. 그러나 그녀는 그런 점이 자신에게까지 이어질 수 없다고 했다. 자신은 자유로운 몸이었다. 마리아는 약혼이라는 상황이 오히려 제약을 덜 받게 해줄 뿐이며, 자신이야말로 아버지와 어머니의 허락을 구해야 할 까닭이 더 적다고 생각하고 있는 게 분명했다. 동생들을 설득할 희망이 별로 없어 보였지만 에드먼드는 계속해서 자신의 주장을 굽히지 않았다. 그때 목사관에 갔다가 활기찬 모습으로 돌아온 헨리 크로퍼드가 방으로 들어서며 외쳤다. "우리의 공연에 도움을 줄 사람이 부족하지 않습니다, 버트럼 양. 단역을 맡을 사람이 부족하지 않다는 소립니다. 제 동생이 우리 극단에 자신의 애정과 바람이 받아들여졌으면 좋겠답니다. 나이 든 입주 가정교사 역이든 온순한 친구 역이든, 여러분이 맡고 싶어하지 않는 역할이 있다면 뭐든 맡겠답니다."

마리아가 에드먼드에게 '자, 이제 뭐라고 할 테야? 메리 크로퍼드의 생각도 우리와 같다는데 이래도 우리가 잘못했다고 말할 수 있어?'라는 의미가 담긴 눈짓을 보냈다. 에드먼드는 입을 다물고 연기의 매력이 수호신 같은 여성의 마음까지 매료시키는 건 당연한 일이라고 생각할 수밖에 없었다. 그리고 사랑의 신의 교묘한 작용으로, 헨리 크로퍼드의 메시지에 담긴 다정하고 적절한 의미를 무엇보다 더 곰곰이 생각할 수밖에 없었다.

공연 계획은 계속 진행됐다. 에드먼드가 반대해도 아무 소용 없었다. 노리스 이모 이야기를 해보자면, 그녀가 조금이라도 반대할 것이라고 여겼던 에드먼드의 생각은 오산이었다. 그녀는 처음에는 난색을 표했지만 5분도 되지 않아 맏조카와 맏조카딸의 말에 설득당하고 말았다. 이모에게 전권을 행사하는 조카들이었다. 게다가 모든 준비 과정에서 누구도 비용 부담을 질 필요가 거의 없었고, 그녀 자신은 그 문제에서 완전히 자유로웠다. 게다가 서두르고 법석을 떠는 가운데 자신이 중요한 역할을 맡았다는 생각에 즐거움까지 예견됐고, 모든 시간을 공연을 돕는 데 쓴다는 명분으로 지난 한 달 동안 자기 생활비로 살아왔던 집을 떠나 당분간 맨스필드에서 지낼 수밖에 없는 직접적인 이득까지 생겨났으니, 그녀는 사실 이 계획이 지극히 반갑기만 했다.

14

패니의 예상은 에드먼드가 생각했던 것 이상으로 잘 들어맞았다. 모두의 마음에 드는 극작품을 찾는 것이 결코 가볍게 볼 수 없는 일로 판명 난 것이다. 목수는 이미 지시받은 대로 치수를 재고, 제안을 하고, 적어도 두 가지 난점까지 해결하면서, 계획을 더 확대하고 비용도 더 많이 들일 필요가 있다는 점을 명백히 하며 실질적인 작업을 해나가고 있었다. 그런데도 여전히 공연할 극작품을 못 찾고 있었다. 다른 준비 역시 착착 진행됐다. 당구대용 녹색 천을 감은 거대한 두루마리가 노샘프턴에서 배달되어 왔고, 노리스 부인에 의해 재단된 뒤(훌륭한 솜씨로 1야드 중 4분의 3은 아껴가면서), 하녀들에 의해 실제 막 형태로 제작됐다. 그런데도 여전히 작품은 오리무중이었다. 이런 식으로 이삼 일이 더 흘러가자 에드먼드는 이들이 어떤 극작품도 찾지 못할 수 있겠다는 희망을 품기 시작했다.

사실 신경 써야 할 점이 너무 많았고, 만족시켜야 할 사람들이 너무 많았고, 최상의 배역이 너무 많이 필요했다. 무엇보다도 작품이 희극인 동시에 비극이어야 했다. 그러니 젊음과 열정으로 끝까지 버티면서 추구하는 일이 으레 그러하듯 결정이 날 가능성이 거의 없어 보였다.

비극을 선호하는 쪽은 버트럼 자매와 헨리 크로퍼드, 예이츠 씨였고, 희극을 선호하는 쪽은 톰 버트럼뿐이었는데 사실 완전히 그 혼자만은 아니었다. 예의상 드러내지 않았을 뿐, 메리 크로퍼드의 바람도 톰과 같은 쪽이었기 때문이다. 그러나 톰은 단호한 태도와 권한을 갖고 있었으니 그녀와 연합 전선을 구축할 필요는 없어 보였다. 한편 좀처럼 타협이 안 되는 이런 지난한 문제 외에도, 그들에게는 전체적으로 등장인물은 소수이되 한결같이 최고 수준의 인물이고 여주인공도 셋이나 되는 작품이 필요했다. 최고로 훌륭한 작품들을 다 검토해봤지만 아무 소용 없었다. 〈햄릿〉, 〈맥베스〉, 〈오셀로〉, 〈더글러스〉, 〈도박꾼〉*도 그들의 요구를 충족시키지 못했다. 심지어 비극을 선호하는 사람들에게도 그랬다. 〈라이벌〉, 〈스캔들 학교〉, 〈운명의 수레바퀴〉, 〈법정의 상속자〉** 기타 이런 종류의 작품들도 수없이 살펴봤지만 한층 더 혹독한 반대와 함께 연이어 퇴짜를 맞았다. 어떤 작품이든 제안하기만 하면 여지없이 누군가가 난색을 표했고, 어느 쪽을 지지하든 끊임없이 이런 말들만 되풀이되었다. "아니죠! 안 됩니다. 그건 절대로 안 돼요. 고함만 고래고래 지르는 비극은 제발 하지 맙시다. 등장인물이 너무 많아요." "작품에 그럴듯한 여성 배역이 없네요." "톰 오빠, 제발 그 작품은 빼요. 배역을 다 채울 수 없어요." "그런 역할을 맡을 사람이 있을 것 같지 않은데." "처음부터 끝까지 저속한 익살뿐이네. 글쎄, 저급한 인물들만 아니라면 괜찮을 것 같기도

---

*당대 크게 인기를 끌었던 에드워드 무어의 비극(1753)으로 명배우 데이비드 개릭을 남자 주인공 비벌리로 내세워 초연됐으며, 1797년과 1803년 코번트 가든 극장에서 두 차례 더 공연됐다.
**〈라이벌〉(1775)과 〈스캔들 학교〉(1777)는 리처드 브린슬리 셰리든이 창작한 희극 작품이고, 〈운명의 수레바퀴〉(1795)는 리처드 컴벌랜드가 창작한 희극 작품이며, 〈법정의 상속자〉(1808)는 조지 콜먼 2세가 창작한 희극 작품이다.

한데.""제 의견을 꼭 말해야 한다면 말씀드리겠는데, 저는 이 작품이 영어로 쓰인 가장 재미없는 작품이라고 생각합니다." "저야말로 반대하고 싶은 생각은 없습니다. 뭔가 도움이 된다면 기쁘겠고요. 하지만 이 작품을 선택하는 것보다 더 잘못된 선택은 있을 수 없다고 생각합니다."

패니는 이 모든 광경을 지켜보면서 유심히 귀를 기울였다. 그녀는 정도의 차이는 있을지언정 그들 모두를 지배하고 있는 듯한 이기심을 관찰하면서 참 흥미롭다는 생각을 하지 않을 수 없었다. 그리고 대체 이 일의 결말이 어떻게 날지 몹시도 궁금했다. 자신의 즐거움을 위해서라면 어떤 작품이든 공연이 성사됐으면 하는 게 그녀의 바람이었다. 그녀는 지금까지 연극 비슷한 것조차 본 적이 없었다. 그렇지만 뭔가 중요한 극작품은 죄다 패니의 바람을 충족시키는 일과 거리가 멀어지고 있었다.

"이런 식으로 해서는 아무것도 안 되겠어." 마침내 톰이 말했다. "시간만 지독히 낭비하고 있는 거잖아. 뭐든 정해야 해. 빨리 결정을 내려서 어떤 작품이든 확정해야 한다고. 이렇게 지나치게 까다롭게 굴면 안 돼. 등장인물이 조금 많다 싶어도 걱정할 일이 아니지. 1인 2역을 하면 되잖아. 기준을 조금 낮춰야 해. 역할이 하찮더라도 그런 역할을 의미 있게 만든다면 칭찬받을 여지는 그만큼 더 커지는 거야. 나는 지금 이 순간부터 가리지 않겠어. 희극적인 역할이기만 하면 무슨 역할이든 맡겠어. 반드시 희극적인 역할이라야 해. 그 이상의 조건은 달지 않겠어."

그는 다섯 번쯤 〈법정의 상속자〉를 공연하자고 제안했고, 자신의 역이 듀벌리 경인지 팬글로스 박사인지만 헷갈려했다. 그는 그 작품의 등장인물 중에 훌륭한 비극적 인물들이 많다면서 다른 사람들을 설득하려고 노력했지만 성공을 거두지는 못했다.

이런 무익한 노력이 있고 잠시 침묵이 이어졌다. 그 침묵은 같은 발언자에 의해 끝났다. 탁자 위에 놓여 있던 여러 극작품 책 중 한 권을 들고 책장을 넘기고 있던 그가 갑자기 이렇게 외친 것이다. "〈연인들의 맹세〉! 그래, 〈연인들의 맹세〉가 레이븐쇼 집안에서 되는데 우리 집에서 안 될 이유가 뭐가 있어? 왜 지금껏 이 생각을 못 했지? 이 작품이 우리에게 딱 맞는 작품이라는 생각이 불현듯 드네. 다들 어때요? 예이츠와 크로퍼드 씨가 맡게 될 비극적인 역할도 두 개나 있고. 나를 위해 옆에서 장단을 맞추는 집사 역할도 있어. 물론 그 역할을 누구도 안 맡으려고 한다면 말이야. 미미한 역이지만 내 마음에 안 드는 것은 아니야. 조금 전에 말한 대로 나는 무슨 역이든 맡기만 한다면 최선을 다하기로 결심했어. 나머지 남자 역할들 말인데, 그건 아무나 맡아도 돼. 카셀 백작 역과 안할트 역뿐이니까."

모두들 이 제안을 환영했다. 결정을 못 내려 다들 지쳐가던 참이었다. 모두의 머릿속에 가장 먼저 떠오른 생각은, 그 전까지는 모두의 마음에 드는 작품이 한 번도 제안되지 않았다는 것이었다. 예이츠 씨가 특히 좋아했다. 그는 에클스퍼드에 있었을 때 남작 역을 아쉬워하며 갈망했고, 레이븐쇼 경이 크게 내지르는 온갖 대사들을 시샘하며 못마땅해하다가 자기 방으로 돌아가서 그 대사들을 혼자서 되풀이할 수밖에 없던 처지였다. 빌덴하임 남작 역을 맡아서 폭풍우 몰아치듯 고함을 내지르는 연기가 그에게는 연극적 야망의 정점을 찍는 일이었다. 그는 자기가 이 연극에 나오는 장면들의 절반가량을 암송하고 있다는 유리한 점까지 내세우면서 가장 민첩하게, 그 역할을 자신이 맡아 도움을 주고 싶다고 제안했다. 그러나 공정하게 이야기하자면 그가 그 역할을 꼭 맡겠다고 결심을 굳힌 것은 아니었다. 프레더릭 역할에도 마음껏 소리를 내지를 수 있는 부분이 있다는 게 기억나서, 그 역할도 남작 역처럼 기꺼이 맡고 싶다고 공언했기 때문이다. 헨리 크로퍼드는 두 역할 중 어느 쪽이라도 기꺼이 맡겠다고 했다. 예이츠 씨가 고르지 않는 역할이 무엇이든, 자기는 그 역할을 극히 만족스럽게 맡겠다는 것이었다. 잠시 의례적인 의논이 이어졌다. 버트럼 양은 애거사 역할을 누가 맡느냐 하는 문제가 남자들의 배역 결정과 전적으로 연결되어 있다고 느끼고 그 결정을 자신이 하기로 마음먹었다. 그녀는 나서서 예이츠 씨에게 배역을 나누는 문제는 키와 몸집을 반드시 고려해야 하며, 두 사람 중 그의 키가 더 큰 편이니 남작 역으로는 그가 특별히 잘 어울린다고 말했다. 모두들 그녀의 생각이 지극히 옳다고 인정했다. 두 사람이 배역을 받아들이자 그녀는 프레더릭 역이 적임자에게 돌아갔다고 확신했다. 러시워스 씨를 빼고 세 사람의 역할이 확정된 셈이었다. 마리아는 러시워스 씨에게는 무슨 역할을 맡기든 기꺼이 맡을 거라고 시종 장담했다. 그때 언니처럼 애거사 역을 맡고 싶었던 줄리아가 크로퍼드 양을 구실로 까다롭게 굴기 시작했다.

"이 자리에 없는 사람 입장에서 본다면 지금 이 일은 옳은 처사가 아니에요." 그녀가 말했다. "출연할 여자들이 여기 다 모여 있는 게 아니잖아요. 어밀리아와 애거사 역은 마리아 언니와 제가 맡는다고 쳐요. 그렇지만 그러면 동생분이 맡을 역할이 없잖아요, 크로퍼드 씨."

크로퍼드 씨는 그 점은 마음에 두지 않았으면 좋겠다고 말했다. 자기 동생은 그저 도움이 되고 싶다는 것일 뿐 사실은 연기 욕심이 없으며, 따라서 이런 일에 있어 자신이 고려의 대상이 되는 것은 달가워하지 않으리라 확신한다는 것이었다. 하지만 톰 버트럼이 즉시 이 주장을 반박했다. 크로퍼드 양이 받아들이기만 한다면 어밀리아 역은 어느 모로 보나 그녀가 적격이라는 것이었다. "그 역은 자연스럽고 불가피하게 그녀에게 돌아가야 합니다. 애거사 역이 제 동생들 중 한 명에게 돌아가야 하는 것처럼요. 동생들 편에서도 희생이라고 생각할 수 없을 겁니다. 매우 희극적인 역할이니까요."

잠시 침묵이 이어졌다. 두 자매 모두 초조한 기색이었다. 각자 자신들이 애거사 역에 더 적격이라고 생각하고서, 다른 사람들이 자신에게 그 역을 맡아달라고 간청해주기를 바라고 있었다. 그러는 동안 극작품을 집어 들고 무심코 1막을 훑어보던 헨리 크로퍼드가 곧바로 이 문제를 결말지었다. "줄리아 양에게 간곡히 청하지 않을 수 없군요." 그가 말했다. "부디 애거사 역을 맡지 말아달라고요. 안 그러면 제 진지한 연기를 망칠 것 같습니다. 맡으면 안 됩니다. 정말 맡으면 안 돼요. (그녀를 향해) 제가 슬프고 창백한 모습으로 분장한 줄리아 양의 표정을 도저히 참고 볼 수 없을 것 같습니다. 우리가 얼마나 자주 깔깔 웃으며 즐겼습니까. 그 생각이 분명히 제 머릿속을 스치고 지나갈 겁니다. 그러면 프레더릭은 자기 배낭을 들고 도망칠 수밖에 없을 겁니다."

즐겁고 예의 바른 태도로 한 말이었다. 그러나 줄리아에게는 그런 태도도 그가 한 말에 담긴 취지에 묻혀 좋게만 보이진 않았다. 그녀는 그가 마리아에게 눈짓을 보내는 것을 목격했다. 그로 인해 그녀가 입은 마음의 상처는 더 확실해졌다. 음모고 계략이었다. 무시를 당한 것이었다. 마리아가 뽑힌 것이었다. 승리의 미소를 애써 억누르고 있는 마리아의 표정에서, 그녀가 그 음모를 얼마나 잘 알아차리고 있는지가 빤히 드러났다. 줄리아가 간신히 마음을 가라앉히고 입을 열 수 있게 되기도 전에, 그녀의 오빠가 이런 말을 꺼내서 그녀는 안 된다는 주장에 힘을 실었다.

"그래! 맞다. 마리아가 꼭 애거사가 돼야 해. 마리아라면 최고의 애거사가 될 거야. 줄리아가 비극을 더 좋아한다고 생각할지 모르지만, 나는 줄리아가 그런 역을 맡는다는 걸 믿을 수 없어. 도대체 비극적인 구석이라고는 하나도 없잖아. 비극적인 외모도 전혀 아니고. 도대체 이목구비가 비극적으로 생기지를 않았어. 걸음걸이도 너무 빠르고 말도 너무 빨라. 일관된 표정 유지도 안 되고. 차라리 늙은 시골 아낙네 역할을 맡는 게 낫지. 농가의 아낙네. 장담하는데 농가의 아낙네 역할이 딱 어울린다. 당찬 구석이 넘쳐나는 늙은 아낙네이니 한량없이 착하기만 한 자기 남편의 과한 자비심을 희석시켜줄걸. 줄리아, 네가 농가의 아낙네 역할을 맡아."

"농가의 아낙네라니!" 예이츠 씨가 소리쳤다. "대체 무슨 말을 하는 거야? 제일 하찮고 보잘것없고 시시한 배역이잖아. 가장 미미하고 상투적인 역할이고. 극 전체를 통틀어서 변변한 대사 한 마디 없는 역이야. 자네 여동생보고 그런 역을 맡으라니! 그런 제안을 했다는 것만으로도 모욕이야. 에클스퍼드에서는 입주 가정교사가 그 역을 맡기로 했었어. 모두들 그 선생 아닌 다른 사람이 그 역을 맡을 수는 없다는 데 동의했거든. 이봐요, 연출가님, 괜찮으시다면 좀 더 공정한 처리를 부탁드리겠습니다. 극단 단원들의 재능을 제대로 평가하지 못하면 그 직책을 맡을 자격이 없지."

"이봐, 친구, 그 점에 대해 말하자면, 나 자신이든 내 극단 단원들이든 실제로 연기를 할 때까지는 부득이 짐작을 할 수밖에 없지 않나. 줄리아를 깎아내릴 의도는 없었어. 하지만 애거사가 둘일 수는 없잖아. 농가의 아낙네도 분명 한 명 있어야 하고. 내가 먼저 흔쾌히 늙은 집사 역을 맡아 저 애에게 확실하게 겸양의 미덕이라는 본을 보이도록 하지. 미미한 역이라도 훌륭히 잘만 연기한다면 더 큰 칭찬을 받게 될걸. 그래도 저 애가 우스꽝스러운 연기를 한사코 반대하겠다면, 대신 농가 주인의 대사를 하라고 하지 뭐. 역할을 완전히 바꿔버리는 거야. 내 장담하는데 농가 주인은 아주 근엄하고 비애감도 느껴지는 인물이니까. 그런다 해도 연극의 내용은 전혀 달라지지 않아. 농가 주인이 자기 아내의 대사를 할 테니까. 그 역은 내가 온 마음을 다해 맡도록 하지."

"농가의 아낙네 역이 유달리 마음에 드시는 모양입니다." 헨리 크로퍼드가 말했다. "하지만 아무리 그렇다고 해도 그 역할을 동생분에게 어울리는 역으로 만들 수는 없을 겁니다. 동생분의 착한 성품을 이용해 억지로 강요해서는 안 되지요. 그 역할을 동생분에게 강요해선 안 됩니다. 온순한 성품이라고 함부로 하지 마시길 바랍니다. 동생분의 재능은 어밀리아 역에 필요합니다. 애거사보다 훨씬 더 연기하기 힘든 인물이지요. 저는 어밀리아 역이 작품의 모든 역들 중에서 가장 어렵다고 생각합니다. 어밀리아의 장난기와 순진함을 과하지 않게 표현해내려면 뛰어난 연기력과 엄청난 세심함이 필요하죠. 훌륭한 여배우들이 이 역을 맡았다가 실패하는 경우를 많이 봤습니다. 전문 여배우들은 대부분 순진함을 잘 표현해내지 못하죠. 그들에게 없는 섬세한 감정을 요구하니까요. 그러니 이 역은 상류층 숙녀분이 해낼 수 있다는 얘깁니다, 줄리아 버트럼 양 같은 숙녀 말입니다. 줄리아 양, 그 역을 맡아주시리라 기대해도 되겠죠?" 그가 간절히 청하는 표정을 지으며 바라봤기 때문에 그녀는 조금 마음이 누그러졌다. 하지만 무슨 말을 해야 할지 망설여졌다. 그런 찰나 오빠가 크로퍼드 양이 더 자격이 있다며 다시 끼어들었다.

"아니, 안 됩니다. 줄리아가 어밀리아가 되어선 안 돼요. 그 역이 마음에 들지도 않을 겁니다. 잘해내지도 못할 거고요. 줄리아는 너무 크고 억세요. 어밀리아는 자그마하고, 민첩하고, 소녀답고, 발걸음이 가벼운 인물이어야 합니다. 크로퍼드 양이 적격이죠. 크로퍼드 양뿐입니다. 마치 그 배역 자체처럼 보이지 않나요. 그러니 아주 훌륭하게 해내리라 확신합니다."

헨리 크로퍼드는 이 말에 아랑곳하지 않고 줄리아에게 계속 간청했다. "줄리아 양, 부디 우리에게 호의를 베풀어주세요. 꼭 그래야 합니다. 어밀리아라는 인물을 잘 연구해보면 틀림없이 줄리아 양에게 딱 맞는 배역이라고 느끼실 겁니다. 줄리아 양이 선택하고 싶은 게 비극일지 모르겠지만, 분명히 희극이 줄리아 양을 선택한 것처럼 생각될 겁니다. 먹을 것이 든 바구니를 들고 감옥으로 저를 찾아오게 되겠죠. 감옥에 있는 저를 찾아오는 연기를 거절하지는 않겠죠? 바구니를 들고 들어오는 줄리아 양의 모습이 생생하게 그려지는데요."

그의 목소리가 자신을 흔들어놓고 있다는 게 느껴져, 줄리아는 망설였다. 혹시 그저 자신의 비위를 맞추고 달래려는 것이거나, 조금 전 범한 무례를 마음에 담아두지 않게 하려는 것은 아닐까? 그녀는 그의 말에 신뢰가 가지 않았다. 조금 전 너무나 명백하게 자신에게 무례를 범하지 않았던가. 어쩌면 그녀를 상대로 의심스러운 장난을 치고 있는 것인지도 몰랐다. 그녀는 의혹에 찬 눈길로 언니를 바라보았다. 마리아의 표정을 보면 이 문제를 확실히 판단할 수 있을 것 같았다. 혹시 마리아가 초조해하며 놀란 표정을 짓고 있다면……. 하지만 마리아는 지극히 침착한 얼굴로 만족스러워하고 있었다. 그제야 줄리아는 이번 일을 근거로 언니가 그녀를 희생시키지 않고서는 행복할 수 없는 사람이라는 사실을 충분히 깨달았다. 그래서 치밀어 오르는 분노를 느끼며 성급하게, 떨리는 목소리로 이렇게 말했다. "제가 먹을 것이 든 바구니를 들고 들어갔을 때 표정을 일관되게 유지하지 못할까 봐 걱정하는 모습이 전혀 아닌데요, 뭐. 물론 사람들은 그러실 거라고 생각할지 모르지만……. 여하튼 제가 말씀하신 것처럼 그렇게 압도적인 매력을 발휘할 수 있는 것은 애거사 역을 맡을 때뿐이랍니다!" 그녀는 말을 멈췄다. 헨리 크로퍼드는 다소 민망한 표정으로 무슨 말을 해야 할지 모르겠다는 태도를 보였다. 톰 버트럼이 다시 말을 꺼냈다.

"크로퍼드 양이 반드시 어밀리아 역을 맡아야 합니다. 참 멋진 어밀리아가 될 거예요."

"내가 그 역을 맡고 싶어 할까 봐 걱정하는 거라면 그런 걱정은 붙들어 매." 화가 난 줄리아가 재빨리 말했다. "애거사 역을 맡을 수 없다면, 분명히 말하는데 나는 다른 어떤 역할도 안 맡을 거야. 어밀리아 역은 이 세상 모든 역할 중에서 내가 제일 싫어하는 역이야. 내가 얼마나 혐오한다고. 밉살스럽고 왜소하고 건방지고 가식적이고 무례한 계집애잖아. 계속 희극 작품을 반대했지만, 이 작품이야말로 최악의 희극이야." 그녀는 그렇게 말하고는 남아 있는 사람들 중 한 명 이상의 마음을 거북하게 만들며 쌩하고 방을 나가버렸다. 하지만 패니를 제외한다면 누구의 마음에도 손톱만큼의 동정심을 불러일으키지 않았다. 모든 대화를 조용히 듣고 있던 패니는 질투심에 빠져 동요하는 줄리아 언니가 참 안됐다는 생각이 들었다.

줄리아가 나가고 나서 잠시 침묵이 이어졌다. 그러나 그녀의 오빠가 다시 본론으로 돌아가 〈연인들의 맹세〉에 대해 이야기했고, 작품을 열심히 훑어보면서 예이츠 씨의 도움을 받아 어떤 배경이 필요할지 확인했다. 그러는 동안 마리아와 헨리 크로퍼드는 낮은 목소리로 대화를 나누었다. 그러다 마리아가 "줄리아에게 애거사 역을 기꺼이 양보하고 싶어요. 하지만 그 애가 맡으면 (물론 저도 그 역을 그다지 잘해낼 것 같지 않지만) 더 못할 것 같은 느낌이 들어서요"라고 선언하자, 애초에 그 선언이 의도했던 온갖 찬사가 쏟아졌다.

이런 상황이 얼마쯤 지속되다 톰 버트럼과 예이츠 씨가 이제 극장이라고 불리기 시작한 방에 가서 좀 더 많은 상의를 하려고 자리를 뜨고, 버트럼 양이 목사관에 직접 가서 크로퍼드 양에게 어밀리아 역을 제안하겠다고 나가면서 모두들 뿔뿔이 흩어졌다. 패니만 덩그러니 홀로 남았다.

이런 호젓한 시간을 이용해 패니가 가장 먼저 한 일은 탁자 위에 놓인 책을 집어 들고, 지금까지 너무 많은 이야기를 들었던 문제의 극작품 내용이 무엇인지 알아보는 것이었다. 호기심이 최고조에 달한 그녀는, 그 내용이 너무 놀라워 가끔 멈추기만 했을 뿐, 맹렬한 기세로 단숨에 모든 내용을 독파해버렸다. 지금 같은 상황에서 이런 작품을 선택할 수 있다니! 개인 저택에서 공연하면서 이런 작품을 하자고 제안하고 받아들일 수 있다니! 그녀가 보기에는 애거사든 어밀리아든 가정에서 연기하기에는 완전히 부적합한 인물 같았다. 물론 각각 다른 의미에서 그렇기는 했다. 한 사람은 처해 있는 상황이, 다른 한 사람은 정숙한 여자가 표현하기에는 너무나 부적절한 말투로 보여 그녀는 대체 사촌 언니들이 자신들이 무슨 짓을 하는지 제대로 알고는 있는 건지 궁금해졌다. 그녀는 에드먼드라면 분명히 해줄 것 같은 충고를 듣고, 언니들이 가능한 한 빨리 제정신을 차리기를 간절히 바랐다.

15

크로퍼드 양은 어밀리아 역을 선뜻 받아들였다. 버트럼 양이 목사관에 들렀다가 돌아왔을 때 러시워스 씨가 도착했다. 따라서 다른 배역도 정해졌다. 카셀 백작과 안할트 중에서 하나를 고르라는 제안을 받자 그는 맨 처음에는 어떤 역을 골라야 할지 몰라 버트럼 양에게 지시를 내려달라고 부탁했다. 그러나 곧 두 인물의 성격 유형이 다르고 두 배역 사이에 어떤 차이가 있는지를 깨달은 데다 일전에 런던에서 이 연극을 본 적이 있다는 것을 기억해낸 그는 안할트가 매우 멍청한 친구였다는 걸 떠올리고서 곧바로 백작 역을 맡겠다고 했다. 버트럼 양도 이런 결정에 찬성했다. 외울 것이 적을수록 더 나았으니까. 그녀는 백작과 애거사가 연기를 함께 했으면 좋겠다는 그의 바람에 공감을 표할 수 없었다. 그가 혹시라도 그런 장면이 나오지 않을까 기대하며 천천히 작품을 뒤적거리는 동안 참을성 있게 기다려주지는 못했지만, 그녀는 친절하게도 그의 역할을 검토해주고 줄일 여지가 있는 대사는 모조리 줄이기까지 했다. 그 외에도 그녀는 그가 의상을 여러 번 갈아입을 필요가 있을 거라고 지적하면서 색상까지 골라주었다. 러시워스 씨는, 겉으로는 안 그런 척했지만, 화려한 의상을 입게 된다는 생각에 기분이 무척 좋아 보였다. 그리고 자기 모습이 어떻게 보일지에만 너무 열중해서 다른 사람들 생각은 하지도 않았고, 마리아가 반쯤은 각오하고 있었던 결론을 내리지도 않았을뿐더러 불쾌감을 느끼지도 않았다.

오전 내내 외출 중이던 에드먼드가 미처 알아차리기도 전에 이토록 많은 사항들이 결정되었다. 정찬 전에 그가 응접실로 들어왔을 때는 이미 톰과 마리아, 예이츠 씨 사이에 한창 열띤 토론이 벌어지고 있었다. 러시워스 씨가 민첩하게 그의 앞으로 다가서면서 반가운 소식을 전할 게 있다고 말했다.

"마침내 작품을 결정했습니다. 〈연인들의 맹세〉라는 작품이죠. 제가 카셀 백작을 맡기로 했어요. 처음에는 파란색 의상을 입고 나오고, 그다음엔 분홍색 공단 망토를 걸치고 나오고, 마지막에는 멋지고 화려한 사냥 복장을 하게 된답니다. 그런 의상들이 제 마음에 얼마나 들지 모르겠어요."

패니의 눈길은 에드먼드를 좇고 있었다. 그의 말을 들으려니 가슴이 두근거렸다. 표정에서 그가 지금 느끼고 있을 감정이 확연히 느껴졌다.

"〈연인들의 맹세〉라고요!" 에드먼드는 놀라서 경악스럽기까지 하다는 말투로 응수했다. 그는 형과 두 여동생이 이 이야기를 부인하리라고 믿는 듯 그들 쪽으로 몸을 돌렸다.

"맞습니다." 예이츠 씨가 힘주어 말했다. "열심히 토론을 하고 난항을 겪은 결과 〈연인들의 맹세〉만큼 우리에게 잘 맞고 흠잡을 데 없는 작품은 없다는 결론을 내렸습니다. 왜 진작 이 작품을 생각해내지 못했는지 놀라울 따름입니다. 제 어리석음이 한심할 뿐이고요. 이 작품으로 결정한다면 제가 에클스퍼드에서 본 것들을 우리에게 유용하게 쓸 수 있다는 장점까지 더해지니까요. 본보기가 있다는 게 얼마나 좋은 일입니까! 배역도 거의 모두 결정됐습니다."

"그렇지만 여성 배역은 어떻게 할 겁니까?" 에드먼드가 심각하게 말하면서 마리아를 쳐다보았다.

마리아는 대답하면서 자기도 모르게 얼굴을 붉혔다. "레이디 레이븐쇼가 맡기로 했던 역을 내가 맡기로 했어. (대담한 눈빛으로) 어밀리아는 크로퍼드 양이 맡기로 했고."

"우리가 배우를 맡는다면 배역 선정이 그리 쉽지 않은 작품일 거라고 생각했었는데, 아무래도 내가 잘못 생각했었나 보다." 에드먼드가 몸을 돌려 어머니와 이모, 패니가 앉아 있는 난롯가로 가면서 대꾸했다. 그 후로 그는 화가 잔뜩 난 표정을 한 채 그곳에 앉아 있었다.

러시워스 씨가 그를 따라와 말했다. "저는 세 차례 나옵니다. 대사가 마흔두 개나 되고요. 대단하죠, 안 그렇습니까? 하지만 그토록 화려한 의상을 입고 나온다는 게 영 달갑지 않네요. 파란색 의상과 분홍색 망토를 입고 나오면 저 자신도 저를 못 알아볼걸요."

에드먼드는 그에게 아무런 대답도 할 수 없었다. 몇 분 뒤 목수가 궁금한 게 있다고 찾아와서 그 문제를 해결하기 위해 버트럼 씨가 나갔고, 예이츠 씨가 그 뒤를 따라 나갔고, 조금 있다 다시 러시워스 씨가 그 뒤를 따라 나갔기 때문이다. 에드먼드는 거의 즉각적으로, 세 사람이 나간 틈을 타서 이렇게 말했다. "예이츠 씨의 면전에서 연극에 대한 내 생각을 말할 수는 없겠지. 에클스퍼드에 있는 그 사람 지인들을 비난하게 될 테니까. 하지만 지금 너한테 이 말은 꼭 해야겠다, 마리아. 이 작품은 개인들이 공연할 작품으로는 몹시 부적절해. 그러니 너라도 출연을 포기했으면 좋겠다. 너도 작품을 주의 깊게 읽어본다면 포기할 거라고 생각해. 어머니와 이모님께 1막만이라도 한번 큰 소리로 읽어드려봐. 그럼에도 두 분이 찬성하실지 알 수 있을 거다. 아버지의 판단까지는 구할 필요도 없을걸."

"오빠와 나는 사태를 완전히 달리 보고 있네." 마리아가 소리 높여 말했다. "분명히 말하는데 난 이미 작품 내용을 완벽하게 숙지하고 있다고. 내용을 아주 조금 줄이거나 그 비슷한 조치를 취하면, 반대할 만한 점을 찾아낼 수 없을 거야. 그리고 이 작품이 개인들의 공연에 더없이 적합하다고 생각하는 젊은 여자는 나 한 사람만이 아니야."

"그렇다니 유감이구나." 그가 말했다. "그렇지만 이번 일을 주도하는 사람은 바로 너야. 그러니 너부터 귀감을 보여야 해. 다른 사람들이 잘못을 저지르면 그걸 바로잡고, 그들에게 진정한 고상함이 뭔지 보여주는 것이 네 본분이야. 예의범절과 관련된 모든 사항에서 바로 네 품행이 이곳에 있는 모든 여자들에게 법이 돼야 해."

그녀의 영향력을 지적한 이 같은 설명이 얼마간 효과를 발휘했다. 마리아보다 더 주도적인 역할을 좋아하는 사람은 없었다. 그녀가 한결 명랑해진 모습으로 대답했다. "정말 고마워, 에드먼드 오빠. 진심으로 좋은 뜻에서 한 말이라고 생각해. 하지만 그래도 나는 여전히 오빠 생각이 너무 지나치다고 봐. 정말이지 나는 이런 주제를 두고 다른 사람들에게 장광설을 늘어놓을 수가 없어. 그거야말로 예의를 가장 심각하게 벗어나는 일일걸."

"내가 그런 뜻으로 말한 거라고 생각하니? 아니야. 내 말은 네 품행을 네 유일한 장광설로 삼으라는 거다. 네 배역을 자세히 검토해보았더니 도저히 감당할 수 없을 것 같더라는 말을 사람들에게 하라는 거라고. 그 배역이 네가 상상했던 것보다 훨씬 더 많은 노력과 자신감을 필요로 하는 역이라는 점을 깨달았다고 말해. 그저 이런 말만 단호하게 하라는 거야. 분별력 있는 사람이라면 누구라도 네가 이렇게 말하는 이유를 납득할 거다. 그럼 이 작품을 포기하게 될 거고, 네 고상함은 마땅한 존중을 받게 되겠지.”

“얘야, 예의에 어긋나는 일은 하지 마라.” 레이디 버트럼이 말했다. “토머스 경도 그런 일은 싫어하실 거야. 패니, 종을 울려라. 정찬을 들어야겠다. 지금쯤이면 분명 줄리아도 옷을 차려입었을 거야.”

“저도 확신합니다, 어머니.” 에드먼드가 패니를 막아서면서 말했다. “아버지도 분명히 이 작품을 마음에 들어 하시지 않을 거예요.”

“봐라, 얘야, 에드먼드가 하는 말 들었지?”

“만약 제가 그 배역을 거절하면 줄리아가 대신 맡을걸요.” 마리아가 다시금 열을 올리며 말했다.

“저런!” 에드먼드가 소리쳤다. “네가 그만두는 이유를 알고도 그럴 거라는 말이지!”

“그렇다니까! 그 애는 자기와 내 입장이 다르다고 생각할지도 몰라. 다시 말해 처지가 다르다고 생각한다는 거야. 그 애는 내가 불가피하다고 생각하는 만큼 조심성 있게 처신할 필요가 없다고 생각하고 있을걸. 그렇게 주장하고 나올 게 뻔해. 오빠, 제발 좀 이해해줘. 이미 동의했는데 이제 와서 철회할 수는 없어. 전부 정해졌으니 이젠 그만둘 수 없다고. 모두들 크게 실망할 거야. 톰 오빠는 엄청 화를 낼 거고. 이렇게 까다롭게 굴면 어떤 연극도 할 수 없어."

"나도 같은 얘기를 하려던 참이었다." 노리스 부인이 말했다. "극작품을 정할 때마다 이렇게 반대한다면 공연을 어떻게 하겠니. 게다가 벌써 준비까지 다 마쳤는데 공연을 안 하면 돈을 엄청나게 낭비하는 꼴이 될걸. 그런 일이 벌어지면 분명히 우리 모두 망신을 당하게 될 거야. 나는 그 작품이 어떤 작품인지는 모른다. 하지만 마리아 말처럼 조금 과하다 싶을 정도로 낯 뜨거운 장면이 있다면(연극 작품이란 게 대개 다 그렇잖아), 그냥 빼버리면 되잖니. 너무 까다롭게 굴지 마라, 에드먼드. 러시워스 씨도 연기를 한다니 큰 지장 없을 거야. 다만 목수가 일을 시작할 때 톰이 제 마음을 잘 알고 있었더라면 좋았을 텐데. 옆문 문제로 그 사람의 반나절 노동이 헛수고가 됐거든. 그렇지만 막은 아주 잘 만들었을 거다. 하녀 아이들이 일을 참 잘했어. 커튼 고리도 몇십 개는 돌려보낼 수 있을 것 같고. 고리들을 바싹 붙여 달 이유가 없었어. 낭비를 막고 물자를 최대한 아끼는 데 도움이 됐으면 좋겠다. 젊은이들이 이렇게 많을 때는 그들을 감독할 든든한 책임자가 늘 한 명은 있어야 해. 참, 톰에게 오늘 나한테 일어난 일 한 가지를 말한다는 걸 깜빡했구나. 아까 양계장을 둘러보다 막 나왔을 때였어. 그때 내가 누구를 본 줄 아니. 글쎄 딕 잭슨이란 녀석이 양손에 전나무 널빤지 두 개를 들고 하인들 방문 쪽으로 다가서고 있더라고. 분명히 제 아버지에게 가져다주려던 것이겠지. 그건 너희도 잘알 거다. 어머니가 우연찮게 아버지에게 전할 말이 있어 그 애를 보낸 참에 널빤지 두 개를 들고 가라고 시킨 거겠지. 그게 없으면 무슨 일을 어떻게 할지 알 수 없다면서 말이야. 나는 이 모든 상황이 무슨 의미인지 금방 알아차렸다. 바로 그 순간 머리 위에서 하인들 식사 때를 알리는 종이 울렸거든. 그렇게 남의 것을 공짜로 탐하는 게 정말 싫어. (잭슨네 식구들이 남의 것을 너무 탐한다고 늘 말했었잖니. 기회만 생기면 손에 넣을 수 있는 건 전부 가지려는 사람들이야.) 그래서 그 애에게 곧바로 말했지(너희도 알다시피 열 살 먹은 아이치고는 몹시 데통스러운 녀석이야. 스스로 부끄러워해야 마땅해). '그 널빤지들을 내가 네 아버지에게 갖다주마, 딕. 그러니 되도록 빨리 집으로 돌아가.' 녀석은 멍한 표정을 짓더니 말 한마디 없이 돌아서 가버리더구나. 너무 모질게 말한 게 아닌가 싶기도 해. 아마 이번 일로 한동안 뭔가 슬쩍하려고 우리 집 주변을 서성이는 버릇은 고치겠지. 그렇게 탐욕스럽게 구는 건 질색이야. 다 너희 아버지가 그 가족한테 너무 잘해줘서 그래. 한 해 내내 그 사람만 쓰잖니!"

그 누구도 수고스럽게 대답할 필요가 없었다. 밖으로 나간 세 사람이 들어왔던 것이다. 에드먼드는 이제 그들의 잘못을 바로잡으려고 애쓴 것만으로 만족할 수밖에 없다는 걸 깨달았다.

정찬 시간이 무거운 분위기 속에서 흘러갔다. 노리스 부인이 딕 잭슨을 상대로 거둔 승리를 거듭 이야기했다. 그러나 공연 작품에 대해서나 준비 과정에 대해서, 그리고 그 밖의 다른 일들에 대해서는 그다지 많은 이야기가 오가지 않았다. 에드먼드의 불만을 그의 형까지 감지하고 있었기 때문이다. 물론 그는 그걸 인정하고 싶어 하지 않았다. 헨리 크로퍼드가 곁에서 활기찬 모습으로 도와주었으면 싶었던 마리아는, 지금은 연극을 화제로 삼는 것은 피하는 게 상책이라고 생각했다. 줄리아의 마음에 들려고 애를 쓰던 예이츠 씨도 그녀가 공연에서 발을 빼 유감이라는 말만 했을 뿐, 그 이상 다른 어떤 화제로도 그녀의 침울한 기분을 뚫고 들어갈 수 없겠다고 생각했다. 머릿속이 온통 자신의 역할과 의상으로만 가득 차 있던 러시워스 씨는 그 두 가지에 대한 말이 금세 다 동났다.

그러나 연극에 대한 관심이 끊긴 것은 고작 한두 시간뿐이었다. 아직 해결해야 할 문제가 너무 많았다. 저녁의 기운이 새롭게 용기를 불어넣었는지 톰과 마리아, 예이츠 씨는 응접실에 모이자마자 별개의 탁자에 작품을 펼쳐놓고 앉아 회의를 시작했다. 그들은 곧장 공연을 주제로 대화에 몰두하기 시작했는데, 그 순간 반갑게도 크로퍼드 남매가 등장했고 회의는 중단됐다. 남매는 늦은 시간이라 깜깜하고 날씨도 궂었지만 오지 않을 수 없었다고 말했다. 모두들 고맙고 즐거운 마음으로 두 사람을 반갑게 맞이했다.

의례적인 인사말이 오간 후 "그래, 어떻게 진행되고 있나요?" "어떤 결정을 내리셨죠?" 그리고 "아! 두 분 없이는 아무것도 할 수 없었어요" 같은 대화가 이어졌다. 헨리 크로퍼드는 곧바로 탁자 주변의 세 사람 옆에 앉았다. 그러는 동안 그의 여동생은 레이디 버트럼에게 다가가서 명랑하게 주의를 환기시킨 뒤 안부 인사를 드렸다. "진심으로 축하드립니다, 레이디 버트럼. 공연 작품 선정 말이에요. 귀감으로 삼을 만큼 잘 참고 기다려주셨어요. 하지만 저희가 시끄럽게 굴며 방해해서 정말 지겨우셨을 거예요. 공연 작품이 확정돼서 배우들도 기쁘지만 아마 옆에서 지켜보셨던 분들이 분명 더 고마워하셨을 거 같네요. 진심으로 축하드려요, 레이디 버트럼. 노리스 부인께도 그렇고, 마찬가지로 괴로움을 겪으셨을 다른 분들께도 축하를 드릴게요." 그녀는 반쯤은 걱정스럽고 반쯤은 장난스럽게, 눈길을 패니 너머로 흘긋 던지면서 말했다.

레이디 버트럼은 예의 바르게 대답했지만 에드먼드는 아무 말도 하지 않았다. 옆에서 지켜보기만 하겠다는 태도를 고수하는 듯했다. 그녀는 벽난로 주변에 앉아 있던 사람들과 조금 더 한담을 나눈 뒤 다시 탁자 주변 사람들에게로 돌아왔다. 그들 옆에 서서 공연을 논의하는 모습에 흥미를 느끼는 것 같던 그녀가 갑자기 생각났다는 듯 외쳤다. "여러분, 농가니 술집이니 하는 사항들에 대해 참 차분하게, 하나도 빠짐없이 논의하고 계시네요. 잠시 짬을 내서 제 운명도 좀 알려주실래요. 안할트 역은 누가 맡나요? 제가 여러분 중 어느 신사분과 사랑을 나누는 즐거움을 만끽하게 되나요?"

잠시 모두가 입을 다물었다. 그러다 여럿이 한꺼번에 유감스러운 진실을 꺼내놓았다. 아직 안할트 역을 정하지 못했다고. "러시워스 씨가 카셀 백작을 맡기로 했습니다. 하지만 아직 누구도 안할트 역은 맡지 않았습니다."

"두 배역 중 하나를 고르도록 선택권이 주어졌습니다만, 백작 쪽이 더 마음에 들어서……." 러시워스 씨가 말했다. "물론 제가 입게 될 화려한 의상이 별로 마음에 들진 않습니다."

"확실히 말씀드리는데 아주 현명한 선택을 하신 거예요." 크로퍼드 양이 밝아진 표정으로 대답했다. "안할트는 몹시 어려운 역할이니까요."

"백작 역도 대사가 마흔두 개나 됩니다." 러시워스 씨가 대답했다. "만만하게 볼 배역이 아니에요."

"놀라운 일도 아니에요." 잠시 말을 멈추었다가 크로퍼드 양이 말했다. "지금처럼 안할트 역을 맡을 사람이 없다는 게 말예요. 상대가 어밀리아라면 그보다 나은 대접을 받을 자격이 없죠. 그토록 주제넘게 나서는 아가씨이니 남자들이 겁을 집어먹는 게 당연해요."

"가능하기만 하다면 제가 그 역을 맡아도 무척 행복할 겁니다." 톰이 큰 소리로 말했다. "하지만 유감스럽게도 집사와 안할트가 함께 등장합니다. 그래도 완전히 포기하진 않겠습니다. 할 수 있는 일이 없는지 노력해보긴 할 겁니다. 다시 한 번 자세히 살펴봐야겠어요."

"자네 동생한테 그 역을 맡기면 어때?" 예이츠 씨가 낮은 목소리로 말했다. "그렇게 해줄까?"

"그 애에게 부탁하는 일은 절대로 없을 거야." 톰이 차갑고 단호하게 대답했다.

크로퍼드 양이 다른 화제를 꺼냈고 잠시 후 다시 난롯가 사람들에게로 갔다. "저기 계신 분들이 저를 전혀 원하지 않아서요." 그녀가 자리에 앉으면서 말했다. "아무래도 제가 귀찮게 방해만 하나 봐요. 저 때문에 예의 바른 발언만 해야 하고요. 에드먼드 버트럼 씨, 연기를 하시지 않는다니 사심 없는 조언을 해주시겠죠. 그러니 한번 물어볼게요. 안할트 역을 어떻게 하면 좋겠어요? 누가 1인 2역을 할 수 있을까요? 뭐라고 조언해주시겠어요?"

"제가 드릴 수 있는 조언은." 그가 차분하게 말했다. "작품을 바꾸라는 겁니다."

"반대하지 않겠어요." 그녀가 대답했다. "지원만 잘 받는다면, 다시 말해 모든 일이 잘 진행되기만 한다면 저는 어밀리아 역이 특별히 마음에 안 들지는 않아요. 하지만 제가 저분들에게 폐가 된다면 정말 죄송할 거예요. 탁자 주변에 (그쪽을 돌아보며) 앉아 계신 분들이 에드먼드 씨의 조언을 귀담아들으려 하지 않을 테니, 분명히 지금 그 주장은 채택되지 않겠죠."

에드먼드는 더 이상 말하지 않았다.

"혹시 에드먼드 씨의 마음을 끄는 역할이 있다면, 그게 안할트 역 아닐까 싶은데." 잠시 말을 멈추었던 숙녀가 능청스럽게 말했다. "아시다시피 그 사람은 성직자잖아요."

"사실이 그렇다고 해도 제 마음은 움직이지 못할 겁니다." 그가 대답했다. "제 형편없는 연기로 그 인물을 우스꽝스럽게 만들면 유감스러울 테니까요. 안할트가 시종 딱딱하고 근엄한 설교자로 보이지 않게 한다는 건 틀림없이 무척 어려운 일일 겁니다. 그리고 성직을 정말 자신의 직업으로 선택한 사람이야 말로 무대 위에서 안할트 역을 가장 맡고 싶어 하지 않는 사람 일 겁니다."

크로퍼드 양은 입을 다물었다. 조금 화도 나고 분하기도 해서 그녀는 의자를 다탁 쪽으로 좀 더 가까이 붙인 뒤, 그 자리를 주도하던 노리스 부인에게 모든 관심을 기울였다.

"패니." 열심히 논의를 진행 중이라 대화가 끊긴 적이 없던 다른 탁자 쪽에서 톰이 큰 소리로 패니를 불렀다. "네 도움이 필요해."

패니는 심부름이라도 시키려는 건가 싶어 곧바로 자리에서 일어났다. 에드먼드가 아무리 주의를 주어도 톰은 패니에게 그런 식으로 심부름시키는 버릇을 아직 못 버리고 있었다.

"어! 자리에서 일어날 필요는 없어. 지금 당장 도와달라는 얘기는 아니니까. 그저 우리 연극에 네가 필요할 뿐이야. 패니 네가 농가의 아낙네 역을 꼭 좀 맡아줘야겠다."

"제가요!" 패니가 소스라치게 놀라 자리에 풀썩 주저앉으면서 외쳤다. "제발 저는 빼주세요. 이 세상을 다 준다고 해도 저는 어떤 역할도 맡을 수 없어요. 그럼요, 저는 정말 연기를 할 줄 몰라요."

"그래, 그렇겠지. 하지만 그래도 꼭 좀 해줘야겠어. 너를 뺄 수 없어. 별것 아닌 역이잖아. 그저 하찮은 역에 불과해. 대사가 다 합쳐봤자 여섯 개도 안 돼. 네 대사를 아무도 듣지 못한다 해도 별문제 없을 거고. 그러니 원한다면 겁에 잔뜩 질린 모습으로 그냥 있어도 좋아. 하지만 꼭 무대에 나와서 네 모습을 보여줘야 해."

"고작 대사 여섯 개를 두고 걱정이라니." 러시워스 씨가 큰 소리로 말했다. "제 역을 맡는다면 어쩌겠어요? 외워야 할 대사가 마흔두 개나 되는데."

"대사 암기를 걱정하는 게 아니에요." 그 순간 자신이 방 안에서 유일하게 말을 하는 사람이라는 것과 거의 모든 사람들의 눈길이 자신에게 쏠리고 있다는 것을 깨닫고 깜짝 놀란 패니가 말했다. "저는 정말 연기를 할 줄 몰라요."

"아냐, 아니라니까. 우리에게 필요한 연기는 충분히 잘할 수 있을 거야. 네 역할만 외워둬. 그럼 나머지는 우리가 다 가르쳐줄게. 네가 등장하는 장면은 두 번뿐이야. 게다가 내가 농가 주인 역을 맡을 테니 너를 데리고 들어가고 나오는 일은 내가 할게. 아주 잘해낼 거야. 내가 책임질게."

"정말 아니에요, 톰 오빠. 제발 저를 빼주세요. 상상조차 못하실 거예요. 제가 그런 연기를 한다는 건 전적으로 불가능해요. 제가 그 역을 맡으면 실망만 하실 거예요."

"쳇! 그렇게 수줍어하는 표정 짓지 마라. 아주 잘할 거라니까 그러네. 정상을 다 참작해줄게. 너한테 완벽한 연기를 기대하는 게 아냐. 그저 갈색 겉옷을 입고, 하얀색 앞치마를 두르고, 실내용 여자 모자만 쓰면 돼. 우리가 주름 약간하고 눈초리의 잔주름 약간만 그려주면 아주 단정하고 자그마한 늙은 아낙네가 될 거야."

"꼭 빼주세요. 진심이에요, 제발요." 패니가 큰 소리로 말했다. 그녀는 몹시 초조해져 얼굴이 점점 더 달아올랐고, 괴로워하면서 에드먼드만 애타게 바라보았다. 그는 패니를 다정하게 바라보았지만 괜히 끼어들어 형을 격분하게 만들고 싶지는 않았다. 그래서 그저 용기를 북돋워주는 미소만 지을 뿐이었다. 아무리 간청해도 톰은 꼼짝도 하지 않았다. 조금 전 한 말만 반복할 뿐이었다. 그리고 톰뿐만이 아니었다. 톰의 집요함과는 다른 집요함을 내보이며, 그러나 좀 더 부드럽고 예의 바르게 마리아와 크로퍼드 씨, 그리고 예이츠 씨까지 합세하여 톰의 요구를 지지하고 나섰다. 이 모든 요구가 합쳐져 패니를 너무나 압도했기 때문에 그녀는 저항하기가 너무 힘들었다. 그런데 그런 요구가 있고 나서 미처 한숨을 돌리기도 전에 이번에는 노리스 이모가 나서더니, 노기가 서려 있고 똑똑히 들리기까지 하는 목소리로 이렇게 속삭여서 이 모든 일에 종지부를 찍었다. "대체 아무것도 아닌 일로 웬 난리를 피우는 거냐. 네 사촌 오빠 언니들이 이렇게 하찮은 부탁을 간곡히 하는데도 난색을 표하다니 정말 창피하다, 패니. 저 애들이 너를 얼마나 친절하게 대해주었니! 그 역을 받아들여. 그래서 이 문제에 대해 더 이상 말이 나오지 않도록 해. 제발 부탁이다."

"패니를 몰아세우지 마세요, 이모." 에드먼드가 말했다. "이런 식으로 몰아세우는 건 옳지 못해요. 보다시피 연기가 싫다고 하잖아요. 다른 사람들처럼 패니도 직접 선택할 수 있게 놔두세요. 패니의 판단력을 우리의 판단력만큼 신뢰하셔도 무방할 겁니다. 패니를 더 이상 몰아세우지 마세요."

"몰아세우려는 게 아니야." 노리스 부인이 날카롭게 말했다. "하지만 제 이모와 사촌들이 원하는 일을 하지 않겠다면 고집불통에다 배은망덕한 계집애라고 생각할 거다. 자기가 누구이고 자기 처지가 어떤지를 생각한다면 정말 지독한 배은망덕이지."

에드먼드는 너무 화가 나서 말이 나오지 않았다. 그러나 크로퍼드 양은 놀란 눈으로 잠시 노리스 부인을 바라보고, 그러다 눈물이 그렁그렁 맺히기 시작한 패니를 보고는 약간 예민한 말투로 즉각 말을 꺼냈다. "지금 있는 제 자리가 마음에 안 드네요. 너무 더워요." 그런 다음 그녀는 자기 의자를 탁자 반대편, 패니와 가까운 자리로 옮긴 뒤 그곳에 앉으면서 낮고 다정한 목소리로 이렇게 속삭였다. "신경 쓰지 말아요, 프라이스 양. 오늘 저녁엔 참 언짢은 일이 많네요. 모두들 짜증만 내고 상대방을 괴롭히고. 하지만 남들한테 신경 쓰지는 말자고요." 그러면서 그녀는 보란 듯이 관심을 쏟으며 패니에게 계속 말을 붙였고, 자기 기분도 별로이면서 패니의 기분을 북돋워주려고 애썼다. 그녀는 오빠에게 눈짓을 보내 연극 준비 회의를 하는 그쪽 탁자에서 더 이상 패니에게 간청하는 일이 없도록 막았다. 그리고 순수하다 할 정도로 지금의 그녀를 지배하고 있는 패니에 대한 진심 어린 선의 때문에 그동안 그녀가 잃어버렸던 에드먼드의 소소한 호감도 급속히 복구되고 있었다.

패니는 크로퍼드 양이 썩 마음에 들지 않았다. 하지만 지금 자신에게 베풀고 있는 친절에는 크게 고마워하지 않을 수 없었다. 그녀는 패니가 하고 있던 자수를 주의 깊게 들여다보며 자기도 그만큼 잘했으면 좋겠다고 말하기도 하고, 자수 본을 달라고 부탁하기도 하고, 사촌 언니가 결혼하게 되면 패니도 당연히 사교 모임에 데뷔하게 될 테니 벌써 그걸 준비하고 있는 거라고 생각한다는 말도 했다. 그러고는 최근 들어 바다에 나간 오빠에게서 무슨 소식이 온 게 있느냐고 물었다. 더 나아가 그녀는 그를 정말로 만나보고 싶고 아주 멋진 청년일 거라 생각한다고 말했다. 그녀는 오빠가 다시 바다로 나가기 전에 초상화를 그려놓으라는 조언까지 했다. 패니는 크로퍼드 양의 모든 말이 발림소리일지언정 참 듣기 좋다고 인정하지 않을 수 없었고, 귀 기울여 듣지 않을 수 없었고, 원래 의도했던 것보다 더 활기차게 대답하지 않을 수 없었다.

연극에 대한 논의는 여전히 진행 중이었다. 톰 버트럼은 이런 말을 꺼내 패니에게 쏠려 있던 크로퍼드 양의 주의를 환기시켰다. 아무래도 자신이 집사 역할 외에 안할트 역까지 맡는다는 건 불가능해 보인다는 것이었다. 너무 걱정스러워 그런 겹치기 출연을 해보려고 무진 애를 썼지만 아무래도 포기할 수밖에 없다는 것이었다. "하지만 그 역을 채우는 건 어렵지 않을 겁니다." 그가 덧붙였다. "그냥 말을 퍼뜨리기만 하면 돼요. 그러면 엄선할 수 있을 겁니다. 당장 이 근방 6마일 내에서 우리 공연에 간절히 끼고 싶어 하는 청년의 이름을 적어도 여섯은 댈 수 있어요. 그중 한두 명은 우리의 체면을 크게 깎아내리지 않는 청년들입니다. 올리버 형제든 찰스 매덕스든 큰 걱정 없이 믿고 맡길 수 있습니다. 톰 올리버는 아주 똑똑한 친구죠. 그리고 찰스 매덕스도 크로퍼드 양께서 어디서 만나든 신사다운 청년이고요. 그러니 내일 아침 일찍 제가 스토크까지 직접 말을 타고 가서 이들 중 한 명과 이 문제를 매듭짓겠습니다."

그가 이렇게 말하는 동안 마리아는 에드먼드 오빠가 이러한 공연 확대 계획에 반대할 거라고 굳게 예상하며, 걱정스럽게 몸을 돌려 에드먼드 쪽을 바라보았다. 그들이 처음에 주장했던 것과 사뭇 다른 계획이었다. 그러나 에드먼드는 아무 말이 없었다. 잠시 생각에 잠겨 있던 크로퍼드 양이 차분하게 대답했다. "저는 무슨 일이든 여러분 모두가 바람직하다고 생각하신다면 반대하지 않겠어요. 말씀하신 그 두 신사분 중 어느 한 분이라도 제가 뵌 적이 있던가요? 맞다, 일전에 찰스 매덕스 씨가 언니 집에서 정찬을 든 적이 있네, 안 그래, 헨리 오빠? 참 차분해 보이는 청년이었죠. 기억나요. 괜찮으시다면 그 사람에게 지원하라고 하세요. 전혀 모르는 사람이 제 상대인 것보다는 그게 나으니까요."

찰스 매덕스가 안할트 역을 맡을 사람으로 결정되었다. 톰은 다음 날 아침 일찍 그를 찾아가겠다는 결심을 재차 밝혔다. 그런데 지금까지 거의 입도 뻥긋하지 않고 있던 줄리아가, 처음에는 마리아를, 그다음에는 에드먼드를 흘긋 보더니 비아냥거리는 말투로 "맨스필드 연극 공연 때문에 이웃들 모두 난리가 나겠네, 그것도 무지하게"라고 말했다. 그러나 에드먼드는 여전히 침묵을 지켰고, 단호하고 근엄한 태도를 통해서만 자신의 감정을 내비쳤다.

"우리 연극에 대해 즐거운 생각은 그다지 들지 않네요." 잠시 생각에 잠겼던 크로퍼드 양이 나지막한 목소리로 패니에게 말했다. "예행연습을 함께 하기 전에 매덕스 씨에게 그분 대사를 조금 줄이고 제 대사도 많이 줄이겠다고 말할 수 있겠죠. 별로 유쾌하지 않은 공연이 될 것 같아요. 제가 기대했던 공연도 결코 아닐 것 같고요."

16

패니를 설득하여 앞서 일어난 일을 잊게 하는 건 크로퍼드 양의 능력을 벗어난 일이었다. 저녁이 다 지나가자 패니는 머릿속이 그 일로 가득 찬 채 잠자리에 들었다. 그렇게 많은 사람들 앞에서 톰 오빠로부터 그토록 집요하게 공격당한 충격으로 신경은 계속 곤두서 있었고, 이모의 매정한 비난과 책망으로 인해 기분은 침울하게 가라앉았다. 그런 식으로 주목받다니. 그게 더욱 기분 나쁜 어떤 일의 전주곡이라는 말을 들어야 하다니. 연기처럼 그녀가 도저히 할 수 없는 일을 해야만 한다는 얘기를 듣다니. 그리고 설상가상 바로 뒤이어서 이모가 더부살이하는 그녀의 처지를 은근히 암시하고 강조하면서 고집불통에

다 배은망덕한 사람이라고 비난하는 것까지 듣게 되다니. 그런 일은 당하는 순간에도 너무나 고통스러웠지만 뒤에 혼자 있게 되었을 때 다시 떠올려도 좀처럼 가시지 않는 고통이었다. 특히 이 문제가 아직 끝난 게 아니라 앞으로도 계속된다면, 대체 그다음 날엔 또 무슨 일이 일어날 것인지 그 두려움까지 더해지고 있었다. 크로퍼드 양이 그녀를 감싸준 것은 오로지 그 순간뿐이었다. 가족들끼리 있는 자리에서 톰과 마리아가 온갖 위세를 떨며 그녀를 몰아세우고 어제와 똑같은 요구를 다시 해온다면 어떻게 할 것인가? 에드먼드는 외출을 할지도 모르는데. 그러면 어떻게 할 것인가? 그녀는 이 질문에 대한 답을 얻지 못한 채 잠이 들었다. 다음 날 아침 일어났을 때도 이 문제는 여전히 곤혹스럽기만 했다. 맨 처음 이 집에 와서 가족들과 함께 살게 되었을 때부터 줄곧 그녀의 침실로 사용해온 작고 하얀 다락방은 어떤 해답도 줄 수 없다는 점이 입증되었으므로, 그녀는 옷을 차려입자마자 다른 방으로 갔다. 다락방보다 더 넓고, 서성거리거나 생각에 잠기기에 더 알맞으며, 요즘 들어 그녀가 주인이나 마찬가지인 방이었다. 그들이 공부방으로 쓰던 그 방은 버트럼 자매가 더 이상 그런 이름으로 부르지 말라고 할 때까지 그렇게 불렸고, 최근까지도 공부방 용도로 사용되었다. 리 선생이 기거하던 방이기도 했다. 그들은 그 방에서 책을 읽고, 글을 쓰고, 이야기를 나누고, 깔깔대며 웃곤 했다. 3년 전 리 선생이 그 집을 떠날 때까지는 그랬다. 이후 그 방은 패니가 자기 화초들을 돌보거나 책을 찾을 때를 제외하면 완전히 방치되어 있었다. 그녀는 위층 자기 방에 공간이 부족하기도 했고 편하게 보관할 곳이 마땅치 않기도 했던 터라 자신의 책들을 계속 그 방에 보관해두고 있었다. 그러나 그 방이 주는 아늑한 느낌과 위안의 진가를 점점 더 실감하게 되면서, 그녀는 자기 물건들을 더 많이 갖다 놓고 그곳에서 더 많은 시간을 보냈다. 그리고 그런 그녀를 방해하는 것은 아무것도 없었기에, 너무나 자연스럽고 너무나 소박하게 그 방에 푹 빠져들어 이제는 모두가 그 방을 패니의 방이라고 인정하게 되었다. 마리아 버트럼이 열여섯 살이었던 때부터 '동쪽 방'으로 불렸던 그 방은 이제 위층 하얀 다락방 못지않게 분명한 패니의 방으로 여겨졌다. 패니의 다락방이 워낙 좁아서 그녀가 동쪽 방을 차지하는 게 명백하게 일리 있어 보였으니, 버트럼 자매는 자신들의 우월한 지위만큼이나 그들의 방이 패니의 방보다 더 훌륭하다는 확신에 힘입어, 그 일에 전적으로 찬성했다. 노리스 부인 또한 패니 때문에 벽난로 불을 피우는 일은 없어야 한다는 조건을 붙여, 패니가 아무도 쓰지 않는 그 방을 쓰는 것을 받아들였다. 물론 종종 자기가 크게 양보한 거라고 말하는 투를 보면, 꼭 그 방이 저택에서 제일 좋은 방이라고 내비치는 것 같았다.

그 방은 방향이 매우 좋아서 여러 해의 이른 봄과 늦가을 아침, 불을 지피지 않아도 패니처럼 자진해서 쓰겠다는 사람에게는 지낼 만했다. 그리고 그녀는 겨울이 찾아오더라도 햇볕이 들기만 한다면 그 방에서 완전히 쫓겨나지 않기를 바랐다. 한

가한 시간이 찾아왔을 때 그 방이 주는 위안은 이루 말할 수가 없었다. 아래층에서 마음 불편한 일이 있을 때마다 그녀는 그 방으로 갔고, 그러면 다른 일거리나 생각할 거리를 찾아내 즉시 위안을 얻을 수 있었다. 단돈 1실링이라도 마음대로 돈을 쓸 수 있게 된 때부터 사 모으기 시작한 화초들과 책들, 그녀의 책상, 그리고 솜씨를 뽐내거나 자선을 베풀 수 있는 바느질감이 모두 그녀의 손이 닿는 곳에 있었다. 사색에 잠기는 것 외에 아무 일도 하고 싶지 않은 기분이 들 때면 그 방의 물건 하나하나를 가만히 쳐다보기만 했다. 그러면 그때마다 그 물건과 관련 있는 흥미로운 추억이 떠오르지 않은 적이 거의 없었다. 그 추억 하나하나가 그녀의 친구가 되어주었고, 그녀의 마음을 친구에게로 실어다주었다. 이따금 몹시 괴로운 일들도 있었다. 종종 동기를 오해받고, 감정을 무시당하고, 이해력이 과소평가되고, 횡포와 조롱과 홀대의 고통을 느꼈지만, 그런 일이 일어날 때면 거의 매번 무언가 위안이 되는 일이 생겨났다. 버트럼 이모가 편을 들어주기도 했고, 리 선생이 용기를 북돋워주기도 했다. 그보다 더 빈번하고 소중한 일도 일어났다. 에드먼드가 그녀를 옹호해주고 친구가 되어준 것이었다. 그가 그녀의 동기를 지지했고, 그녀의 속마음을 설명했고, 울지 말라고 격려했고, 그녀의 눈물을 기쁨의 눈물로 만드는 애정의 증표를 선물했다. 이 모든 일들을 멀리 떨어뜨려놓고 보면, 어느덧 모두 한데 뒤섞이고 조화를 이루어 지나간 온갖 고통마저도 매력을 지니게 되는 것이었다. 동쪽 방은 그녀에게는 참으로 소중한 공간이었다. 그녀는 저택에서 가장 멋진 가구를 준다고 해도 그 방의 가구를 바꾸고 싶지 않았다. 원래부터 수수한 모양새였던 그 방의 가구는 어린아이들의 험한 손길을 견뎌온 것들이었다. 그리고 그 방에서 제일 우아하고 장식적인 것들 중에는 줄리아가 응접실에서 쓰려고 만들다가 실패한 빛바랜 발 받침대와, 투명화에 한창 빠져서 아래쪽 창유리에 그려 넣은 그림 세 점이 있었다. 창유리에 이탈리아의 동굴 그림과 달빛이 교교히 내리비추는 컴벌랜드의 호수 그림이 그려져 있었고 그 사이에 틴턴 수도원 그림이 자리 잡고 있었다. 방의 벽난로 선반 위에는 다른 곳이었다면 별 가치가 없다고 여겨질 법한 옆얼굴 초상화 몇 점도 걸려 있었다. 그리고 그 옆에는 4년 전 윌리엄이 지중해에서 보낸 작은 배 스케치 한 점이 핀에 꽂혀 있었는데, 그림 밑에는 작은 배의 주 돛대만큼 큰 글자로 H. M. S. 앤트워프 호라고 쓰여 있었다.

패니는 언제나 위안을 주었던 이 보금자리가 과연 혼란스럽고 불안한 지금의 마음에도 영향을 미칠 수 있을지 알아본다는 심정으로(에드먼드 오빠의 옆얼굴 초상화를 보면 무슨 조언을 얻어낼 수 있지 않을까, 혹은 제라늄 화분에 바깥바람을 쐬어주면 마음에 힘을 불어넣는 시원한 바람을 들이마실 수 있지 않을까 하는 심정으로) 그곳에 내려간 것이었다. 그러나 마음에서 지워버려야 할 것이 끝까지 버텨야 한다는 두려움만은 아니었다. 그 이상이었다. 이미 자신이 마땅히 무엇을 해야 할지 결정을 내리지 못하고 망설이는 마음이 생겨나기 시작한 터였다. 방 안을 서성거리는 사이 망설임은 더욱 커져만 갔다. 그토록 간절히 부탁하는데, 그토록 강력히 원한다는데, 과연 그런 일을 거절한 게 옳은 일이었을까? 그녀가 마땅히 공손하게 대해야 하는 사람들의 계획에 꼭 필요하다는 그런 일을 거절한 게 과연 옳은 일이었을까? 혹시 심술이나 이기심은 아니었을까? 남들 앞에 나서는 일이 두려워 그랬던 것은 아니었을까? 토머스 경도 이 모든 일에 반대할 거라는 에드먼드의 판단력과 확신이, 그녀가 다른 모든 사항을 애써 무시하면서 청을 단호히 거절한 변명거리로 충분했을까? 연기를 해야 한다는 사실이 너무 두려워 그녀는 자신의 망설임의 진실성과 순수성을 의심하고픈 마음까지 들었다. 주변을 둘러보노라니 사촌들이 준 선물들이 눈에 들어왔다. 그것들 하나하나가 그들에게 의무를 다해야 한다는 생각을 더 강렬하게 만들었다. 창문 사이의 탁자 위에 반짇고리와 뜨개질 상자가 놓여 있었다. 각각 선물받은 시점은 달랐지만 주로 톰이 사다준 물건들이었다. 이런 따뜻한 기억으로 인해 톰에게 은혜를 입었다는 생각까지 들자 곤혹스러운 마음은 점점 더 커져갔다. 이렇게 자신의 본분을 다해야겠다는 쪽으로 막 방향을 잡으려는 찰나, 누군가가 문을 두드려 정신이 번쩍 나게 했다. 그녀가 나지막이 "들어오세요"라고 말하자, 그 말에 대한 응답으로 그동안 그녀가 한결같이 고민을 나누어왔던 그 사람이 모습을 드러냈다. 에드먼드의 모습을 보자 그녀의 눈빛이 환해졌다.

"얘기 좀 나눌 수 있겠어, 패니? 몇 분이면 되는데."

"그럼요, 당연하죠."

"상의하고 싶은 게 있어. 네 의견을 듣고 싶어."

"제 의견이라니요!" 그녀는 그처럼 과분한 말을 듣고 무척 기뻤지만 움츠리면서 외쳤다.

"그래, 네 조언과 의견이 듣고 싶어. 어떻게 해야 할지 모르겠거든. 너도 알다시피 이번 연극 공연 계획이 갈수록 엉망이 되고 있잖아. 자기들이 고를 수 있는 작품 중에서 최악의 작품을 골랐어. 게다가 점입가경으로 이젠 잘 알지도 못하는 청년의 도움까지 부탁하게 생겼으니. 이렇게 되면 처음에 얘기했던 사생활 보호니 예의범절이니 하는 건 모두 끝장나는 거지. 찰스 매덕스에게 무슨 흠이 있다는 건 아니야. 하지만 이런 식으로 그가 우리 공연에 끼도록 허용한다면 분명히 지나치게 친해지는 결과가 초래될 거다. 반대할 여지가 아주 많은 일이지. 단순히 친해지는 것 이상의 결과가 생겨날걸. 너무 친숙해져서 허물없는 사이가 될 정도로. 도저히 참고 봐줄 수 없는 일이야. 나는 이 일이, 가능하기만 하다면 반드시 막아야 될 정도로 몹시 유감스러운 일이라고 생각해. 네 생각도 같지 않아?"

"맞아요. 하지만 무슨 해결 방도가 있나요? 톰 오빠가 그렇게 결정하신 거잖아요?"

"한 가지 방법밖에 없어, 패니. 내가 안할트 역을 맡아야 해. 그 방법 말고는 어떤 것으로도 형을 진정시킬 수 없을 거야."

패니는 그 말에 대답을 할 수 없었다.

"그런 선택이 마음에 드는 건 절대 아냐." 그가 계속해서 말했다. "이렇게 어쩔 수 없이 몰려서 줏대 없게 행동하는 건 어느 누구의 마음에도 들 리 없겠지. 애당초 이 계획에 반대한다고 했다가 이제 와서, 그것도 그들이 모든 면에서 처음의 계획을 훨씬 벗어나겠다고 하는 판에 나까지 끼겠다고 나서는 꼴이 얼마나 터무니없어 보이겠니? 하지만 다른 대안을 생각해낼 수 없어. 너라면 생각해낼 수 있겠지, 패니!"

"없어요." 패니가 뜸을 들이다가 말했다. "당장은 없어요. 하지만……."

"하지만 뭐? 이제 보니 넌 나와 생각이 다른 모양이구나. 좀 더 곰곰이 생각해봐. 이런 식으로 낯선 청년을 우리 집에 받아들이고, 그와 친해지고, 그가 언제든 마음대로 이곳에 드나들어도 좋다고 인정받고 더 나아가 갑작스레 확고한 입지를 굳혀 온갖 제약이 사라지고 만다면, 그 결과 생겨날 수 있는, 아니, 틀림없이 생겨날 폐해에 대해서는 네가 나만큼 알지 못할 수도 있겠지. 예행연습을 할 때마다 그에게 제멋대로 굴 자유가 주어질 가능성이 높으니 그 생각만 하면 참 기가 막힌다. 불쾌하기 짝이 없는 일이야! 크로퍼드 양 입장에서도 한번 생각해봐, 패니. 생판 모르는 남자를 상대로 어밀리아를 연기하게 된다면 대체 그 기분이 어떻겠냐고. 마땅히 딱하게 여겨야 해. 틀림없이 크로퍼드 양도 스스로를 딱하게 여기고 있을 거야. 어젯밤에 크로퍼드 양이 네게 하는 말을 충분히 들었어. 그래서 그 사람이 낯선 남자와 연기하는 걸 얼마나 꺼리는지 알게 됐고. 아마 지금과는 사뭇 다른 기대를 품고 공연에 참가하겠다고 했겠지. 앞으로 무슨 일이 일어날지 충분히 인지할 정도로 이번 일을 제대로 숙고해보지 않고서 그랬을 테니 그녀에게 그저 감수하라고 하는 것은 매정한 일일뿐더러 정말 잘못된 일이기도 해. 크로퍼드 양의 감정은 존중받아야 해. 그렇게 생각하지 않니, 패니? 망설이는구나."

"저도 크로퍼드 양이 딱해요. 하지만 하지 않겠다고 굳게 다짐했던 일을 하게 된 오빠가, 그리고 이모부께서도 마음에 들어 하지 않으리라 여기는 일을 어쩔 수 없이 하게 된 오빠가 더 딱하네요. 아마 다른 사람들이 의기양양해하면서 대단한 승리를 거뒀다고 생각하겠죠?"

"내 연기가 얼마나 형편없는지 알게 되면 승리라고 생각할 이유는 그리 많지 않을걸. 하지만 분명히 승리는 승리지. 그리고 나는 거기에 의연히 맞설 거고. 하지만 내가 나섬으로써 공연에 관한 소문이 퍼지는 걸 막고, 관람을 제한하고, 우리의 어리석은 행동을 집 안에 가두어둘 수만 있다면, 보상은 충분히 받는 셈이야. 지금으로서는 나는 아무런 영향력도 행사할 수 없어. 아무 일도 할 수 없다는 거지. 저들의 비위를 잔뜩 건드려놓았으니 내 말은 도통 들으려 하지 않을 거야. 하지만 내가 이렇게 양보해서 그들의 기분이 좋아진다면, 지금 큰길을 깔아준 거나 다름없는 사람들의 수를 확 줄여 훨씬 더 적은 사람에만 한정시키도록 설득할 희망이 없지는 않을 거야. 이렇게 되면 매우 큰 이득을 얻게 되는 거지. 내 목표가 이번 공연을 러시워스 씨나 그랜트 남매들에게만 한정시키는 거니까. 이 정도면 추구할 만한 이득 아닐까?"

"맞아요, 대단히 큰 이득 같네요."

"하지만 아직 네 동의를 얻지 못했어. 혹시 이것과 같은 이득을 얻어낼 다른 방법을 아는 게 있니?"

"없어요. 다른 방법은 생각해낼 수 없어요."

"그럼 동의한다고 말해줘, 패니. 네 동의가 없다면 내 마음이 편치 않을 거야."

"어머! 오빠."

"만약 네가 내 생각에 반대한다면, 틀림없이 나도 나 자신을 믿지 못할 거다. 하지만 말이야…… 하지만 형이 그런 식으로 말을 타고 사람들을 찾아다니면서 출연을 설득하기 위해 이 지역을 휘젓고 다니게 내버려둔다는 건 결코 있어선 안 될 일이야. 누구라도 상관없겠지. 겉으로 보기에 신사 같기만 하면 충분할 거야. 크로퍼드 양의 속마음은 네가 잘 알 거 같긴 하지만."

"크로퍼드 양도 분명히 기뻐할 거예요. 크게 안도할 게 틀림없어요." 더 다정하게 보이려고 애쓰며 패니가 말했다.

"그 아가씨가 어젯밤 너한테 보여준 것보다 더 사랑스러운 태도를 보인 적은 한 번도 없었어. 내 호감을 살 자격이 충분하고도 남지."

"참 친절했어요. 그러니 그 아가씨가 불편한 일을 겪지 않게 되어 저도 무척 기뻐요."

패니는 이렇게 너그러운 감정을 토로하는 일을 제대로 마무리 지을 수 없었다. 중간에 양심이 막아섰던 것이다. 하지만 에드먼드는 만족했다.

"조찬을 마치자마자 바로 내려가봐야겠다." 그가 말했다. "내가 나타나면 아주 기뻐들 하겠지. 그래, 패니, 더 이상 방해 안 할게. 책을 계속 읽고 싶었겠지. 그래도 너한테 이 말을 하지 않으면, 그래서 결론에 도달하지 않으면 마음이 편치 않을 것 같았어. 잠들어 있을 때나 깨어 있을 때나 밤새도록 이 문제로 머릿속이 복잡했거든. 정말이지 불편했고⋯⋯. 그렇지만 이제는 전보다 확실히 덜해지겠지. 지금 당장 가서 톰 형이 일어나 있으면 이 문제를 매듭지어야겠다. 조찬 자리에서 만났을 때 이런 어리석은 짓을 이제 한통속이 되어 같이 한다는 생각에, 우리두 사람 모두 기분이 무척 좋겠지. 그동안 너는 중국으로 여행을 다녀오겠구나. 그래, 매카트니 경*은 어떻게 지내니? (책상 위에 놓인 책 한 권을 펼쳐보고, 그다음엔 다른 책들을 집어 들며) 여기 크래브의 《운문으로 쓴 이야기》**와 《아이들러》***도

---

*18세기에 주중 대사를 지낸 조지 매카트니 경을 말한다. 영국 최초의 사절단으로 청나라를 방문, 건륭제를 알현하고 교역을 추진하는 임무를 맡았다. 1796년 그의 《중국 대사에게 바치는 상배(賞杯)》가 2절판 책으로 출간됐다. 그러나 대사의 일기가 맨 처음 공개된 것은 1807년에 존 배로가 편집한 《매카트니 백작 미발표 산문집》을 통해서였다.
**1812년 출간된 조지 크래브의 시집. 조지 크래브는 제인 오스틴이 제일 좋아했던 시인이다. 패니의 독서가 얼마나 첨단을 걷고 있는지 보여준다.
***18세기 영국의 대표적 문인이자 영어 사전 편찬자로 유명했던 새뮤얼 존슨이 1758년에서 1760년 사이에 《유니버설 가제트》지에 기고한 글을 모아놓은 교훈적 산문집.

놓여 있구나. 무거운 책이 싫증 나면 곧바로 위안을 줄 수 있겠는걸. 네 이 작은 보금자리가 참 부럽다. 내가 나가면 곧바로 연기니 뭐니 하는 허튼짓을 머리에서 싹 지우고 책상 앞에 편히 앉겠지. 하지만 감기 걸릴지도 모르니 너무 오래 앉아 있지는 마."

그는 방을 나갔다. 그러나 책을 읽는 일도, 중국 여행도, 마음의 평정을 구하는 것도 모두 불가능했다. 그가 더없이 이상하고, 이해할 수 없고, 달갑지 않은 소식을 전한 것이었다. 그녀는 다른 일은 아무것도 생각할 수 없었다. 에드먼드 오빠가 연기를 한다고! 그토록 극심하게 반대하고서…… 그토록 정당하게, 공공연하게 반대하고서! 그의 말을 직접 들었고, 표정도 직접 보았고, 그의 감정이 어떤지 모두 알고 있는데 그렇게 한다고! 어떻게 이런 일이 가능하단 말인가? 에드먼드 오빠가 이렇게 줏대 없다니, 혹시 스스로를 속이고 있는 것 아닐까? 잘못 생각하고 있는 것 아닐까? 아! 아마 이 모든 게 크로퍼드 양의 짓일 것이었다. 패니는 에드먼드가 했던 모든 말 속에서 그녀의 영향력을 감지했다. 그래서 비참해졌다. 그전까지 그녀를 괴롭힌 그녀의 처신에 관한 망설임이나 불안감은 그의 말을 듣는 동안 싹 잠들어버려 이젠 전혀 중요하지 않았다. 에드먼드의 말 때문에 더욱 깊어진 걱정이 그 망설임과 불안감을 전부 집어삼켰다. 자신의 상황 따위 될 대로 되라지. 그녀는 그 상황이 어떻게 전개될지는 신경도 쓰이지 않았다. 사촌들이 마구 비난을 퍼부으며 공격해올지도 몰랐지만 조금도 괴롭지 않을 것 같았다. 이제 그녀는 그들의 힘이 미치지 않는 곳에 가 있었다. 결국 그들의 뜻에 굴복하게 된다 해도…… 그게 무슨 대수란 말인가. 당장 비참하기 짝이 없는 처참한 심정인데.

17

톰과 마리아에게 그날은 정말이지 승리의 날이었다. 사려 깊은 에드먼드를 상대로 그런 승리를 거둔다는 것은 도저히 바랄 수 없는 일이었다. 그러니 너무나 기뻤다. 이제 그들의 소중한 계획을 실행하는 데 있어 방해가 되는 것은 아무것도 없었다. 그들은 이런 변화를 불러온 계기가 된 에드먼드의 약점, 즉 그의 질투심을 찬미했고, 모든 면에서 만족스러운 환희를 느끼며 은밀히 서로에게 축하를 건넸다. 혹시 에드먼드가 심각한 표정을 지으면서 전반적인 공연 계획이 마음에 안 든다고 말할 가능성은 여전히 남아 있었다. 게다가 공연 작품에 특별히 반대를 하고 나설 게 분명했다. 그러나 그들은 이미 목적했던 바를 이룬 셈이었다. 그가 연기를 하겠다고 나서지 않았는가. 그것도 이기심의 강요에 의해 어쩔 수 없이 몰려서 그렇게 하겠다고 한 것 아닌가. 그러니 그가 그전까지 유지했던 우월한 도덕적 지위에서 내려온 것이었다. 두 사람은 그런 그의 추락에 기뻐했고, 자신들이 그만큼 도덕적으로 더 나은 사람이 된양 느꼈다.

그러나 에드먼드 앞에서 두 사람은 아주 적절하게 처신했다. 마음속에는 환희가 넘쳤지만 입가에 엷은 미소를 띠는 것 이상의 기쁨은 표현하지 않았다. 찰스 매덕스가 불쑥 끼어드는 상황을 면하게 되어 참 잘됐다고 생각하는 척했다. 실은 썩 내키지 않았지만 마지못해 그를 받아들이려 했다는 듯한 태도를 보였다. 자신들이 "진정으로 원했던 바는 가족들만 있는 데서 공연하는 것이었고, 낯선 사람이 끼었으면 편안한 공연은 완전히 공염불이 됐을 것"이라고 했다. 에드먼드는 그런 생각을 계속 간직하고서 관객 수를 제한하자는 뜻을 넌지시 비쳤다. 그러자 그들은 순간의 만족감에 젖어 무슨 약속이든 기꺼이 하겠다고 말했다. 너무나 즐겁고 고무적인 상황이었다. 노리스 부인이 애써 그의 의상을 짓겠다고 나섰고, 예이츠 씨는 안할트와 남작이 같이 등장하는 마지막 장면에서 활력 넘치고 박력 있는 연기를 할 수 있겠다고 힘주어 말했다. 러시워스 씨는 그의 대사가 몇 개인지 계산하는 일을 맡겠다고 했다.

"이젠 패니도 좀 더 쉽게 우리에게 호의를 베풀지도 모르겠네." 톰이 말했다. "네가 설득한다면 넘어갈 테니까."

"아냐, 그 애 결심은 아주 확고해. 연기라면 절대 하지 않을 거야."

"그래! 그럼 놔둬." 그러고는 한 마디도 더 하지 않았다. 하지만 패니는 자신이 또다시 위험에 빠졌다고 느꼈다. 그 같은 위험을 무시하려고 하자 이미 거북한 마음이 들기 시작했다.

에드먼드의 이런 심경 변화를 보고서 목사관 사람들도 맨스필드 사람들 못지않게 미소를 지었다. 생글생글 미소 짓는 크로퍼드 양의 모습은 정말 사랑스러웠다. 그녀는 즉각 명랑한 기색으로 모든 것을 다시 생각하기 시작했다. 그런 그녀의 모습이 에드먼드에게는 한 가지 효과만 빚어낼 뿐이었다. "크로퍼드 양 같은 아가씨의 감정을 존중한 것은 확실히 옳은 일이었으며, 자신이 그 같은 결정을 내리게 돼 기쁘다"는 것이었다. 그날 아침나절은 그렇게, 건강에 유익하게는 아니지만, 무척 기분 좋고 만족스럽게 흘러갔다. 일이 이렇게 되면서 결과적으로 패니에게도 한 가지 이점이 생겼다. 그랜트 부인이 크로퍼드 양의 간곡한 청을 듣고 늘 그렇듯 쾌활한 모습으로 패니에게 맡겨질 뻔했던 역할을 맡는 데 동의한 것이었다. 그나마 이것이 그날 패니에게 일어난 일들 중에서 유일하게 위안이 되는 일이었다. 그러나 에드먼드가 이 소식을 전했을 때 그녀는 이런 소식에서조차도 마음의 고통을 느꼈다. 고마워해야 할 사람이 크로퍼드 양이었기 때문이다. 친절을 베풀며 애써주어 그녀에게 고마운 마음을 불러일으킨 사람, 그러한 공을 두고 그가 열렬한 찬사와 찬탄을 바친 사람이 크로퍼드 양이었다. 그녀는 이제 안전했다. 그러나 이번 경우에는 안전이 마음의 평온으로 이어지지 않았다. 그녀의 마음이 이번처럼 평온과 거리가 멀었던 적은 한 번도 없었다. 자신이 잘못을 저질렀다는 느낌은 들지 않았다. 그러나 모든 면에서 마음이 어지러웠다. 그녀의 가슴과 머리 모두 에드먼드의 결정에 반기를 들고 있었다. 줏대 없는 그의 태도를 그냥 보아 넘길 수 없었다. 게다가 그런 결정을 내리고 난 뒤 행복해하던 모습이 그녀를 더욱 비참하게 만들었다. 마음은 질투심과 동요로 가득 찼다. 크로퍼드 양은 모욕처럼 느껴지는 쾌활한 모습을 하고, 패니에게 우호적인 표정을 지으면서 찾아왔다. 그러나 패니는 크로퍼드 양의 그런 표정에 좀처럼 차분히 화답할 수 없었다. 그녀 주변의 모든 사람들이 즐겁고 분주하고 잘나가고 중요했으며, 각자 관심을 쏟을 일과 역할과 의상과 제일 좋아하는 장면과 친구들과 동료가 있었다. 모두들 서로 의논하고, 비교하고, 그런 일에서 생겨나는 장난스럽고 기발한 생각을 즐기며 제각각 할 일에 몰두했다. 패니 혼자만 서글프고 무의미한 존재로 남겨져 있었다. 어디에도 그녀가 맡을 일은 없었다. 어디든 갈 수 있었고, 머무를 수 있었고, 소란스러운 소음 한가운데 있을 수 있었고, 혹은 그곳에서 물러나 쓸쓸한 동쪽 방으로 사라질 수도 있었지만, 누구 하나 그녀를 눈여겨보거나 찾지 않았다. 어떤 처지에 놓이든 지금보다는 낫겠다는 생각마저 들었다. 이제 그랜트 부인은 중요한 존재가 되었다. 사람들은 그녀의 마음이 참 선량하다며 명예롭게 언급했고, 그녀의 취향과 시간을 존중했고, 그녀의 존재를 원했고, 그녀를 찾았고, 그녀에게 신경을 썼고, 그녀를 칭찬했다. 처음에 패니는 그랜트 부인을 향한 그런 평판을 시샘하고픈 위험한 마음까지 느꼈다. 그러나 곰곰이 생각해보고는 기분을 좀 가라앉혔다. 그랜트 부인이라면 마땅히 그런 존중을 받을 자격이 있다는 생각이 들었다. 그러한 존중이 그녀의 차지가 될 리 만무했다. 그리고 설령 무척 존중받게 된다 하더라도, 이모부를 생각한다면 그녀가 전적으로 비난할 수밖에 없는 계획에 끼는 일이 결코 편할 리가 없었다.

사실 패니가 이내 인정하기 시작했듯이, 그들 중에서 유일하게 그녀의 마음만이 서글펐던 건 아니었다. 패니처럼 전혀 잘못이 없다고 할 수는 없었지만 줄리아 역시 심사가 편치 않았다.

헨리 크로퍼드가 그녀의 감정을 희롱한 것이긴 했다. 하지만 이미 꽤 오래전부터 언니를 시샘하는 마음에서 스스로 그의 관심을 허용하거나 받으려고 애쓰지 않았던가. 그나마 그런 관심을 치유시켜줄 분별 있는 시샘이었다. 그리고 이제 그가 마리아를 더 좋아한다고 확신할 수밖에 없게 되자 그녀는 그 사실을 받아들였다. 마리아의 처지가 놀랍지도 않았고, 스스로 합리적이고 평온한 마음을 유지하려고 애쓰지도 않았다. 그녀는 그 무엇으로도 달랠 수 없고, 그 어떤 호기심도 영향을 미칠 수 없고, 그 어떤 재치 있는 유머도 즐겁게 할 수 없는 심각한 모습으로 침울하게 묵묵히 앉아 있거나, 아니면 예이츠 씨의 관심만 허락하고 억지로 명랑한 척하면서 오로지 그하고만 대화를 나누며 다른 사람들의 연기를 비웃었다.

헨리 크로퍼드는 줄리아를 모욕한 뒤 하루 이틀 정도는 평소처럼 정중한 태도와 발림소리 공세를 취하며 그 일을 지우려고 애썼다. 그러나 몇 차례 퇴짜를 맞자 그런 일을 계속 감수하면서까지 신경 쓰려 하지는 않았다. 그는 자신의 역할 때문에 너무 바빠져서 더 이상 한 명 이상의 상대와 불장난을 할 틈이 없었다. 결국 그는 줄리아와의 불화에 점점 더 무관심해졌고, 오래전부터 그랜트 부인뿐만 아니라 더 많은 사람들의 머릿속에 기대감을 불러일으켰을지 모르는 한 가지 생각을 끝장냈다. 그런 불화가 차라리 잘된 일이라는 생각까지 들 정도였다. 그랜트 부인은 줄리아가 공연에서 소외되어 신경 쓰는 사람 하나 없이 방치된 채 앉아 있는 걸 보는 게 즐겁지만은 않았다. 그러나 사실상 그녀의 행복과는 무관한 일이었고, 헨리는 자기 일을 알아서 할 게 분명했으며, 나아가 매우 설득력 있는 미소를 지으며 그가 자신도 줄리아도 서로를 진지하게 생각해 본 적이 결코 없다고 장담했기 때문에, 그녀는 큰딸 쪽을 조심하라는 예전의 경고를 되살리기만 하면 됐다. 그녀는 언니 쪽에 너무 많은 호감을 품어 평정을 잃는 위험에 빠지지 말라고 그에게 간곡히 부탁했다. 그러면서 젊은 사람들을 모두 기쁘게 하는 일이라면 무엇이든 자신의 몫을 기꺼이 감당하겠으며, 그녀에게 가장 소중한 두 사람의 기쁨을 특별히 북돋우는 일이라면 더욱 그렇게 하겠다고 했다.

"줄리아가 헨리를 사랑하지 않는다니 조금 의아스럽기는 해." 그녀가 메리에게 말했다.

"아마 사랑하고 있을걸요." 메리가 차갑게 대답했다. "두 자매 모두 오빠를 사랑한다고 생각해요."

"두 자매 모두라고! 아냐, 아냐, 그럴 리가 없어. 헨리에게는 그런 말을 입도 뻥긋하지 마라. 러시워스 씨를 생각해봐."

"러시워스 씨 생각은 버트럼 양에게 하라고 말하는 편이 낫겠지요. 그게 그 아가씨한테도 도움이 될 테고. 러시워스 씨의 부동산과 독립된 재산에 대해서는 나도 종종 생각을 해요. 그러면서 그 재산이 다른 사람 수중에 있었더라면 참 좋았을 거라고 생각하고……. 하지만 러시워스 씨 자체에 대해선 아무 생각 안 해요. 그 정도 자산가라면 주를 대표하는 의원이 될 수도 있겠네. 직업을 안 가져도 되는 남자는 주 대표를 맡아도 되니까."

"아마 곧 의회로 진출할걸. 토머스 경이 돌아오면 어느 지역구든 한 곳은 맡게 되겠지. 하지만 그 사람이 무슨 일을 하도록 길을 닦아주는 분이 아직은 아무도 없어."

"토머스 경이 집에 돌아오면 참 대단한 일들을 하겠네요." 잠시 말을 멈췄던 메리가 말했다. "언니, 혹시 호킨스 브라운이 포프를 모방해서 쓴 담배에 바치는 시* 기억나요? '축복받은 잎이여, 향기로운 네 연기가, 법학도들에게는 겸손을, 목사들에게는 분별을 선물하는구나'라는 구절 말예요. 그걸 이렇게 패러디하고 싶네요. '축복받은 기사여! 독재적인 당신의 용모가, 자녀들에게는 풍요를, 러시워스에게는 분별을 선물하는구나.' 어때요, 괜찮죠, 언니? 앞으로 모든 일이 토머스 경의 귀향에 달려 있게 될 것 같아요."

"장담하는데 너도 그 댁에서 토머스 경을 뵙게 되면 그분이 얼마나 공정하고 합리적으로 영향력을 행사하는지 분명히 알

*아이작 호킨스 브라운의 〈담배 파이프: 여섯 작가의 시 모방 시〉(1736).

게 될 거야. 나는 그분 없이 우리끼리 잘해나갈 수 있을 거라고 생각하지 않아. 그분은 그런 대단한 집안의 가장에 잘 어울리고 모두가 제자리를 지키게 만드는, 정말 훌륭하고 근엄한 분이셔. 레이디 버트럼의 속은 그분이 댁에 계실 때보다 지금 더 알 수 없어. 그리고 그분이 아니면 어느 누구도 노리스 부인을 통제할 수 없고. 좌우지간 메리, 마리아 버트럼이 헨리를 좋아한다는 상상은 하지 마. 줄리아가 헨리를 좋아하지 않는다는 건 이제 확실해졌고. 그렇지 않다면 어젯밤처럼 그 아가씨가 예이츠 씨와 그렇게 시시덕거렸을 리 없겠지. 마리아와 헨리가 아주 가깝기는 해. 하지만 그 아가씨가 소서턴 저택을 그토록 좋아하니 지조를 버리는 일은 없을 거라고 생각해."

"결혼식 조항에 사인하기 전에 헨리 오빠가 끼어든다면, 난 러시워스 씨 쪽에 승산이 있다는 데 많은 것을 걸지 않겠어요."

"네게 그런 의심이 든다면 무슨 조치든 취해야겠구나. 연극이 끝나자마자 그 애와 진지하게 대화를 나눠보고, 자기 진짜 속마음이 뭔지 깨닫게 해야겠어. 진심이 아니라면 아무리 헨리라 하더라도 당분간 이곳을 떠나 있게 해야 해."

그러나 그랜트 부인은 눈치채지 못했지만, 또한 그녀의 가족들 역시 대부분 주목하지 않았지만, 줄리아는 진정 괴로워하고 있었다. 그녀는 헨리를 사랑했고, 여전히 사랑하고 있었다. 그리고 무분별하긴 했지만 소중했던 희망이 좌절된 지금, 그녀는 자신이 형편없는 대접을 받았다는 강렬한 생각에 사로잡혀, 활달한 성품과 씩씩한 심성을 지닌 아가씨가 겪을 법한 괴로움을 전부 겪는 중이었다. 가슴은 아렸고 분노로 가득 차 있었다. 오로지 분노를 위안 삼을 수 있을 뿐이었다. 그동안 편한 관계를 유지하며 지내온 언니가 이제 철천지원수처럼 느껴지기 시작했다. 두 자매는 소원한 관계가 되었다. 줄리아는 언니 쪽에서 여전히 간직하고 있는 그에 대한 관심이 고통스러운 결과를 빚어내며 끝장났으면 좋겠다는 바람, 러시워스 씨뿐만 아니라 본인 자신에게도 부끄럽기 짝이 없는 그런 처신 때문에 마리아 언니에게 벌이 내려졌으면 좋겠다는 바람을 도저히 떨쳐버릴 수 없었다. 이해관계가 일치했던 동안에는 친밀한 관계를 방해할 만한 심각한 성격적 결함이나 견해 차이가 없던 이들 두 자매는, 이번처럼 곤란한 상황이 닥치자 자비심을 보인다거나 온당한 행동을 보이기에 충분한 애정도 원칙도 갖지 못했고, 명예롭게 처신하거나 동정을 표하지도 않았다. 마리아는 자신이 이겼다고 생각했다. 그래서 줄리아의 마음은 아랑곳하지 않고 자신의 목적을 추구해나갔다. 한편 줄리아는 마리아가 헨리 크로퍼드로부터 각별한 대접을 받는 것을 볼 때마다 그것이 결국은 질투를 일으킬 것이며, 공공연한 추문을 불러올 거라고 믿어 의심치 않았다.

패니는 줄리아의 이런 마음을 상당 부분 알아차리고 연민을 느꼈다. 그러나 두 사람은 겉보기로는 친한 사이가 아니었다. 줄리아 쪽에서는 패니와 전혀 소통하려고 하지 않았다. 그렇다고 패니 쪽에서 허물없이 굴 수도 없었다. 그러니 둘 다 각자에게 주어진 외로움을 견뎌야 했다. 두 사람이 동병상련한 사이라는 생각은 오직 패니의 마음속에만 있었다.

사촌 오빠들과 이모는 머릿속이 온통 다른 일들로 꽉 차 있었던 탓에 줄리아의 불편한 심기에 무관심했고, 그 원인이 무엇인지도 알아차리지 못했다. 그들은 다른 일들에 완전히 정신이 팔려 있었다. 톰은 연극 걱정에만 몰두하느라고 그것과 직접적으로 관련이 없는 다른 일은 전혀 눈에 들어오지 않았다. 에드먼드 역시 자신의 극 중 역할과 현실의 역할 사이, 크로퍼드 양의 바람과 자신의 처신 사이, 사랑과 일관된 태도 사이에서 갈팡질팡하느라고 줄리아를 살필 겨를이 없었다. 노리스 이모 역시 연극 참가자들의 소소한 문제들 전반을 해결하느라 머리를 쓰고, 지시를 하고, 누구도 고맙게 여기지 않는 절약을 한다며 편법을 써가면서 그들의 다양한 의상을 관리하고, 뿌듯한 마음으로 성실하게 이런저런 사항에서 토머스 경을 위해 반 크라운이라도 아끼느라고 몹시도 바빴다. 그러니 그녀 역시 그의 딸들의 행실을 감시하고 행복을 지켜줄 겨를이 없었다.

18

이제 모든 일이 정상 궤도에 오른 셈이었다. 무대, 남자 배우, 여자 배우, 의상 등 모든 준비가 순조롭게 진행되고 있었다. 하지만 달리 중대한 방해물이 나타난 것도 아닌데, 패니는 며칠이 지나자 이번 일이 참가자들의 기쁨을 중단시키는 일 없이 이어지지 못할 수도 있으며, 애초에 과하다 싶을 만큼 들었던 생각대로 참가자 전원이 일사분란하게 마음을 모을 수 있는 즐겁기만 한 행사가 아닐 수도 있다는 사실을 깨달았다. 모두들 제각각 짜증을 내기 시작했다. 에드먼드에게는 특히나 그럴 이유가 많았다. 그의 판단에 전적으로 반하여, 런던에서 배경을 그리는 화공이 와서 작업을 하는 바람에 비용이 엄청나게 불어났다. 설상가상으로 진행 과정을 과시하려는 시도도 지나치게 늘었다. 형은 가족끼리만 조촐하게 공연하자는 그의 조언을 따르기는커녕, 마주치는 가족들마다 초청장을 남발했다. 게다가 톰은 화공의 작업 속도가 느리다며 안달하기 시작했고, 기다림에 지쳐 속을 태우기 시작했다. 그는 이미 자신의 역할, 아니 역할들을 전부 외워둔 상태였다. 집사 역과 같이 맡을 수 있는 온갖 단역을 도맡았기에 그는 빨리 연기해야 한다고 안달복달했다. 이렇게 하루하루 할 일 없이 시간을 보내다 보니 자신이 맡은 모든 배역들이 점점 더 하찮게 생각되는 듯했다. 차라리 다른 작품을 고를 걸 그랬다는 후회감이 점점 더 거세게 밀려드는 것 같기도 했다.

패니는 언제든 다른 사람의 말을 무척 공손하게 경청하는 편이었고, 많은 경우 이야기를 들어줄 유일한 대상으로 손쉽게 구할 수 있는 사람이었다. 그러니 참가자 대부분의 불평과 괴로운 심사를 들어주는 일은 모두 그녀가 뒤집어써야 했다. 그녀는 대체로 모두들 예이츠 씨는 신파조로 고함만 내지른다고 생각하고 있으며, 톰 버트럼은 대사를 너무 빨리 말해서 알아들을 수 없고, 그랜트 부인은 깔깔대며 웃는 통에 모든 것을 망치기 일쑤이며, 에드먼드는 배역을 제대로 소화하지 못하고 있다는 것을, 대사마다 프롬프터를 필요로 하는 러시워스 씨와 조금이라도 관련이 되면 다들 대단히 곤혹스러워한다는 것을 알게 되었다. 그녀는 불쌍한 러시워스 씨가 좀처럼 연습 상대를 구하지 못하고 있다는 것도 알았다. 러시워스 씨 역시 다른 사람들처럼 자신의 불평거리를 그녀에게 들고 왔다. 마리아 언니가 그를 노골적으로 피하고 있다는 것은 그녀의 눈에도 분명해 보였다. 그리고 언니와 크로퍼드 씨가 맨 처음 함께 등장하는 장면을 불필요할 정도로 자주 연습하는 바람에 그녀는 러시워스 씨가 곧 종류가 사뭇 다른 불평을 쏟아내는 게 아닌지 두려운 마음이 들었다. 그녀는 모두들 만족해하고 즐거워하기는커녕 자신들이 갖지 못한 뭔가를 요구하며 다른 사람들에게 불만거리를 제공하고 있다는 걸 알아차렸다. 모두 한결같이 자신의 역할이 너무 길거나 너무 짧다고 주장했다. 마땅히 기울여야 할 주의를 기울이는 사람은 단 한 명도 없었다. 도대체 자신이 어느 쪽에서 등장해야 하는지 애써 기억하려고 하는 사람도 한 명도 없었다. 모두들 투덜대기만 할 뿐 어떤 지시 사항도 지키려 하지 않았다.

사실 패니는 그들 누구 못지않게 이번 공연에서 순수한 기쁨을 얻게 될 거라고 믿는 사람이었다. 헨리 크로퍼드의 연기는 매우 훌륭했다. 극장 방에 몰래 들어가서 첫 번째 막의 예행 연습을 지켜보는 게 그녀에게는 기쁨이었다. 마리아의 대사 몇 마디가 불편한 감정을 불러일으켰음에도 그랬다. 그녀는 마리아가 연기를 잘한다는, 그것도 지나치게 잘한다는 생각이 들기도 했다. 예행연습이 두어 번 끝나자 패니가 유일한 관객이 되기 시작했다. 그리고 그녀의 존재는 때로는 프롬프터 역할로 때로는 관객 역할로 유용하게 쓰였다. 그녀가 보기에는 크로퍼드 씨가 전체 배우들 중에서 월등히 뛰어난 최고의 배우였다. 그는 에드먼드보다 더 큰 자신감을 갖고 있었고 톰보다 더 훌륭한 판단력을 갖고 있었다. 예이츠 씨보다는 더 많은 재능과 취향을 갖고 있었다. 그가 남자로서는 마음에 들지 않았지만 최고의 배우라는 점만은 인정하지 않을 수 없었다. 그리고 이 점에 대해서는 이견이 그리 많지 않았다. 사실 예이츠 씨는 크로퍼드 씨의 연기가 너무 단조롭고 맥 빠졌다고 힘주어 비난하던 중이었다. 그러던 중 결국 러시워스 씨가 험악한 표정으로 그녀를 찾아와 이런 비난을 늘어놓는 날이 오고야 말았다. "그 사람의 모든 연기가 정말 훌륭하다고 생각합니까? 맹세코 말하지만 저는 절대로 좋게 봐줄 수 없습니다. 우리끼리 하는 얘깁니다만, 그렇게 덜 자라고, 왜소하고, 표정이 야비해 보이는 자가 훌륭한 연기자가 되겠다고 벼르는 꼴을 보고 있자니 참 우스꽝스럽다는 생각이 듭니다."

이 순간부터 그가 예전에 품었던 질투심이 되살아났다. 마리아는 크로퍼드 씨에 대한 희망이 커졌기 때문인지 러시워스 씨의 그 같은 질투심을 없애려고 별다른 노력도 하지 않았다. 러시워스 씨가 마흔두 개나 되는 대사를 전부 외우는 일에 도달할 가능성은 점점 작아졌다. 이제 그가 웬만큼 외워서 소화할 수 있을 거라는 바람은, 그의 어머니를 빼고는 누구도 갖지 않았다. 사실상 그의 어머니만이 그의 역할이 보다 중요한 역할이 아니라는 점을 유감스러워했다. 그녀는 자기 아들이 등장하는 장면이 모두 포함될 만큼 예행연습이 진척될 때까지 맨스필드 방문을 미루고 있었다. 그러나 다른 사람들은 그가 동료 배우가 이어받도록 넘겨주는 대사나 자기가 맡은 대사의 첫 줄을 기억할 거라든가, 혹은 나머지 대사 전부를 프롬프터를 통해 마치는 일 이상의 연기를 보여줄 거라는 기대는 아예 하지 않았다. 패니는 러시워스 씨에게 연민을 느끼기도 했고 친절을 베풀고 싶은 마음도 생겨나, 수고로움을 무릅쓰고 그에게 대사 외우는 법을 가르치려고 애썼다. 그녀는 능력이 닿는 한 온갖 도움과 지도를 아끼지 않았으며, 그를 위해 애써 인위적인 기억법까지 만들었고, 그의 대사를 몽땅 외우기까지 했다. 그럼에도 큰 진척은 없었다.

그녀는 분명히 뭔가 불편하고 불안하고 걱정스러운 감정을 느꼈다. 그러나 이런 모든 감정들이 느껴지고 시간과 관심을 요하는 다른 일들이 있었음에도 불구하고, 그녀는 그들 사이에서 자신에게 할 일이 없다거나 자신이 쓸모없다고 생각한 적은 한 번도 없었다. 그리고 불안감에 젖거나 말벗 없이 지낸 적도 없었다. 그녀의 동정심만큼이나 그녀의 시간을 필요로 하는 이들도 많았다. 그녀가 애초에 예상했던 우울한 감정은 근거가 전혀 없는 것으로 판명 났다. 그녀는 종종 모든 사람들에게 유용하게 쓰이기도 했다. 어쩌면 그녀만이 누구 못지않은 마음의 평화를 누리고 있었는지도 모른다.

더구나 그녀의 손길을 기다리는 바느질감도 잔뜩 있었다. 노리스 이모가 그녀의 바느질 솜씨를 다른 누구 못지않게 훌륭하게 여긴다는 것은 바느질을 시키는 태도를 보아도 명백하게 알 수 있었다. "얘, 패니, 이리 좀 와봐라." 그녀가 외쳤다. "요즘이 네겐 호시절인가 보구나. 아니라면 그런 식으로 줄곧 이 방 저 방 돌아다니며 편안하게 구경만 하면 안 돼. 여기 네 도움이 필요한 일이 있어. 공단을 추가로 주문하지 않고서 러시워스 씨가 입을 망토를 짓느라 무리했더니 서 있을 힘조차 없단다. 이 망토를 짜 맞춰 꿰매는 일을 네가 좀 도와줄 수 있을 것 같구나. 솔기가 세 개밖에 안 되니 너라면 단숨에 해치울 거야. 나는 그저 감독만 하면 참 좋으련만……. 네가 일은 제일 잘한다고 할 수 있어. 하지만 다들 너처럼 게으름을 피우면 이 일은 빨리 진척시킬 수 없을 거다."

패니는 변명할 생각조차 않은 채 묵묵히 바느질감을 집어들었다. 하지만 보다 너그러운 편이었던 버트럼 이모가 그녀를 대신해 이렇게 말했다.

"언니, 패니가 저렇게 즐거워하는 것도 무리는 아니야. 언니도 알다시피 저 애 입장에서는 이 모든 일이 새롭잖아. 언니와 나도 연극을 참 좋아했는데……. 나는 지금도 좋아. 좀 더 한가해지면 바로 아이들의 예행연습을 구경할 생각이야. 그래, 패니, 연극 내용이 뭐라고? 아직 내게 얘기해주지 않았지?"

"저런! 마리아, 지금은 아무것도 묻지 마. 패니는 말과 일을 동시에 할 수 없는 애야. 공연할 작품은 〈연인들의 맹세〉래."

"아마도요." 패니가 버트럼 이모에게 말했다. "내일 저녁에 1, 2, 3막 전체 예행연습이 있을 거예요. 그럼 출연하는 배우들을 모두 한꺼번에 보실 수 있어요."

"막을 전부 달 때까지는 기다리는 게 나을걸." 노리스 부인이 끼어들었다. "하루 이틀이면 다 달 거야. 막 없는 연극은 의미가 없어. 막이 다 올라갔을 때 매우 예쁜 꽃줄 장식처럼 느껴지지 않는다면 내가 잘못 생각하는 거겠지."

레이디 버트럼은 체념하고 기다리기로 한 것 같았다. 패니는 이모의 그런 침착함에 동참할 수 없었다. 그녀의 머릿속은 온통 내일 일에 관한 생각으로 가득 차 있었다. 막 세 개를 모두 연습한다면 그건 에드먼드 오빠와 크로퍼드 양이 처음으로 함께 연기한다는 소리였다. 그러면 3막에 그녀의 특별한 관심을 끄는 두 사람의 등장 장면이 나온다는 소리인데, 그녀는 그들이 그 장면을 어떻게 연기할 것인지 너무나 보고 싶기도 했고 한편으로는 보기가 두렵기도 했다. 3막의 주제는 사랑이었다. 신사 쪽에서 사랑에 의한 결혼을 주장하면, 숙녀 쪽도 사랑고백에 버금가는 대사를 읊을 예정이었다.

패니는 이미 그 장면을 읽어둔 바 있었다. 그녀는 몹시 괴로우면서도 호기심 어린 심정으로 그 장면을 다시 읽으면서 그들의 연기가 과하다 싶을 정도로 흥미로운 상황을 빚어낼 거라고 기대했다. 그들이 이미 그 장면을 은밀하게 연습했을 것이라는 생각은 들지 않았다.

드디어 기다리던 내일이 찾아왔다. 그날 저녁을 위한 계획이 진행되었고, 그 계획을 고대하는 패니의 설렘도 줄지 않았다. 그녀는 이모가 시키는 대로 열심히 일했다. 그러나 그렇게 묵묵히, 열심히 일하면서도 이면에는 멍하고 초조한 마음이 감춰져 있었다. 정오 무렵 그녀는 다른 일에 신경을 쓰지 않으려고 바느질감을 들고 동쪽 방으로 피신했다. 그녀는 헨리 크로퍼드가 방금 전 제안한 1막의 예행연습은 전혀 필요치 않다고 생각했다. 게다가 혼자만의 시간을 갖고 싶기도 했고 러시워스 씨의 모습을 피하고 싶기도 했다. 홀을 지나오다 보니 목사관 쪽에서 두 숙녀가 걸어 올라오는 모습이 얼핏 보였지만, 동쪽 방으로 물러나 있고 싶은 바람이 바뀌진 않았다. 그 후 동쪽 방에서 아무런 방해도 받지 않고 바느질을 하며 15분쯤 상념에 잠겨 있을 때였다. 갑자기 조용히 문을 두드리는 소리가 나더니 크로퍼드 양이 들어오는 것 아닌가.

"제대로 찾아온 거죠? 맞아요, 여기가 동쪽 방이군요. 친애하는 프라이스 양, 미안해요. 하지만 도움을 청하고 싶어 이렇게 일부러 찾아왔어요."

깜짝 놀란 패니는 애써 예의 바른 인사말을 건네며 자신이 그 방의 주인임을 알렸다. 그러고는 걱정스러운 눈길로 반짝거리는 텅 빈 벽난로 연료 받침 쇠살대를 바라보았다.

"고마워요. 저는 따뜻해요, 아주 따뜻해요. 잠시만 머무르게 해주세요. 부디 3막에서 제가 맡게 될 대사 좀 들어주세요. 여기 대본을 들고 왔어요. 저와 연기 연습을 해준다면 너무너무 고마울 거예요! 오늘 저녁의 총 예행연습을 대비해서 에드먼드 씨와 미리(그것도 단둘이서만 따로) 연기를 맞춰볼 생각으로 찾아왔는데 그분이 안 보여요. 설령 계신다고 해도 함께 연습할 수 있을 것 같지도 않고요. 마음을 좀 더 단단히 먹을 때까지요. 사실 한두 가지 부담스러운 대사가 있어서……. 제 부탁을 들어주실 거죠, 그렇죠?"

패니는 그렇게 하겠다고 무척 예의 바르게 대답했다. 물론 떨지 않고 차분한 목소리로 대답할 수는 없었다.

"제 말뜻은 제가 맡게 될 부분을 혹시 읽어보신 적이 있느냐는 것이거든요?" 크로퍼드 양이 대본을 펼치며 말을 이었다. "여기 그 부분이 있네요. 처음에는 대수롭지 않게 생각했어요. 하지만 아유, 정말…… 자, 이 대사 좀 보세요. 그리고 여기하고 여기도 좀 보세요. 그분을 정면으로 마주하고 제가 어떻게 이런 대사들을 입 밖에 내겠어요? 프라이스 양은 할 수 있겠어요? 하긴 사촌 오빠니까 저와는 입장이 사뭇 다르겠죠. 저와 꼭 함께 연습해주셔야 해요. 그러면 프라이스 양이 그분이라고 생각하고 차츰 나아질 수 있을 거예요. 가끔 프라이스 양의 표정에서 그분의 표정이 보인답니다."

"그래요? 기꺼이 최선을 다해볼게요. 하지만 저는 그 부분을 그냥 읽을 수밖에 없을 거예요. 외울 수 있는 대사가 극히 적어서."

"아마 전혀 없겠죠. 프라이스 양은 대본을 들고 하세요. 자,

여기 있어요. 의자 두 개가 마련되어 있겠죠. 무대 앞쪽에 갖다 놓을 의자들 말예요. 저기 있네요. 참 좋은 공부방 의자들이군요. 무대용으로 만들어진 건 아니지요. 어린 아가씨들이 교과 내용을 배울 때 앉아서 발로 톡톡 차는 데 더 적합한 의자들이군요. 프라이스 양의 가정교사와 이모부께서 이 의자들이 이런 용도로 쓰이는 걸 보시면 뭐라고 하실까요? 지금 우리 모두가 연기 연습을 하는 광경을 보신다면 토머스 경께서는 성호를 그으며 기절초풍하시겠죠. 지금 다들 연기 연습을 한다고 온 집안이 난리예요. 예이츠 씨는 식당에서 고래고래 소리를 지르고 있어요. 계단을 올라오면서 들었어요. 극장 방은 당연히 지칠 줄 모르고 연습에 매진하고 있는 애거사와 프레더릭 차지고요. 저러고도 완벽한 연기를 못 한다면 정말이지 놀라울 거예요. 참, 그런데 제가 그 연습 장면을 본 게 5분 전이었는데, 공교롭게도 두 사람이 포옹을 시도하지 않기로 한 순간이었나 봐요. 마침 그때 러시워스 씨가 저와 함께 있었어요. 그분이 조금 묘한 표정을 짓는다는 생각이 들어 이렇게 속삭여서 상황을 최대한 얼버무렸죠. '무척 훌륭한 애거사를 보게 되겠는걸요. 어머니다운 면이 있잖아요. 목소리나 표정에서 완벽하게 어머니다운 면이 느껴져요.' 제가 잘한 거죠? 그분 표정이 즉각 밝아지더군요. 자, 이제 독백을 해볼게요."

그녀가 독백을 시작했다. 패니는 에드먼드를 대신한다는 생각에 최대한 겸손한 마음으로 연습에 임했다. 실제 표정이나 목소리가 여성스러웠기 때문에 남자 역할을 훌륭히 해낼 수 없었지만, 크로퍼드 양은 그 같은 안할트라 할지라도 충분히 용기를 냈다. 두 사람은 연습하기로 한 장면을 절반쯤 연기했다. 그때 방문 두드리는 소리가 들렸다. 연습을 잠시 멈출 수밖에 없었다. 다음 순간 에드먼드가 들어왔고 연습은 완전히 중단되었다.

이 뜻밖의 방문으로 세 사람 모두 깜짝 놀라고 겸연쩍어하며 기뻐하는 표정을 지었다. 에드먼드의 겸연쩍음과 기쁨은 그가 크로퍼드 양과 같은 목적으로 이곳에 찾아온 것이었기에 일시적인 것으로 끝날 것 같지 않았다. 그 역시 대본을 들고 있었다. 지금 크로퍼드 양이 집에 와 있다는 생각은 꿈에도 하지 못한 채, 그날 저녁에 있을 총 예행연습에 대비할 수 있도록 패니에게 연습 상대가 되어달라는 부탁을 하려고 찾아온 것이었다. 두 사람은 함께 있게 되자 서로 연기 계획을 비교하고, 패니의 친절한 마음을 칭찬하고 공감하면서 크게 기뻐하며 활기를 띠었다.

패니의 마음은 그렇게 들뜬 두 사람과 같을 수 없었다. 그들의 기분이 활활 타오르고 있었다면 패니의 기분은 차분히 가라앉고 있었다. 그녀는 자신이 그들에게 점점 더 의미 없는 존재가 되어가고 있다는 생각이 들었다. 그들이 일부러 찾아왔다는 사실은 아무 위안이 되지 못했다. 이젠 둘이 함께 연습할 게 분명했다. 에드먼드는 그렇게 하자고 제안했고 재촉했고 간청했다. 처음부터 그렇게 하고 싶은 생각이 없지 않았던 숙녀가 더이상 거절할 수 없을 때까지 그랬다. 그래서 이제 패니는 프롬프터 역할을 하며 지켜보기만 하라는 부탁을 받았다. 사실상 심판관 겸 비평가의 권한을 부여받은 것이었다. 그 권한을 행사하여 연기의 결함을 지적해달라고 진지하게 부탁받았다. 그러나 그녀의 온 마음과 감정은 그런 일을 해서는 안 된다며 움츠러들었다. 그런 일은 할 수 없었고, 하고 싶지도 않았고, 할 용기도 나지 않았다. 혹시 그녀에게 비판할 자격이 있었다 해도 양심상 그런 비판은 자제했을 게 분명했다. 그녀는 대체로 자신이 정직하기 때문에, 혹은 안전을 위해서 이런 점을 의식하는 거라고 믿었다. 옆에서 대사를 일러주는 프롬프터 역할이면 충분할 것 같았다. 그런데 그녀에게는 그런 역할조차도 적 잖이 버거웠다. 도무지 대본에만 집중해 주의를 기울일 수 없었던 것이다. 두 사람의 연기를 지켜보며 그녀는 자신의 존재조차 까맣게 잊었다. 한번은 점점 고조되는 에드먼드의 감정에 심란해져서 펼치고 있던 대본의 페이지를 덮어버렸는데, 하필 그 순간 그가 도움을 요청했다. 그들은 패니가 너무 피곤해서 그런 거라고 여기고, 지극히 당연한 일이라며 고마워하고 안쓰러워했다. 사실 패니는 그들이 조금이나마 짐작해주었으면 좋겠다고 바라는 것 이상으로 안쓰러워하는 마음을 받을 자격이 있었다. 드디어 문제의 장면이 끝났다. 패니는 두 사람이 서로 주고받는 칭찬에 자신의 칭찬도 보탤 수밖에 없었다. 다시 혼자 남게 되어 이 모든 일을 곰곰이 생각해볼 수 있게 되자, 패니는 그들의 연기에 진심 어린 칭찬을 받을 만한 특징과 감정이 배어 있다는 생각이 들었다. 자신에게는 너무나 고통스럽게 다가올 무언가. 그날의 공연이 초래할 결과가 무엇이든 간에, 그녀는 그날의 공연이 가하는 또 다른 공격을 다시 한 번 견뎌내야 할 것이었다.

그날 저녁에 분명 세 개의 막 전체에 대한 총 예행연습이 열릴 예정이었다. 그랜트 부인과 크로퍼드 남매도 정찬을 들자마자 이 저녁 연습을 위해 최대한 빨리 돌아오겠다고 약속한 터였다. 따라서 행사와 연관된 모든 사람이 열의를 보이며 기대감을 품고 있었다. 총 예행연습을 맞이하여 모든 사람들에게 행복한 기분이 퍼져 있는 듯했다. 톰은 계획이 종착역을 향해 착착 진행되는 것을 즐겼고, 에드먼드는 그날 아침의 연기 연습 때문에 들떠 있었다. 모든 곳에서 모든 소소한 불평불만들이 눈 녹듯 사라지고 있었다. 다들 긴장하고 초조해했다. 맨 처음 숙녀들이 움직였고 신사들이 곧 그 뒤를 따랐다. 레이디 버트럼과 노리스 부인, 줄리아를 뺀 나머지 모두가 일찌감치 극장 방에 모여, 아직 다 완성된 상태는 아니지만, 그 방이 허락하는 한 최대한 조명을 밝히고 그랜트 부인과 크로퍼드 남매의 도착을 기다렸다.

그들이 크로퍼드 남매를 그리 오래 기다린 것은 아니었다. 그런데 그랜트 부인은 어디에도 없었다. 올 수 없었던 것이다. 그랜트 박사가 아프다는 핑계로 아내를 보내줄 수 없다고 했다는 것인데, 그의 처제는 형부의 말을 별로 신뢰하지 않았다.

"형부가 편찮으세요." 그녀가 짐짓 진지한 척하며 말했다. "아까부터 쭉 편찮으셨어요. 오늘은 꿩 고기 한 점도 못 드셨어요. 고기가 질기다고 생각하셨는지…… 접시를 물리시더니…… 그때부터 쭉 몸이 편찮으시네요."

세상에 이토록 실망스러운 일이 일어나다니! 그랜트 부인의 불참은 유감스럽기 짝이 없는 일이었다. 상냥하고 명랑한 태도로 사람들의 기분을 잘 맞춰주었기 때문에 그들 사이에서 언제나 소중한 존재 아니었던가. 게다가 지금은 그 어느 때보다도 그녀가 절대적으로 필요한 순간이었다. 그녀가 없다면 흡족한 공연을 할 수도, 예행연습을 할 수도 없었다. 그날 온 저녁 시간의 즐거움을 망치는 것이었다. 어떻게 하면 좋단 말인가? 농가 주인 역의 톰은 낙심천만이었다. 잠시 당혹스러워하며 침묵에 빠져 있던 와중에 몇몇의 눈길이 패니를 향하기 시작했다. 이어서 한두 명이 이런 말을 꺼내기 시작했다. "프라이스 양이 대본을 읽어주는 친절을 베풀기만 해도 좋을 거예요." 간청하는 소리가 즉시 그녀를 에워쌌다. 모두들 그렇게 해달라고 부탁했다. 에드먼드조차도 이렇게 말했다. "패니, 크게 거슬리지만 않으면 제발 그렇게 해주렴."

하지만 패니는 계속 머뭇거렸다. 그런 일을 한다고 생각하니 견딜 수 없었다. 왜 그 일까지도 크로퍼드 양에게 부탁하지 않는단 말인가? 예행연습을 조금 구경하는 대신 동쪽 방으로 물러나 있는 것이 가장 안전하다고 생각했는데, 왜 그 방으로 가지 않았단 말인가? 예행연습을 구경하다 보면 속상하고 괴로우리라는 것을 그녀는 진작 알고 있었다. 그리고 이 자리를 피하는 게 자신의 본분이라는 것도 알고 있었다. 그러니 벌을 받아도 쌌다.

"부인이 등장하는 부분을 읽기만 하면 됩니다." 헨리 크로 퍼드가 거듭 간청하며 말했다.

"패니는 이미 그 대사를 다 외웠다고 생각해요." 마리아가 덧붙였다. "일전에 보니까 그랜트 부인이 틀린 곳을 스무 군데 나 바로잡아주더라니까요. 패니, 난 네가 그 대사를 다 외우고 있다고 확신해."

패니는 그렇지 않다고 부인할 수 없었다. 모두들 집요하게 간청했다. 에드먼드도 자신이 원하는 바를 되풀이했다. 그것 도 그녀의 착한 마음씨를 믿는다는 다정한 표정을 곁들여가면 서. 결국 그녀는 그들의 청을 들어줄 수밖에 없었다. 그녀는 최 선을 다하기로 마음먹었다. 모두들 만족스러워했다. 다른 사람 들이 예행연습 시작을 준비하는 동안 그녀는 혼자 남아 심하게 고동치는 심장의 떨림을 느끼고 있었다.

이윽고 예행연습이 시작됐다. 모두들 각자가 내는 시끄러운 소리에 너무 열중해 있느라 저택의 다른 쪽에서 평소와 다른 소 리가 들려오는 것을 알아차리지 못하고 연습을 계속 진행하고 있었다. 그런데 그 순간 방문이 벌컥 열리더니 줄리아가 모습을 드러냈고, 넋이 완전히 나간 창백한 얼굴로 이렇게 외쳤다.

"아버지가 돌아오셨어요! 지금 현관에 와 계세요!"

제2권

1

모두들 얼마나 아연실색했는지 어떻게 설명할 수 있을까? 그 자리에 있던 많은 사람들에게 분명 공포의 순간이었다. 토머스 경이 집에 와 있다니! 모두들 즉각 그 소식이 사실이라고 확신했다. 줄리아가 그들을 속이고 있다거나 잘못 알고 있을 거라는 희망은 누구도 품을 수 없었다. 줄리아의 표정 자체가 그 소식이 논란의 여지 없는 진실이라는 증거였다. 맨 처음 소스라치게 놀라며 내지르는 소리가 들린 뒤, 30여 초 동안 한 마디 말도 오가지 않았다. 각자 얼굴빛이 돌변해서 다른 사람들만 쳐다볼 뿐이었다. 거의 모두가 그 소식을 가장 달갑지 않고, 가장 부적절한 시점에 들이닥친, 가장 두렵고 충격적인 소식이라고 느꼈다! 혹 예이츠 씨라면 그저 그날 저녁 행사를 방해하는 성가신 사건쯤으로 여기고 있을지도 몰랐고, 러시워스 씨라면 오히려 잘된 일로 여기고 있을지도 몰랐다. 그러나 다른 모든 사람들의 가슴은 자책감과 형용할 수 없는 충격에 빠져 철렁 내려앉고 있었다. 두 사람 건너 한 사람 꼴로 속으로 '이제 우린 어떻게 되는 거야? 앞으로 어떻게 해야 해?' 하고 묻고 있었다. 걱정스러운 침묵이 흘렀다. 사실을 확증하기라도 하듯 문들이 열리는 소리와 사람들이 오가며 내는 발소리가 모두의 귀를 두렵게 파고들었다.

줄리아가 가장 먼저 몸을 움직이며 다시 입을 열었다. 사실 그녀는 질투니 상심이니 하는 감정은 잠시 보류해놓고 있던 중이었다. 공동의 목적을 위해 이기심은 잠시 묻어둔 상태였다. 그런데 그녀가 방 안에 들어서는 순간 하필이면 프레더릭이 헌신적인 표정으로 애거사의 이야기를 들어주며 그녀의 손을 자기 가슴에 지그시 갖다 대고 있는 것이었다. 이 광경을 목격하자마자, 게다가 자신이 전한 충격적인 소식에도 불구하고 그가 그런 자세를 계속 유지하면서 언니의 손을 붙잡고 있는 것을 보자마자, 줄리아의 상처 입은 가슴은 또다시 상처를 입어 터질 지경이 되었다. 그녀는 조금 전까지 창백했던 것만큼이나 심하게 벌게진 얼굴로 몸을 돌려 방을 나가면서 이렇게 말했다. "나까지 아버지 앞에 나서는 걸 두려워할 필요는 없잖아."

그녀가 나가자 나머지 사람들은 정신을 차렸다. 그와 동시에 무슨 일이든 해야겠다고 느낀 두 형제가 앞으로 걸어 나갔다. 둘 사이에는 몇 마디 말이면 충분했다. 사정이 사정인 만큼 이견을 보일 여지가 없었다. 둘 다 곧장 응접실로 가야만 했다. 마리아도 같은 목적으로 합류했는데, 그 순간만큼은 그녀가 가장 당당해 보였다. 줄리아를 급히 나갈 수밖에 없도록 만들었던 상황이 그녀에게는 오히려 가장 달콤한 지원군 역할을 했다. 그런 순간에, 즉 그처럼 특이하게 사랑이 입증되는 중요한 순간에 헨리 크로퍼드가 그녀의 손을 계속 붙잡고 있었다. 그러니 그 순간은 그동안 의심을 품고 불안해하던 오랜 시간만큼이나 가치가 있었다. 그녀는 그 순간이 더없이 진지한 결의를 입증해주는 계약금 같다고 여기면서 속으로 환호했다. 아버지를 마주하는 일조차 당당히 해낼 수 있을 것 같았다. 그들은 러시워스 씨가 "저도 갈까요? 저도 가는 게 낫지 않겠어요? 저도 가는 게 옳지 않겠어요?"라고 여러 차례 묻는데도 신경도 쓰지 않고 사라졌다. 그러나 그들이 문으로 나가자마자 헨리 크로퍼드가 그 걱정스러운 질문들에 대신 대답했다. 그가 무슨 수를 써서든 지체 없이 토머스 경에게 인사를 드리는 게 낫겠다고 권유하자, 러시워스 씨는 반색하며 서둘러 먼저 떠난 세 사람의 뒤를 따라갔다.

이제 패니와 크로퍼드 남매, 예이츠 씨만 남게 된 셈이었다. 사촌들은 그녀의 존재를 완전히 무시했다. 패니는 그들과 함께 토머스 경의 애정을 누릴 자격이 자신에게도 있다고 여기지 않았고, 이모부의 친자녀들과 같은 부류가 되려는 생각은 전혀 할 수 없었기에 기꺼이 뒤에 남아 숨을 돌렸다. 사실 그녀가 느낀 심적 동요와 충격은 다른 사람들이 견뎌야 했던 모든 감정을 능가했다. 아무 잘못이 없는데도 괴로움을 겪지 않을 수 없는 심성의 소유자에게 당연히 요구되는 심적 동요와 충격이었다. 그녀는 기절하기 직전이었다. 예전에 이모부에 대해 느꼈던 습관적인 두려움이 되살아나고 있었다. 그리고 그 두려움과 함께 이모부에 대한 연민이 생겨났고, 그의 눈앞에서 밝혀질 사실이 마음에 걸려 연극에 동참한 거의 모든 사람들에 대한 연민도 생겨나고 있었다. 에드먼드에 대한 걱정은 이루 말할 수 없었다. 그녀는 이미 앉을 자리를 찾아두고 있었다. 그녀는 그 자리에 앉아 몸을 격하게 떨면서 이 모든 두려운 생각들을 견뎠다. 한편 나머지 세 사람은 더 이상 언행을 자제할 필요가 없었으므로, 속상한 감정을 토로하고, 토머스 경이 예상 외로 그렇게 빨리 도착한 것이 너무나 불운한 일이라고 유감스러워하고, 매몰차게도 가엾은 토머스 경의 항해에 두 배 더 시간이 걸리거나 그가 여전히 안티과에 머물고 있으면 좋겠다는 말들을 늘어놓고 있었다.

예이츠 씨보다 크로퍼드 남매가 이런 화제에 더 열을 올렸다. 이곳 가족들에 대해 더 잘 알고 있었고, 앞으로 일어날 것이 분명한 불행한 사태를 더 확실히 판단했기 때문이다. 그들이 보기에 공연이 물거품이 되리라는 건 틀림없는 사실이었다. 그들은 계획이 완전히 어그러지는 일이 불가피하게 눈앞에 다가왔다고 느꼈다. 그렇지만 예이츠 씨는 공연이 일시적으로 중단된 것으로만 여겼고, 이번 일을 그저 그날 저녁에만 해당하는 불운쯤으로 여기고 있었다. 따라서 그는 차를 다 마시고 나면 예행연습이 재개될 수도 있다는 주장까지 펼쳤다. 그때가 되면 토머스 경을 맞이하기 위한 소란이 잦아들 테고, 그러면 그분도 여유롭게 예행연습을 즐길 수 있으리란 것이었다. 크로 퍼드 남매는 그의 그런 생각을 듣고 웃었다. 그리고 곧장 조용히 집으로 돌아가서, 이 댁 가족끼리만 있도록 하는 게 예의에 맞는 행동이라고 의견의 일치를 보고는, 예이츠 씨에게도 자신들을 따라 목사관으로 가서 하룻밤을 지내는 게 어떻겠느냐고 제안했다. 하지만 부모가 누리는 권리를 소중히 여기는 사람들과 살아본 적이 없었던 예이츠 씨는 그렇게 해야 하는 이유를 도무지 이해하지 못했다. 그는 고마움을 표시한 뒤 "저는 그냥 여기 남아 있겠습니다. 그러면 집에 돌아오신 노신사께 당당히 인사를 드릴 수 있을 테고, 게다가 모두 도망치듯이 떠나버리면 다른 사람들 눈에도 그다지 좋게 보이지 않을 거라고 생각합니다" 하고 말했다.

패니가 제정신을 차리고 계속 거기서 머뭇거리고 있으면 불손하게 보일 것 같다는 생각을 하기 시작했을 때, 마침 이런 결정이 내려졌다. 크로퍼드 남매에게서 사과의 말을 대신 전해달라는 부탁을 받은 패니는 이모부 앞에 나서는 두려운 의무를 다하기 위해 극장 방을 떠났다. 그리고 크로퍼드 남매가 떠날 차비를 하는 것을 보았다.

그녀는 너무 빨리 응접실 문 앞에 이르렀다는 걸 깨달았다. 그녀는 좀처럼 생겨나지 않는다는 것을 잘 알고 있는 기분이 생겨나기를 기다리다가, 즉 여태껏 어떤 문 앞에서도 결코 생겨난 적이 없는 용기가 생겨나기를 기다리며 머뭇거리다가, 자포자기의 심정으로 문손잡이를 돌렸다. 그러자 응접실의 조명과 모두들 모여 있는 모습이 한눈에 들어왔다. 안으로 들어가면서 패니는 자신의 이름을 부르는 소리를 들었다. 때마침 토머스 경이 주위를 둘러보며 "그런데 패니는 어디 있냐? 귀여운 패니는 왜 안 보이는 거지?"라고 말했던 것이다. 그는 그녀를 보자마자 깜짝 놀랄 만큼, 그리고 가슴이 뜨끔할 만큼 다정한 태도로 다가오더니 "사랑하는 패니"라고 부르며 애정 어린 입맞춤을 했다. 더 나아가 즐거운 기색을 역력히 비치며 참 많이 컸다는 말까지 하는 것 아닌가! 패니는 어떤 감정을 느껴야 할지, 어디를 바라봐야 할지 알 수 없었다. 심한 압박감이 느껴졌다. 이모부가 평생 그토록 다정했던 적은, 그토록 지극히 다정했던 적은 단 한 번도 없었다. 그사이 태도가 변한 것 같았다. 기쁨에 들떠서 그랬는지 말이 빨랐다. 근엄하고 무섭기만 했던 모습은 전부 다정한 태도 속에 묻힌 것 같았다. 그는 그녀를 불빛 근처로 더 가까이 데려가 다시 한 번 보았고, 특히 그녀의 건강에 대해 물었다. 그러다 질문을 정정하면서, 물어볼 필요도 없다고, 겉모습이 충분한 대답을 들려주고 있다고 말했다. 조금 전까지 창백했던 그녀의 얼굴을 어여쁜 홍조가 깃든 얼굴이 대신했으니, 그는 건강과 아름다움 두 가지 면 모두에서 그녀가 똑같이 나아졌다고 믿을 만한 근거를 얻을 수 있었다. 이어서 그는 그녀의 가족들, 특히 윌리엄의 안부를 물었다. 그가 워낙 다정하게 대하는 바람에 패니는 지금껏 이모부를 많이 사랑하지 않았던 것과 그의 귀향을 불행한 일로 여겼던 것에 자책감이 들 정도였다. 그녀는 용기를 내 눈길을 들고 이모부의 얼굴을 쳐다보았다. 예전보다 더 야위고, 피부가 그을리고, 기진맥진해 보이고, 피로와 무더위에 지쳐 보인다는 것을 알게 되자 패니의 마음속에선 안쓰러움이 커져만 갔다. 게다가 앞으로 이모부에게 생각지도 않은 속상한 일들이 얼마나 많이 일어날지 곰곰이 떠올려보니 처참한 기분마저 들었다.

　말할 것도 없이 그 자리의 주인공은 토머스 경이었다. 그의 제안에 따라 모두들 난롯가에 둘러앉아 있었다. 대화를 이끌어가는 최고의 권리는 당연히 그의 몫이었다. 게다가 그토록 오래 헤어져 있던 끝에 집으로 돌아와 가족들 한가운데 앉아 있다는 감흥 때문인지, 그는 유별나다 할 정도로 말이 많았고 이야기도 많이 했다. 여행에 관한 모든 정보를 기꺼이 제공했고, 두 아들이 던지는 모든 질문에 대해 질문이 미처 끝나기도 전에 즉답했다. 그는 막판에 안티과에서의 볼일이 순조롭게 해결되는 바람에 리버풀에서 곧장 오는 길이라면서, 정기 우편선을 기다리는 대신 리버풀행 민간 선박을 타고 그곳으로 가는 기회를 잡을 수 있었다고 했다. 그는 레이디 버트럼 옆에 앉아 주변 모든 사람들의 얼굴을 흐뭇하게 바라보면서 그간 있었던 일의 진행 과정과 소소한 내용들을 매우 신속하게 설명했다. 하지만 중간중간 수차례 말을 멈추면서 자신이 그런 식으로 갑작스레 도착했는데도 모두가 집에 있으니 운이 참 좋다고, 그렇게 되기를 바랐지만 정말로 그럴 것이라고는 믿을 수 없던 기대감 그대로 모두들 모여 있었다며 감탄했다. 그는 러시워스 씨의 존재도 잊지 않았다. 이미 그를 보고 아주 반갑게 맞이하며 열렬히 악수를 나눈 뒤였다. 그러니 이제 러시워스 씨는 적절한 배려를 받으며 맨스필드와 사적으로 관련이 있는 일에 낄수 있게 되었다. 러시워스 씨의 외모에 못마땅한 구석은 전혀 없었다. 토머스 경은 이미 그를 마음에 들어 하고 있었다.

그들 가운데 그의 아내처럼 지속적으로 순수한 기쁨을 느끼며 귀 기울이는 사람은 없었다. 그녀는 남편을 다시 만나게 되어 진심으로, 지극히 행복했다. 그가 그렇게 갑작스럽게 도착해서 가슴이 뜨거워졌고, 지난 20년 세월 그 어느 때보다 더 심적 동요에 가까운 감정을 느꼈다. 몇 분간 가슴이 두근거리기까지 했다. 그 후로도 그녀는 계속해서 확연히 느껴지는 흥분상태를 유지하며, 바느질감을 치웠고, 옆자리의 애완견 퍼그를 다른 곳으로 보냈고, 자신의 모든 관심과 소파 옆자리를 남편에게 주었다. 누구든 그녀의 이 같은 기쁨을 흐리게 하는 사람이 있을 거라는 걱정은 전혀 들지 않았다. 남편이 집을 떠나있는 동안 그녀는 비난의 여지가 있을 만한 일은 전혀 하지 않고 시간을 보냈다. 양탄자도 상당히 많이 짰고, 술 장식도 많이 만들었다. 게다가 아이들의 올바른 처신과 유익한 일상생활에 대해서도, 그녀 자신의 처신과 일상생활에 대해서와 마찬가지로 아무 거리낌 없이 대답할 수 있었다. 남편을 다시 보고, 그의 말을 듣고, 그의 이야기로 귀와 온 머리를 꽉 채우는 게 하도 즐거워서, 그녀는 자신이 남편을 얼마나 끔찍하게 그리워하고 있었는지, 그리고 그의 부재가 더 오래갔더라면 얼마나 못견뎌 했을지 절감하기 시작했다.

행복감을 놓고 볼 때 노리스 부인은 동생과 결코 비교가 되지 않았다. 집이 어떤 상태인지 밝혀졌을 때 제부가 얼마나 불쾌해할지 너무 걱정돼서 불편한 마음이 든다는 것은 아니었다. 그녀는 이미 판단력이 흐려져버려 제부가 방 안에 들어서는 순간 본능적인 조심성을 발휘하며 러시워스 씨의 분홍색 공단 망토를 황급히 감추기만 했을 뿐 놀란 기색은 전혀 보이지 않았다. 하지만 그의 귀환 방식에는 화가 났다. 그런 식으로 돌아왔으니 그녀가 할 일은 하나도 남지 않은 셈이었다. 그녀가 제일 먼저 방 밖으로 불려 나가 그를 보고, 온 집 안을 돌아다니며 이 행복한 소식을 널리 알렸어야 했다. 그런데 토머스 경은 그러는 대신, 지극히 타당하게도 자신의 아내와 아이들의 신경을 굳게 믿었는지, 집사 말고는 누구에게도 자신이 돌아왔다는 사실을 알리지 않고 그의 뒤를 따라와 응접실로 직행했다. 노리스 부인은 늘 자신의 몫이라고 믿어왔던 역할을 빼앗겼다고 느꼈다. 알려야 할 소식이 그의 도착이든 사망이든 관계없었다. 그래서 그녀는 법석을 떨 이유가 전혀 없는데도 애써 법석을 떨었고, 조용히 침묵하는 일 말고는 아무것도 필요치 않은데도 중요한 일을 하는 척했다. 토머스 경이 음식을 먹는 데 동의라도 했다면 하녀장에게 바로 달려가 까다로운 지시들을 내렸을 것이고, 정복 하인들에겐 음식을 빨리 가져오라고 지시하며 모욕을 주었을 것이다. 하지만 토머스 경은 단호히 일체의 식사를 거부했다. 그는 차를 기다리고 있다면서, 차가 나올 때까지는 아무것도, 일절 아무것도 들지 않으려 했다. 그럼에도 노리스 부인은 잊을 만하면 한 번씩 다른 음식을 들라고 재촉했다. 그가 배를 타고 영국으로 돌아올 때 일어났던 일들 중 가장 재미난 이야기를 하던 순간에도, 즉 프랑스 사략선(私掠船)*의 공격으로 충격이 최고조에 달했던 순간을 이야기할 때도, 그녀는 불쑥 끼어들어 수프를 들지 않겠느냐고 제안하기도 했다. "그래요, 친애하는 토머스 경, 차보다 수프 한 그릇이 더 나을 거예요. 수프 한 그릇을 꼭 드셔야 해요."

토머스 경은 화를 낼 수 없었다. "변함없이 모두의 안락을 염려하시는군요, 친애하는 노리스 부인." 그가 말했다. "하지만 정말로 차 말고는 아무것도 먹고 싶지 않습니다."

"그렇군요. 그럼 마리아, 차를 당장 가져오라고 할까. 서두르라고 배덜리를 재촉하는 게 어떻겠니. 오늘 밤은 유난히 꾸물거리는 것 같네." 결국 그녀는 주장을 관철시켰다. 그런 다음에야 토머스 경은 이야기를 계속할 수 있었다.

마침내 침묵이 흘렀다. 당장 전해야 할 말은 다 한 셈이었다. 이제 즐거운 마음으로 사랑하는 가족을 차례대로 돌아가며 보는 것으로 충분한 것 같았다. 그러나 침묵이 그리 오래가진 않았다. 레이디 버트럼이 잔뜩 들떠 말수가 많아지기 시작했던 것이다. 그런데 그녀가 이런 말을 꺼냈으니, 그때 자녀들의 기분이 어떠했겠는가. "최근에 아이들이 어떤 식으로 재미난 시

---

*정부로부터 적선을 공격하고 나포할 권리를 인정받은 무장한 민간 선박. 나폴레옹의 프랑스와 전쟁을 벌이던 기간에 서인도 제도에서 돌아오던 많은 영국 선박들, 특히 상선들이 프랑스 사략선으로부터 공격을 받았다.

간을 보내고 있었을 것 같아요, 토머스 경? 연극을 준비하고 있었어요. 연극 준비를 하느라 모두들 활기가 넘쳤답니다."

"정말이오! 그래 무슨 작품을 공연하려고 했습니까?"

"아! 그건 아이들이 직접 얘기할 거예요."

"곧 모든 내용을 말씀드리겠습니다." 톰이 큰 소리로 황급히 말하면서 짐짓 별일 아닌 척했다. "하지만 아버지께서 당장 참고 들으실 만큼 가치 있는 내용은 아닙니다. 내일 충분히 듣게 되실 거예요, 아버지. 뭐라도 해보려고, 그리고 어머니를 즐겁게 해드리려고 이번 주 들어서야 겨우 막 몇 개를 올리려던 참이었어요. 별것 아닙니다. 10월에 접어든 이후 거의 매일 비가 내려서 계속 집 안에만 머물러 있어야 했거든요. 3일 이후로는 사냥총을 들고 나가본 적이 거의 없습니다. 처음 사흘은 그럭저럭 사냥을 할 만했는데, 그다음부터는 엄두조차 못 냈어요. 첫날에 저는 맨스필드 숲까지 갔고 에드먼드는 이스턴 너머 잡목림 쪽으로 코스를 잡았지요. 둘이 합쳐서 꿩 여섯 쌍을 집에 가져왔어요. 물론 각각 그 여섯 배는 잡을 수 있었지요. 하지만 바라시는 대로 아버지의 꿩들을 최대한 소중히 여기고 있으니 안심하세요, 아버지. 아버지 숲의 꿩 마릿수가 예전보다 줄어든 걸 보시게 되리라고는 절대 생각지 않습니다. 제 평생 올해처럼 맨스필드 숲이 꿩들로 넘쳐나는 모습을 본 적이 없어요. 곧 날을 잡아서 그곳에 가셔서 직접 사냥해보셨으면 해요."

당장은 위험한 상황을 모면한 셈이었다. 불안에 떨던 패니의 마음도 가라앉았다. 그러나 곧바로 차가 들어오고, 토머스 경이 일어서면서 그리웠던 자기 방을 들여다보지 않고서는 더 이상 견딜 수 없을 것 같다고 말하자 극도의 불안감이 다시 엄습했다. 그곳에서 마주하게 될 변화에 대해 아직 마음의 준비조차 시키지 못했는데 그는 어느새 사라져버렸다. 그가 사라진 후 모두들 너무나 놀랐는지 침묵만 이어갔다. 맨 먼저 에드먼드가 입을 열었다.

"무슨 일이든 해야 해."

"손님들을 생각할 때야." 자신의 손이 여전히 헨리 크로퍼드의 가슴 위에 지그시 놓여 있다는 생각에 젖어 다른 건 하나도 중요하지 않은 마리아가 말했다. "올 때 크로퍼드 양이 어디 있었니, 패니?"

패니는 그들 남매가 집으로 돌아갔다고 알리고, 그들이 부탁한 말을 전했다.

"그럼 가엾은 예이츠만 덩그러니 혼자 남아 있다는 소리잖아." 톰이 외쳤다. "내가 가서 데려와야겠다. 모든 게 들통 나면 그럭저럭 괜찮은 지원군이 돼줄 테니까."

그는 극장 방으로 갔다. 그런데 도착 시점이 공교롭게도 아버지와 그의 친구가 처음 대면하는 순간과 맞아떨어져 그 장면을 목격하게 되었다. 토머스 경은 이미 자기 방에 촛불들이 켜져 있는 것을 보고 무척 놀라던 중이었다. 그리고 주변을 둘러보며 최근까지 그곳에 사람들이 있었다는 다른 흔적을 알아보았고, 가구들이 전체적으로 흐트러져 있는 것을 눈치채던 중이었다. 특히 당구실 문 앞의 책장이 다른 곳으로 옮겨진 게 눈에 띄었다. 그런데 이런 광경을 보고 미처 놀랄 틈도 없이 당구실 쪽에서 더욱 놀랄 만한 소리가 들려왔다. 그곳에서 누군가가 큰 소리로 말을 하고 있었던 것이다. 토머스 경은 누구의 목소리인지 알아들을 수 없었다. 아니, 말을 하는 것 이상이었다. 거의 고함을 내지르고 있었다. 그는 그 순간만큼은 그 방으로 직접 들어가는 수단이 있음을 다행으로 여기며 방으로 통하는 문 쪽으로 발걸음을 옮겼다. 문을 열고 들어선 순간 그는 자신이 극장 무대 위에 서 있다는 걸 알아차렸다. 그리고 고래고래 소리를 내지르고 있던 청년과 정면으로 마주하고 있다는 것도 알아차렸다. 청년은 그를 때려눕히기라도 하려는 듯한 자세를 취하고 있었다. 톰이 다른 쪽 문으로 들어온 시점은 예이츠가 토머스 경의 존재를 알아차리고 예행연습의 전 과정을 통틀어 그가 시작한 연기 중에서 가장 훌륭하다고 할 연기를 시작했던 바로 그 순간이었다. 그는 그 순간만큼 표정을 침착하게 유지하기 힘들었던 적은 한 번도 없었다고 생각했다. 얼떨결에 난생처음 무대에 서게 된 아버지가 근엄하지만 황당해하며 놀라는 모습과, 격정에 빠져 있던 빌덴하임 남작이 의젓하고 여유로운 예이츠로 서서히 바뀌어가는 모습은 정말이지 대단한 구경거리였다. 무슨 일이 있어도 절대로 놓치고 싶지 않은 엄청난 연기였다. 아마 그 연기가 마지막 연기일 터였다. 그 무대 위에서의 마지막 연기. 그러나 그는 그보다 훌륭한 연기는 있을 수 없다고 확신했다. 앞으로 최고의 갈채를 받으면서 극장문이 닫힐 것이었다.

여하튼 이런 즐거운 상상을 만끽할 여유가 더는 없었다. 빨리 앞으로 걸어 나가서 두 사람을 소개해야 했다. 그는 무척 거북한 기분이 들었지만 최선을 다했다. 토머스 경은 겉으로 봤을 때에는 그의 성품에 전적으로 어울리는 친절한 태도로 예이츠 씨를 맞았다. 하지만 사실 속으로는 이처럼 불가피하게 그를 알게 된 게 이런 일이 일어난 방식만큼이나 못마땅했다. 그는 이미 예이츠 씨의 가문과 인척 관계에 대해 충분히 알고 있었다. 그가 아들의 "각별한 친구"로, 아들과 사귀는 1백여 명의 각별한 친구들 중 한 명으로 소개되는 것이 지극히 못마땅할 정도로 충분히 알고 있었다. 제 집에서 연극이니 뭐니 하는 허튼 짓에 휘말려 우스꽝스러운 연기의 일익을 담당하면서 곤혹스러운 상황에 처했다는 사실, 이처럼 거북한 상황에서 탐탁지 않게 여겨질뿐더러 여유만만해 보이고 태연자약한 데다 말까지 많아서 둘 중 오히려 그쪽이 제 집에 와 있는 것처럼 편해 보이는 그런 청년을 억지로 소개받아야 한다는 사실에 그는 화가 머리끝까지 치솟았다. 화를 억누르기 위해서는 집에 돌아왔다는 행복감과 그 행복감이 제공하는 인내심을 총동원해야 했다.

톰은 아버지의 이런 속마음을 읽었다. 그리고 아버지가 계속해서 그 속마음을 일부분만 드러내기로 마음먹기를 진심으로 바라면서, 아버지에게 화를 낼 이유가 어느 정도 있을 수 있다고 어느 때보다 명백히 깨닫기 시작했다. 아버지가 그 방의 천장과 치장 벽토에 눈길을 줄 만한 타당한 이유가 조금은 있으며, 조용하지만 엄한 어조로 당구대의 운명에 대해 물을 때도 그게 선뜻 받아들일 만한 궁금증을 많이 넘어선 건 아니라고 생각했다. 각각 그렇게 불만족스러운 감정을 갖고 있는 것은 몇 분이면 충분했다. 준비가 참 적절하지 않느냐고 예이츠 씨가 열렬히 호소하자, 토머스 경은 애써 차분한 어조로 인정한다는 몇 마디 말을 해주었다. 그런 다음 세 신사는 함께 응접실로 돌아왔다. 토머스 경의 심각한 모습은 점점 정도를 더해갔다. 그걸 눈치채지 못하는 사람은 아무도 없었다.

"너희가 만들었다는 극장 방에 다녀오는 길이다." 그가 자리에 앉으면서 착 가라앉은 목소리로 말했다. "조금은 뜻하지 않게 그 방에 들어가게 됐다. 내 방과 그토록 가까울 줄은······. 정말 모든 면에서 너무나 깜짝 놀랐다. 너희가 그렇게 본격적인 공연을 계획했을 거라고는 상상도 하지 못했거든. 하지만 촛불 불빛에 비춰진 모습으로 판단해보건대 작업만은 참 말끔해 보이더구나. 내 친구 크리스토퍼 잭슨의 면목을 세워주는 무대였어." 그러고는 화제를 바꾸고 싶어 했다. 커피를 홀짝거리면서 가족 일 등 좀 더 차분한 화제로 넘어가 편안하게 이야기하고 싶어 했다. 그러나 토머스 경의 의도를 알아챌 만한 눈치도 없고, 다른 가족들 사이에서 최대한 주제넘게 나서지 않고 대화의 주도권을 토머스 경에게 넘겨줘야 한다는 걸 알 정도의 겸손함과 세심함과 분별력도 갖추지 못했던 예이츠 씨가, 눈치코치 없이 그를 극장 방이라는 화제에 계속 묶어놓았다. 그는 관련된 질문과 말들로 토머스 경을 괴롭히더니 급기야는 에클스퍼드에서의 실망스러운 사건까지 시시콜콜 늘어놓았다. 토머스 경은 무척 예의 바르게 경청했지만 예이츠 씨가 하는 말들은 하나부터 열까지 그의 예절 관념과 어긋났고 이 청년의 사고방식에 대한 나쁜 인상을 굳히기만 할 뿐이었다. 예이츠 씨의 이야기가 다 끝나자 그는 가볍게 고개만 끄덕였을 뿐 그 이상 공감을 표시할 수는 없었다.

"실은 바로 그 일 때문에 우리가 연극을 하게 됐습니다." 잠시 생각에 잠겨 있던 톰이 말했다. "제 친구 예이츠가 에클스퍼드에서 연극이라는 전염병을 갖고 온 거죠. 아시겠지만 그런 병이 늘 그러하듯 우리 사이에 확 번졌어요, 아버지. 오래전 아버지께서 그런 일을 장려하셨기 때문에 더 빨리 번진 게 아닌가 싶어요. 꼭 옛길을 다시 밟는 듯한 느낌이 들었거든요."

예이츠 씨는 되도록 빨리 친구에게서 화제를 가로채고는, 토머스 경에게 그동안 해온 일과 지금 하고 있는 일들을 즉각 설명했고, 공연 계획이 점점 더 확대된 경위, 처음에 겪었던 어려운 일들을 해결한 것, 그리고 현재의 순조로운 상황을 자세히 밝혔다. 앞뒤 분간을 워낙 못 하고 신이 나서 무턱대고 이런 이야기를 지껄였으니, 그는 앉아 있는 다수의 지인들이 불편한 몸짓을 보이고, 안색이 변하고, 안절부절못하고, 초조해하며 "흠!" 하고 헛기침을 하는 것조차 눈치채지 못했다. 뿐만 아니라 자신의 시선이 닿아 있는 분의 표정 변화도 알아차리지 못했다. 토머스 경은 가무잡잡한 이마를 잔뜩 찌푸리고는 저게 다 무슨 소리냐고 캐묻는 듯한 표정으로 심각하게 두 딸과 에드먼드를 쏘아보았다. 특히 에드먼드에게 눈길을 고정시키며 무언의 말을 퍼붓고 힐난하고 불만을 표하고 있었다. 에드먼드는 아버지의 심중을 깊이 헤아렸다. 패니 역시 에드먼드 못지않게 이모부의 심중을 예리하게 파악했다. 그녀는 이모가 앉아 있는 소파 끝 뒤쪽으로 슬그머니 의자를 당겨서 주목받지 않도록 피한 뒤, 눈앞에서 벌어지는 모든 광경을 지켜보고 있던 중이었다. 에드먼드가 아버지에게서 그 같은 눈총을 받는다는 것은 그녀로서는 상상도 못 할 일이었다. 그리고 에드먼드에게 그런 눈총을 받을 만한 이유가 조금이라도 있다는 생각이 들자 그녀는 진심으로 가슴이 아팠다. 토머스 경의 시선에는 이런 뜻이 담겨 있었다. '네 판단을 믿었다, 에드먼드. 대체 너는 뭘 하고 있었던 거냐?' 그녀는 마음속으로나마 이모부 앞에 무릎을 꿇었다. 그녀의 가슴은 북받쳐 오르며 이렇게 외치고 있었다. '아! 이모부, 에드먼드 오빠에게 그런 표정 짓지 마세요. 다른 모든 사람들에게 그러시더라도 오빠에게만은 제발 그러지 마세요!'

예이츠 씨의 말은 아직도 진행형이었다. "사실을 말씀드리면요, 토머스 경, 오늘 저녁 경께서 도착하셨을 때 우리는 예행연습 중이었답니다. 맨 처음 세 개의 막을 반복해서 연습하고 있었어요. 대체로 성공적이지 않은 것은 아니었는데, 지금 크로퍼드 남매가 집으로 돌아가는 바람에 연기자들이 뿔뿔이 흩어져버렸네요. 그래서 오늘 밤엔 더 이상 연습을 할 수 없게 됐습니다. 하지만 내일 저녁 저희와 함께하는 영광을 베풀어주신다면 연습을 성공적으로 마무리하는 데 아무 지장도 없을 겁니다. 아직 미숙한 연기자들이니 이해와 관용을 베풀어주시기를 미리 부탁드리겠습니다."

"관용을 베풀겠네, 예이츠 씨." 토머스 경이 엄숙하게 말했다. "하지만 더 이상의 예행연습은 안 될 말이지." 그리고 마음을 누그러뜨리는 미소를 지으며 덧붙였다. "난 행복해지기 위해서, 그리고 관용을 베풀기 위해서 집에 돌아온 걸세." 그러고 나서 그는 나머지 사람들 중 누군가를 향해서, 혹은 모두를 향해서 차분한 목소리로 말했다. "맨스필드에서 보낸 최근의 편지들을 보면 크로퍼드 씨와 크로퍼드 양 이야기가 나오던데, 사귈 만한 사람들이냐?"

대답할 준비가 조금이라도 되어 있는 사람은 톰이 유일했다. 그러나 그는 크로퍼드 남매 어느 쪽에 대해서도 전혀 관심이 없었고, 사랑이나 연기에 있어서도 질투를 느낄 게 없었으므로, 둘 모두에 대해 아주 후하게 설명했다. "크로퍼드 씨는 매우 친절하고 신사답습니다. 여동생은 상냥하고 예쁘고 우아하고 발랄한 아가씨고요."

러시워스 씨는 더 이상 입을 다물고 있을 수 없었다. "그 사람이 신사답지 않다는 말은 하지 않겠습니다. 그럭저럭 신사답지요. 하지만 그의 키가 5피트 8인치도 안 된다는 말을 아버님께 해드려야죠. 안 그러면 아버님께서 잘생긴 청년을 기대하지 않겠습니까."

토머스 경은 무슨 뜻인지 잘 이해하지 못했다. 그래서 그는

296

다소 놀란 얼굴로 러시워스 씨를 쳐다보았다.

"제 생각을 꼭 말씀드려야 한다면 말이죠," 러시워스 씨가 말을 이었다. "전 예행연습을 계속하고 싶지 않습니다. 그런 일은 맛있는 음식을 지나치게 많이 먹는 것과 다름없어요. 전 연기가 처음만큼 즐겁지 않습니다. 우리끼리 이곳에 편안하게 앉아서 아무 일도 하지 않는 편이 시간을 더 잘 쓰는 것 아닌가 싶습니다."

토머스 경은 그를 다시 쳐다본 뒤 동의한다는 듯이 미소를 지으며 대답했다. "이 문제에 관해 러시워스 씨와 내 생각이 이처럼 일치한다는 걸 알게 돼 무척 기쁘구려. 정말 만족스럽소. 내 입장에서 신중을 기하고, 예리하게 사태를 파악하고, 아이들이 미처 느끼지 못하는 망설임을 많이 느낀다는 것은 지극히 자연스러운 일이오. 그리고 가정의 평화라든가 시끌벅적한 오락을 멀리하는 가정에 대해 내가 부여하는 가치가 아이들이 부여하는 가치를 능가한다는 것 또한 똑같이 자연스러운 일이고. 하지만 러시워스 씨 나이에 벌써 이 모든 생각을 하고 있다니, 본인에게도 가족과 친지분들께도 아주 유리한 상황이 되겠소. 러시워스 씨 같은 든든한 우군을 갖는 것이 얼마나 중요한지는 잘 알고 있어요."

토머스 경은 러시워스 씨의 생각을 러시워스 씨 본인이 찾아낼 수 있는 것보다 더 멋진 말들로 표현하기로 작정한 것이었다. 그는 러시워스 씨에게서 천재의 모습을 기대해서는 안 된다는 것을 이미 알아차리고 있었다. 그러나 그가 말재주를 가지고 표현해낼 수 있는 것 이상으로 훌륭한 사고방식을 지니고 있으며, 올바른 판단을 내릴 줄 아는 견실한 청년이라면서, 그 가치를 대단히 높게 평가하고 싶은 마음이었다. 그 자리에 있던 사람들 대다수는 슬그머니 미소 짓지 않을 수 없었다. 러시워스 씨는 그토록 많은 의미가 담긴 말을 듣고 어찌할 바를 몰랐다. 하지만 실제 느끼는 그대로 표정을 지음으로써, 즉 토머스 경의 후한 평가에 지극히 기뻐하며 거의 아무 말 없이 가만히 있음으로써, 그는 그 평가를 좀 더 오랫동안 간직하기 위해 가장 유리한 일을 한 셈이었다.

2

다음 날 아침 에드먼드가 가장 먼저 목표로 삼은 일은 아버지와의 독대였다. 그는 그 자리에서 공연 계획 전반에 대해 제대로 설명하고, 맑은 정신이 드는 시간이니 자신의 동기를 인정받을 만하다는 생각이 드는 한도 내에서 연극에서 자신이 맡은 역할에 대해 변명하고, 나아가 지극히 솔직하게 자신이 그런 일에 굴복하고 끼어든 데에는 자신의 판단력을 충분히 의심하게 할 만큼의 편파적인 이해관계가 수반됐었다고 인정할 생각이었다. 그는 자신의 입장을 변명하면서도, 다른 사람을 배려하지 않는 이야기는 한 마디도 하지 않으려고 애썼다. 그러나 그들 가운데 처신을 옹호하거나 누그러뜨려 이야기해줄 필요가 전혀 없는 사람이 딱 한 명 있었다. "다소의 차이는 있겠지만 우리 모두 비난받아 마땅합니다." 그가 말했다. "패니만 빼놓고 전부 다요. 시종일관 올바른 판단으로 올곧은 자세를 보인 사람은 패니뿐이었어요. 그 애는 처음부터 끝까지 이 공연에 반대했어요. 그 애는 아버지께 마땅히 보여드려야 할 태도를 단 한 번도 저버린 적이 없습니다. 패니에게서 아버지가 원하시는 바람직한 모습을 보시게 될 거예요."

토머스 경은 그런 시기에, 그런 사람들과 함께, 그런 공연을 계획한다는 게 얼마나 부적절한 일인지, 아들이 분명히 그러리라고 짐작했던 것만큼이나 강하게 의식하고 있었다. 그는 그 사실을 너무나 절감했는지 그리 많은 말을 하지도 않았다. 그저 에드먼드와 악수한 뒤 불쾌한 기억을 털어버리고, 그 기억을 떠올리게 하는 것들을 모조리 치워 집을 원래 상태로 되돌려놓은 뒤, 자신의 존재가 어쩌면 그렇게 깡그리 잊힐 수 있었는지를 잊으려고 애써볼 작정이었다. 다른 자녀들에게는 훈계조차 꺼내지 않았다. 꼬치꼬치 캐묻는 위험을 감수하느니 스스로 잘못을 깨달을 거라고 믿고 싶은 마음이 더 컸다. 모든 일을 즉시 끝맺도록 질책하고, 공연 준비를 위한 모든 것들을 일소해버리면 충분할 것이었다.

하지만 이 집에는 그의 감정을 그런 식으로 자연스럽게 알아차리도록 그냥 내버려둘 수 없는 사람이 한 명 있었다. 바로 노리스 부인이었다. 토머스 경은 부인에게 그녀처럼 분별 있는 사람이라면 분명 반대했을 그런 일에 좀 더 적극적으로 개입해 아이들에게 충고를 해주고 막아줬으면 좋았을 거라고 넌지시 암시했다. 아이들이 그런 계획을 세운 것은 매우 경솔한 짓이었으며, 당연히 그들 스스로의 힘으로 그보다 더 나은 결정을 내릴 수 있어야 했다. 하지만 그들은 아직 어리지 않은가. 게다가 그는 에드먼드를 빼놓고는 하나같이 우유부단한 성품을 지녔다고 믿었다. 따라서 그는 아이들의 처신과 그들이 계획했던 오락 그 자체보다, 부인이 그러한 잘못된 처신을 묵인하고 그들의 위험한 오락을 지지한 데에 더 크게 놀라며 그녀를 바라볼 수밖에 없었다. 노리스 부인은 조금 당황스러워했다. 그리고 그 어느 때도 볼 수 없었던 모습을 보였다. 즉 침묵만 지켰다. 그녀는 토머스 경에게 그토록 확연히 보였던 그 일의 부적절함을 자기는 보지 못했다고 고백하기가 부끄러웠다. 그녀의 영향력이 줄어들었다는 사실, 아이들에게 지적을 해봤자 아무 소용도 없었을 거라는 사실을 인정하고 싶지도 않았다. 그녀가 할 수 있는 유일한 일은 되도록 빨리 이 화제에서 벗어나 토머스 경의 생각의 흐름을 다른 방향으로 돌리는 것이었다. 그녀는 자신이 버트럼가의 이익과 안락을 전반적으로 배려해왔다고 믿었기에, 그에 관해 넌지시 자화자찬할 거리가 무척 많았다. 그의 가족을 위해 자기 집 난롯가를 급히 떠나야 했던 일도 무척 많았다. 그녀는 레이디 버트럼과 에드먼드가 못 미더워 그들이 절약할 수 있도록 세심하게 조언해주었고, 그 결과 상당한 액수를 저축할 수 있었다. 또한 부도덕한 하인을 한 명 이상 적발해낸 일에 대해서도 상세히 전할 이야깃거리가 무척 많았다. 그러나 그녀의 으뜸가는 공은 소서턴에 있었다. 그녀의 가장 든든한 지원군이자 가장 큰 영광이 될 러시워스 가문과 연을 맺게 된 일이야말로 그녀가 내세울 무기였다. 그 점에 있어 그녀는 난공불락이었다. 그녀는 러시워스 씨가 마리아에게 호감을 갖도록 일을 성사시켰다며 자신에게 공을 돌렸다. "제가 적극적으로 나서지 않았다면, 그리고 그의 어머니를 소개받아야 한다고 주장하고, 그다음으로 동생한테 먼저 방문하라고 설득하지 않았다면, 아무런 결실도 얻어내지 못했을 거라고, 지금 이 자리에 앉아 있는 것만큼이나 확신한답니다. 러시워스 씨는 적잖이 용기를 북돋워줄 필요가 있는, 참 호감 가는 겸손한 청년이지요. 우리가 한가하게 손을 놓고 있었다면 호시탐탐 그를 가로채려고 주시하는 아가씨들이 아주 많았을 거예요. 하지만 제가 온갖 수단을 다 동원했어요. 동생을 설득할 수만 있다면 하늘이고 땅이고 몽땅 다 동원할 생각이었어요. 그리고 결국 동생을 설득했지요. 여기서 소서턴까지 얼마나 먼 길인지는 토머스 경도 아실 거예요. 게다가 한겨울이었고 길 상태도 통행이 거의 불가능한 지경이었어요. 그래도 제가 동생을 확실하게 설득했답니다."

"처형이 제 아내와 아이들에게 얼마나 큰 영향력을 미치는지, 그것도 얼마나 정당하게 미치는지는 잘 압니다. 그래서 더 우려하는 거예요. 그런 영향력이 제대로 사용되지 않았다는……."

"친애하는 토머스 경, 경이 그날 길 상태를 보셨다면 어땠을지! 우리에게 말 네 필이 있었지만 그런 길은 절대로 지나갈 수 없을 거라고 생각했어요. 그런데 가엾은 마부 할아범이 우리를 워낙 아끼고 사랑하는 마음에서 그랬는지, 류머티즘 때문에 마부석에 제대로 앉아 있을 수조차 없는 처지인데도 우리를 모시겠다고 했지요. 지난번 미카엘 축일*부터 할아범의 류머티즘을 제가 쭉 치료해서 결국은 낫게 했거든요. 그런데 겨울 들어서는 내내 상태가 아주 안 좋았죠. 그리고 그날은 날이 날인지라 출발 전에 할아범 방으로 올라가서 무리하지 말라고 조언했어요. 하지만 벌써 가발을 쓰고 있더군요. 그래서 말했죠. '할아범, 할아범은 안 가는 게 낫겠어요. 마님과 나는 별일 없을 거예요. 스티븐이 얼마나 착실한 사람인지는 할아범도 잘 알잖아요. 요즘은 찰스도 선두의 말들을 꽤나 자주 모니 아무것도 걱정할 것 없어요'라고요. 하지만 곧 그런 말이 전혀 소용 없다는 걸 알았어요. 할아범은 자기도 가겠다고 단단히 결심하고 있었어요. 이후로는 신경 쓰기도 싫고 주제넘게 나서고 싶지도 않아서 더 이상 말을 삼갔답니다. 하지만 마차가 덜컹거릴 때마다 할아범 생각에 가슴이 무척 아팠지요. 스토크 인근의 좁고 험한 길에 접어들었을 때 보니 돌밭 위가 살짝 얼어 있고 눈도 쌓여 있어서 경이 상상하실 수 있는 어떤 것보다 더 길 상태가 열악했거든요. 그러니 할아범을 걱정할 수밖에요. 게다가 가

*9월 29일. 잉글랜드, 스코틀랜드, 아일랜드에서 기리는 축일로 성모 영보 대축일(3월 25일), 세례 요한 축일(6월 24일), 크리스마스(12월 25일)와 함께 영국의 사분기 결산일 중 하나이다.

없은 말들은 또 어떻고요! 말들이 전력을 다해 힘겹게 나아가는 모습을 보고 있으려니 정말이지! 제가 말들을 늘 얼마나 불쌍히 여기는지는 토머스 경도 아실 거예요. 샌드크로프트 언덕 밑에 도착해서 제가 무슨 일을 했을 거라 생각하세요? 제 이야기를 들으시면 흐뭇한 미소를 지으실 겁니다. 저는 마차에서 내려 언덕을 걸어 올라갔답니다. 정말 그랬어요. 그래봤자 말들의 수고를 크게 던 건 아니었을 테지만요. 그래도 조금은 도움이 됐겠죠. 그냥 편하게 앉아서 귀한 말들이 고생스럽게 마차를 끌고 올라가는 걸 도저히 참고 볼 수 없었어요. 결국 감기에 심하게 걸렸지만 그런 건 신경조차 쓰지 않았지요. 그 방문으로 제가 목표했던 일이 성사됐으니까요."

"그 댁과 연을 맺게 됐으니 앞으로도 그런 수고를 들일 만한 가치가 있는 일이었다고 생각할 수 있으면 좋겠군요. 러시워스 씨의 태도에서 크게 주목할 만한 점은 별로 보이지 않았습니다. 그렇지만 어젯밤 한 가지 주제에 관한 그의 지론만큼은 무척 마음에 들더군요. 시끌벅적하고 어수선한 연극보다 조용한 가족 모임이 훨씬 더 좋다는 그 생각 말입니다. 제가 바라는 것과 정확히 일치하거든요."

"맞아요, 정말 그래요. 그를 알게 될수록 더 마음에 드실 거예요. 솔직히 번드르르한 인물은 아니죠. 하지만 장점이 천 가지는 될걸요. 경을 존경하는 마음이 하도 커서 그 얘기를 듣고 저는 웃음을 터뜨렸어요. 모두들 그가 그러는 게 다 저 때문이라고 생각하니까요. 일전에 그랜트 부인이 말했어요. '맹세코 말씀드리는데요, 노리스 부인, 러시워스 씨가 부인의 친아들이라 해도 토머스 경에게 지금보다 더한 존경심을 품을 수는 없을 거예요'라고요."

토머스 경은 꺼내려 했던 핵심 이야기를 포기할 수밖에 없었다. 얼렁뚱땅 둘러대는 그녀의 말재주에 무너졌고 그녀의 발림소리에 마음이 누그러졌기 때문이다. 따라서 그는 사랑하는 사람들의 눈앞의 기쁨이 걸려 있는 일이라면 가끔 그녀의 애정이 그녀의 판단력을 압도한다고 납득하고 만족할 수밖에 없었다.

그날 아침 그는 무척 바빴다. 가족들과 대화하며 보낸 시간은 아침나절의 일부분에 지나지 않았다. 맨스필드의 일상적인 온갖 볼일들에 대해 다시 주의를 기울여야 했고, 집사와 마름을 만나야 했고, 검토하고 계산해야 했다. 그리고 그런 볼일들을 보는 짬짬이 마구간과 정원, 가장 가까운 조림지에도 나가 봐야 했다. 그러나 적극적이고 정연한 편이었던 그는 가장 자격으로 정찬 식탁에 앉기 전에 이 모든 볼일들을 해치웠을 뿐만 아니라, 목수를 시켜서 최근 당구실에 설치됐던 것들을 모조리 떼어내게 했고, 배경을 그리는 화공은 해고하기까지 했다. 그 화공이 적어도 지금쯤 노샘프턴까지 갔으리라는 즐거운 믿음을 당당히 주장할 정도로 일찌감치 그랬다. 화공은 방 한 곳의 바닥만 버려놓고, 마부의 스펀지를 몽땅 못쓰게 만들고, 잔심부름하는 하녀 다섯 명만 불만에 차 빈둥거리게 만들어놓고 떠난 셈이었다. 토머스 경은 하루 이틀 안에 그동안 설치했던 모든 것들을 눈에 띄지 않게 없애버리고, 집 안에 남아 있는 가제본 상태의 〈연인들의 맹세〉 각본들까지도 전부 태워버릴 수 있으면 좋겠다고 생각했다.

예이츠 씨는 그제야 토머스 경의 속마음을 알아차리기 시작했다. 물론 그 이유가 무엇인지는 전혀 감을 잡지 못했다. 그와 그의 친구 톰은 그날 아침나절 대부분을 엽총을 들고 나가서 보냈다. 톰은 그 기회를 틈타 아버지의 까다로운 성미에 대해 사과했고 앞으로 예견되는 일들을 설명했다. 예상했듯이 예이츠 씨는 대단히 비통한 마음으로 톰의 말을 받아들였다. 두 번씩이나 같은 좌절을 맛본다는 건 정말 지독한 불운이었다. 그가 하도 심하게 속상해해서, 자기 친구와 친구의 여동생에 대한 배려가 없었더라면 준남작에게 어떻게 일을 그토록 불합리하게 처리할 수 있느냐고 따지고, 좀 더 합리적으로 처리하자고 논박했을 거라는 생각이 들 정도였다. 그는 맨스필드 숲에 머무는 동안, 그리고 집으로 돌아오는 내내 이렇게 따져보리라 단단히 마음을 먹고 있었다. 하지만 토머스 경과 같은 식탁에 앉아 그를 지켜본 결과, 그냥 자기 식대로 하게 내버려두고, 어리석은 처사라는 비난은 속으로만 간직하는 편이 낫겠다고 생각했다. 예이츠 씨는 불쾌한 아버지들을 많이 알고 있었고, 그런 아버지들이 빚어내는 온갖 불편한 상황들을 목격하고 놀란 적도 많았다. 그러나 지금껏 토머스 경 같은 아버지는 보지 못했다. 그렇게, 이해할 수 없을 정도로 도덕군자에다 폭군적인 아버지는 평생 한 번도 본 적이 없었다. 자녀들만 아니었다면 도무지 참고 봐줄 수 없는 아버지였다. 예이츠 씨가 그의 집 지붕 아래에서 며칠 더 머물다 가겠다고 마음먹은 점에 대해 토머스 경은 자신의 어여쁜 딸 줄리아에게 감사라도 표해야 했을 것이다.

거의 모든 이들의 마음이 거친 물결이 일렁이듯 거북했지만 그날 저녁은 겉보기에는 평온하게 지나갔다. 게다가 토머스 경의 요청으로 딸들이 연주를 하면서, 진정한 화합이 이루어지지 않고 있다는 사실을 감추는 데 일조했다. 마리아는 마음이 몹시 혼란스러웠다. 지금 그녀에게 가장 중요한 것은 크로퍼드가 때를 놓치지 않고 자신의 본심을 밝히는 것이었다. 그녀는 그런 진전이 이루어지는 기미도 없이 하루가 그냥 지나간다는 게 불안하기만 했다. 그녀는 아침저녁으로 그가 찾아오기를 고대했다. 이미 아침 일찍 러시워스 씨가 대단한 소식을 들고 소서턴으로 갔었다. 어리석게도 그녀는 러시워스 씨가 다시 돌아오는 수고를 덜 만큼 상황이 즉각 잘 설명됐기를 바랐다. 그러나 목사관에선 개미 새끼 한 마리 찾아오지 않고 있었다. 아무도 나타나지 않았고, 축하의 말과 그랜트 부인이 레이디 버트럼에게 안부 인사차 전하는 쪽지 말고는 아무런 소식도 들을 수 없었다. 두 가족 사이에 이렇듯 완전히 왕래가 끊긴 것은 여러 주 만에, 실로 여러 주 만에 이날이 처음이었다. 8월이 시작된 이래로 두 가족이 어떤 식으로든 서로 얽히지 않고 스물네 시간을 보낸 적은 단 한 번도 없었다. 참으로 유감스럽고 걱정스러운 하루였다. 그 이튿날도 종류가 달랐을 뿐 전날보다 불운이 덜하지는 않았다. 열렬한 기쁨을 느낀 것은 잠깐뿐이었고, 즉시 통렬한 고통의 시간이 찾아왔다. 헨리 크로퍼드가 맨스필드 저택을 다시 방문하긴 했다. 그는 토머스 경에게 문안 인사를 올리겠다며 안달하던 그랜트 박사와 함께 걸어서 올라왔다. 두 사람은 다소 이른 시간에 가족 대부분이 모여 있는 조찬실로 안내되었다. 곧 토머스 경이 모습을 드러냈고, 마리아는 사랑하는 남자가 아버지에게 소개되는 모습을 기쁘고 설레는 마음으로 지켜보았다. 뭐라고 형용할 수 없는 감정이었다. 그리고 헨리 크로퍼드가 그녀와 톰 사이에 앉아서 나지막한 목소리로 톰에게 이렇게 묻고 난 뒤 몇 분 동안에도 그런 감정은 계속되었다. 그는 지금은 행복하게 중단됐지만 (토머스 경에게 공손한 눈길을 보내면서) 혹시 공연을 재개할 계획이 있느냐고 물었다. 혹시 그렇다면, 모두가 요구한다면 어느 때든 맨스필드로 반드시 돌아오겠다는 것이었다. 지금은 꾸물거릴 여유 없이 바스에서 숙부를 만나기 위해 떠나야 하지만, 〈연인들의 맹세〉 공연을 재개할 가능성이 조금이라도 생긴다면 자신도 꼭 참석해야 한다고 생각한다며, 그러면 다른 어떤 요구도 물리치고 올 것이고, 그가 필요하다면 공연 동료들과 반드시 함께해야 한다는 점을 숙부에게 절대적인 조건으로 걸어놓겠다고 말했다. 자신의 부재로 말미암아 공연이 무산되는 일이 있어서는 안 된다는 것이었다. "바스든 노퍽이든 런던이든 요크든 어느 곳에 있든 상관없습니다." 그가 말했다. "알려만 주신다면 한 시간 안에 영국 어디에서든 달려오겠습니다."

그 순간 대답을 한 사람이 줄리아가 아니라 톰인 게 다행이었다. 톰은 즉각 편안한 마음으로 술술 대답할 수 있었다. "떠나신다니 섭섭하군요. 여하튼 우리 연극 말인데요, 그건 이제 다 끝났습니다. 완전히 끝났어요. (의미심장한 표정으로 아버지 쪽을 쳐다보면서) 어제 화공도 돌려보냈어요. 내일이면 극장 방에는 아무것도 남아 있지 않을 겁니다. 처음부터 극장 방이 이렇게 될 줄 알았다니까요. 버스로 가시기에는 좀 이른 것 아닌가 싶군요. 사람들이 별로 없을 텐데요."

"숙부님이 대개 이즈음에 가셔서요."

"언제쯤 떠나실 생각이십니까?"

"아마 오늘 중으로 밴버리까지는 가야 할 겁니다"

"버스에 가시면 어느 마구간을 이용하실 겁니까?" 다음 질문이었다. 두 사람 사이에 이런 대화가 오가는 동안, 자존심도 결단력도 부족하지 않은 편이었던 마리아는 비교적 차분하게 자기 몫의 대화를 기다리면서 각오를 단단히 다지고 있었다.

그는 곧바로 그녀에게 몸을 돌린 뒤 방금 전 말한 내용의 많은 부분을 되풀이했다. 좀 더 부드럽게 말하고 섭섭한 감정을 더 강하게 표현했을 뿐이었다. 그러나 그런 태도와 표현이 다 무슨 소용이란 말인가? 떠난다지 않는가. 자발적으로 떠나는 건 아니라 할지라도, 이곳을 떠나 다른 곳에 머무르겠다는 것은 그의 생각이었다. 숙부님과 관련된 일을 제외한 나머지 볼일들은 모두 그가 스스로 만들어낸 것이었다. 불가피한 일이라고 말할 테지만, 그녀는 그가 어느 누구에게도 구속받지 않는 자유로운 몸이라고 알고 있었다. 그녀의 손을 그런 식으로 자기 가슴에 갖다 대고 지그시 눌렀던 그의 손, 그 손은 대체 뭐란 말인가! 지금은 그 손도, 그 가슴도 아무런 움직임 없이 소극적이기만 하지 않은가! 그녀는 당찬 기백으로 간신히 버티고 있었지만 심적 고통은 극심했다. 얼마 안 가 그녀는 행동과 모순된 그의 말들로 인해 생겨난 감정을 견뎌내야만 했다. 혼란스러운 감정도 사교적인 제약 때문에 묻어두어야만 했다. 그자리에 있던 모두가 그에게 작별 인사를 하겠다면서 그녀에게 향해 있던 그의 관심을 빼앗았기 때문이다. 그리고 그제야 공공연히 인정되기 시작했던 이 작별 방문은 짧게 끝이 났다. 그는 떠났다. 그녀의 손을 마지막으로 살짝 잡고 고개를 숙이며 작별 인사를 하고 떠났다. 그녀는 고독이 주는 모든 위안을 금방이라도 찾을 수 있을 것 같았다. 헨리 크로퍼드는 떠났다. 맨스필드 저택을 떠나, 앞으로 두 시간 뒤면 마을을 빠져나갈 것이다. 그렇게 해서 그의 이기적인 허영심이 마리아 버트럼과 줄리아 버트럼에게 불러일으켰던 모든 희망도 끝이 났다.

　어쩌면 줄리아는 그가 떠났다는 사실에 기뻐했을지도 모르겠다. 그녀에게는 이제 그의 존재가 불쾌하게 느껴지기 시작하던 터였다. 하지만 마리아가 그를 차지한 게 아니었으니 그녀는 지금 다른 복수를 꿈꾸지 않을 만큼 차분했다. 언니가 그렇게 버림받았는데 거기다 그걸 구태여 까발리는 일까지 덧붙이고 싶지는 않았다. 그녀는 헨리 크로퍼드가 떠났으니 언니가 가엾다는 마음까지 들었다.

패니는 소식을 듣고 순수한 마음으로 기뻐했다. 정찬 자리에서 그 소식을 듣고 정말 다행이라고 생각했다. 다른 사람들은 모두 섭섭한 마음으로 그 일을 이야기했다. 각자 느끼는 감정에 적절한 정도의 차이는 있었지만 다들 그의 장점을 칭찬했다. 지나칠 정도로 호감을 가졌던 에드먼드의 진지한 감정부터 순전히 기계적으로, 틀에 박힌 말만 하던 어머니의 무관심에 이르기까지 그들이 느낀 감정은 제각각이었다. 노리스 부인은 주변을 둘러보면서, 그가 줄리아를 사랑하게 되지 않은 게 의아하다고 말했다. 그러면서 그 일을 추진함에 있어 자신이 태만했던 건 아닌지 걱정까지 했다. 그러나 신경 쓸 일이 그렇게나 많았으니, 그녀가 아무리 활약했다 한들 그 활약이 마음속의 바람과 보조를 맞추는 게 어떻게 가능했겠는가.

하루 이틀 더 지난 뒤 예이츠 씨도 떠났다. 그가 떠난 데 대해 가장 큰 관심을 보인 사람은 토머스 경이었다. 가족들하고만 있고 싶었던 그는 설령 예이츠 씨보다 더 훌륭한 손님이 집에 머물렀다 하더라도 틀림없이 성가시게 여겼을 터였다. 여하튼 경박스럽고 뻔뻔하며 게으르고 사치스러운 예이츠 씨는 모든 면에서 짜증 나는 존재였다. 사람의 됨됨이 자체도 못마땅했지만, 톰의 친구로서도 줄리아에게 관심 있는 청년으로서도 비위에 거슬리기 시작하던 참이었다. 토머스 경은 크로퍼드 씨가 떠나든 머무르든 일절 관심이 없었다. 그러나 예이츠 씨의 경우는 진심으로 만족하면서 현관문까지 배웅하고는 즐거운 여행이 되기를 바란다고 말했다. 예이츠 씨는 공연을 준비하느라 맨스필드에 만들었던 모든 것들이 파손되고, 연극과 관련된 모든 것들이 치워지는 광경을 목격할 때까지 머물러 있었다. 저택이 전반적으로 대단히 건전한 본래의 모습을 되찾는 것을 보고 그곳을 떠난 것이었다. 토머스 경은 그가 저택을 떠나는 것을 지켜보면서, 그것이 연극과 관련이 있는 최악의 존재이자 그런 계획이 있었음을 불가피하게 상기시키는 최후의 존재가 제거되는 일이기를 바랐다.

노리스 부인은 수를 써서 토머스 경의 마음을 괴롭힐 만한 물품 한 가지를 그의 시야에서 제거했다. 막으로 쓰기 위해 그녀의 주도하에 그녀의 재능을 발휘해 성공적으로 만들어낸 커튼이 그녀와 함께 그녀의 누옥으로 간 것이다. 마침 그 집에 녹색 천이 특별히 필요하던 참이었다.

3

토머스 경의 귀국으로 가족들의 일상에는 〈연인들의 맹세〉와 무관하게 두드러진 변화가 일어났다. 그의 통제 아래, 맨스필드는 전혀 다른 곳이 되었다. 함께 어울리던 몇몇은 멀리 떠났고, 남은 이들은 대개 서글픈 기분이었다. 예전과 비교하면 모든 게 일률적이고 침울하기만 했고, 칙칙한 가족 모임도 좀처럼 활기를 띠지 못했다. 목사관과도 교류가 거의 없었다. 대체로 다른 가족과의 친밀한 교류를 꺼리는 편이던 토머스 경은 이 무렵에는 단 한 가족만 제외하고는 어느 집안과도 어울리려고 하지 않았다. 러시워스가 사람들이 그가 자신의 가족 모임에 청할 수 있다고 생각하는 유일한 가족이었다.

에드먼드는 아버지가 그렇게 생각하는 것에 놀라지 않았다. 그랜트 부부가 제외됐다는 것 말고는 별달리 유감스러운 점도 없었다. "하지만 그랜트 박사 부부는 그럴 자격이 있어." 그가 패니에게 말했다. "두 분은 우리와 잘 어울리시지. 우리가 한 가족처럼 생각하는 분들이기도 하고. 아버지가 안 계시는 동안에 두 분이 어머니와 동생들에게 얼마나 큰 관심을 기울이셨는지 아버지도 잘 알게 되셨으면 좋겠다. 그분들이 무시당한다고 생각하실까 봐 걱정이 돼. 아버지는 그분들을 잘 모르셔. 두 분이 이곳으로 이사 오고 열두 달도 채 안 됐을 때 영국을 떠나셨으니까. 그랜트 부부의 진면목을 아신다면 그분들과의 교분을 마땅히 그래야 할 만큼 소중히 여기실 텐데. 사실 그분들이야말로 아버지 마음에 드실 그런 분들이시잖니. 우리끼리만 있으면 가끔은 조금 활기가 부족해 보여. 동생들은 기운이 없어 보이고 톰 형도 확실히 편해 보이지 않아. 그랜트 박사와 그랜트 부인이 계시면 활기를 불어넣어주실 텐데. 그러면 저녁 시간을 더 즐겁게 보낼 수 있을 거야. 심지어 아버지도 그러실걸."

"그렇게 생각해요?" 패니가 말했다. "내 생각에는 이모부가 어떤 가족도 끼어들지 않기를 바라시는 것 같아요. 오빠가 말한 평온한 생활을 가치 있게 여기시고, 가족들끼리만 한적하게 휴식을 취하고 싶으신 거예요. 나는 우리가 예전보다 더 딱딱한 생활을 하고 있는 것 같진 않아요. 그러니까 이모부가 해외에 나가시기 전보다요. 내 기억으로 우린 늘 똑같았어요. 이모부 앞에서 마음껏 웃은 적은 한 번도 없잖아요. 혹시 예전과 차이가 난다면, 이모부가 안 계셨던 기간이 빚어낸 첫 만남의 어색한 분위기 이상은 아닐 거라는 게 내 생각이에요. 분명히 어색한 분위기가 있긴 해요. 하지만 예전에도 이모부께서 런던에 가 계실 때를 제외하면, 우리가 저녁 시간을 한 번이라도 즐겁게 보낸 적이 있는지, 난 기억이 안 나요. 공경해야 하는 어른이 집에 계실 때면 아마 다른 젊은이들도 다 그렇지 않을까요."

"네 말이 맞는 것 같아, 패니." 잠시 생각에 잠겨 있다가 그가 한 대답이었다. "우리의 저녁 시간이 새로운 성격을 띠었다기보다는 예전 모습으로 되돌아갔다는 게 맞는 거 같아. 사실 저녁 시간이 활기에 넘쳤던 게 새로운 거였지. 아무튼 불과 몇 주밖에 안 되는 그 시간들이 앞으로 얼마나 강렬한 인상을 남기게 될지! 그전까지는 그런 삶을 한 번도 살아보지 못했다는 기분이 들어."

"아무래도 내가 다른 사람들보다 더 진지한 편인가 봐요." 패니가 말했다. "나는 요새 저녁 시간이 길게 느껴지지 않아요. 이모부의 서인도 제도 이야기를 듣는 게 너무 좋거든요. 꼬박한 시간이라도 귀 기울여 들을 수 있을 것 같아요. 다른 이야기보다 그 이야기가 훨씬 더 재미나요. 하지만 그렇다면, 내가 다른 사람들과 다른 거라고 감히 말할 수 있겠죠."

"네가 왜 감히 그런 말을 하는 걸까? (미소를 지으며) 현명하고 사려 깊다는 점에서 다른 사람들과 네가 다를 뿐이라는 말을 듣고 싶은 거겠지? 하지만 너든 다른 누구든 언제 내게서 다른 사람 칭찬하는 소리를 들어본 적이 있니, 패니? 칭찬을 듣고 싶으면 아버지에게 가렴. 아마 너를 만족시켜주실 거다. 무슨 생각을 하시는지 여쭤봐. 그럼 칭찬을 실컷 듣게 될 거야. 그 칭찬이 주로 네 외모에 관한 것이겠지만 참고 들어야 한다. 때가 되면 아버지도 네 정신적인 아름다움을 알아보게 되실 거라는 믿음을 가지고 말이지."

너무나 생소한 말들이라 패니는 무척 당황스러웠다.

"네 이모부께서 네가 참 예쁘다고 생각하신다는 소리야, 패니. 그게 핵심이야. 나를 제외한 모두가 그걸 중요하게 생각해. 너만 빼고 누구나 네가 예전부터 참 예쁘다고 여겨지지 않은 걸 억울해할 거고. 사실 아버지는 지금까지 너에 대해 감탄하거나 하신 적이 한 번도 없었어. 그런데 지금은 그렇게 보고 계시는구나. 패니 얼굴이 얼마나 예뻐졌는지 몰라! 표정도 아주 풍부해졌고! 게다가 몸매는 또 어떻고……. 아니, 패니, 그렇게 딴청은 부리지 말고. 네 이모부 아니시니. 이모부의 감탄도 견디지 못하면 앞으로 어쩌려고 그래? 네가 보기 좋은 미모를 갖췄다는 칭찬에 대해, 이제 단단히 마음먹고 익숙해지기 시작해야 해. 아름다운 여인으로 성장하는 것에 어색해하면 안 돼."

"아! 이제 그만요. 그런 말 하지 마요." 그가 의식하고 있는 것보다 훨씬 더 많은 감정이 북받쳐 올라 괴로워진 패니가 외쳤다. 하지만 그녀가 거북해하는 모습을 보고는, 그도 그 이야기는 그만두고 좀 더 진지해진 모습으로 이렇게 덧붙였다. "네 이모부께서 네가 모든 면에서 마음에 든다는 생각을 하게 되신 거야. 그러니 네가 그분께 이야기를 좀 더 많이 했으면 좋겠구나. 저녁때 보면 넌 가족들이 모인 자리에서 말이 너무 없어."

"이모부한테 예전보다는 더 많이 말을 붙이고 있어요. 분명히 그러고 있어요. 어젯밤만 해도 내가 이모부에게 노예 교역에 관한 질문을 했던 거 못 들었어요?"

"들었지. 그리고 그 질문에 다른 질문들이 이어지기를 바라고 있었고. 질문을 좀 더 받았더라면 이모부께서 무척 기뻐하셨을걸."

"나도 정말 그러고 싶었어요. 하지만 쥐 죽은 듯 고요했잖아요! 언니들이 말 한 마디 없이 조용히 앉아 있으면서 내가 꺼낸 화제에 전혀 관심을 보이지 않는 동안은 그러고 싶지 않았어요. 이모부가 들려주시는 정보에 나만 궁금증을 보이면서 즐거워하는 기색을 보인다면, 언니들을 희생시키면서 나만 돋보이고 싶다고 나서는 꼴이 될 것 같았거든요. 이모부는 틀림없이 친딸들이 그런 즐거움을 느끼기를 바라셨을 거예요."

"일전에 크로퍼드 양이 너에 대해 한 말이 있는데 그 말이 정말 옳구나. 다른 여자들이 무시당하는 것을 두려워하는 만큼, 너는 주목받고 칭찬받는 것을 두려워한다고 했던가. 목사관에서 너를 두고 얘기를 나눈 적이 있는데, 그게 그 아가씨가 한 말이다. 사람 보는 눈이 정말 대단한 아가씨야. 사람의 성격을 그녀보다 더 잘 파악하는 사람은 본 적이 없어. 그렇게 어린 아가씨가 그럴 수 있다니 놀라울 따름이지! 확실히 그 아가씨가 오랜 세월 동안 너를 알아온 많은 사람들보다 너에 대해 더 잘 이해했어. 게다가 다른 사람들에 대해서도 가끔 넌지시 던지는 말이나 별 생각 없이 툭툭 던지는 표현을 보면, 많은 사람들에 대해 네게 그랬던 것처럼 예의에 어긋나지 않는 한도 내에서 정확하게 성격을 파악하고 있다는 걸 알 수 있어. 아버지에 대해서는 어떻게 생각하는지 정말 궁금해! 틀림없이 매우 신사답고, 근엄하고, 태도가 한결같고, 훌륭한 외모를 갖춘 분이라고 높이 평가하겠지. 하지만 아버지를 본 적이 그리 많지 않으니 과묵하신 모습이 조금 거슬리기는 할 거야. 두 사람이 자리를 함께하는 시간이 많아지면 틀림없이 서로에게 호감을 가질 텐데. 그녀의 활달한 모습을 아버지께서도 좋아하시겠지. 게다가 그녀도 아버지의 지성을 알아볼 능력을 갖추고 있고. 두 사람이 좀 더 자주 만나면 좋겠어! 그녀가 아버지께서 자기를 싫어하신다는 생각은 안 했으면 좋겠다.”

“아마 그 아가씨는 가족들 모두의 호감은 이미 확보했다고 생각하고 있을걸요.” 패니가 반쯤 한숨을 내쉬며 말했다. “그러니 그런 걱정은 안 할 거예요. 그리고 토머스 경께서 우선 가족들하고만 있고 싶어 하시는 건 너무나 자연스러운 일이니 그 아가씨도 그 점에 대해선 반대할 이유가 없어요. 시간이 조금 더 지나면 우리는 아마 예전처럼 다시 만나게 될 거예요. 계절이 바뀌고 있으니까요.”

"그녀가 어린 시절 이후 시골에서 시간을 보낸 적은 아마 이번이 처음일 거다. 턴브리지나 첼트넘 같은 곳은 시골이라고 볼 수 없고. 11월은 지금보다 조금 더 지루한 달인데. 겨울이 찾아왔을 때 자기 동생이 맨스필드를 재미없는 곳으로 생각할까 봐 그랜트 부인의 걱정이 이만저만 아니시더구나."

패니는 많은 말을 할 수 있었다. 하지만 아무런 말도 하지 않는 편이, 크로퍼드 양의 재능이니, 교양이니, 활기찬 기분이니, 중요성이니, 지인들이니 하는 화제는 건드리지 않는 편이 더 안전했다. 혹시 그런 화제를 건드렸다가 속마음이 드러나서 별로 곱지 않은 말을 하게 될까 봐 걱정이 됐기 때문이다. 크로퍼드 양이 자신을 우호적으로 평가했다는 점 때문에, 적어도 고마운 마음에서라도 발언을 삼가는 게 마땅했다. 그녀는 다른 화제를 꺼내 들었다.

"내일 이모부께서 소서턴에서 정찬을 드신다죠. 오빠와 버트럼 오빠도 함께 가고요. 집에 몇 명 안 남겠네요. 이모부께서 러시워스 씨를 계속 마음에 들어 하셔야 할 텐데."

"그건 불가능한 일이야, 패니. 내일 방문 이후로는 틀림없이 미덥지 않게 생각하실걸. 내일은 우리가 그 사람과 같은 자리에서 무려 다섯 시간이나 함께 있게 될 테니 말이다. 더 큰 불운은 따르지 않는다 해도, 몹시 따분한 시간을 보낼 것 같아 걱정이야. 그 다섯 시간은 분명 토머스 경에게 큰 인상을 남길 거야. 그러면 더 이상 스스로를 속이지 못하시겠지. 모두들 참 안됐어. 러시워스와 마리아가 만나지 못하게 무슨 일이라도 하고 싶다니까."

그런데 정말로 이런 예측과 관련하여 토머스 경에게 실망감이 드리워지고 있었다. 그가 러시워스 씨에 대해 아무리 큰 호감을 느꼈다고 해도, 그리고 러시워스 씨가 그를 아무리 존경한다고 해도, 얼마간의 진실을 알아차리는 건 막을 수 없었다. 러시워스 씨가 조금 모자란 청년이며, 사업 면에서나 학식 면에서 부족하고, 대체로 주관이 뚜렷하지 못하며, 나아가 본인이 이 모든 사실을 제대로 인식하지도 못한다는 진실 말이다.

토머스 경은 사실 사뭇 다른 사위를 기대하고 있었다. 따라서 그는 마리아 문제를 심각하게 생각하기 시작했으며 그녀의 속마음을 알아내려고 애를 썼다. 그다지 많이 지켜볼 필요도 없이 그는 무관심이 그 두 사람 사이에 가능한 가장 좋은 마음 상태라는 걸 알게 되었다. 러시워스를 대하는 딸의 태도는 무심하고 차가웠다. 그녀는 그를 좋아할 수도 없었고 좋아하지도 않았다. 토머스 경은 딸과 진지한 대화를 나눠봐야겠다고 결심했다. 두 집안의 결합은 이득이 되는 일처럼 보였고, 약혼한 지 시간도 제법 흐르고 그 사실이 널리 알려지긴 했지만, 그렇다고 해서 딸의 행복을 희생시킬 수는 없었다. 딸이 너무 짧은 만남을 토대로 러시워스 씨를 덥석 받아들인 모양이고, 그랬다가 그에 대해 좀 더 알게 되자 그제야 후회를 하고 있는 것 같았다.

토머스 경은 심각하지만 다정하게 마리아에게 말을 걸었다. 그는 우려를 표하면서 그녀가 바라는 바를 물었고, 솔직하고 진지하게 속마음을 털어놓으라고 간청했다. 불편한 상황이 벌어지면 전부 자신이 맞서 해결할 것이니 혹시 이 결혼을 생각할 때 불행이 감지된다면 러시워스 집안과의 인연을 완전히 끊자고 분명히 말했다. 그녀 대신 그가 나설 것이며, 그녀는 자유롭게 해주겠다고 했다. 마리아는 아버지의 말에 귀를 기울이면서 일순간 마음속으로 갈등했다. 하지만 그건 말 그대로 일순간뿐이었다. 아버지의 말씀이 끝나자 그녀는 즉각 확실하게, 마음의 동요를 전혀 드러내지 않고 대답할 수 있었다. 그녀는 이토록 신경을 써주고 아버지로서 다정하게 대해준 데 대해 감사드렸다. 그러나 약혼이 성사된 이후 그녀에게 약혼을 깨고 싶은 마음이 생겼다거나, 생각이나 의향에 변화가 생겼다는 그의 생각은 큰 착각이라고 말했다. 자기는 러시워스 씨의 성격과 기질을 매우 높게 평가하고 있으며, 그와 함께하는 행복을 의심하지 않는다는 것이었다.

토머스 경은 만족했다. 너무 기쁜 나머지 자신의 판단이 다른 사람들에게 전달될 수 있는 선에서 그 일을 격려하는 것만으로는 만족할 수가 없었다. 그의 입장에서 두 집안의 결합은 고통스러운 대가 없이는 도저히 파기할 수 없는 것이었다. 따라서 그는 이렇게 정당화했다. 러시워스 씨는 더 나아질 기회를 가질 만큼 충분히 젊으니, 좋은 사람들과 어울리면 분명히 나아질 것이고, 나아지고 싶은 마음이 들 것이다. 지금 마리아가 자신의 행복을 저토록 확신하고 있으니, 그것도 편견이나 맹목적으로 사랑하는 마음 없이 하는 말이니 믿어주어야 할 것이다. 물론 마리아의 감정이 예민하지 않을 수도 있었다. 그는 마리아가 예민하다는 생각은 해본 적이 없었다. 하지만 그렇다고 해서 딸의 안락이 줄어들 리는 없었다. 그리고 남편이 두각을 드러내는 주도적 인물이 아니라는 것을 알면서 그럭저럭 지낼 수 있다면, 그 밖의 모든 점들은 딸에게 확실히 유리하지 않은가. 심성이 착한 아가씨는, 사랑 때문에 결혼하는 경우가 아니면 대개 친정에 더 애착을 느끼는 법이다. 그러니 분명 소서턴과 맨스필드가 가깝다는 사실은 자연스럽게 제일 큰 유혹으로 다가왔을 터이고, 십중팔구 더없이 사랑스럽고 순수한 기쁨을 시종 제공하는 공급원이 될 터였다. 이것과 이 비슷한 내용이 그의 추론이었다. 그는 약혼 파기로 인해 발생할 수 있었던 곤혹스러운 불편과, 충격, 비방, 거기에 반드시 따라붙기 마련인 비난을 피할 수 있어 기뻤다. 자신에게 큰 명성과 영향력을 가져다줄 결혼을 확정지을 수 있어 기뻤다. 그리고 그런 목적에 아주 유리하게 쓰이게 될 딸의 기질에 대해 조금이라도 좋게 생각할 수 있어 매우 기뻤다.

마리아에게도 이 대화는 아버지 못지않게 만족스러웠다. 그녀는 자신의 운명이 되돌릴 길 없이 확정됐다는 점, 소서턴과 인연을 맺겠다고 확실하게 새로이 서약했다는 점, 이제 크로퍼드가 자신의 행동을 지배하고 앞날을 망치는 승리감을 얻을 가능성으로부터 벗어났다는 점 등으로 기쁘기까지 했다. 그녀는 아버지가 자신의 속마음에 다시 의구심을 품지 않도록, 앞으로는 크로퍼드에 대한 행동을 조심해야겠다고 다짐하면서, 당당하고 의연하게 그 자리에서 물러났다.

　만약에 토머스 경이 헨리 크로퍼드가 맨스필드를 떠난 지 사나흘 만에 딸에게 이날처럼 관심을 기울였다면, 즉 그녀의 감정이 조금이라도 안정되기 전에, 그리고 그에 대한 희망을 완전히 접기 전에, 혹은 그의 경쟁 상대였던 러시워스를 참고 견디기로 단단히 결심을 굳히기 전에 그런 관심을 기울였다면 그녀의 대답은 달랐을지 몰랐다. 그러나 사나흘이 더 지나도록 그는 다시 나타나지도 않았다. 편지 한 장 없었고, 아무런 기별도 보내지 않았다. 그때부터, 그의 마음이 누그러졌다는 징후도 없고 떨어져 있다고 해서 좋은 일이 생길 희망 하나도 없던 그때부터, 그녀의 마음은 자존심과 복수심에서 모든 위안을 찾을 만큼 차갑게 식기 시작했다.

　헨리 크로퍼드라는 자가 그녀의 행복을 파괴한 것이었다. 하지만 그가 자신이 그런 짓을 할 수 있었다는 사실을 알게 하면 안 되었다. 그녀의 신망과, 겉모습과, 잘 사는 모습을 파괴하게 해서는 안 되었다. 크로퍼드가 자신 때문에 그녀가 맨스필드에 틀어박혀 수척하게 야위어가고 있으며, 소서턴이고 런던이고 자유로운 삶이고 화려한 생활이고 뭐고 다 싫다며 거부하고 있다고 생각하게 해서는 안 될 일이었다. 그 어느 때보다 자유로운 삶이 더욱 필요한 시점이었다. 그녀는 맨스필드에서는 그 같은 삶이 존재하지 않는다는 사실을 더욱 확연하게 느꼈다. 점점 더 아버지의 제약을 견디기 힘들었다. 아버지의 부재로 주어졌던 자유가 지금 절대적으로 필요했다. 상처받은 마음을 위로하기 위해 되도록 빨리 아버지와 맨스필드로부터 벗어나서 막대한 재산과 영향력과 시끌벅적한 삶과 바깥세상에서 위안을 찾아야 했다. 그녀의 결심은 단단했고 결코 흔들리지 않았다.

그런 결심이었으니 결혼을 지연한다는 것, 준비를 많이 하며 지연한다는 것은 불편하기 짝이 없는 일이었다. 러시워스 씨가 그녀보다 결혼에 더 안달한다는 말을 좀처럼 할 수 없을 정도였다. 그녀는 더없이 중대한 결심을 완벽하게 해놓은 상태였다. 그녀는 집과 구속과 평온하기만 한 삶이 지긋지긋해서 반드시 결혼하리라 결심하고 있었다. 사랑에 좌절한 비참한 심경과 상대방에 대한 증오심으로 빨리 결혼부터 해치우려는 것이었다. 나머지 일들은 시간이 해결해줄 터였다. 새로운 마차나 가구를 장만하는 일 따위는 런던으로 이주할 때까지, 봄이 찾아올 때까지 기다리면 될 일이었다. 오히려 그때 자신의 취향을 더 잘 발휘할 수 있을 것 같았다.

두 당사자가 이 점에 관해 전적으로 합의를 봤기 때문에, 결혼식에 선행되어야 할 준비에 걸리는 시간은 몇 주 정도면 충분할 것 같았다.

러시워스 부인은 언제든 기꺼이 뒤로 물러나고, 귀한 아들이 선택한 운 좋은 아가씨를 위해 자리를 양보할 마음을 먹고 있었다. 따라서 일찌감치 11월 초쯤에 몸종 하녀와 정복 하인을 데리고, 진정한 귀부인에 어울리는 품격을 갖추고 사륜마차를 타고 바스로 떠났다. 그리고 그곳에서 저녁마다 사교 모임을 열고 소서턴의 놀라운 자랑거리를 과시했다. 그리고 아마 카드 탁자의 넘치는 활기를 통해 소서턴에서 즐겼던 것 못지않게 그런 모임을 철저히 즐기며 생활해나갔을 것이다. 그리하여 같은 달 중순이 채 되기도 전에 결혼식이 거행됐고, 소서턴에는 새로운 안주인이 탄생했다.

정말 대단한 결혼식이었다. 신부의 의상은 우아했고, 들러리를 선 두 아가씨는 신부보다 적당히 못해 보였다. 신부의 아버지가 신부를 신랑에게 인도했고, 신부의 어머니는 과도하게 흥분할 때를 대비하여 손에 방향염*을 들고 있었다. 신부의 이모는 억지로 울려고 애쓰고 있었다. 결혼 예식은 그랜트 박사가 인상적으로 집행했다. 이웃들의 뒷공론에 올랐을 때도 이 결혼에 이의를 제기하는 사람은 아무도 없었다. 다만 교회 문 앞에서 소서턴까지 신랑 신부와 줄리아를 싣고 떠난 마차가 러시워스 부인이 지난 열두 달 동안 사용하던 사륜마차였다는 점만 타박할 뿐이었다. 그 밖의 모든 것에 대해서는, 그날의 예법이 워낙 잘 지켜졌는지라 가장 까다롭게 흠을 잡으려는 시도조차 허용되지 않았다.

결혼식은 끝났고 신랑 신부는 떠났다. 토머스 경은, 불안해하는 아버지라면 마땅히 느껴야 할 불안감을 느꼈다. 사실 그의 아내가 걱정했던 과도한 흥분 상태는 오히려 그가 겪었지만, 다행히 벗어날 수 있었다. 그날 꼭 해야 할 의무적인 일들

---

*의식을 잃은 사람에게 사용하는 구급약.

을 행복한 마음으로 도왔던 노리스 부인은, 그날 하루를 맨스필드 파크에서 묵으면서 동생의 기분을 북돋워주고, 술 한두 잔을 과하게 마시면서 러시워스 씨와 러시워스 부인의 건강을 위해 축배를 들었고, 줄곧 즐겁고 기뻐하는 모습만 보였다. 결혼을 성사시킨 사람이 바로 자신이었기 때문이었다. 그녀가 모든 일을 다 한 것이었다. 승리감에 도취해 의기양양한 그 모습은 자신은 평생토록 결혼 생활의 불행이라는 건 들어본 적이 없다는 듯했고, 자신의 감시 아래 양육된 조카딸의 심성을 조금이라도 꿰뚫어 볼 통찰력을 가지고 있다고는 생각도 할 수 없었다.

젊은 신혼부부의 계획은 며칠 뒤 브라이턴*으로 가서 그곳에서 몇 주 동안 집을 빌려 쓰자는 것이었다. 마리아로서는 대중 휴양지라면 어느 곳이든 새로웠다. 그러니 겨울철일지라도 브라이턴 같은 휴양지는 거의 여름철만큼이나 즐거운 곳이었다. 그곳에서 처음 해보는 새롭고 즐거운 일들이 모두 끝나면, 그다음으로 보다 넓은 런던으로 갈 때가 오는 것이었다.

줄리아도 브라이턴까지 언니 부부를 따라가기로 했다. 두 자매는 경쟁 관계를 이미 끝내고, 서서히 예전처럼 서로를 이해하는 좋은 관계로 회복해가던 중이었다. 그리고 적어도 지금 같은 시점에서는 서로 함께하는 게 지극히 기쁠 정도로 우애 넘치는 사이가 되어 있었다. 러시워스 씨 아닌 다른 길벗이

---

*영국 남부 해안의 대규모 시민군 주둔지 중 하나. 휴양 도시이기도 하다.

함께 가는 게 신부에게는 무엇보다도 중요했다. 물론 줄리아도 마리아 못지않게 새로운 일과 재미난 쾌락에 대한 갈망이 컸다. 게다가 그 두 가지를 얻기 위해 언니만큼 발버둥 치며 많은 일을 겪은 것은 아니었으니, 그녀는 조연의 자리일지언정 잘 참을 수 있었다.

그들이 떠나자 맨스필드에는 중대한 변화가 생겨났다. 메우는 데 긴 시간을 요하는 틈이 생긴 것이다. 가족 모임에 참가하는 숫자가 현저히 줄어들었다. 최근 들어 버트럼 자매가 가족 모임의 즐거움을 더하는 데 기여한 바는 별로 없었지만, 그래도 그들의 빈자리는 아쉬울 수밖에 없었다. 그들의 어머니조차도 그들을 그리워했다. 그러니 마음씨 고운 사촌 여동생이 느낀 그리움은 얼마나 더 컸겠는가. 그녀는 집 안 이곳저곳을 까닭 없이 돌아다녔고, 언니들 생각을 했고, 애정 어린 후회의 감정을 다소 느끼면서 그들을 애타게 그리워했다. 그 언니들이 그런 그리움의 대상이 될 만한 일을 한 게 그리 많지 않은데도 그랬다.

4

사촌 언니들이 떠나자 패니의 중요성은 점점 더 커졌다. 그때부터 그녀는 응접실의 유일한 젊은 여성이자(실제로도 그랬다), 그동안 겸손하게 세 번째를 자리를 차지했던 응접실 내 관심 지역의 유일한 참석자가 되고부터는 전보다 더 많은 눈길과 배려와 관심을 피할 길이 없었다. "패니 어디 있어?"가 드물지 않게 들려왔다. 누군가의 편의를 위해 그녀가 필요하지 않을 때도 그랬다.

그녀의 가치가 오른 것이 집 안에서만은 아니었다. 목사관에서도 마찬가지였다. 노리스 씨가 세상을 떠난 이후 방문 횟수가 한 해에 두 번이 될까 말까 하는 그 집에서, 이제 그녀는 정식으로 초대받는 반가운 손님이었다. 우중충하고 궂은 11월의 날들에, 그녀는 메리 크로퍼드에게 지극히 마음에 드는 손님이 되어주었다. 우연히 들르게 된 일을 계기로 시작된 방문은 그 후로도 목사관의 간청에 의해 계속되었다. 진심으로 동생의 생활에 변화가 생기길 바라고 있었던 그랜트 부인은 손쉬운 착각에 빠졌다. 그녀는 자기가 패니에게 더없는 친절을 베풀고 있으며, 더 자주 방문하라고 청함으로써 패니가 더 나은 사람이 될 수 있는 기회를 제공한다고 확신했다.

그날 패니는 노리스 이모의 심부름으로 마을에 갔다가 목사관 근처에서 거센 소나기를 만났다. 그래서 나뭇가지 밑에서 비를 피할 곳을 찾으려고 애쓰다가 목사관 경내 가까이에 있는 떡갈나무 밑으로 피한 참이었는데, 그 댁 창문에서 누군가가 그녀를 알아본 모양이었다. 그녀의 입장에서는 내키지 않는 마음이 없었던 건 아니었지만, 들어갈 수밖에 없었다. 공손한 하인의 권유는 물리칠 수 있었지만 그랜트 박사가 직접 우산을 들고 밖으로 나왔으니, 겸연쩍어하며 되도록 빨리 안으로 들어가는 것 말고는 다른 방도가 없었다. 때마침 크로퍼드 양은 침울한 기분으로 쓸쓸하게 내리는 비를 물끄러미 바라보면서, 그날 아침 산책 계획은 몽땅 망쳤고, 이후 스물네 시간 동안 식구들 말고는 다른 사람은 한 명도 볼 수 없겠다고 한숨을 내쉬던 참이었다. 그런 와중에, 정문 쪽에서 웅성거리는 소리가 들리더니 비에 흠뻑 젖은 프라이스 양이 현관에 나타난 걸 보았으니 얼마나 기뻤겠는가. 시골에서 비 오는 날 일어나는 사건이 얼마나 귀중한지 그 진가가 강렬하게 와 닿는 순간이었다. 그녀는 즉각 생기를 되찾았다. 그리고 패니에게 도움을 주는 일, 그냥 두고 볼 수 없을 정도로 흠뻑 젖어 있는 모습을 보고 마른 옷을 가져다주는 일부터 제일 적극적으로 나섰다. 패니는 어쩔 수 없이 이 모든 관심을 받으며, 주인 숙녀분들과 하녀들의 도움으로 옷을 갈아입을 수밖에 없었다. 아래층으로 내려온 뒤에도 비가 계속 내리고 있었던 탓에 그녀는 꼼짝없이 응접실에 앉아 있었다. 그러니 새로운 볼거리와 생각거리라는 축복이 크로퍼드 양에게 내린 것이었다. 그녀는 옷을 차려입고 정찬에 참석할 때까지 그런 기분을 계속 유지했다.

두 자매가 워낙 친절하고 즐겁게 대해줘서 패니는 방해된다는 생각만 하지 않을 수 있다면, 그리고 한 시간 후에는 분명히 날씨가 갤 거라고 예상할 수 있고 그래서 그녀를 집에 데려다주기 위해 송구스럽게 그랜트 박사의 마차와 말들을 바깥으로 내놓지 않아도 된다면(그럴 위험성이 아주 높았다), 방문을 즐길 수 있겠다는 생각마저 들었다. 그런 날씨에 그녀가 집에 없어서 혹시 식구들이 놀라지 않을까 하는 점에 대해서는, 전혀 걱정할 것이 없었다. 자신이 외출 중이라는 사실을 아는 사람은 두 이모뿐이었으니 그녀가 안 보인다고 놀랄 사람은 아무도 없다는 걸 패니는 너무나 잘 알고 있었다. 그리고 노리스 이모는 그녀가 어느 농가에서 비를 피해야 한다고 이미 다 정해놓았을 것이고, 버트럼 이모는 그녀가 정말로 그 농가에서 비를 피하고 있을 거라 전적으로 믿고 있을 것이었다.

바깥이 좀 더 환해지기 시작하던 참에 패니는 응접실 안에서 하프를 발견했고 그것에 대해 몇 가지 질문을 했다. 그리고 그 질문에 이어 곧바로 하프 연주가 무척 듣고 싶다고 했고, 좀처럼 믿기 어렵겠지만 맨스필드에 하프가 도착한 이후 지금껏 한 번도 연주를 들어본 적이 없다고 고백했다. 패니 자신이 보기에는 매우 단순하고 자연스러운 상황 같았다. 악기가 도착한 이후 목사관에 간 적이 거의 없었고, 또 그래야 할 이유도 없었다. 그렇지만 하프 연주를 듣고 싶다는 바람을 패니가 진작 언급했던 일이 기억난 크로퍼드 양은 그동안 자신이 무심했다고 미안해했다. 그 뒤에는 "프라이스 양을 위해 지금 당장 연주를 할까요?" "무슨 곡이 듣고 싶어요?"라는 명랑하고 싹싹한 질문들이 이어졌다.

크로퍼드 양이 연주를 시작했다. 그녀는 연주를 새롭게 들어줄 사람이 있어 행복했다. 더구나 그 사람은 자신의 연주를 너무나 고마워하고, 경탄을 발하는 마음으로 가득 차 있고, 취향도 부족하지 않다는 것을 보여주고 있었다. 그녀는 창가 쪽

을 두리번거리던 패니의 눈이 날씨가 맑아진 게 분명하니 이제
는 해야 할 일을 해야겠다고 말할 때까지 연주를 계속했다.

"15분만 더 있다 가요." 크로퍼드 양이 말했다. "그러면 날
씨가 어떻게 바뀔지 알 거예요. 당장 날씨가 좋아졌다고 곧바
로 떠나면 안 돼요. 저 구름들이 미심쩍어 보이잖아요."

"하지만 전부 지나가는 구름이에요." 패니가 말했다. "그동
안 지켜보고 있었어요. 이런 건 다 남쪽에서 시작된 날씨니까
요."

"남쪽이든 북쪽이든 먹구름은 척 보면 알아요. 저렇게 심상
치 않아 보이는데 이런 때 길을 나서면 안 돼요. 그리고 프라이
스 양에게 들려주고 싶은 곡이 하나 더 있는데…… 참 예쁜 곡
이에요. 프라이스 양의 사촌 오빠인 에드먼드 씨가 제일 좋아
하는 곡이죠. 그러니 더 있으면서 사촌 오빠가 제일 좋아하는
그 곡을 꼭 듣고 가세요."

패니도 그래야 할 것 같았다. 에드먼드를 떠올리게 하는 그
런 말을 기다린 건 아니었지만, 크로퍼드 양의 그 말은 그에 대
한 생각을 간절하게 했다. 그녀는 몇 번이고 되풀이해서 에드
먼드가 그 방 안에 있다고 상상했다. 상상 속의 에드먼드는 지
금 자신이 앉아 있는 자리에 앉아 (탁월한 음색과 표현력으로
연주되는) 그가 제일 좋아하는 곡을 함께 즐기고 있었다. 그 곡
은 패니도 좋아하는 곡이었다. 그리고 그녀는 오빠가 좋아하는
곡이라면 무엇이든 기쁜 마음으로 들을 수 있을 것 같았다. 하
지만 연주가 끝날 때가 되자 그녀는 조바심이 나서 이제 돌아

가야겠다고 정식으로 말했다. 패니의 태도가 너무 분명해 보이자 크로퍼드 양은 다정한 모습으로 다시 방문해달라고, 어느 곳을 산책하게 되면 데려가달라고, 하프 연주를 더 자주 들으러 와달라고 부탁했다. 부탁이 하도 간절해서 그녀는 집에서 반대만 없다면 꼭 그렇게 해야겠다고 생각했다.

이것이 버트럼 자매가 떠난 지 처음 두 주 만에 두 아가씨 사이에 친분이 싹트게 된 계기였다. 새로운 사건이 일어났으면 싶은 크로퍼드 양의 바람이 주원인으로 작용하여 생겨난 친분이었지만 패니로서는 좀처럼 실감이 나지 않았다. 패니는 이삼 일마다 한 번씩 크로퍼드 양을 방문했다. 마치 무슨 주문에라도 걸린 것 같았다. 가지 않으면 마음이 편하지를 않았다. 하지만 크로퍼드 양을 좋아하는 것도 아니었고, 좋아하겠다는 마음을 먹은 것도 아니었다. 그녀의 곁에 아무도 없으니 자기라도 찾아가야겠다는 의무감이 있는 것도 아니었다. 그리고 그녀와 나누는 대화는 가끔 웃기기는 했지만, 그 이상 재미있지는 않았다. 게다가 그런 웃기는 대화가 그녀가 존중해주기를 바라는 사람이나 주제를 대상으로 실없이 농담을 하는 것일 때는, 그 재미란 것도 자신의 분별력을 희생시킨 대가로 얻어진다는 느낌이었다. 여하튼 그래도 그녀는 방문을 계속했다. 그 무렵치고 날씨가 특별하다 싶을 정도로 포근할 때면, 크로퍼드 양과 반 시간씩 그랜트 박사의 관목 숲 여기저기를 산책했고, 이 무렵이면 훤히 드러나 보이는 벤치 어느 한 곳에 과감하게 앉아 있기도 했다. 끈질기게 생명을 이어가고 있는 아름다운 가을 정경을 바라보면서 패니가 나지막하게 감탄을 발하는 가운데, 갑자기 차가운 바람이 점점 거세게 휘몰아쳐 마지막 남은 주변의 노란 나뭇잎들을 떨어뜨리고, 그래서 자리에서 일어나 따뜻한 온기를 찾아가지 않으면 안 될 때까지 그랬다.

"이곳은 예뻐요, 참 예뻐요." 어느 날 그런 식으로 크로퍼드 양과 함께 앉아 있던 패니가 주변을 둘러보면서 말했다. "이 관목 숲에 올 때마다 관목들이 얼마나 빨리 자라는지, 얼마나 아름다운지 놀라곤 해요. 3년 전만 해도 이곳은 목초지 위쪽 가장자리를 따라 관목이 아무렇게나 늘어서 있는 곳일 뿐이었어요. 눈여겨볼 장소로 여겨지지도 않았죠. 그런 장소가 될 가능성도 없었고요. 그런데 지금은 산책로로 바뀌었잖아요. 편리한 산책로로 더 가치 있는지 장식물로 더 가치 있는지 가늠하기 어려울 것 같아요. 아마 3년 더 지나면 이곳이 전에 어떤 모습이었는지 다 잊히겠죠. 아마 모두 잊힐 거예요. 세월의 힘이 얼마나 놀라운지, 정말 얼마나 놀라운지 모르겠어요! 인간 마음의 변화도 그렇고요!" 마지막에 말한 사항에 대한 상념을 이어가다가 그녀는 곧 이렇게 덧붙였다. "우리의 천성 중에서 다른 정신 능력보다 더 놀라운 게 있다고 한다면, 저는 진정 그게 기억이라고 생각해요. 기억의 힘이나 결핍이나 기억력의 차이는, 다른 정신 능력보다 불가해한 요소가 더 많다고 분명히 말할 수 있어요. 기억력이란 종종 너무 좋은 상태로 유지되기도 하고, 너무 쓸모 있기도 하고, 너무 고분고분하기도 하죠. 그러다가 어떤 때는 너무 갈팡질팡하고, 너무 약하고…… 어떤 때는 다시 너무 폭군적이고, 너무 통제 불능 상태고요! 확실히 우리 인간은 모든 점에서 기적 같은 존재예요. 그렇지만 우리의 기억력과 망각 능력은 참 특이하다 싶을 정도로 실체를 파악하기가 힘들어요."

크로퍼드 양은 패니의 말에 아무런 감흥도 못 느꼈고, 별다른 주의도 기울이지 않고 있었기에 딱히 대답해줄 말이 없었다. 패니는 그걸 눈치채고 그녀의 관심을 끌 만한 다른 화제로 마음을 돌렸다.

"제가 이런 칭찬을 하는 게 주제넘어 보일지 모르겠어요. 하지만 이곳의 모든 경관에 드러나는 그랜트 부인의 취향은 경탄하지 않을 수가 없어요. 어쩌면 이렇게 산책로 구상이 차분하고 소박한지! 하나도 과하지 않잖아요!"

"맞아요." 크로퍼드 양은 건성으로 대답했다. "이런 장소에 참 잘 어울리는 산책로죠. 이런 곳에선 규모는 생각하지 않으니까요. 사실 우리끼리 하는 얘기지만, 맨스필드에 오기 전까지만 해도 시골 목사가 관목 숲 정원이나 그 비슷한 장소를 열망하리라고는 상상도 못 했답니다."

"상록수가 이렇게 잘 자라는 모습을 보니 참 기뻐요!" 패니가 대답 대신 말했다. "우리 이모부 댁 정원사 말로는 이곳의 흙이 거기 흙보다 훨씬 좋대요. 월계수나 대부분의 상록수가 크는 모습을 보면 정말 그런 것 같아요. 상록수! 얼마나 아름답고, 얼마나 반갑고, 얼마나 놀라운 존재인지 모르겠어요! 상록수만 생각하면 자연이 얼마나 다양한지 놀라게 돼요! 우리가 알고 있는 어떤 나라들에서는 잎을 떨어뜨리는 나무가 변종이라죠. 하지만 그렇다고 상록수가 덜 놀라운 존재가 되는 건 아니에요. 같은 토양과 같은 햇볕이라도 성장에 제일 중요한 원칙과 법칙이 다른 종의 나무를 키워내니까요. 제가 꼭 시 구절 같은 이야기를 늘어놓는다고 생각하시겠어요. 하지만 바깥에 나오기만 하면, 특히 이런 곳에 나와서 앉아 있을 때면 전 이처럼 감탄하며 감상에 젖어들곤 한답니다. 가장 흔히 볼 수 있는 자연의 산물이라도 그것에 눈길을 고정하기만 하면, 누구든 상상의 나래를 펼칠 소재를 발견하지 않을 수 없을 거예요."

"사실은요." 크로퍼드 양이 대답했다. "저에겐 루이 14세 왕실의 그 유명한 도쥬 경* 같은 면이 조금 있답니다. 그러니 이런 관목 숲에 있으면서도 제가 그 안에 있다는 경이로움, 그것을 능가하는 감정은 전혀 못 느껴요. 1년 전에 누군가가 제게 이곳이 제 집이 될 것이며, 이미 그런 것처럼 꼬박 여러 달 지내게 될 것이라고 말했다면, 분명히 그 말을 믿지 않았을 거예요! 벌써 이곳에 온 지 다섯 달 가까이나 됐다니! 더구나 한적하기 이를 데가 없는 다섯 달을 보낸 거죠."

"크로퍼드 양에게는 너무 한적했겠어요."

"저도 이론적으로는 그렇게 생각해야 마땅할 테지만……." 이 말을 하는 그녀의 눈이 반짝거렸다. "모든 점을 다 종합해보

*볼테르의 《루이 14세 시대》(1752)에 나오는 인물이다. 베르사유 궁전에서 무엇이 가장 놀라웠느냐는 질문을 받자 "그곳을 보고 있는 저입니다"라고 대답했다고 한다.

면 이번 여름처럼 행복한 여름은 보낸 적이 없으니…… 하지만 그렇다 하더라도…….” 그녀는 생각에 잠겼고 목소리는 더욱 나지막했다. “이번 여름이 어떤 결과를 빚어낼지 알 수가 없네요.”

그 순간 패니는 가슴이 두근거리기 시작했다. 그리고 더 이상의 내용을 짐작한다거나 들려달라고 간청하는 것은 감당이 안 되겠다는 생각이 들었다. 하지만 크로퍼드 양은 곧 새로운 활기를 띠고 다시 말을 이어나갔다.

“제가 예상했던 것보다 시골 생활에 적응을 더 잘하고 있다는 생각이 들어요. 상황만 특별하다면 시골에서 반년을 살아도 즐겁게 지낼 수 있을 거 같아요, 아주 즐거운 생활이라면요. 그러니까, 가족들 간의 교류에 중심을 차지하는 우아하고 소박한 집이 있고, 끊임없이 그들과의 모임 약속이 잡히고, 이웃들의 일류 사교 모임을 제가 주도하고, 더 많은 재산을 가진 사람들보다 오히려 그런 모임을 더 자주 주선하는 사람으로 평가받고, 그러다가 반복되는 그런 즐거움에서 관심을 돌려 세상에서 제일 마음에 드는 사람이라고 생각되는 사람과 머리를 맞대고 지내는 일에 그럭저럭 관심을 쏟을 수 있다면 말이에요. 그런 그림이면 걱정할 게 하나도 없겠죠. 안 그래요, 프라이스 양? 대단한 저택을 소유하게 될 새로운 러시워스 부인을 질투할 필요가 없을 거예요.” “러시워스 부인을 질투하신다고요!”가 패니가 할 수 있는 말의 전부였다. “자, 자, 러시워스 부인에 대해 우리가 너무 매정하게 얘기하는 것은 별로 즐겁지 않을 것 같네요. 그 부인 덕분에 우리가 앞으로 무척 즐겁고, 화려하고, 행복한 시간을 많이 보낼 것 같으니까요. 해가 바뀌면 소서턴 저택을 자주 방문하게 될 거라고 다들 기대하고 있어요. 버트럼 양의 결혼은 공공의 축복이죠. 러시워스 부인의 제일 큰 기쁨이 집 안을 손님으로 가득 채우고, 이 고장에서 가장 훌륭한 무도회를 여는 일일 테니까요."

패니는 침묵을 지켰다. 그러자 크로퍼드 양은 다시 상념에 빠져들었다. 몇 분이 지난 후 갑자기 고개를 들고 이렇게 외칠 때까지. "어머! 저기 그분이 오시네요." 하지만 러시워스 씨가 아니라 에드먼드였다. 때마침 그랜트 부인과 함께 그들이 있는 쪽으로 걸어오는 중인 것 같았다. "제 언니와 버트럼 씨네요. 프라이스 양의 사촌 큰오빠께서 집에 안 계셔서 저분이 다시 버트럼 씨로 불릴 수 있어 참 기뻐요.* 에드먼드 버트럼 씨라는 호칭은 왠지 너무 딱딱하고, 너무 안쓰럽고, 너무 동생 분위기를 자아내는 느낌이 들어 싫어요."

"우리 둘의 느낌이 참 다르군요!" 패니가 외쳤다. "제겐 버트럼 씨라는 호칭이 너무 차갑고 무의미하게 들리는데……. 온기도 없고 특징도 전혀 없는 호칭 같거든요! 그저 신사를 의미할 뿐이죠. 그게 다고요. 하지만 에드먼드라는 이름에선 고귀함이 묻어나요. 영웅적이고 명성 높은 이름이잖아요. 왕들과

---

*보통 성에 '씨'를 붙여 부르는 것은 그 가족의 장남이다. 마찬가지로 버트럼 양이라고 할 때는 맏딸인 마리아를 가리킨다. 차남부터는 이름에 씨를 붙여 사용하는 것이 관례이나 현재는 상황상 혼동될 염려가 없고 실제적으로 집안을 대표하는 역할을 맡고 있어 에드먼드가 버트럼 씨로 불리고 있다.

왕자들과 기사들의 이름이죠. 기사도 정신과 온유한 애정을 풍기는 이름이기도 하고요."

"이름 자체가 좋다는 건 인정할게요. 그리고 에드먼드 공이나 에드먼드 경처럼 그 이름에 경칭이 붙으면 근사하게 들려요. 하지만 그냥 냉랭하게, 모든 의미를 싹 사라지게 하는 '씨' 자를 붙여보세요. 에드먼드 씨라는 호칭은 존 씨나 토머스 씨나 매한가지죠. 자, 저분들이 이런 계절에 바깥에 나와 앉아 있다고 잔소리를 시작하기 전에, 우리가 먼저 선수를 쳐서 저분들을 맞이하고 그런 잔소린 절반도 못 하게 실망시켜버릴까요?"

에드먼드는 눈에 띄게 두 사람을 반가워했다. 두 아가씨가 더 친해지기 시작했다는 이야기를 듣고 매우 기뻐하던 참이었는데, 실제로 함께 있는 모습을 본 것은 이번이 처음이었다. 자신에게 지극히 소중한 두 아가씨의 우정이 돈독해지는 일이야말로 그가 바라는 바였다. 그리고 사랑에 빠진 그의 분별력에 누가 되지 않는다면, 이렇게 덧붙일 수도 있을 것이다. 그는 그런 우정으로 득을 보는 게, 아니 둘 중 더 많은 이득을 얻는 것이 패니라고는 생각하지 않았다.

"자," 크로퍼드 양이 말했다. "무모한 짓을 했다고 잔소리하지 않으실 건가요? 우리가 왜 이곳에 앉아 있었다고 생각하세요? 무모한 짓을 했다는 잔소리, 아니면 다시는 그런 짓을 하지 말라는 간청이나 애원을 들으려고 그랬던 게 아닐까요?"

"한 말씀 드렸을지도 모르겠습니다." 에드먼드가 말했다.

"두 사람 중 어느 한쪽만 홀로 앉아 있었다면요. 하지만 두 사람이 함께 저지른 잘못은 얼마든지 눈감아줄 수 있지요."

"오래 앉아 있었던 건 아닐 거예요." 그랜트 부인이 큰 소리로 말했다. "숄을 가지러 위층으로 올라갈 때 계단 창문으로 보니 두 사람이 걷고 있었으니까요."

"게다가 사실은 말이죠." 에드먼드가 덧붙였다. "오늘은 날씨가 너무 포근해서 몇 분 동안 바깥에 앉아 있는 걸 무모하다고까지 볼 수는 없을 겁니다. 날씨를 달력만 가지고 판단해선 안 되겠지요. 가끔은 5월보다 11월이 더 활동하기 편하기도 하니까요."

"맹세코 말씀드리는데요." 크로퍼드 양이 큰 소리로 말했다. "두 분은 지금까지 제가 만난 사람들 중에서 가장 실망스럽고 무심한 사람들이에요! 도대체 한순간도 마음을 불편하게 해줄 수 없으니 말이에요. 우리가 얼마나 고생했는지, 얼마나 추위에 떨었는지 모르시다니! 물론 버트럼 씨야 오래전부터 상식에 반하는 소소한 책략을 부릴 때도 골려먹기 가장 힘든, 여성들이 제일 골치 아파하는 연구 대상이라고 생각했었죠. 그런 분이니 처음부터 별로 기대하지도 않았어요. 하지만 그랜트 부인, 저의 언니, 친언니인 부인을 놀라게 할 권리는 제게 있는 것 아닌가요."

"자만하지 마라, 메리. 네가 내 마음을 움직일 가능성은 조금도 없는걸. 물론 나한테도 놀랄 일들이 있긴 있지. 하지만 번지수가 완전히 달라. 나한테 날씨를 바꿀 수 있는 힘이 있었다면 아마 내내 쌀쌀한 동풍이 심하게 불게 했을 거야. 요즘 밤 날씨가 너무 포근해서 로버트가 내다놓겠다고 고집을 피우는 화초들이 여기 있거든. 하지만 나는 그 결과가 어찌 될지 알아. 날씨가 갑자기 돌변할 거야. 단번에 서리가 모질게 내려서 모두를 (적어도 로버트를) 깜짝 놀라게 할 거다. 그러면 화초를 다 버리는 거지. 설상가상으로 방금 전 요리 담당 하녀가 내가 일요일까지는 조리하지 않았으면 좋겠다고 점찍어둔 칠면조 고기(일요일이면 온종일 피곤하게 일하고 난 그랜트 박사가 그걸 얼마나 맛있게 먹을지 아니까)가 내일을 못 넘길 것 같다고 말했어. 이 정도면 골머리를 썩일 만한 일들 아니겠니. 계절에 안 맞게 날씨가 너무 후덥지근하다는 생각도 들게 하고."

"시골 마을 살림살이의 달콤함이라니!" 장난기 섞인 어조로 크로퍼드 양이 말했다. "묘목업자나 새고기 장수한테 저 좀 소개시켜주세요."

"얘, 그럼 그랜트 박사를 웨스트민스터 대성당이나 세인트 폴 대성당의 사제장한테 소개해주렴. 그럼 나도 너처럼 묘목업자나 새고기 장수한테 만족할 테니. 하지만 맨스필드엔 그런 사람들이 없어. 내가 어떻게 하면 될까?"

"아하! 그럼 지금 하는 대로만 하면 되겠네요. 속상한 일을 자주 당하지만 성질을 부리지 않는 것이요."

"고맙다. 하지만 메리, 우리가 어디에 살든 간에 이 같은 소소한 걱정거리는 피할 수 없단다. 네가 읍내에 살게 돼서 내가 너를 만나러 간다면, 네 남편이 묘목업자이든 새고기 장수이든 간에 소소한 걱정거리를 안고 사는 네 모습을 보게 될 거야. 아니지, 아마 그 남편이란 사람 때문에 그럴지도 모르지. 그런 사람들은 대개 무뚝뚝하고, 시간 개념도 없고, 바가지만 씌우고, 속임수를 써서 극심한 탄식을 자아내는 사람들이니까."

"저는 엄청난 부자가 돼서 그런 탄식이나 불평은 하지 않고 살 생각이에요. 막대한 수입이야말로 제가 들어본 행복의 처방 중에서 가장 좋은 처방이니까요. 막대한 수입만 있으면 도금양 화초나 칠면조 고기 문제*는 확실히 해결할 수 있을 거예요."

"엄청난 부자가 되실 생각인가 보죠." 에드먼드가 말했다. 패니의 눈에는 진지한 의미가 담뿍 담긴 표정으로 한 질문이었다.

"물론이죠. 당신은 안 그런가요? 우리 모두 다 그렇지 않은 가요?"

"저는 제 능력을 완전히 벗어나는 일을 하겠다는 생각은 할 수 없는 사람입니다. 크로퍼드 양이라면 자신에게 알맞은 부를 선택하실 수 있겠죠. 연 수입 몇천 파운드라고 액수만 정하면 틀림없이 그 액수를 확보하실 겁니다. 저는 가난하지 않기만 바랄 뿐입니다."

"절제하고, 절약하고, 욕구를 수입에 맞추고, 그런 등등의 일을 해서 말이죠. 무슨 뜻인지 알겠네. 제한된 재산과 평범한 친인척을 갖고 있는 데다, 나이도 지금 당신 정도인 젊은이에

---

*묘목업자와 새고기 장수에 돈을 지불할 여유가 있다면 문제 될 게 없다는 말이지만, 사랑이나(도금양은 비너스에게 바치는 꽃으로 남녀의 사랑을 상징한다) 화목한 가정생활 역시 돈으로 해결된다는 의미로도 해석될 수 있다.

게는 매우 적절한 삶의 계획이죠. 그저 품위 있는 삶 말고 어떤 삶을 원할 수 있겠어요? 앞으로 시간도 별로 많지 않죠. 친인 척들이 당신을 위해 무슨 일을 해줄 수 있는 상황도 아니고, 그 사람들의 부와 영향력이 자신의 모습과 대비돼 굴욕감을 안기는 것도 아니죠. 어떻게 해서든 반드시 정직하고 가난한 삶을 사세요. 그렇지만 저는 하나도 안 부럽네요. 버트럼 씨를 존경하고 싶은 마음도 별로 안 들고요. 저는 정직하면서 부자인 사람을 더 존경할 겁니다."

"정직함에 대한 크로퍼드 양의 존경심이야말로, 그 대상이 부자든 가난한 사람이든, 제가 관심을 가질 필요가 없는 것이로군요. 저도 가난하게 살 생각은 없습니다. 가난은 제가 단호히 거부해온 상황입니다. 중도적인 정직함, 세상살이의 여러 상황 중 중간 지점의 삶에서 보이는 정직함이, 제가 크로퍼드 양이 경멸하지 않기를 간절히 바라는 전부입니다."

"하지만 저는 그 정직함이 가난보다 더 훌륭할지라도 경멸할 거예요. 더 높은 삶의 위치로 올라갈 수 있는데 그저 그런 수준에서 만족하는 삶이라면 분명 경멸할 만하죠."

"그런 높은 위치로 어떻게 올라간다는 겁니까? 최소한 정직한 삶을 살면서 어떻게 그런 위치까지 올라갈 수 있을까요?"

대답하기 쉬운 질문은 아니었다. 상대방 숙녀의 입에서 "오!"라는 말이 꽤 길게 나오게 만든 질문이었다. 그런 뒤에야 그녀는 이렇게 덧붙였다. "당연히 지금 의회에 계셨어야 해요. 아니면 10년 전에 군에 입대하셨든지요."

"지금 나누고 있는 대화 취지에 잘 맞는 대답 같지는 않습니다. 제 의회 진출에 대해 말씀드린다면, 별다른 생계 수단이 없는 차남 이하의 아들들을 위한 특별 의회가 존재하게 될 때까지 기다려야 할 테고요." 그가 더 진지해진 어조로 덧붙였다. "아닙니다, 크로퍼드 양. 올라가려 해도 그럴 기회조차 없다는 생각이 든다면, 그런 삶을 살 수 있는 기회나 가능성조차 전혀 없다는 생각에 비참한 기분일 그런 삶들만이 있겠지요. 하지만 그 성격은 전혀 다를 겁니다."

이 말을 하는 그에게선 상대방을 의식하는 표정이 엿보였고, 웃으면서 뭐라고 대답하는 크로퍼드 양에게도 상대를 의식하는 태도가 보였다. 지켜보던 패니로서는 씁쓸한 광경일 뿐이었다. 두 사람 뒤를 따라가던 그녀는, 함께 걷던 그랜트 부인에게 마땅한 만큼 충분히 주의를 기울일 수 없겠다는 생각이 들자 곧바로 집에 돌아갈 결심을 굳혔다. 그런 말을 꺼낼 용기가 나기만을 기다리고 있을 뿐이었다. 그런데 때마침 맨스필드 파크에서 3시를 알리는 시계 종소리가 들려오자 정말로 평소보다 오랫동안 집을 나와 있었다는 생각이 들었고, 돌아갈 것인지 말 것인지, 당장이 아니라면 어떤 식으로 돌아갈지 조금 전까지 속으로 고민하던 문제들이 시급한 문제가 되었다. 그녀는 더 이상 망설이지 않고 즉시 작별 인사를 건넸다. 그러자 그와 동시에 에드먼드도 어머니가 패니를 찾고 있을 것이며, 실은 자신이 목사관을 찾은 목적이 패니를 데리러 온 것이었음을 기억해냈다.

패니의 조바심은 점점 더 커졌다. 에드먼드가 함께 돌아간다는 생각은 전혀 못 했고, 서둘러서 혼자라도 돌아갈 생각이었다. 하지만 모두의 발걸음이 빨라졌다. 그리고 모두들 그녀의 뒤를 따라 목사관 부지 안으로 들어왔다. 그곳을 통해 가지 않으면 안 되었다. 현관에 그랜트 박사가 서 있었다. 모두들 멈춰서 그에게 말을 건네는 동안 패니는 에드먼드의 태도를 보고 그가 자신과 함께 돌아갈 생각이라는 것을 알아차렸다. 그 역시 작별 인사를 건네고 있었던 것이다. 그녀는 고마움을 느끼지 않을 수 없었다. 작별 인사를 나누는 가운데 그랜트 박사가 다음 날 양고기를 먹으러 오라고 에드먼드를 초대했다. 패니가 그 초대 때문에 불편한 감정을 느낄 새도 없이, 뒤이어 그랜트 부인이 패니에게 함께 오는 즐거움을 선물할 수 없겠느냐며 그녀도 초대했다. 패니의 인생사에 있었던 적이 없는, 너무나도 완벽하게 생소한 배려여서 너무 놀랍고 당황스러웠다. 그녀는 더듬거리는 말투로 정말 감사하다고, 하지만 자신의 뜻만으로는 결정할 수 없을 것 같다는 말만 하며 에드먼드를 쳐다보고 조언과 도움을 바랐다. 패니가 그런 반가운 초대를 받았다는 데 기쁨을 느낀 에드먼드는 절반은 표정을 통해, 절반은 말을 통해 어머니의 반대 말고는 별다른 반대가 없을 걸로 확신하며, 어머니도 막상 그녀를 보내는 데 반대하지 않을 것이니 초대를 받아들이라고 확실하고 공공연하게 조언했다. 하지만 아무리 그가 초대를 받아들이라고 권했어도, 패니 입장으로서는 그렇게 마음대로 하는 대담함을 발휘할 수는 없는 노릇이었다.

하지만 곧이어 패니의 방문을 반대하는 말이 들려오지 않으면 올 것으로 알고 있겠다는 그랜트 부인의 결정이 내려졌다.

"정찬 메뉴가 뭐가 될지는 알고 있겠지요." 그랜트 부인이 미소를 지으며 말했다. "칠면조 고기예요. 정말 맛있을 거라고 자신해요. 아 참, 여보." 부인이 남편에게 몸을 돌리며 말했다. "요리 담당 하녀 말이 칠면조 고기를 내일까지 꼭 조리해야 한다네요."

"잘됐군, 아주 잘됐어." 그랜트 박사가 외쳤다. "훨씬 잘됐어. 우리 집에 그렇게 맛있는 고기가 있다는 소리를 들으니 기쁘군. 하지만 프라이스 양과 버트럼 씨는 자신의 운을 시험해 보고 싶으실 텐데, 여보. 우리 중 어느 누구도 메뉴가 뭔지 미리 듣고 싶어 하지 않아요. 내일 식사는 정식 정찬 모임이 아니라 친목 모임이잖소. 칠면조든, 거위든, 양 다리든, 당신과 요리 담당 하녀가 고르는 게 무엇이든 상관없어요."

사촌 남매는 함께 걸으며 집으로 돌아왔다. 두 사람은 곧장 이 식사 약속을 화제 삼아 이야기를 나누었다. 에드먼드는 무척 반가운 마음으로 그녀와 크로퍼드 양 사이에 확실하게 자리한 것으로 보이는 교우에 이 약속이 매우 바람직한 행사가 될 것이라고, 열렬히 만족감을 피력하며 말했다. 하지만 그 대화가 끝난 뒤로는 둘은 묵묵히 걷기만 했다. 곰곰이 생각에 잠긴 그가 다른 이야기를 하고 싶어 하지 않았기 때문이다.

5

"하지만 그랜트 부인이 왜 패니를 초대했지?" 레이디 버트럼이 말했다. "대체 무슨 까닭으로 그런 마음을 먹게 됐을까? 너도 알다시피 패니가 이런 식으로 그 댁에 가서 식사를 한 적이 한 번도 없잖니. 보내줄 수 없어. 아마 저 애도 가고 싶어 하지 않을 거다. 얘, 패니, 가고 싶지 않지, 그렇지?"

"그런 식으로 물으시다니." 사촌 여동생의 대답을 막으면서 에드먼드가 소리쳤다. "그러면 패니는 즉시 '네, 안 가고 싶어요'라고 대답하겠죠. 하지만 사랑하는 어머니, 저는 패니가 틀림없이 가고 싶어 한다고 생각합니다. 저 애가 가지 못할 이유가 뭔지 도통 모르겠어요."

"그랜트 부인이 왜 저 애를 초대할 마음을 먹었는지 그 이유를 모르겠다니까. 여태껏 이런 적이 한 번도 없잖아. 가끔 네 두 여동생을 초대한 적은 있었어. 하지만 패니를 초대한 적은 한 번도 없었어."

"제가 없으면 안 되겠죠, 이모?" 패니가 자제하는 말투로 말했다.

"아니, 어머니께선 아버지와 저녁 내내 함께하실 거야."

"물론 그렇겠지."

"그럼 아버지 생각을 들어보시는 게 어떻겠어요?"

"좋은 생각이구나. 그렇게 할게, 에드먼드. 토머스 경이 오면 나한테 패니가 없어도 될지 물어볼게."

"좋으실 대로 하세요, 어머니. 하지만 제 말뜻은 초대를 받아들이는 것이 적절한지 아닌지 아버지 생각을 들어보자는 거예요. 처음으로 받은 초대니 그랜트 부인을 봐서도 그렇고 패니를 봐서도 받아들이는 것이 올바른 처사라고 생각해요."

"모르겠다. 네 아버지에게 물어보자. 하지만 네 아버지도 그랜트 부인이 패니를 초대했다는 사실 자체에 많이 놀라실걸."

토머스 경이 등장할 때까지 더 이상 할 말들이 없었고, 무슨 말을 해도 의미가 없었다. 하지만 이 문제에 사실 레이디 버트럼이 다음 날 저녁을 편하게 지내느냐 아니냐의 여부가 달려 있었기에, 그녀로서는 내심 매우 중요한 문제였다. 따라서 30분 뒤 버트럼 경이 조림지에서 돌아와 사실로 가는 길에 응접실을 잠깐 들여다보고 문을 닫으려는 참에 부인은 이런 말로 그를 불러 세웠다. "토머스 경, 거기 잠깐만 있어보세요. 드릴 말씀이 있어요."

토머스 경은 차분하고 느릿느릿한 부인의 말에(부인은 목소리를 높이는 일이 결코 없었다) 늘 귀를 기울이며 신경을 쓰는 편이었다. 그는 가려던 발길을 돌려 방 안으로 들어왔다. 이모의 이야기가 시작되자 패니는 그곳에서 곧장 슬그머니 빠져나왔다. 두 분의 대화에 자신이 주인공으로 등장하는 것은 그녀로서는 도저히 태연히 듣고 있을 수 없는 일이었다. 그녀는 자신이 초조해하고 있다는 걸 알았다. 사실 지나치게 초조해하고 있는 것인지도 몰랐다. 대체 그녀가 그랜트 부인의 집에 갈지 여부가 뭐 그리 중요하단 말인가? 하지만 이모부께서 이 문제를 한동안 숙고하시다가 결정을 내리신다면, 매우 심각한 표정으로, 그것도 자신을 향해 그 심각한 표정을 지어 보이시며 그녀의 의사와 반대되는 결정을 전하신다면, 적절히 따라야겠지만 아무렇지도 않은 것 같은 모습을 보일 수 있을지는 자신이 없었다. 그러는 동안 사실 이 문제는 순조롭게 해결되고 있었다. 먼저 레이디 버트럼 쪽에서 이런 말로 대화를 시작했다.

"깜짝 놀랄 만한 얘기가 있어요. 그랜트 부인이 패니를 정찬에 초대했다지 뭐예요!"

"그래." 깜짝 놀라기에는 뭔가 부족하다는 듯, 시큰둥한 태도로 토머스 경이 말했다.

"에드먼드는 그 애가 가길 바라요. 하지만 제가 그 애를 보내도 될까요?"

"늦긴 하겠네." 토머스 경이 시계를 꺼내며 말했다. "그런데 당신이 곤란한 점은 무엇인 거요?"

에드먼드는 자신이 나서서 어머니 이야기에 부족한 부분을 채우지 않으면 안 된다고 생각했다. 그가 자초지종을 설명했다. 레이디 버트럼은 이렇게만 덧붙였다. "너무 이상해요! 그동안 그랜트 부인이 패니를 초대한 적이 한 번도 없었거든요."

"하지만 매우 자연스러운 일 아닌가요?" 에드먼드가 말했다. "그랜트 부인이 자기 여동생을 위해 패니처럼 상냥한 손님을 초대하고 싶어 하는 것 말이에요."

"그보다 더 자연스러운 일은 없을 거다." 잠시 곰곰이 생각해보더니 토머스 경이 말했다. "설령 이번 일이 부인의 여동생과 무관하더라도, 어떤 일도 이보다 더 자연스러울 수 없다는 게 내 생각이야. 그랜트 부인이 프라이스 양, 즉 레이디 버트럼의 조카딸에게 예를 표한다면 그건 굳이 설명이 필요 없는 일이지. 내겐 그런 예를 표하는 게 이번이 처음이라는 사실이 더 놀랍구나. 패니가 조건을 붙인 대답만 한 건 참 잘한 일이다. 당연히 해야 할 생각을 한 거지. 하지만 난 그 애가 초대에 응하고 싶어 할 거라고 결론을 내렸단다(젊은 애들이야 다들 한데 어울리기를 좋아하잖니). 그런 초대를 즐기지 못하도록 막을 이유가 뭔지 알 수 없구나."

"하지만 그 애가 없어도 제가 괜찮을까요, 토머스 경?"

"별문제가 없을 것 같은데."

"아시다시피 언니가 이곳에 없으면 그 애가 늘 제 차를 준비하잖아요."

"우리 집에 와서 내일 하루만 시간을 보내달라고 처형께 부탁하면 되잖소. 게다가 당연히 나도 집에 있을 거고."

"알았어요. 그럼 패니는 가도 된다, 에드먼드."

이 기쁜 소식은 곧바로 패니에게 전해졌다. 에드먼드가 자기 방으로 가는 길에 패니의 방문을 두드렸다.

"됐다, 패니. 다 잘 해결됐어. 네 이모부께서 기꺼이 허락하셨다. 그분 생각은 한 가지뿐이었어. 네가 가도 된다는 거."

"고마워요, 에드먼드 오빠. 너무 기뻐요." 반사적으로 나온 대답이었다. 그러나 그를 보내고 돌아서서 방문을 닫자마자 패니는 이런 생각을 하지 않을 수 없었다. '그런데 내가 왜 기뻐해야 하지? 그 댁에 가면 분명히 마음을 아프게 하는 광경을 보게 되고, 마음을 아프게 하는 소리를 듣게 될 텐데?'

하지만 이런 확신이 드는데도 불구하고 기뻤다. 다른 사람 눈에는 이런 초대 모임이 별것 아닌 것처럼 보일지 몰라도 그녀에겐 새롭고 중요한 일이었다. 지금까지 패니는 소서턴에서 하루를 보냈을 때 말고는 집 밖에 나가서 식사한 적이 거의 없었다. 이번 경우는 세 사람을 만나기 위해 고작 반 마일을 가는 것뿐이었지만, 그래도 집 밖에 나가서 하는 식사였다. 게다가 준비 과정의 온갖 소소한 일들도 그 자체로 즐거웠다. 그녀는 자신의 마음을 헤아려서 취향을 다듬는 데 도움을 주어야 마땅한 사람들의 관심과 도움은 받지 못했다. 레이디 버트럼은 누가 되었건 도움을 주겠다는 생각 자체를 하지 않는 사람이었다. 그리고 다음 날 토머스 경의 호출과 권유에 응하여 일찌감치 찾아온 노리스 부인은 왠지 심사가 잔뜩 뒤틀려 있었고, 지금이든 앞으로든 되도록 조카딸의 즐거움을 줄이는 일에만 골몰할 태세였다.

"맹세코 말하는데, 패니, 이런 배려를 받으며 네 마음대로 할 수 있으니 너처럼 운 좋은 사람이 또 있을지 모르겠다! 너를 생각해준 그랜트 부인에게 반드시 크게 감사드려야 할 거다. 허락해주신 이모께도 감사드려야 하고. 그리고 이번 일은 아주 특별한 경우로 생각해야 해. 네가 이런 식으로 다른 사람들과 어울리거나 집 밖에 나가서 식사를 할 마땅한 이유는 없다는 걸 알았으면 좋겠구나. 이런 일이 또 있을 거라 생각하면 절대로 안 돼. 네게 특별한 경의를 표하려는 의도에서 하신 초대라고 착각해서도 안 된다. 네 이모부와 이모, 그리고 나한테 경의를 표하느라고 이루어진 초대야. 그랜트 부인이 네게 작은 호의를 베풂으로써 우리에게 마땅히 표해야 할 경의를 표했다고 생각하고 있는 걸 거다. 그게 아니라면 그 부인의 머릿속에 이런 초대를 할 생각이 떠올랐을 리가 없지. 네 사촌 언니 줄리아가 집에 있었으면 네가 초대를 받는 일은 결코 없었다는 걸 너도 분명히 알고 있을 테지."

노리스 부인이 그랜트 부인이 베푼 호의를 하도 교묘하게 지워버려, 무슨 대답이라도 해야 했던 패니는 그저 허락해주신 버트럼 이모에게 진심으로 감사드리고, 저녁때 이모가 자기를 찾지 않아도 되도록 필요한 모든 일들을 완벽히 준비해놓고 가도록 노력하겠다는 말밖에 할 수 없었다.

"아! 걱정 마라. 네 이모는 너 없이도 아주 잘 지낼 수 있어. 아니면 네가 그 댁에 가라고 허락했겠니. 내가 이곳에 있을 테니 버트럼 이모에 대해선 마음을 푹 놓아도 된다. 내일이 네 마음에 쏙 드는 날이 되어서, 무척 즐거운 날이었다고 생각하게 되길 바라마. 하지만 이 말을 안 할 수는 없구나. 다섯이라는 숫자야말로 식탁에 앉을 수 있는 모든 인원수 중에 제일 애매한 수라는 거 말이다. 그랜트 부인처럼 고상한 부인이 어째서 머리를 더 잘 짜내지 못했는지 놀라지 않을 수 없다니까! 그렇게 보기 흉하게 정찬실을 꽉 채우고 있는, 엄청나게 넓은 거대한 식탁에 고작 다섯 명이 둘러앉다니! 제정신을 가진 사람이라면 누구나 그랬을 테지만, 내가 이사 나올 때 그랜트 박사가 엄청나게 더 넓은 그 식탁 대신에, 그것도 정말이지 이곳 맨스필드 저택의 식탁보다도 훨씬 더 큰 터무니없는 신제품 대형 식탁을 갖는 대신에, 내가 쓰던 식탁을 흔쾌히 인수받았다면 무한정 더 잘된 일이었을 텐데! 존경도 훨씬 더 많이 받았을 거고! 자신의 분수를 모르는 사람은 결코 존경받지 못하는 법이야. 명심해라, 패니. 다섯 명이다. 그 식탁에 고작 다섯 명만 둘러앉는 거야! 그렇지만 아마 열 명은 족히 먹고도 남는 식사를 하게 되겠지."

숨을 한 번 몰아쉰 뒤 노리스 부인이 다시 말을 이었다.

"분수도 안 지키고 제 본분을 벗어나 터무니없는 일을 하면서 어리석게 구는 사람들 얘기를 하다 보니 네게 조언을 하나 해주는 게 옳겠다는 생각이 든다, 패니. 네가 우리 누구와도 함께 가는 게 아니니까 말이다. 제발 부탁이고 간곡히 바라는데, 너무 나서서는 절대로 안 된다. 네가 네 사촌 언니들이라도 되는 양 함부로 말하면서 네 생각을 밝히면 안 돼. 우리 러시워스 부인이나 줄리아처럼 굴어서는 안 된다는 거다. 그런 일은 절대로 해서는 안 된다. 내 말 명심해. 어느 곳을 가든 네가 제일 미미하고, 네 순서가 제일 마지막이라는 걸 잊지 마. 물론 크로퍼드 양은 목사관이 제집인 양 편안한 태도를 보이겠지. 하지만 네가 그녀의 자리를 차지해선 안 돼. 그리고 밤에 돌아올 때 말인데, 에드먼드가 바라는 시간만큼만 그 댁에 머물러야 한다. 결정을 그 애에게 맡겨."

"네, 이모. 딴생각은 전혀 하지 않을게요."

"그리고 혹시 비가 온다면 말이다. 그럴 가능성이 아주 높아 보여. 내 평생 오늘처럼 비가 금방이라도 퍼부을 것 같은 험한 날씨는 본 적이 없구나. 어쨌든 혹시 비가 온다면 너 스스로 알아서 최대한 잘 해결해야 한다. 너를 위해 마차를 보내줄 거라는 생각은 하지도 말고. 나는 오늘 밤 분명히 집에 안 돌아갈 거야. 나 때문에 마차가 나갈 일은 없을 거다. 그러니 혹시 일어날지도 모르는 일에 대비해서 마음을 단단히 먹고 준비를 철저히 해 가거라."

조카딸은 이모의 말이 지극히 타당하다고 생각했다. 그리고 자신은 노리스 이모가 생각하는 만큼이나 안락하게 지낼 자격이 없는 사람이라고 평가했다. 따라서 얼마 안 있어 토머스 경이 방문을 열며 "패니, 마차를 몇 시쯤 준비하게 하면 되겠니?"라고 물었을 때, 그녀는 대답이 불가능할 정도로 깜짝 놀랐다.

"친애하는 토머스 경!" 화가 나서 얼굴이 빨개진 노리스 부인이 외쳤다. "패니는 걸어갈 수 있습니다."

"걸어가다니요!" 반박할 수 없는 위엄이 밴 말투로 되받으면서 토머스 경이 방 안으로 들어왔다. "이런 계절에, 제 조카딸이 정찬 모임에 걸어서 가다니요! 애야, 4시 20분이면 되겠니?"

"네, 이모부." 패니가 겸손하게 대답했다. 왠지 노리스 부인에게 죄를 지은 것 같은 느낌이었다. 그녀는 승리감 비슷한 감정을 느끼면서 노리스 이모와 한 방에 머물러 있다는 게 감당

이 되질 않아 이모부를 따라 그 방을 빠져나왔다. 이모부 뒤에
선 그녀는 화가 잔뜩 나서 흥분한 상태로 이모가 이런 말을 내
뱉는 걸 들을 수 있었다.

"아니, 저런 불필요한 일을 왜 해! 친절이 너무 과하잖아!
아 참, 에드먼드가 가지. 맞아, 에드먼드 때문이겠네. 목요일
밤에 보니까 그 애 목이 쉬었던데."

그러나 패니가 이런 억측에 속을 리가 없었다. 그녀는 이모
부의 마차가 자신을 위해, 순전히 자신을 위해 준비되는 것이
라고 느꼈다. 혼자 있으면서, 노리스 이모가 그런 말들을 한 직
후에 이모부의 배려가 이어진 것을 떠올리자 너무 고마워 눈물
이 나왔다.

마부는 1분도 어김없이 제시간에 마차를 대령했다. 다시 1분
이 지나자 함께 가는 신사도 내려왔다. 늦기라도 할까 봐 마음
을 쓰며 걱정하던 숙녀 쪽은 벌써 몇 분 전부터 응접실에 나와
앉아 있던 중이었다. 따라서 토머스 경은 시간을 엄수하는 본
인의 평소 습관에 딱 맞는 시간에 두 사람을 배웅했다.

"패니, 지금 네 모습이 정말 마음에 든다고 말하지 않을 수
가 없구나." 에드먼드가 자애로운 오빠답게 다정한 미소를 지
으며 말했다. "이런 것들에 대해 내가 판단할 수 있는 한에서
말하자면, 지금 네 모습은 정말 아름다워. 입고 있는 옷이 무슨
옷이니?"

"언니의 결혼식 때 자상하신 이모부께서 마련해주신 새 드
레스예요. 너무 화려해 보이지 않았으면 하는데. 하지만 입을

수 있을 때 빨리 입어야 한다는 생각이 들어서요. 겨울 내내 이 옷을 입을 기회가 별로 없을 것 같거든요. 너무 화려하다고 생각하지 않으면 좋겠어요."

"하얀색으로 갖추어 입은 여자가 지나치게 화려해 보이는 법은 없지. 그럼, 전혀 화려해 보이지 않아. 꼭 알맞은, 적절한 옷차림이라는 생각만 들어. 드레스가 참 예쁜걸. 반짝이는 그 물방울무늬도 마음에 들고. 크로퍼드 양도 비슷한 옷을 갖고 있으려나?"

목사관으로 다가가던 그들은 마구간과 마부 숙소 근처를 지났다.

"어!" 에드먼드가 말했다. "손님이 오셨나 본데! 마차가 있잖아! 우리와 만나게 해주시려고 누구를 부르셨나?" 그러면서 그는 누구의 마차인지 확인하려고 마차 옆 유리창을 내렸다. "아, 크로퍼드 씨 마차네. 크로퍼드 씨의 사륜 포장마차야. 틀림없어! 그의 두 하인이 예전에 넣어두었던 자리에 마차를 밀어 넣고 있어. 그럼 당연히 그가 여기 있다는 소린데. 정말 놀랍지 않니, 패니. 그를 다시 만나게 된다면 무척 기쁠 거야."

그녀의 기분이 그와는 얼마나 다른지 말할 이유도, 말할 틈도 없었다. 패니는 자신의 모습을 지켜볼 사람이 한 명 더 늘어났다는 생각에 점점 더 마음이 불편해졌다. 그녀는 거북한 마음을 안고, 몹시 불편해하며 응접실로 들어가 인사를 했다.

응접실 안에는 정말로 크로퍼드 씨가 와 있었다. 정찬을 즐기기에 알맞은 시간에 도착한 것 같았다. 그를 에워싼 세 사람이 미소를 띠고 흡족한 표정을 짓고 있는 걸 보니, 그가 바스를 떠나 그들을 찾아와 며칠 머무르겠다고 한 갑작스러운 결정을 다들 얼마나 반기고 있는지 알 수 있었다. 에드먼드와 그 사이에 다시 만나 반갑다는 진심 어린 인사가 오갔다. 패니만 빼놓고 모두들 즐거워했다. 사실 그녀의 입장에서도 그의 존재가 조금은 유리하게 작용할 수 있었다. 누구든 이 정찬 모임에 추가된다면, 그녀가 제일 좋아하는 상황, 즉 가만히 앉아 있으면서 주목을 받지 않아도 되는 상황을 즐길 수 있는 여지가 더 많아질 것 아닌가. 그녀는 곧바로 이런 사실을 깨달았다. 노리스 이모의 잔소리에도 불구하고, 그녀의 마음이 그렇게 하도록 시켰으니 그날 모임의 주인공 숙녀 자리와 그에 따른 온갖 소소한 특별대우를 받아들일 수밖에 없었지만, 정찬 자리에 앉아 있는 동안 그녀는 행복한 흐름을 이어가며 분위기를 주도하고 있는 대화들에 자신이 끼어들 필요가 없음을 깨달았다. 크로퍼드 남매는 바스에 관한 이야기를, 두 청년은 사냥에 관한 이야기를, 크로퍼드 씨와 그랜트 박사는 정치 이야기를, 그리고 크로퍼드 씨와 그랜트 부인은 그 밖의 온갖 잡다한 이야기를 너무 많이 했던 까닭에, 그녀는 그런 이야기들을 조용히 듣기만 하면서 그날 저녁을 즐겁게 보낼 수 있겠다는 지극히 행복한 전망을 할 수 있었다. 그러나 새롭게 도착한 신사가 맨스필드에 머무는 일을 더 연장할 것이며, 노퍽 주에 있는 자기 사냥개들도 데려와야겠다고 계획을 세운 것에 대해서는 조금이라도 흥미를 보이거나 듣기 좋은 말을 해줄 수 없었다. 그랜트 박사가 제안했고, 에드먼드가 조언했고, 누이들이 열심히 권했던 그 계획은 즉각 그의 머릿속을 차지한 것 같았다. 그리고 그는 그 결심을 굳히려고 패니의 응원까지 바라는 것 같았다. 그가 포근한 날씨가 계속될 수 있을 것 같은지 물었지만 그녀는 예의가 허용하는 한 짤막하고 차갑게만 대답했다. 그녀는 그가 더 오래 머물기를 바라지 않았으며, 자신에게 말을 거는 것조차 원하지 않았다.

그를 보자마자 패니는 그 자리에 없는 사촌 언니들, 특히 마리아 언니가 계속해서 머릿속을 맴돌았다. 하지만 어떤 곤혹스러운 기억도 그의 기분에 영향을 미치진 못하는 모양이었다. 지나간 모든 일이 일어났던 현장에 다시 나타난 꼴 아닌가. 그러면서 맨스필드의 다른 상황은 전혀 알지 못한다는 듯이, 기꺼이 이곳에서 오래 머무르며 버트럼 자매 없이 행복하게 지내겠다는 것 아닌가. 정찬을 마치고 응접실에 다시 모일 때까지 그녀는 그가 언니들에 대해 두루뭉술하게 말하는 소리를 들었다. 응접실에 모인 후 에드먼드는 그랜트 박사와 따로 떨어져서 무슨 일 이야기를 하고 있었는데, 그 둘은 온통 그 화제에만 열중하고 있었다. 그랜트 부인은 다탁(茶卓)에서 차를 준비하고 있었다. 그는 자신의 다른 누이를 상대로 패니의 두 사촌 언니들에 대해 좀 더 구체적으로 이야기하기 시작했다. 패니에겐 대단히 밉살스럽게 보이는 의미심장한 미소를 띠며 그가 말했다. "그래! 러시워스와 그의 아리따운 신부가 지금 브라이턴에 있다 이거지. 그런 행운아가 다 있나!"

"맞아, 그곳으로 갔어. 2주일쯤 됐죠, 프라이스 양, 그렇죠? 그리고 줄리아 양도 함께 갔어."

"그렇다면 예이츠 씨가 그다지 멀리 떨어져 있지 않다는 얘기군."

"예이츠 씨라고! 아, 맞다! 예이츠 씨 소식을 통 못 들었네. 맨스필드로 보내오는 편지에 그 사람 이야기는 별로 없던 것 같은데. 그분 소식을 좀 들은 게 있어요, 프라이스 양? 제 친구 줄리아가 예이츠 씨 소식으로 토머스 경을 기쁘게 해드리는 우를 범하지는 않았을 거라고 생각하지만."

"가엾은 러시워스 씨와 그의 마흔두 개 대사를 생각하면 정말!" 크로퍼드 씨가 계속해서 말했다. "그 누구도 그 대사들을 잊을 수 없을 거야. 가여운 사람 같으니! 지금도 눈에 선하네. 그가 얼마나 고생하고, 얼마나 절망했는지 몰라. 하지만 그가 사랑하는 마리아 양이 그 마흔두 개 대사를 그에게 읊어주길 바란다고 생각한다면 내 큰 착각이겠지." 잠시 심각한 표정을 짓다가 그가 덧붙였다. "그에게 그녀는 과분해, 너무 과분해." 그런 다음 다시 부드럽고 정중한 말투로 바꾸어 패니에게 이렇게 말했다. "러시워스 씨와 제일 친한 사람이 프라이스 양이었죠. 프라이스 양이 그에게 베푼 친절과 인내는 결코 잊을 수 없을 겁니다. 그가 자기 대사를 외울 수 있게 해주려고 프라이스 양이 내내 얼마나 애를 썼습니까! 조물주가 거절한 총명한 머리를 그에게 선물하려고 또 얼마나 애를 쓰셨던지요! 프라이스 양에게 남아도는 총기를 조금 떼어내서 그에게도 만들어주려고 참 무던히도 애를 썼는데! 아마 그는 프라이스 양이 그런 친절을 베풀었다는 것을 알아볼 분별력도 없을 겁니다. 하지만 우리 연극 팀 모두는 프라이스 양의 그런 친절에 경의를 품었다고 감히 말할 수 있지요."

패니는 얼굴이 빨개졌지만 아무 말도 하지 않았다.

"꼭 꿈을 꾼 것 같습니다, 달콤한 꿈이요!" 잠시 생각에 잠겼다 깨어난 그가 갑자기 외쳤다. "앞으로 늘 짜릿한 기쁨을 느끼면서 우리의 연극을 회상할 겁니다. 너무나 재미있고, 너무나 활기 넘치고, 너무나 흥분된 기분이 퍼져 있었죠! 모두들 그렇게 느꼈을 거예요. 다들 생기가 넘쳐흘렀죠. 온종일, 매 시간 할 일이 있었고, 희망이 있었고, 갈망을 했고, 시끌벅적했죠. 언제나 사소한 반대가 있었고, 사소한 의심이 있었고, 사소한 걱정이 있었지만 결국은 극복했어요. 저는 그때보다 더 행복했던 적이 없습니다."

침묵 속에서 분노가 치민 패니는 그의 말을 마음속으로 되풀이했다. '더 행복했던 적이 없었다고! 변명의 여지가 없다는 걸 자신도 분명히 알 텐데, 그런 짓을 했던 그때보다 더 행복했던 적이 없었다고! 그토록 불명예스럽고 몰인정하게 처신했던 그때보다 더 행복했던 적이 없었다고! 세상에! 어쩌면 저렇게 타락할 수 있을까!'

"우리가 운이 참 없었습니다, 프라이스 양." 그가 에드먼드가 엿들을 가능성을 차단하기 위해 목소리를 낮추고는, 패니의 감정은 전혀 헤아리지 못한 채 계속해서 말했다. "정말 운이 몹시 나빴습니다. 일주일만 더 있었어도, 딱 일주일만 더 있었어도 충분했을 텐데. 만사를 우리 마음대로 할 수 있었더라면…… 맨스필드 파크에서 추분 무렵에 부는 바람을 한두 주라도 마음대로 할 수 있었으면 사정이 사뭇 달라졌을 겁니다. 과도한 날씨 변화로 토머스 경의 안위가 위협받는 정도까지는 물론 아니고요. 그저 지속적으로 역풍이 불거나 아예 무풍 상태가 되는 걸 말하는 거죠. 그 무렵 대서양이 일주일만 무풍 상태에 빠졌어도 우린 참 재미있는 시간을 보냈을 겁니다, 프라이스 양."

그는 패니에게서 대답을 들으리라 단단히 마음먹은 것 같았다. 따라서 패니는 그를 외면하면서 평소보다 더 단호한 어조로 말했다. "제 생각을 말씀드릴게요, 크로퍼드 씨. 저는 이모부의 귀국이 하루라도 늦춰지는 걸 바라지 않았을 겁니다. 이모부께서 도착하시고 나서 우리의 연극을 그렇게 심하게 반대하신 것으로 봐서 모든 게 너무 과했던 게 아닌가 싶어요."

패니는 그에게 한번에 그렇게 많은 말을 한 적이 없었다. 그리고 누구에게든 그렇게 화가 나서 말해본 적도 결코 없었다. 대답을 마치고 나자 자신이 그렇게 대담한 발언을 했다는 생각에 몸이 떨렸고 얼굴도 빨개졌다. 그는 깜짝 놀랐다. 하지만 잠시 침묵을 지키며 그녀가 왜 그런 식으로 말을 했는지 생각하고 난 뒤, 좀 더 차분하고 진지한 목소리로, 그리고 자신의 말이 확신에서 나온 솔직한 결과물이라는 듯 이렇게 말했다. "프라이스 양의 말이 맞는 것 같군요. 우린 분별보다 재미를 더 생각했었어요. 갈수록 점점 더 법석을 떨었던 겁니다." 그러고 나서 대화 내용을 바꾸며 그녀를 다른 화제로 끌어들이고 싶어 했다. 하지만 그녀가 워낙 수줍어하는 데다 대답도 마지못해 하는 바람에 어떤 화제로도 대화가 진전될 수 없었다.

그랜트 박사와 에드먼드 쪽을 흘끔흘끔 쳐다보던 크로퍼드 양이 마침내 입을 열었다. "저 두 분이 재미난 화제를 거론하고 있는 게 틀림없어요."

"세상에서 가장 흥미로운 화제일 거다." 그녀의 오빠가 대답했다. "돈을 버는 일…… 많은 수입을 더 많은 수입으로 바꾸는 일 말이야. 버트럼 씨가 조금 있으면 발을 들여놓게 될 삶에 대해 그랜트 박사가 몇 가지 지침을 주고 있을 거야. 몇 주 있으면 버트럼 씨가 성직을 임명받게 된다고 해. 아까 정찬실에서도 두 사람이 그 이야기를 하고 있었어. 이제 버트럼 씨가 제법 여유로워진다는 소리를 들으니 기쁘구나. 마음대로 쓸 수 있는 만큼 수입이 들어올 테니까. 게다가 별다른 수고를 하지 않아도 들어오는 수입이고. 내가 알기로는 아마 연 수입이 7백 파운드보다 적진 않을 거야. 연 수입 7백 파운드면 장남 아닌 아들에게는 꽤 괜찮은 수입이지. 게다가 지금 살고 있는 집에서 계속 살 테니 그 수입이 전부 개인적인 소소한 즐거움을 위한 주머닛돈으로 쓰일 거고. 아마 크리스마스와 부활절에 하는 설교가 버트럼 씨가 바치게 될 제물의 전부일걸."

그의 여동생은 웃음으로 자신의 속마음을 감추려고 애쓰며 이렇게 말했다. "모두들 자기보다 덜 가진 사람들에 대해선 쉽게 풍족하고 여유로운 사람들이라고 말하지. 그런 태도보다 더 웃기는 건 없다니까. 헨리 오빠, 만약 오빠의 소소한 즐거움을 위한 용돈이 1년에 7백 파운드로 제한된다면 오빠는 얼빠진 표정을 하게 될걸."

"그러겠지. 하지만 너도 알다시피 이런 문제는 모두 상대적인 거야. 타고난 상속권과 습관이 결정하는 거라고. 버트럼 씨는 준남작 가문의 차남치고는 분명히 잘살게 될 거다. 스물네댓 살밖에 안 된 나이에 1년에 7백 파운드를 벌게 되잖아. 그 수입으로 별달리 할 일도 없을 거고."

크로퍼드 양은, 그에게도 할 일이 있을 거라고, 그리고 그런 수입으로 인해 결코 가벼이 볼 수 없는 곤란을 겪기도 할 거라고 반박하고 싶었지만 자제하고 그냥 넘어가기로 했다. 그리고 차분한 표정을 지으며 무관심한 척하고 있는데, 얼마 안 있어 두 신사가 그들 쪽으로 와서 합류했다.

"버트럼 씨." 헨리 크로퍼드가 말했다. "첫 설교를 들으러 맨스필드에 꼭 올게요. 목사직을 새로 시작하는 청년을 격려하러 일부러 오겠다는 소립니다. 언제가 되겠습니까? 프라이스 양, 사촌 오빠를 응원하는 데 동참하지 않으시렵니까? 설교 시간 내내 오빠에게 눈길을 고정하고, 지켜보겠다는 약속을 하지 않겠습니까? 제가 그럴 거거든요. 한 마디도 놓치지 않을 겁니다. 혹시 눈길을 잠깐 돌릴 때가 있다면, 아마 탁월하게 아름다운 문장이 나와서 그걸 받아 적기 위해서일 겁니다. 메모장과 연필은 각자 준비해야 합니다. 언제가 되겠습니까? 잘 아시겠지만 첫 설교는 반드시 맨스필드에서 해야 합니다. 그래야 토머스 경과 부인께서도 들으실 수 있으실 테니까요."

"할 수 있는 한 최선을 다해 참석을 막을 겁니다, 크로퍼드 씨." 에드먼드가 말했다. "당신을 보면 제가 당황스러워할 가능성이 너무 높아요. 다른 누구보다도 더 미안한 생각이 들 테니까요."

'크로퍼드 씨는 이런 생각을 안 하는 걸까?' 패니가 생각했다. '그래, 아마 안 할 거야. 도대체 생각이라고는 없는 사람이니까.'

이후 모두가 한자리에 모였다. 대화를 주도하는 사람들이 서로의 관심을 끌고 있었기 때문에 그녀는 조용히 앉아 있을 수 있었다. 곧이어 휘스트 게임을 위한 탁자가 준비됐고(사실은 그랜트 박사의 즐거움을 위해 용의주도한 그의 아내가 준비한 것이지만, 그렇게 여겨지진 않았다), 크로퍼드 양이 하프에 손을 대어서 패니는 연주를 듣는 일 말고는 딱히 할 일이 없었다. 따라서 나머지 시간 내내 아무런 방해도 받지 않고 평온한 모습을 유지할 수 있었다. 이따금 크로퍼드 씨가 질문을 던지거나 말을 건네기는 했는데, 그것까지 대답하지 않을 수는 없었다. 크로퍼드 양은 조금 전 오간 대화 때문에 너무 화가 나서, 음악 말고는 어떤 일에도 관심을 기울일 기분이 아니었다. 그녀는 연주를 통해 마음을 달랬고, 친구를 즐겁게 해주었다.

에드먼드가 그토록 빨리 성직을 임명받는다니……. 오랫동안 유보되던 일이, 여전히 불확실하고 아직 먼 미래의 일일 거라 바랐던 일이, 느닷없이 가해지는 타격처럼 눈앞에 다가온 것이었다. 크로퍼드 양은 분노와 실망을 느끼며 그 사실을 절감했다. 그리고 그에게 몹시 화가 났다. 자신의 영향력이 그보다는 클 것이라 생각했었다. 이미 그에 대해 진지하게 생각하기 시작한 터였다. 그에게 큰 호감을 느끼고, 그가 자신의 짝이라는 확신을 거의 굳힌 채 진지하게 생각하기 시작한 시점 아니던가……. 그랬다고 생각했다. 그런데 지금, 차가운 감정만 내보일 뿐인 그를 만나게 된 것이다. 그녀가 뜻을 굽혀 받아들일 수는 없다는 걸 그도 분명히 알고 있는 그 같은 상황에 확고부동하게 자리매김한 것을 보니, 그는 그녀를 진지하게 생각하지도 않았고 진실한 애정을 가질 수도 없는 사람임이 분명했다. 그녀는 그의 무관심에 필적하는 무관심을 배우리라 마음먹었다. 앞으로는 당장의 즐거움만 만끽할 뿐, 그 이상은 그의 관심에 대해 어떤 생각도 하지 않을 작정이었다. 그가 자신의 감정을 그렇게 자제할 수 있다면, 그녀의 감정이 그녀에게 해가 되게 해선 안 될 노릇이었다.

6

다음 날 아침 헨리 크로퍼드는 맨스필드에서 두 주를 더 보내기로 마음을 굳혔다. 가서 사냥용 말들을 가져오라고 사람을 보내고, 제독에게 사정을 설명하는 글을 몇 줄 쓰고 난 뒤 그는 편지를 봉해 내던지고는 몸을 돌려 여동생을 바라보았다. 주변에 다른 가족이 없는 것을 본 그가 미소를 지으며 말했다. "사냥하지 않는 날에 내가 무엇을 하겠다고 마음먹은 것 같니, 메리? 이젠 나이가 먹어서 그런지 일주일에 세 차례 이상 사냥하는 게 힘에 부쳐. 하지만 그 사이사이에 무슨 일을 할지 계획을 세워두었지. 그게 뭘 거 같아?"

"당연히 나랑 산책하고 승마하는 거겠지."

"꼭 그렇지만은 않을걸. 둘 다 내가 좋아하는 일들이지만 그건 몸을 위한 운동일 뿐이지. 마음에도 신경을 써줘야 해. 그리고 그런 일들은 별다른 노고를 섞을 필요 없이 그저 기분 전환용으로 즐기기만 하면 되잖아. 나는 게으르게 얻어진 빵은 먹고 싶지 않다. 그럼, 그렇고말고. 내 계획이 뭐냐 하면 바로 패니 프라이스가 나를 사랑하게 만드는 거야."

"패니 프라이스라니! 무슨 헛소리야! 안 돼, 안 되고말고. 그 아가씨의 두 사촌 언니들로 만족하라고."

"아니, 패니 프라이스가 아니면 안 돼. 그 아가씨 가슴에 구멍을 내지 않고선 만족할 수가 없어. 그 아가씨가 얼마나 주목받을 자격이 있는지 넌 모를 거야. 어젯밤 얘기할 때 보니 지난 여섯 주 동안 그녀의 외모가 얼마나 놀랍게 달라졌는지 아무도 모르고 있는 것 같더구나. 매일 만나니 눈여겨보지 않았겠지. 하지만 분명히 말하는데 지난가을과 사뭇 달라진 모습이었어. 그때는 그저 얌전하고, 겸손하고, 못생기지 않은 소녀에 불과했지. 그런데 지금은 확실히 예뻐졌어. 예전엔 얼굴빛도 표정도 별것 없다고 생각했는데, 어제 그 아가씨 얼굴을 보니 툭 하면 빨갛게 물들던 부드러운 살결에 확연하게 아름다움이 배어 있던걸. 눈과 입을 관찰한 결과를 말하자면, 표현하고 싶은 것이 있을 때 표현하는 능력 면에서도 나를 실망시키지 않았어. 게다가 분위기도 그렇고 태도도 그렇고, 모든 면에서 뭐라고 말로 표현할 수 없을 정도로 나아져 있었다니까! 10월에 비하면 키도 2인치는 큰 게 틀림없어."

"흥! 그 아가씨랑 비교할 수 있는 키 큰 여자가 없으니 그렇게 보였겠지. 그리고 새 드레스까지 입었고. 그전까지는 그렇게 예쁜 옷 입은 모습을 본 적이 없잖아. 내가 보기엔 10월 모습 그대로야. 틀림없어. 진실은 이런 거겠지. 우리와 어울리는 사람들 중에선 그녀가 오빠가 눈여겨볼 만한 유일한 아가씨라는 것, 그리고 어떤 아가씨가 되었든 오빠에겐 그런 아가씨가 하나 필요하다는 것. 나도 그녀가 예쁘다는 생각은, 눈에 띌 만큼은 아니지만, 사람들 말마따나 '충분히' 예쁘다는 생각은 늘 해왔어. 정식 미인으로 조금씩 성장해가고 있는 미인이라고나 할까. 눈은 좀 더 까매져야 하겠지만 미소는 참 귀엽지. 그렇지만 놀랄 만큼 외모가 향상됐다는 오빠의 모든 주장은 멋진 드레스와 오빠 옆에 눈길을 줄 다른 아가씨가 없다는 것 때문이라고 설명할 수 있을 거야. 그러니 정말 그 아가씨와 장난삼아 연애를 시작할 심산이라면, 그녀의 미모에 경의를 표하느라 그런 거라느니 소리로 나를 속일 생각은 마. 무료하기도 하고 허튼수작을 벌여보고 싶어서 그러는 게 아니라는 말은 절대 안 통해."

　이런 비난을 듣고 그녀의 오빠는 미소만 짓더니 곧 이렇게 말했다. "패니 양을 어떻게 생각해야 할지 도통 모르겠다. 도대체 정체를 알 수가 없어. 어제만 해도 무슨 생각을 하고 있는지 알 수가 없더라. 그 아가씨 성격은 어떨까? 진지한 편인가? 별난 편인가? 새침한 편인가? 왜 나만 보면 그렇게 움츠러들면서 심각한 표정을 짓지? 좀처럼 말을 하게 만들 수가 없어. 내 평생, 어린 아가씨와 함께 있으면서, 즐겁게 해주려고 그렇게 오랜 시간을 들이고도 실패한 적은 한 번도 없었다니까! 그렇게 심각한 표정으로 나를 보는 아가씨를 만나본 적도 없었고! 그 표정으로 꼭 이렇게 말하는 것 같아. '저는 당신이 마음에 안 듭니다. 당신을 좋아하지 않기로 결심했습니다.' 그럴 때마다 나는 속으로 '아니, 그렇게 될걸'이라고 하지."

　"이런 바보 같으니! 그러니까 결국은 그 아가씨의 그런 모습이 매력적이라는 소리잖아! 맞아, 바로 그거네! 그 아가씨가 오빠에게 무심하다는 것, 바로 그것 때문에 살결이 너무 부드럽다느니 키가 컸다느니 하는 말이 나온 거구나. 그 아가씨의 매력이 어떻고, 우아한 자태가 어떻고 하는 말이 모두 그래서 나온 거야. 제발 바라는데 그 아가씨가 진짜로 불행해지게 만들지는 마. 가벼운 사랑 정도라면 활기를 불어넣고, 그녀에게도 해가 되진 않겠지. 하지만 그보다 더 깊이 빠져들게 해선 안 돼. 세상에서 제일 착한 데다 무척 다감한 아가씨니까."

　"겨우 두 주 동안 일어날 일인데, 뭘." 헨리가 말했다. "겨우 두 주 갖고 망쳐질 아가씨라면 무엇으로도 구제가 안 되는 성격의 소유자가 틀림없어. 여하튼 알겠습니다, 착한 아가씨, 그 아가씨에게 어떤 피해도 안 가게 하지요! 내가 바라는 건 그저 그 아가씨가 나를 다정한 눈길로 쳐다보고, 홍조를 보이는 것만큼 미소도 보이고, 어느 곳에서든 나한테 자기 옆자리를 내주고, 내가 거기 앉아 말을 걸 때마다 활기를 보이고, 나처럼 생각하고, 내가 소유한 모든 것들과 내가 즐거워하는 모든 일들에 관심을 보이고, 나를 맨스필드에 더 오래 붙잡아두려고 애쓰고, 그리고 내가 떠나게 되면 자기는 다시는 행복할 수 없으리라 느끼는 것뿐이야. 그 이상은 바라지 않아."

"퍽도 소박한 바람이네!" 메리가 말했다. "이제 양심의 가책을 받을 일도 없겠어. 그래, 그 아가씨 마음에 들 기회는 충분히 많을 거야. 요즘 나랑 함께 있는 시간이 무척 많으니까."

그녀는 더 이상의 충고를 자제하고 패니를 그녀 자신의 운명에 맡기기로 했다. 그러나 그 운명은, 크로퍼드 양은 생각지도 못한 방식으로 패니가 경계를 단단히 하지 않았더라면, 그녀가 감당할 수 있는 운명보다도 더 가혹했을 것이다. 열여덟 살 아가씨들 중에는 아무리 재주를 뽐내고, 예의를 갖추어 대하고, 관심을 쏟고, 발림소리로 유혹해도 자신의 판단력을 무너트리는 사랑을 하도록 설득할 수 없는, 즉 도저히 정복할 수 없는 아가씨가 분명히 존재한다(그렇지 않으면 사람들이 그런 아가씨가 등장하는 이야기를 읽을 리 없다). 하지만 나는 그녀의 마음이 이미 다른 남자에게 가 있지 않다 하더라도, 패니가 그런 아가씨 중 하나라고 말할 생각은 없다. 또한 그녀처럼 부드러운 심성과 풍부한 취향을 가진 아가씨가, 설령 그전부터 좋지 않은 감정을 품고 있어 이를 극복해야 한다 해도, 크로퍼드 씨 같은 남자의 구애(비록 두 주 동안의 구애에 불과하지만)를 꿈쩍하지 않고 피할 수 있었으리라는 생각도 전혀 들지 않는다. 이미 다른 남자에게 마음을 주고 있었던 데다 크로퍼드 씨를 얕보는 마음까지 있었으니, 그가 공략 대상으로 삼은 그녀의 마음은 안전한 상태이긴 했다. 그러나 그가 워낙 집요하게 관심을 보였는지라—그 관심은 집요하긴 했지만 우격다짐 식은 아니었고, 부드럽고 섬세한 그녀의 마음에 점점 더 맞춰지고 있었다—그녀도 이내 그가 예전보다 덜 싫어질 수밖에 없었다. 지난 일을 결코 잊은 것은 아니었다. 그리고 예전과 똑같이 그를 좋지 않게 생각하고 있긴 했다. 하지만 그가 가진 힘은 느낄 수 있었다. 재미있는 사람이기도 했다. 게다가 태도도 현저히 좋아졌고, 예의도 아주 바르고, 너무 진지하다 싶을 정도로 흠잡을 데 없이 예절을 지켜서, 그 보답으로 이쪽에서도 예의를 갖추고 대하지 않을 수 없었다.

　이런 결과를 빚어내기 위해서는 단 며칠이면 충분했다. 그 단 며칠이 다 되어갈 무렵, 그녀의 마음에 들겠다는 그의 목적 달성에 도움이 되는 상황이 생겼다. 그런 도움뿐만 아니라 다른 모든 사람들까지 전부 그녀의 마음에 들 만큼 크나큰 행복감을 그녀에게 선물한 상황이기도 했다. 너무도 오랜 세월 동안 영국을 떠나 있었던 사랑하는 오빠 윌리엄이 영국으로 돌아온다는 소식이었다. 그녀는 윌리엄의 배가 영국 해협에 들어설 무렵 그가 급한 마음에 몇 줄 휘갈겨 쓴 편지를 직접 받았다. 스핏헤드 정박지에 닻을 내린 앤트워프 호에서 가장 먼저 내린 보트를 통해 포츠머스 항으로 보낸 편지였다. 크로퍼드는 신문을 손에 들고 맨스필드로 걸어 올라가면서 자신이 이 소식을 가장 먼저 전하는 사람이길 바랐다. 하지만 이미 패니가 오빠의 편지를 읽고 너무 기뻐서 몸을 떠는 모습과, 그녀의 이모부가 극히 차분한 어조로 그를 집으로 부르라고 다정히 대답하는 소리를 듣고 얼굴이 빨개질 만큼 고마워 어쩔 줄 모르는 모습을 보게 되었다.

크로퍼드가 이 소식과 관련된 사항들을 완전히 알게 된 지 겨우 하룻밤이 안 지난 시점이었다. 그녀에게 정말로 그런 오빠가 있고, 그런 배에 타고 있다는 걸 알게 된 것이 바로 그 전날이었다. 하지만 이때 촉발된 호기심에 적절한 활기가 더해져, 그는 런던으로 가는 길에 앤트워프 호가 지중해에서든 그밖의 다른 어느 곳에서든 귀국을 할 수 있는 시점이 언젠지 알아봐야겠다고 결심했다. 그래서 다음 날 아침 일찍 그 배의 소식을 알아보다가 그런 행운이 따랐던 것이었다. 그 행운은 패니의 마음에 드는 방법을 찾아내려고 머리를 짜내던 그의 가상한 노력에 대한 보답 같기도 했고, 제독 숙부님을 배려하여 해군 관련 소식을 가장 빨리 전하는 것으로 정평이 나 있는 신문을 여러 해 동안 구독함으로써 조카의 의무를 다한 것에 대한 보답 같기도 했다. 그랬는데 그만 그의 노력이 한발 늦은 것으로 판명 나고 만 것이다. 소식을 처음 전해 듣고 느끼는 온갖 짜릿한 감정을 자신이 가장 먼저 불러일으키기를 고대했건만, 그녀는 이미 그런 감정을 느끼고 난 다음이었다. 그러나 그의 의도만큼은, 그의 친절한 의도만큼은 감사한 마음으로 인정받았다. 그것도 너무나 고마워하며 열렬하게 받아들여졌다. 아마도 패니가 윌리엄 오빠에 대한 넘쳐흐르는 사랑으로 평소의 소심함을 훌쩍 넘어서 한껏 들떠 있었기 때문일 터였다.

너무나 소중한, 사랑하는 오빠 윌리엄이 곧 그들과 함께 있게 될 것이었다. 아직 해군 장교 후보생에 불과했기에 휴가 신청이 즉시 승인될 것임에는 의심의 여지가 없었다. 그리고 그 지역에 살고 있는 부모님은 벌써 여러 차례, 아마 하루도 빠짐없이 면회를 했기 때문에 정식 휴가는 당연히 여동생을 위해 쓰여야 했다. 7년이라는 세월 동안 편지를 가장 많이 주고받은 여동생이었다. 그리고 그를 후원하고 그의 진급을 위해 애쓴 이모부를 위해 그 시간을 써야 하는 것도 당연했다. 그러니 그녀의 답장에 대한 답은 최대한 빠른 시간 안에 도착했다. 한시바삐 도착하겠다고 날짜를 못 박은 편지였다. 정찬 방문이 있은 지 열흘이 안 지난 시점으로, 패니는 난생처음 경험해본 그날의 흥분이 채 가라앉기도 전에 그보다 더 소중한 흥분에 젖어들었다. 그날이 되자 그녀는 현관에서, 복도에서, 계단 위에서 오빠를 태우고 오는 마차 소리가 들리지 않을까 귀를 기울이며 기다렸다.

그러던 중 마침내 마차가 무사히 도착했다. 만남을 지연시

킬 만한 격식도 걱정거리도 없었기 때문에 패니는 오빠가 저택
으로 들어서자마자 바로 만났다. 격한 기쁨을 표하며 두 남매
가 만나는 순간을 방해하거나 목격한 사람은 아무도 없었다.
알맞게 문을 열어주는 데 열중했던 하인들을 셈에 넣겠다고 한
다면 또 모르지만 말이다. 두 남매의 이런 만남은, 정확히 토머
스 경과 에드먼드가 각자 못 본 척하기로 마음먹은 일이기도
했다. 이심전심인지, 둘 다 재빨리 노리스 부인에게 마차가 도
착하는 소리가 들리자마자 현관으로 달려 나가지 말고 지금 있
는 자리에 그대로 있으라고 단속하면서 상대방에게 자신의 속
마음이 그렇다는 것을 입증해 보였다.

윌리엄과 패니는 곧바로 모습을 드러냈다. 토머스 경은 자
신이 후원했던 이 조카를 반갑게 맞이했다. 7년 전 지원을 시작
했을 때와는 분명히 달라진 모습이었다. 당당하고, 상냥한 표
정에, 솔직하고, 꾸밈없고, 그러면서 다감하고 의젓한 태도를
보이고 있어서 어쩐지 친하게 지낼 수 있을 것 같은 확신을 주
는 모습이었다.

패니는 한참 뒤에야 오빠와의 첫 만남이 드디어 이루어졌다
는 생각과, 기대감에 부풀어 있던 지난 30분이라는 시간이 빚
어낸 들뜬 행복감에서 벗어날 수 있었다. 그리고 그런 행복감
이 그녀를 진정으로 행복하게 만들었다고 말할 수 있기까지는,
또한 외모가 변한 데 대한 실망감을 지우고 그에게서 예전과
같은 윌리엄 오빠의 모습을 발견하고, 여러 해 동안 진심으로
갈망해온 대로 그에게 말을 붙일 수 있기까지는 약간의 시간이

더 필요했다. 그러나 그녀의 애정만큼이나 열렬했던 오빠의 우애가 마침내 그 시간이 다가오게 했다. 둘 사이를 방해했던, 세련된 모습을 보이고 싶다거나 스스로를 못 미더워하는 마음도 점차 옅어졌다. 패니는 그가 애정을 느낀 첫 번째 대상이었다. 더 강인해진 정신과 더 대담해진 기질로 인해, 이젠 느끼는 것만큼이나 표현도 잘하게 된 사랑이었다. 다음 날 아침 이들 남매는 진정한 기쁨을 느끼면서 함께 산책했고, 이어지는 날들의 아침마다 머리를 맞대고 둘만의 대화를 새롭게 시작하곤 했다. 토머스 경은 에드먼드가 일러주기 전부터 이미 그 모습을 흡족한 마음으로 지켜보고 있었다.

지난 몇 달 동안 에드먼드 오빠가 눈에 띄게, 혹은 뜻하지 않게 그녀를 배려해주면서 불러일으켰던 각별한 기쁨의 순간을 제외한다면, 패니는 아무런 제지도 안 받고 동등하게, 어떤 두려움도 없이 오빠이자 말벗인 윌리엄과 대화할 수 있는 지금보다 더 행복했던 적이 없었다. 윌리엄은 그녀에게 자신의 가슴을 모두 열어 보이며 자신의 모든 희망과 두려움과 계획들에 관해, 그리고 오래전부터 생각해왔으며 소중히 얻어지고 정당하게 가치를 부여할 수 있는 진급이라는 축복에 관해 털어놓았다. 좀처럼 소식을 듣지 못했던 아버지와 어머니, 형제자매들의 소식도 직접 자세히 전해주었다. 그녀의 오빠는 지금 그녀의 집이라 할 수 있는 맨스필드에서 그녀가 겪었던 행복했던 모든 일들과 힘들었던 일들에 관심을 보였다. 그러면서 그 집의 식구들에 대해, 기꺼이, 그녀가 말하는 대로 생각해주었다.

다만 노리스 이모 이야기를 할 때 오빠 쪽이 좀 더 거리낌 없이 큰 목소리로 비난한다는 점에서만 남매는 의견 차이를 보였다. 패니는 오빠와 함께 어린 시절의 좋았거나 나빴던 모든 일들을 되돌아보고, 함께 겪었던 과거의 모든 고통과 기쁨을 애정 어린 눈길로 회상할 수 있었다(아마 이것이 모든 대화를 통틀어 가장 소중하고 흐뭇한 내용이었을 것이다). 함께 과거를 되돌아보는 이런 일의 장점 한 가지가 있다면, 바로 남매의 우애가 더 돈독해진다는 것이다. 남매 사이의 이런 우애와 비교한다면 부부 사이의 애정도 한 수 아래라 해야 할 터였다. 같은 가족이고, 같은 핏줄이고, 어린 시절의 첫 추억과 습관을 공유하는 아이들은, 그 이후 커서 맺게 되는 어떤 인연도 줄 수 없는 기쁨을 함께 누릴 수 있는 것이다. 혹 아주 어린 시절의 그 같은 애착이 만들어내는 소중한 잔상이 그 이후의 다른 일들에 의해 완전히 지워지는 경우가 있다면, 그건 분명히 길고도 비정상적인 이별 때문이든지 아니면 그 이후 맺게 된 관계로 정당화될 수 없는 절연 때문일 것인데, 아아! 유감스럽게도 이런 일이 얼마나 자주 일어나는지! 형제자매 간의 우애는 어떤 때는 거의 모든 것이기도 하지만, 어떤 때는 없느니만 못하기도 하다. 그러나 윌리엄과 패니의 우애는 여전히 너무나 소중하고 새로운 감정이었다. 어떠한 이해 충돌에 의해서도 상처받지 않고, 서로의 애정이 갈리는 바람에 식는 일도 없으며, 세월과 이별의 영향으로 오히려 더 커져만 가는 그런 우애였다.

이처럼 돈독한 이들 남매의 우애는 선한 모습을 가치 있게 여기는 모든 사람들로부터 좋은 평판을 얻었다. 헨리 크로퍼드도 이들 남매의 모습을 보고 누구 못지않게 감동을 받았다. 그는 이 젊은 수병이 따뜻하고 솔직하게 동생에게 애정을 표현하는 모습이 너무나 좋아 보였다. 그 수병은 애정이 담긴 손을 패니의 머리를 향해 뻗으며 이렇게 말하는 것이었다. "너 내가 이런 별난 머리 스타일을 벌써부터 마음에 들어 하고 있었다는 거 알고 있니? 물론 영국에서 이런 스타일로 머리를 한다는 얘기를 처음 들었을 때는 믿을 수 없었어. 지브롤터 판무관 관사에서 브라운 부인이나 다른 부인들이 모두 같은 모양새로 머리를 하고 있는 걸 보곤 다들 제정신이 아니라고 생각했고. 하지만 패니 네가 하는 거라면 뭐든 적응할 수 있어." 헨리 크로퍼드는 패니의 오빠가 그렇게 오랜 세월 동안 바다에 나가 있으면서 겪었던 급박한 위험들과 무시무시한 광경들을 이야기할 때, 패니의 뺨이 달아오르고, 눈이 반짝거리고, 깊은 관심을 보이며 몰입해서 주의를 기울이는 모습도 연신 감탄하며 지켜보았다.

헨리 크로퍼드도 그 진가를 충분히 알아차릴 수 있는 정경이었다. 패니의 매력은 점점 더 커져갔다—아마 두 배는 더 커졌을 것이다—그녀의 얼굴빛에 아름다움을 선물하고 그녀의 표정을 환히 빛나게 해준 예민한 감수성, 바로 그 감수성 자체가 매력이어서 그랬다. 그는 그녀의 마음이 해줄 수 있는 일을 더 이상 의심하지 않았다. 그녀는 감성의, 진정한 감성의 소유자였다. 만약 이런 아가씨의 사랑을 받게 된다면, 만약 이토록 여리고 순진무구한 아가씨의 마음에 첫 열정을 불러일으킨다면, 얼마나 대단한 일이겠는가! 그가 예상했던 것보다 훨씬 더 흥미를 끄는 아가씨였다. 두 주만으로는 충분하지 않았다. 그가 머무는 기간은 무한정 연장되었다.

윌리엄은 이모부에게서 말벗이 되어달라는 부탁을 자주 받았다. 토머스 경은 그가 하는 이야기를 재미있어했다. 그러나 그런 이야기를 듣고 싶어 했던 가장 중요한 목적은 이야기하는 사람 자체를 이해하고, 이야기 내용을 통해 이 젊은 청년의 됨 됨이를 제대로 파악해보자는 데 있었다. 그는 조카가 말하는 명료하고 간명하고 생생하고 세세한 이야기를 충분히 만족해하면서 귀 기울여 들었다. 그는 그 이야기 속에서 훌륭한 원리 원칙과 전문 지식, 에너지, 용기, 명랑한 성품의 증거를 찾아냈다. 모두 보상을 받을 만하며 이야기하는 사람의 전도가 유망하다는 걸 보여주는 자질들이었다. 아직 어린 나이였음에도 윌리엄은 세상에서 폭 넓게 견문을 넓히고 돌아온 것이었다. 그는 지중해에 갔고, 서인도 제도에 갔고, 다시 지중해로 돌아왔다고 했고, 그런 가운데 선장의 호의로 육지에도 자주 상륙했다고 했다. 그리고 7년이 흐르는 동안 바다 생활과 전쟁이 야기하는 여러 가지 위험에 대해서도 알게 됐다고 했다. 그런 이야기 재료를 마음대로 사용할 수 있었으니 당연히 경청의 대상이 될 만했다. 조카가 배가 난파한 이야기와 참가했던 전투 이야기를 한참 풀어놓는 동안 노리스 부인이 방 안을 부산스럽게 돌아다니면서 바늘에 두 번 끼울 만큼도 안 되는 소량의 실과 낡은 셔츠 단추를 찾겠다며 모두를 방해했지만, 그런 그녀 외에는 모두가 그의 이야기에 귀를 기울였다. 레이디 버트럼조차도 그런 무시무시한 이야기를 태연히 듣고 있을 수만은 없어서 가끔 바느질감에서 고개를 들고 이렇게 말하지 않을 수 없었다. "세상에! 저런 끔찍한 이야기가 다 있다니. 저런 이야기를 듣고 누가 바다로 나갈 수 있을지 궁금하구나."

헨리 크로퍼드는 윌리엄의 이야기를 듣고 다른 느낌을 받았다. 그는 윌리엄이 아니라 자기가 바다에 나갔다가 윌리엄이 본 것을 보고, 했던 일을 하고, 겪은 것을 겪었으면 좋았겠다고 생각했다. 그의 가슴은 뜨거워졌고 상상력은 불타올랐다. 그리고 스무 살이 되기도 전에 그런 극심한 육체적 고통을 겪었으며, 정신도 그토록 단단해졌다는 걸 입증해 보인 이 어린 청년에게 최고의 경의를 보냈다. 그 청년의 용맹함, 유용함, 분투, 인내심 같은 영웅적인 면모와 비교하니 이기적인 쾌락에만 탐닉하는 자신의 습관이 부끄러워 보일 지경이었다. 자신이 지금의 모습 대신 윌리엄 프라이스의 모습이었더라면 얼마나 좋았겠는가! 그처럼 이채를 띠며 지극한 자존감과 행복한 열정을 갖고 행운을 향해, 영향력 있는 자리를 향해 열심히 노력해나아가는 모습을 보였더라면 얼마나 좋았겠는가!

이런 바람은 간절하긴 했지만 오래가지는 않았다. 에드먼드가 다음 날 사냥 계획을 물어보자 그는 그런 바람으로 인해 생겨난 회상과 후회의 몽상에서 즉각 깨어났다. 그리고 보니 말들과 마부들을 마음대로 부리는 재력가의 삶도 바다에서의 삶만큼이나 괜찮다는 생각이 들었다. 어떤 면에서는 오히려 더 나은 삶일지 몰랐다. 자신이 베풀고 싶은 곳에 친절을 베풀 수 있는 수단을 제공해주지 않는가. 활력과 용기, 무슨 일이든 해보고 싶다는 호기심을 겸비한 윌리엄은 사냥에 동참하고 싶다는 의향을 내비쳤다. 크로퍼드 자신이 바로 스스로에게 아무런 불편도 초래하지 않으면서 윌리엄에게 말을 빌려줄 수 있는 사람이었다. 다만 그렇게 말을 빌려주는 것이 얼마나 대단한 일인지 조카보다 더 잘 알고 있던 토머스 경이 품은 약간의 의구심과 패니의 걱정은 조리 있는 설명으로 불식시켜야 했다. 패니는 윌리엄 오빠가 걱정되었다. 그가 여러 나라에서 직접 배웠다는 승마술과 참가했던 쟁탈전, 탔던 거친 말과 노새들에서 여러 차례 끔찍하게 낙마할 뻔했지만 가까스로 모면했던 일들에 대해 아무리 설명을 했어도, 그녀는 윌리엄이 영국의 여우 사냥에 동원되는 강인한 사냥용 말을 다룰 수 있을 것이라고는 결코 믿으려 하지 않았다. 패니는 사고나 망신을 당하지 않고 오빠가 무사히 돌아올 때까지는 그런 위험한 일을 받아들일 수 없었고, 말을 빌려준 크로퍼드 씨에게 일말의 고마움도 느낄 수 없었다. 그런 마음을 패니에게 불러일으키자는 게 정작 그의 속셈이었겠지만 말이다. 결국 그 일이 윌리엄에게 아무런 해를 끼치지 않은 것으로 판명 나자 그제야 패니는 그의 행동이 친절을 베푼 것이라고 인정할 수 있었다. 그리고 크로퍼드 씨가 말을 다시 이용하라고 제안하고, 얼마 뒤 진심 어린 마음과 도저히 거절할 수 없는 태도로 노샘프턴에 머무르는 동안 아예 그 말을 오빠의 전용 사냥 말로 쓰라고 제안했을 때는 말 주인에게 미소로 보답하기까지 했다.

7

이 무렵 두 집안은 당시 친하게 지냈던 이들 중 누구도 다시 가능할 거라고 생각했던 것 이상으로 가까워져 가을의 절친했던 관계를 거의 회복하기에 이르렀다. 헨리 크로퍼드의 귀환과 윌리엄의 등장이 많은 기여를 했지만, 상당 부분은 이웃으로서 목사관 사람들이 보인 붙임성 있는 노력을 토머스 경이 관용 이상의 마음으로 너그럽게 봐준 덕택이었다. 그의 마음은 이제 처음 그를 짓눌렀던 걱정에서 벗어나, 그랜트 부부나 그들과 함께 사는 조카 남매가 서로 왕래할 만한 가치가 있는 사람들임을 알아볼 여유를 되찾은 상태였다. 토머스 경은 자신에게 가장 소중한 이들을 위한 일일지라도 가능한 한 가장 득이 되는 결혼을 성사시키기 위해 책략을 세운다거나 머리를 짜내는 일은 결코 하지 않을 사람이었고, 그런 일에 재바른 태도를 경멸했다. 하지만 근엄한 태도로 대수롭지 않게 넘기기는 했어도, 크로퍼드 씨가 자기 조카딸을 남다르게 생각한다는 사실을 못 알아차릴 정도는 아니었다. (물론 무의식적이었겠지만) 목사관에서 패니를 초대했을 때 여느 때보다 기꺼이 동의했던 것도 어쩌면 그 때문일지 몰랐다.

하지만 목사관 사람들이 "토머스 경은 그런 초대를 전혀 달갑게 여기지 않는 분이야! 레이디 버트럼이야 꿈쩍도 하지 않을 테고!" 하면서 열띤 토론을 벌인 끝에 마침내 맨스필드 가족들을 전부 초대하자는 과감한 결정을 내렸을 때, 토머스 경이 선뜻 동의한 것은 그 자신의 훌륭한 예의범절과 선의 때문이었다. 크로퍼드 씨하고는 전혀 무관한 일로, 그에게 그 젊은 이는 그 정찬 모임에 참석하는 호감 가는 사람 중 한 명 이상은 아니었다. 토머스 경이 아무리 관찰력이 떨어지는 사람이라 하더라도 크로퍼드 씨가 패니 프라이스에게 호감을 느끼고 있다는 것은 알아차렸으리라는 생각을 처음 하게 된 것은 바로 그 초대 자리에서였다.

얘기를 하고 싶어 하는 사람과 듣고 싶어 하는 사람이 적절한 비율로 섞여 있었으니, 모두들 그 모임이 즐겁다고 느꼈다. 그랜트 부부의 평소 스타일답게 정찬 자체가 우아하고 풍성했으며, 모두들 익히 알고 있던 스타일에 너무 잘 맞아떨어져서 노리스 부인을 제외한 누구도 별다른 감흥이 일어나지 않았다. 그녀는 널따란 식탁도, 그 위에 수북이 놓인 요리도 결코 인내심을 발휘하며 보고만 있을 수 없었다. 그래서 의자 뒤를 오가던 하인들에게서 뭔가 불편한 일을 당하려고 일부러 계속해서 애를 썼고, 그렇게 많은 요리 중에 차갑게 식은 요리 한두 개가 없을 리가 없다는 확신을 새롭게 하려고 기를 썼다.

저녁이 되자 그랜트 부인과 여동생의 예상대로 넷이 하는 휘스트 게임 탁자가 준비되었다. 원탁에 둘러앉아 하는 게임을 위한 공간도 충분하다는 사실도 밝혀졌다. 따라서 모두가 군말 없이 동의하기도 했고, 또 그런 경우 늘 그렇듯이 딱히 다른 할 일도 없었기 때문에 휘스트 게임을 결정한 것만큼이나 빨리 '투기 게임'*도 하는 것으로 결정했다. 곧이어 레이디 버트럼은 자신이 두 게임 중 한 가지를 선택하라는 부탁을 받는 심각한 상황에 처했다는 걸 깨달았다. 휘스트 게임인지 투기 게임인지 제비뽑기 하듯 고르지 않으면 안 된다는 것이었다. 그녀는 선뜻 결정을 내리지 못했다. 다행히 토머스 경이 곁에 있었다.

"어떻게 할까요, 토머스 경? 휘스트와 투기 게임 중에서 어떤 게 더 재미있을까요?"

토머스 경은 잠시 생각해본 뒤 투기 게임을 권했다. 토머스 경 본인은 휘스트 쪽이었지만 아마 레이디 버트럼을 같은 편으로 삼으면 재미없을 거라 느낀 모양이었다.

"잘 알았어요." 레이디 버트럼이 만족스럽게 대답했다. "그렇다면 저는 투기 게임을 할게요, 그랜트 부인. 전 어떻게 하는지 전혀 몰라요. 하지만 틀림없이 패니가 가르쳐주겠죠."

그렇지만 이 대목에서 패니가 끼어들며 자신도 어떻게 하는지 모른다고 걱정스럽게 털어놓았다. 한 번도 해본 적이 없을 뿐만 아니라 게임하는 걸 본 적도 없다는 것이었다. 그러자 레

---

* 원탁에 둘러앉아 하는 카드놀이로, 인원수의 제한 없이 편을 먹지 않고 단독 플레이를 하는 게임이다. 게임의 골자는 투기를 하듯 자신의 카드를 사고팔고 하는 것인데, 결국 가장 계급이 높은 카드를 갖게 된 사람이 승리한다.

이디 버트럼은 다시 얼마 동안 결정을 못 내리고 미루적거렸다. 하지만 모두 그보다 쉬운 게임이 없고, 그게 카드로 하는 가장 쉬운 게임이라고 그녀를 안심시켰고, 헨리 크로퍼드까지 나서서 자기가 레이디 버트럼과 패니 양 사이에 앉아서 두 사람 모두에게 방법을 가르쳐주겠다며 간청했기 때문에 결국 결정이 내려졌다. 그리하여 토머스 경과 노리스 부인, 그랜트 박사 부부가 가장 높은 지적 수준과 위엄을 갖춘 휘스트 게임 탁자에 앉았고, 나머지 여섯은 크로퍼드 양의 지시대로 다른 탁자에 둘러앉았다. 헨리 크로퍼드로서는 참으로 만족스러운 자리 배치였다. 그는 패니 바로 옆에 앉아서, 자기 패뿐만 아니라 다른 두 사람의 패까지 관리하느라고 두 손이 모자랄 정도로 바빴다. 채 3분도 지나지 않아서 패니가 게임 규칙을 완전히 숙지했음이 드러났음에도 그는 계속 그녀의 플레이에 힘을 실어주었고, 욕심을 자극했고, 배짱을 두둑이 가지라고 부추겼다. 하지만 패니에게 그건 윌리엄과 붙을 때에는 다소 힘겨운 일이었다. 레이디 버트럼을 위해서는, 저녁 내내 그녀의 명성과 재산을 계속 책임져줘야 했다. 패를 나눠주기 시작할 때 레이디 버트럼이 자기 패를 보지 못하게 재빨리 손을 쓸 수는 있었지만, 게임이 끝날 때까지 자기 패를 어떻게 처리해야 할지 모르니 모든 것을 일일이 다 가르쳐줘야 했다.

그는 기분이 너무나 좋아서 이 모든 것을 행복하고 여유롭게 해나갔다. 쾌활한 말투를 구사하고, 영리하게 재치를 선보이고, 장난스럽게 뻔뻔함까지 내보이는 데 워낙 능숙해서 게임의 면목을 세워주는 사람이었다. 따라서 그가 있는 쪽의 원탁은 시종 진지하고 질서 정연한 다른 쪽 탁자의 침묵과는 전적으로 대비되는 매우 편안한 모습이었다.

토머스 경이 아내에게 재미있느냐, 잘되어가느냐고 두 차례나 물었지만 답이 없었다. 그의 신중한 태도에 충분할 만큼 게임이 중단되는 적이 좀처럼 없었기 때문이다. 레이디 버트럼의 상황을 거의 알 수 없는 상태가 지속되었고, 삼세판 승부가 끝난 다음에야 그랜트 부인이 그녀에게 가서 상황을 물어볼 수 있었다.

"게임이 재밌으시면 좋겠어요, 레이디 버트럼."

"아! 그럼요, 재미있고말고요. 정말, 무척 재미있네요. 참 이상한 게임이기도 하고요. 아직도 게임 내용을 잘 모르겠어요. 내 패를 절대로 미리 봐서는 안 된다니. 크로퍼드 씨가 나 대신 다 해주고 있어요."

"버트럼 씨." 얼마 후 게임이 잠시 지루해진 틈을 타 크로퍼드가 말했다. "어제 제가 말을 타고 돌아오다가 겪은 일을 아직 말씀드리지 않았습니다." 두 사람이 함께 사냥을 나가서 한참 말을 타고 달리던 중 맨스필드에서 제법 멀리 떨어진 곳에 이르렀을 때 헨리 크로퍼드의 말편자가 떨어진 걸 알아차렸고, 그래서 그만 사냥을 포기하고 최선을 다해 돌아올 수밖에 없었다. "주목나무가 있는 오래된 농가를 지난 뒤 길을 잃었다는 얘기는 아마 했을 겁니다. 저는 길을 묻는 일은 못 견딥니다. 그렇지만 제가 평소에 얼마나 운이 좋은 편인지 이야길 안 한 것 같군요. 저는 무슨 일이 잘못되면 꼭 그 일 때문에 이득을 본답니다. 여하튼 길을 잃고 헤매다 보니 어느새 그동안 무척 보고 싶어 하던 곳에 와 있지 뭡니까. 가파른 내리막 벌판 귀퉁이를 돌아서니 갑자기 완만한 오르막 언덕에 둘러싸인 외딴 작은 마을 한가운데 와 있는 겁니다. 앞에는 건너야 할 작은 개울이 있고, 오른쪽 작은 언덕에는 교회가 서 있더군요. 장소에 비해 눈에 확 띌 만큼 크고 멋진 교회였습니다. 그리고 딱 한 집 말고는 신사 비슷한 사람이 살 만한 집이 한 채도 없었습니다. 방금 말한 교회에서 돌을 던지면 닿을 거리였는데 아마 목사관 아닌가 싶었지요. 요컨대 저는 손턴 레이시에 와 있다는 걸 깨달았습니다."

"그곳이 맞는 것 같군요." 에드먼드가 말했다. "하지만 슈얼 농장을 지난 뒤 어느 길로 돌아갔습니까?"

"그렇게 아무런 상관도 없고, 다른 뜻이 숨어 있는 것 같은 질문에는 대답 않겠습니다. 물론 한 시간 내내 당신이 묻는 모든 질문에 대답한다 하더라도, 그곳이 손턴 레이시가 아니라고는 입증할 수 없을 겁니다. 확실히 그곳이었어요."

"그럼 물어본 겁니까?"

"아니요, 결코 물어보진 않았습니다. 다만 산울타리를 고치던 남자에게 '여기가 손턴 레이시군요' 하고 말해보았죠. 그렇다고 하더군요."

"대단한 기억력입니다. 전 크로퍼드 씨에게 그곳에 대해 그 절반만큼이라도 말한 적이 있는지도 기억이 안 납니다."

크로퍼드 양도 잘 알고 있듯이 손턴 레이시는 앞으로 에드먼드가 가서 살게 될 집의 이름이었다. 마침 그녀는 윌리엄 프라이스의 잭 카드를 손에 넣으려고 협상에 점점 더 관심을 집중시키던 상황이었다.

"좋습니다." 에드먼드가 말을 이었다. "그래, 그곳을 보고 나니 마음에 들던가요?"

"정말이지 아주 마음에 들더군요. 운이 참 좋으십니다. 살만한 곳으로 만들려면 적어도 다섯 해 여름은 작업해야 할 것 같던데요."

"아니, 아닙니다. 그 정도로 형편없지는 않습니다. 앞쪽 마당을 없애야 한다는 건 인정하겠습니다. 하지만 다른 건 모르겠는데요. 집 자체는 결코 형편없지 않습니다. 앞마당을 없애면 그럭저럭 쓸 만한 진입로가 생기고요."

"앞마당은 싹 없애야 합니다. 그리고 대장간이 안 보이도록 나무를 심어야 합니다. 집의 방향은 북향 대신 동향으로 바꿔야 하고요. 입구와 중요한 방들이 경치가 빼어난 쪽을 향하도록 배치해야 한다는 소립니다. 그리고 진입로는 분명히 있어야겠죠. 지금 정원인 곳을 통과하는 진입로를 말하는 겁니다. 정원은 지금 집의 뒤편에 새롭게 만들어야 하는데, 그렇게 하면 세상에서 가장 멋진 정원을 갖게 될 겁니다. 남동쪽으로 완만히 경사진 정원이죠. 그 집의 부지 자체가 그런 정원에 맞게 정해진 것 같더군요. 주변을 둘러보려고 교회와 집 사이로 난 좁은 길을 말을 타고 올라가봤습니다. 그랬더니 모든 걸 어떻게 바꿔야 할지 눈에 훤히 들어오더군요. 아마 그보다 더 쉬운 일은 없을걸요. 지금 정원이 있는 곳뿐만 아니라 앞으로 정원이 될 곳 너머에 있는 풀밭들이 제가 서 있던 좁은 길에서 보니 북동쪽으로, 즉 마을을 관통해서 한길 쪽을 향해 빙 돌아가며 나 있더군요, 그 풀밭들은 당연히 하나로 합쳐야 합니다. 나무들이 듬성듬성 서 있는 참 아름다운 풀밭들이었습니다. 교회 소유겠죠. 만일 아니라면 전부 구입해야 합니다. 그리고 시냇물 말인데…… 시냇물도 손대야 합니다. 하지만 뭘 어떻게 해야 할지 아직 결정을 못 내리겠습니다. 두세 가지 생각해둔 게 있기는 한데."

"제게도 두세 가지 생각하고 있는 것이 있습니다." 에드먼드가 말했다. "그중 하나는, 손턴 레이시에 대한 크로퍼드 씨의 계획에서 실천에 옮길 게 거의 없다는 겁니다. 저는 치장이나 멋 같은 게 없는 편이 더 만족스러운 사람입니다. 큰돈을 들이지 않고서도 그 집과 부지를 안락한 곳으로 만들 수 있고, 신사가 거주하는 집의 분위기를 낼 수 있다고 생각합니다. 그것이면 충분합니다. 저에게 신경을 써주시는 모든 분들께도 그것으로 충분하기를 바라고요."

에드먼드의 마지막 바람에 담겨 있던 특별한 어조와 표정에 뭔가 의구심도 들고 화가 난 크로퍼드 양은 윌리엄 프라이스와의 거래를 서둘러 마무리하기로 했다. 그녀는 터무니없는 가격으로 그의 잭 카드를 확보하면서 이렇게 외쳤다. "자, 배짱 두둑한 여인답게 제 마지막 패를 걸겠어요. 냉정함이나 신중함 같은 건 제게 없답니다. 가만히 앉아서 손 놓고 있도록 태어나질 않았거든요. 설사 패배하는 한이 있더라도 판을 따내기 위해 최선의 노력을 다하지 않는 일은 없을 겁니다."

그녀의 승리였다. 다만 그 판을 이기려고 투자했던 것에 비해 수지가 맞지 않았을 뿐이다. 다른 판이 시작되자 크로퍼드가 손턴 레이시 이야기를 다시 시작했다.

"물론 제 계획이 가능한 최선의 방안은 아닐 겁니다. 겨우 몇 분 동안 세운 계획이니까요. 하지만 당신은 더 오랜 시간을 들여 계획을 세워야 합니다. 그럴 만한 가치가 있는 곳이에요. 그런 계획을 통해 충분히 얻어낼 수 있는 것에 못 미치는 결과가 나온다면 너무나 안타까울 겁니다. (죄송합니다, 레이디 버트럼, 패를 미리 보시면 안 됩니다. 그냥 앞에 놔두시면 됩니다.) 그곳은 그럴 만한 가치가 있어요. 버트럼 씨, 신사가 거주하는 집다운 분위기를 내고 싶다고 하셨죠. 그렇게 할 수 있습니다. 앞마당을 없애면 됩니다. 그렇게 몹시 불편한 앞마당만 아니라면, 저는 그곳처럼 본래부터 신사가 거주하는 집의 분위기를 갖추고 있고 단순한 목사관 이상의 느낌을 주는 곳, 한 해에 고작 1백 파운드를 쓰는 집이라고는 도저히 생각할 수 없는 곳을 본 적이 없어요. 직접 보니 따로 떨어진 방들이 마구잡이로 이어져 있거나 창문만큼 많은 지붕이 달린 집이 아니더군요. 네모난 농가처럼 천박하게 모든 걸 마구 쑤셔 넣은 집도 아니고요. 벽이 단단하고, 널찍하고, 대저택처럼 보이는 곳입니다. 명망 높고 유서 깊은 이 고장의 어떤 가문이 대를 이어 적어도 2세기는 살아왔고, 지금도 한 해에 2, 3천 파운드는 쓰면서 살고 있는 것 같은 집이요." 크로퍼드 양은 귀를 쫑긋 세우고 이 말을 들었다. 에드먼드도 크로퍼드의 말에 동의했다. "그러니, 어떤 식으로든 조금만 개량한다면 신사가 거주하는 집 같은 분위기를 자아내지 않을 수 없을 겁니다. (잠깐만 메리, 레이디 버트럼께서 그 퀸 카드에 12점을 부르셨네. 아니지, 아냐. 그 카드 값으로 12점은 과해. 어, 레이디 버트럼께서 12점을 안 부르시네. 더 이상 토를 다시진 않겠지. 그럼 받아, 받으라고.) 제가 제안한 식으로 조금만 개량한다면, 훨씬 더 품격 있는 모습을 갖출 수 있을 겁니다. (그런데 다른 사람이 제 계획보다 더 획기적인 계획을 내놓을 수 있을지 의심이 들긴 하지만, 반드시 제 계획을 근거로 개량을 진행해야 한다고 요구하는 건 정말 아닙니다.) 그 집의 품격을 높이면 저택 비슷한 집으로 만들 수 있습니다. 현명하게 개량을 한다면 단순히 신사가 거주하는 집에서, 교육도 받을 만큼 받고 취향과 현대적인 예의범절과 훌륭한 친인척 관계를 지닌 분이 사는 집으로 바뀌는 겁니다. 이 모든 분위기가 그 집에 새겨질 겁니다. 그리고 그 옆을 지나가는 모든 사람들이 집주인이 그곳 교구의 대단한 지주라고 여기게 할 만큼의 분위기를 갖출 겁니다. 주변에 이를 반박할 진짜 지주가 살고 있지 않으니 더욱 그렇겠지요. 우리끼리 하는 얘기지만, 특권이나 독립된 생활이라는 관점에서 볼 때 더할 나위 없이 입지 조건의 가치를 더 높여주는 상황이지요. (패니에게 몸을 돌리면서 부드러운 목소리로) 패니 양도 그곳에 가 보셨습니까?"

패니는 재빨리 부인했고, 윌리엄 오빠에게 열심히 주의를 기울이는 척하면서 그 화제에 관심이 무척 많다는 것을 감추려고 노력했다. 마침 오빠는 그녀를 상대로 최선을 다해 힘든 거래를 몰아치며 속임수를 쓰는 중이었다. 그러나 크로퍼드가 곧장 끼어들었다. "아니, 안 됩니다. 그 퀸 카드를 내주면 안 됩니다. 엄청 비싸게 산 카드잖아요. 오빠분께서 그 반값도 안 되는 값을 제시하네요. 아니요, 안 됩니다, 윌리엄 씨. 손을 떼세요. 손 떼십시오. 동생분께선 퀸 카드를 절대로 내주지 않을 겁니다. 결심이 단단히 섰거든요. 이번 판은 패니 양의 승리로 끝날 겁니다. (그녀를 향해) 분명 패니 양이 승리하시게 될 거예요."

"그런데 패니는 윌리엄이 이기기를 바라나 보네." 에드먼드가 그녀를 향해 미소를 지으면서 말했다. "가여운 패니! 자기 마음대로 속마음을 속일 수도 없으니!"

"버트럼 씨." 잠시 후에 크로퍼드 양이 말했다. "헨리 오빠가 주택 개량 일을 얼마나 잘하는지 아시겠죠. 오빠의 도움 없이는 손턴 레이시에서 그런 일을 할 수 없을 거예요. 소서턴에서 오빠가 얼마나 쓸모가 많았는지 생각해보세요! 8월 어느 더운 날 오빠와 함께 모두들 그곳에 가서 말을 타고 둘러본 뒤 그곳에서 얼마나 대단한 결과를 만들어냈는지 그것만 생각하세요! 오빠의 번득이는 재능을 목격했잖아요! 우리가 그곳에 갔었잖아요. 그리고 집으로 다시 돌아왔고요. 그곳에서 무슨 일을 했는지는 얘기할 필요도 없겠죠!"

패니의 눈길이 심각함 이상의 의미를 지니고, 심지어 비난의 의미를 지니고 잠시 크로퍼드 쪽을 향했다. 그러나 눈이 마주치자 그녀는 즉시 그 눈길을 거둬들였다. 그는 다소 의식적으로 여동생을 향해 고개를 저어 보이고는 껄껄 웃으며 대답했다. "소서턴에서 많은 일이 이뤄졌다는 말은 못 하겠습니다. 하지만 무척 더운 날이었죠. 모두들 서로의 뒤를 따라 걸으며 힘들어했어요." 모두들 어수선한 틈을 타서 그는 패니에게만 들리게 낮은 목소리로 덧붙였다. "제 계획 능력을 소서턴에서 보낸 그날만 갖고 판단한다면 무척 유감스러울 겁니다. 지금은 상황을 사뭇 다르게 보고 있으니까요. 그때 보여준 모습만으로 저를 생각하지 마세요."

소서턴이라는 단어가 노리스 부인의 주목을 끈 모양이었다. 그녀는 때마침 월등한 카드 게임 솜씨를 자랑하는 그랜트 박사 부부를 상대로, 토머스 경과 자신의 빼어난 게임 운영으로 마지막 판 승리를 따내 뿌듯하게 여유를 부리던 중이었다. 한껏 기분이 좋아진 그녀가 외쳤다. "소서턴! 맞아요, 그곳이 진짜 저택이죠. 그곳에서 우리가 정말 매력적인 하루를 보냈어요. 윌리엄, 너도 참 운이 없구나. 다음에 이곳에 올 때는 러시워스 씨와 러시워스 부인이 집에 있기를 바라마. 그 두 사람이 너를 반갑게 맞이할 거라고 내 장담한다. 네 사촌들은 친척들의 존재를 잊거나 그러는 사람들이 아니야. 러시워스 씨도 참 좋은 분이고. 알다시피 지금 그 두 사람은 브라이턴에 가 있어.

러시워스 씨가 대단한 재력가라서 (그들에게 당연히 그럴 권리가 있으니) 아마 그곳에서 제일 훌륭한 숙소에 머물고 있을 거다. 거리가 얼마나 되는지 정확히는 모르겠다만 포츠머스로 돌아간 뒤 그리 멀지 않다면 꼭 찾아가서 인사를 드리렴. 마침 네 사촌 누이 부부에게 전하고 싶은 작은 선물 꾸러미가 있는데 너를 통해 보낼 수 있을 것 같구나."

"저도 무척 기쁠 겁니다, 이모. 하지만 브라이턴은 비치헤드와 거의 닿아 있는 곳이에요. 게다가 제가 그렇게 먼 곳까지 갈 수 있다 하더라도 그토록 멋진 곳에서 환영받으리라는 기대도 할 수 없고요. 전 초라하고 보잘것없는 해군 소위 후보생에 불과하니까요."

틀림없이 사촌 누이 부부가 잘해줄 거라고 믿어도 된다며 노리스 부인이 열을 올려 장담하려는 찰나, 토머스 경이 위엄 있게 이런 말로 그녀의 말을 막았다. "브라이턴에 가라고 권하고 싶지는 않구나, 윌리엄. 곧 더 편하게 만날 기회가 있을 거라고 믿는다. 장소야 어찌 되었건, 우리 딸들도 사촌들을 만나면 기뻐할 거다. 그리고 너도 곧 알게 되겠지만, 러시워스 씨로 말할 것 같으면 우리 가족의 친인척이라면 누구나 진심으로 자기 친인척인 양 생각하지."

"다른 것보다, 그분이 해군 담당 대신의 1급 비서관이라면 좋겠는데요." 멀리 들리지 않기를 바라며 윌리엄이 낮은 목소리로 한 유일한 대답이었다. 그리고 이 화제는 끝이 났다.

아직까지 토머스 경은 크로퍼드의 행동에서 눈여겨볼 점을 발견하지 못하고 있었다. 그러나 두 번째 삼세판 승부가 끝난 뒤 휘스트 게임 탁자에 앉은 사람들이 게임을 멈추고, 그랜트 박사와 노리스 부인이 마지막 승부에 대해 따지기 시작하자 그는 다른 탁자의 게임을 구경하기 시작했다. 바로 그 순간 그는 자신의 조카딸이 크로퍼드의 관심의 대상이라는 것을, 아니 노골적으로 애정을 과시하려는 대상이라는 것을 눈치챘다.

헨리 크로퍼드가 손턴 레이시를 개량하는 또 다른 계획에 관해 열성적으로 설명을 시작한 시점이었다. 하지만 그 이야기가 에드먼드의 귀를 사로잡지 못하자 그는 대신 사뭇 진지해진 표정으로 옆자리에 앉은 아름다운 숙녀에게 그 내용을 자세히 설명했다. 그의 계획인즉슨 다가오는 겨울에 자기가 직접 그곳을 임차함으로써, 인근에 자기 집을 마련하겠다는 것이었다. 단순히 사냥철을 대비할 목적으로 하는 것은 아니지만(그는 바로 이 말을 하던 중이었다), 그 같은 고려가 상당히 큰 비중을 차지한다는 것은 자신도 느끼고 있다고 했다. 그랜트 박사가 더없이 친절하게 대해주고 있지만, 지금 있는 목사관에 계속 머물 경우 그와 그의 사냥 말들이 큰 불편 없이 지내는 건 도저히 불가능했다. 그러나 자신이 그곳 이웃 환경에 애착을 느끼는 게 한 가지 요인이나 어느 한 계절에만 국한된 건 아니었다. 아무 때라도 찾아올 수 있는 안정적인 거처를 마련하기로, 즉 한 해의 모든 휴일을 자기 마음대로 쓸 수 있는 자그마한 특별 거처를 마련하기로 마음을 굳힌 것이며, 그리되면 하루하루 그 가치가 더 커져가고 있는 맨스필드 가족과의 친분과 우정을 계속 유지하고, 향상시키고, 완성시킬 수 있을 것이라 생각하고 있었다. 이 말을 듣고 있던 토머스 경은 왠지 기분이 나쁘지 않았다. 청년의 말투에는 존중하는 기색이 모자람 없이 담겨 있었고 패니가 그의 말을 받아들이는 태도도 매우 예의 바르고 겸손한 데다, 차분하고 상대방을 유혹하는 식이 아니어서 비난할 점이 전혀 없었다. 그녀는 말을 거의 하지 않았다. 이런저런 대목에서 동의만 표했지 그가 그녀에게 바치는 찬사의 어떤 부분도 제 것으로 삼지 않았으며, 노샘프턴 주를 좋게 보는 그의 견해에 힘을 실어주고 싶다는 의향도 전혀 내비치지 않았다. 누가 자기를 주목하고 있는지 알아차린 헨리 크로퍼드는 더욱 일상적인 말투로, 하지만 여전히 열정적인 태도로 같은 화제를 갖고 토머스 경에게 말을 붙였다.

"프라이스 양에게 하는 말을 들으셨겠지만, 전 경의 이웃이 되고 싶은 겁니다, 토머스 경. 허락해주시리라 소망해도 되겠지요? 저 같은 임차인을 받지 말라고 아드님께 영향력을 행사하는 일은 하지 않으시리라 기대해도 되겠습니까?"

토머스 경이 정중히 고개를 숙이며 대답했다. "크로퍼드 씨가 우리의 붙박이 이웃으로 자리 잡길 바라지만 그 방법만은 피했으면 싶군요. 여하튼 저는 에드먼드 본인이 손턴 레이시에 살게 되리라 바라고 또 그럴 것을 믿고 있습니다. 에드먼드, 내 말이 과한 거냐?"

느닷없이 이런 질문을 받은 에드먼드는 우선 무슨 이야기가 오가던 중이었는지부터 파악해야 했다. 하지만 파악이 끝나자 주저 없이 대답했다.

"당연한 말씀입니다, 아버지, 저는 제가 직접 그곳에 가서 사는 것 말고는 다른 생각은 해본 적이 없습니다. 크로퍼드 씨, 그 집을 임대하는 것에는 반대하지만 대신 친구로서 저를 찾아오시면 됩니다. 매해 겨울 그 집의 절반은 크로퍼드 씨가 쓸 수 있을 거라고 생각하셔도 좋습니다. 그리고 크로퍼드 씨의 개량 계획을 토대로 마구간도 증축할 겁니다. 다가오는 봄에 혹시 떠오르는 개선안이 있으면 그에 따른 모든 개선책도 실행에 옮기겠습니다."

"우리 가족이 많이 상심할 겁니다." 토머스 경이 말을 이었다. "8마일밖에 안 되는 거리지만 저 애가 그 집으로 떠난다면 달갑지 않게도 우리 가족의 숫자가 줄어드는 셈이니까요. 하지만 제 아들 중 한 명이 그보다 못한 결정을 내리고 타협한다면 더 속이 상하겠지요. 이 문제에 관해 크로퍼드 씨가 생각을 많이 해보지 않은 건 지극히 당연한 일입니다. 하지만 교구에는 그곳에 상주하는 성직자만 알 수 있는 요구사항과 주장들이 있는 법이지요. 그런 문제는 어떤 대리 목사도 정식 목사처럼 만족스럽게 해결할 수 없습니다. 흔히 하는 말대로, 에드먼드는 손턴에서 해야 할 의무를 그곳에 가지 않고서도 행할 수 있습니다. 다시 말하면 맨스필드 파크를 포기하지 않고서도 그곳에 가서 기도문을 읽고 설교할 수 있다는 이야기지요. 매주 일요일마다 명목상으로만 거주하는 그 집에 말을 타고 건너가서 예배 의식을 거행하는 거지요. (마음에 걸리지만 않는다면) 일주일에 한 번, 서너 시간만 손턴 레이시의 성직자가 되는 겁니다. 하지만 그렇게는 되지 않겠지요. 인간의 본성에는 일주일에 한 번의 설교로 전할 수 있는 것 이상의 도덕적 교훈이 필요하다는 걸 에드먼드도 알고 있으니까요. 교구민과 함께 살면서 끊임없이 관심을 기울이고, 자신이 그들의 행복을 비는 사람이자 친구라는 점을 입증해 보이지 않으면, 그들의 이익을 위해서도 자신의 이익을 위해서도 큰 도움이 되지 못한다는 걸 알고 있을 겁니다.”

크로퍼드 씨가 고개를 숙이며 동의를 표했다.

“다시 한 번 말씀드리지요.” 토머스 경이 덧붙였다. “이 근처에서 크로퍼트 씨를 임차인으로 들이는 걸 달가워하지 않는 집이 있다면 손턴 레이시가 유일할 겁니다.”

크로퍼드 씨가 고개를 숙이며 감사를 표했다.

“토머스 경께서는 교구 성직자의 의무를 의심할 여지 없이 이해하고 계십니다.” 에드먼드가 말했다. “그러니 그분의 아들도 이를 알고 입증해 보일 거라고 예상하셔야 합니다.”

다소 긴 편이었던 토머스 경의 장광설이 실제로 크로퍼드 씨에게 어떤 영향을 미쳤는지는 모르겠으나, 이를 매우 주의 깊게 듣고 있던 또 다른 두 사람에겐 불편한 감정을 불러일으켰다. 바로 크로퍼드 양과 패니였다. 한 명은 손턴이 그토록 빨리 그토록 완전하게 에드먼드의 집이 될 줄을 생각지도 못했기에, 눈을 내리깔고서 매일 에드먼드를 보지 못한다면 앞으로 어떻게 될지 곰곰이 생각에 잠겨 있었다. 그리고 다른 한 명은 그전까지 자기 오빠의 설득력이 대단하다고 뿌듯해하며 즐거운 상상을 하고 있다가 깜짝 놀라 깨어났다. 그녀는 마음속으로 그리던 미래의 손턴의 모습에서 더 이상 교회를 지워버릴 수 없었고, 성직자를 제외시킬 수 없었다. 독립된 재산을 지닌 남자가 사는 품위 있고, 우아하고, 현대적인 임시 거처의 모습만을 그려낼 수는 없었다. 그리하여 그녀는 확실한 악감정을 품고 이 모든 그림을 망친 장본인이 토머스 경이라고 생각했으며, 자신의 뜻과는 무관하게 그의 성격과 예의범절이 강요하는 대로 참고 있을 수밖에 없었기에, 또한 과감히 그의 주장을 조롱하면서 울분을 터뜨리는 시도조차 해보지 못했기에 더욱 괴로워했다.

그 시간 동안 자신이 투자했던 온갖 즐거운 상상이 끝장이 난 셈이었다. 설교가 우세하니 이제 카드 게임을 그만둬야 할 때였다. 그녀는 게임을 그만두는 게 불가피하다는 걸 알게 돼 기뻤다. 그리고 장소를 바꾸고 옆자리에 앉은 사람들을 바꿔 새롭게 기분 전환을 할 수 있어서 기뻤다.

이후 모임의 주요 인물들은 벽난롯가에 듬성듬성 앉아서 그 자리가 최종적으로 파하기를 기다렸다. 윌리엄과 패니는 멀찌감치 떨어져 있었다. 그들은 자신들만 아니었으면 텅 비어 있었을 탁자에 함께 남아 나머지 사람들은 생각하지 않고 편안하게 이야기를 나누고 있었다. 누군가가 그들을 생각해낼 때까지 그랬다. 헨리 크로퍼드가 맨 처음 그들 쪽으로 의자를 돌린 사람이었다. 그는 몇 분 동안은 묵묵히 앉아서 그들을 지켜보기만 했다. 그러는 동안 그 자신도 그랜트 박사와 한담을 나누던 토머스 경의 관찰 대상이 되었다.

"오늘 밤이 사교 모임이 열리는 밤이구나." 윌리엄이 말했다. "포츠머스에 있었으면 그런 모임에 참가했을 텐데."

"포츠머스에 가고 싶다는 얘기는 아니겠지, 윌리엄 오빠?"

"아니다, 패니. 그건 아냐. 포츠머스에는 앞으로 물릴 만큼 있게 될 텐데, 뭘. 사교춤도 그렇고. 너와 함께할 수도 없으면서 말이야. 그런데 내가 사교 모임에 가봤자 무슨 소용이 있나 모르겠다. 파트너도 못 구할 텐데. 포츠머스의 아가씨들은 장교 임관을 못 받은 수병한테는 코웃음만 치거든. 아직 장교가 되지 못한 후보생은 보잘것없는 존재야. 정말 하찮은 존재지. 그레고리 자매 기억하니? 지금은 다 커서 놀랄 정도로 아름다운 아가씨들이 됐어. 하지만 나한테 말도 안 건다. 루시가 어느 소위의 구애를 받고 있다더라."

"어머! 정말 너무하네, 정말 괘씸해! 하지만 신경 쓰지 마, 윌리엄 오빠. (말하는 동안 너무 화가 나서 뺨이 붉게 달아올랐다.) 신경 쓸 만한 가치가 없는 일이야. 그런 일로 오빠 처지를 비관해서는 안 돼. 위대한 제독님들도 한창때 모두 조금씩 경험했던 일에 불과하니까 그 점만 생각해야 해. 수병이라면 모두 감당해야 하는 고난 중 하나라고 마음을 굳게 먹으라고. 악천후나 고된 생활처럼 말이야. 이런 장점은 있잖아. 그런 일들은 언젠가는 끝난다는 것, 그런 괴로움을 겪을 필요가 전혀 없는 날이 온다는 것 말이야. 오빠가 소위가 되면…… 오빠가 소위가 되면 그런 말도 안 되는 일에 전혀 신경 쓸 필요가 없다는 것만 생각해, 윌리엄 오빠."

"어쩐지 영영 소위로 진급하지 못할 것 같다는 생각이 들기 시작했단다, 패니. 나 빼놓고는 모두 다 진급했거든."

"아! 사랑하는 윌리엄 오빠, 제발 그런 말은 하지 마. 그렇게 낙심하지 말아줘. 이모부께서 아무 말씀도 없으시지만 틀림없이 오빠의 진급을 위해 할 수 있는 모든 일을 다 해주실 거야. 이모부께서도 진급이 얼마나 중요한지 오빠만큼이나 잘 알고 계셔."

그녀는 이모부가 생각보다 훨씬 더 가까이에 있는 것을 보고 말을 멈췄다. 남매 모두 다른 이야기를 해야겠다고 생각했다.

"춤 좋아하니, 패니?"

"응, 아주 많이……. 너무 빨리 피곤해지는 게 문제지만."

"함께 무도회에 가서 네가 춤추는 모습을 봤으면 좋겠다. 노샘프턴의 무도회에 참석한 적은 없었니? 네가 춤추는 모습을 볼 수 있으면 좋을 텐데. 너만 좋다면 함께 추고 싶기도 하고. 난 이곳에는 아는 사람이 한 명도 없잖아. 다시 한 번 네 파트너가 됐으면 좋겠다. 옛날에는 너랑 나랑 몇 번이고 함께 뛰놀았는데, 안 그래? 거리에서 손풍금을 울려댈 때였지? 나도 나름 춤을 제법 추는 편인데. 하지만 아마 네가 더 잘 출 거다." 그런 다음 그는 마침 가까이 다가온 이모부에게 이렇게 물었다. "패니가 춤을 참 잘 추죠, 이모부?"

오빠의 그런 느닷없는 질문에 당황한 패니는 눈길을 어디에 둬야 할지, 이모부의 대답에 어떻게 마음의 준비를 하고 있어야 할지 몰랐다. 적어도 몹시 차가운 무관심을 드러내며 진지한 책망의 말을 하실 텐데, 그렇게 되면 오빠가 난처해질 것이고 자신은 땅으로 꺼져버렸으면 싶은 심정이 될 것이었다. 그런데 그 반대였다. 이모부에게서 나온 말은 이런 대답뿐이었다. "네 질문에 대답할 수 없다는 말만 하게 되어 유감이구나. 패니가 어린 꼬마 아가씨였을 때 말고는 춤추는 모습을 한 번도 본 적이 없단다. 하지만 우리 둘 다 패니가 실제로 춤추는 모습을 보게 된다면 정숙한 숙녀답게 행동할 거라고 믿고 있다는 건 알겠구나. 머지않아 그 모습을 볼 기회가 생기겠지."

　"제가 동생분이 춤추는 모습을 보는 기쁨을 누린 적이 있습니다, 프라이스 씨." 헨리 크로퍼드가 몸을 내밀며 말했다. "그러니 그 일에 대해 어떤 질문을 하든 충분히 만족스럽게 대답할 것을 약속하겠습니다. (패니가 곤혹스러워하는 모습을 보고) 하지만 다음으로 미뤄야 할 것 같네요. 프라이스 양을 화젯거리로 삼는 걸 달가워하지 않는 분이 여기 한 분 계시는군요."

　패니가 춤추는 모습을 본 적이 있다는 말은 사실이었다. 그리고 그 소중한 시간에 그녀가 조용히, 가볍고 우아하게, 그것도 박자에 잘 맞춰 미끄러지듯 춤추는 모습을 보았다고 장담하고 싶은 마음이 간절한 것도 사실이었다. 그러나 사실 그는 패니의 춤이 어땠는지 아무리 애를 써도 기억할 수 없었다. 다른 모습은 기억이 안 나고 그저 그 자리에 있었다는 것만 당연한 사실로 여겨질 뿐이었다.

하지만 그는 감탄을 발하며 패니의 춤을 목격한 사람으로 인정받았다. 토머스 경은 불쾌해하는 기색 없이 춤에 관해 일반적인 대화를 계속 이어나갔다. 안티과의 무도회를 설명하고, 조카가 그동안 구경할 기회가 있었던 다양한 춤에 대해 하는 이야기를 듣는 데 푹 빠져들어서, 마차를 대령했다는 소리도 귀에 들어오지 않을 정도였다. 노리스 부인이 부산을 떠는 것을 보고 나서야 그는 처음으로 그 소리에 주의를 기울였다.

"얘, 패니, 패니, 뭐 하니? 우리 간다. 네 이모가 떠나시는 것 안 보이니? 서둘러라, 서둘러. 나는 착한 윌콕스 할아범을 기다리게 하는 건 못 참아. 언제나 마부와 말들을 기억하고 있어야 해. 친애하는 토머스 경, 경과 에드먼드와 윌리엄을 모시러 마차가 다시 돌아오게 해놓았습니다."

토머스 경 자신이 그렇게 결정하고 아내와 처형에게 통보한 일이었기에, 그는 불만을 표할 수 없었다. 그런데 노리스 부인은 그걸 까맣게 잊은 것 같았다. 순전히 자기 혼자 그 같은 결정을 내렸다고 생각하고 있는 게 분명했다.

이 방문에서 패니가 마지막으로 느낀 감정은 실망감이었다. 에드먼드가 하인한테서 그녀의 숄을 조용히 받아 와서 어깨에 둘러주려는 순간, 크로퍼드가 더 빠른 손놀림으로 그 숄을 낚아챈 것이다. 따라서 그녀는 더 노골적으로 표현된 그 같은 배려를 받아들일 수밖에 없었다.

8

패니가 춤을 추는 모습을 보고 싶다는 윌리엄의 바람은 이모부의 마음에 일시적인 인상 이상의 영향을 미쳤다. 그럴 기회가 있을지 모르겠다고 목사관에서 말한 것이 더 이상 머리에 담아 두지 말라는 뜻은 아니었던 것이다. 그는 그렇게 소중한 바람이라면 들어주고 싶다는 생각을 계속하고 있었다. 혹시 패니가 춤추는 모습을 보고 싶어 하는 다른 사람이 있으면 그 사람의 바람도 들어주고 싶었고, 젊은이들 모두에게 기쁨을 주고 싶었다. 그는 조용히, 혼자서 이 문제를 숙고한 뒤 결정을 내렸다. 그리고 그 결과를 다음 날 조찬 자리에서 발표했다. 조카의 말을 상기시키고 칭찬한 뒤 그는 이렇게 덧붙였다. "윌리엄, 네가 그 같은 기쁨을 만끽하지 못한 채 노샘프턴을 떠나게 하고 싶진 않구나. 너희 남매가 춤추는 모습을 본다면 나도 무척 즐거울 거야. 어제 노샘프턴의 무도회를 얘기했었지. 네 사촌들도 가끔 거기 참석하곤 했단다. 그렇지만 그곳의 무도회는 지금의 우리에게는 전혀 맞지 않을 거다. 네 이모에게는 너무 피곤한 행사가 될 거야. 그러니 노샘프턴의 무도회는 생각하지 말아야 할 것 같구나. 우리 집에서 무도회를 여는 게 더 적절할 듯싶은데, 만약……."

"아하! 친애하는 토머스 경." 노리스 부인이 말을 가로막고 나섰다. "다음에 무슨 내용이 나올지 알고 있어요. 무슨 말씀을 하실지 알고 있습니다. 지금 귀여운 줄리아가 집에 있다거나 아름답기 그지없는 러시워스 부인이 소서턴에 있어서 그런 행사를 열 마땅한 이유가 주어진다면, 맨스필드의 젊은이들을 위해 무도회를 개최할 마음이 있으시다는 말씀이시지요? 그러시리라는 걸 전 알고 있어요. 그 둘이 집에 있어 무도회를 빛내준다면 이번 크리스마스 때 무도회를 여시겠죠. 이모부께 감사드려라, 윌리엄. 이모부께 감사드려."

"제 딸들은," 심각한 표정으로 말을 가로막으며 토머스 경이 대답했다. "지금 브라이턴에서 나름대로 즐거운 시간을 보내고 있을 겁니다. 전 그 애들이 정말 행복하기를 바랍니다. 하지만 제가 맨스필드에서 열려고 마음먹고 있는 무도회는 그 아이들의 사촌들을 위한 것입니다. 모두 다 모일 수 있다면 틀림없이 만족감도 더 완벽해지겠지요. 하지만 몇 명이 빠졌다고 다른 사람들의 즐거움이 방해받지는 않을 겁니다."

노리스 부인은 달리 할 말이 없었다. 그녀는 토머스 경의 표정에서 이미 결단은 내려졌음을 감지했다. 놀랍기도 하고 화가 나기도 해서 마음을 가라앉히고 평온을 되찾기 위해 몇 분 동안 잠자코 있어야 했다. 아니, 이런 시기에 무도회라니! 친딸들도 없는 데다, 자신과 상의도 안 하고서! 하지만 곧 그녀에게 위안이 될 일이 있을 것이었다. 모든 준비를 그녀가 해야 할 게 분명했다. 당연히 레이디 버트럼은 모든 근심과 수고를 면제받을 것이고, 그 근심과 수고가 전부 그녀의 몫으로 떨어질 것이었다. 그녀가 그날 저녁 안주인 노릇을 해야 할 것이다. 이런 생각을 하니 신속히 즐거운 기분이 되살아났고, 그녀는 다른 가족들이 행복하고 감사한 마음을 미처 다 표현하기도 전에 다시 그들과 어울릴 수 있었다.

에드먼드, 윌리엄, 그리고 패니는 약속된 무도회에 대해 (각자 방식은 달랐지만) 토머스 경이 기대했던 것 이상으로 고마워했고, 자신들의 기쁨을 표정과 말을 통해 나타냈다. 에드먼드가 기뻐한 건 두 사촌 때문이었다. 그로서는 아버지가 베푸신 호의나 친절이 지금보다 더 만족스러웠던 적은 한 번도 없었다.

레이디 버트럼은 입을 굳게 다물고 흡족해하면서 이렇다 할 반대를 하지 않았다. 무도회가 열리더라도 그녀를 귀찮게 할 일은 거의 없을 거라고 토머스 경이 약속하자 그녀는 "귀찮은 일이 생긴다는 걱정은 전혀 하지 않으며, 그런 일이 조금이라도 있을 거라는 상상도 정말이지 하지 않는다"고 그를 안심시켰다.

노리스 부인은 토머스 경이 무도회장으로 이용하기에 가장 적합하다고 생각할 만한 방들이 어떤 것들인지 제안하는 말을 준비해두고 있었지만, 이미 다 정해진 후라는 걸 알게 되었다. 그래서 무도회 날짜가 언제쯤일지 짐작한 뒤 넌지시 언급하려고 했지만, 그 역시 이미 확정된 것 같았다. 토머스 경이 혼자서, 즐거운 마음으로 행사의 윤곽을 완벽히 그려놓았다는 소리였다. 그녀가 차분히 경청할 자세를 갖추자 그는 초대 가족 명단을 읽어 내렸다. 그는 통지 기간이 짧다는 걸 감안할 필요가 있다 하더라도, 그 명단에서 열두 쌍 내지 열네 쌍의 젊은이들은 모을 수 있을 것이라고 내다보았다. 그리고 제일 적합한 날짜를 22일로 꼽게 된 여러 사항들에 대해서도 자세히 설명해주었다. 윌리엄은 24일까지 포츠머스로 돌아가지 않으면 안 되었다. 그러니 22일이 이번 방문의 마지막 날이었다. 그렇지만 남은 날들이 워낙 얼마 되지 않아 그날보다 더 당겨서 날을 잡는 것은 현명하지 못한 처사였다. 노리스 부인의 생각도 같았고, 자기도 이번 행사에 최적의 날짜는 22일이라고 제안할 참이었다는 점에 만족할 수밖에 없었다.

이렇게 해서 무도회가 확정됐고, 저녁이 되기 전에 관련된 모든 사람들에게 속달로 초대장이 발송되었다. 그날 밤 패니뿐만 아니라 많은 아가씨들이 행복한 걱정으로 머릿속이 가득 찬 채 잠자리에 들었다. 패니의 경우, 가끔 걱정이 행복감을 넘어서기까지 했다. 그녀처럼 어리고, 경험 없고, 선택할 옷가지나 장신구도 별로 없고, 취향에 대해 자신감이 없는 처지에서는 "대체 무얼 입어야 하지?"가 고통스러울 정도로 걱정스러운 문제였다. 그녀가 가진 장신구라고는 윌리엄이 시칠리아에서 사다준 무척 예쁜 호박(琥珀) 십자가뿐이었다. 그게 가장 큰 고민거리였다. 목에 걸려 해도 묶을 것이 작은 리본 조각밖에 없었다. 예전에 그런 식으로 매어본 적이 한 번 있었지만, 이번 같은 무도회에서, 다른 아가씨들이 하고 올 온갖 사치스러운 장신구들 사이에서 리본으로 묶은 호박 십자가로 버틸 수 있을까? 그렇다고 그걸 하지 않으면 또 어쩔 것인가! 윌리엄은 패니에게 금줄도 사다주고 싶었지만 그것까지는 그의 능력을 넘어서는 일이었다. 그러니 여동생이 그 십자가를 걸지 않는다면 자책하며 마음 아파할지도 몰랐다. 패니는 이런 것들이 걱정이었다. 자신을 기쁘게 하는 게 주목적인 무도회가 열린다는 기대감 한편으로, 기분을 우울하게 만들기에 충분한 걱정들이었다.

그러는 동안 무도회 준비는 순조롭게 진행되고 있었다. 레이디 버트럼은 그런 준비로 인한 어떤 불편도 겪지 않고 계속해서 자신의 소파 자리에 앉아서 지냈다. 하녀장을 추가적으로 몇 번 더 부르기도 했고, 서둘러 새 드레스를 지으라고 몸종 하녀를 재촉하기는 했다. 토머스 경이 여러 가지 지시를 내렸고 노리스 부인이 이리저리 바삐 뛰어다녔지만, 이 모든 일들이 그녀를 귀찮게 하는 적은 없었다. 예상했던 대로 "행사 준비로 그녀를 귀찮게 하는 일은 하나도 없었다".

이 무렵 에드먼드는 어느 때보다 고민으로 가득 차 있었다. 온 정신이 자신의 인생을 좌우할 두 가지 중요한 당면 과제를 숙고하는 데 집중되어 있었으니, 바로 성직 임명과 결혼이었다. 그와 관련된 심각한 사건 하나가 무도회가 끝난 뒤 곧바로 이어질 터였고, 상황이 그러하니만큼 집 안의 그 누구보다 무도회가 눈에 덜 들어오는 것도 당연했다. 그는 23일에 피터버러 인근에 사는 친구를 찾아갈 예정이었다. 같은 입장에 처한 친구로, 둘 다 크리스마스 주중에 성직 임명을 받게 되어 있었다. 그때 그의 운명 절반이 결정되는 것이다. 그런데 나머지 절반의 운명은 자신이 노력을 기울인다 해도 그렇게 순조롭게 결정되지 않을지 몰랐다. 성직자로서의 임무는 확정된 것이었지만, 그 임무를 함께하며 활기를 불어넣고, 그에 대한 보상이 되어줄 아내는 아직 확실히 손에 넣지 못한 것 같았다. 자신의 마음은 알고 있었다. 그렇지만 크로퍼드 양의 마음에 대해서라면 늘 확신을 가질 수 있는 건 아니었다. 두 사람의 생각이 완벽히 일치하지 않는 사항들이 있었고, 그녀가 호의적으로 보이지 않는 순간들이 있었다. 눈앞에 놓인 다양한 문제들이 정리되기만 하면 곧바로 이 문제도 결론을 내리리라 결심할 정도로(그는 거의 결심을 했다) 그녀의 애정을 전적으로 믿고 있었기에 정식으로 청혼을 해야 한다는 건 알고 있었다. 하지만 여러 가지로 불안한 마음이 들었고, 의구심을 품으며 많은 시간을 흘려보냈다. 어떤 때는 그녀가 자신에게 호감을 갖고 있다는 확신이 너무나 강하게 들기도 했다. 오랜 기간 그녀가 용기를 북돋워주었던 일들도 다시금 생각이 났다. 게다가 그녀는 다른 모든 일에서처럼 사심 없는 애정이라는 문제에서도 완벽한 사람이었다. 그러나 또 어떤 때에는 의구심과 경계하는 마음이 희망의 감정과 뒤섞여 나타났다. 그녀가 공공연하게, 남의 눈을 피해 사는 은둔 생활이 싫다고 했던 것이나 노골적으로 런던에서 사는 게 더 좋다고 했던 것을 생각하면, 그가 청혼을 한다 해도 단호한 거절 말고 무엇을 더 기대할 수 있을까 싶었다. 좀더 비난의 여지가 많은 수락이라면 가능할지도 몰랐다. 그가 처한 상황과 직업을 포기할 것을 전제로 하는 수락 말이다. 그러나 그건 그의 양심이 허락하지 않을 터였다.

이 모든 문제가 한 가지 질문에 달려 있었다. '그녀는 자신에게 필수적이라고 생각했던 사항들을 기꺼이 포기할 만큼 진정으로 자신을 사랑할까?' '그런 것들이 더 이상 절대적인 조건이 아니라고 생각할 정도로 자신을 사랑할까?' 스스로에게 끊임없이 되풀이했던 이 질문에 대한 대답은 "그렇다"일 때가 더 많았다. 하지만 가끔은 "아니다"이기도 했다.

크로퍼드 양은 곧 맨스필드를 떠날 예정이었다. 그리고 이런 상황에서 최근 들어서는 앞의 질문에 대한 대답이 "아니다"와 "그렇다"로 번갈아가며 나타나고 있었다. 그는 그녀가 런던에 와서 오랫동안 머무르다 가라고 하는 절친한 친구의 편지 이야기를 할 때라든가, 그녀를 데려다줄 수 있게 1월까지는 지금 있는 곳에 계속 머무를 거라고 약속했다는 헨리 오빠의 친절을 이야기할 때, 그녀의 눈이 반짝거리는 것을 보았다. 그런 여행이 얼마나 즐겁겠느냐고 쾌활하게 말하는 그녀의 목소리에는 "아니다"가 담겨 있었다. 하지만 모든 건 런던 방문이 결정된 날, 기쁨을 주체 못해 마구 쏟아내던 처음 한 시간 동안 벌어진 일이었다. 아마 그 순간 그녀의 눈에는 찾아가 만나게 될 친구들밖에 보이지 않았을 것이다. 이후 그는 그녀가 다른 식으로, 다른 감정으로, 즉 더 복잡한 감정을 내보이며 자기 생각을 말하는 것을 들었다. 그녀는 그랜트 부인에게 작별을 고하게 되어 섭섭하며, 그곳에 가서 만나게 될 친구들이나 즐거운 일들도 여기에 두고 떠나는 사람들만큼 값지진 않을 것이라는 생각이 들기 시작했다고 했고, 가기로 결정된 일이고 일단 가게 되면 재미난 시간을 보낼 거라는 것은 알지만, 떠나기도 전에 벌써 맨스필드로 간절히 돌아오고 싶은 마음부터 든다고 말했다. 이 모든 말에 담긴 건 "그렇다"가 아니겠는가.

이런 문제를 깊이 생각하고, 돌이켜보고, 다시 정리해야 했던 에드먼드는 이처럼 개인적인 이유로, 다른 가족들 모두가 점차 한마음이 되어 열렬히 고대하는 무도회 날 저녁에 대해 많은 생각을 할 여유가 없었다. 사촌 남매가 무척 즐거워하고 있다는 걸 제외한다면, 그에게 그날 저녁은 목사관과 맨스필드 두 가족의 여느 모임 약속보다 더 큰 가치를 갖는 건 아니었다. 그런 모임을 가질 때마다 매번 크로퍼드 양의 애정을 더 잘 알게 될 것이란 희망이 있었다. 그러나 소용돌이치듯 혼란스러울 무도회 날의 상황은 진지한 감정을 불러일으키거나 표현하는 데 특별히 유리하지 않을 것 같았다. 크로퍼드 양에게서 맨 처음 두 번의 춤을 자신과 추자는 약속을 미리 받아놓는 일이 그나마 그가 개인적인 행복감을 느낄 수 있다고 생각하는 전부였다. 그리고 아침부터 밤까지 이번 행사를 준비한답시고 주변에서 온갖 일들이 벌어지고 있음에도 그가 시작할 수 있었던 유일한 무도회 준비였다.

목요일이 무도회 날이었다. 수요일 아침, 자신의 옷차림에 대해 여전히 마음을 놓을 수 없던 패니는 이런 일에 더 밝은 사람들의 조언을 구해보리라 결심하고 그랜트 부인과 그녀의 여동생에게 물어보기로 했다. 모두에게 인정받는 그들의 취향이라면 분명 아무런 비난도 받지 않는 쪽으로 방향을 잡아줄 수 있을 터였다. 마침 에드먼드와 윌리엄은 노샘프턴으로 떠나고 없었고, 크로퍼드 씨도 비슷하게 외출 중이라고 믿을 만한 근거가 있는지라 그녀는 이 문제를 은밀히 상의할 기회를 잡지 못할지도 모른다는 걱정 없이 목사관으로 걸어 내려갔다. 스스로에 대한 이런 배려가 다소간 부끄러웠기 때문에, 일을 은밀히 진행하는 것이 가장 중요했다.

그녀는 목사관에서 몇 야드 안 되는 곳에서 자신을 만나러 오는 중이던 크로퍼드 양과 마주쳤다. 그녀가 보기에는, 자신의 친구가 어쩔 수 없이 왔던 길을 되돌아가자고 고집하고는 있지만 속마음은 산책할 기회를 놓치고 싶지 않은 것 같았다. 그래서 즉시 자신이 찾아온 용건을 밝히고, 친절하게 조언을 해줄 마음이 있다면 집 안에서와 마찬가지로 집 밖에서도 무리 없이 상의를 마칠 수 있을 거라고 말했다. 크로퍼드 양은 조언을 부탁한다는 말을 듣고 무척 기뻐하는 것 같았다. 잠시 생각해본 뒤 그녀는 전보다 훨씬 다정한 태도로 패니에게 함께 집으로 돌아가자고 권하고, 자기 방으로 올라가자고 했다. 그곳이라면 지금 응접실에 함께 있는 그랜트 박사 부부를 방해하지 않고 둘이서만 편하게 이야기를 나눌 수 있다는 것이었다. 패니의 마음에 쏙 드는 계획이었다. 그렇게 흔쾌히, 친절하게 배려해준 데 대해 참으로 고맙다고 전한 뒤, 패니는 크로퍼드 양과 함께 집으로 들어가 위층으로 올라갔다. 그리고 두 사람은 이내 그 흥미로운 주제에 몰입했다. 패니가 조언을 구한 것에 기뻐하며, 크로퍼드 양은 자신이 할 수 있는 최선의 판단과 취향을 보여주었다. 이런저런 제안으로 온갖 문제를 편안히 살펴볼 수 있게 만들어주었으며, 용기를 북돋워주며 패니가 모든 걸 즐겁게 생각하게 하려고 애썼다. 드레스 문제는 큰 줄기 면에서는 해결이 됐다. "하지만 목걸이는 어떻게 할 거예요?" 크로퍼드 양이 물었다. "오빠가 선물한 호박 십자가를 하지 않을 건가요?" 이 말을 하면서 그녀는 조그만 꾸러미를 풀었다. 조금 전 만났을 때 손에 들려 있는 걸 보았던 꾸러미였다. 패니는 그 문제와 관련해 자신이 원하는 것과 걱정스러운 것들을 솔직히 털어놓았다. 십자가를 목에 걸어야 할지 말아야 할지 알 수가 없었다. 그 말에 대한 대답 대신 그녀의 앞에 조그만 장신구함이 놓였고, 안에 들어 있는 몇 개의 금줄과 목걸이 중에서 하나를 고르라는 요청이 이어졌다. 크로퍼드 양이 들고 가던 꾸러미의 정체가 바로 이것이었고, 그녀가 자신을 찾아오려던 것도 그 때문이었다. 크로퍼드 양은 더없이 다정한 태도로 호박 십자가를 걸 줄을 하나 골라 가지라고 권했다. 그러면서 그녀는 처음 그런 제안을 받고 놀라서 두려운 표정을 지으며 움츠러드는 패니의 망설임을 불식시키려고 생각해낼 수 있는 모든 말을 다했다.

"제 소장품이 얼마나 대단한지 아시겠죠." 그녀가 말했다. "이중 절반 이상이 앞으로도 쓰지 않을 거고, 있는지 기억도 못할 것들이에요. 새걸 선물하는 게 아니에요. 그냥 제가 쓰던 목걸이를 드리는 것뿐인걸요. 제멋대로 이런 짓을 벌인 걸 용서하고 부디 제 소원을 들어주세요."

패니는 계속해서 거절했다. 진심으로 그랬다. 이 선물은 너무 값비싼 것이었다. 그러나 크로퍼드 양도 끈질기게 권했다. 결국 윌리엄과 호박 십자가, 무도회, 그리고 자신을 내세우면서 애정 어린 마음으로 진지하게 설득한 그녀가 성공을 거두었다. 자존심이 세다거나, 무심하다거나, 혹은 속이 조금 좁다는 비난을 받지 않기 위해서는 이 제안을 받아들일 수밖에 없었다. 결국 패니는 적절히 마지못해 동의한다는 몸짓을 하고는 목걸이를 고르기 시작했다. 그녀는 어떤 게 가장 값이 덜 나가는 것인지 알 수 있으면 좋겠다고 생각하며 보고 또 보았다. 그러다 마침내 어쩐지 다른 것보다 더 자주 눈에 들어오는 목걸이를 발견하고는 그것으로 결정했다. 예쁘게 세공된 금목걸이였다. 원래의 목적에 더 잘 어울리는 더 길고 더 평범한 줄을 고르고 싶었지만 그걸로 했고, 그러면서 크로퍼드 양이 제일 덜 간직하고 싶어 하는 목걸이를 고른 것이기를 바랐다. 크로퍼드 양은 전적으로 동의한다는 듯 흐뭇한 미소를 지어 보였다. 그런 다음 금목걸이를 패니의 목에 걸어주면서 얼마나 잘 어울리는지 보라고 서둘러 선물을 안겼다.

그 목걸이가 자신에게 어울리지 않는다는 말은 할 수 없었다. 아직 망설임이 남아 있긴 했지만 그렇게 알맞은 물건을 구하게 되어 대단히 기뻤다. 사실 패니는 차라리 다른 사람에게 신세를 지고 싶었던 것인지도 몰랐다. 하지만 쓸데없는 생각이었다. 크로퍼드 양은 그녀가 바라는 것이 무엇인지 미리 알고서 다정하게 도움을 줌으로써 진정한 친구임을 입증했던 것이다. "목걸이를 할 때마다 크로퍼드 양을 생각할게요." 패니가 말했다. "그리고 저한테 얼마나 친절했는지도 생각하고요."

"그 목걸이를 할 땐 다른 사람도 생각해야 할걸요." 크로퍼드 양이 대답했다. "그러니까, 헨리 오빠 생각도 해야 한다는 말이에요. 애당초 그걸 고른 사람이 오빠거든요. 오빠가 그걸 제게 선물했어요. 그러니 그 목걸이와 함께 그걸 처음 선물한 사람을 기억하는 의무를 프라이스 양에게 양도하겠어요. 한 가족을 기억하는 기념물이 되겠네요. 마음속에 여동생을 떠올리면 그 오빠까지 덤으로 떠오르겠어요."

너무나 놀랍고 당혹스러워서, 패니는 선물을 즉각 돌려주고 싶었다. 원래 다른 사람의 선물이었던 물건을 받다니. 그것도 오빠라는 사람의 선물을…… 있을 수 없는 일이었다! 절대로 안 될 일이다! 그녀는 (옆에 있는 친구에게야 무척 재미있어 보였겠지만) 당혹스러워하며 서둘러 목걸이를 다시 내려놓고는 다른 걸 고르든지 아니면 아예 고르지 말든지 하겠다고 결심한 듯한 모습을 보였다. 크로퍼드 양은 이보다 더 자의식이 강한 마음은 본 적이 없다는 생각이 들었다. "아이고, 어린 아가씨." 그녀가 깔깔 웃으면서 말했다. "뭘 두려워해요? 헨리 오빠가 그 목걸이가 자기 거라고 우기기라도 할까 봐서요? 그걸 부당한 방법으로 손에 넣었다고 그럴까 봐 그러는 거예요? 아니면 3년 전에 자기 돈을 주고 산 장신구가 프라이스 양의 예쁜 목에 걸린 걸 보고 우쭐해하기라도 할 것 같아서요? 3년 전이면 오빠 세상에 그렇게 예쁜 목이 존재한다는 걸 알지도 못했을걸요. 그게 아니면, 혹시 (능글맞은 표정으로) 헨리 오빠와 제가 공모라도 했다고 의심하는 건가요? 제가 지금 하고 있는 일을 오빠도 알고 있다거나, 이 일이 오빠의 바람에 따라 이루어진 거라고요?"

얼굴이 새빨개진 패니가 그런 생각은 절대로 하지 않았다고 항변했다.

"좋아요, 그럼." 크로퍼드 양이 더욱 진지하게, 하지만 패니의 말을 전혀 못 믿겠다는 투로 대답했다. "어떤 책략도 의심하지 않는다는 것, 그리고 프라이스 양이 그럴 거라고 늘 생각해오긴 했지만, 그래도 제 칭찬을 의심하지 않는다는 걸 확인시켜주기 위해 그 목걸이를 가지세요. 오빠가 저한테 선물한 것이라고 해서, 프라이스 양이 그걸 받는 상황이 달라질 필요는 없어요. 분명히 말하지만, 그게 오빠의 선물이라고 해서 그 목걸이와 기꺼이 작별하겠다는 제 마음이 달라지는 건 아니랍니다. 오빠는 늘 저한테 이런저런 선물을 하죠. 그동안 받은 선물이 셀 수 없을 만큼 많아요. 제가 일일이 값어치를 따지는 것도 불가능하고, 오빠가 그 절반이라도 기억하는 것도 불가능하답니다. 이 목걸이만 해도 다 해봤자 여섯 번이나 걸어봤나 몰라요. 참 예쁜 목걸이죠. 하지만 이미 제 마음에서 떠난 물건이에요. 장신구 함에 있는 목걸이들 중에서 어떤 것을 고르든 환영이지만, 공교롭게도, 제게 선택권이 있었으면 저랑은 헤어지고 프라이스 양의 품으로 갔으면 하고 바랐을 바로 그 목걸이를 고르셨어요. 더 이상 거절하지 말라고 간청할게요. 이렇게 별것 아닌 목걸이는 지금 하고 있는 말의 절반만큼의 가치도 없어요."

크로퍼드 양의 눈에 어린, 거절은 받아들일 수 없단 그 눈빛 때문에 패니는 더 이상 고집을 부릴 수 없었다. 결국 그녀는 다시 한 번, 그러나 앞서보다는 덜 행복한 마음으로 고마움을 전하고 목걸이를 다시 받았다.

크로퍼드 씨의 태도가 변했다는 걸 그녀가 모를 수는 없었다. 이미 오래전부터 눈치채고 있었다. 그는 자신의 마음에 들려고 노골적으로 애를 썼다. 정중하게 대하고, 세심히 배려하고, 어쩐지 예전에 사촌 언니들을 대하던 태도 같아 보였다. 언니들을 속였듯이 자신을 기만하고 마음의 평화를 깨뜨리려 하는 것이라고 그녀는 생각했다. 이 목걸이도 그가 손을 쓴 것일지 모른다! 그녀로서는 아니라고 확신할 수 없는 일이었다. 고분고분한 누이인 크로퍼드 양은 친구로서도 여자로서도 세심함이 부족했다.

곰곰이 상념에 잠겨서, 의심을 품고, 간절히 원한 물건을 갖게 됐는데도 아무 만족감도 얻지 못한 채 그녀는 다시 집으로 걸어 돌아왔다. 앞서 그 길을 걸어 내려갈 때에 비해 걱정이 줄어든 게 아니라 종류만 바뀐 셈이었다.

9

집에 도착하자 패니는 뜻하지 않게 얻은 이 물건, 즉 목걸이라는 이 의심스러운 물건을 온갖 자질구레한 보물들을 보관하는 동쪽 방에 있는 그녀가 제일 좋아하는 상자에 넣어두려고 즉각 위층으로 올라갔다. 하지만 방문을 열자마자 사촌 오빠 에드먼드가 책상 앞에 앉아 뭔가를 쓰고 있는 모습이 보였다. 그녀가 얼마나 놀랐겠는가! 예전에 한 번도 보지 못한 광경이었기에, 반가운 만큼 놀랍기도 했다.

"패니." 그가 펜을 놓고 자리에서 일어나며 말했다. 손에 뭔가가 들려 있었다. "이곳에 들어와서 미안하다. 너를 만나러 왔다가 곧 들어오겠지 하는 바람으로 기다리던 중이었어. 그러다가 네 잉크스탠드를 빌려서 찾아온 용건을 설명하려는 참이었고. 쪽지 앞머리 부분을 보면 알 거야. 하지만 이제 무슨 볼일인지 직접 말할 수 있겠네. 별것 아닌 작은 선물을 받아달라고 부탁하려고. 윌리엄의 호박 십자가에 잘 어울리는 사슬 줄이야. 일주일 전에 주었어야 했는데 형이 런던에 예상보다 며칠 늦게 오는 바람에 늦어졌어. 그래서 지금 막 노샘프턴에서 이걸 받은 거야. 이 줄이 네 마음에 들었으면 좋겠다, 패니. 네 소박한 취향에 맞추려고 애썼는데. 여하튼 내 성의를 받아주고, 이 줄을 네 가장 오랜 말벗이 주는 사랑의 증표로 생각할 것이라고 알고 있어도 되겠지."

그렇게 말하면서 그는, 불편하기도 하고 기쁘기도 해서 여러 가지 복잡한 감정에 휩싸여 있던 패니가 뭐라 말을 꺼내기도 전에 서둘러 방을 나가려고 했다. 하지만 다른 무엇보다도 우선하는 바람으로 마음이 급해진 패니가 크게 외쳤다. "에드먼드 오빠! 잠시만 기다려요. 잠시만 멈춰봐요."

그가 몸을 돌렸다.

"고맙다는 말조차 못하겠어요." 들뜬 모습으로 그녀가 말을 이었다. "고맙다는 말조차 할 수 없어요. 말로 표현할 수 있는 것 이상의 감정이 들어서요. 이렇게 저를 생각하는 오빠의 다정한 마음을 제가 어떻게……."

"하고 싶은 말이 그거라면, 패니." 그가 미소를 지으며 다시 돌아서려고 했다.

"아니, 아니에요. 이게 전부가 아니에요. 오빠와 상의할 일이 있어요."

거의 무의식적으로 그녀는 그가 손에 건네준 꾸러미를 풀었다. 눈앞에 귀금속상이 꼼꼼하게 포장한, 완벽히 단순하고 깔끔한 무늬 없는 금줄이 나타나는 것을 본 그녀는 다시 한 번 크게 외치지 않을 수 없었다. "와! 정말 예쁘네요! 딱 알맞은 줄이에요. 바로 제가 원했던 거예요! 그동안 갖고 싶었던 유일한 장신구가 바로 이것이에요. 제 십자가하고 참 잘 어울리겠어요. 반드시 두 가지를 함께 해야겠죠. 그렇게 할 거예요. 게다가 너무나 적절한 시점에 제 손에 들어왔네요. 세상에! 오빠, 이 목걸이가 제게 얼마나 반가운 선물인지 모르실 거예요."

"사랑하는 패니. 너무 대단하게 생각하는 것 같구나. 줄이 네 마음에 들고, 내일 행사에 딱 맞춰 도착해서 나도 무척 기뻐. 하지만 정도 이상으로 고마워하네. 진심으로 말하는데 내게는 네가 기뻐하는 일에 도움이 되는 것보다 더 큰 기쁨은 없단다. 그래, 그렇게 완벽하고 순수한 기쁨은 없다고 말해도 무방할 거야. 게다가 아무런 장애물도 없는 기쁨이고."

그토록 따뜻하게 애정을 표하는 소리를 듣자 패니는 그대로, 한 마디 말도 없이 한 시간이라도 그냥 보낼 수 있을 것 같았다. 그러나 잠시 기다리던 에드먼드가 이렇게 말을 건네면서, 하늘을 날아오를 듯 기쁘기만 한 패니의 마음은 땅으로 떨어지고 말았다. "그래, 나하고 상의하고 싶다는 게 뭐니?"

메리가 준 목걸이에 관한 일이었다. 그녀는 지금 진심으로 그 목걸이를 돌려주고 싶은 마음이 간절했다. 그리고 그 일에 에드먼드가 찬성해주었으면 싶었다. 그녀는 방금 전 목사관을 다녀온 일을 이야기했다. 그러니 날아오를 듯 짜릿했던 기분이 끝장난 건 당연한 일이었다. 자초지종을 듣고 난 에드먼드는 크게 감동했다. 크로퍼드 양이 한 일에 너무나 기뻐했고, 그녀와 자신의 행동이 그렇게 우연의 일치를 보인 걸 만족스러워했다. 패니도 그 한 가지 기쁨이 그의 마음에 미친 우월한 영향력을 인정하지 않을 수 없었다. 물론 그 기쁨에는 장애물이 있을 수 있었다. 그녀는 한참 지난 뒤에야 그의 주의를 자신의 계획으로 돌아오게 할 수 있었고, 그의 의견을 구하는 부탁에 대한 대답을 들을 수 있었다. 에드먼드는 몽상 같은 즐거운 상념에 빠져 이따금씩 크로퍼드 양을 칭찬하는 불완전한 문장들만 중얼거리고 있을 뿐이었다. 그러나 몽상에서 깨어나서 패니가 하는 말을 알아들은 뒤로는, 그녀가 하고자 하는 행동에 단호하게 반대했다.

"목걸이를 돌려주다니! 안 돼, 패니. 절대로 안 돼. 그러면 그 아가씨의 마음에 지독한 상처를 주게 될 거야. 친구의 행복에 도움이 될 거라는 합리적인 희망을 품고 준 선물이 우리 손에 되돌아오는 것보다 더 불쾌한 감정이 드는 때가 있을까? 그 아가씨가 왜 그런 기쁨을 잃어야 한다는 거지? 그 기쁨을 누릴 만한 자격이 충분하다는 걸 네게 입증해 보였는데도 말이야."

"그 목걸이가 처음부터 제게 주어진 선물이라면," 패니가 말했다. "돌려줄 생각을 하지 않았을 거예요. 하지만 그건 자기 오빠의 선물이었다고요. 제가 원하지만 않았다면 아마 그 아가씨도 내놓고 싶지 않았을 거라고 생각하는 게 옳지 않을까요?"

"아니, 그 아가씨는 네가 그 목걸이를 원치 않는다고 생각하지 않을 거야. 적어도 네가 받아들일 수 없는 선물이라고 생각하지는 않을걸. 그리고 그게 원래 오빠의 선물이었다고 해서 달라질 건 없어, 패니. 오빠의 선물이라고 해서 그녀가 그 목걸이를 너한테 선물할 수 없는 것도 아니고, 너도 그런 이유 때문에 받지 못할 건 없어. 게다가 네가 그걸 간직하지 못할 이유도 없지. 내가 준 금줄보다 더 예쁜 건 말할 것도 없고, 무도회에도 더 잘 어울릴 거 같구나."

"아니에요. 더 예쁘지 않아요. 결코, 전혀, 더 예쁘지 않아요. 그리고 본래의 목적을 생각할 때도 그 목걸이는 이 금줄의 절반만큼도 어울리지 않아요. 이 금줄이 그것과는 비교가 안 될 정도로 윌리엄 오빠의 십자가와 더 잘 어울린다고요."

"하룻밤 아니니, 패니. 그 목걸이를 하는 게 희생이라고 생각한다 해도 단 하룻밤만 하면 되잖아. 나는 네가 충분히 숙고해본다면, 너를 행복하게 해주려고 그렇게 열심히 애를 쓴 사람의 마음을 다치게 하느니 차라리 희생을 할 거라고 확신한다. 그동안 크로퍼드 양이 너한테 베풀어준 관심은 말이다, 물론 네가 마땅히 받아야 할 만큼보다 많지는 않았지만(나야 네가 어떤 관심을 받더라도 그게 네가 마땅히 받아야 하는 것보다 많지 않다고 생각하는 사람이잖니), 어쨌든 그 아가씨가 네게 베푼 관심은 처음부터 끝까지 변함이 없었어. 그러니 배은 망덕하다고도 할 수 있는 행동으로 그런 관심에 보답하는 건 네 천성과도 어울리지 않는다고 확신한다. 물론 그 같은 행동이 네 본심일 리가 없다는 것도 알고 있고. 그러니 내일 저녁에는 그녀에게 약속한 대로 그 목걸이를 걸도록 해, 패니. 그리고 무도회와 상관없이 주문한 이 금줄은 잘 보관해놓았다가 보통 때 더 자주 쓰고. 이게 내 조언이야. 나는 더없이 기쁜 마음으로 지켜본 두 사람의 우정이 조금이라도 식는 것은 바라지 않아. 두 사람은, 차이가 거의 안 날 만큼, 진실한 너그러움과 타고난 섬세함에서 전체적으로 닮아 있어. 그나마 그 차이라는 것도 대개는 처해 있는 상황 때문에 생긴 것이니, 두 사람의 완벽한 우정에 방해물이 되지는 않을 거야. 두 사람의 친분에 금이 가는 일은 털끝만큼이라도 일어나지 않았으면 좋겠구나." 조금 가라앉은 목소리로 그가 되풀이했다. "두 사람은 내게 세상에서 제일 소중한 사람들이니까."

이렇게 말하면서 에드먼드는 방을 나섰다. 패니는 최대한 마음을 진정시키려 하고 있었다. 그녀가 그의 가장 소중한 두 사람 중 하나라고……. 그 말을 듣고 힘이 나야 했을 것이다. 하지만 또 한 사람이 있었다! 첫 번째 사람이! 그녀는 사촌 오빠가 이번처럼 노골적으로 자신의 마음을 열어 보이며 말하는 건 들어본 적이 없었다. 사실 그 말은 이미 오래전부터 그녀가 눈치채왔던 것을 말로 표현한 데 불과했다. 하지만 그 말이 칼로 찌르는 듯 통렬한 아픔을 주었다. 그 말이 에드먼드의 확신과 생각들을 말해주고 있었다. 생각도 확신도 굳건했다. 그는 크로퍼드 양과 결혼하고 싶어 하고 있었다. 아무리 오래전부터 예상하고 있었다 해도, 패니에게 그 말은 칼로 찌르는 듯한 아픔으로 다가왔다. 그녀는 그 말이 어떤 의미를 지니고 다가오기에 앞서, 자신이 그에게 가장 소중한 두 사람 중 하나라고 되뇌이고 또 되뇌일 수밖에 없었다. 크로퍼드 양이 오빠의 상대가 될 만한 자격을 갖추었다고 믿을 수만 있다면, 그렇다면 아마…… 아아! 그렇다면 얼마나 달라지겠는가! 얼마나 더 견딜 만한 일이 될 것인가! 그러나 에드먼드는 그녀를 잘못 보고 있었다. 그녀가 갖고 있지도 않은 장점을 그녀에게 부여하고 있었다. 그녀의 단점이 늘 있었던 자리에 있었건만 그의 눈에는 더 이상 보이지 않았다. 그가 이처럼 상대를 잘못 보고 있다는 생각을 하니 눈물이 펑펑 쏟아졌다. 패니는 혼란스러운 마음을 진정시킬 수가 없었다. 이후 이어진 우울한 마음은 오빠의 행복을 비는 간절한 기도로만 달랠 수 있을 뿐이었다.

에드먼드를 향한 자신의 애정에 과도하다 싶은 면이나 이기

심에 가까운 면이 있다면 모두 눌러버리자고 그녀는 마음먹었
다. 그게 의무처럼 느껴졌다. 그걸 패배나 좌절로 일컫거나 생
각하는 것 자체가 뻔뻔스러운 일 같았다. 그녀는 자신의 겸허
한 마음에 충분히 들고 그런 마음 상태에 알맞은 강렬한 단어
를 찾아낼 수 없었다. 자신의 사촌 오빠에 대해 그녀가, 크로퍼
드 양이 정당히 가질 수 있는 그런 감정을 가진다면 그건 정신
나간 일일 터였다. 그녀에게 에드먼드 오빠는 어떠한 상황에서
도 다른 의미를 지닌 존재일 수 없었다. 친구 이상으로 소중한
존재일 수 없었다. 그런 에드먼드를 연모하는 감정이 왜 비난
을 두려워해야 할 만큼, 금기시해야 할 만큼 커져버렸단 말인
가? 그런 감정은 상상력의 경계선조차도 건드리면 안 되었다.
그녀는 이성을 되찾으려고 노력했다. 그리고 건강한 지성과 정
직한 가슴으로 크로퍼드 양의 성격을 판단하고, 오빠를 진심으
로 걱정하는 특권을 누릴 자격을 되찾고자 노력했다.

　그녀는 비할 데 없는 원리원칙주의자였고, 따라서 자신의
의무를 다하기로 결심했다. 하지만 아직 어렸고 천성적으로 너
무 다감했으니, 그녀가 다음과 같은 행동을 보였을지라도 크게
놀랄 일은 아닐 것이다. 자제라는 측면에서 온갖 결심을 했음
에도 불구하고 그녀는 에드먼드가 그녀에게 쓰기 시작했던 쪽
지를 이제는 온갖 희망이 사라져버린 보물이라도 되는 양 움켜
쥐었다. 그리고 애틋하기 짝이 없는 감정을 느끼며, 거기 이렇
게 적혀 있는 글귀를 읽었다. "내가 정말 사랑하는 패니, 이 선
물을 꼭 받아줘." 그런 다음 그녀는 그 쪽지가 더욱 귀중한 선

물이라도 되는 양 금줄과 함께 서랍에 넣고 서랍을 잠갔다. 그동안 그에게서 받았던 것 중에서 편지 비슷한 건 그 쪽지가 유일했다. 앞으로도 결코 다시 받지 못할 것 같았다. 그 쪽지를 쓰게 된 계기로 보나 쓰인 말투로 보나 그토록 완벽하게 마음에 드는 쪽지를 받는다는 건 이제 불가능한 일이었다. 쪽지에 적힌 것보다 더 소중한 두 줄짜리 글귀는, 이 세상 가장 유명한 작가의 펜 끝에서도 결코 나온 적이 없었다. 가장 사랑하는 작가에 바치는 전기작가의 경탄도 패니가 그 두 줄에 매혹된 것에 비할 수 없었다. 게다가 여성이 품은 사랑의 열정이란 전기작가의 열정을 훨씬 뛰어넘는 법이다. 그녀에겐 쪽지에 적힌 글귀의 내용과 상관없이 글씨체 자체가 축복이었다. 에드먼드의 가장 평범한 손 글씨라고 해도, 그건 다른 누구도 새길 수 없는 글자들이었다! 황급히 휘갈겨 썼지만 견본과도 같았던 이 쪽지에는 단 하나의 결점도 없었다. "내가 정말 사랑하는 패니"라는 순서로 유려하게 써내려간 처음 네 단어 안에 지극한 행복이 담겨 있어서, 그녀는 그 네 단어를 영원히 들여다볼 수 있을 것 같았다.

이처럼 자제하는 마음과 약해지는 마음을 행복하게 뒤섞으며 생각을 정리하고 감정을 위로하고 난 뒤, 그녀는 제시간에 아래층으로 내려갔다. 그리고 버트럼 이모 곁에서, 겉으로 보기에는 전혀 기운 없어 보이는 모습을 보이지 않으면서 평소 하던 일을 다시 시작했고, 평소처럼 이모의 시중을 들 수 있었다.

드디어 희망과 기쁨이 예정되어 있던 목요일이 찾아왔다.

패니에게 그날은, 그렇게 제멋대로이고 통제 불능인 날들이 종종 저절로 그러는 것보다는 더 우호적으로 열렸다. 조찬을 마치고 얼마 안 되었을 때 크로퍼드 씨가 윌리엄에게 보내는 아주 호의적인 쪽지가 전달되었다. 쪽지의 내용은 이랬다. 다음 날 며칠 예정으로 런던으로 가게 돼 애써 길동무를 구하지 않을 수 없게 됐는데, 혹시 윌리엄이 원래 제시했던 시간보다 반일 정도 일찍 맨스필드를 떠나겠다고 결정할 수만 있다면 자기 마차의 빈자리를 받아들여주기를 바란다는 것이었다. 크로퍼드 씨는 제독인 숙부님의 보통 다소 늦게 시작되는 정찬 시간까지 런던에 도착할 작정이라면서 윌리엄에게 숙부님 댁에 함께 가서 정찬을 들자고 제안했다. 윌리엄으로서는 무척 달가운 제안이었다. 그는 역마 네 필이 끄는 전세마차를 타고 명랑하고 사근사근한 길동무와 함께 여행한다는 생각을 하면서 기뻐했다. 그리고 그런 여행을 급한 소식을 듣고 내달리는 여행에 비유하면서, 그게 얼마나 행복하고 권위 있는 일인지 옹호하는 온갖 말들을 했다. 이유는 달랐지만 패니도 무척 기뻤다. 원래 계획대로라면 윌리엄은 다음 날 밤 우편마차를 타고 노샘프턴을 떠날 예정이었는데, 그리되면 포츠머스행 마차로 갈아탈 때까지 단 한 시간도 쉴 여유가 없을 게 틀림없었다. 크로퍼드 씨의 제안 때문에 자신이 윌리엄 오빠와 함께할 수 있는 시간을 많이 빼앗기는 셈이었지만, 그래도 오빠가 그 같은 여행의 피로를 덜게 되었다고 생각하니 너무 행복해서 그녀는 다른 건 아무것도 생각할 수 없었다. 토머스 경 또한 다른 이유로 이 제안에 찬성했다. 조카가 크로퍼드 제독에게 소개된다면 도움이 될 수 있는 일이었다. 그는 제독이 영향력을 지닌 인물이라고 믿었다. 크로퍼드 씨의 쪽지는, 대체로, 모두에게 큰 기쁨을 주었다. 게다가 쪽지를 쓴 당사자까지 떠난다는 사실에 기쁨이 한층 더 배가된 패니의 기분은 아침 반나절 내내 생기가 넘쳤다.

코앞에 다가온 무도회에 대해 말한다면, 그녀는 너무 흥분되기도 하고 두렵기도 해서 그녀가 마땅히 누렸어야 하거나 누릴 것으로 생각했어야 하는 기쁨을 절반도 누릴 수 없었다. 그녀보다는 더 편안한 입장에서, 그리고 이날의 행사를 덜 신기해하고, 관심도 덜하고, 특별하게 기뻐하지 않는 상황에서 기다리던 다른 많은 아가씨들에 비하자면 그랬다. 초대받은 사람들의 절반에게 그저 이름만 알려져 있을 뿐이었던 프라이스 양이 사교 모임에 처음으로 등장하는 것이었다. 그러니 그녀가 그날 저녁 무도회의 주인공으로 여겨질 게 틀림없었다. 프라이스 양보다 더 행복할 수 있는 사람이 누가 있단 말인가. 하지만 프라이스 양은 사교 모임 데뷔가 무엇인지 배운 바가 없었다. 만약에 모두가 이 무도회에 대해 어떤 생각을 하고 있었는지 그녀가 알았더라면, 이미 가지고 있었던 잘못을 저지르게 된다든가 다른 사람들이 자신을 주목할지 모른다는 두려움은 더욱 커졌을 것이고, 편안한 마음도 크게 줄어들었을 것이다. 크게 주목받지 않거나 특별히 피곤한 일 없이 춤을 추는 것, 저녁 시간의 절반가량을 버틸 힘을 갖게 되고 파트너를 구하는 것, 잠깐이라도 에드먼드 오빠와 춤을 추는 것, 크로퍼드 씨하고는 오랜 시간 춤을 추지 않는 것, 윌리엄 오빠가 즐거운 시간을 보내는 모습을 보는 것, 되도록 노리스 이모에게서 떨어져 있는 것 등등이 그녀가 가진 소망의 전부였다. 그건 그녀가 행복한 시간을 보낼 가능성이 가장 많이 담긴 소망이었다. 그녀가 가장 바라는 것들이었지만 늘 이루어지지는 않았다. 두 이모와 주로 보낸 기나긴 아침나절 동안 그녀는 여러 차례 덜 낙관적인 생각에 잠기곤 했다. 마지막 날을 철저히 즐기겠다고 결심했는지 윌리엄 오빠는 도요새 사냥을 하러 나갔다. 그리고 에드먼드 오빠의 경우는 그녀 생각으로는 십중팔구 목사관에 가 있을 것 같았다. 그러니 그녀 혼자 남아서 잔뜩 걱정을 하는 노리스 이모를 견뎌야 했다. 이모는 하녀장이 석식을 내는 문제를 두고 자기 식대로 하겠다고 고집을 피운다고 심통이 나 있었다. 하녀장은 그런 이모를 피할 수 있었지만 패니는 그럴 수 없었다. 결국 그녀는 정신적으로 너무 지쳐서 무도회고 뭐고 그 행사와 관련된 것은 전부 불운이라고 생각하기에 이르렀다. 그래서 그녀를 보내는 순간까지 잔소리를 늘어놓는 이모의 말을 들으면서 드레스를 차려입기 위해 그 자리를 떠나게 됐을 때, 축 처진 모습으로 자기 방을 향해 가던 패니는 원래부터 행복의 몫이 허락되지 않은 사람처럼 자신은 왠지 행복을 누릴 수 없을 것 같다는 생각이 들었다.

그녀는 위층으로 천천히 걸어 올라가며 어제 있었던 일을 떠올렸다. 목사관에서 돌아와 동쪽 방에서 에드먼드의 모습을 발견했던 게 대략 지금 이 시간이었다. "오늘도 그곳에서 오빠를 다시 만나면 얼마나 좋을까!" 그녀는 흐뭇한 마음으로 이런 즐거운 상상을 즐기며 혼잣말을 했다.

"패니." 그 순간 그녀 가까이에서 목소리가 들렸다. 깜짝 놀라서 올려다보니 그녀가 막 다다른 복도 건너편, 다른 계단의 꼭대기에 정말로 에드먼드가 서 있는 게 보였다. 그가 그녀 쪽으로 다가왔다. "많이 지쳐 보이는구나, 패니. 너무 먼 곳까지 산책하고 왔나 보네."

"아니에요, 바깥엔 전혀 안 나갔어요."

"그럼 집 안에서 피곤한 일이 있었다는 소린데, 그게 더 안 좋지. 바깥으로 좀 더 나가는 게 좋아."

따지는 걸 좋아하는 편이 아닌 패니는 아무 대답도 하지 않는 게 낫겠다고 생각했다. 평소처럼 그가 자신을 다정하게 바라보고 있었지만, 그녀는 이내 그가 자신의 안색을 살피던 일을 멈추었음을 알 수 있었다. 그는 왠지 기운이 없어 보였다. 아마 자신과는 상관없는 어떤 일이 잘못된 것 같았다. 각자의 방이 같은 위층에 있었기 때문에 두 사람은 함께 계단을 올라갔다.

"그랜트 박사 댁에 다녀오는 길이야." 에드먼드가 곧바로 말을 꺼냈다. "그곳에 무슨 볼일이 있어 갔는지는 너도 짐작할 거다, 패니." 그러면서 상대방을 떠올리는 표정을 워낙 노골적으로 지어서 그녀는 한 가지 볼일밖에는 생각할 수 없었다. 그리고 그 생각에 맥이 확 풀려서 말을 꺼내기가 힘들었다. "처음 두 번의 춤을 나와 춰달라고 크로퍼드 양에게서 약속받고 싶었어." 이어진 설명이었다. 그 설명을 듣고 패니는 다시 힘이 났고, 오빠가 자신이 무슨 말이라도 해주기를 바라고 있다는 생각이 들어 결과가 어떻게 됐느냐고 묻는 질문 비슷한 것을 할 수 있었다.

"그래." 그가 대답했다. "약속받았지. 하지만 (미소를 지으려 했지만 그다지 편안하지는 않은 표정으로) 그게 앞으로 나와 추게 될 마지막 춤이라고 말하더라. 진심은 아니겠지. 진심이 아니리라 생각하고, 그러길 바라고, 확신해. 하지만 그런 말은 안 들었으면 좋았을 텐데. 성직자와 춤을 춰본 적이 한 번도 없다고 말했어. 앞으로도 그럴 마음은 결코 없다고 했고. 내 입장만 생각한다면 차라리 오늘 무도회가 열리지 않았으면 좋겠다 싶구나. 하필 이 시점에…… 그러니까 내 말은 이번 주를 말하는 건 아니야, 그냥 오늘이 그렇다는 거지. 내일이면 나는 집을 떠나니까."

무슨 말이라도 해야겠다고 애를 쓰던 패니가 말했다. "오빠의 마음을 상하게 하는 일이 일어나 정말 유감이에요. 오늘 같은 날은 즐거운 날이 돼야 하는데. 이모부께서도 그런 날이 되기를 바라신 거잖아요."

"아! 그래, 그래. 그런 날이 될 거다. 다 잘 끝날 거야. 그저 잠깐 화가 났을 뿐이야. 사실 오늘 무도회가 때를 잘못 골랐다고 생각하는 건 아니야. 날짜가 뭐가 중요하니? 하지만 패니." 그가 패니의 손을 잡고 멈춰 세우더니 나직하고 진지한 목소리로 말했다. "너도 이 모든 게 뭘 의미하는지는 알겠지. 어떻게 된 건지 알 거야. 내가 어떻게 해서, 왜 화를 내는지 내가 네게 설명하는 것보다 네가 더 잘 설명할 수 있을걸. 그러니 잠깐 얘기 좀 할게. 너는 친절하게, 참으로 친절하게 남의 말에 귀를 기울여주니까. 패니, 오늘 오전 그 아가씨가 보인 태도에 무척 마음이 괴로웠단다. 지금도 좀처럼 회복이 안 돼. 그 아가씨의 심성이 너처럼 곱고 흠잡을 데 없다는 건 나도 알아. 하지만 예전에 어울렸던 친지들의 영향 때문인지 그 태도에 살짝 나쁜 물이 든 것 같다. 대화할 때나 어떤 주장을 펼 때 보면 가끔 그런 생각이 들어. 그녀의 생각이 잘못되었다는 건 아냐. 하지만 말하는 투가 그래. 자기 생각을 농담조로 툭툭 내뱉거든. 농담이라는 건 알겠지만 듣는 사람 마음에 상처가 돼."

"교육 탓일 거예요." 패니가 조용히 말했다.

에드먼드도 그 지적에 동의할 수밖에 없었다. "맞아. 그런 숙부와 숙모 밑에서 컸잖니! 그 사람들이 그녀의 곱디고운 심성을 망친 거지! 솔직히 고백하는데, 패니, 가끔은 단순히 태도를 넘어서 그런 모습이 보이기도 해. 정신 자체에 물이 든 것 같아."

패니는 이 말이 자신의 판단을 구하는 말이라고 생각했다. 따라서 잠시 생각에 잠겼다가 이렇게 말했다. "단순히 오빠 말에 귀를 기울이는 사람을 원하는 거라면 제가 최대한 쓸모가 있을 거예요. 하지만 저는 조언까지 해줄 자격은 없어요. 저한테 조언을 구하진 마요. 전 그럴 능력이 안 된답니다."

"맞다, 패니. 그런 역할은 맡지 못하겠다고 한 것 말이야. 하지만 걱정할 필요 없어. 이 문제는 누구한테 조언을 구할 문제가 아니니까. 오히려 조언을 구하지 않는 게 더 나은 문제지. 이런 문제에 조언을 구하는 사람은 아마 없을걸. 자기 양심에 반하면서까지 다른 사람의 영향을 받기를 바란다면 혹시 모르지만. 나는 너와 이야기가 하고 싶을 뿐이야."

"하나만 더 말할게요, 제 무례를 용서해준다면요. 조심해서 이야기해야 해요, 에드먼드 오빠. 나중에 후회할 것 같은 말은 지금 하지 마세요. 혹시 그때……."

이 말을 하는 패니의 뺨이 갑자기 붉게 물들기 시작했다.

"어쩌면 그렇게 사랑스럽니, 패니!" 에드먼드가 패니의 손을 자기 입술에 지그시 갖다 대면서 외쳤다. 그 손이 크로퍼드 양의 손이기라도 하듯 열정적으로 그렇게 했다. "어쩌면 이토록 사려 깊고 분별이 있을까! 그렇지만 지금은 그럴 필요 없어. 그런 때는 결코 오지 않을 테니까. 네가 말한 그런 때는 결코 오지 않을 거야. 그런 때가 온다는 건 거의 불가능한 일이라는 생각이 들기 시작했어. 가능성이 점점 더 약해진다는 거지. 설령 그런 때가 온다 해도…… 너도 그렇고 나도 그렇고 우리가 걱정할 필요가 있는 내용은 하나도 기억나지 않을 거다. 내가 내 망설임을 부끄러워하는 일은 결코 없을 거야. 혹여라도 망설임이 사라진다면 그건 분명히 그녀의 태도가 변했기 때문일 텐데, 그건 그녀가 예전의 결점을 기억하고 자신의 품성을 한 단계 높일 때만 가능할 거야. 내가 이런 이야기를 할 수 있는 사람은 이 세상에 너밖에 없어, 패니. 그 아가씨를 내가 어떻게 생각하고 있었는지 너도 늘 알고 있었지. 그녀를 맹목적으로 좋아한 게 아니라는 건 네가 증명해줄 수 있을 거야. 너랑 내가 그 아가씨의 소소한 결점들에 대해 얼마나 자주 얘기했었는지! 내 걱정은 할 필요 없어, 패니. 그녀에 대해 진지하게 생각해보려던 마음을 거의 포기했으니까. 하지만 나한테 무슨 일이 일어나든 간에, 네가 날 다정하게 대해주고 공감해준 것을 진심으로 고맙게 생각하지 않는다면 난 정말 얼간이일 거야."

열여덟 살 어린 아가씨를 송두리째 뒤흔들기에 충분한 말이었다. 패니가 최근에 알게 된 감정보다 훨씬 더 행복한 감정을 제공하기에 충분한 말이기도 했다. 더욱 밝아진 표정으로 그녀가 대답했다. "알겠어요, 에드먼드 오빠. 다른 사람들은 어떤지 모르지만 저는 오빠가 다른 일은 할 수 없을 거라고 확신해요. 오빠가 하고 싶은 말이 있으면 그게 무슨 말이든 두려워하지 않고 들을게요. 그러니 눌러두지 마세요. 하고 싶은 말이 있으면 무슨 말이든 저한테 하세요."

이때 두 사람은 3층에 도달해 있었다. 하녀의 모습이 보여서 그들은 대화를 더 이상 지속할 수 없었다. 패니가 느끼는 행복감이라는 측면에서 본다면, 아마 두 사람의 대화가 가장 적절한 시점에 마무리됐다고 할 수 있을 것이다. 그에게 이야기할 시간이 5분만 더 있었더라면, 크로퍼드 양의 모든 결점들과 자신의 실망감을 전부 이야기하지 않았을 거라고는 장담할 수 없었을 테니까. 그러나 실제로 두 사람은, 그의 편에서는 고마움과 애정이 뒤섞인 표정을 지으면서 그녀의 편에서는 진정 소중한 감정을 품고서 헤어졌다. 앞서 몇 시간 동안에는 전혀 느까지 못했던 감정이었다. 윌리엄에게 보낸 크로퍼드 씨의 쪽지가 가져다준 처음의 기쁨이 서서히 사라지고 난 다음부터 그녀는 완전히 상반된 감정 상태에 빠져 있었다. 주변에 위안이 될 만한 게 하나도 없었고, 마음속 희망도 전혀 남아 있지 않았었다. 그런데 이제는 모든 것이 미소를 짓고 있었다. 윌리엄이 맞은 행운이 마음속에 되살아났고, 처음보다 훨씬 더 소중하게 느껴졌다. 무도회도 마찬가지였다. 정말 즐거운 저녁이 눈앞에 펼쳐지겠지! 이제는 진짜로 마음이 설렜다! 그녀는 무도회를 맞이할 때면 응당 그래야하듯이 무척 행복하고 들뜬 마음으로 드레스를 차려입기 시작했다. 모든 게 참 잘된 것이다. 자신의 모습이 마음에 안 들지도 않았다. 목걸이를 할 차례가 되었을 때는 그녀의 행운이 완결된 것 같았다. 막상 하려고 보니 크로퍼드 양의 목걸이가 좀처럼 십자가 고리에 꿰어지지 않는 것 아닌가. 원래는 에드먼드의 바람을 들어주기 위해 그 목걸이를 하겠다고 마음먹었었다. 그런데 줄이 너무 굵어서 그런 목적을 이룰 수 없었던 것이다. 부득이 그가 선물한 금줄을 할 수밖에 없었다. 그녀는 행복한 마음으로 금줄과 십자가를 결합한 뒤 목에 걸었다. 자신이 진심으로, 가장 사랑하는 두 사람의 기념물들이었고, 실제건 가상이건 모든 면에서 서로를 위해 그런 식으로 만들어진 것 같은 더없이 소중한 정표들이었다. 두 물건에 가득 깃든 윌리엄과 에드먼드의 마음을 알아차리고 느끼고 나니 별다른 노력을 하지 않았는데도 크로퍼드 양의 목걸이까지 해야겠다고 마음먹을 수 있었다. 그녀는 그렇게 하는 게 옳은 일임을 인정했다. 크로퍼드 양은 그런 대접을 받을 자격이 있었다. 그 자격이 다른 두 사람의 견고한 자격과 진실한 친절을 더 이상 침해하거나 방해하지만 않는다면, 그녀는 스스로 흡족한 마음이 들 만큼 크로퍼드 양을 정당하게 대접할 수 있었다. 목걸이도 아주 잘 어울렸다. 마침내 패니는 편안한 마음으로, 자신의 모습과 주변의 모든 것들에 만족한 채 방을 나왔다.

마침 특별하다 싶게 정신이 맑아진 버트럼 이모가 패니를 떠올리던 참이었다. 옆에서 누가 부추기지 않았는데도, 문득 무도회 준비를 하고 있는 패니에게 위층 담당 하녀보다 더 훌륭한 사람의 도움을 제공한다면 패니가 무척 기뻐할 거라는 생각이 떠오른 모양이었다. 그래서 그녀는 드레스를 다 차려입은 뒤 자신을 도와준 채프먼 부인을 패니를 위해 정말로 올려 보냈다. 물론 너무 늦어서 패니에게는 아무런 도움도 되지 못했다. 채프먼 부인이 다락방 층에 도착했을 때 이미 프라이스 양은 완벽히 차려입고 방을 나서던 참이었다. 그러니 예의 바른 인사를 주고받는 것 외에 다른 일은 필요하지 않았다. 그러나 패니는 이모 자신이나 채프먼 부인이 느낄 수 있는 것과 거의 비슷한 정도로 이모의 따뜻한 배려를 실감했다.

10

패니가 내려가니 이모부와 두 이모 모두 응접실에 있었다. 이모부에게 패니는 흥미를 불러일으키는 대상이었다. 그는 전반적으로 우아해 보이고, 눈에 띌 만큼 행복한 표정을 짓고 있는 패니의 모습을 흡족한 표정으로 바라보았다. 패니가 있는 자리에서 그가 해줄 수 있는 말은 드레스가 참 단정하고 잘 어울린다는 말이 전부였지만, 그녀가 방을 나가자 그는 매우 명확한 어조로 칭찬을 하면서 패니가 참 예쁘다고 말했다.

"그러네요." 레이디 버트럼이 말했다. "참 예뻐요. 제가 채프먼 부인을 올려 보냈죠."

"참 예쁘다고요! 그래요, 맞아요." 노리스 부인이 큰 소리로 말했다. "온갖 이점을 다 누리고 있으니 저렇게 예뻐 보이는 게 당연하죠. 사촌 언니들의 태도를 눈앞에서 지켜보는 온갖 이점을 누리며 이 집에서 자란 게 바로 저 아이잖아요. 친애하는 토머스 경, 경과 제가 저 아이에게 얼마나 특별한 혜택을 제공했는지 생각 좀 해보세요. 주목하셨던 드레스만 해도 그래요. 사랑하는 러시워스 부인이 결혼할 때 경이 후한 마음으로 저 아이에게 직접 선물하신 거잖아요. 우리가 저 아이를 안 맡았다면 어떻게 됐겠어요?"

토머스 경은 더 이상 아무 말도 하지 않았다. 그러나 탁자에 앉아 함께하던 두 청년의 눈빛을 본 뒤, 부인들이 나가고 나면 패니 이야기를 좀 더 성공적으로 가볍게 언급할 수도 있겠다는 확신이 들었다. 패니는 본인의 모습이 다른 사람들에게 괜찮아 보인다는 걸 알아차렸다. 그렇게 자신의 차림새가 예뻐 보인다는 걸 의식하자 표정은 한층 더 밝아졌다. 그녀는 다양한 이유로 행복했다. 그리고 곧바로 더 행복해졌다. 방을 나가는 두 이모를 따라가서 열린 문을 잡아주던 에드먼드가 그녀의 곁을 지나가는 길에 이렇게 말했던 것이다. "패니, 나하고 꼭 춤을 춰야 해. 나를 위해서 두 번은 아껴놓아 줘, 맨 처음 추는 춤은 아니더라도. 너만 괜찮다면 나는 어느 차례의 춤도 상관없어." 그녀는 그 이상 바랄 게 없었다. 평생 그렇게 날아오를 듯 기분 좋은 상태에 다가갔던 적은 한 번도 없었다. 전에 사촌 언니들이 무도회 날 그토록 즐거워하던 것이 더 이상 놀랍지 않았다. 무도회가 정말 매력적인 행사라는 점을 실감했으며, 노리스 이모의 눈길을 무사히 벗어날 수 있을 때마다, 응접실 여기저기에서 스텝 연습까지 했다. 이모는 집사가 준비한 대로 잘 타고 있던 벽난로 불을 다시 뒤적인다면서 오히려 망치는 일에 정신이 온통 팔려 있었다.

다른 때였다면 그저 맥 빠진 시간이었을 30분이 흘렀다. 하지만 패니의 행복은 여전히 우세를 점하고 있었다. 행복을 느끼기 위해서는 에드먼드와의 대화만 떠올리면 되었다. 노리스 부인이 부산을 떤들 무슨 대수란 말인가? 레이디 버트럼이 하품을 한들 무슨 대수란 말인가?

두 청년 신사가 그들에게 와서 합류했다. 그리고 얼마 후 달콤한 기대감을 품고 마차를 기다리기 시작했다. 전체적으로 모두에게 편안하고 즐거운 마음이 퍼져 있는 것 같았다. 모두들 흩어져 서서 이야기꽃을 피우고 소리 내어 웃었다. 그리고 매 순간 즐거움과 희망이 깃들어 있었다. 패니는 에드먼드가 쾌활한 모습을 보이고 있긴 하지만 마음속으로는 분명히 힘겹게 노력하고 있으리라 생각했다. 하지만 그런 노력이 성공을 거두는 것을 보니 기뻤다.

마차들이 도착하고 손님들이 막상 모여들기 시작했을 때, 패니 자신의 즐거운 기분은 상당 부분 가라앉았다. 낯선 손님을 그렇게 많이 보다 보니 다시 움츠러들며 자신의 내면으로 침잠하는 것 같았기 때문이다. 맨 처음 큰 원 모양으로 둘러선 사람들은 진지하게 격식을 차리며 어색한 분위기를 자아냈는데, 토머스 경도 레이디 버트럼도 그런 분위기를 없앨 수 없었다. 그런 어색한 분위기도 감당하기 힘든 터에, 패니는 수시로 불려가서 그것보다 더 불편한 상황까지 견뎌야 했다. 이모부가 그녀를 이곳저곳으로 데리고 다니면서 사람들에게 소개했던 것이다. 그 바람에 그녀는 어쩔 수 없이 입을 열어야 했고, 무릎을 굽히고 인사해야 했고, 그러다 다시 입을 열어야 했다. 참 힘겨운 과제였다. 그런 부름을 받을 때마다 그녀는 편안하게 뒤쪽을 서성거리고 있는 윌리엄 오빠를 바라보며, 자신도 오빠처럼 그쪽에 있었으면 좋겠다고 간절히 바랐다.

그랜트 박사 부부와 크로퍼드 남매가 등장하자 분위기가 사뭇 달라졌다. 모두가 좋아하는 그들의 태도와 보다 폭넓은 그들의 교분 관계 때문인지 딱딱했던 분위기는 일순간에 사라졌다. 이내 몇 명씩 작은 무리들이 형성되고, 모두들 점점 더 편해졌다. 패니는 그들 가족의 등장이 가져다준 혜택을 톡톡히 보았다. 그녀의 눈길이 에드먼드와 메리 크로퍼드 사이를 헤매는 일만 막을 수 있었다면, 목사관 가족의 등장으로 말미암아 손님들에게 인사하는 고역을 벗어날 수 있었으니 다시 한 번 큰 행복을 맛볼 수도 있었을 것이다. 크로퍼드 양은 그야말로 사랑스러움 그 자체였다. 그토록 매력적이니 무슨 일인들 생기지 않으랴. 패니는 혼자서 이런 생각에 깊이 빠져 있다가 크로퍼드 씨가 앞에 와 있는 걸 알아차리고는 정신을 차렸다. 그리고 그가 거의 즉시, 처음 두 번의 춤을 그녀와 추겠다고 약속하는 바람에 그녀의 생각은 다른 길로 빠져들었다. 이 순간 그녀가 느낀 행복은 아주 강렬하면서도 복잡 미묘한 성격을 띠고 있었다. 무도회를 시작하는 시간이 이제 점점 더, 본격적으로 다가오고 있었으니 처음부터 파트너를 확보해놓고 있다는 것은 더없이 큰 행운이었다. 그녀는 크로퍼드 씨가 춤을 신청하지 않았다면 자신이 틀림없이 가장 마지막으로 춤 신청을 받는 사람이 되었을 것이며, 파트너를 받아들인다고 해도 아마 여러 차례 이어지는 신청과 소란과 간섭이라는 과정을 통해 이루어졌을 것이라고 생각할 만큼 자신의 권리를 너무 모르고 있었다. 이런 생각이 드는 동시에 춤을 신청한 그의 태도에 뭔가 노골적인 데가 있어서 꺼림칙하기도 했다. 그가 일순 그녀의 목걸이에 흘긋 눈길을 주었다는 것도 알아차렸다. 미소까지 지었다. 그녀는 그가 미소를 지었다는 생각이 들었다. 얼굴이 붉어졌고 몹시 불쾌한 기분이 들었다. 그가 눈길을 다시 한 번 그쪽으로 던져 그녀의 마음을 어지럽히는 일도 없었고, 그의 목표가 그녀의 마음에 들려는 것뿐이었다 해도 패니는 당혹감을 누를 수 없었다. 그가 그런 자신의 모습을 눈치챘다는 생각까지 들자 더욱 당혹스러웠다. 그가 다른 사람 쪽으로 몸을 돌릴 때까지 좀처럼 마음의 평온을 되찾을 수 없었다. 그런 다음에야 비로소 파트너를 확보해놓았다는 실질적인 만족감을 느끼며, 기분을 서서히 고조시킬 수 있었다. 무도회가 시작되기 전에 확보해둔, 자발적인 파트너 아닌가.

사람들이 무도회장으로 옮겨 갈 때 그녀는 처음으로 크로퍼드 양이 가까이 있다는 걸 알았다. 그녀의 눈길과 미소 또한 즉시, 그리고 더 노골적으로 자기 오빠의 눈길과 미소가 향했던 쪽을 향했다. 그녀가 목걸이 이야기를 시작하자 패니는 그걸 빨리 매듭짓고 싶은 간절한 마음에서 황급히 두 번째 목걸이, 즉 십자가를 건 줄이 어떻게 된 것인지 설명했다. 크로퍼드 양은 귀를 기울이며 들었다. 그러더니 패니에게 해주려 마음먹었던 모든 찬사와 환심을 사려던 말들을 까맣게 잊어버렸다. 한 가지 생각만 나는 모양이었다. 늘 반짝거리는 그녀의 두 눈이 그보다 더 반짝거릴 수 있음을 보여주면서, 그녀는 이렇게 외쳤다. "정말 그분이 그랬어요? 에드먼드 씨가 그랬단 말이죠? 그분답군요. 어떤 남자도 그런 생각은 못 했을 거예요. 정말 말로 표현할 수 없을 만큼 존경스럽네요." 그녀는 그에게 직접 그렇게 말하고 싶은 마음이 간절하다는 듯 주변을 둘러보았다. 에드먼드는 그 근처에 없었다. 방을 나가는 숙녀들 한 무리를 모시고 가고 있었다. 그랜트 부인이 두 아가씨에게 다가와 각자의 팔을 잡았다. 그들도 다른 사람들의 뒤를 따라갔다.

패니는 가슴이 철렁했다. 하지만 크로퍼드 양의 감정을 오래 생각하고 있을 겨를이 없었다. 그들은 무도회장에 들어섰다. 바이올린이 연주되고 있었다. 패니는 마음이 요동쳐 어떤 것에도 진득하게 집중할 수 없었다. 전반적인 준비 상황을 지켜보고 모든 일이 진행되는 광경을 멍하니 구경하고 있을 수밖에 없었다.

잠시 후 토머스 경이 다가와 파트너는 구했느냐고 물었다. "네, 이모부, 크로퍼드 씨예요" 하고 대답했는데, 바로 그가 듣고 싶었던 대답이었다. 크로퍼드 씨는 그곳에서 멀지 않은 곳에 있었다. 토머스 경이 무슨 말을 하며 그를 그녀 쪽으로 데려왔고, 패니는 그 말을 통해 자신이 가장 앞자리에 서서 무도회를 여는 역할을 맡게 됐다는 사실을 알게 됐다. 생각지도 못했던 일이었다. 이날 밤의 행사가 구체적으로 어떻게 진행될지를 상상할 때마다 그녀는 에드먼드 오빠가 크로퍼드 양과 함께 무도회를 여는 게 당연하다고 생각했었다. 그런 생각이 너무나 강렬해서 그녀는, 이모부가 안 된다고 했음에도 불구하고, 너무 놀랍다며 탄식을 발했고, 자신은 그런 역할을 맡기에 부적당하다고 말했고, 제발 면제시켜달라고 애원하지 않을 수 없었다. 그녀가 토머스 경의 의사를 거스르면서까지 자기 의사를 고집한다는 것은 이 문제가 그만큼 절박하다는 걸 입증하고 있었다. 그녀는 너무나 걱정이 된 나머지 맨 처음 그런 제안을 들었을 때는, 이모부를 정면으로 응시하면서 이 문제를 달리 결정하면 좋겠다는 주장까지 했다. 그러나 소용없었다. 토머스 경은 미소를 지으면서 패니의 용기를 북돋워주려고 애썼다. 그리고 대단히 단호한 표정으로 아주 진지하게 "반드시 그렇게 해야 한다, 패니"라고 말했다. 그녀는 그 말에 감히 토를 달 수 없었다. 그리고 다음 순간 그녀는 자신이 크로퍼드 씨의 손에 이끌려 무도회장의 제일 앞자리로 가고 있다는 걸 깨달았다. 그곳에 서 있으려니 다른 무도회 참가자들이 쌍을 짓는 차례대로 그들의 뒤편에 합류했다.

그녀는 좀처럼 믿을 수 없었다. 이렇게 많은 우아한 젊은 여성들 앞에 서다니! 대단한 특별대우였다. 사촌 언니들처럼 대우하는 것 아닌가! 그녀의 생각은 쏜살같이 그 자리에 없는 언니들에게로 향했다. 아무런 가식 없이, 진심 어린 애정을 갖고 아쉬워하는 마음으로 그랬다. 언니들이 집에 없어 그들 몫의 무도회장 자리를 차지하지 못한다는 것, 그리고 무척 기뻐하며 누렸을 그들 몫의 기쁨을 누리지 못한다는 것이 아쉬울 뿐이었다. 그녀는 언니들이 온갖 행복 중 가장 큰 행복이 될 테니 집에서 무도회가 열렸으면 좋겠다고 하는 소리를 꽤 자주 들었었다. 그런데 바로 그런 무도회가 열렸는데 그들이 집에 없는 것이었다. 게다가 자기가 그 무도회를 여는 역할을 맡고 있었다. 그것도 크로퍼드 씨와 함께! 그녀는 자신이 지금 받고 있는 특별대우를 언니들이 부러워하지 않았으면 하고 바랐다. 하지만 지난가을의 상황, 즉 집에서 한 차례 댄스파티가 열렸을 때 그들 모두가 서로에게 어떻게 대했는지를 돌이켜보니, 지금의 상황은 그녀가 파악할 수 있는 한계를 거의 넘어서고 있었다.

이윽고 무도회가 시작되었다. 패니에게는 행복이라기보다 명예라고 할 수 있는 무도회였다. 적어도 첫 번째 춤에서는 그랬다. 그녀의 파트너는 기분이 최고조였다. 그는 그런 기분을 그녀에게도 전하려고 애썼다. 하지만 그녀는 과하다 싶을 정도로 두려운 마음이 들어, 자신이 더 이상 사람들의 주목의 대상이 되지 않는다는 생각이 들 때까진 하나도 즐겁지 않았다. 그러나 어리고 예쁘고 온순했으니, 그녀가 아무리 어색한 모습을 보여도 우아한 자태와 마찬가지로 좋게만 받아들여졌다. 그곳에 있던 사람들 중에서 그녀를 칭찬하고 싶은 마음이 들지 않는 사람은 거의 없었다. 매력적이다, 겸손하다, 토머스 경의 조카딸이다 하는 말들이 오갔으며, 곧이어 크로퍼드 씨가 그녀를 흠모한다는 말까지 나왔다. 모두의 칭찬을 듣기에 충분한 상황이었다. 토머스 경 자신도 그녀가 춤 대열을 인도하며 아래쪽으로 나아가는 모습을 매우 흡족하게 지켜보고 있었다. 그는 조카딸이 자랑스러웠다. 노리스 부인이 주장하듯이 패니의 아름다운 용모가 맨스필드에 와서 살게 된 덕분이라고는 생각하지 않았지만, 그 밖의 모든 것을 자신이 제공했다는 사실에 뿌듯해졌다. 요컨대 그는 패니가 받은 교육과 예의범절은 자신의 덕분이라고 생각했다.

크로퍼드 양은 이 같은 생각에 잠겨 있는 토머스 경의 속마음을 상당 부분 읽어냈다. 따라서 그녀는 그동안 그가 자신에게 잘못한 것이 많았음에도 불구하고 점차 우위를 점하게 된, 그의 마음에 들고 싶다는 바람으로 이 기회를 이용해 그의 옆에 가서 패니에 관해 듣기 좋은 말을 해야겠다고 생각했다. 그녀는 열심히 칭찬했다. 그러자 과연 토머스 경이 그녀의 바람대로 그 칭찬을 받아들였다. 그리고 신중히, 예의 바르게, 천천히, 그가 말할 수 있는 한계 내에서 칭찬을 보태기까지 했다. 그 점에 있어서는 그 직후 그의 부인이 보여준 모습보다는 더 손쉬운 대상이었다. 크로퍼드 양은 레디 버트럼이 그곳에서 아주 가까운 소파에 앉아 있는 것을 알고는, 자신의 춤이 시작되기 전에 그쪽으로 돌아서서 프라이스 양에 대해 찬사를 바쳤다.

"그래요, 옷차림이 참 잘 어울리죠." 레디 버트럼이 차분히 대답했다. "채프먼 부인이 옷 입는 걸 도와주었답니다. 제가 채프먼을 올려 보냈었거든요." 그녀는 패니를 칭찬하는 말이 진심으로 기쁘지 않은 것은 아니었다. 하지만 채프먼 부인을 올려 보낸 자신의 배려가 훨씬 더 감동적이어서 그게 좀처럼 머릿속에서 지워질 수 없는 모양이었다.

노리스 부인에 대해서라면 크로퍼드 양도 패니를 칭찬하는 말로 그녀의 환심을 살 수 없다는 걸 잘 알고 있었다. "아! 부인, 친애하는 러시워스 부인하고 줄리아 양이 오늘 밤 이곳에 있었으면 얼마나 좋았을까요!" 노리스 부인은 카드 게임 탁자를 준비하랴, 토머스 경에게 조언하랴, 아가씨들을 모시고 온 샤프롱*들을 더 좋은 자리로 이동시키랴, 자신의 할 일로 생각되는 일들을 바삐 하고 있는 틈틈이, 되도록 자주 미소를 짓고

---

*사교계에 입문하는 젊은 여성의 보호자 역을 맡은 부인.

예의 바르게 말을 하며 크로퍼드 양의 말에 화답했다.

환심을 사려는 의도를 달성함에 있어 크로퍼드 양은 패니 본인에게 가장 큰 실수를 저지른 셈이었다. 그녀는 패니의 작은 가슴을 행복감으로 요동치게 만들고, 뿌듯한 자부심에 대한 의식으로 가득 차게 만들 작정이었다. 그녀는 패니의 얼굴이 붉어진 것을 오해하고는, 자신이 그런 의도를 틀림없이 달성했다고 계속 생각하고 있었다. 그래서 그랬는지 처음 두 번의 춤이 끝나자 그녀는 패니에게 다가가 의미심장한 미소를 지으며 이렇게 말하고 만 것이다. "오빠가 내일 런던에 왜 가는지 프라이스 양은 제게 말해줄 수 있겠죠. 그저 그곳에 볼일이 있다고만 그러고, 그게 무엇인지는 도무지 말을 안 해요. 그렇게 속내를 털어놓지 않은 건 이번이 처음이라니까요! 여하튼 우리 모두 이 지경에 이르고 말았어요. 조만간 모든 일들이 자리를 내주고 말걸요. 그러니 무슨 일인지 말씀해주십사 부탁드릴게요. 대체 헨리 오빠가 런던에는 무슨 일로 간다던가요?"

패니는 곤혹스러웠지만, 그 곤혹스러움이 허용하는 한도 내에서 한결같은 태도로 자신도 모른다고 항변했다.

"좋아요. 그렇다면요." 크로퍼드 양이 깔깔 웃으면서 대답했다. "순전히 프라이스 양의 오빠를 실어다주면서 가는 동안 프라이스 양 이야기를 하는 즐거움을 누리기 위해서라고 생각해야겠네요."

패니는 어리둥절했다. 하지만 그건 불만에서 비롯된 어리둥절함이었다. 반면 크로퍼드 양은 패니가 미소 짓지 않는 게 의아스러웠다. 그러나 그녀는 패니의 걱정이 지나치다고만 생각했고, 별종이겠거니 생각했고, 패니가 헨리의 관심을 기뻐할 줄 모른다기보다는 뭔가 다른 이유가 있을 것이라고만 생각했다. 사실 패니는 그날 밤 시간이 흘러가는 동안 즐거워할 일이 아주 많았다. 그러나 그런 즐거움과 헨리의 관심은 전혀 관련이 없는 일이었다. 그녀는 그가 그렇게 빨리 춤 신청을 다시 해오지 않았으면 좋았을 거라고 생각했다. 그리고 그가 아까부터 노리스 부인에게 석식 시간이 언젠지 여러 차례 물은 것도 저녁 내내 그녀를 붙잡고 있으려는 의도로 그런 거라고 의심하지 않을 수 있었다면 좋았을 거라고 생각했다. 하지만 그런 일은 피할 수 없었다. 그는 그녀가 모두의 관심을 불러일으키는 대상이라고 생각하게끔 만들었다. 그의 그런 언행이 불쾌하다고 말할 수는 없었지만, 그의 태도에는 세심함이 부족하며 겉멋이 들어 있다는 생각이 들었다. 하지만 가끔 그가 윌리엄에 대해 이야기할 때 보면 사실 불쾌하기만 한 사람은 아니었다. 그럴 때면 신뢰할 수 있는 사람이라고 생각하게 하는 따뜻한 가슴을 지니고 있는 것 같았다. 그럼에도 불구하고 그가 그녀에게 쏟는 관심은 패니를 전혀 기쁘게 해주지 못했다. 그녀는 윌리엄을 바라볼 때면 행복했다. 5분마다 한 번씩 그와 함께 여기저기를 다니면서 그가 파트너들에 대해 이야기하는 것을 들을 때마다, 얼마나 즐거워하고 있는지 알 수 있었다. 그녀는 다른 사람들이 자신을 칭찬한다는 걸 알고서 행복했다. 그리고 에드먼드와 약속했던 두 번의 춤을 계속해서 기대할 수 있어서 행복했다. 밤이 흘러가는 내내 대부분의 시간 동안 모두들 그녀에게 워낙 열렬히 춤 신청을 하는 바람에, 에드먼드와 했던 막연한 약속은 계속해서 대기 상태였다. 마침내 에드먼드와의 두 번의 춤이 실현되었을 때에도 그녀는 행복했다. 하지만 그의 쪽에서 쾌활한 기운이 흘러나오는 것은 아니었다. 축복 같았던 아침나절에 그랬던 것처럼, 부드럽고 정중한 표현이 흘러나오는 것은 아니었다. 그는 정신적으로 지쳐 있었다. 패니의 행복은 그 지친 정신이 휴식을 찾을 수 있는 친구가 바로 자신이라는 데서 생겨난 것이었다. "예의를 차리느라고 완전히 지쳤어." 에드먼드가 말했다. "오늘 밤 내내 계속 이야기만 하고 다녔어. 별로 할 말도 없으면서 말이야. 하지만 너와 함께 있으니 마음의 평화를 얻을 수 있을 것 같다, 패니. 너한테까지 말을 걸어야 하는 건 아니겠지. 이제 침묵이라는 사치를 좀 누리자." 패니는 동의한다는 말조차 하지 않으려고 했다. 그가 지친 것은 분명히 상당 부분 아침에 고백한 감정 때문일 테니 특별히 유의해야 했다. 두 사람은 두 번의 춤을 추었는데, 워낙 차분하고 조용히 춰서 그 모습을 구경한 사람이라면 누구든지 흡족해하였고, 그동안 토머스 경이 둘째 아들을 위해 며느릿감을 자기 집에서 키운 게 아니었다고 확신할 정도였다.

그날 밤 에드먼드는 전혀 기쁘지 않았다. 크로퍼드 양과 첫 춤을 췄을 때 그녀가 아주 명랑한 모습을 보였지만 그런 명랑한 모습도 그에게는 전혀 도움이 되지 않았다. 그의 기쁨을 키웠다기보다는 오히려 가라앉혔다. 얼마 지난 후 다시 그녀에게 춤을 신청해야 했을 때에도 그녀는 그가 이제 발을 들여놓으려는 직업을 거론했고, 그 말을 하는 그녀의 태도는 그를 고통스럽게 했다. 두 사람은 대화를 나누었고, 침묵을 지켰고, 그가 논리적으로 따지고 들었고, 그녀가 비웃었고, 그러다 결국은 서로 화가 난 상태로 헤어졌다. 두 사람을 지켜보는 일을 완전히 그만둘 수 없었던 패니는 고통스러운 만족감이 들 만큼 충분히 지켜보았다. 에드먼드가 괴로워하는데도 행복감을 느낀다는 건 잔인한 일이었다. 하지만 그가 정말로 괴로워하고 있다는 확신에서 약간의 행복감이 분명히 생겨나고 있었고, 생겨날 것이었다.

에드먼드와 두 번의 춤을 추고 나자 춤을 더 추고 싶다는 패니의 바람과 체력은 완전히 바닥났다. 패니가 숨을 헐떡이며 손을 허리춤에 대고, 춤을 춘다기보다는 점점 수가 줄어들고 있는 남녀들을 따라 그냥 걷고 있다는 걸 알아차린 토머스 경은 그녀에게 자리에 그냥 앉으라고 지시했다. 그때부터 크로퍼드 씨도 자리에 앉아 있기만 했다.

"가엾은 패니!" 잠시 짬을 내서 패니에게 온 윌리엄이 목숨이 달린 일이기라도 하듯 자기 파트너에게서 가져온 부채로 연신 부채질을 해주면서 외쳤다. "이렇게 빨리 녹초가 되다니! 본 게임은 이제 막 시작된 거야. 어떻게 이렇게 빨리 지칠 수가 있니?"

"이보게 친구, 이렇게 빨리라니!" 토머스 경이 필요한 온갖 주의를 기울인 뒤 시계를 꺼내며 말했다. "3시야, 3시. 자네 여동생은 이런 시간에 익숙하지 않아."

"그렇네요. 그럼 말이야, 패니, 내일 아침 내가 떠날 때 일어나지 말고 자. 잠을 푹 자고, 나는 신경 쓰지 마."

"어머! 윌리엄 오빠."

"뭐라고! 그럼 패니 넌 윌리엄이 출발하기 전에 일어날 생각이었던 거냐?"

"그럼요! 그래야 하고말고요, 이모부." 패니가 토머스 경 옆으로 오기 위해 간신히 자리에서 일어나며 외쳤다. "꼭 일어나서 오빠와 아침을 함께 먹을 거예요. 아시다시피 마지막이잖아요. 마지막 아침이잖아요."

"그러지 않는 게 좋겠다. 네 오빠는 9시 반까지는 조찬을 마치고 출발해야 해. 크로퍼드 씨, 9시 반에 윌리엄을 데리러 오면 좋겠습니다만."

그러나 패니가 눈물까지 그렁그렁해서, 워낙 끈질기게 부탁을 하는 통에 더는 안 된다고 할 수 없었다. 결국 이 상황은 토머스 경이 인자한 말투로 "알았다, 알았어"라고 말하며 끝이 났다. 그건 허락한다는 뜻이었다.

"알겠습니다. 9시 반에 데리러 오겠습니다." 그 자리를 떠나는 윌리엄에게 크로퍼드 씨가 말했다. "정확히 제시간에 오겠습니다. 저는 저를 위해 일부러 일어나줄 만큼 다정한 누이동생이 없으니까요." 그러면서 목소리를 낮춰 패니에게 덧붙였다. "저에게는 서둘러 떠나고 싶을 뿐인, 적막한 집이 전부죠.

내일 아침 프라이스 양의 오빠는 저에게 있어 시간의 의미가 자신과는 얼마나 다른지 알게 되실 겁니다."

잠시 생각을 해본 후 토머스 경은 이른 조찬 자리를 마련할 테니, 혼자서 아침을 먹지 말고 자기 집으로 와서 함께하자고 크로퍼드 씨에게 제안했다. 그리고 자신도 그 자리에 참석할 것이라고 덧붙였다. 크로퍼드 씨가 이 초대를 선뜻 받아들이는 것을 보고 그는 (이번 무도회를 열게 된 큰 계기였다고 인정할 수밖에 없는) 자신이 품었던 의심이 결국 충분한 근거가 있었음을 확신했다. 크로퍼드 씨가 패니를 사랑하고 있는 것이다. 그는 이 상황으로 인해 앞으로 어떤 결과가 빚어질지 즐거운 마음으로 기대가 되었다. 하지만 그의 조카딸은 이모부가 보여준 방금 전의 배려가 전혀 고맙지 않았다. 마지막 날 아침만은 윌리엄 오빠와 단둘이서 보내고 싶었다. 그렇게만 되었다면 말로 표현할 수 없을 만큼 기뻤을 것이다. 그러나 비록 자신의 바람이 어그러졌다고 해도 그녀의 마음에는 불평을 늘어놓는 기질이 없었다. 오히려 그녀는 누가 어떤 일이 그녀의 마음에 드는지 물어본 적도 없거니와 그 일이 바라는 대로 이루어지는 데 워낙 익숙하지 않아서, 이만큼이라도 자신의 바람이 이루진 것을 놀라워하고 기뻐해야 한다고 생각했다. 그 뒤의 일이 자신의 뜻과 반대로 되어간다고 해서 불평해서는 안 될 터였다.

얼마 후 토머스 경은 그녀에게 곧장 가서 잠자리에 들라고 권함으로써 그녀의 바람에 다시 한 번 개입하고 말았다. "권하다"라는 표현을 쓰기는 하였지만, 그것은 절대적인 권위를 담고 있는 권고였다. 따라서 그녀는 일어나야 했고, 크로퍼드 씨의 다정한 작별 인사를 들으며 조용히 그 자리를 떠났다. 그녀는 "딱 한 번만 더 보고 그만 봐야지"라고 했던 '브랭크섬 홀의 귀부인'*처럼 무도회장의 행복한 광경을 보기 위해 출입문 옆에 서서, 아직도 결연한 의지로 열심히 춤을 추고 있는 대여섯 쌍을 마지막으로 바라보았다. 그런 다음에야 그녀는 주 계단을 천천히, 기어오르듯이 걸어 올라갔다. 뒤편에서는 컨트리댄스 음악이 계속 연주되고 있었고, 희망과 걱정 때문인지 아니면 아까 먹고 마신 수프와 니거스**때문인지 몸에는 열이 올랐고, 발은 아팠고, 몸은 피곤했고, 마음은 불안했고 동요 상태였다. 하지만 이 모든 점에도 불구하고, 무도회라는 행사는 정말 즐거운 거라는 것만은 절실히 느껴졌다.

이렇게 패니를 올려 보내면서 토머스 경이 단순히 그녀의 건강만 생각했던 것은 아닌 것 같다. 크로퍼드 씨가 패니 옆에 너무 오래 앉아 있었다는 생각이 문득 든 것인지도 몰랐고, 패니가 말 잘 듣는 유순한 아가씨라는 것을 그에게 보여줌으로써 그녀를 신붓감으로 추천하고픈 의도가 있었던 것인지도 몰랐다.

---

* 당시에 인기가 높았던 월터 스콧의 운문 로망스 《마지막 음유시인의 노래》(1805) 1장 20연에 등장하는 부인이다.
** 끓는 물과 설탕, 향신료를 넣은 포도주(보통 포트와인이나 셰리주)를 섞은 음료.

11

무도회는 끝났다. 그리고 마지막 조찬도 너무 금방 끝이 났다. 마지막 키스를 해준 뒤, 윌리엄은 떠났다. 크로퍼드 씨는 본인이 미리 말했듯이 정확히 제시간에 도착했다. 조찬 시간은 짧았고 즐거웠다.

윌리엄을 마지막으로 보고 난 뒤 패니는 몹시 서글픈 마음으로 조찬실로 돌아와 이 우울한 변화에 대해 가슴 아파했다. 이모부는 다정하게도 그녀가 혼자 조용히 울 수 있도록 그곳에 남아 있게 해주었다. 두 젊은이가 떠난 빈 의자가 애정이 담긴 그녀의 열정을 되살리든지, 아니면 윌리엄의 접시에 남은 차갑게 식어버린 돼지 뼈나 겨자와 크로퍼드 씨의 접시에 남은 부스러진 계란 껍데기에 그녀의 감정이 분산될지도 모른다고 생각한 모양이었다. 그녀는 이모부의 생각처럼 그곳에 앉아서 애정을 담고 훌쩍거렸다. 하지만 그건 남매간의 애정이었지 다른 애정은 포함되어 있지 않았다. 윌리엄 오빠가 떠난 것이다. 그녀는 이제야 그가 머물렀던 기간의 절반을 그와는 무관한 걱정과 이기적인 근심으로 헛되이 보내고 말았다는 생각이 들었다.

원래 패니는 노리스 이모를 생각할 때조차도, 초라하고 쓸쓸한 작은 집에서 사는 그 이모와 가장 최근에 자리를 함께했을 때 다소 관심을 덜 기울인 게 아닌지 자책하지 않고서는 못 배기는 성향이었다. 그러니 그 두 주 동안 당연히 온전한 오빠의 몫이었어야 했던 모든 행동과 말과 생각에 잘못된 것은 없었는지에 대해서는 두말할 필요도 없었다.

마음이 무척 무겁고 우울한 날이었다. 두 번째 아침*을 먹고 나자 이번에는 에드먼드가 일주일 예정으로 다녀오겠다면서 가족에게 작별을 고하고 곧장 피터버러로 가는 말에 올랐다. 그렇게 해서 모두 떠난 셈이었다. 지난밤 일은 추억 말고는 하나도 남은 게 없었고 그 추억마저도 함께 나눌 사람이 없었다. 그녀는 버트럼 이모에게 이야기를 걸었다. 누군가에게 무도회 이야기를 해야만 했다. 그러나 이모가 지난밤 행사에 대해 본 것이 너무 적었고 관심도 너무 없어서 쉽지 않은 일이었다. 레이디 버트럼은 자기가 입었던 드레스나 석식 때 앉았던 자리는 기억했지만, 다른 사람들이 무슨 드레스를 입었고 어느 자리에 앉았는지에 대해서는 도통 확신하지 못했다. 매덕스 양이 한 이야기는 들은 것 같은데 무슨 내용인지 기억이 안 나며, 레이디 프레스컷이 패니에게 주목한 점이 있었는데 그게 무엇인지도 도통 기억이 나지 않는다. 해리슨 대령이 무도회장에서 제일 멋진 청년을 이야기했는데 그게 크로퍼드 씨인지 윌리엄인지 확실히 모르겠으며, 누군가가 자신에게 무슨 말을 속삭였는데 그게 무슨 의미인지 토머스 경에게 묻는다는 걸 깜빡했다는 것이었다. 그나마 이것이 그녀가 가장 길게 한 발언이자 가장 명료하게 전한 내용이었다. 나머지는 그저 맥 빠지게 "그래, 맞

*당시에는 보통 오전의 볼일들을 마친 10시경 조찬을 하고, 오후 4시에서 5시쯤 정찬을 했다. 윌리엄의 일정에 맞추어 패니와 토머스 경은 이른 조찬을 했기 때문에 다른 가족들과 두 번째 아침 식사를 한 것이다.

다, 참 잘됐네, 네가 그랬니? 그 사람이 그랬니? 그건 몰랐네, 난 누가 누군지 모르겠다"라는 말뿐이었다. 참 재미없는 반응이었다. 날카롭게 쏘아붙였을 노리스 부인의 대답보다 조금 더 나았을 뿐이었다. 그나마 노리스 부인이 아픈 하녀에게 먹이겠다며 남은 젤리를 몽땅 싸들고 집으로 가버려서 두 사람의 조촐한 자리에는 평온과 즐거움이 남아 있을 수 있었다. 물론 그 점 말고는 자랑할 게 없었지만 말이다.

저녁이 찾아왔어도 낮 시간처럼 침울한 건 마찬가지였다. "내 몸에 무슨 일이 생긴 건지 모르겠네!" 찻그릇을 치우고 나자 레이디 버트럼이 말했다. "머리가 너무 흐리멍덩해. 어젯밤 너무 늦게까지 안 자고 있어서 그런 게 틀림없어. 패니, 정신이 좀 들게 뭐든 해보렴. 자수는 못 놓겠다. 카드를 가져오련? 머리가 너무 흐리멍덩해."

카드를 가져온 뒤, 패니는 잠자리에 들 때까지 이모와 크리비지 게임*을 했다. 토머스 경은 홀로 책을 읽고 있었다. 이후 두 시간 동안은 게임 점수를 계산하는 소리 외에는 아무런 소리도 안 들렸다. "그러면 31점이 되는 거예요. 손에 드신 게 4점이고 밑에 깔린 게 8점이니까요. 패를 돌리실 차례예요, 이모. 제가 대신 돌릴까요?" 패니는 스물네 시간 만에 그 방과 집 안 곳곳에 무슨 변화가 일어났는지 생각하고 또 생각했다. 어젯밤만 해도 응접실 안팎과 집 안 곳곳에서 다들 희망에 부풀

*두 명부터 할 수 있는 카드놀이로 크리비지 보드라는 독특한 점수판을 사용한다.

어 있었고, 미소를 지었고, 법석을 피우며 옮겨 다녔고, 시끌벅
적했고, 화려함을 뽐냈었다. 그런데 지금은 맥 빠지고 쓸쓸할
뿐이었다.

하룻밤 푹 자고 나서야 패니의 기분은 나아졌다. 이튿날 그
녀는 좀 더 즐거운 마음으로 윌리엄 생각을 할 수 있었다. 아침
나절에 그랜트 부인과 크로퍼드 양과 함께 목요일 밤에 대해
이야기할 기회를 잡을 수 있었다. 아주 근사한 시간이 되었고,
상상력을 최고조로 발휘하면서 마치 그런 일이 떠나버린 무도
회라는 망령을 씻어내는 데 필수적이라는 듯이 장난스럽게 깔
깔거릴 수 있었기에 그녀는 이후 별다른 노력 없이 일상적인
상태로 마음을 되돌릴 수 있었고 고요하고 평온한 한 주간의
시간에 적응할 수 있었다.

하루를 통틀어도 그날보다 응접실에 사람들이 더 적게 모
인 적은, 그녀가 아는 한 단 한 번도 없었다. 게다가 가족의 모
든 모임과 식사 자리의 편안함과 흥겨움을 주로 책임지던 사람
이 집을 떠나고 없었다. 하지만 이런 상황을 견디는 법을 배우
지 않으면 안 될 터였다. 그 사람이 곧 영원히 집을 떠날 것 아
닌가. 그녀는 지금 이모부와 같은 방에 앉아 그의 목소리를 듣
고, 질문을 받고, 예전에 느꼈던 초라한 기분을 느끼지 않고서
도 그 질문에 답할 수 있다는 것이 고마웠다.

"우리 두 젊은이의 빈자리가 아쉽구나." 정찬을 마친 뒤 얼
마 안 되는 숫자일망정 둘러앉으면서 첫째 날과 둘째 날 토머
스 경이 한 말이었다. 눈물이 그렁그렁 맺혀 있는 패니를 생각

해서 그랬는지 첫째 날은 두 청년의 건강을 위해 건배사를 한 것 말고는 더 이상 아무 말도 하지 않았다. 그러나 둘째 날은 그에게서 더 많은 말이 나왔다. 윌리엄을 다정하게 칭찬했고 그의 진급을 기원하는 말이 나왔다. "이젠 윌리엄이 우리를 찾는 일이 꽤나 잦아질 거라고 생각 못 할 이유는 없겠지." 토머스 경이 덧붙였다. "에드먼드의 경우를 말하자면, 이젠 그 애와 함께 살지 않는 법을 배워야 할 거야. 이번 겨울이, 그 애가 지금껏 그래왔듯이 우리와 한 식구로 지내는 마지막 겨울이 되겠지." "맞아요." 레이디 버트럼이 말했다. "하지만 저는 그 애가 집을 안 떠났으면 좋겠어요. 이러다 아이들이 모두 떠나고 말겠어요. 애들이 계속 집에 머무르면 좋을 텐데."

이 같은 소망은 마침 마리아를 따라 런던에 가겠다면서 허락을 구해 온 줄리아를 염두에 둔 것이었다. 하지만 토머스 경은 그렇게 하라고 허락하는 게 두 딸 각자를 위한 최선이라고 생각했다. 따라서 줄리아의 귀향을 고대하고 있던 레이디 버트럼은 착한 천성 때문에 남편의 그런 결정을 방해하진 않았지만, 그 때문에 생겨날 변화를 가슴 아파하던 중이었다. 그런 일만 아니었다면 지금쯤 줄리아가 집에 돌아와 있을 텐데. 토머스 경은 이 같은 결정을 아내가 받아들이는 데 도움을 주기 위해 엄청난 분별력을 동원해야 했다. 그는 사려 깊은 부모가 마땅히 느껴야 할 감정을 모두 이끌어내볼 것을 제안했다. 그리고 자애로운 어머니가 자녀들의 기쁨을 더해주면서 느끼는 온갖 감정이 그녀의 천성에 들어 있지 않더냐고 말했다. 레이디 버트럼은 차분히 "그럼요"라고 말하며 남편의 모든 말을 받아들였다. 그리고 15분쯤 아무 말 없이 상념에 잠겼다가 자발적으로 이렇게 말했다. "토머스 경, 그동안 쭉 생각해온 건데요. 패니를 데려와서 같이 살게 된 게 참 다행이에요. 아이들이 떠나고 있는 지금 그 덕을 톡톡히 보고 있잖아요."

토머스 경은 즉각 이렇게 덧붙여서 아내의 칭찬을 더욱 빛나게 했다. "정말 그렇소. 패니가 있는 앞에서 칭찬하고 있으니, 우리가 자신을 얼마나 착한 아이로 생각하고 있는지 보여주고 있는 셈이군. 지금은 우리의 정말 소중한 말동무가 됐지. 그동안은 우리가 저 애에게 다정하게 대해주었다면, 지금은 저애가 우리에게 필요한 존재가 되어주고 있어요."

"맞아요." 레이디 버트럼이 곧바로 말을 이었다. "그리고 저애를 앞으로 쭉 데리고 살 거라고 생각하니 위안도 되고요."

토머스 경은 절반쯤 미소를 지으며 말을 멈췄고, 조카딸을 흘긋 바라보았다. 그런 다음 진지하게 말했다. "나도 저 애가우릴 떠나지 않기를 바라오. 이곳에서 알게 된 행복보다 더 큰행복을 정당하게 약속하는 다른 집에 초대받게 될 때까지는 말이오."

"그런 일은 일어날 것 같지 않아요, 토머스 경. 누가 저 애를 살러 오라고 초청하겠어요? 혹시 마리아라면 이따금 저 애를 보며 즐거워할지도 모르죠. 하지만 그 애도 아예 그곳에 와서 눌러살라는 부탁은 하지 않을걸요. 제가 확신하는데 저 애는 이곳에 있어야 더 행복해요. 게다가 저는 저 애가 없으면 안 돼요."

맨스필드의 대저택에서는 이렇듯 조용하고 평화롭게 지나간 한 주가 목사관에서는 사뭇 다른 양상으로 지나갔다. 적어도 두 집안의 아가씨에게는 그 한 주라는 시간이 전혀 다른 느낌을 가져다주었다. 패니에게는 평온하고 안락했던 시간이 메리에게는 지루하고 짜증 나는 시간이었다. 아마 부분적으로는 기질과 습관의 차이에 기인한 것이라 할 수 있을 것이다. 한 사람은 쉽게 만족하는 편이었고 다른 한 사람은 참는 데 너무나 익숙하지 않았다. 하지만 더 큰 이유는 처한 상황의 차이에 있는지도 몰랐다. 관심을 쏟는 몇몇 사항들에 있어서 두 사람은 완전히 반대였다. 패니의 입장에서는 그 원인으로 보나 일이 진행되는 추세로 보나 에드먼드의 부재가 안도할 만한 일이었다. 하지만 메리에게는 모든 면에서 고통스러운 일이었다. 그녀는 이제는 매일, 거의 매 시간, 그를 만나 함께 어울릴 수 없다는 사실을 절감했다. 그리고 그런 만남을 하도 원하다 보니 그가 떠난 목적만 생각하면 짜증 말고는 어떤 감정도 끌어낼 수 없었다. 그가 일부러 머리를 짜냈어도 이 한 주 동안의 부재만큼 자기의 영향력을 높일 가능성이 높은 일은 궁리해낼 수 있을 것 같지 않았다. 게다가 그녀의 오빠도 떠나고 윌리엄 프라이스도 떠난 시점에서 이런 일이 발생했으니, 그토록 활기를 띠던 모임이 전체적으로 다 깨져버렸다는 느낌에 정점을 찍은 셈이었다. 그녀는 이러한 사실을 절감했다. 이제 목사관에 남은 세 사람은 불쌍한 삼인조처럼, 계속 비가 오고 눈이 오는 가운데 아무런 할 일도 없고 희망을 품을 아무런 변화도 없이, 집 안에만 틀어박혀 지내야 하는 신세였다. 자신의 생각만 고집하며 그녀의 뜻은 무시하고, (그녀는 너무 화가 나서 무도회를 떠날 때 친구라고도 할 수 없는 모습으로 그와 헤어지기까지 했다) 오로지 자신의 의지에 따라서만 행동하는 에드먼드한테 화가 나긴 했지만, 막상 그가 떠나고 없게 되자 끊임없이 그를 생각하고, 그의 장점과 애정을 곰곰이 따져보고, 최근에 늘 그래 왔듯이 거의 매일 그와 다시 만나기를 갈망하지 않을 수 없었다. 그의 부재 기간은 불필요하게 길었다. 그 기간을 그렇게 오랫동안 잡아서는 안 되었다. 일주일이나 집을 떠나 있지 말았어야 했다. 더구나 그녀가 맨스필드를 떠날 날이 얼마 남지 않은 시점 아닌가. 그녀는 자책감이 들기 시작했다. 그와 마지막 대화를 나눌 때 그렇게 열을 내며 말하지 말 걸 그랬다고 생각했다. 성직자에 대해 말하면서 다소 심한 표현, 아니, 다소 경멸적인 표현을 사용한 게 마음에 걸렸다. 그런 일은 있어서는 안 되었다. 교양 없는 일이었다. 잘못된 일이었다. 그녀는 진심으로 그런 말을 하지 않았더라면 좋았겠다고 생각했다.

그녀의 짜증은 그 한 주가 다 가도록 사라지지 않았다. 모든 일이 마음에 들지 않았지만, 한 바퀴 돌아서 금요일이 다시 찾아왔는데도 에드먼드가 여전히 나타나지 않자 한층 더 불쾌해졌다. 토요일이 찾아왔는데도 여전히 에드먼드가 나타나지 않아 짜증이 났고, 일요일이 돌아와 다른 가족들과 잠깐 마주치게 되면서 그가 사실상 귀가를 연기한다는 편지를 집에 보냈다는 것을 알게 됐을 때도 불쾌했다. 친구 집에 며칠 더 머물기로 약속했다는 것이었다!

진작 인내심을 발휘하고 후회했더라면, 자신의 발언을 진작 미안해했더라면, 그리고 그 발언이 그에게 미친 엄청난 충격을 먼저 염려했더라면 좋았을 텐데. 그녀는 이제야 이 모든 감정을 절실히 느끼면서 열 배는 더 속상해했다. 더구나 그녀는 생전 처음 경험하는 불쾌한 감정과도 맞서 싸워야 했다. 질투심이었다. 그의 친구 오언 씨에게 누이들이 있었다. 그 누이들이 매력적이라고 그가 생각하고 있을지도 몰랐다. 하필 미리 예정된 온갖 사전 계획들에 묶여 자신이 런던으로 갈 수밖에 없는 시점에 그가 집을 떠났다는 사실은, 그녀로서는 견딜 수 없는 의미를 담고 있었다. 헨리 오빠가 자신의 장담처럼 떠난 지 사나흘 만에 돌아왔다면 그녀는 지금쯤 분명 맨스필드를 떠나고 있을 것이었다. 패니에게 찾아가서 좀 더 많은 정보를 알아내는 게 절대적으로 필요해지기 시작했다. 더 이상 이렇게 혼자 비참한 기분에 빠져 지낼 수는 없는 노릇이었다. 그녀는 새 소식을 더 듣게 되리라는 기대로, 적어도 그 사람 이름이라도 듣게 되겠지 싶은 마음으로, 일주일 전만 하더라도 도저히 참을 수 없으리라 생각한 그 길을 되짚어 맨스필드를 향해 나아갔다.

처음 30분은 헛되이 흘러갔다. 패니가 레이디 버트럼과 함께 있었기 때문이다. 패니와 단둘이서만 있는 게 아니라면 아무것도 기대할 게 없었다. 그러나 마침내 레이디 버트럼이 방을 나갔다. 크로퍼드 양은 거의 즉각적으로, 목소리를 최대한 조절하면서 이렇게 말을 꺼냈다. "에드먼드 씨가 집을 더 오래 비운다는 소식을 접하니 어때요? 집에 남은 유일한 젊은이가 프라이스 양이니 고충이 제일 클 것 같아요. 오빠가 더욱 그립겠어요. 그분이 방문 기간을 더 연장한다는 소식을 듣고 놀라지 않았어요?"

"모르겠어요." 패니가 머뭇거리며 말했다. "그래요, 놀랐어요. 그런 일은 예상하지 못했거든요."

"아마 앞으로도 늘 실제로 말씀하시는 것보다 더 오래 머무르실 겁니다. 젊은 남자들은 대개 다 그렇거든요."

"에드먼드 오빠는 안 그랬어요. 단 한 번이었지만 일전에 오언 씨를 만나러 갔을 때는 그러지 않았어요."

"지금은 그 댁이 더 마음에 드는 모양이죠. 그분은 정말로…… 그분 자신이 정말로 친절한 분이잖아요. 제가 런던으로 떠나기 전에 다시 못 뵈는 건 아닌지, 마음이 편치 않네요. 지금으로선 그렇게 될 것이 분명해 보이니까요. 매일같이 헨리 오빠가 돌아오기만을 기다리고 있답니다. 오빠가 돌아오면 곧바로 떠날 거예요. 저를 맨스필드에 더 붙잡아둘 일은 없을 테니까요. 솔직히 고백하자면 그분을 한 번 더 보았으면 싶었는데. 하지만 프라이스 양이 저 대신 안부 인사를 전해주겠죠. 그래요, 이건 안부 인사라고 해야 할 거예요. 이럴 땐 우리 말 표현이 뭔가 부족하다는 느낌이에요. 안부 인사하고…… 사랑의 중간쯤에 해당하는 말이 있으면 좋을 텐데…… 우리가 함께 나눈 다정한 마음 같은 것에 어울리는 표현이 있으면 좋을 텐데요, 그렇게 생각하지 않나요, 프라이스 양? 이렇게 여러 달 동안 마음을 나누었잖아요! 하지만 지금의 경우는 안부 인사라는 말로 충분할 것 같네요. 그분이 보낸 편지가 길었나요? 지금 무슨 일을 하고 지내는지 프라이스 양에게 자세히 전했나요? 머무르는 목적이 혹시 크리스마스의 즐거운 행사들 때문이라던가요?"

"저도 편지의 일부 내용만 들었어요. 이모부께 보낸 편지였거든요. 하지만 무척 짧은 것 같았어요. 정말 몇 줄 안 되는 편지였다고 확신해요. 제가 들은 내용은 오빠 친구분께서 더 머무르다 가라고 청했고, 그래서 오빠가 그러겠다고 동의했다는 게 다예요. 며칠 더 머무를지 아니면 그보다 더 오래 머무를지, 어느 쪽인지는 확실히 모르겠어요."

"아하! 그게 아버지께 보낸 편지였다면······. 저는 레이디 버트럼이나 프라이스 양에게 보낸 편지라고 생각했답니다. 아무튼 그게 아버지께 보낸 편지였다면 짧게 쓴 게 놀랍지 않네요. 토머스 경께 누가 감히 시시콜콜한 내용을 써 보내겠어요? 프라이스 양에게 보낸 편지였다면 더 세세한 내용이 담겨 있었겠죠. 아마 무도회나 파티 이야기를 들을 수 있었을 거예요. 사람들과 거기서 일어난 일들에 대해 모두 써 보냈을걸요. 오언 씨 댁 따님들은 몇 명이나 되죠?"

"다 큰 아가씨가 셋 있다네요."

"연주는 할 줄 알고요?"

"그건 전혀 몰라요. 들은 것이 없어서."

"아시다시피 이런 것들을 가장 먼저 물어보게 되네요." 명랑하고 태연한 척하려고 애쓰며 크로퍼드 양이 말했다. "연주를 직접 할 줄 아는 여자가 다른 여자에게 꼭 물어보는 것들 중에서요. 하지만 아가씨들에 대해 질문하는 건 어리석은 일이죠. 성인이 된 지 얼마 안 된 세 자매에 대해 묻는 것 말이에요. 얘기를 들어볼 필요도 없이 그런 아가씨들이 어떤지는 아니까요. 모두 교양을 출중히 갖추고 있고, 상냥할 거고, 게다가 그중 한 명은 아주 예쁘겠죠. 어느 가족이든 미인 한 명은 있는 법이거든요. 으레 그런 법이죠. 둘은 피아노를 치고 하나는 하프를 연주할 거예요. 노래는 모두 부르고요. 아니면 노래를 배운다면 부르고 싶어 하겠지요. 아니, 배우지 않아서 더 잘 부를지도 모르겠네요. 뭐, 그렇겠죠."

"오언 양들에 대해선 전혀 아는 바가 없어요." 패니가 가라앉은 목소리로 말했다.

"사람들이 말하는 것처럼, 프라이스 양은 아는 것도 없고 신경 쓰는 일도 적군요. 어떤 말투도 지금 그 말투보다 더 명백한 무관심을 보여주진 않았을 거예요. 하긴 본 적도 없는 사람들에게 어떻게 신경을 쓸 수 있겠어요? 좋아요. 여하튼 사촌 오빠가 돌아오면 맨스필드가 너무 조용하다고 생각하시겠네요. 시끄럽게 떠들던 사람들이 전부 다 사라졌으니까요. 프라이스 양의 오빠와 제 오빠, 그리고 저 말이에요. 떠날 시간이 다가오니까 우리 언니 그랜트 부인과 헤어져야 한다는 생각에 마음이 편치 않아요. 언니도 제가 떠나는 걸 달가워하지 않고요."

패니는 뭐라고 말을 할 수밖에 없다고 생각했다. "많은 사람들이 크로퍼드 양을 그리워할 거예요, 그건 분명해요." 그녀가 말했다. "모두들 무척 그리워할 거예요."

크로퍼드 양이 더 많이 보고 더 많은 말을 듣고 싶다는 듯 눈길을 패니에게 돌린 뒤 깔깔 웃으면서 말했다. "어머! 맞아요. 시끄러운 골칫덩어리도 막상 사라지고 나면 그리워하잖아요. 그렇게 그리워하겠죠. 말하자면 있을 때와 없을 때 큰 차이가 난다는 거죠. 하지만 제가 뭘 캐내려고 하는 건 아니에요. 그러니 제 비위를 맞추는 말은 하지 마요. 저를 그리워할지 아닐지는 두고 보면 알겠죠. 저를 보고 싶은 사람이 있다면 저를 찾아낼 수 있을 테니까요. 어디로 갔는지 알 수 없는 것도 아니고, 너무 멀거나 접근이 불가능한 지역에 제가 가 있는 게 아니니까요."

패니는 그 순간 뭐라 말을 할 수가 없었다. 크로퍼드 양은 실망했다. 자신의 능력을 확인시켜줄 듣기 좋은 말을, 분명히 뭔가 알고 있다고 생각하는 사람에게서 듣고 싶었기 때문이다. 그녀의 기분에 다시 먹구름이 끼고 말았다.

"그 오언 양들 말이에요." 그녀가 곧바로 말을 꺼냈다. "그 오언 양들 중 한 명이 손턴 레이시에 와서 살게 된다고 가정해보세요. 그렇게 되면 어떨 것 같아요? 더 이상한 일도 일어나잖아요. 아마 그 자매들이 그렇게 하려고 애를 쓰고 있을걸요. 그리고 그러는 것이 지극히 당연하죠. 그들에겐 아주 멋진 집일 테니까요. 저는 그런 그들이 하나도 놀랍지 않아요. 그들을 비난하고 싶지도 않고요. 자기 자신에게 최대한 유리하게 행동하는 것은 우리 모두의 의무니까요. 토머스 경의 아들이라면 참 대단한 존재죠. 게다가 이제부터는 그분이 그들 집안과 같은 계통에서 일하게 되잖아요. 그들의 아버지가 성직자고 그들의 오빠도 성직자죠. 온통 성직자들뿐이에요. 에드먼드 씨는 그들의 합법적인 소유물이고, 무리 없이 그들 가족의 일원이 되는 거죠. 아무 말이 없네요, 패니, 아니 프라이스 양. 말을 안 하는군요. 솔직하게 말해주세요. 혹시 이 일이 다른 식이 아니라 그런 식으로 되어가기를 바라는 건 아니겠죠?"

"아니요." 패니가 단호하게 말했다. "그런 식으로 되어가는 건 전혀 바라지 않아요."

"'전혀'라고요." 크로퍼드 양이 재빨리 외쳤다. "그 표현이 참 놀랍네요. 하지만 프라이스 양은 진실을 정확히 알고 있겠죠. 늘 그렇다고 생각했어요. 사촌 오빠가 결혼할 가능성이 높다고 생각하는 건 아닐 거예요. 적어도 지금 당장 그럴 거라고 생각하는 건 아니겠죠."

"그래요, 그렇게 생각하지 않아요." 패니가 차분히 말했다. 자신의 말을 믿고 싶은 마음에서도, 인정하고 싶다는 마음에서도 제발 착각이 아니기를 바라면서 그렇게 말했다.

상대방 아가씨가 날카로운 시선으로 그녀를 바라보았다. 그런 눈길 때문에 패니의 얼굴이 즉각 붉어지는 모습을 보고 더 큰 용기를 끌어 모은 크로퍼드 양은 그저 이렇게만 말했다. "그

분은 지금 그대로가 제일 좋아요." 그런 다음 화제를 다른 데로
돌렸다.

12

크로퍼드 양의 불편했던 마음은 이 대화 덕분에 무척 가벼워졌
다. 그래서 그녀는 다시 쾌활한 기분으로 걸어서 집으로 돌아
왔다. 같은 궂은 날씨에 같은 몇 안 되는 식구끼리 또 한 주를
보내며 그 기분을 시험해본다 할지라도, 한 주쯤은 너끈히 견
딜 수 있을 것 같았다. 하지만 저녁이 되자 오빠가 평소와 같이
쾌활한 모습으로, 아니, 평소보다 더 쾌활한 모습으로 런던에
서 돌아왔으므로 그녀 쪽에서 무리해가며 쾌활하게 보이려 애
쓸 필요는 전혀 없었다. 그는 런던에 무슨 볼일이 있어 갔다 왔
는지 여전히 말하기를 거부했는데, 오히려 그 모습이 즐거움을
배가시켰다. 하루 전이었으면 짜증 나는 일이었겠지만 지금은
즐거운 익살로 여길 수 있었다. 그저 오빠가 그녀에게 기분 좋
은 깜짝 선물로 무언가를 계획해놓고는 감추고 있다고만 짐작
할 뿐이었다. 그리고 다음 날 그 깜짝 선물이 그녀에게 주어졌
다. 헨리는 버트럼가를 찾아가서 인사만 드리고 10분 안에 돌
아오겠다는 말을 하며 나갔었다. 그런데 한 시간이 넘어도 감감
무소식이었다. 그의 여동생은 오빠가 돌아오면 정원을 함께 산
책하려고 앞마당 길까지 나와서 초조한 마음으로 기다리고 있

었다. 마침내 오빠가 돌아오자 그녀가 소리쳤다. "아니, 헨리 오빠, 대체 이 시간까지 어디 갔다 오는 거야?" 그는 레이디 버트럼하고 패니와 함께 있다 오는 길이라고만 말했다.

"한 시간 반 동안 그 두 사람과 함께 있었다고!" 메리가 외쳤다.

"그래, 메리." 그가 그녀의 팔을 잡아당겨 팔짱을 낀 뒤 지금 있는 곳이 어딘 줄도 모르는 사람처럼 멍하니, 앞마당 길을 따라 걸으며 말했다. "더 빨리 올 수가 없었어. 패니 양이 하도 사랑스러워 보이는 바람에! 난 결심이 단단히 섰다, 메리. 완전히 마음을 굳혔어. 이게 너한테 놀라운 소식일까? 내가 패니 프라이스와 결혼하겠다고 결심한 걸 너도 분명히 눈치채고 있었겠지."

깜짝 놀랄 선물의 내용이 무엇인지 비로소 공개된 셈이었다. 오빠의 속마음이 뭔지 별별 짐작을 다 해보았지만, 그런 생각까지 하고 있다는 의심이 여동생의 상상 속에 자리 잡은 적은 결코 없었다. 그녀의 경악스러운 감정이 얼굴 표정에 하도 생생하게 드러나서, 그는 방금 전 했던 말을 다시, 그것도 더욱 완벽하고 더욱 진지하게 되풀이할 수밖에 없었다. 그녀는 확신에 찬 그의 결심을 일단 인정하자 그 결정이 그렇게 싫지만은 않았다. 놀란 감정과 반가운 감정이 뒤섞여 있었다. 버트럼가와 연을 맺는다는 건 기쁜 일이라는 생각, 오빠가 자기보다 조금 못한 사람과 결혼한다는 게 불쾌한 일인 것만은 아니라는 게 지금 메리의 심정이었다.

"그렇게 된 거다, 메리." 헨리가 결론적으로 확실히 말했다. "내가 그 아가씨에게 꼼짝없이 사로잡히고 말았어. 처음엔 얼마나 하찮은 의도를 품고 접근하기 시작했는지 너도 알 거야. 그런데 그만 결과가 이렇게 되어버렸어. 그 아가씨의 애정에, 별것 아닌 걸로 여길 수만은 없는 진전을 이루어내긴 했지. (그래서 우쭐한 마음도 들고.) 하지만 오히려 내 마음을 그 아가씨에게 꼼짝없이 사로잡히고 말았어."

"정말 운이 좋은, 억세게 운이 좋은 아가씨야!" 말을 할 수 있게 되자마자 그녀가 외쳤다. "대체 그 아가씨가 얼마나 대단한 짝을 만난 거야! 사랑하는 헨리 오빠, 이게 내 첫 감상이야. 하지만 두 번째 느낌은(아마 오빠도 나만큼 진지하게 이렇게 느꼈겠지), 오빠의 선택을 내가 진심으로 인정한다는 거, 그리고 내가 최대한 원하고 바라는 만큼 오빠가 최고로 행복할 거라고 예상한다는 거야. 사랑스럽고 귀여운 아내를 맞이하는 거잖아. 고마워할 줄 알고 오로지 헌신하는 마음뿐인 아내 말이야. 오빠가 차지할 자격이 있는 바로 그런 아내지. 그 아가씨 입장에서도 얼마나 놀라운 짝을 만난 거야! 노리스 부인이 종종 그 아가씨가 운이 좋다고 얘기하잖아. 그 부인은 이제부턴 뭐라고 할까? 정말 온 가족에게 기쁨이 될 일이지! 그리고 그들 중엔 그녀를 진심으로 아끼는 사람도 몇 명 있어. 그들은 또 얼마나 기뻐할까! 어쨌든 어떻게 된 일인지 자초지종을 말해 봐. 길게 다 이야기해달라고. 대체 언제부터 그 아가씨에 대해 진지하게 생각하게 된 거야?"

그런 질문을 받는 것보다 더 기분 좋은 일도 없겠지만, 그런 질문에 대답하는 것보다 더 불가능한 일도 없을 터였다. "이런 즐거운 고민이 언제부터 도둑처럼 내게 몰래 찾아들었느냐 하면 말이다."* 그는 계속해서 말을 이을 수 없었다. 그가 같은 감정을 세 번에 걸쳐 조금씩 표현을 바꿔 밝혀야겠다고 마음먹고 있던 차에, 그의 여동생이 갑자기 활기를 띠며 그의 말을 막았기 때문이다. "아하! 헨리 오빠, 바로 이 일 때문에 런던에 간 거로군! 이게 오빠의 볼일이었어! 결혼을 결심하기에 앞서 제독님 생각을 들어보려고 갔던 거야."

하지만 그는 이 같은 짐작을 단호히 부인했다. 결혼 계획 같은 문제를 상의하기에는, 그는 자신의 숙부를 너무 잘 알고 있었다. 제독은 결혼을 혐오하며, 독립된 재산을 소유한 젊은이가 결혼하는 것은 용납할 수 없다고 생각하는 사람이었다.

"제독님이 패니를 아시게 되면 말이야." 헨리가 말을 계속했다. "아마 푹 빠지실 거다. 제독님 같은 분의 온갖 편견을 싹 없애줄 사람이 바로 그런 여자거든. 프라이스 양이야말로 제독님이 이 세상에 존재하지 않을 거라고 생각하는 그런 아가씨라니까. 그분은 도저히 그려낼 수 없는 불가능에 가까운 존재지. 혹시 그분이 실제로 자기 생각을 충분히 그려낼 수 있는 섬세한 언어 표현 능력을 갖추고 있다 하더라도 말이야. 여하튼 이 문제가 완전히 마무리될 때까지는…… 온갖 방해를 극복하고

*18세기 영국의 시인 겸 극작가 윌리엄 화이트헤드의 시, 〈나도 어떻게 된 건지 모르겠네: 노래 한 편〉에 나오는 구절이다.

잘 마무리될 때까지는 그분에겐 절대 알리지 않을 거야. 잘못 짚었다, 메리. 완전히 잘못짚었어. 넌 내 볼일이 뭔지 아직 못 알아냈어!"

"알았어, 알았다고. 만족할게. 이제 그 볼일이 누구와 관련이 있는 일인지 알았으니 나머지는 서둘러 알려 하지 않을 거야. 패니 프라이스라고…… 놀라워. 정말 놀라워! 맨스필드가 이렇게 대단한 성과를 낼 줄이야. 우리 헨리 오빠가 맨스필드에서 운명의 짝을 찾게 되었다니! 하지만 아주 옳은 일을 했어. 그보다 더 훌륭한 짝은 고를 수 없을 테니까. 그 아가씨보다 더 나은 아가씨는 이 세상에 없어. 오빠는 재산도 부족하지 않잖아. 게다가 그 아가씨의 친척들에 대해 말한다면, 평균 이상으로 훌륭해. 이 고장에서 버트럼 가문이 명문가에 속한다는 데에는 의문의 여지가 없잖아. 토머스 경의 조카딸이야. 그 정도면 세상에 내놓기에 충분해. 하지만 이야기를 계속해봐. 계속해보라고. 이야기를 더 해줘. 앞으로 계획이 뭔데? 그 아가씨는 자신이 얼마나 큰 행운을 붙잡았는지 알고 있어?"

"아니."

"뭘 기다리는데?"

"뭐냐 하면…… 아주 조금 더 좋은 기회야. 메리, 그 아가씨는 자기 사촌 언니들과 달라. 하지만 내가 청혼하면 헛수고로 끝나진 않을 걸로 생각하고 있어."

"그럼! 맞아, 그럴 리가 없어. 오빠가 지금보다 호감이 덜 가는 사람이라 해도, 그리고 그 아가씨가 아직은 오빠를 사랑하지 않는다고 가정한다 해도(정말 그런 것인지는 조금 의스럽지만), 청혼을 무사히 성공시킬 수 있을걸. 심성이 워낙 따뜻하고 고마워할 줄 아는 아가씨니 곧바로 확실히 오빠 사람으로 만들 수 있을 거야. 나는 그 아가씨가 사랑 없이 오빠와 결혼하진 않을 거라고 마음속 깊이 느껴. 다시 말하자면, 만일 이 세상에 어떤 야심도 영향을 미칠 수 없는 아가씨가 있다고 한다면, 그게 바로 패니 프라이스라고 생각한다는 거지. 오빠를 사랑해달라고 부탁해봐. 그 아가씨는 그런 부탁을 거절할 강심장은 절대로 갖지 못할 사람이야."

그녀가 열의로 가득 찬 이런 발언을 멈추고 조용해지자, 이번에는 그가 행복감에 젖어 이야기를 시작했고, 그녀도 그 못지않은 행복감에 젖어 귀를 기울였다. 그리고 그 자신에게 흥미롭기 그지없는 것만큼 그녀에게도 흥미롭기 그지없는 대화가 이어졌다. 물론 사실 그는 자신의 느낌밖에는 이야기할 거리가 없었다. 패니의 갖가지 매력밖에는 길게 이야기할 게 없었다. 패니의 아름다운 얼굴과 몸매, 우아한 자태와 고운 마음씨 같은 것들에 대해 이야기하자면 끝이 없었다. 그는 얌전하고 겸손하고 상냥한 패니의 성격에 대해 열을 올리며 자세히 설명했다. 그런 상냥한 성격이야말로 남자가 여자를 판단할 때 모든 여자의 필수적인 가치가 되는 것이며, 가끔은 남자가 그런 성격을 갖추지 못한 여자를 사랑하는 일도 있긴 하지만 그렇다고 해서 그런 성격이 존재하지 않는다고는 결코 믿을 수 없다는 것이었다. 그에겐 그녀의 성품을 신뢰하고 칭찬할 충분한 근거가 있었다. 그는 그 성품이 시험에 드는 광경을 종종 목격했었다. 에드먼드를 제외한다면, 맨스필드 가족 중에서 어떤 식으로든 그녀의 인내와 관용을 훈련시키지 않은 사람이 단 한 명이라도 있었던가? 그녀가 열정 어린 애정을 갖고 있다는 것은 명백했다. 친오빠와 함께하는 그녀의 모습을 보지 않았던가! 그녀의 따뜻한 마음씨가 그녀의 상냥한 마음씨와 맞먹는다는 사실을 그것보다 더 흐뭇하게 입증하는 게 있을 수 있단 말인가. 그녀의 사랑을 목표로 삼은 남자에게 그것보다 더 고무적인 게 있을 수 있겠느냐 말이다. 게다가 그녀의 머리 또한 의심할 여지 없이 총명하고 명석했다. 그리고 그녀의 예의범절은 그녀의 겸손하고 우아한 마음을 비추는 거울이었다. 이게 다가 아니었다. 헨리 크로퍼드는 아내가 될 사람이 지닌 훌륭한 원리원칙의 진가를 못 알아볼 만큼 분별력을 갖추지 못한 사람이 아니었다. 물론 진지하게 생각하는 일에 워낙 익숙하지 않은 터라 그런 원리원칙을 제대로 된 명칭으로 알고 있지는 못했다. 그러나 그가 그녀의 품행이 아주 견실하고 규칙적이라 말했을 때, 그녀가 고귀한 명예 관념을 갖고 있으며, 어떤 남자든 그녀의 신념과 성실성을 전적으로 믿을 수밖에 없게 하는 예의범절을 준수하는 사람이라고 말했을 때, 그는 그녀가 훌륭한 원리원칙과 종교적인 심성을 갖고 있다는 걸 알게 됨으로써 자신의 마음속에 떠오른 생각을 표현하고 있는 것이었다.

"그녀라면 전적으로, 절대적으로, 신뢰할 수 있을 것 같아." 그가 말했다. "내가 원하는 게 바로 그런 모습이거든."

실제로 그랬지만, 패니에 대한 오빠의 평가가 그녀의 실제 가치에 비해 과하지 않다고 믿은 여동생이 앞날을 내다보며 기뻐한 건 당연한 일이었다.

"이 일을 생각하면 생각할수록 말이야." 그녀가 큰 소리로 말했다. "오빠가 지극히 옳은 일을 하고 있다는 확신이 들어. 물론 내가 오빠를 사로잡을 가능성이 가장 큰 아가씨로 패니 프라이스를 고르는 일은 분명 없었을 거야. 하지만 이제는 그녀야말로 오빠를 행복하게 만들어줄 적임자라는 확신이 들어. 그녀의 평온한 마음을 뒤흔들어놓겠다는 오빠의 짓궂은 계획이 진정 현명한 생각으로 바뀐 거야. 결국 그런 계획 때문에 두 사람 다 이득을 보게 생겼잖아."

"그런 아가씨를 상대로 그런 계획을 세운 내가 나빴던 거야. 정말 나빴지! 하지만 그때만 해도 그녀의 진면목을 몰랐어. 앞으로 그녀가 그런 계획을 내 머릿속에 심어준 그 시간을 개탄스러워할 일은 없을 거다. 내가 정말로 행복하게 만들어줄 거야, 메리. 그동안 그녀가 몸소 경험했던 행복, 혹은 다른 사람들에게서 목격했던 행복보다 훨씬 더 큰 행복을 안겨줄 거야. 나는 그녀가 노샘프턴을 떠나 살게 하지 않을 거야. 에버링엄에 있는 집을 임대하고 이 인근에 새로 집을 빌릴 거야. 아마 스탠윅스 로지 저택을 빌리게 될 것 같아. 에버링엄은 7년 동안 임대하려고 해. 틀림없이 말을 꺼내기가 무섭게 훌륭한 세입자가 들어올걸. 지금도 세 명쯤은 이름을 말할 수 있어. 나한테 직접 임대 조건을 정하라고 맡기면서도 고마워할 사람들 말이야."

"어머!" 메리가 소리쳤다. "노샘프턴에 정착한다고! 반가운 일이잖아! 그럼 모두 모여 살게 되겠는데."

이 말 뒤에 그녀는 마음을 진정시켰다. 차라리 하지 말걸 그랬다는 생각이 들었다. 그러나 당황할 필요는 없었다. 그녀의 오빠는 그녀가 맨스필드 목사관에서 살기로 되어 있다는 것만 생각하고, 아주 다정한 태도로 앞으로는 자기 집도 방문하라고, 동생을 돌볼 권리가 제일 많은 건 자신이라고 말했던 것이다.

"네 시간의 절반 이상을 우리 부부에게 할애해야 해." 그가 말했다. "그랜트 부인이 패니와 내가 가진 것과 동등한 권리를 가졌다고 주장하는 것은 인정할 수 없어. 이제부터는 우리 부부 둘 다 너에 대해 권리를 갖게 될 거야. 패니 양이라면 너와 진짜 자매 같은 사이가 될걸!"

메리는 고맙다고 말하고, 두루뭉술하게 그렇게 하겠다고 오빠를 안심시킬 뿐이었다. 하지만 속으로는 이제부터는 여러 달 동안 오빠의 손님이 되는 것도, 언니의 손님이 되는 것도 마다하리라 굳게 마음먹었다.

"그럼 한 해를 런던과 노샘프턴에서 나눠서 보낼 거야?"

"그래."

"잘 생각했어. 물론 런던에도 따로 집을 마련하겠지. 제독님 댁에는 더 이상 머무르지 않을 거고. 사랑하는 헨리 오빠, 제독 님한테 전염돼서 오빠의 태도를 망치거나, 제독님의 바보 같은 생각에 물들거나, 정찬 시간이 인생 최대의 축복인 양 정찬을 앞에 두고 하염없이 앉아 있는 태도를 배우기 전에 한시바 삐 그분을 벗어나는 게 오빠에게 엄청난 이득이 될 거야! 오빠 는 그게 이득이란 걸 몰라. 제독님에 대한 존경심 때문에 그 점 을 못 보잖아. 하지만 결혼을 일찌감치 하면 오빠가 거기서 벗 어날 수 있다는 게 내 생각이야. 그동안 말이든, 행동이든, 표 정이든, 몸짓이든 간에 오빠가 제독님을 점점 더 닮아가고 있 어서 무척 속상했어."

"알았다, 알았어. 그 점에 있어서는 너와 내 생각이 사뭇 다 르네. 제독님에게도 단점은 있지. 하지만 참 좋은 분이야. 내게 는 친아버지 이상의 의미를 지닌 분이고. 지금의 절반만큼이라 도 모든 걸 내 마음대로 하라고 허락하는 아버지는 아마 거의 없을 거다. 너, 패니 양이 제독님에 대해 편견을 갖도록 부추 겨서는 안 돼. 그 두 사람이 상대방을 좋아하도록 만드는 게 내 계획이니까."

메리는 솔직하게 자신의 생각을 말하고 싶었지만 꾹 참았 다. 성격이나 태도에 있어 그 두 사람보다 더 어울리지 않는 사 람들은 없다는 게 그녀의 솔직한 심정이었다. 세월이 흐르면 그녀의 오빠도 이 사실을 알게 되리라. 하지만 그녀는 제독에 대한 이런 비난까지 그만둘 수는 없었다. "헨리 오빠, 만약 다 음번 크로퍼드 부인이 될 사람이 푸대접을 받으며 살았던 불쌍 한 우리 숙모님이 그 '크로퍼드 부인'이라는 명칭을 혐오하게 한 일들의 절반이라도 겪게 될지 모른다는 생각이 들었다면, 난 이 결혼을 반대했을 거야. 가능하기만 하다면 말이야. 하지만 내가 오빠를 잘 알잖아. 오빠가 사랑하는 아내가 앞으로 가장 행복한 여자가 되리라는 것, 오빠가 설령 그 아내를 더 이상 사랑하지 않게 되더라도 여전히 오빠에게서 신사의 도량과 교양을 발견하게 되리라는 것도 잘 알고."

패니 프라이스를 행복하게 해주기 위해 이 세상에서 못할 일은 없다, 패니 프라이스를 더 이상 사랑하지 않는다는 것은 불가능한 일이다, 라는 말이 당연히 그의 입에서 술술 나온 대답이었다.

"네가 오늘 아침 그녀의 모습을 보았더라면 어땠을까, 메리." 그가 계속해서 말했다. "말로 표현할 수 없을 만큼 상냥한 모습으로 인내를 발휘하며 자기 이모의 터무니없는 요구를 전부 들어주던 모습, 이모 곁에서 함께, 그리고 그 이모를 위해 바느질하던 모습 말이다. 바느질감에 머리를 숙이고 있을 때 그 얼굴빛이 얼마나 아름답게 달아오르던지. 그러다 그 어리석은 부인을 위해서 방금 전까지 열심히 쓰던 쪽지 편지를 마무리하려고 자신의 자리로 돌아갔지. 이 모든 행동을 꾸밈없이 조용하게, 마치 자기 마음대로 쓸 수 있는 시간을 못 갖는 건 당연하다는 듯이 하더라고. 머리는 늘 그렇듯이 단정하게 빗겨져 있었어. 편지를 쓰는 동안 곱슬곱슬한 머리카락 한 가닥이 앞으로 늘어졌는데 그걸 이따금씩 쓸어 올리는 거야. 그리고 이 모든 일을 하는 동안에 틈틈이 짬을 내서 나한테 계속해서 말을 걸었고 내 말에 귀도 기울였어. 내 말에 귀를 기울이는 게 즐겁다는 듯이. 그런 모습을 메리 네가 보았다면, 내 마음을 압도하는 그녀의 매력이 언젠가 끝날 수 있다는 생각을 나한테 말하지는 못했을 거다."

"사랑하는 헨리 오빠." 메리가 큰 소리로 말했다. 그러다 갑자기 말을 뚝 끊더니 그를 똑바로 바라보며 미소를 지었다. "오빠가 이렇게 깊은 사랑에 빠지니 얼마나 반가운지 모르겠네! 참 기뻐. 하지만 러시워스 부인이나 줄리아 양은 뭐라고 말할까?"

"그 자매가 뭐라고 말하고 뭐라고 생각하든 신경 쓰지 않을 거야. 그들도 이제 나를 매혹시킬 수 있는 여자, 분별 있는 남자를 매혹시킬 수 있는 여자가 어떤 여성인지 똑똑히 깨닫겠지. 그런 깨달음이 그들에게 조금이라도 도움이 되었으면 좋겠구나. 그리고 이제부터는 자기들의 사촌 여동생이 마땅히 받아야 할 대접을 받는 모습도 보게 될 거야. 그동안 그녀를 지독히 괄시하고 불친절하게 대한 것을 진심으로 부끄러워했으면 좋겠어. 화는 나겠지." 그가 잠시 말을 멈추었다가 더욱 차분해진 말투로 덧붙였다. "특히 러시워스 부인 쪽이 무척 화를 내겠지. 하지만 이번 일이 그 부인에게는 쓴 약이 될 거야. 말하자면, 다른 쓴 약들처럼 처음에는 잠시 고약한 맛을 느끼다가 꿀꺽 삼키고 잊어버리겠지. 나는 그녀의 쓴 감정이 다른 여자들에게 그런 것보다 더 오래가기를 바랄 정도로 막돼먹은 한량은 아니야. 내가 그들의 목표물이었어도 그래. 하여튼, 메리, 이제부터 나의 패니 양은 자신에게 다가오는 모든 사람들의 태도가 사뭇 달라진 것을 하루가 다르게, 매 시간 느끼게 될 거야. 그리고 그런 변화를 불러온 사람이 바로 나라는 사실, 그녀에게 너무나 정당한 몫처럼 그런 영향력을 선물한 사람이 바로 나라는 사실을 알게 되는 게 내 행복의 완결점이 될 거야. 지금 그녀는 더부살이를 하는 데다, 무력하고, 친구도 없고, 괄시를 당하고, 잊힌 존재야."

"아니, 헨리 오빠, 전혀 그렇지 않아. 모두 다 그녀의 존재를 무시하는 건 아니야. 친구가 없거나 잊힌 게 아니라고. 그녀의 사촌 오빠 에드먼드 씨가 절대로 잊지 않고 있잖아."

"에드먼드…… 맞다. 그 사람은 (전반적으로 말한다면) 다정하게 대해준다는 생각이 드네. 그리고 토머스 경도 나름대로 다정하게 대해주시고. 하지만 그건 부유하고, 남을 깔보고, 말이 장황하고, 독단적인 이모부의 방식대로일 뿐이지. 앞으로 이 세상에서 그녀가 누리게 될 행복과 안락과 명예와 존엄을 위해 내가 해줄 일에 비한다면, 토머스 경과 에드먼드, 그 두 사람이 힘을 합친다고 해도 무슨 일을 할 수 있겠니? 그 두 사람이 지금 무얼 하고 있느냐고?"

13

다음 날 아침 헨리 크로퍼드는 맨스필드 파크를 다시 찾았다. 평소 방문이 허락되는 시간보다 더 이른 시간이었다. 두 숙녀가 거실에 함께 앉아 있었는데, 그로서는 운 좋게도 그가 들어갈 때 레이디 버트럼은 문 앞을 막 나가려던 참이었다. 거의 문 앞까지 와 있었다. 그녀는 그곳까지 수고스럽게 발걸음한 것을 헛되이 하지 않기 위해, 그를 예의 바르게 맞이하고 기다리는 일이 있어 그 자리를 떠나는 중이라고 짧게 말한 뒤, "토머스 경에게 알려라" 하고 하녀에게 지시하고는 가던 걸음을 계속했다.

레이디 버트럼이 떠나는 게 너무 기뻤던 헨리는 인사를 하면서 그녀가 사라지는 모습을 지켜보았다. 그런 다음 한 순간도 허비하지 않으려는 듯 얼른 패니에게 돌아선 뒤 편지 몇 통을 꺼내면서 활기 넘치는 표정으로 말했다. "프라이스 양과 단둘이서만 있을 수 있는 기회를 주는 사람은 누구든 무한정 고마울 따름이라고 자인해야겠습니다. 프라이스 양은 상상 못 하시겠지만, 제가 바로 이런 기회를 기다렸거든요. 여동생으로서 프라이스 양이 간직한 우애를 제가 정말 잘 알고 있어요. 그래서 지금 가져온 희소식을 가장 먼저 알려드리는 일을 이 집안의 다른 사람과 함께 하고 싶지 않았습니다. 그분이 진급을 했습니다. 프라이스 양의 오빠가 진급을 했어요. 이렇게 오빠의 진급을 축하할 수 있어서 저도 무한히 기쁩니다. 여기 그 소식을 전하는 편지들을 가져왔어요. 방금 전 제 손에 들어온 편지들입니다. 이 편지들을 속히 읽고 싶겠죠."

패니는 아무 말도 할 수 없었다. 그러나 그는 그녀가 말하는 걸 원하지 않았다. 그녀의 눈빛에 어린 표정과, 얼굴빛의 변화와, 감정의 변화, 즉 의심하고, 당황해하고, 행복해하는 감정의 변화만으로 충분했다. 그녀는 그가 건넨 편지들을 받아 들었다. 첫 번째 편지는 제독이 조카에게 그가 부탁한 일, 즉 프라이스 군의 진급 건을 성공적으로 해결했다는 소식을 간략히 전하는 편지였다. 그리고 그 편지에 다른 두 통이 동봉되어 있었는데, 하나는 해군 담당 장관의 비서가, 제독이 이 일을 위해 동원했던 그의 친구에게 보낸 편지였고, 다른 하나는 그 친구가 제독 본인에게 보낸 편지였다. 이 두 편지의 내용으로 볼 때, 해군 담당 장관은 찰스 경의 추천 건을 해결할 수 있어 매우 행복하게 생각하고 있으며, 찰스 경은 크로퍼드 제독을 향한 자신의 경의를 증명할 기회를 잡을 수 있어 매우 기쁘게 생각하고 있는 것 같았다. 그리고 윌리엄 프라이스 군이 국왕 폐하의 포함(砲艦) 스러시 호의 소위로 진급했다는 소식이, 광범위한 고위급 인사들 모두가 기뻐하는 가운데, 널리 퍼진 것 같았다.

편지를 든 그녀의 손은 떨리고 있었고, 눈길은 이 편지 저 편지를 황급히 오가고 있었다. 그녀의 가슴이 벅차오르는 동안, 크로퍼드 씨는 가식 없이 열렬하게 이번 일에 대한 관심을 표명했다.

"제 행복감은 말하지 않겠습니다. 제 기쁨도 무척 크지만, 프라이스 양의 행복만 생각할 것이기 때문입니다. 프라이스 양과 비교한다면, 누가 감히 행복할 권리가 있겠습니까? 당연히 온 세상에서 프라이스 양이 제일 먼저 알았어야 할 소식을 제가 먼저 안 게 유감스러울 뿐입니다. 하지만 단 한 순간도 허비하지 않았습니다. 오늘따라 아침 우편물이 늦었어요. 하지만 일단 도착한 뒤에는 일순간도 지체하지 않았습니다. 제가 이번 일로 얼마나 초조해하고, 염려하고, 들떠 있었는지는 말로 표현조차 못하겠습니다. 런던에 가 있던 동안에 일을 깔끔히 마무리하지 못해 얼마나 속상해하고, 얼마나 지독히 실망했는지 모른답니다! 매일같이 일이 성사되기를 고대하며 그곳에 묶여 있었지요. 그보다 더 중요한 일이 아니라면 어떤 일도, 그 절반의 기간이라 할지라도, 저를 맨스필드에서 떠나 있게 하진 못했을 겁니다. 하지만 제 숙부님께서 제가 바라는 만큼 최대한 열의를 보이시면서 즉각 제 소원을 들어주는 일을 착수하셨고 몸소 애써주셨지요. 하지만 공교롭게도 친구 한 분이 부재 중이고 다른 한 분은 다른 볼일이 있어, 차질이 생겼답니다. 결국 저는 더 이상 견디면서 결말을 지켜볼 수 없었습니다. 그리고 이 일이 얼마나 훌륭한 분들의 손에 맡겨졌는지 잘 알고 있었기에 마무리를 못 보고 그냥 왔습니다. 월요일에 그곳을 떠난 거지요. 우편물이 몇 번만 도착하면, 지금 들고 온 것 같은 편지들이 곧 뒤따라오겠지 하는 믿음이 있었기에 가능했습니다. 정말이지 세상에서 가장 훌륭한 분이라 할 수 있는 제 숙부님께서 직접 애써주셨는데, 아마 제가 알기로는 프라이스 양의 오빠를 만나신 다음부터인 것 같습니다. 오빠를 너무나 마음에 들어 하셨거든요. 어제였다면 제 숙부님이 오빠를 얼마나 마음에 들어 하셨는지, 얼마나 칭찬하는 말씀을 많이 하셨는지 그 절반도 되풀이하지 못했을 겁니다. 전부 다 미뤄두었습니다. 그분의 칭찬이 후원자가 하는 칭찬으로 입증될 때까지 그러겠다고 마음먹었습니다. 그런데 오늘 정말로 그렇게 입증이 된 겁니다. 제가 프라이스 양의 오빠에게 직접 요청을 했었어도, 두 사람이 저녁 시간을 함께 보낸 뒤 숙부님께서 자발적으로 보인 관심보다 더 큰 관심을 불러일으킬 수는 없었을 거라고, 더 열렬한 바람과 더 높은 칭찬이 이어지게 할 수는 없었을 거라고 이제야 말씀드릴 수 있을 것 같네요."

"그럼 이번 일이 전부 크로퍼드 씨 덕분이었군요?" 패니가 외쳤다. "세상에! 어쩌면 그렇게 친절하실 수 있어요. 정말 친절하세요! 진정 크로퍼드 씨께서…… 이 일이 크로퍼드께서 원하셔서…… 죄송해요. 하지만 너무 혼란스러워서 그래요. 너무 놀라 머리가 멍할 지경이에요."

헨리는 지극히 행복한 심정으로 첫 단계부터 시작하여 더욱 알아듣기 쉽게 말을 했다. 그리고 자신이 한 일을 매우 상세하게 설명했다. 그의 마지막 런던 방문도 그녀의 오빠를 힐 거리의 제독님에게 소개시키고, 제독님의 연줄을 총동원하여 오빠의 진급을 위해 애써달라고 설득하려는 것 외에 다른 목적은 없었다는 것이었다. 바로 이것이 그의 볼일이었다. 그는 이 사실을 누구에게도 발설하지 않았다. 메리에게조차 한 마디도 꺼내지 않았다. 결과를 확신하지 못하는 한 자신의 감정을 다른 사람과 나누는 일을 감당할 수 없었다. 하지만 이것이 그의 볼일이었다. 그가 그동안 얼마나 노심초사했는지 너무나 뿌듯해하며 말하고 너무나 강렬한 표현을 구사했으므로, 그리고 자신이 더없이 깊은 관심을 갖고 있었으며 동기는 두 가지였으니 말로 표현할 수 있는 것 이상의 목적과 소망을 갖고 있었다고 너무나 길게 늘어놓았으므로, 패니가 주의를 기울이기만 했다면 그 본뜻을 눈치채지 못할 수 없었을 것이다. 하지만 그녀는 가슴이 너무 벅차고 감각 기관들도 너무 놀란 상태여서 그가 윌리엄 이야기를 하는데도 듣는 둥 마는 둥 했다. 그가 말을 멈추자 그저 이런 말만 할 수 있을 뿐이었다. "어쩌면 그렇게 친절하세요! 오! 크로퍼드 씨, 우리 남매가 정말 무한한 은혜를 입었네요. 그리운, 그리운 윌리엄 오빠!" 그녀가 벌떡 일어나 황급히 문 쪽으로 가며 외쳤다. "당장 이모부께 가야겠어요. 당연히 이 기쁜 소식을 최대한 빨리 아셔야 하잖아요." 하지만 그는 그녀를 그렇게 하라고 놔둘 수 없었다. 다시없는 절호의 기회였고 마음도 너무 다급했다. 그는 즉시 그녀를 뒤쫓아 갔다. 지금 가면 안 되며, 그에게 5분만 더 시간을 달라는 것이었다. 그런 다음 그녀의 손을 잡고 앉았던 자리로 다시 데리고 돌아왔다. 그녀가 그가 왜 못 가게 하는지 그 의도에 주목하기까지는 더 많은 설명이 필요했다. 하지만 그 의도를 눈치챘을 때, 그리고 그가 전에 느껴보지 못한 감정을 그녀가 불러일으켰다고 믿어주기를 바라고 있다는 것, 또한 윌리엄을 위해 한 일도 실은 모두 그녀에 대한 과도하고 비할 데 없는 사랑 때문이라는 것을 깨달았을 때, 그녀는 너무도 고민스러웠다. 한동안 아무 말도 할 수 없었다. 이 모든 말이 그저 그 순간 그녀를 현혹하려는 의도에서 나온 장난으로, 그저 실없는 농담과 비위를 맞추는 말로 여겨졌다. 그런 그의 태도가 자신을 무례하게 대하는 것이라고, 하찮게 여기는 것이라고, 부당하게 대하는 것이라고 느끼지 않을 수 없었다. 하지만 사실 이 같은 모습이 바로 그였다. 예전에 그녀가 목격한 것과 전적으로 같은 종류의 태도였다. 그녀는 지금 느끼는 불쾌한 감정을 절반도 드러내지 않으려고 애썼다. 그가 은혜를 베풀지 않았는가. 그 은혜를 생각하면 그의 편에서 아무리 세심함이 부족하다 해도 이해할 수 있었다. 윌리엄 오빠 일로 기쁘고 고마운 마음에 여전히 가슴이 두근거리는 상황에서, 고작 그녀의 마음에 상처를 주었다고 화낼 수는 없는 노릇이었다. 그가 잡았던 손을 두 번이나 거둬들이고, 그를 외면하려고 두 번이나 애썼지만 무위로 끝나버렸다. 그러자 그녀는 자리에서 일어나 몹시 혼란스러운 모습으로 이렇게만 말했다. "그만하세요, 크로퍼드 씨. 제발 그만하세요. 제발 이러지 말라고 간청할게요. 이런 것들은 제게는 너무나 불쾌한 이야기예요. 전 그만 가야겠어요. 견딜 수가 없네요." 하지만 그는 말을 멈추지 않고 계속해서 자신의 애정이 어떤 것인지 설명했고 화답을 애원했다. 그리고 마지막으로 심지어 그녀도 단 하나의 의미밖에 담겨 있지 않다는 걸 알아차릴 만큼 명백한 말투로, 자기 자신과, 결혼 약속과, 자신의 재산과, 그 밖의 모든 것을 받아달라고 간청했다. 그랬다. 그는 이 모든 말을 전부 내뱉었다. 그녀의 충격과 당혹감은 점점 더 커져갔다. 과연 그가 진심으로 이런 말을 하는 것인지 여전히 알 수 없었다. 하지만 그녀는 서 있기조차 힘들었다. 그가 대답을 재촉했다.

"아니, 아니요, 안 됩니다." 그녀가 얼굴을 감추며 소리쳤다. "전부 말도 안 되는 말씀이에요. 제발 저를 난처하게 만들지 마세요. 그런 말씀은 더 이상 들을 수 없어요. 윌리엄 오빠를 위해 베풀어준 친절은 말로 다할 수 없을 만큼 감사드려요. 하지만 그런 말씀은 듣고 싶지 않아요. 참을 수도 없고, 귀를 기울여서도 안 되는 말씀입니다. 아니, 아니요, 안 됩니다. 제발 저를 마음에 담지 마세요. 하긴 마음에 담으신 건 아닐 테죠. 이 모든 게 의미 없는 농담이란 것을 알고 있어요."

그녀는 갑자기 그를 벗어나 뛰어나갔다. 그 순간 토머스 경이 그들이 있는 방 쪽으로 오다가 하인에게 뭐라고 하는 소리가 들렸다. 더 이상 의사를 분명히 밝히거나 애원할 틈이 없었다. 물론 낙천적인 데다 이미 확신으로 가득 차 있던 그의 생각으로도, 그녀의 겸손함만이 그가 추구하는 행복을 방해하는 듯 보이는 이 순간 그녀와 헤어지는 것이 잔인할 만큼 불가피했다. 그녀는 이모부가 다가오고 있는 쪽과 반대되는 쪽 문을 통해 달려 나갔다. 그리고 토머스 경의 예의 바른 인사와 사과의 말이 끝날 때까지, 혹은 그를 찾아온 손님이 전하는 기쁜 소식의 첫머리를 듣게 될 때까지, 상반된 감정이 엇갈리는 가운데 극도로 혼란스러운 마음으로 동쪽 방을 서성거렸다.

그녀는 갖가지 감정을 느끼고 갖가지 생각을 하며 부들부들 떨었다. 혼란스러웠고, 행복했고, 비참했고, 무한정 고마웠고, 극도로 화가 났다. 어떻게 이렇게 믿을 수 없는 일이 일어난단 말인가! 용서도 안 되고 이해도 안 되는 일 아닌가! 그는 습성이 원래 그런 사람이었다. 남을 불행하게 하는 일을 섞지 않고서는 아무 일도 할 수 없는 사람이었다. 그는 먼저 그녀를 세상에서 가장 행복한 사람으로 만들었다. 그런 다음 이제 이 같은 모욕을 가한 것이었다. 그녀는 무슨 말을 해야 할지, 그 행동을 어떻게 분류하고 어떻게 생각해야 할지 알 수 없었다. 그의 마음이 진심이라고 믿고 싶지도 않았다. 그러나 그의 언행이 그저 자신을 놀리려는 하찮은 의도에서 나온 것이라면, 그런 표현까지 써가면서 구애한 것을 무엇으로 용서할 수 있단 말인가?

하지만 윌리엄이 소위로 진급을 했다. 그건 의심할 수도 없고 어떤 불순한 사실도 섞이지 않은 진실이었다. 그녀는 영원히 그것만 생각하고 다른 건 모두 잊고 싶었다. 크로퍼드 씨는 분명히 그 같은 구애를 다시는 하지 않을 것이다. 그게 그녀에게 얼마나 달갑지 않은 짓인지 똑똑히 알아차렸을 것이다. 그렇게만 된다면 그가 윌리엄에게 보여준 우정에 대해 그녀가 얼마나 고마워하는 마음을 가지고, 그를 존경할 것인가!

그녀는 동쪽 방을 나와 주 계단 꼭대기에 이르는 곳까지 나가보았다. 하지만 그보다 먼 곳까지는 절대로 가지 않았다. 크로퍼드 씨가 집을 떠났다는 확신이 들 때까지 그랬다. 그러나 그가 떠났다는 확신이 들자 한시라도 빨리 아래로 내려가서 이모부 곁에서, 그녀 자신의 기쁨뿐만 아니라 이모부의 기쁨까지 함께 누리고, 크로퍼드 씨의 소식이 가져다줄 온갖 이점과 앞으로 윌리엄의 운명이 어찌 될지에 대해 이모부가 짐작하는 내용을 마음껏 즐기고 싶은 마음이 굴뚝같았다. 그녀가 바라던

대로 토머스 경도 대단히 기뻐했고, 아주 다정한 모습으로 많은 것을 이야기해주었다. 이모부와 함께 윌리엄 오빠 이야기를 행복하게 주고받다 보니 그녀를 화나게 했던 방금 전 일이 전혀 일어나지 않았다는 느낌마저 들었다. 하지만 그건 이야기가 끝나갈 무렵 크로퍼드 씨가 그날 그곳으로 다시 돌아와 정찬을 함께하기로 약속했다는 걸 알게 될 때까지뿐이었다. 정말이지 너무도 달갑지 않은 소식이었다. 크로퍼드 씨 자신은 방금 전 있었던 일을 대수롭지 않게 여길지 모르겠지만, 그녀는 그를 그렇게 빨리 다시 본다면 몹시 괴로울 것 같았다.

그녀는 그와의 일을 극복하려고 노력했고, 정찬 시간이 다가오자 평상시의 기분과 모습을 되찾으려고 열심히 노력했다. 그러나 문제의 손님이 응접실에 들어왔을 때 조심스럽고 불편한 모습을 보이지 않는 것은, 아무리 노력해도 불가능한 일이었다. 윌리엄 오빠가 진급했다는 반가운 소식을 들은 첫날, 이토록 괴로운 감정을 일으키는 상황들이 한자리에 놓이게 되리라고는 미처 생각도 하지 못했다.

크로퍼드 씨는 단순히 응접실로 들어온 것뿐만 아니라 곧바로 그녀의 곁으로 다가오기까지 했다. 그는 여동생이 전해달라고 했다는 쪽지 편지를 들고 있었다. 패니는 그를 똑바로 볼 수 없었다. 그러나 그의 목소리에는 아침에 저지른 어리석은 짓을 의식하는 기색이 전혀 없었다. 그녀는 뭔가 할 일이 생겼다는 것을 오히려 기뻐하면서 쪽지를 즉시 펴보았다. 그리고 그걸 읽으면서 역시 정찬을 함께하기로 한 노리스 이모가 안절부절 부

산을 떨며 그녀를 그의 시야에서 가려주어 다행이라는 생각이
들었다.

친애하는 패니 양에게,

이제부턴 늘 이런 호칭으로 불러도 되겠죠. 적어도 지난 여
섯 주 동안 프라이스 양이라는 호칭을 쓰면서 자꾸 더듬거리
던 제 혀에 무한히 큰 위로가 되거든요. 개괄적인 축하의 말과
제가 무척 기쁜 마음으로 동의하고 인정한다는 말을 몇 줄 적
어 보내지 않고서는 오빠를 그리로 보낼 수 없었답니다. 그대
로 밀고 나가세요, 친애하는 패니 양. 두려워하지 마세요. 어려
움이라고 이름 붙일 만한 어려움은 한 가지도 없을 거예요. 제
가 동의한다는 확언이 큰 의미를 지닐 것으로 생각하기로 했답
니다. 그러니 오늘 오후 화사하기 이를 데 없는 패니 양의 미소
로 제 오빠를 맞이하고, 갈 때보다 더 행복한 모습으로 제게 돌
려보낼 수 있겠죠.

사랑하는 벗,

M. C.

패니에게는 전혀 도움이 안 되는 말들뿐이었다. 너무 급하
고 혼란스러운 마음으로 편지를 읽느라 크로퍼드 양의 말뜻
을 분명히 판단하긴 힘들었지만, 자기 오빠의 애정 문제와 관
련해 축하를 보내겠다는 의도, 심지어 자기는 그 애정이 진심
이라고 믿는다는 걸 보여주고 싶은 의도가 명백해 보였다. 그

녀는 무슨 일을 해야 할지 무슨 생각을 해야 할지 몰랐다. 그의 말이 진심이었다고 생각하니 참담하기만 했다. 모든 면에서 당혹스럽고 혼란스러웠다. 그녀는 크로퍼드 씨가 말을 걸어올 때마다 괴로웠다. 게다가 너무 자주 말을 걸어오고 있었다. 그녀는 다른 사람에게 말할 때와 사뭇 다른 무언가가 그의 목소리나 태도에 배어 있지 않나 하는 걱정까지 들었다. 그날 정찬 식사의 즐거움은 이제 완전히 망친 것이었다. 그녀는 음식을 먹는 둥 마는 둥 했다. 토머스 경이 유쾌한 말투로 아무래도 너무 기뻐서 패니가 식욕을 잃은 모양이라고 말했을 때는, 크로퍼드 씨가 그 말을 어떻게 해석할까 생각하니 부끄러워 쥐구멍이라도 있으면 들어가고 싶은 심정이었다. 그 무엇도 그녀의 눈길을 그가 앉아 있는 자신의 오른쪽 방향으로 돌리게 하진 못했을 테지만, 그녀는 그의 눈길이 곧장 자신을 향하고 있다는 건 감지했다.

그녀는 어느 때보다도 더 말이 없었다. 윌리엄 이야기가 나왔어도 대화에 거의 끼어들지 않았다. 그의 진급 역시 오로지 그녀의 오른쪽에 앉아 있는 사람 덕분이었다. 그녀는 그와 그렇게 연관된다는 게 너무나 괴로웠다.

그녀는 레이디 버트럼이 평소보다 식탁에 더 오래 앉아 있는다고 생각했고, 도무지 그 자리를 빠져나갈 가망이 없다고 절망하기 시작했다. 그런데 마침내 모두들 응접실로 자리를 옮겼다. 그녀는 이모들이 자기들 나름대로 윌리엄 이야기를 마무리하는 동안 비로소 혼자서 생각하고 싶은 대로 생각할 수 있었다.

노리스 부인은 윌리엄 이야기의 어느 부분 못지않게 토머스 경이 이 일로 비용을 절감할 수 있게 된 부분을 기뻐했다. 이제 윌리엄이 자립할 수 있을 것이고 그게 그 애의 이모부에게도 큰 변화를 가져올 것이며, 윌리엄 때문에 이모부가 얼마나 큰 부담을 졌는지 모른다고, 그리고 사실상 그녀가 주는 용돈에도 큰 변화가 생길 것이라고 했다. 그녀는 윌리엄을 떠나보내면서 용돈을 줄 수 있어 참 기뻤는데, 마침 그때 큰 불편을 초래하지 않고서도 자기 손으로 제법 많은 용돈*을 줄 수 있어서 정말 기뻤다고 말했다. 그녀로서는, 변변치 않은 재산을 가진 그녀로서는 상당한 금액이었고, 이제 그녀가 준 그 용돈이 그 애가 선실을 꾸미는 데 유용하게 쓰일 것이다. 그 애에게 비용이 조금 필요할 것이며 살 것이 많을 거라는 걸 안다, 물론 그 애의 친부모가 모든 물건을 아주 싸게 구입하는 길을 일러줄 수 있을 것이지만 작은 정성일지언정 그런 일을 하는 데 자신이 기여할 수 있어서 정말 기쁘다는 것이었다.

"언니가 그 애에게 제법 많은 용돈을 주었다니 나도 기쁘네." 전혀 의심을 품지 않고 레이디 버트럼이 차분하게 말했다. "나는 고작 10파운드밖에 못 주었거든."

"정말!" 얼굴이 붉어지면서 노리스 부인이 소리쳤다. "맹세

*《제인 오스틴 비망록》(1870)에서 오스틴의 조카 제임스 에드워드 오스틴-레이는 그녀가 작중 인물들을 통해 보여준 "부모의 관심"에 대해 설명하면서 자질구레한 다른 사항들도 설명해주었다고 썼다. 그때 그녀는 노리스 부인이 윌리엄에게 준 "제법 많은 용돈"이 1파운드라고 말했다고 한다.

코 말하는데, 그럼 그 애가 주머니가 두둑해져 떠난 게 틀림없네! 게다가 런던까지 마차 삯도 안 들이고 갔잖아!"

"토머스 경이 10파운드면 충분할 거라고 했어."

노리스 부인은 그 용돈이 넉넉하다는 점에 이의를 제기하고 싶은 마음이 전혀 없어, 이 문제를 다른 관점으로 다루기 시작했다.

"참 놀라운 일이야." 그녀가 말했다. "얼마나 많은 아이들이 친지들에게 부담을 주는지 생각하면 말이야. 다 자랄 때까지 키운다, 세상에 내보낸다 하면서 대체 얼마나 많은 돈이 드는지 몰라! 아이들은 그 비용이 다 합쳐서 얼마나 되는지, 해가 거듭될수록 자기들을 위해 부모와 이모부와 이모가 돈을 얼마나 대는지 상상도 못 할걸. 그럼, 내 동생 프라이스 부인의 아이들을 보면 알잖아. 그 아이들 모두에게 신경을 쓰느라 토머스 경이 매년 얼마나 많은 돈이 드는지 누구도 믿지 못할 거야. 내가 그 아이들을 위해 쓰는 돈은 차치하고라도 말이야."

"정말 맞는 말이야, 언니. 그 말 그대로야. 하지만 아이들이 얼마나 가여워! 그 돈이 없으면 안 되는 아이들이잖아. 알다시피 그 정도 돈을 지원한다 해도 토머스 경에겐 큰 지장이 안 될 거야. 패니, 혹시 윌리엄이 동인도 제도에 가게 된다면 내 숄사 오는 걸 잊어버리면 안 된다. 그 밖에 내가 가질 만한 물건들이 더 있으면 뭐든 사 오라고 하렴. 숄을 구할 수 있게 그 애가 동인도 제도에 갔으면 좋겠구나. 숄은 두 개가 있으면 해, 패니."

그러는 사이 패니는, 어쩔 수 없이 꼭 말해야 할 때만 말하면서 크로퍼드 씨와 크로퍼드 양의 의도가 무엇인지 이해하려고 열심히 애쓰고 있었다. 그의 말과 태도를 제외한다면 그 두 사람의 의도가 진실된 것이 아니라는 이유는 세상에 차고도 넘쳤다. 자연스럽고, 개연성 있고, 합리적인 온갖 이유가 그들이 진심이 아니라고 말해주고 있었다. 그들의 온갖 습관과 사고방식, 그리고 패니의 온갖 결점이 그렇다고 말해주고 있었다. 대체 그녀가 어떻게 그런 남자의 마음속에 진지한 애정을 불러일으킬 수 있단 말인가. 그녀보다 더 훌륭한 너무나 많은 여자들과 만났고, 너무나 많은 여자들이 좋아했고, 너무나 많은 여자들과 연애를 한 남자였다. 그의 마음에 들려고 온갖 수고를 마다하지 않는 경우에도, 좀처럼 마음을 열고 진심을 받아주지 않는 것처럼 보이는 남자였다. 이 모든 일을 너무나 대수롭지 않게, 너무나 무관심하게, 너무나 무정하게 생각하는 남자였다. 그는 모든 사람에게 가장 소중한 존재로 여겨지지만, 정작 자신은 누구도 필요하지 않다고 생각하는 남자 아니던가? 게다가 결혼을 그토록 중시하고, 그토록 세속적인 결혼관을 지닌 그의 여동생이 그녀 같은 아가씨와 그런 진지한 일을 추진하려 한다는 생각을 어떻게 할 수 있단 말인가? 두 남매 어느 쪽을 두고 보아도 이보다 더 부자연스러운 행태는 없었다. 패니는 이런 의심을 품는다는 것 자체가 창피했다. 그녀를 향한 진지한 애정이니 진지한 동의니 하는 것에 비하면 다른 모든 것이 가능한 일로 보였다. 이런 확신을 거의 굳혀가고 있는 참에 토머스 경과 크로퍼드 씨가 그들에게 합류했다. 문제는 크로퍼드 씨가 응접실로 들어온 다음까지 그런 확신을 절대적으로, 똑같이 유지하기가 힘들다는 것이었다. 그 의미가 무엇인지, 일상적인 의미 범주 내에서 어떻게 분류해야 할지, 도저히 알 수 없는 야릇한 눈빛이 그녀를 향하고 있었다. 다른 남자였다면 그 눈빛이 분명히 뭔가 매우 진지하고 명백한 의미를 담고 있다고 말했을 것이다. 하지만 그녀는 여전히 그 눈빛이 자신의 사촌 언니들이나 다른 50여 명의 여자들을 향해 종종 발산되었을 눈빛에 불과하다고 애써 믿으려고 했다.

그녀는 그가 다른 사람들은 못 듣게 하면서 자신과 이야기를 나누고 싶어 한다고 생각했다. 저녁 시간 내내 토머스 경이 응접실을 나가거나 노리스 부인과의 대화에 조금이라도 몰두하는 기색이 보인다 싶으면, 틈이 날 때마다 기회를 잡으려고 애쓰는 것 같았다. 따라서 그녀는 용의주도하게 그에게 그런 기회를 주지 않았다.

마침내—신경이 곤두서 있던 패니에게는 그게 '마침내'처럼 보였다—딱히 늦은 시간이 아니었는데도 그가 그만 돌아가야겠다는 말을 꺼냈다. 하지만 그녀 쪽으로 돌아서며 이렇게 말하는 바람에 그 말이 준 위안은 사라지고 말았다. "혹시 메리에게 보낼 게 없으신지요? 그 애가 보낸 쪽지의 답장은 없나요? 프라이스 양한테서 아무것도 못 받아 오면 그 애가 실망할 텐데. 부디 답장을 써주세요. 단 한 줄이라도 괜찮습니다."

"어머! 그럼요, 쓰고말고요." 패니가 황급히 일어나며 외쳤다. 당황하기도 하고 그 자리를 떠나고 싶기도 해서 생겨난 황급함이었다. "곧장 써 올게요."

자리에서 일어선 그녀는 이모를 위해 글 쓸 일이 있을 때 가곤 하던 책상으로 갔다. 필기도구를 준비했지만 대체 무슨 말을 써야 할지 난감할 수밖에! 크로퍼드 양의 쪽지는 겨우 한 번 읽었을 뿐이었다. 그렇게 내용을 불충분하게 이해한 편지에 대해 어떻게 답장을 써야 하나 생각하니 너무 괴로웠다. 그런 식으로 편지를 써본 경험도 없었다. 그러니 만약 망설이고 걱정할 시간이 있었더라면 충분히 망설이고 걱정했으리라. 하지만 지금은 무슨 내용이든 당장 써야 했다. 따라서 오직 한 가지 분명한 생각, 즉 자신에게 행해진 일이 무엇이든 간에 그게 진심으로 의도한 일이라고 생각하는 것처럼 보이고 싶지 않다는 생각만 갖고서, 그녀는 마음도 손도 크게 떨리는 상태로 다음과 같이 썼다.

다정한 축하 인사 정말 고마워요, 친애하는 크로퍼드 양. 그 축하가 제가 가장 사랑하는 윌리엄 오빠와 관련된 것이기만 하다면요. 쪽지 편지의 나머지 부분은 무슨 뜻인지 모르겠어요. 여하튼 저는 그런 종류의 일은 감당하기가 너무 벅차답니다. 그러니 더 이상 저를 주목하지 말아달라고 부탁해도 용서해주시겠죠. 그동안 크로퍼드 씨를 너무 많이 보아왔으니 그분의 태도를 이해 못 할 것도 없답니다. 그분도 저를 잘 이해하실 테니 앞으로는 달리 행동하시겠죠. 제가 지금 대체 무슨 내용을 쓰는지 모르겠네요. 여하튼 이번 일을 다시 거론하지 않는다면 제게 큰 호의를 베풀어주시는 거예요. 쪽지를 보낸 호의에 감사드리며,

친애하는 크로퍼드 양의 벗이

쪽지를 받는다는 명분으로 크로퍼드 씨가 바싹 다가오는 걸 알아차리고 너무 놀랐기 때문에, 편지의 끝 부분을 어떻게 마무리했는지 거의 알 수 없을 지경이었다.

"제가 답장을 재촉한다고 생각하는 건 아니겠죠." 편지를 마무리하면서 패니가 몹시 놀라고 당황해한다는 걸 눈치챈 그가 낮은 목소리로 말했다. "제가 그런 생각을 하고 있다고 생각하면 안 됩니다. 부디 서두르지 마세요."

"어머! 고맙습니다. 거의 다 썼어요. 방금 다 끝냈어요. 곧 드릴 수 있을 거예요. 쪽지 편지를 크로퍼드 양에게 전해주는 호의를 베풀어주신다면 정말 고맙겠어요."

그녀가 쪽지를 내밀자 그는 받아야 했다. 그리고 그녀가 즉시, 그것도 시선을 피하면서 다른 사람들이 앉아 있는 벽난로 쪽으로 걸어가자 그는 그곳을 본격적으로 떠나는 것 말고는 다른 방도가 없었다.

패니는 괴로움 면에서도 그렇고 기쁨 면에서도 그렇고 그날보다 더 당혹스러운 날은 결코 없었다고 생각했다. 하지만 다행스럽게도 그날의 기쁨은 그날 하루로 끝나버리는 종류의 기쁨이 아니었다. 앞으로 매일같이 윌리엄 오빠가 진급했다는 사

실을 새록새록 떠올릴 것 아닌가. 하지만 괴로움 쪽은 더 이상 되살아나지 않았으면 싶었다. 그녀는 자신의 쪽지가 대단히 형편없는 편지로 여겨질 게 틀림없다고, 문체 면에서 본다면 어린아이가 썼다고 해도 민망할 정도라고 생각했다. 너무 곤혹스러운 상황이어서 미처 다듬을 시간도 없었다. 그러나 적어도 그 쪽지 편지는 크로퍼드 남매 모두에게, 크로퍼드 씨가 관심을 보였다고 해서 그녀가 현혹되지도 기뻐하지도 않을 것이라는 점을 분명히 전했을 것이다.

제3권

1

다음 날 아침, 잠에서 깼을 때 패니는 크로퍼드 씨 생각을 떨칠 수 없었다. 하지만 자신이 보낸 쪽지의 취지를 기억하며 그것이 가져올 결과에 대해 전날 못지않게 낙관적인 생각을 품었다. 크로퍼드 씨가 떠난다면 얼마나 좋을까! 그것이야말로 그녀가 가장 원하는 일이었다. 본래 그러려 했던 것처럼, 그리고 맨스필드에 돌아온 목적도 바로 그것이었을 테니 동생을 데리고 떠나주었으면 싶었다. 그런데 왜 아직 그 일을 실행하고 있지 않은지 그녀는 짐작도 할 수 없었다. 크로퍼드 양은 분명히 더 이상 출발이 지체되기를 원하지 않고 있었다. 패니는 어제 그가 방문한 동안 확정된 출발 날짜를 듣게 되기를 바랐지만, 그저 여행이 머지않았다는 말뿐이었다.

자신의 편지가 가져다줄 확신을 지극히 만족스럽게 굳혀가고 있었기에, 패니는 우연찮게 크로퍼드 씨가 그녀의 집으로,

그것도 어제처럼 이른 시간에 다시 걸어오는 것을 보고 깜짝 놀랐다. 자신과는 상관없는 방문이라 생각했지만 되도록 만나는 일은 피해야 할 것 같았다. 마침 위층으로 올라가던 중이었기에 그녀는 그가 있는 동안 누군가 직접 자신을 찾는 일만 없다면 그곳에 계속 머물러야겠다고 결심했다. 노리스 이모가 집에 있으니 그녀를 필요로 하는 일이 생길 가능성도 적어 보였다.

그녀는 크게 동요된 상태로, 귀를 기울였고, 몸을 떨었고, 매 순간 자신을 부르는 게 아닌지 불안해하며 얼마 동안 앉아 있었다. 그러나 동쪽 방 쪽으로 다가오는 어떤 발소리도 들리지 않았다. 따라서 마음이 서서히 가라앉아, 제 할 일을 하면서 크로퍼드 씨가 무슨 볼일로 왔는지 알 필요도 없이 그가 방문을 마치고 돌아가리라 바랄 수 있었다.

반시간 가까이 지나 마음이 매우 편안해졌을 때였다. 갑자기 평소에 드나드는 통로 쪽에서 발소리가 들렸다. 그 층에서는 들어보지 못한 육중한 발소리였다. 이모부의 발소리 아닌가. 그녀는 이모부의 목소리 못지않게 발소리도 잘 알고 있었다. 그 소리를 들으면 이모부의 목소리를 들을 때처럼 떨리곤 했다. 그러니 무슨 용건인지는 모르겠지만 이모부가 할 말이 있어 올라온 것이라는 생각이 들자 다시 떨리기 시작했다. 정말 토머스 경이었다. 그가 방문을 열고 안에 있느냐고, 들어가도 되겠느냐고 물었다. 전에 그가 가끔 그 방을 찾았을 때 느꼈던 두려움이 몽땅 되살아나는 것 같았다. 이모부가 그녀의 프랑스어와 영어 실력을 다시 점검해보려는 것 아닌가 하는 생각마저 들었다.

그녀는 잔뜩 긴장한 채 이모부에게 의자를 권하며 그곳까지 찾아주어 영광이라는 태도를 보이려 노력했다. 하도 당황해서 자기 방에 부족한 게 얼마나 많은지 신경도 쓰이지 않을 정도였다. 방으로 들어서던 이모부가 깜짝 놀라 멈춰 서며 이렇게 말한 뒤에야, 그녀는 그런 점이 신경이 쓰였다. "아니 오늘 같은 날 왜 난로에 불을 지펴놓지 않았니?"

땅에 눈이 쌓인 날이었는데도 그녀는 숄만 걸치고 있었다. 그녀는 머뭇거렸다.

"춥지 않아요, 이모부. 그리고 이맘때는 이 방에 오래 앉아 있지 않아서요."

"하지만…… 대개 불을 지피고 있겠지?"

"아니요."

"이게 어찌 된 일이지. 뭔가 잘못된 게 틀림없어. 너를 편하게 해주기 위해서 이 방을 쓰게 한 걸로 알고 있다만……. 이제 보니 잠자는 방에도 난롯불을 못 피우고 있더구나. 뭔가 큰 착오가 있는 것이니 반드시 바로잡아야겠다. 네가 이런 방에서 지낸다는 건…… 하루에 30분에 불과하더라도 난롯불도 안 피우고 지낸다는 건 정말 부적절한 일이야. 넌 몸이 튼튼하지도 않잖니. 추위도 타는 편이고. 네 이모도 그 사실을 모를 리 없을 텐데."

패니는 침묵을 지키고 싶었지만 입을 열지 않으면 안 됐기에 자신이 제일 좋아하는 이모 대신 변명했는데, 토머스 경은 그저 "노리스 이모"라는 말만 겨우 알아들을 수 있을 뿐이었다.

"나도 안다." 마음을 가라앉힌 뒤 그가 큰 소리로 말했다. 이모부는 패니의 말을 더 이상 들으려 하지 않았다. "나도 알아. 노리스 부인은 늘 젊은 아이들의 불필요한 욕구는 충족시켜주지 않고 키워야 한다고 매우 타당하게 주장해왔지. 하지만 모든 일에는 적당한 정도가 있어야 하는 법이야. 네 이모는 본인이 매우 건강한 편이라, 다른 사람들의 부족한 점을 잘 모르기 쉬울 거다. 그리고 다른 이유도 알고 있다, 그동안 네 이모가 너에게 어떤 감정을 품고 있었는지 말이야. 원칙 자체는 훌륭하다만, 그걸 너한테 적용하는 게 너무 과했는지도 모르겠구나. 아니, 너무 과했다고 믿는다. 그동안 간혹 어떤 일들에서는 옳지 않은 차별이 있었다는 걸 나도 알고 있단다. 하지만 난 너 또한 너무 잘 알고 있지. 넌 그런 이유로 네 이모를 원망할 사람이 아니야. 분별력을 갖추고 있으니 그 덕에 상황을 부분적으로만 받아들이고 그 결과 편견을 지니고 판단하진 않을 거다. 넌 지난 모든 일을 총체적으로 받아들일 거야. 흐르는 세월, 사람들의 입장, 여러 가지 가능성을 고려하겠지. 네 장래의 운명처럼 보이는 평범한 삶에 대비하도록, 너를 가르치고 준비시켜준 사람들을 둘도 없는 지지자들로 느낄 거다. 물론 그들의 그런 신중한 태도가 결과적으로 불필요한 것으로 입증될 수도 있겠지만, 다 선의에서 비롯된 일들이야. 그리고 넌 이 점도 확신할 수 있을 거다. 혹시 너에게 강요됐을지 모르는 다소의 결핍과 제약 덕분에, 유복한 삶의 온갖 이점이 갑절로 늘어나게 된다는 점 말이야. 언제든 네가 노리스 이모에게 그분이 마땅히 받아야 할 존경심과 관심을 갖고 대하지 않는 태도를 보여, 너를 좋게 생각하는 나를 실망시키지는 않을 거라고 확신한단다. 하지만 이 이야기는 이걸로 충분하구나. 앉아라, 애야. 잠시 할 말이 있다. 오래 붙잡지는 않으마."

시선을 아래로 향하고 얼굴이 빨갛게 달아오른 패니는 이모부의 말대로 했다. 잠시 침묵하던 토머스 경이 미소를 누르려고 애쓰며 말을 이어나갔다.

"오늘 아침 나를 찾아온 손님이 있다는 걸 혹시 모르고 있나 모르겠다. 식사를 마치고 내 방으로 간 지 얼마 안 돼서 크로퍼드 씨가 안내를 받으며 들어왔어. 무슨 일로 왔는지는 너도 짐작할 게다."

패니의 얼굴이 더욱 빨개졌다. 그녀가 말을 할 수도, 시선을 들어 올려다볼 수도 없을 만큼 당황스러워한다는 걸 눈치챈 이모부는 시선을 다른 곳으로 돌리고 더 이상 말을 멈추지 않고 크로퍼드 씨의 방문에 관한 이야기를 이어나갔다.

크로퍼드 씨의 방문 목적은 패니에 대한 사랑을 솔직히 고백하고, 그녀에게 확실히 청혼을 하고, 그녀의 부모를 대신한다고 볼 수 있는 이모부의 동의를 부탁하는 것이었다. 그런데 그가 이 일을 너무 잘한 데다, 너무 솔직하고 자유롭게, 너무 적절히 해서, 토머스 경은 자신이 했던 대답과 말도 매우 적절했다는 느낌을 갖고 그와 나눴던 대화 내용을 극히 행복한 마음으로 자세히 설명했다. 그러면서 지금 조카딸의 머릿속에 어떤 생각이 오가는지 짐작도 하지 못한 채, 그렇게 자세히 설명하면 분명 자신보다도 그녀가 더 만족하리라 생각하고 있었다. 따라서 그는 패니가 감히 끼어들 생각도 못 하는 가운데, 몇 분간 이야기를 이어나갔다. 하지만 그녀는 끼어들고 싶은 마음조차 들지 않았다. 너무나 혼란스러웠다. 자세를 고쳐 앉으면서 창문 한곳에 뚫어져라 시선을 고정시키고, 극도로 당황하고 낙담한 모습으로 이모부 말을 경청했다. 그가 잠시 말을 멈추었지만 그녀는 그 사실을 알아차리지도 못했다. 토머스 경이 의자에서 일어나며 말했다. "자, 패니, 내가 맡은 임무 중 한 가지를 처리하고, 모든 것이 가장 안심되고 만족스러운 기반에 놓여 있다는 걸 보여주었으니, 이제 나와 함께 아래층으로 가자고 너를 설득하기만 한다면 나머지 임무도 완수할 수 있겠구나. 너도 예상했겠지만 크로퍼드 씨가 아직 돌아가지 않고 우리 집에 있단다. 그동안 나도 너에게 반갑지 않은 말동무는 아니었으리라 생각한다만, 그래도 네가 귀를 기울일 만한 가치가 더 있는 말동무를 찾아가겠다면 받아들여야지 어쩌겠니. 그 사람이 지금 내 방에 있어. 그곳에서 너를 만나보고 싶어 한다."

이 말을 들은 패니의 표정과 그녀가 움찔 놀라며 탄식을 내뱉는 모습을 보고 토머스 경은 깜짝 놀랐다. 그러나 그녀가 이렇게 외쳤을 때 그의 놀라움은 얼마나 더 커졌겠는가? "안 돼요! 이모부, 갈 수 없어요. 정말 저는 그분에게 갈 수 없어요.

크로퍼드 씨도 분명히 아실 텐데…… 어제 제가 충분히 말씀드렸으니 이해하셨을 텐데…… 틀림없이 아실 거예요. 어제 이 문제로 저와 말씀을 나누셨어요. 그때 그런 말씀은 정말 불쾌하다고, 저를 좋게 봐주신 마음에 화답을 한다는 건 완전히 제 능력 밖의 일이라고 숨김없이 말씀드렸어요."

"무슨 말인지 도무지 알아들을 수가 없구나." 토머스 경이 다시 앉으며 말했다. "너를 좋게 본 마음에 화답을 하는 게 완전히 네 능력 밖의 일이라니! 그게 다 무슨 소리냐? 어제 그 사람과 네가 이야기를 나눴다는 것, 그리고 (내가 이해하는 한) 훌륭한 분별력을 지닌 아가씨가 스스로 허락할 수 있는 한도의 용기를 내 일을 진행했다는 것은 나도 알고 있어. 어제 보여주었으리라 짐작하는 네 태도가 무척 마음에 들기도 했고. 그런 신중한 태도는 크게 칭찬받을 만하지. 하지만 지금, 그 사람이 이처럼 예의 바르고 명예롭게, 본격적으로 일을 시작하려는 지금 머뭇거리는 이유가 대체 무엇이냐?"

"오해예요, 이모부." 패니는 당장 눈앞에 닥친 걱정 때문에 이모부가 틀렸다는 말까지 입에 올리고 말았다. "완전히 오해예요. 크로퍼드 씨가 어떻게 그런 말을 할 수 있는지. 결단코 어제 전 그분의 용기를 북돋워주지 않았어요. 오히려 그 반대로 말했는데…… 정확히 무엇이라고 했는지는 기억 안 나지만…… 하지만 그분의 말씀을 귀담아듣지 않겠노라고, 모든 점에서 정말 불쾌하다고, 다시는 그런 식으로 말하지 말아주시기를 부탁드린다고 분명히 말했어요. 그 정도로, 아니, 그 이상으로 말했다고 확신해요. 그런데 이제 보니 더 심하게 말했어야 할걸 그랬나 봐요. 어제 그분의 말씀에 조금이라도 진심이 담겨 있었다는 걸 알았다면요. 하지만 상대방이 의도했는지 안 했는지 모르는 것까지 미리 넘겨짚어 책망하는 일은 하고 싶지 않았어요. 그런 일은 제가 감당할 수 있는 일도 아니고요. 저는 그분이 이번 일을 아무 의미 없는 일로 그냥 넘길 거라고 생각했어요."

패니는 더 이상 말을 이을 수 없었다. 거의 숨이 막힐 지경이었다.

"그러면 이렇게 이해해도 되겠느냐?" 잠시 침묵하던 토머스 경이 말했다. "네가 크로퍼드 씨를 거절할 생각이라고?"

"네, 이모부."

"그를 거절한다고?"

"네, 이모부."

"크로퍼드 씨를 거절하다니! 대체 무슨 구실로? 대체 이유가 뭐냐?"

"제가…… 제가 그분을 좋아하지 않아요, 이모부. 결혼을 결심할 만큼 좋아하지 않아요."

"참 이상한 말이로구나!" 차분하지만 불만에 찬 목소리로 토머스 경이 말했다. "내가 도저히 이해할 수 없는 이런 네 태도에는 무언가 다른 이유가 있는 거겠지. 지금 신랑감으로 추천하기에 족한 온갖 장점을 구비한 청년이 너에게 구혼하고 있는 거다. 단순히 신분이나 재산, 좋은 성격만 갖추고 있는 게 아니야. 흔히 볼 수 있는 사근사근한 면모와 모든 사람들의 마음에 드는 태도, 화술까지 겸비한 사람 아니냐. 게다가 네가 오늘 당장 알게 된 사람도 아니다. 그를 안 지 제법 오래됐잖니. 더구나 그의 여동생은 너하고 친한 친구야. 그리고 그는 네 오빠를 위해 그런 큰 도움까지 주었다. 설령 다른 장점이 없다 해도, 나는 그 도움만 갖고도 네 신랑감으로 추천하기에 충분하다는 생각까지 드는데. 내 연줄만 갖고는 윌리엄을 진급시킬 수 있었을지 아주 불투명했단다. 그런데 그가 이미 일을 성사시켰잖니."

"맞아요." 패니는 기어들어가는 목소리로 새로이 부끄럼을 타며 말했다. 이모부가 그런 설명까지 하니 크로퍼드 씨를 좋아하지 않는 자신의 모습이 부끄럽게 느껴지기까지 했다.

"너도 분명히 의식하고 있었겠지." 토머스 경이 바로 말을 이었다. "얼마 전부터 크로퍼드 씨가 너를 대하는 태도에 뭔가 특별한 게 있다고 분명히 의식하고 있었겠지. 그러니 그의 구혼이 뜻밖의 일로 여겨졌을 리가 없어. 틀림없이 너도 그 사람의 관심을 눈치채고 있었을 거다. 물론 너는 언제나 그 관심을 지극히 예의 바르게 받아들이기만 했지(그 점에 대해 너를 비난할 생각은 전혀 없다). 하지만 나는 네가 그걸 불쾌하게 여길 거라는 생각은 한 번도 하지 않았어. 패니, 어쩐지 네가 너 자신의 속마음을 완전히 알고 있지 못하다는 생각이 드는구나."

"아니요! 이모부, 알아요, 정말 잘 알아요. 그분의 관심은 늘…… 제 마음에 들지 않았어요."

토머스 경은 한층 더 놀라며 패니를 바라보았다. "상상을 초월하는 반응이구나." 그가 말했다. "반드시 설명이 필요한 일이다. 아직 어리고 다른 남자를 만나본 적도 거의 없으니 좀처럼 불가능한 일이긴 하겠다만, 혹시 네 애정이 다른⋯⋯."

그는 말을 멈추고 뚫어져라 그녀를 쳐다보았고, 그녀의 입술이 "아니요"라는 모양새가 되는 걸 알아차렸다. 명확히 말소리가 들린 건 아니었다. 하지만 그녀의 얼굴이 시뻘겋게 물들어 있었다. 패니처럼 수줍어하는 아가씨의 경우에는, 그 정도의 반응만으로도 이모부의 의심을 받을 만한 잘못을 한 게 전혀 없다는 말을 한 것이나 매한가지였다. 따라서 그는 적어도 그런 종류의 의심에 대해서는 만족했다는 표정을 지으며 황급히 말했다. "그래, 그래, 그런 일이 전혀 불가능하다는 건 나도 알지. 불가능한 일이고말고. 그럼, 더 이상 할 말이 없겠구나."

그런 다음 그는 몇 분 동안 아무 말이 없었다. 깊은 생각에 잠겨 있었고, 조카딸 역시 더 많은 질문이 주어질 것에 대비해 마음을 다잡고 각오를 단단히 하면서 깊은 생각에 잠겨 있었다. 그녀는 진실을 고백하느니 차라리 죽는 편이 낫겠다고 생각했다. 그리고 조금 더 숙고하면서 그 진실이 드러나지 않도록 마음을 단단히 먹어야겠다고 다짐했다.

"크로퍼드 씨의 관심은 그가 너를 선택했으니 정당화될 수 있을 듯싶구나. 하지만 그것과 무관하게 말이다." 토머스 경이 다시 매우 차분하게 말을 시작했다. "그렇게 이른 나이에 결혼을 결심했다는 것 자체가 내겐 좋게 보인다. 나는 상응하는 재력만 갖추고 있다면 이른 나이에 결혼하는 것을 지지하는 사람이야. 충분한 수입만 있다면 모든 젊은이들이 스물넷만 넘기면 가능한 한 빨리 안정된 가정을 꾸리면 좋겠다고 생각해. 그런 생각이 워낙 간절하니, 내 장남이자 네 사촌 오빠인 버트럼 군이 이른 결혼을 할 가능성이 별로 없다는 생각만 하면 참 유감스러워. 하지만 지금 내가 판단할 수 있는 한에서라면, 그 애의 계획이나 생각에 결혼이 자리 잡고 있는 것 같지 않구나." 이 대목에서 그는 패니를 흘긋 바라보았다. "에드먼드, 그 애는 기질이나 습관 면에서 볼 때 제 형보다 더 빨리 결혼할 것 같다는 생각이 들지. 사실 최근 들어 그 애가 사랑할 수 있는 여성을 만났다고 생각하던 중이었단다. 장남은 그런 사랑을 할 수 없다는 확신이 들고. 내 말이 맞지? 애야, 너도 내 말에 동의하겠지?"

"네, 이모부."

부드럽지만 차분한 긍정의 대답이었다. 토머스 경은 이들 두 사촌 오빠들에 대해서는 안심이 되었다. 그러나 그런 우려가 사라졌다고 해서 조카딸 쪽에 도움이 된 건 전혀 없었다. 그녀의 태도를 딱히 설명할 수 없다는 확신이 들자 불쾌감이 점점 더 커진 모양이었다. 곧바로 일어나서 방 안을 서성거리던 그가 눈살을 잔뜩 찌푸린 채(그녀는 감히 고개를 들 수 없었지만 이모부의 표정이 그랬으리라 그려볼 수 있었다), 근엄함이 잔뜩 묻어나는 목소리로 이렇게 말했다. "애야, 혹시 너에게 크로퍼드 씨의 성품을 안 좋게 볼 만한 이유라도 있는 것이냐?"

"아니에요, 이모부."

그녀는 이렇게 덧붙이고 싶은 마음이 굴뚝같았다. "하지만 그분의 행동 규범은 그렇답니다." 그러나 그럴 경우 이모부와 논란을 벌여야 하고 설명을 해야 할 터였다. 그러다 혹시 확신을 잃을지 모른다는 오싹한 전망이 생겨나 그녀는 가슴이 철렁 내려앉았다. 그녀가 그를 안 좋게 보는 건 주로 자신이 본 것들에 근거를 두고 있었으니, 사촌 언니들을 위해서라도 이모부에게 그 내용을 발설할 수는 없는 노릇이었다. 특히 마리아 언니는 크로퍼드 씨의 그릇된 처신과 너무나 밀접하게 관련되어 있어 언니들을 배신하지 않는 한, 자신이 생각하는 그의 됨됨이를 이모부에게 밝힐 수는 없었다. 사실 그녀는 이모부처럼 통찰력이 뛰어나고, 지극히 존경스럽고, 훌륭한 분이라면, 그녀 쪽에서 그를 싫어하는 마음이 확고하다는 걸 단순히 인정하는 일만으로도 충분한 대답이 되리라는 바람을 갖고 있었다. 그런데 너무나 가슴 아프게도, 그녀는 그게 그렇지 않다는 걸 깨달았다.

그녀가 참담한 심정으로 몸을 떨면서 앉아 있는 탁자 쪽으로 토머스 경이 다가와 차갑고 엄한 모습으로 말을 시작했다. "너와 이야기해봤자 아무런 소용도 없다는 생각이 드는구나. 심란하기 그지없는 이런 이야기는 그만두는 게 낫겠다. 크로퍼드 씨를 더 이상 기다리게 하면 안 되니까. 다만 네 처신에 관해 내 생각을 표하는 게 도리라는 생각이 드니 이 말만 덧붙이마. 넌 그동안 내가 품었던 온갖 기대를 저버렸고, 내가 생각했던 네 성격과 정반대의 성격을 가졌다고 네 스스로 입증했어. 내 행동을 통해 틀림없이 드러났으리라 짐작한다만, 패니, 그 동안 나는 영국에 돌아온 시점부터 너를 아주 좋게 보고 있었 다. 네가 특별하다 싶을 정도로, 고집스러운 기질이나 자만심, 제멋대로 구는 성향과는 거리가 먼 아이라고 생각했어. 요즘 들어 그런 모습이 너무나 많은 사람들, 심지어 어린 아가씨들 에게서도 보이더구나. 아가씨들에게서 그런 모습이 보이면 일 상적인 불쾌감을 훨씬 넘어설 만큼 더욱 눈에 거슬리고 혐오감 이 들지. 그런데 지금 바로 네가, 고집불통에다 제멋대로 굴 수 있다는 것을, 너를 이끌어줄 권리를 분명 조금은 갖고 있는 사 람들에 대한 고려나 존경심 없이 네 마음대로 결정을 내릴 수 있고 실제로 그렇게 할 것임을 내게 보여주었다. 그분들의 조 언은 아예 구할 생각도 하지 않았어. 넌 내가 생각하던 모습과 너무나, 너무나 다른 모습을 보여주었다. 네 가족에게 뭐가 유 리하고 불리한지…… 네 부모…… 네 형제자매에게 뭐가 유리 하고 불리한지에 대한 생각이 이번 일을 대하는 네 머릿속에는 일순간도 안 드는 모양이지. 그들이 어떤 혜택을 얻게 될지, 네 가 그런 집안에 들어가 안착하게 되면 얼마나 기뻐할지는 네게 아무 의미도 없는 모양이구나. 오로지 너 자신만 생각하는 거 지. 아직 어린 데다 열띤 환상에 젖어서, 행복에 꼭 필요하다고 상상하는 모습이 크로퍼드 씨에게서 느껴지지 않는다는 이유 로 그 사람을 단박에 거절하리라 결심하고 있어. 조금 더 숙고 하면서, 냉정하게 숙고하면서 네 속마음이 어떤지 진심으로 살펴볼 시간을 조금이라도 더 갖겠다는 바람도 없이 말이다. 터무니없이 충동적인 어리석음에 젖어 안정된 삶의 기회, 적절하고 영광스럽게, 고귀하게 안착할 기회를 날려버리는 거지. 네게 다시는 찾아오지 않을 그런 기회 말이다. 분별력, 훌륭한 됨됨이, 성품, 태도, 그리고 재산을 가진 젊은이가 지금 너에게 큰 애정을 품고 가장 멋지고 사심 없는 방식으로 청혼하고 있는 거다. 그러니 이 이야기는 꼭 해야겠다, 패니. 네가 앞으로 18년을 더 산다고 해도 크로퍼드 씨에 비하면 재산은 그 절반밖에 안 되고 장점은 그 10분의 1밖에 안 되는 사람조차 너에게 구혼하는 일이 아예 없을지 모른다. 아마 내 두 딸 중 하나였다면 그에게 흔쾌히 내주었을 거야. 마리아는 나무랄 데 없는 결혼을 했지. 만약 크로퍼드 씨가 줄리아에게 청혼했다면, 마리아를 러시워스 씨에게 내주었을 때보다 더 크고 진심 어린 만족감을 느끼면서 내주었을 거다." 그는 잠시 말을 멈추었다 다시 이었다. "그리고 만약 그게 언제든, 내 두 딸 중 하나가 적절함에 있어 이번 청혼의 절반밖에 안 되는 청혼이라 할지라도, 그걸 받는 즉시 독단적으로, 내 의사나 생각을 물어볼 정도의 경의는 표하지도 않고 단박에 딱 잘라 거절했다면, 틀림없이 엄청나게 놀랐을 거다. 그 애들이 그런 식으로 이런 일을 처리했다면 너무나 놀랐을 것이고, 엄청난 마음의 상처를 입었을 거라는 이야기야. 아마 자식으로서의 도리와 부모를 존경하는 마음을 어긴 지독한 짓으로 생각했겠지. 물론 너를 같은 기준으로 판단해서는 안 되겠지. 네가 나한테 자식으로서의 도리를

508

지켜야 할 까닭은 없으니 말이다. 하지만, 패니, 네 가슴에서 '배은망덕'이라는 말을 지워버릴 수 있으려면…….”

그는 말을 멈췄다. 그 순간 패니가 너무나 비통하게 울고 있어 아무리 화가 났어도 그런 말을 더 이상 강요할 수는 없었던 것이다. 이모부에게 그런 모습으로 비쳐지고 있다고 생각하니 그녀의 가슴은 찢어지는 것 같았다. 이모부에게 그토록 가혹하고, 그토록 복합적이고, 강도가 점점 더 세지는 그런 비난을 받다니! 제멋대로에다 고집불통이고, 이기적이고, 배은망덕한 모습. 이모부가 이 모든 게 그녀의 모습이라고 생각하다니. 그의 기대를 기만한 것이었고, 그의 호감을 잃게 하는 것이었다. 앞으로 어떻게 된단 말인가?

“정말 죄송해요.” 그녀는 눈물을 뚝뚝 흘리며 들릴 듯 말 듯 기어들어가는 소리로 말했다. “정말 너무너무 죄송해요.”

“죄송하다고! 그래, 죄송하기라도 했으면 좋겠다. 아마 오늘의 이 처신 때문에 넌 오랫동안 죄송해야 할 거다.”

“제가 다른 식으로 행동할 수 있으면 좋겠어요.” 다시 한 번 무진 애를 쓰며 그녀가 말했다. “하지만 그분을 행복하게 해드릴 수 없을 것 같다는 확신이 강하게 들어요. 그러다가는 저 자신도 비참한 불행에 빠질 것 같고요.”

다시 왈칵 눈물이 쏟아져 나왔다. 그러나 그렇게 눈물이 쏟아져 나왔어도, 또 눈물이 쏟아져 나온 도화선이 된 “비참한 불행”이라는 암울한 표현까지 나왔음에도, 토머스 경은 그 눈물이 패니의 마음이 조금은 누그러지고 심경의 변화가 일어난 표시라고 여기기 시작했다. 그리고 혹시 청혼하러 온 청년이 직접 나서 간청한다면 이 일이 순조롭게 풀릴지도 모르겠다고 생각하기 시작했다. 그도 패니가 몹시 소심하고 극도로 예민한 편이라는 건 알고 있었다. 그러니 조금만 시간을 더 주고, 조금만 덜 압박하고, 조금만 더 인내하고, 조금만 덜 안달한다면, 즉 연인 쪽에서 이 모든 것들을 현명하게 뒤섞어 기다려주기만 한다면, 그녀의 마음이 그런 태도가 통상 빚어내기 마련인 상태에 놓일 가능성이 없지 않다고 생각했다. 만약 신사 쪽에서 인내심을 발휘한다면, 그가 그런 인내를 충분히 감당할 만큼의 애정을 갖고 있다면…… 토머스 경은 희망을 품기 시작했다. 이 같은 희망이 머리를 스치고 지나가며 마음을 밝게 해주자 이렇게 말했다. "그래, 알았다." 여전히 엄하긴 하지만 화가 훨씬 누그러진 어조였다. "알았다, 애야. 눈물을 닦아라. 그렇게 울어봤자 무슨 소용 있겠니. 아무런 도움도 될 수 없어. 나와 함께 지금 아래층으로 내려가야 한다. 이미 크로퍼드 씨를 너무 오래 기다리게 했어. 그 사람에게 네가 직접 답을 해야지. 그만한 성의도 보이지 않고서 그 사람이 만족하리라 기대할 순 없지 않겠니. 그가 네 감정을 그렇게 오해한 근거가 무엇인지는, 오로지 너만 설명할 수 있으니까. 그에게는 참 안된 일이다만 그가 오해를 한 것은 분명하구나. 나는 그런 설명은 전혀 감당할 수 없다."

하지만 패니가 그와 함께 내려가기를 워낙 내켜하지 않는데다 너무 불편해해서, 토머스 경은 잠시 고민한 뒤 그녀의 청을 들어주는 게 낫겠다고 판단했다. 신사 숙녀 양쪽 모두에게 가졌던 희망은, 결과적으로 다소 아쉬움을 안겨주었다. 그러나 조카딸의 엉엉 우느라 엉망이 되어버린 모습과 얼굴 상태를 보자, 곧바로 두 사람을 만나게 하면 득만큼 실도 있을지 모르겠다는 생각이 들었다. 따라서 그는 별다른 의미가 없는 말을 몇 마디 남기고 혼자서 그곳을 떠났다. 불쌍한 조카딸만 그곳에 남아 더없이 비참한 심정으로 그간 오간 말들을 곱씹으며 울고 있었다.

그녀의 마음은 혼란 그 자체였다. 과거, 현재, 미래, 모든 게 엉망진창이었다. 하지만 무엇보다도 이모부가 화가 났다는 게 제일 심한 고통이었다. 이기적이고 배은망덕하다고! 이모부에게 그런 모습으로 보였다니! 끝도 없이 비참한 심정이었다. 편을 들어줄 사람도, 조언해줄 사람도, 변호해줄 사람도 없었다. 유일한 친구 에드먼드 오빠는 집에 없었다. 그라면 아버지를 누그러뜨릴 수 있었을 것이다. 그러나 다른 모두가, 아마 모든 사람들이 그녀를 이기적이고 배은망덕하다고 생각할 것이었다. 그런 비난을 견디고 또 견뎌야 할 것 같았다. 그녀와 관련 있는 주변의 모든 사람들이 비난하는 소리를 듣고, 비난하는 모습을 보고, 그들에게 영원히 그런 태도가 존재하리라 의식하며 지내야 할 것 같았다. 크로퍼드 씨에게 다소 분노를 느끼지 않을 수 없었다. 하지만 만약 그가 그녀를 진심으로 사랑하고 있다면 그 또한 불행한 일이 아닌가! 모든 게 참담하기 그지없었다.

15분가량 지난 뒤 이모부가 다시 나타났다. 이모부를 다시 보자 그녀는 기절하기 직전이었다. 하지만 그가 차분하게, 엄하지도 않고 비난하는 기색도 없이 말을 해서 그녀는 다소 기운을 차렸다. 그의 태도뿐 아니라 말투에서도 위안이 느껴졌다. 이모부는 이렇게 말을 시작했다. "크로퍼드 씨가 갔다. 방금 나와 헤어졌어. 그와 나눈 말을 되풀이할 필요는 없겠지. 그 사람 기분까지 전해서 네가 지금 느끼고 있을지 모르는 기분에 뭘 더 보태고 싶진 않다. 그가 지극히 신사답고 너그러운 태도를 보였고, 이해심과 따뜻한 가슴, 곧은 성품을 지닌 사람 같다는 호의적인 인상을 확실히 심어주었다는 말만 하면 충분하겠지. 네가 괴로워한다고 말하자 그는 즉시, 그리고 지극히 세심한 태도로 지금 너를 만나겠다는 간청을 접더구나."

이 대목에서 패니는 그동안 들고 있던 고개를 다시 내렸다. "물론 말이다." 이모부가 말을 이었다. "단 5분이라도 너와 단둘이서 대화를 나누고 싶다는 청까지 접었다곤 할 수 없겠지. 너무나 자연스럽고 너무나 정당한 청이니 거절할 수 없구나. 하지만 시간을 못 박은 건 아니다. 아마 내일이든지 아니면 네 기분이 충분히 진정되는 어느 때든지 하겠지. 지금으로서는 너는 차분히 마음을 가라앉히기만 하면 돼. 제발 눈물 좀 그치고. 그렇게 눈물을 흘렸다간 지치기만 할 뿐이야. 당연히 그럴 거라 생각하고 싶다만, 혹시 나를 존경하는 마음을 조금이라도 보이고 싶다면 그런 슬픔 감정에 굴하지 말고 너 스스로를 설득해서 마음가짐을 단단히 해야 할 거야. 바깥으로 나가는 건 어떻겠니. 바깥바람이 도움이 될 텐데. 한 시간 정도 마당의 자갈길에 나가보렴. 정원 관목 숲을 혼자 거닐어도 보고. 바람을 쐬며 산책을 하면 기분이 한결 나아질 거다. 그리고 패니, (잠깐 되돌아서면서) 아래 내려가서 지금까지 있었던 일을 한 마디도 안 하마. 너희 버트럼 이모에게도 입도 뻥긋 안 할 거야. 이런 실망스러운 이야기를 퍼뜨릴 까닭이 뭐가 있겠니. 그러니 너도 입을 열면 안 된다."

더없이 즐거운 마음으로 따라야 할 명령이었다. 패니가 가슴속 깊이 고마워해야 할 다정한 처사였다. 노리스 이모의 그칠 줄 모르는 질책을 피할 수 있다는 소리 아닌가! 그는 고마운 마음으로 가슴이 뜨거워지던 패니를 두고 떠났다. 이모에게 그런 질책을 받으니 무슨 일이든 견디는 게 더 나았다. 심지어 크로퍼드 씨를 만나는 일조차 덜 버거운 일 같았다.

그녀는 이모부가 권한 대로 즉시 바깥으로 나갔고 최선을 다해 이모부의 조언을 모두 따랐다. 눈물을 멈췄고, 마음을 진정시키려고 열심히 애썼고, 마음가짐도 단단히 했다. 그녀는 이모부의 마음이 편하기를 진심으로 바란다는 것, 그의 애정을 되찾으려고 애쓴다는 것을 입증해 보이고 싶었다. 이모부가 오늘 있었던 모든 일을 두 이모에게 알리지 않기로 했으니, 그렇게 애써야 할 더욱 강력한 동기를 부여한 셈이었다. 표정이나 태도에서 의심을 불러일으킬 만한 것을 하지 않는 게 당장 달성해야 할 목표였다. 그녀는 노리스 이모의 질책을 벗어날 수 있게만 해준다면 무슨 일이라도 감당할 수 있다고 느꼈다.

산책에서 돌아와 동쪽 방으로 들어갔을 때 맨 처음 보게 된 광경이 불이 지펴져 활활 타오르는 난롯불이었기에 그녀는 깜짝, 정말 깜짝 놀랐다. 난롯불이라니! 과분한 대접이었다. 이런 시점에 이토록 큰 은혜를 베풀다니 거북하면서도 고마운 감정이 일었다. 그녀는 토머스 경이 이런 소소한 일까지 신경 쓸 겨를이 있다는 게 믿기지 않았다. 하지만 이내 난롯불을 살피러 온 하녀가 자발적으로 알려준 사실을 통해, 앞으로는 매일 이런 일이 벌어질 거라는 걸 알았다. 토머스 경이 그렇게 하라고 지시했다는 것이다.

"진짜로 배은망덕하게 군다면 난 정말 짐승만도 못한 존재야!" 그녀가 혼자서 중얼거렸다. "배은망덕하게 굴지 않도록 하늘이 도와주셨으면!"

그녀는 두 이모도 이모부도 정찬 시간이 되어 다시 만날 때까지 더 이상 보지 못했다. 정찬 시간에 이모부가 그녀를 대한 태도는 전에 보여주던 것과 거의 다름없었다. 그녀는 이모부가 아무런 변화도 없기를 바라고 있다고 생각했으며, 조금이라도 변화를 느낄 수 있다면 그건 순전히 그녀의 머릿속에서만 일어난 일이라고 확신했다. 그런데 곧 노리스 이모가 잔소리를 늘어놓기 시작했다. 자기에게 알리지도 않고 고작 산책을 이유로 바깥으로 나갔다고 이모가 얼마나 과도하고 불쾌하게 잔소리를 늘어놓는지를 보고, 그녀는 같은 종류의 잔소리로부터 벗어나게 해준 이모부의 자상함이 축복처럼 느껴지는 것도 당연하다고 생각했다. 산책보다 훨씬 더 중요한 문제였으니 이모는 그야말로 아낌없이 비난을 퍼부었을 것이다.

"네가 나가는 걸 알았으면 내니에게 시킬 일이 있으니 우리 집까지만 가달라고 부탁했을 텐데." 그녀가 말했다. "너 때문에 몹시 불편하게도 내가 직접 가서 그 일을 처리해야 했다. 정말 어렵사리 시간을 낸 거지. 네가 우리에게 밖으로 나간다고 알리는 호의만 베풀었어도 내 수고가 얼마나 줄어들었겠니. 정원 관목 숲을 산책하든 내 집까지 걸어갔다 오든, 너한테는 별 차이가 없었을 거라는 게 내 생각이거든."

"제가 관목 숲이 가장 쾌적하다고 패니에게 권했습니다." 토머스 경이 말했다.

"그랬군요!" 노리스 부인이 잠시 자제하며 말했다. "참, 자상도 하시네요, 토머스 경. 하지만 제 집까지 가는 길도 얼마나 쾌적한지 모르시나 보네요. 패니가 그 길에서도 관목 숲 못지않은 쾌적함을 느끼며 산책할 수 있었으리라 장담합니다. 이모에게 조금 도움도 되고 친절도 베푸는 이득까지 챙기면서요. 모두 저 애 잘못이에요. 바깥에 나간다고 알리기만 했어도……. 하지만 패니에겐 조금 이상한 구석이 있어요. 전에도 종종 눈여겨본 것인데…… 저 애는 바느질도 자기 식대로 하는 걸 좋아한답니다. 다른 사람의 지시를 받는 건 싫어하죠. 할 수만 있으면 언제나 산책도 혼자 나가잖아요. 저 애에겐 비밀로 삼으려는 기질과 독립심, 그리고 엉뚱한 구석이 있는 게 틀림없어요. 그런 태도를 고치라고 조언하곤 했었는데."

토머스 경은 패니에 대한 일반적인 평가에서, 이보다 더 부당한 비난은 있을 수 없다고 생각했다. 물론 몇 시간 전만 해도 자신도 그 비슷한 비난을 한 처지이긴 했다. 따라서 그는 화제를 다른 곳으로 돌리려고 했지만, 그런 시도를 몇 번 거듭한 뒤에야 성공할 수 있었다. 지금도 그렇고 다른 때도 그렇지만, 노리스 부인은 그가 조카딸을 얼마나 높이 평가하는지, 혹은 조카딸을 깎아내림으로써 친딸들의 가치를 돋보이게 하고픈 마음과는 얼마나 거리가 먼 사람인지 알아차릴 혜안을 갖고 있지 못했다. 그녀는 패니를 상대로 계속 잔소리를 늘어놓았고, 정찬 시간의 절반이 다 되어가도록 패니가 혼자서 몰래 산책했다고 화를 냈다.

하지만 결국 그 잔소리도 끝이 났다. 그리고 패니의 입장에서는 좀 더 편안하게, 폭풍우가 몰아치듯 혼란스러웠던 아침나절을 보낸 뒤에 바랄 수 있었던 것보다 훨씬 더 즐거운 기분으로 저녁이 시작되었다. 우선 그녀는 자신의 처신이 옳았다고, 자신의 판단력이 자신을 그릇된 길로 인도하지 않았다고 믿었다. 자신의 의도가 순수했다고 장담할 수 있었다. 두 번째로 그녀는 이모부의 불편한 심정이 줄어들고 있다고 희망했다. 그리고 이모부가 좀 더 공정하게 이 문제를 심사숙고하거나, 훌륭한 분들이라면 반드시 그렇게 느끼듯이, 애정 없는 결혼이 얼마나 비참하고, 용서받을 수 없고, 절망적이고, 나쁜 일인지 느낀다면 불편한 마음은 더욱 줄어들 거라고 희망했다.

내일 성사될 가능성이 큰 그 만남만 무사히 마치면 이번 일은 최종적으로 마무리될 것이고, 크로퍼드 씨가 맨스필드를 떠나고 나면 언제 그런 일이 있었느냐는 듯 모든 게 제자리를 잡을 것이라는 생각에 기분이 좋아지지 않을 수 없었다. 그녀는 자신에 대한 애정 때문에 크로퍼드 씨가 오랫동안 괴로워할지도 모른다는 생각은 믿고 싶지도 않았고 믿을 수도 없었다. 그는 그런 마음의 소유자가 아니었다. 런던이 곧 그의 마음을 치유하는 방책을 줄 것이었다. 런던에서 그는 곧 자신이 왜 그런 사랑에 빠졌었는지 의아해할 것이고, 그나마 상대방 아가씨가 올바른 이성을 갖고 있어 불운한 결과를 막아주었다고 고마워할 것이었다.

패니가 이런 희망적인 생각에 골몰해 있던 동안, 그녀의 이모부는 차를 마신 뒤 곧바로 불려 나갔다. 자주 있는 일이라 그녀는 별로 놀라지 않았다. 그로부터 10분 뒤 집사가 다시 나타나 확실히 그녀를 향해 다가와서 이렇게 말할 때까지 그 일은 생각도 하지 않고 있었다. "토머스 경께서 방에서 하시고 싶은 말씀이 있답니다, 아가씨." 그제야 앞으로 무슨 일이 일어나려고 하는지 불쑥 감이 왔다. 한 가지 의심이 밀려들자 그녀의 얼굴에선 핏기가 싹 사라졌다. 자리에서 즉시 일어나 이모부의 지시를 따를 준비를 하고 있는데, 노리스 부인이 큰 소리로 말했다. "잠깐 기다려, 기다려라, 패니! 무슨 일이야? 어디 가니? 그렇게 서두르지 마라. 내 확신하는데, 부르는 사람이 네가 아닐 거다. 맹세코 말하는데, 아마 나를 부르는 걸 거야. (집사를 쳐다보며) 아무튼 넌 너무 주제넘게 나서는 경향이 있어. 토머스 경이 너를 무슨 일로 부르겠니? 브래들리, 당신이 말하는 사람이 나겠지. 당장 갈게, 브래들리. 틀림없이 나를 데리러 온 거겠지. 토머스 경은 패니가 아니라 나를 찾는 걸 거야."

하지만 브래들리는 완강했다. "아닙니다, 부인. 프라이스 아가씨입니다. 프라이스 아가씨를 부르신다고 확신합니다." 그러면서 그는 절반쯤 미소를 지으며 이런 의미가 담긴 말을 했다. "그분께서 부르시는 목적에 부인이 부합한다고는 전혀 생각하지 않습니다."

크게 실망한 노리스 부인은 마음을 진정시키고 다시 바느질을 시작할 수밖에 없었다. 패니는 초조한 심경으로 방을 빠져나갔고, 1분 뒤 예상대로 크로퍼드 씨와 둘만의 자리를 갖게 되었다.

2

두 사람의 만남은 숙녀 쪽의 의도대로 그렇게 짧지도, 그렇게 결정적이지도 않았다. 신사 쪽은 쉽게 만족하지 않았다. 토머스 경의 바람대로 그는 최대한 끈질기게 버틸 작정이었다. 그는 자만심으로 가득 찬 사람이었다. 그 자만심으로 우선 패니 본인은 깨닫지 못하는지 모르지만 그녀가 실은 그를 사랑하고 있다고 완강하게 믿고 있었으며, 둘째로 그녀가 당장은 자기 감정을 모르고 있다는 것을 결국 인정할 수밖에 없지만, 조만간 그 감정을 그가 바라는 모습으로 바꿀 수 있으리라 확신하고 있었다.

그가 사랑에, 깊은 사랑에 빠진 것이다. 그리고 그 사랑은 세심함보다는 열렬함을 더 많이 지닌 적극적이고 낙관적인 성향에 기반을 두고 있었기에, 그로 하여금 그녀의 애정이 유보될수록 그 애정이 더욱 값지다고 여기게 했고, 그녀가 그를 사랑하지 않을 수 없는 영광뿐 아니라 행복까지 누리리라 결심하게 했다.

그는 절망하지 않을 생각이었다. 단념하지 않을 생각이었다. 흔들리지 않는 애정을 가질 만한 충분한 근거가 되는 온갖 이유가 있었다. 그는 그녀와 함께하는 영원한 행복을 향한 열렬한 소망을 정당화하는 온갖 장점이 그녀에게 있다는 걸 알았다. 당장 그녀가 보이고 있는 태도는, 오히려 사심 없고 세심한 성격(자신은 정말 드물다고 믿는 성격이었다)을 드러내줌으로써 그의 소망을 고조시키고 결의를 단단히 굳혀줄 뿐이었다. 그는 자신이 이미 마음이 다른 사람에게 가 있는 상대를 공략하고 있다는 걸 몰랐다. 그런 가능성은 의심도 하지 않았다. 그는 그녀가 이런 일을 한 번도 생각해본 적이 없으니 위험에 빠질 가능성이 없으며, 젊음, 즉 용모뿐 아니라 마음까지도 사랑스러운 젊음이 이끄는 대로 따라가고 있다고, 겸손한 마음씨 때문에 자신의 관심을 이해하지 못하고 있으며, 전혀 예상치 못했던 갑작스러운 구혼과 머릿속에 한 번도 담아보지 못한 새로운 상황에 시종 압도되어 당황해하고 있다고만 생각했다.

자신의 본심만 이해한다면 당연히 성공이라는 결과가 나오지 않겠는가? 그는 그렇게 될 거라고 전적으로 믿었다. 자신과 같은 남자가 이 같은 사랑을 보이고 있으니 끈기 있게 버티다 보면 분명히, 그것도 머지않은 장래에 확실한 보답을 받게 될 것이다. 그는 짧은 시간 안에 그녀가 자신을 사랑하지 않을 수 없으리라는 생각에 기뻐서 그녀가 당장 자신을 사랑하지 않는 것이 별로 섭섭하지 않았다. 다소의 어려움을 극복하는 일쯤은 헨리 크로퍼드에게 크게 불편한 일도 아니었다. 그는 오히려 이런 일에서 용기를 이끌어내는 사람이었다. 여성의 마음을 너무 쉽게 사는 데 이골이 난 사람이었다. 그러니 지금과 같은 상황은 그에게 새롭기만 했고 활기를 불어넣어줄 뿐이었다.

그러나 평생 실컷 거절을 당하며 살아온 패니에게, 거절에서 매력을 발견한다는 것은 있을 수 없는 일이었다. 그러니 그녀는 크로퍼드 씨의 이 모든 태도가 이해가 안 되었다. 그녀는 그가 끈질기게 버틸 생각이라는 걸 알아차렸다. 하지만 그녀가 (부득이 쓸 수밖에 없다고 느껴서이긴 했지만) 그렇게 심한 언사를 했는데도, 그가 어떻게 그런 태도를 보일 수 있는지 이해가 안 되었다. 그녀는 그에게, 그를 사랑하지 않는다고, 사랑할 수 없다고, 앞으로도 사랑하지 않으리라 확신한다고, 그 같은 변화는 불가능하다고, 이런 화제는 너무나 고통스럽기만 하다고 했다. 그러니 다시는 꺼내지 말아주기를 간청한다고, 그녀의 마음에서 그를 지울 테니 제발 허락해달라고, 그리고 이 문제는 이것으로 결론이 난 것으로 생각해달라고 말했다. 그런데도 그가 더욱 조르고 나오자, 그녀는 자신의 생각으로는 두 사람의 기질이 천양지차를 보이니 서로간의 사랑은 양립할 수 없다고, 천성으로 보나 교육으로 보나 습관으로 보나 서로 너무 맞지 않는다고 덧붙이기까지 했다. 그녀는 이 모든 심한 말을 진심을 담아서, 진지하게 했다. 그러나 그에게는 이런 말로도 충분치 않은 모양이었다. 그는 즉시 그들의 성격에 맞지 않는 부분은 없고 그들이 처한 상황에도 우호적이지 않은 부분은 전혀 없다고 부인했다. 그러면서 그녀를 여전히 사랑하고 있으며, 계속해서 희망을 품겠다고 하는 것 아닌가!

패니는 스스로의 속마음은 알지만 스스로의 태도가 어떤지는 판단할 수 없는 사람이었다. 그녀의 태도는 어찌해볼 도리 없이 온화하기만 했다. 그리고 그녀는 자신의 그런 태도가 단호한 의지를 얼마나 가리고 있는지 알지 못했다. 수줍어하고, 고마워하고, 온화한 태도만 보이다 보니 아무리 무관심을 표명해도 그에게는 그저 겸손하게, 스스로를 깎아내리는 것으로만 보이는 모양이었다. 적어도 이번 일이 그뿐만 아니라 그녀 자신에게도 거의 같은 고통을 주는 일로 보이는 모양이었다. 사실 그는 더 이상 예전의 크로퍼드 씨가 아니었다. 은밀하고 음험하고 교활하게 마리아 버트럼을 사랑하여 패니의 혐오의 대상이 됐던 사람, 보는 것도 말을 나누는 것도 끔찍이 싫었던 사람, 착한 성품 같은 것은 아예 존재하지 않는다고 믿었던 사람, 사근사근하지만 좀처럼 그 매력을 인정할 수 없었던 사람, 그는 더 이상 그런 사람이 아니었다. 지금의 크로퍼드 씨는 사심 없는 열렬한 사랑의 감정으로 그녀에게 구혼을 하는 사람, 명예롭고 고결한 온갖 모습과 분명하게 어울리는 감정을 지닌 사람, 행복이 전적으로 애정에 기반을 둔 결혼에 달려 있다고 생각하는 사람, 그녀의 장점을 알고 있다고 쏟아내듯 고백하는 사람, 자신의 애정을 거듭 설명하고 설명하는 사람, 그리고 말로 증명할 수만 있다면 표현과 말투와 말재주를 갖춘 사람답게 명랑 쾌활한 말들로 자신은 온순하고 착한 그녀의 마음씨에 반해 그녀를 자신의 여자로 맞이하려고 한다는 것을 입증하려는 사람이었다. 게다가 이 모든 장점들을 완결시키는 덕목 하나가 더 있었으니, 지금의 그는 윌리엄의 진급을 성사시킨 크로퍼드 씨라는 것 아니겠는가!

이제는 변화가 생긴 것이었다. 이제는 그 효력을 발휘하지 않을 수 없는 자격이 그에게 생겨난 것이었다. 그녀는 소서턴 방문이나 맨스필드 파크의 연극을 이유로 분노를 미덕 삼아 한껏 위엄을 부리며 그를 경멸할 수 있었다. 하지만 지금의 그는 그것과 다른 대접을 요구할 수 있는 권리를 지닌 채 그녀에게 다가오고 있었다. 그녀는 정중하게, 동정심을 갖고 대해야 했다. 자신이 그의 존중을 받는다는 인식을 가져야 했고, 스스로를 생각해서든 윌리엄 오빠를 생각해서든, 큰 고마움을 느껴야 했다. 이 모든 마음의 결과물로 나타난 것이 지극히 동정적이면서 혼란스러운 그녀의 태도였다. 그녀의 거절에 섞여 있는 말들이었다. 고마움과 염려가 너무나 많이 표현된 말들 말이다. 그러니 크로퍼드 씨처럼 자만심과 낙관적인 기질을 가진 사람에게 그녀의 무관심의 진실성 혹은 적어도 그 강도가 의심스러워 보이는 것은 당연한 일이었다. 그리고 그가 대화를 마무리하면서 끈질기고 부단하게, 좌절하지 않고 애정을 고백할 때 보니, 패니가 생각하는 만큼 분별없게 굴지도 않았다.

그는 마지못한 태로도 패니를 보냈지만 헤어짐에 실망했다는 표정은 전혀 보이지 않았다. 그런 표정이라도 보였다면 그가 말과 다른 사람이며, 스스로 보인 것보다 실은 덜 분별없는 사람이라는 희망이라도 주었을 텐데 말이다.

그의 그런 표정을 보고 그녀는 화가 치밀었다. 그토록 이기적이고 너그럽지 못한, 끈질긴 모습을 보니 분노가 치밀었다. 가만히 보니 예전에 그토록 큰 충격과 혐오감을 주었던 모습, 다른 사람들을 세심히 배려하거나 존중하는 마음이 결핍된 모습이 다시 등장하는 것이었다. 예전에 그토록 비난했던 그 크로퍼드 씨의 모습이 다시 보이는 것이었다. 자기 자신의 쾌락과 관련된 일이라면 동정심이나 인정이 너무나 부족하다는 게 얼마나 명백히 드러나고 있는 것인가! 게다가 세상에! 가슴의 결핍을 의무처럼 벌충해주는 원리원칙을 어째서 그는 늘 모르고 있는가! 아마 그녀의 애정이 임자 없는 자유로운 상태였다 해도(아마도 마땅히 그래야 했을 것이다) 그가 그 애정을 차지할 수는 없었을 것이다. 패니는 진정으로, 차분히 서글픔을 느끼면서 그렇게 생각했다. 그러면서 자리에 앉아 위층에 난롯불을 피워주다니 너무 고맙고 너무 큰 호사를 누린다고 골똘히 생각에 잠겼고, 과거와 현재에 대해 놀라워했고, 일어나지 않은 앞날을 궁금해했다. 그렇게 불안하고 혼란스러운 생각에 빠져 있다 보니, 어떤 상황에서도 자신이 크로퍼드 씨를 사랑하게 되는 일은 결코 일어나지 않을 거라는 확신과, 가만히 앉아서 들여다보며 사색할 난롯불이 활활 지펴졌다는 행복감 말고는 어느 것 하나 확실한 것이 없었다.

토머스 경은 두 젊은 남녀 사이에 무슨 말이 오갔는지 알아내려면 다음 날까지 기다릴 수밖에 없었다. 그는 그래야 한다고 스스로를 설득했다. 다음 날에야 크로퍼드 씨를 만나서 설명을 들었는데, 그걸 듣고 제일 먼저 든 감정은 실망감이었다. 그는 더 나은 결과를 기대하고 있었다. 크로퍼드 같은 청년이 한 시간이나 간청한다면 패니처럼 온순한 성품의 아가씨에게 조금이라도 변화를 불러일으키지 못할 리가 없다는 게 그의 생각이었다. 여하튼 남자 연인 쪽에서 여전히 단호한 목표를 갖고 낙관적으로, 끈기 있게 나오는 걸 보니 이내 위로가 되긴 했다. 그리고 주인공 남자 쪽에서 그렇듯 성공을 확신하고 있는 것을 보니 토머스 경 또한 성공을 믿을 수 있었다.

토머스 경 편에서도 정중한 대접과 칭찬, 친절 등 어느 것 하나 빠트리지 않았는데, 그 모든 것이 그의 계획에 도움이 될 것 같아서였다. 그는 크로퍼드 씨의 확고한 결심에 경의를 표했고, 패니를 칭찬했고, 두 사람의 관계야말로 세상에서 가장 바람직한 연분이라고 말했다. 그는 크로퍼드 씨의 방문은 맨스필드에서 언제든 환영받을 것이며, 지금이든 앞으로든 방문을 얼마나 자주 할 것인지는 스스로의 판단과 느낌에 따르기만 하면 될 것이라고도 했다. 그는 이번 일에 있어, 조카딸의 가족과 친지들에게는 오직 한 가지 의견과 바람밖에 있을 수 없으며, 그녀를 사랑하는 모든 사람들의 영향력이 분명히 한 방향으로만 흐를 것이라고 덧붙였다.

용기를 북돋워주는 말은 전부 한 셈이었다. 그리고 크로퍼드 씨는 그 모든 말을 고맙고 기쁜 마음으로 받아들였다. 두 신사는 가장 친한 사이가 되어 헤어졌다.

이제 이 일이 가장 적절하고 희망찬, 굳건한 기반 위에 놓였다는 만족감을 갖게 된 토머스 경은 더 이상 조카딸을 조르는 일은 삼가겠으며 노골적인 참견도 하지 않으리라 결심했다. 그는, 패니의 기질상 그녀에게 영향을 미치는 가장 좋은 방법은 다정하게 대해주는 것이라고 보았다. 간청은 한쪽에서만 하면 되었다. 가족들의 바람이 무엇인지 그녀도 모르지 않는 일이라면, 가족들이 인내심을 갖고 기다려주는 것이야말로 일을 추진하는 가장 확실한 방법이었다. 따라서 토머스 경은 이런 원칙에 입각하여 그녀와 이야기를 나누게 된 첫 기회를 잡아 부드러우면서도 엄한 어조로 영향을 미치기로 마음먹었다. "그래, 패니, 내가 크로퍼드 씨를 다니 만나보았다. 그래서 그를 통해 너희 두 사람의 관계가 어떤지 정확히 알게 되었지. 참 훌륭한 청년이더구나. 결과야 어찌 되었든 간에 네가 평범하지 않은 애정을 불러일으켰다는 건 분명히 느끼고 있겠지. 물론 너는 아직 어린 데다 사랑이라는 게 대개 그렇듯이 덧없고, 변화무쌍하고, 불안정하다는 것을 잘 모르니, 그가 낙담하지 않고 끈질기게 나오는 모습을 보고 내가 놀라는 만큼 놀라지는 않을 거야. 그 청년에게는 이번 일이 전적으로 감정과 관련된 일 같 더구나. 그런 일에는 아무런 자격이 없다고, 자신은 아마 전혀 자격이 없을지도 모른다고 주장했어. 하지만 이렇게 훌륭한 상 대를 선택했으니, 그의 한결같은 마음에 경의를 표한다는 도장 은 찍어줘야겠지. 그의 선택이 덜 훌륭했다면 나는 그가 이렇 게 끈질기게 나오는 걸 틀림없이 비난했을 거야."

"진심이에요, 이모부." 패니가 말했다. "정말 딱한 일이에 요. 크로퍼드 씨가 이렇게 계속……. 저도 그게 저에게 큰 찬사 를 베푸는 일이라는 것쯤은 알아요. 그리고 그럴 자격도 없는 제가 황송한 대접을 받고 있다는 생각도 하고 있고요. 하지만 제 확신은 더없이 굳건해요. 그분에게도 그렇다고 말했어요. 앞으로 제 능력으로는 결코……."

"애야." 토머스 경이 말을 끊고 들어왔다. "그런 말까지 할 필요는 없다. 네 감정은 나도 잘 알아. 내가 바라는 것이 무엇 인지도 알고 섭섭해하는 것도 분명히 알겠지만 말이다, 더 이 상 설명하거나 행동할 필요는 없다. 이 시간 이후로 너와 나 사 이에서 이 이야기는 재론하지 말자꾸나. 앞으로는 네가 두려 워할 일도 속을 태울 일도 없을 게다. 네 의향에 반하는 결혼을 애써 설득할 수 있을 것이라는 생각은 안 해. 내가 염두에 두는 것은 네 행복과 이득뿐이란다. 그러니 너를 설득하려는 크로퍼 드 씨의 끈질긴 노력을 참아달라는 것 말고는, 너한테 아무것 도 요구하지 않으마. 네 행복과 이득이 자신의 행복과 이득과 양립하지 못할 리가 없다는 그의 설득 말이다. 그는 지금 위험을 감수하면서까지 이 일을 진행하고 있는 거야. 너는 안전한 입장에 놓여 있고. 그가 방문할 때마다 너를 만나게 해주겠다고 약속했다. 이런 일만 일어나지 않았으면 너도 그리했겠지. 그 사람이 찾아오면 우리 집 다른 가족들과 함께, 같은 방식으로, 불쾌한 기억은 전부 지워버리고 만나고 싶은 만큼만 만나면 된다. 곧 노샘프턴 주를 떠난다고 하더라. 그러니 이렇게 네게 약간의 희생을 요구하는 일도 앞으로 자주 있진 않을 거야. 미래라는 것은 지극히 불확실한 거란다. 자, 사랑하는 패니, 이제 이 이야기는 너와 나 사이에선 이걸로 끝난 거다."

그가 떠난다는 소식이야말로 패니가 더없이 만족스럽게 바랄 수 있는 모든 것이었다. 하지만 그녀는 이모부의 다정한 표현과 억제된 태도를 똑똑히 느꼈다. 그녀는 이모부가 얼마나 많은 진실을 모르고 있는지를 생각하니 자신에게는 지금 이모부가 밟고 있는 노선에 대해 놀랄 권리가 없다고 믿었다. 이모부는 딸을 러시워스 씨와 결혼시킨 분 아닌가. 그런 사위에게서 낭만적이고 섬세한 감정을 기대할 수 없다는 것은 분명했다. 그녀는 도리를 다해야 했다. 그리고 세월이 흐르다 보면 지금보다 더 쉽게 그런 도리를 다할 수 있으리라 믿었다.

아직 열여덟 살에 불과했지만, 그녀는 크로퍼드 씨의 애정이 영원히 지속되지 않으리란 걸 알았다. 그녀 쪽에서 흔들리지 않고 꾸준히 단념시키다 보면 언젠가 이 일이 마무리되리라 상상하지 않을 수 없었다. 그녀의 생각에, 그런 단념이 지배적으로 잡는 데 얼마나 많은 시간을 할당할 수 있을지는 다른 문제였다. 그리고 어린 아가씨에게 자신의 완벽한 면모를 정확히 판단하라고 하는 것은 그리 온당한 일은 아닐 것이다.

침묵을 지키겠다고 마음먹었지만 토머스 경은 이 이야기를 조카딸에게 다시 꺼내면서, 두 이모에게도 알려야겠다고 간략하게 마음의 준비를 시키지 않으면 안 된다는 걸 깨달았다. 그로서는 가능하면 계속 피하고 싶었지만 비밀스럽게 일을 진행 시키는 데에 대해 크로퍼드 씨가 완전히 상반된 생각을 품고 있었기에 불가피해진 조치였다. 크로퍼드 씨는 이 일을 비밀에 부치고 싶은 생각이 전혀 없었다. 이미 목사관에 다 알려졌다는 것이었다. 그곳에서 두 누이와 함께 이 일을 즐겨 이야기했으며, 사정을 다 알고 있으면서 일이 성공적으로 진행되는 과정을 지켜보는 증인들이 옆에 있어 오히려 즐겁다고 했다. 말뜻을 이해한 토머스 경도 아내와 처형에게 지체 없이 이 일을 알리는 게 불가피하다고 생각했다. 물론 패니 때문에, 노리스 부인에게 알림으로써 빚어질 결과가 자신도 패니만큼이나 우려되는 건 사실이었다. 그는, 선의에서 나왔지만 잘못되었던 노리스 부인의 열의에 대해서는 반대하는 입장이었다. 사실 이 무렵 토머스 경은 노리스 부인을 좋은 의도를 지녔으나 언제나 잘못되고 몹시 불쾌한 일만 저지르는 사람 중 한 명으로 분류하기에 이른 참이었다.

하지만 노리스 부인은 그의 부담을 덜어주었다. 그는 아내와 처형에게 부디 조카딸을 너그럽게 대해주고, 입을 확실히 닫아달라고 신신당부했다. 노리스 부인은 그렇게 하겠다고 약속했을 뿐 아니라, 실제로 지키기까지 했다. 그저 조카딸에게 악의가 점점 더 많이 섞여가는 눈길만 주었을 뿐이었다. 물론 그녀는 지독히 화가 나긴 했다. 하지만 패니가 그런 청혼을 거절한 것보다 그런 청혼을 받았다는 것 때문에 더 화가 났다. 줄리아에게 상처가 되고 모욕이 되는 일이라는 것이었다. 마땅히 줄리아가 크로퍼드의 선택 대상이어야 했다. 그리고 이번 일과 관계없이 그동안 무시해왔던 패니였기에 싫었다. 그동안 깔아뭉개려 애써왔던 아이에게 그 같은 신분 상승이 일어난다는 것은 그녀로서는 끔찍이 못마땅한 일이었다.

토머스 경은 이번 일에서 처형이 보여준 신중한 처신에 대해 그녀가 마땅히 받아야 할 몫보다 더 큰 공을 인정했다. 패니 또한 이모가 불쾌한 기색을 내보이기만 했지 그걸 말로 표현하지는 않았기에, 이모를 축복이라도 할 수 있을 것 같았다.

레이디 버트럼은 이 일을 다르게 받아들였다. 그녀는 본인 자신이 평생을 미인으로, 그것도 부유한 미인으로 살아온 사람이었다. 게다가 미모와 재력이야말로 그녀에게 경의를 불러일으키는 모든 것이었다. 패니가 막대한 재력을 지닌 남자의 청혼을 받았다는 걸 알게 되자, 그녀가 생각하는 패니의 위상은 한껏 높아졌다. 그전까지 미심쩍어하던 패니의 출중한 미모에 대해, 그리고 패니가 유리한 결혼을 하게 된다는 사실에 대해 확신하게 되자 그녀는 조카딸을 부르며 자랑스러운 느낌까지 가질 정도였다.

"그래, 패니." 얼마 후 단둘만 있게 되자 그녀가 말했다. 그

녀는 패니와 단둘만 있기를 바라는 조급함 비슷한 마음이 생겨
난 것을 스스로도 느끼고 있었다. 때문에 이 말을 하는 그녀의
표정에는 특별히 생기가 넘쳐흘렀다. "그래, 패니, 오늘 아침 참
기쁜, 뜻밖의 소식을 들었다. 그 소식에 대해 한 번은 꼭 이야기
해야겠어. 토머스 경에게도 한 번은 꼭 할 거라고 말했거든. 그
런 다음에는 다시는 안 할게. 축하한다, 사랑하는 조카야." 그러
면서 그녀는 흡족한 표정으로 조카를 바라본 뒤 이렇게 덧붙였
다. "흠! 우리 집안이 확실히 미인 집안은 미인 집안인가 봐."

패니는 얼굴이 빨개졌고 처음에는 무슨 말을 해야 할지 몰
랐다. 그녀는 이모의 취약한 부분을 공략하겠다는 바람으로 곧
바로 이렇게 대답했다.

"사랑하는 이모, 제가 했다고 들으신 것과 달리 처신했으면
좋겠다고 생각하시는 건 아니시죠. 제가 결혼하기를 바라실
리는 없잖아요. 제가 떠나면 몹시 아쉽지 않으시겠어요? 그렇
죠? 그래요, 그럴 거예요. 그런 일이 생기면 틀림없이 저를 많
이 그리워하실 거예요."

"아니다, 애야. 그립다는 생각은 안 할 거야. 이런 청혼이 네
눈앞에 나타났잖니. 크로퍼드 씨처럼 엄청난 자산을 가진 재력
가와 결혼한다면 난 너 없이 아주 잘 지낼 수 있어. 그리고 너
도 분명히 알 거다, 패니. 이번처럼 더할 나위 없이 훌륭한 청
혼을 받는다면 그걸 수락하는 게 모든 아가씨들의 의무라는 것
말이야."

열여덟 해 반이라는 세월이 흐르는 동안 패니가 이모에게

들은 거의 유일한 조언이자 처세론이었다. 이모의 그런 말을 듣고 그녀는 말문이 막혔다. 이의를 제기해봤자 크게 득 될 것이 없다는 생각도 들었다. 이모의 생각과 자신의 생각이 어긋난다면, 이모가 이해하고 있는 내용을 공격해봤자 바랄 수 있는 건 하나도 없을 게 분명했다. 레이디 버트럼은 말을 무척 많이 했다.

"어떻게 된 일인지 내가 한번 설명해볼게, 패니." 그녀가 말했다. "장담하는데 아마 그 사람은 무도회 때 너와 사랑에 빠졌을 거야. 그날 저녁에 사랑의 장난이 행해진 게 틀림없어. 그날 네가 정말 놀랄 정도로 예뻤거든. 모두들 그렇다고 말했어. 토머스 경도 그렇게 말했고. 그리고 너도 알다시피 네가 드레스 입는 걸 채프먼 부인이 도와주지 않았니. 채프먼을 네게 올려 보낼 수 있었던 게 난 참 기쁘단다. 그날 저녁 사랑이 성사된 게 틀림없다고 토머스 경에게도 말해야겠다." 똑같은 즐거운 생각을 이어가면서 그녀는 곧바로 이렇게 덧붙였다. "그리고 내가 지금 너한테 무슨 이야기를 하려는지 아나 모르겠다, 패니. 마리아에게도 하지 않은 말인데…… 다음번에 퍼그가 새끼를 낳으면 너한테 한 마리 줄게."

3

에드먼드는 집에 돌아오자마자 대단한 소식들을 들었다. 뜻밖의 많은 일들이 그를 기다리고 있었다. 가장 먼저 일어난 일만 해도 적잖이 흥미로웠다. 말을 타고 마을로 들어가다 보니 헨리 크로퍼드와 그의 여동생이 마을 한복판을 걸어오고 있었다. 이미 멀리 떠났으리라 결론을 내려놓고 있던 참이었다. 아니, 그랬으면 좋겠다고 바라고 있던 참이었다. 크로퍼드 양과의 만남을 일부러 피하려고 떠나 있던 기간을 두 주 더 연장했었다. 그렇게 침울한 기억과 가슴 아픈 추억을 기꺼이 곱씹으리라 단단히 각오를 다지고 맨스필드로 들어섰던 것인데, 오빠의 팔에 기댄 아름다운 여성이 직접 그의 눈앞에 나타난 것이다. 그녀가 반갑게 인사를 하고 있었다. 잠시 전까지만 하더라도 70마일은 족히 떨어져 있을 거라고 생각했던 여성이, 그리고 기질적인 차이로 볼 때 그 어떤 거리로 표현할 수 있는 것보다 더 멀리 있는 것처럼 느껴지는 여성이, 의심의 여지가 없는 다정한 인사를 건네는 것이었다.

그를 대하는 태도는 그녀를 다시 만났을 때 도저히 기대할 수 없으리라 짐작했던 것이었다. 사실상 그곳을 떠났던 목적을 완결 짓고 돌아오는 길이었기에 그는 만족해하는 그녀의 표정을 본다거나 소박하고 즐거운 의미가 담긴 말을 듣게 되리라고는 결코 생각하지 못했다. 그녀의 그런 모습을 보니 그는 너무 기뻐서 가슴까지 뜨거워졌고, 그를 기다리는 뜻밖의 즐거운 소식들의 진정한 가치를 느끼기에 가장 적절한 상태로 집에 돌아갈 수 있었다.

그는 곧 윌리엄의 진급 소식을 세세한 정황과 함께 모두 알게 되었다. 기쁨에 도움이 되는 행복감을 가슴속에 이미 은밀히 준비해놓은 터라 그는 정찬 내내 그 소식에서 더할 나위 없는 만족감과 지속적인 명랑한 기분의 원천을 찾아냈다.

정찬이 끝나고 아버지와 단둘이 자리하게 되었을 때 그는 패니 이야기를 들었다. 이어서 지난 두 주간 일어났던 중대한 사건들과 현재 맨스필드가 당면한 상황에 대해서도 모두 알게 되었다.

패니는 그들 부자 사이에 무슨 이야기가 오가는지 짐작했다. 그들이 정찬실에 평소보다 더 오래 앉아 있는 것을 보고 그녀는 자신의 이야기를 하고 있다는 확신을 가졌다. 이윽고 차 마실 시간이 되어 두 사람이 정찬실에서 나왔을 때, 그래서 에드먼드를 다시 볼 수 있게 되었을 때 그녀는 왠지 큰 잘못을 저지른 것 같은 기분이 들었다. 그가 옆으로 와서 앉더니 다정하게 손을 꼭 쥐었다. 그 순간 그녀는 차를 마시는 상황에서 자신이 차를 내고 다기들을 다루는 사람이 아니었다면, 용납이 안될 만큼 과하게 감정을 드러낼 뻔했다고 생각했다.

그러나 손을 꼭 쥐는 다정한 행동으로 무조건적인 찬성과 그런 행동에서 그녀가 끌어내고 싶어 하던 격려를 전하자는 게 그의 의도는 아니었다. 그저 그녀와 관련이 있는 온갖 일들에 함께하겠다는 것이며, 자기 아버지로부터 애정 어린 온갖 감정을 불러일으키는 이야기를 들었다는 말을 하려는 것뿐이었다. 사실 그는 이번 일에서 전적으로 아버지 편이었다. 그는 패니가 크로퍼드를 거절했다는 사실에 대해 아버지만큼 많이 놀라지는 않았다. 그동안 그녀가 호감 비슷한 감정을 품고 크로퍼드를 대해왔다고 여기기는커녕 항상 그 반대라고 믿어왔었고, 나아가 그녀가 마음의 준비도 전혀 안 된 상태에서 급습을 당했다는 생각이 들었기 때문이다. 하지만 토머스 경이라 할지라도 그보다 더 이 연분을 바람직하다고 여길 수는 없었을 것이다. 그가 보기에는 크로퍼드와 패니의 인연은 권장할 만한 모든 요인을 갖춘 결합이었다. 지금 크로포드를 좋아하는 건 아니라는 이유로 그녀가 한 행동에 대해서는 높이 평가했고 (어쩌면 토머스 경이 맞장구를 칠 수 있는 범위를 벗어나 다소 지나치게 높이 평가하고 있는지도 몰랐다), 그 역시 이 연분이 맺어졌으면 좋겠다고 간절히 바랐고, 낙관적으로 그렇게 되리라고 믿었다. 그리고 서로 애정을 갖게 되어 맺어진다면 두 사람의 기질은 (그가 지금 막 진지하게 생각하기 시작한 것처럼) 서로에게 축복이라 할 정도로 딱 맞을 것 같은 생각도 들었다. 하지만 크로퍼드가 너무 성급했다. 그녀 쪽에서도 애정을 가질 시간적 여유를 주었어야 했다. 첫 단추가 잘못 꿰어졌던 것이다. 그러나 크로퍼드처럼 능력이 있는 남자와 패니처럼 착한 성품을 가진 아가씨가 만났으니, 에드먼드는 모든 일이 장차 행복한 결말을 맞게 되리라 믿었다. 한편 그는 패니가 곤혹스러워하는 모습을 충분히 보았기에, 말이든 표정이든 행동이든 그런 곤혹스러움을 다시 불러일으키는 언행은 하지 않도록 각별히 신경 써야겠다고 마음먹었다.

다음 날 크로퍼드 씨가 방문했다. 토머스 경은 에드먼드가 집에 돌아왔다는 이유 때문에라도 그에게 정찬 때까지 더 머무르라고 부탁할 권한이 더 생겼다고 느꼈다. 실제로도 필요한 의례였다. 크로퍼드는 물론 정찬 때까지 머물렀다. 따라서 에드먼드는 그가 패니에게 어떤 식으로 서두르고 있는지, 그녀의 태도에서 어떤 것들이 직접적으로 그를 자극하는지 어느 정도로 파악할 충분한 기회를 가졌다. 그런데 눈에 띄는 요소들이 너무 적어서, 아니 거의 없다시피 해서 (당황해하는 그녀의 태도를 보고 그런다면 그것은 모든 가능성과 모든 기회로 열려 있는 것이었고, 혼란스러워하는 그녀의 태도에 희망을 걸자면 사실 어떤 희망도 없다고 봐야했다), 그는 이 친구가 이토록 끈질기게 나오는 게 참 의아하다는 생각까지 들었다. 물론 패니는 전적으로 그런 대접을 받을 만한 아가씨였다. 그는 패니가 더없는 인내심을 보이면서 전심전력을 다할 가치가 있는 아가씨라고 생각했다. 하지만 자신이라면, 즉 그의 두 눈으로 직접 그녀의 눈에서 본 것 정도밖에 읽어내지 못한 경우라면, 살아 숨 쉬는 어떤 여성에게도 절대로 일을 이런 식으로 진행하지는 않으리라 생각했다. 그는 크로퍼드도 더욱 명확하게 현실을 직시하면 좋겠다고 진심으로 바랐다. 그리고 이런 바람이, 정찬 전과 도중, 그리고 이후에 진행된 모든 상황을 지켜보며 그가 도달한 결론, 즉 이 친구를 위해 가장 위안이 되는 결론이었다.

저녁이 되자 좀 더 희망적이라 생각되는 몇 가지 상황이 벌어졌다. 그와 크로퍼드가 응접실로 들어갔을 때, 그의 어머니와 패니는 신경 쓸 다른 일이 없다는 듯이 묵묵히 앉아서 바느질에 열중하고 있었다. 에드먼드는 깊은 고요에 빠져 있는 두 사람의 모습을 보고 말을 하지 않을 수가 없었다.

"우리가 계속해서 이렇게 조용히 있었던 건 아니야." 그의 어머니가 대꾸했다. "패니가 책을 읽어주고 있었어." 확실히 방금 전 덮은 모양새의 책 한 권이 탁자 위에 놓여 있었다. 셰익스피어 전집 중 한 권이었다. "저 애가 종종 내게 전집 중 한 권을 읽어준단다. 마침 그 사람의 멋진 대사를 읽어주던 참인데…… 그 사람 이름이 뭐였지, 패니? 두 사람의 발소리가 들리는 바람에 그만."

크로퍼드가 책을 집어 들었다. "제게 레이디 버트럼께 그 대사의 낭독을 마무리해드릴 영광을 베풀어주시겠습니까." 그가 말했다. "그 대목을 즉시 찾아내지요." 책장이 접힌 모양새를 살펴보고 그는 정말로 그 대목, 혹은 그 한두 페이지 이내의 레이디 버트럼을 충분히 만족시킬 수 있을 만큼 가까운 대목을 찾아냈다. 그가 그 사람 이름이 울지 추기경* 아니었냐고 말하자 레이디 버트럼은 바로 찾아냈다고 그를 안심시켰다. 패니는 어떤 표정도 짓지 않았고 도와주겠다는 제안도 하지 않았다. 그의 제안에 찬성하는 말도 반대하는 말도 하지 않았다. 그녀의 모든 관심은 오로지 바느질에만 쏠려 있었다. 그 밖의 다

---

*영국의 정치가이자 추기경으로 헨리 8세의 심복이었으나 앤 불린과의 결혼을 반대한 것이 화근이 되어 그의 총애를 잃고 처형되었다. 패니가 읽고 있던 작품은 셰익스피어 만년의 작품인 〈헨리 8세〉로, 울지 추기경과 앤 불린 외에도 울지의 정적 버킹검 공작, 앤 불린에 의해 강제 이혼을 당하고 죽음을 맞는 캐서린 왕비 등 거대한 운명의 소용돌이에 휘말렸던 인물들이 대거 등장한다.

른 일에는 전혀 관심을 두지 않겠다고 결심한 사람 같았다. 하지만 그녀는 셰익스피어를 사랑하는 마음이 너무 컸다. 단 5분도 마음을 다른 데로 돌릴 수 없어서 결국 그의 낭독에 귀를 기울일 수밖에 없었다. 낭독은 최고의 수준이었다. 그처럼 훌륭한 낭독을 들으며 그녀가 느끼는 기쁨은 지극했다. 사실 그녀는 이미 오래전부터 훌륭한 낭독에 익숙해져 있었다. 이모부가 낭독을 아주 잘하는 편이었고 사촌 언니들도 잘했다. 에드먼드 또한 아주 능숙하게 잘하는 편이었다. 그러나 크로퍼드 씨의 낭독에는 그동안 들어본 어떤 낭독보다도 더 훌륭한, 다양한 장점들이 들어 있었다. 그는 국왕과 왕비, 버킹검 공, 울지 추기경, 크롬웰 등 모든 인물들의 대사를 차례로 낭독했다. 건너뛰거나 뒤의 내용을 짐작하는 가장 적절한 솜씨와 능력을 보여주면서, 그는 언제든 자기가 마음먹은 대로 각 인물이 등장하는 최고의 장면과 대사에 도달할 수 있었다. 그리고 그 내용이 위엄이든 자만심이든, 애틋함이든 후회감이든 어떤 감정을 다루고 있든 간에 똑같은 정도로 멋지게 낭독할 수 있었다. 진짜로 연극을 공연하는 것 같았다. 연극이 얼마나 큰 기쁨을 줄 수 있는지를 패니에게 처음으로 알려준 것이 바로 그의 연기였다. 그런데 이번의 낭독이 그때 그의 연기를 모두 눈앞에 다시 그려놓는 것이었다. 아니, 더 큰 즐거움을 주고 있는지도 몰랐다. 이 같은 기회가 뜻하지 않게 주어진 데다 버트럼 양과 함께 무대에 올랐던 그의 모습을 지켜보며 괴로워했던 당시의 결점이 이번에는 없는 상태였으니 더욱 그랬다.

에드먼드는 패니의 관심이 달라지는 것을 지켜보면서 그녀의 바느질 속도가 서서히 느려지는 걸 보고 재미있기도 하고 흐뭇해하기도 했다. 낭독을 시작할 때만 해도 그녀의 관심을 온통 차지했던 건 바느질이었다. 바느질감을 들고 꼼짝도 하지 않고 있더니 손에서 그것을 놓치고는 하는 것이었다. 그러다 마침내 그녀의 눈길이 그날 내내 그토록 피하려고 애썼던 크로퍼드를 향해 가 닿더니 잠시 거기 고정되는 모습, 요컨대 그렇게 매료된 그녀의 눈길을 크로퍼드 씨가 주목하게 될 때까지, 거기 고정되던 모습을 지켜보았다. 크로퍼드가 책을 덮었다. 그녀를 매료시킨 마법이 풀린 셈이었다. 그러자 그녀는 얼굴을 붉히며 아까보다 훨씬 더 바느질에 집중했고, 자기만의 세계로 다시 움츠러들었다. 하지만 그런 모습만으로도 에드먼드가 친구의 용기를 북돋워주기에는 충분했다. 그에게 진심 어린 고마움을 표현하면서 에드먼드는 패니의 내밀한 속마음까지 함께 전달되었으면 좋겠다고 생각했다.

"좋아하는 작품인 게 틀림없군요." 그가 말했다. "내용을 훤히 알고서 읽는 것 같아서요."

"앞으로 좋아할 겁니다. 지금 이 시간부터 그럴 것 같습니다." 크로퍼드가 대답했다. "하지만 열다섯 살 이후로 셰익스피어 작품은 손에 잡아본 적이 없는 것 같은데…… 〈헨리 8세〉 공연은 한 번 본 적이 있지만…… 아니, 직접 본 누군가에게 이야기를 들은 것인지도 모르겠네요. 뭐가 사실인지 확신 못 하겠군요. 하지만 셰익스피어는, 어떻게 그렇게 되는지도 모르고 익숙해지는 작가지요. 영국인들의 체질의 일부가 되어버렸다고나 할까요. 그의 생각과 멋진 구절들이 하도 널리 퍼져 있어 모든 곳에서 접하게 되잖아요. 본능적으로 친숙해진다는 거죠. 웬만한 머리를 지닌 사람이라면 그의 작품의 괜찮은 대목을 펼쳤을 때 그 의미의 흐름에 즉시 빠져들지 않는 경우가 없을 겁니다."

"물론입니다. 누구든 어느 만큼은 셰익스피어에 익숙하지요." 에드먼드가 말했다. "아직 어린 나이부터 그래요. 모두들 가장 유명한 구절들을 인용하잖습니까. 우리가 펼치는 책들의 절반쯤에 그 구절들이 들어 있어요. 우리 모두가 셰익스피어를 이야기하고, 그의 비유를 사용하고, 그의 묘사를 활용합니다. 하지만 그런 일반적인 반응과 크로퍼드 씨처럼 그 구절들에 의미를 부여하는 것은 사뭇 다른 겁니다. 셰익스피어를 토막토막, 단편적으로 아는 것은 충분히 흔한 일입니다. 제법 완벽하게 아는 것도 아마 드문 일이 아닐 겁니다. 하지만 그의 작품을 큰 소리로 잘 낭독하는 것은 일상적인 재능이 결코 아닙니다."

"제 면목을 세워주시는군요, 에드먼드 씨." 짐짓 진지한 척 예를 표하며 크로퍼드가 대답했다.

두 신사 모두 패니를 흘긋 쳐다봤다. 혹시 그들의 말과 일치하는 칭찬이 억지로라도 나오나 싶어서였다. 그러나 둘 다 속으로는 그럴 리가 없다고 느꼈다. 그녀의 칭찬은 관심을 보이는 식으로만 이루어지고 있었다. 두 사람은 그것만으로도 분명 만족했을 것이다.

레이디 버트럼도 감탄을 발했다. 역시 강력한 감탄이었다.
"꼭 진짜 공연을 보고 있는 느낌이었어요. 토머스 경도 이 자리
에 함께 있었다면 좋았을 텐데."

크로퍼드는 진심으로 기뻤다. 그토록 무기력하고 게으른 레
이디 버트럼이 그런 감정을 느꼈다니, 활기가 넘치는 데다 내
용도 이미 훤히 알고 있는 조카딸은 어떤 감정을 느꼈을까 짐
작하니 의기양양해져 날아오를 것 같았다.

"정말이지 연기에 대단한 소질을 갖고 있는 게 분명하네요,
크로퍼드 씨." 레이디 버트럼이 말했다. "제 생각을 말해볼까
요. 조만간 때가 되면 크로퍼드 씨가 노퍽 주의 자택에 극장을
만들 거라고 생각합니다. 혹시 안정된 가정을 그곳에서 꾸리신
다면 말이에요. 정말 그런 생각이 들어요. 노퍽 주의 자택에 극
장을 만들 거라는 생각이요."

"그리 생각하십니까, 레이디 버트럼?" 그가 큰 소리로, 재빨
리 대답했다. "아닙니다, 아니에요. 그런 일은 결코 없을 겁니
다. 레이디 버트럼께서 완전히 잘못 생각하신 겁니다. 에버링
엄 집에 극장을 만들다니 안 될 말씀이죠! 그럼요! 절대로 안
됩니다." 그러면서 그는 의미가 담긴 미소를 지으며 패니를 바
라보았다. 미소에 노골적으로 이런 의미가 담겨 있었다. '저 숙
녀분께서 에버링엄 집에 극장을 만드는 건 결코 허락하지 않을
걸요.'

에드먼드는 이 광경을 모두 지켜보았다. 그는 정작 패니 자
신은 이 광경을 보지 않으리라 결심하고 있다는 걸 알아차렸

다. 마치 크로퍼드의 목소리만으로도 그의 항변에 담긴 모든 의미를 전달하기에 충분하다고 확실히 밝히는 것 같았다. 그리고 그녀가 자신을 칭찬하고 있다는 걸 의식하고, 크로퍼드가 넌지시 던진 그 말의 뜻을 즉각 알아차리는 걸 보고는, 아닌 게 아니라 이번 일이 다소 순조롭게 풀리고 있다는 생각이 들었다.

큰 소리로 낭독하는 일에 관한 화제가 더 거론되었다. 이야기를 하는 사람은 두 청년뿐이었다. 그들은 난롯가에 서서, 왕왕 보면 낭독 능력이 소년들을 위한 보통 교육제도 안에서 소홀히 취급되고 있다고, 그 제도가 그런 능력에 철저히 무관심하다고, 그 결과 불가피하게 갑자기 큰 소리로 낭독을 하게 되면 양식 있고 박식한 남성들조차도 자연스럽게 여겨질 만큼, 아니, 어떤 경우에는 부자연스럽게 여겨질 만큼 무식하고 거친 모습을 보인다고 말했다. 그리고 그들은 둘 다 그런 광경을 직접 목격한 적이 있다면서, 그런 남자들이 2차적인 이유 때문에, 즉 목소리를 통제하지 못하거나, 적절한 억양 조절이나 강조를 하지 못하거나, 예견이나 판단을 하지 못하거나 해서 저지른 큰 실수의 사례들을 들었으며, 이 모든 실수들이 1차적인 이유, 즉 이른 나이부터 그런 일에 관심을 쏟지 못했거나 습관이 들지 않아서 생긴 것이라고 주장했다. 패니는 다시 크게 흥미를 느끼며 두 사람의 이야기를 경청했다.

"제 직업만 해도 그래요." 에드먼드가 미소를 지으며 말했다. "낭독 기술에 대해 얼마나 연구들을 안 하는지! 명확한 태도나 훌륭한 의사 전달에 얼마나 신경을 안 쓰는지! 하지만 현재보다 과거에 그랬다는 겁니다. 지금은 개선하자는 분위기가 널리 퍼져 있지요. 하지만 스무 해, 서른 해, 마흔 해 전에 성직 임명을 받은 사람들 중 대다수는, 그들의 실제 성직 활동을 두고 보면 낭독은 낭독이고 설교는 설교라고 생각했던 게 분명합니다. 물론 지금은 달라졌지요. 그들도 이 문제를 더 바르게 생각합니다. 가장 구체적인 진리를 권장하기 위해서는 명료하고 박력 있는 전달이 중요할 수도 있다고 생각한다는 거지요. 게다가 그 전보다 더 일반 대중들의 관찰력과 감식안, 비판적인 지식이 널리 퍼져 있기까지 합니다. 신도들 다수가 이 문제에 대하여 다소의 식견을 갖고 있고, 제대로 판단하거나 비판할 수 있다는 겁니다."

에드먼드는 성직 임명 후 이미 한 차례 예배 의식을 집전한 바 있었다. 이 사실을 안 크로퍼드 씨는 그때 기분이 어땠는지, 의식은 성공적으로 집전했는지 등 다양한 질문을 쏟아냈다. 우호적인 관심과 재빠른 취향 때문인지 활기가 넘쳤고 그가 패니가 지극히 싫어한다고 알고 있는 농담조의 말투나 경박함이 전혀 없이 질문했기 때문에 에드먼드는 일일이 대답하며 진정한 기쁨을 느꼈다. 이어서 크로퍼드는 예배 의식 중에 특별한 구절들을 전달하는 가장 적절한 방식에 대해 에드먼드의 생각을 물었고, 자신의 생각도 말했고, 그게 예전부터 생각하던 문제라고 밝히며 자신의 생각이 옳다는 걸 보여주었다. 따라서 에드먼드는 더 기뻤다. 이런 모습이라면 패니의 가슴에도 와 닿을 만했던 것이다. 그녀는 여성을 공대하는 태도라든가 재치와 훌륭한 성품을 합친 마음으로 할 수 있는 일만 갖고는 마음을 살 수 없는 사람이었다. 적어도 감성과 감정과 진지한 문제에 대한 진지한 태도 없이는 그리 빨리 마음을 살 수 없는 사람이 바로 그녀였다.

"우리 국교회 기도문에는 미사여구가 참 많지요." 크로퍼드가 말했다. "부주의하게, 엉성하게 봉독한다 해도 망쳐지지 않는 미사여구 말입니다. 하지만 군더더기나 반복되는 부분도 있으니, 느껴지지 않을 만큼 훌륭한 낭독 기술을 필요로 합니다. 적어도 제 경우를 말씀드리자면, 설교를 들을 때 마땅히 그래야 하듯 경청하지 못한다는 점을 고백하겠습니다. (이 대목에서 그는 패니를 흘긋 쳐다보았다.) 스무 번 가운데 열아홉 번은 저런 기도문은 어떻게 봉독해야 할까 하고 생각하면서 차라리 제가 봉독했으면 좋겠다는 바람까지 갖는답니다. 혹시 무슨 말을 하셨나요?" 패니에게 열심히 다가오면서 그가 부드러운 목소리로 물었다. 그녀가 "아니요"라고 말하자 그가 덧붙였다. "아무 말도 안 하신 게 확실합니까? 입술이 움직이는 걸 본 것 같은데. 제가 좀 더 경청했어야 한다고, 딴생각을 하지 말았어야 한다고 지적할지 모른다고 생각했거든요. 그 말을 하려고 하지 않았나요?"

"아니에요. 정말이에요. 도리를 잘 알고 계신 분인데 구태여 제가…… 설령……."

그녀는 말을 멈췄고, 난감한 입장으로 빠져들고 있다고 느졌다. 그리고 그가 몇 분간 더 간청하며 기다렸어도 거기에 넘어가지 않고 한 마디도 덧붙이지 않았다. 그러자 그는 원래 있던 자리로 돌아가 그런 사랑스러운 간섭이 없었다는 듯 말을 이어나갔다.

"기도문이 잘 봉독되는 경우보다 설교가 잘 전달되는 경우가 훨씬 드뭅니다. 설교 내용 자체가 훌륭한 경우는 드물지 않지요. 설교 내용은 잘 쓰는 것보다 잘 말하는 게 더 어렵습니다. 즉 설교문을 쓰는 원칙과 비결이 더 자주 연구의 대상이 된다는 겁니다. 완벽하게 훌륭한 설교가 완벽하게 전달된다면 최고의 만족감을 줍니다. 저는 그런 설교를 들을 때마다 크게 감탄하며 존경심을 품지 않은 적이 없었습니다. 제가 직접 성직 임명을 받고 설교를 해볼까 하는 마음까지 들 뻔했지요. 설교단 위에서 유창한 언변을 보일 때, 그게 진정 유창한 언변인 경우라면 뭔가가 들어 있지요. 가장 큰 찬사와 명예를 얻을 자격이 생긴다는 겁니다. 제한되기도 하고, 온갖 평범한 사람들 손에서 오랫동안 다루어져 닳고닳은 진부한 주제들을 다루면서도 다종다양한 청중의 심금을 울리고 감동시킬 수 있는 설교자, 청중의 취향을 거스르거나 그들의 마음을 지치게 하지 않고 참신하고 놀랍고 관심을 불러일으키는 주제를 다룰 수 있는 설교자, 그런 설교자라면 아무리 존경해도 지나치지 않지요. (공적인 능력에서 그렇다는 겁니다.) 저도 그런 사람이 되고 싶습니다."

에드먼드가 껄껄 웃었다.

"정말 그러고 싶어요. 저는 지금까지 살아오면서 저명한 설교가의 설교를 듣고 선망 비슷한 감정을 느끼지 않는 적이 없었습니다. 그러나 만약 제 바람이 이루어진다면 런던 사람들을 청중으로 삼아야 할 겁니다. 교육을 받은 사람들, 제가 작문한 설교 내용을 평가할 능력이 있는 사람들이 아니면 설교를 할 수 없으니까요. 그리고 제가 설교를 자주 하는 걸 좋아할지 모르겠습니다. 아마 이따금씩, 봄철에 한두 차례, 내리 여섯 번의 일요일을 애타게 기다리게 한 다음에나 설교할 겁니다. 하지만 한결같은 태도로 영구히 하지는 않을 겁니다. 그런 식으로 하면 효과가 없을 테니까요."

그 말에 귀를 기울이지 않을 수 없었던 패니가 무심결에 고개를 저었다. 그러자 크로퍼드는 다시 즉시 그녀의 곁으로 다가와 그 고갯짓이 무슨 뜻인지 알려달라고 간청했다. 에드먼드는 크로퍼드가 의자를 패니 가까이로 끌고 가서 그녀의 옆에 바싹 붙어 앉는 걸 보고, 그게 완벽한 공략이 될 것이며 표정이나 낮은 어조 또한 좋은 시도가 될 것이라고 생각했다. 따라서 그는 최대한 조용히 구석으로 물러나 등을 돌린 채 신문을 집어 들고, 그가 진심으로 사랑하는 귀여운 패니가 이 열렬한 연인의 설득에 넘어가 그가 만족할 때까지 고갯짓의 의미를 말끔히 설명해주기를 바랐다. 그러면서 그는 그 못지않게 진지하게 두 사람의 일과 관련된 모든 소리가, 신문의 다양한 광고 내용, 예컨대 "남부 웨일스에 최우량 토지가 나왔음", "부모들과 후견인들에게", "노련한 사냥용 명마 판매함" 같은 내용을 두고 혼자 중얼거리는 소리에 묻히도록 애썼다.

한편 그동안 입을 열지 않고 있었던 것처럼 아무런 몸짓도 보이지 않았으면 좋았을 텐데 그러지 못한 자신에게 화가 난 데다, 에드먼드가 세심하게 배려하는 모습을 보고 마음속 깊이 속이 상한 패니는 크로퍼드 씨를 거절하면서, 그의 눈길과 질문을 피하기 위해 겸손하고 온순한 그녀의 성격이 허락하는 한 모든 일을 다 하려고 노력했다. 도통 물러날 줄 모르는 그는, 눈길에서도 질문에서도 집요하기만 했다.

"그 고갯짓의 의미가 무엇입니까?" 그가 말했다. "무슨 의미를 표현하려고 고개를 저으셨나요? 혹시 제 말에 동의하지 않는다는 의미는 아닌지 걱정스럽습니다. 하지만 어떤 점이 그렇죠? 제가 당신의 마음에 안 드는 말이라도 했나요? 제 말이 예의에 벗어난다고 생각하십니까? 제가 이 문제에 대해 경솔하고 부적절한 말이라도 했나요? 혹시 그랬는지 말씀만 해주십시오. 제가 잘못했는지 말씀만 해주십시오. 잘못이 있다면 바로잡고 싶네요. 아니, 안 됩니다. 부탁합니다. 바느질감을 잠시만 내려놓으시죠. 고갯짓이 무슨 의미였습니까?"

그녀가 "제발요, 크로퍼드 씨. 이러지 마세요. 제발 부탁드려요, 크로퍼드 씨"라고 거듭 말했지만 소용없었다. 다른 곳으로 자리를 옮기려 해도 소용없었다. 그는 바싹 붙어 앉아 똑같이 낮고 간절한 목소리로 같은 질문을 되풀이하며 집요하게 굴었다. 그녀는 점점 더 난처하고 불쾌해지기 시작했다.

"어떻게 이러실 수 있어요, 크로퍼드 씨? 저를 정말 깜짝 놀라게 하네요. 어떻게 이러실 수 있는지 의아하기까지……."

"깜짝 놀라게 했다고요?" 그가 말했다. "의아하다니요? 혹시 지금 제가 간청하는 것이 무엇인지 이해 안 되는 거라도 있나요? 제가 왜 이런 식으로 재촉하는지, 당신의 표정과 행동에 관심을 갖고 당장의 호기심에 불을 붙이는지 즉시 설명해드리죠. 의아한 마음을 오래 간직하지 않게 해드리겠습니다."

그녀는 자기도 모르게 절반쯤 미소를 짓지 않을 수 없었으나 말은 전혀 하지 않았다.

"아까 제가 성직자의 임무를 한결같은 태도로 영구히 수행하고 싶진 않다고 고백했을 때 고개를 저으셨잖아요. 그래요, 그 말이 문제였습니다. 한결같다는 말 말입니다. 저는 그 말을 전혀 거리낌 없이 사용했습니다. 누구에게라도 그 말을 할 수 있고, 읽어줄 수 있고, 적어줄 수 있습니다. 그 말에서 놀랄 만한 거리를 전혀 찾을 수 없다는 겁니다. 제가 그런 거리를 꼭 찾아야 한다고 생각하나요?"

"아마도요, 크로퍼드 씨." 패니가 말했다. 그리고 결국 지쳐서 이런 말까지 덧붙였다. "아마도 그럴 겁니다, 크로퍼드 씨, 아까 그 말씀을 하실 때도 그랬지만, 늘 보면 크로퍼드 씨는 자기 자신을 잘 모르는 것 같아 참 딱하다는 생각이 듭니다."

어쨌든 패니의 입이 열리게 만들었다는 생각에 기쁘기만 했던 크로퍼드는 계속 그렇게 만들리라 결심했다. 이런 극단적인 비난까지 했으니 그의 입을 막게 되겠지 하고 바랐던 패니는 큰 실수를 저질렀다는 걸 깨달았다. 그로 인해 그저 그가 한 가지 호기심의 대상과 한 가지 종류의 말들에서 다른 호기심의 대상과 다른 종류의 말들로 관심을 옮긴 것일 뿐이었다. 안 그래도 그는 늘 설명을 요구할 얘깃거리를 갖고 있었다. 더없는 호기였다. 그녀의 이모부의 방에서 그녀를 만났던 이래로 이번 같은 호기가 주어졌던 적이 없었다. 맨스필드를 떠나기 전에 이런 기회가 두 번 다시 주어질 것 같지 않았다. 마침 레이디 버트럼이 탁자 건너편에 있어 신경 쓸 일이 없었다. 항상 잠에서 반쯤만 깨어 비몽사몽 상태 아니던가. 게다가 에드먼드의 광고 읽기도 계속해서 큰 도움이 되고 있었다.

"어쨌든 말입니다." 연속되는 재빠른 질문들과 마지못한 대답들이 이어지고 난 뒤 크로퍼드가 말했다. "저는 예전의 저보다 더 행복합니다. 당신이 저를 어떻게 생각하는지 이제 더 명확히 이해하게 됐으니까요. 이제 보니 저를 지조 없는 사람으로 생각하고 있었네요. 일시적인 변덕에 흔들리고…… 쉽게 유혹되고…… 쉽게 물러나는 사람…… 저를 그런 사람으로 보고 있었으니 아까 그런 반응이 놀랄 일도 아니지요. 하지만 두고 봅시다. 제가 부당한 대접을 받고 있다는 확신을 주기 위한 노력을 항변만 갖고 하진 않겠습니다. 제 확고한 애정을 말로만 말씀드리진 않겠습니다. 제 행동이 저를 대변해줄 겁니다. 이곳을 떠나 멀리 떨어져서 시간을 보내다 보면 그 시간이 제 입장을 대변해줄 겁니다. 그러다 보면 누군가가 당신을 차지할 자격이 있는 한, 제가 그런 자격을 갖춘 적임자라는 사실이 입증될 겁니다. 장점들만 놓고 본다면 당신은 저보다 월등히 훌룽한 사람이죠. 제가 그걸 다 알고 있습니다. 당신은 제가 인간에게 어떻게 저런 정도로까지 존재할 수 있을까 하는 생각까지 드는 훌륭한 성품을 갖추고 있습니다. 천사 같은 면모를 지녔다는 소립니다. 어느 정도를 뛰어넘는가 하면…… 비슷한 성품을 결코 볼 수 없으니, 단순히 눈으로 보는 경지를 뛰어넘고…… 머릿속으로 상상하는 경지조차 뛰어넘지요. 하지만 저는 두려워하지 않을 겁니다. 단순히 동등한 장점을 갖추고 있는 것만으로는 당신의 마음을 얻을 수 없을 테니까요. 그런 일은 전연 불가능한 일입니다. 당신의 장점을 알아보고 당신을 더없이 강력하게 숭배하는 사람, 당신을 더없이 헌신적으로 사랑하는 사람만이 보답을 얻을 최고의 권리를 가질 겁니다. 저는 바로 그 점에 제 자신감을 구축해놓겠습니다. 그 정도의 권리를 가져야 당신을 차지할 자격이 있거나 자격이 생기겠지요. 그리고 제 애정이 제가 공언하는 정도와 일치한다고 일단 확신하게 된다면, 저는 당신이 열렬한 희망을 품을 수도 있을 거라고 생각합니다. 그만큼 당신을 너무나 잘 알고 있으니…… 정말입니다. 가장 소중하고 가장 사랑하는 패니…… 아니, (패니가 불쾌한 표정으로 흠칫 놀라며 뒤로 물러나는 것을 보고) 용서해주십시오. 아마 아직은 이런 호칭을 쓸 권리가 제게 없는지 모르겠습니다. 하지만 그 밖의 다른 어떤 이름으로 제가 당신을 부를 수 있겠습니까? 제 상상 속에 당신이 다른 이름으로 존재할 수 있다고 생각하십니까? 아닙니다. 온종일, 매일 밤 꿈속에서 제가 생각하는 사람은 '패니'뿐입니다. 당신이 그 이름에 너무나 달콤한 실체를 부여했으니, 저는 이제 다른 어떤 이름으로도 당신을 묘사할 수 없게 되었습니다."

다가오는 구원의 소리가 안 들렸다면 패니는 더 이상 자리를 지키고 앉아 있을 수 없었거나, 아니면 모두가 반대할 게 분명하다 하더라도 그곳에서 도망치려는 시도를 하지 않을 수 없었을 것이다. 한참 전부터 기다리고 있었는데 이상하게 오래 지체되던 소리였다.

차 쟁반과 주전자를 든 배들리를 선두로 케이크를 든 하인들의 엄숙한 행렬이 등장하여 몸과 마음 모두 감방에 갇힌 듯 갑갑한 상태였던 그녀를 해방시켜주었다. 크로퍼드 씨는 자리를 옮길 수밖에 없었다. 그녀는 이제야 자유로워졌고, 바삐 움직였고, 보호를 받았다.

에드먼드는 다시 마음껏 말할 수 있고 이야기를 들을 수도 있는 사람들 사이에 끼게 된 것이 아쉽지는 않았다. 패니와 크로퍼드의 대화가 너무 길었던 것 같았고, 패니를 보니 화가 난 듯 얼굴이 빨개져 있기는 했다. 그러나 그는 남자 쪽에서 그만큼 많은 말을 하고 여자 쪽에서 경청했으니, 말을 한 남자에게 어느 만큼은 이득이 생겨나지 않았을 리 없다고 생각하고픈 심정이었다.

4

에드먼드는 크로퍼드와 관련하여 패니의 입장이 무엇인지 이야기를 나눠보는 일을 전적으로 그녀의 선택에 맡기겠다고 결심했다. 그녀가 먼저 나서서 말을 꺼내지 않는 한 자신이 먼저 그 화제를 건드리진 않을 생각이었다. 하지만 서로 침묵을 지키는 가운데 하루 이틀 시간이 지나자 그는 아버지의 권유에 따라 마음을 바꿔먹고, 친구를 위해 자신이 어떤 영향력을 미칠 수 있을지 시험해보기로 했다.

크로퍼드가 떠날 날짜는 정해져 있었다. 그것도 사실상 아주 이른 날짜로 확정되어 있었다. 따라서 토머스 경은 그 청년이 맨스필드를 떠나기 전에 한 번 더 노력해보는 게 당연하며, 그리되면 그 청년이 공언하고 맹세했던 흔들리지 않는 사랑이 지속될 수 있다는 희망을 가질 수 있으리라 생각했다.

토머스 경은 크로퍼드 씨가 그런 사랑을 지속하는 일에 걸맞은 성품이기를 진심으로 갈망했다. 그는 이 청년이 지조의 귀감이 되어주기를 바랐다. 그리고 그런 모습을 실현하는 최고의 수단은, 그를 너무 오래 시험에 들게 하지 않는 것이라고 생각했다.

에드먼드도 이 일에 동참하라는 설득을 기꺼이 받아들였다. 그도 패니의 속마음을 알고 싶었다. 어려운 일이 있을 때마다 자신의 조언을 구하곤 하던 그녀 아닌가. 그녀를 너무나 아끼는 그였기에 지금 같은 시점에서 그녀가 속마음을 속 시원히 털어놓지 못하는 걸 견딜 수 없었다. 그녀에게 도움이 되고 싶었다. 분명 도움이 되리라는 생각도 들었다. 대체 그녀가 자기 아닌 누구에게 가슴을 열어 보인단 말인가? 조언은 필요로 하지 않을지라도 소통이 주는 위안은 필요할 것이 틀림없었다. 패니는 침묵을 지키고 서먹서먹하게 굴고 있었다. 이 어색하고 낯선 상황은 그가 돌파해야 하며, 그녀 편에서도 그가 돌파해주기를 바란다는 건 쉽게 짐작할 수 있었다.

"제가 이야기해보겠습니다, 아버지. 단둘이서 이야기할 기회가 생기면 즉시 그렇게 해보겠습니다." 숙고 끝에 그가 내린 결론이었다. 때마침 패니가 정원 관목 숲을 혼자서 산책하고 있다고 토머스 경이 알려주었다. 에드먼드는 곧바로 가서 합류했다.

"함께 산책하려고 나왔다, 패니." 그가 말했다. "그래도 되겠지?" (팔짱을 끼며) "편안한 마음으로 함께 산책한 지 꽤 오래됐네."

그녀는 말보다는 표정으로 그렇다고 했다. 기분이 착 가라앉아 있었다.

"하지만 말이다, 패니." 그가 곧바로 덧붙였다. "편안한 마음으로 산책하려면 자갈길을 함께 걷는 것보다 더 많은 게 필요할 거야. 나한테 할 말이 있으면 다 해야 해. 마음속에 뭔가할 말이 있다는 걸 알아. 무슨 생각을 하고 있는지도 알고. 너도 내가 모른다고 생각할 수 없겠지. 이런 이야기를 너에게서 직접 듣는 게 아니라 다른 사람들에게서 들어야겠니?"

동요의 빛을 보임과 동시에 기가 죽은 모습으로 패니가 대답했다. "다른 사람들에게서 이야기를 들었다면 저는 할 말이 없어요, 오빠."

"아마 진실을 들을 건 없을걸. 어쨌든 네 속마음을 듣고 싶다는 거야, 패니. 그건 네가 아니라면 다른 누구도 이야기해줄 수 없잖니. 하지만 부담을 줄 생각은 없어. 이런 이야기는 하고 싶지 않다면 그만둘게. 그저 난 속마음을 털어놓는 일이 너한테 위안이 될지도 모른다고 생각했거든."

"오빠와 저, 두 사람의 생각이 너무 달라서 유감이네요. 속마음을 털어놓는 일에서 위안을 찾다니요."

"우리의 생각이 너무 다르다고 생각하다니? 나는 그렇게 보지 않아. 장담컨대, 우리 두 사람의 생각을 비교해보면 예전처럼 서로 닮았다는 걸 알게 될걸. 간단히 말하자면…… 나는 네가 크로퍼드 씨의 사랑에 보답할 수만 있다면 그의 청혼이 아주 유익하고 바람직한 일이라고 생각한단다. 가족들이 모두 네가 그렇게 할 수 있기를 바라는 것 또한 매우 자연스러운 일이고. 하지만 만약 네 마음이 화답할 수 없다면 그의 청혼을 거절한 건 네가 마땅히 해야 할 일을 정확히 한 것이라고 나도 생각해. 이 점에 대해 너와 나 사이에 이견이 있을 수 있을까?"

"아뇨, 없어요! 하지만 저는 오빠가 저를 비난하고 있다고 생각했어요. 제 처신을 못마땅해하는 줄 알았어요. 지금 한 말을 들으니 안심이 되네요."

"그런 안심을 구하려고만 했다면 더 빨리 그렇게 됐을 거다,

패니. 하지만 내가 네 처신을 못마땅해할 것이라는 생각은 대체 왜 한 거야? 어떻게 내가 사랑 없는 결혼을 옹호할 거라고 상상할 수 있니? 이런 문제에 내가 대체로 무심한 편이긴 하지. 하지만 네 행복이 달려 있는 일이야. 어떻게 내가 그런 태도를 보일 거라 생각한 거야?"

"이모부께서는 제가 잘못했다고 생각하셨어요. 그리고 이모부와 오빠가 말씀을 나누셨으니까."

"지금까지 보여준 네 처신만 갖고 말할게, 패니. 나는 그게 전적으로 옳았다고 생각한다. 유감스럽게 여겨지고 놀라기는 했을 테지. 아니, 거의 그럴 틈조차 없었겠네. 네 쪽에서는 애정을 느낄 만한 시간조차 없었으니까. 어쨌든 나는 네 처신이 전적으로 옳았다고 생각해. 그 처신에 의문을 제기할 여지가 있을까? 혹시 그렇다면 우리가 수치스러워할 일이지. 네가 그 사람을 사랑하지도 않는데…… 그런데도 그를 받아들인다면 무엇으로도 정당화될 수 없는 일이야."

패니는 최근 며칠 동안 지금처럼 편안한 마음을 느껴본 적이 없었다.

"지금까지 네가 보여준 처신은 흠잡을 데가 없었어, 패니. 네가 다른 식으로 처신하기를 바란 사람들이 전적으로 잘못한 거야. 하지만 그렇다고 이번 일이 여기서 끝나지는 않아. 크로퍼드 씨가 품고 있는 애정은 결코 평범한 것이 아니야. 아직 네 호감을 빚어내는 데 성공하진 못했지만, 언젠가 그리될 거라는 희망을 갖고 끈질기게 다가오고 있지. 우리도 잘 알다시피 이런 일은 분명히 세월이 빚어내는 것이니까. 하지만 (애정 어린 미소를 지으며) 결국 그가 성공을 거두게 해주면 어떨까, 패니. 넌 이미 올곧고 사심 없는 사람이란 것을 입증했어. 그러니 이번에는 고마워할 줄 알고 고운 심성을 갖고 있다는 걸 입증하렴. 그렇게만 하면 여성들의 완벽한 귀감이 될 거야. 그게 태어날 때부터의 네 모습이라고 내가 늘 생각해온 모습이기도 하고."

"아니에요! 절대로, 절대로, 절대로 그렇게는 안 될 거예요! 그 사람은 저와의 일에 절대로 성공을 거두지 못할 거예요." 패니가 워낙 흥분하며 말하는 바람에 에드먼드는 깜짝 놀랐다. 그녀 자신도 그렇게 흥분했던 게 부끄러워서 얼굴을 붉히며 마음을 가라앉혔다. 그런 다음에야 그의 표정이 눈에 들어왔고 그의 말이 귀에 들어왔다. "'절대로'라니, 패니! 이렇게 단호하고 확실하게 나오다니! 너답지 않구나. 이성적인 너답지 않아."

"제 말뜻은요." 그녀가 슬픔이 감도는 모습으로 아까 한 말을 바로잡으며 큰 소리로 말했다. "미래를 장담할 수 없는 한, 절대로 그리되지는 않으리라 생각한다는 거예요. 저는 제가 그분의 관심에 절대로 보답하지 못할 거라고 생각해요."

"나는 더 나은 결과가 나오기를 바라고 있어. 네 사랑을 얻겠다고 작정한 남자라면 무척 힘든 과정을 거쳐야 한다는 걸 알고 있으니까. 그것도 크로퍼드 씨보다 더 잘 알고 있으니까. 어린 시절부터 네가 애착을 갖고 있던 것들이나 네 습관이 이

제 전투 대형을 갖추고 맞서고 있는 것 아니겠니. 그가 네 마음을 독점할 수 있으려면 생물이든 무생물이든 우선 그 모든 것들에 집착하는 네 마음부터 떨어져 나오게 해야 할 거야. 그런 집착은 오랜 세월에 걸쳐 굳어져온 데다 잠시 이별해야 한다는 생각 때문에 더 들러붙어 있으려고 할 테니까. 맨스필드를 떠날 수밖에 없다는 것 때문에 네가 당분간은 그를 반대하면서 네 마음을 단단히 무장시키리라는 걸 알아. 그가 자신이 애쓰는 일이 뭔지 너에게 말할 수밖에 없는 상황이 아니었다면 좋았을 텐데 말이다. 나처럼 너에 대해 충분히 알 수 있었더라면 좋았을 거야. 우리끼리 하는 이야기지만, 그와 내가 힘을 합쳤으면 네 마음을 살 수 있었을 거라고 생각한다. 내 이론적인 지식과 그의 실천적인 지식이 합쳐졌으면 실패했을 리 없지. 그는 내 계획에 따라 행동했어야 했어. 하지만 한결같은 애정을 지니고 너를 차지할 자격이 있음을 입증해 보인다면(난 그리될 거라고 굳게 믿는다), 세월이 그에게 보답해줄 거라는 희망을 가져야겠지. 너한테 그를 사랑하고픈 바람이 전혀 없다고는 생각할 수 없어. 보은의 마음에서 생겨난 자연스러운 바람, 분명 그 정도 감정은 품고 있겠지. 네 쪽에서 보인 무관심에 대해 미안해하고 있을 거야."

"그 사람과 저는 닮은 구석이 전혀 없어요." 즉답을 피하며 패니가 말했다. "성향으로 보나 행동방식으로 보나 너무너무 달라서, 설령 제가 그 사람을 좋아할 수 있다고 해도 함께 살면 행복해질 가능성이 전혀 없다고 생각해요. 그 사람과 저보다 더 안 닮은 사람들은 아마 이 세상에 없을 거예요. 취향도 전혀 비슷하지 않아요. 몹시 불행해질 거예요."

"그건 잘못 생각한 거다, 패니. 그와 너는 닮지 않은 게 아니야. 둘은 충분히 닮았어. 취향도 공통적인 게 많고. 도덕적인 취향과 문학적 취향에 공통점이 있잖니. 두 사람 다 가슴이 따뜻하고 인정이 많아. 게다가 패니, 일전에 그가 셰익스피어를 낭독했을 때 그걸 경청하는 네 모습을 본 사람들 중에서 너희 두 사람이 상대방의 짝으로 잘 어울리지 않는다고 생각한 사람이 누가 있을까? 아무래도 네 진면목을 잊었나 보네. 두 사람의 기질이 확연히 다르다는 건 인정해. 그는 활발하고 너는 진지하지. 하지만 그런 차이는 클수록 좋은 거야. 그 사람의 활발한 기분이 네 기분에 도움이 될 테니까. 쉽게 침울해지고, 어려운 일이 있을 때 실제보다 더 부풀리는 기질이 네겐 있잖니. 그의 명랑한 기질이 그런 네 기질을 상쇄시켜줄 거다. 어떤 일도 어렵다고 생각하지 않는 사람이야. 그리고 사근사근하고 쾌활한 그의 성격이 끊임없이 너를 도와줄 거야. 두 사람이 그렇게 전혀 닮지 않았다고 해서 함께 살면서 행복해질 가능성이 적어진다거나, 그게 불리하게 작용하는 일은 전혀 안 일어난다니까. 그런 일은 상상도 하지 마. 나는 오히려 그게 유리한 상황이라는 확신까지 드는걸. 두 사람의 기질이 서로 다른 것이 더 낫다고 전적으로 확신한다는 이야기야. 기분의 흐름, 태도, 다른 사람들과의 교제를 좋아하는지의 여부, 말이 많은 성향인지 과묵한 성향인지, 진지한 편인지 쾌활한 편인지의 차이를 말하는 거야. 이런 점들에서 조금 상반된 모습을 보이는 것이 결혼의 행복에 유리하게 작용한다고 난 믿고 있어. 물론 극단적인 경우는 제외해야지. 이 모든 점들에서 두 사람이 너무 닮아 있으면 오히려 극단적인 결과가 나타날 가능성이 더욱 높아져. 온건하게 지속적으로, 서로의 단점을 상쇄시켜주는 것이 예의범절과 올바른 처신을 지켜주는 최선의 안전장치야."

패니는 이 대목에 이르러서야 그의 생각이 어디에 가 있는지 제대로 짐작할 수 있었다. 크로퍼드 양의 매력이 모조리 되살아나고 있던 것이다. 사실 집에 돌아온 순간부터, 에드먼드는 그녀에 관한 이야기를 즐거운 마음으로 하고 있었다. 그녀를 피하겠다는 생각이 싹 사라진 모양이었다. 그 전날 그는 목사관에서 정찬까지 들고 왔었다.

잠시 더욱 행복한 상념에 젖어 있으라고 그를 내버려두다가 그녀는 크로퍼드 씨 이야기로 돌아가는 게 마땅히 자신이 해야 할 일이라고 느껴져 이렇게 말했다. "단순히 기질만 갖고서 그 사람과 제가 전혀 안 맞는다고 생각하는 건 아니에요. 물론 그 점에서 우리의 차이가 너무 크다고, 아니, 무한정 크다고 생각해요. 그 사람의 기질 때문에 종종 압박감까지 느끼니까요. 하지만 제가 반대하는 더 큰 이유가 있어요. 이 말은 꼭 해야겠어요, 오빠. 전 그 사람의 인격을 도저히 좋게 볼 수 없어요. 연극 연습을 할 때부터 그 사람이 좋게 보이지 않았어요. 그때 그 사람이 하는 행동들을 가만히 지켜보았죠. 제가 보기에는 참으로 부적절하고 매정해 보였어요. 이젠 다 끝난 일이니 말할 수 있는 거예요. 가엾은 러시워스 씨를 옆에 두고 얼마나 부적절하게 굴던지요. 그분을 웃음거리로 만들면서도 그분에게 상처를 주고 있다는 생각은 아예 하지도 안더군요. 그러면서 마리아 언니에게는 어찌나 관심을 기울이던지. 요컨대 연극 연습을 할 때 저는 그에게서 결코 잊히지 않는 안 좋은 인상을 받았어요."

"착한 패니." 그녀가 말을 마치기도 전에 에드먼드가 대답했다. "우리들 누구에 대해서든 간에, 모두가 어리석게 굴던 시기에 보인 모습을 두고 판단하진 말자. 연극을 연습하던 때라면 기억하기도 싫어. 마리아도 잘못했고, 크로퍼드도 잘못했고, 우리 모두가 합동으로 잘못을 저질렀지. 하지만 나보다 더 잘못한 사람은 없을걸. 나와 비교하면 다른 모든 사람들은 잘못이 없는 거나 마찬가지야. 두 눈을 크게 뜨고도 난 바보짓을 했으니까."

"제가 옆에서 지켜보았어요." 패니가 말했다. "아마 제가 오빠보다 더 많은 것을 보았을걸요. 러시워스 씨가 이따금 엄청나게 질투에 사로잡혔던 게 똑똑히 기억나요."

"그랬을 가능성이 충분히 있지. 놀랄 일도 아니고. 그때 일어난 일들보다 더 부적절한 것은 없을 테니까. 마리아가 어떻게 그런 짓을 할 수 있었는지 떠올리기만 해도 충격을 받는단다. 하지만 그땐 그 애가 그런 배역을 맡았으니, 우리가 그 외의 일들로 놀라면 안 되겠지."

"저는 연극 연습 전부터 이미 줄리아 언니에게 그가 관심을 보인다고 생각했어요. 그렇지 않다면 제 생각이 크게 잘못된 것이겠지요."

"줄리아라! 그래, 그가 줄리아를 사랑한다는 이야기를 누군가에게서 듣긴 했지. 하지만 내가 직접 그런 낌새를 눈치챈 적은 없었어. 그리고 패니, 내 동생들의 훌륭한 자질을 공정하게 평가하고 싶긴 하다만, 나는 그 애들이 단독으로 그랬든 같이 그러했든 크로퍼드 씨의 호감을 얻으려는 바람을 과도하게 품었을 가능성이 높다고 생각한다. 분별 있는 태도를 넘어선 정도까지 말이야. 그리고 그런 속내를 무방비 상태로 드러냈을 가능성도 아주 높고. 그 애들이 그와 함께하는 자리를 노골적으로 좋아했던 것도 똑똑히 기억이 나. 그런 식으로 부추긴다면 크로퍼드처럼 활발한, 아니, 다소 생각이 없는 편이라고 할 수 있는 남자가 무슨 일까지 하게 되는지……. 충격적인 일이라고까지는 볼 수 없어. 그가 가식적으로 굴지 않은 건 분명하니까. 그의 마음은 오로지 너를 위한 것이었어. 이 말은 꼭 해야겠다, 패니. 그가 그런 식으로, 너에게 마음을 주었다는 것 때문에 그 사람에 대한 내 평가는 상상도 할 수 없을 만큼 높아졌다는 것 말이야. 그게 점수를 최고로 올려주었어. 그가 가정의 행복이라는 축복과 순수한 사랑의 진가를 제대로 알고 있는 사람이라는 걸 보여주기도 했고. 숙부 때문에 못쓰게 된 사람이 아니라는 점도 입증했지. 요컨대 너한테 마음을 주었다는 사실이, 내가 그 사람의 참모습이라고 믿고 싶어 했던 모습을 그가 갖고 있다는 걸, 제발 그런 모습이 아니었으면 하고 걱정했던 모습이 아니라는 걸 입증한 거야."

"저는 그 사람이 진지한 문제에 대해 마땅히 해야 하는 대로 생각하지 않는 사람이라고 확신해요."

"차라리 이렇게 말하렴. 그가 진지한 문제는 아예 생각도 하지 않는 사람이라고. 이 말이 상당 부분 사실에 더 가깝다는 생각이 드는데. 그런 교육을 받고 그런 조언자와 함께 살았으니 어떻게 안 그럴 수가 있겠니? 오히려 그들 남매 모두가 처해 있던 그 불리한 여건 속에서 자랐는데도 지금과 같은 모습을 보인다는 게 정말 놀라운 일 아닐까? 지금까지 크로퍼드 씨에겐 감정이 과하다 싶을 만큼 길잡이 역할을 했다는 건 순순히 인정할게. 다행히 지금까지는 그 감정이 대체로 좋은 편이었지. 그러니 나머지 모자란 부분이 있으면 네가 도와주렴. 너 같은 여자에게 애정을 느끼다니 그는 정말 행운아야. 자신의 원리원칙을 고수하는 데 있어서 바위처럼 단단하고, 그런 원리원칙이 장점이 되도록 하는 데 너무 잘 어울리는 온순한 성품을 가진 여자가 바로 너니까. 참으로 보기 드문 솜씨로 제짝을 고른 것이지. 그 사람이 너를 행복하게 해줄 거다, 패니. 그 사람이 너를 행복하게 해줄 거라는 걸 내가 알아. 물론 너도 그 사람을 부족함이 없는 존재로 만들어주겠지."

"그런 부담은 지지 않겠어요." 패니가 움츠러드는 어조였지만 힘주어 말했다. "그렇게 큰 책임을 어떻게 지겠어요!"

"늘 그렇듯이 어떤 일도 감당할 수 없다고 믿고 있구나! 넌 모든 일이 너에게 너무 과하다고 상상하지! 알았다. 당장 생각을 바꾸라는 설득은 할 수 없을지 모르겠다만, 언젠가는 이런 설득을 받아들이리라 믿을게. 부디 꼭 그렇게 됐으면 좋겠다고 진심으로 바라고 있다는 것도 고백하마. 나는 크로퍼드 씨가 잘사는 데에 보통 이상의 관심을 갖고 있어. 그 사람의 일이 네 행복 다음으로 최우선적인 관심사란다, 패니. 내가 크로퍼드에게 보통 이상의 관심을 갖고 있다는 건 알고 있겠지."

너무 잘 알고 있었기에 패니는 아무 말도 할 수 없었다. 이후 두 사람은 50야드쯤을 아무 말 없이, 각자 멍하니 딴생각에 빠져 걸었다. 에드먼드가 먼저 입을 열었다.

"어제 이번 일에 대해 크로퍼드 양이 이야기하는 모습을 보고 정말 기뻤어. 모든 일을 그토록 올바른 시각으로 볼 거라고 믿지 않았기에 더욱 그랬지. 그녀가 너를 무척 좋아한다는 건 알고 있었지만, 네가 그녀의 오빠에게 얼마나 소중한 사람인지 제대로 평가받지 못할까 봐 걱정했거든. 그가 신분과 재력을 갖춘 다른 훌륭한 여성을 고르지 않았다고 아쉬워하지는 않을까 걱정이 되기도 했고. 그녀가 그동안 너무나 익숙하게 들었던 세속적인 처세훈에서 비롯된 편견을 가지고 있진 않은지 두려웠단다. 하지만 예상과 전혀 달랐어. 너에 대해서, 당연히 그래야 하듯이, 제대로 말하더라, 패니. 그녀도 네 이모부나 나 못지않게 열성을 보이며 오빠와 네가 맺어지기를 바랐어. 이 주제를 두고 오래 이야기를 나눴지. 그녀의 속마음을 알고 싶은 마음이 굴뚝같았지만 분명히 내가 먼저 말을 꺼낸 것 같지는 않았는데 방에 들어간 지 5분도 안 돼 그녀 쪽에서 먼저 말을 꺼내더라고. 가슴을 열어 보이며 솔직하게, 상냥하기 그지

없는 그녀만의 독특한 태도로 쾌활하고 재기발랄하게 이야기를 꺼냈어. 그런 모습이 그녀의 본모습 아닐까. 그녀가 얼마나 서두르는지 지켜보고 있던 그랜트 부인이 깔깔 웃어대기까지 했단다."

"그럼 그때 그랜트 부인도 방에 함께 있었다는 말이에요?"

"그래. 그 집에 도착했을 때 마침 그들 자매만 있다는 걸 알았어. 그래서 일단 네 이야기부터 시작했는데 이야기를 다 마치기도 전에 크로퍼드 씨와 그랜트 박사가 들어오더라고."

"크로퍼드 양을 못 만난 지도 일주일이 넘었네요."

"그래. 그 아가씨도 섭섭해하더라. 하지만 솔직히 그게 더 나은 일이었을지도 모른다고 하던걸. 그래도 그녀가 떠나기 전에 네가 찾아가서 만나봐야지. 너한테 화가 많이 나 있었어, 패니. 그건 각오해야 할 거다. 본인 입으로 화가 무척 났다고 말했거든. 하지만 왜 그렇게 화가 났는지 너도 상상할 수 있겠지. 오빠가 원하는 것이라면 처음부터 다 가져야 한다고 생각하는 여동생이 느낀 속상한 감정과 실망감 때문일 거야. 그래서 약이 올랐겠지. 윌리엄 오빠 일이었다면 너도 마찬가지였을걸. 하지만 패니, 그 아가씨는 너를 진심으로 사랑하고 존중하고 있어."

"크로퍼드 양이 제게 화가 났을 거라는 건 알고 있어요."

"사랑하는 패니." 에드먼드가 그녀의 팔을 자기 팔에 꼭 갖다 대고 큰 소리로 말했다. "그 아가씨가 화가 났다고 해서 괴로워하면 안 돼. 진짜로 화가 났다기보다는 그저 말로만 그런 거니까. 그녀의 가슴은 화를 내기 위해서가 아니라 사랑과 친절을 베풀기 위해서 만들어져 있단다. 네 칭찬을 얼마나 했는지 너도 들었더라면 좋았을 텐데. 네가 헨리의 아내가 될 거라고 말할 때 그 표정을 너도 보았더라면 좋았을 거야. 참, 너를 시종 그냥 '패니'라는 호칭으로 부른다는 걸 알았단다. 그전까지는 그렇게 부른 적이 없잖니. 그 호칭에서 진짜 자매 같은 따뜻한 정이 느껴지던데."

"그런데 그랜트 부인은 뭐라고 하셨나요? 혹시 말씀하신 내용이…… 그 자리에 계속 계시긴 했나요?"

"그럼. 여동생의 생각과 정확히 일치했어. 네가 거절했다는 이야기를 듣고 받은 충격에서 헤어나질 못하시는 것 같더구나. 크로퍼드 같은 남자를 네가 거절했다는 게 그분에겐 이해가 되지 않았나 봐. 내가 최선을 다해 너를 변호했어. 하지만 솔직히 그들 자매가 이 일을 말할 때 보니까, 네가 되도록 빠른 시일 내에 직접 찾아가서 두 사람에게 네가 분별력이 있는 사람이라는 걸 입증해야 할 것 같았어. 그것 말고는 다른 어떤 것으로도 그들을 만족시키지 못할 거야. 이 이야기는 네 속만 상하게 하니 이제 그만할게. 그렇게 얼굴을 돌리지 마라."

"저는 이렇게 생각하고 싶었어요." 마음을 가라앉히려고 잠시 애를 쓰다가 패니가 말했다. "상대방 남자가 아무리 사람들의 호감을 사는 사람이라 해도, 적어도 여자들 가운데 한 명에게서 인정이나 사랑을 받지 못할 가능성이 있다는 건 어떤 여자든 분명히 느낄 거라고요. 그 남자가 이 세상 온갖 완벽한 장점들을 갖고 있다 해도, (우연찮게도 그의 쪽에서 먼저 좋아하게 된) 여자라면 누구나 그를 받아들일 거라고 정해놓아선 안 된다고 생각해요. 설령 그게 누구나 당연하다고 여기는 사실이라 해도, 크로퍼드 씨가 누이들 생각처럼 온갖 장점들을 갖고 있다고 인정한다 하더라도 그래요. 제가 어떻게 그 사람 감정에 상응하는 감정을 갖고 그를 만날 마음의 준비를 할 수 있었겠어요? 완전히 급습당했는걸요. 그가 그전까지 저를 대했던 행동들에 그런 의미가 담겼을 것이라는 생각은 꿈에도 안 했어요. 분명히 말하지만, 그가 정말이지 하릴없이 저를 주목하고 있다는 이유 때문에(제겐 그렇게 보이는데) 그를 좋아해야 한다고 저 스스로를 가르치는 일은 하지 않겠어요. 제 처지에 크로퍼드 씨에 대한 기대를 품는 건 허영의 극치였을 거예요. 그의 누이들도 실제로 그렇듯이 그를 높이 평가하면서, 저처럼 생각했을 게 틀림없다고 확신해요. 그가 별뜻 없이 행동했다고 생각했을 거예요. 그러니 제가 어떻게…… 제가 어떻게 그가 저와 함께하겠다는 말을 꺼내자마자 감히 사랑할 수 있겠어요? 제가 어떻게 그가 제 애정을 구하자마자 '네, 분부만 하세요' 하는 식으로 애정을 품을 수 있겠어요? 그의 누이들은 그를 생각해주는 것 못지않게 저도 생각해줘야 해요. 그의 장점이 많으면 많을수록 제가 그 사람 생각을 하는 것은 더 부적절해지죠. 그리고…… 그리고…… 이번 일이 암시하듯이, 그들이 여자는 누군가가 사랑을 고백하면 즉시 보답할 수 있어야 한다고 생각하는 사람들이라면, 그들과 저는 여자의 속성에 관한 생각이 사뭇 다른 거예요."

"사랑하고 또 사랑하는 패니, 이제야 진실을 알겠다. 네 말이 진실이라는 걸 알겠어. 그런 생각을 하고 있다니 정말 너답구나. 전에도 너한테 그런 생각이 있다는 건 알고 있었지. 이제야 너를 이해할 수 있을 것 같네. 내가 했던 설명과 똑같은 설명을 지금 네가 하고 있구나. 너를 대신하여 네 친구와 그랜트 부인에게 했던 설명 말이다. 둘 다 더욱 만족했지. 물론 인정 많은 네 친구는 자기 오빠를 열렬히 사랑하는 마음에선지 여전히 앵돌아서 있긴 해. 그들에게 내가 설명했어. 모든 인간들 중에서 습관에 가장 큰 영향을 받고 새로운 상황에 가장 작은 영향을 받는 사람이 너일 것이라고, 크로퍼드의 구혼이 너에게 생경한 상황인 이상 그에게 불리하게 작용할 것이라고, 그런 구혼 행위들이 너무나 생경하고 갑작스러워서 전부 불리하게 작용했을 것이라고, 익숙하지 않은 것은 그 무엇도 견딜 수 없는 사람이 바로 너라고. 그리고 그들이 네 성격을 완전히 이해하도록 그 비슷한 취지의 말도 무척 많이 했어. 그러다 크로퍼드 양이 오빠의 용기를 북돋울 여러 가지 계획을 말하는 바람에 우리는 다 같이 웃음을 터뜨렸지. 그녀는 때가 되면 자기 오빠도 사랑을 받게 되리라는 희망과, 한 10년쯤 행복한 결혼 생활을 하다 보면 그의 사랑이 더없이 따뜻한 마음으로 받아들여지리라는 희망을 품고 끈질기게 버티라고 압력을 가할 작정이라 하더라고."

패니는 이 대목에서 요구된 미소를 억지로 지을 수 있을 뿐이었다. 하도 불쾌해서 온갖 역한 감정이 치밀어 올랐다. 한 가지 불편을 방비하겠다고, 처신을 잘못하고, 말을 너무 많이 하고, 꼭 필요하다고 생각했던 조심스러운 언행을 너무 과하게 한 것 아닌가 하는 두려움, 그러다가 그만 다른 불편을 맞이하게 된 것 아닌가 하는 두려움이 생겨났다. 게다가 하필 그 순간에, 그것도 그런 주제를 이야기하고 있는 순간에 크로퍼드 양이 했다는 재기발랄한 말이 되풀이되는 소리를 들으니 상황이 끔찍하게 악화되었다.

에드먼드는 패니의 얼굴에서 지치고 고통스러운 표정을 읽었다. 따라서 즉각 이 이야기를 더 이상 거론하지 않겠으며, 그녀에게 즐겁게 받아들여질 내용과 연관이 없으면 크로퍼드라는 이름조차도 다시 언급하지 않으리라 굳게 마음먹었다. 이런 원칙을 지키며 얼마 후 그가 이렇게 말했다. "그들은 월요일에 떠난다고 해. 그러니 내일이든 일요일이든 꼭 가서 네 친구를 만나보렴. 월요일에는 정말 떠난다고 하는구나! 나도 하마터면 레싱비에 있을 때 더 오래 머무르라는 설득에 넘어가 난처한 상황에 처할 뻔했어. 거의 약속을 할 뻔했었으니까. 그랬으면 상황이 얼마나 달라졌을지 모르겠다. 레싱비에 닷새나 엿새 더 머물렀으면 평생 후회스러운 일이 될 수도 있었을 거야."

"그곳에 더 머무를 뻔했다고요?"

"거의 그랬지. 하도 간곡하게 간청하는 통에 수락할 뻔했어. 모두들 어떻게 지내는지 알 수 있는 편지가 맨스필드에서 온 후였다면 분명 더 머물렀을 거야. 하지만 두 주 동안 이곳에서 일어난 일들을 전혀 몰랐으니까. 집을 너무 오래 떠나 있다는 생각도 들었고."

"그곳에서는 즐겁게 지냈겠죠."

"그랬지. 만약 그러지 못했다면 그건 내 마음이 불편했기 때문일 거야. 모두들 참 다정하게 대해주었어. 그들이 나도 그런 사람으로 생각했는지는 의문이지만. 갈 때부터 마음이 불편한 상태였는데, 맨스필드로 돌아올 때까지 그런 마음이 도무지 사라지지 않더라."

"오언 양들 말인데요, 마음에 들었죠, 그렇죠?"

"그래, 마음에 쏙 들었지. 상냥하고 마음씨 곱고 소탈한 아가씨들이야. 하지만 평범한 여자들과 어울리기에는 난 흠결이 있는 사람 아니니, 패니. 똑똑한 여자들에게 익숙해진 남자에게는 마음씨 곱고 소탈한 아가씨들은 별로 도움이 못 되는 법이란다. 뚜렷이 구분되는 다른 종류의 여자들이지. 너와 크로퍼드 양이 나를 너무 까다로운 남자로 만들었어."

그러나 여전히 패니는 답답하고 지친 마음이었다. 에드먼드는 그녀의 표정에서 그런 마음을 읽었지만, 말을 아무리 더 건넨다 해도 그런 마음을 사라지게 할 수 없었다. 따라서 그는 더 이상 애를 쓰지 않고, 특권을 지닌 보호자의 다정한 권위로 그녀를 곧장 집으로 데리고 들어갔다.

5

에드먼드는 이제 패니가 털어놓을 수 있는, 혹은 그녀의 감정을 짐작해볼 수 있는 모든 진실을 완전히 알았다고 믿었다. 그래서 만족스러웠다. 이미 예상한 대로 크로퍼드의 조치가 너무 성급했던 것이다. 먼저 패니에게 그런 생각에 익숙해질 시간적 여유를 준 다음에 그를 좋아하게 했어야 했다. 그렇게만 한다면 그의 애정이 보답을 받는 것도 아주 먼 일만은 아닐 것이다.

그는 패니와 나눈 대화의 결과로 이 같은 생각을 아버지에게 알렸다. 그리고 이 문제로는 패니에게 더 이상 아무 말도 하지 말고, 영향력을 행사하거나 설득을 시도하지 말자고 부탁했다. 모든 일을 크로퍼드 씨가 열심히 노력하는 대로, 혹은 패니의 마음이 가는 대로 맡겨두자는 것이었다.

토머스 경도 그렇게 할 것이라고 약속했다. 그는 에드먼드가 패니의 기질을 올바르게 설명했다고 믿었다. 그 또한 패니가 아들이 설명한 모든 감정을 갖고 있다고 생각했다. 다만 그런 패니가 불운하다는 생각까지는 하지 않을 수 없었다. 장차 일어날 일을 믿고 싶은 마음이 아들보다 덜한만큼 그는 그런 식으로 세월과 습관이라는 문제를 오랫동안 참작해주다 보면, 패니가 그의 구혼을 적절히 받아들여야 한다는 마음을 다지기도 전에 구혼하고픈 청년의 마음이 끝나버리는 것 아닌가 하는 걱정이 들었기 때문이다. 그러나 그로서는 조용히 기다리며 최선의 결과를 바라는 일밖에는 할 수 있는 일이 없었다.

패니의 "친구"(에드먼드가 크로퍼드 양을 그렇게 불렀다)가 약속했다는 방문은 패니 자신에게는 굉장한 위협으로 다가왔다. 그녀는 그 방문을 두려워하며 지냈다. 그토록 편파적인 데다 그토록 화를 내고 있고, 자기 말에 조심성이라고는 없으며, 게다가 다른 관점에서 보자면 그토록 의기양양 자신감이 넘쳐흐르는 여동생이니, 크로퍼드 양은 모든 면에서 버거운 경계 대상이었다. 패니는 크로퍼드 양의 언짢아하는 모습과 상대방을 꿰뚫어 보는 눈, 행복감 등 모든 게 마주하기 두려웠다. 그나마 두 사람이 만나는 자리에 다른 사람들도 함께할 것이라는 믿음이 유일한 지원군이었다. 그녀는 가급적이면 레이디 버트럼의 옆자리를 비우지 않았고, 동쪽 방에서 멀리 떨어져 지냈으며, 혼자서 관목 숲을 산책하는 일도 삼갔다. 혹시라도 혼자 있을 때 급습을 받게 되는 일을 피하려는 것이었다.

그녀의 이런 조심스러움은 성공을 거두었다. 안전하게 이모와 함께 거실에 앉아 있을 때 크로퍼드 양이 찾아온 것이다. 처음의 서먹서먹한 장면이 끝난 뒤 크로퍼드 양이 예상했던 것보다 특별하다 할 게 없는 표정으로 말을 하자, 패니는 다소 불안하긴 했지만 30분 정도만 견디면 되겠다고, 그 이상으로 두려운 상황은 생기지 않을 수도 있겠다고 기대하기 시작했다. 그러나 이 점에서 그녀의 바람은 너무 과한 것으로 드러났다. 크로퍼드 양은 기회에 의존하는 사람이 아니었다. 그녀는 패니와 독대하겠다는 마음을 단단히 굳히고 있었다. 웬만큼 시간이 지나자 그녀가 낮은 목소리로 이렇게 말했다. "잠시 다른 곳에 가서 이야기를 좀 나눠야겠어요." 가슴이 철렁 내려앉은 패니가 온몸으로 그 의미를 절감한 말이었다. 맥박이 마구 뛰고 온 신경이 곤두섰다. 거절은 불가능했다. 쉽게 순종하는 습관 때문인지 오히려 그녀는 거의 즉각적으로 벌떡 일어나 방을 나서며 앞장섰다. 몹시 불편한 심정으로 그랬던 것이지만 어차피 불가피한 일이었다.

현관홀로 나서자마자 크로퍼드 양은 표정의 제약을 벗어던졌다. 그녀는 즉시 짓궂지만 애정이 가득 담긴 비난의 표정을 지으며 패니에게 고개를 저어 보였다. 그러면서 손을 꼭 잡고 이런 말을 하지 않고는 못 배기겠다는 투로 말을 꺼내려고 했다. 하지만 그 자리에서는 "참 딱한, 딱한 아가씨군요! 대체 제가 잔소리를 언제 그만둬야 할지 모르겠어요"라는 말만 했다. 사면이 벽으로 된 방에 두 사람만 있다는 확신을 가질 때까지 나머지 말을 유보할 만큼의 분별력은 있었던 것이다. 패니는 자연스럽게 계단 쪽으로 발걸음을 돌려 손님을 동쪽 방으로 데려갔다. 요즘은 편안하게 쓸 수 있도록 항상 적절한 상태를 유지하는 방이었다. 하지만 몹시 불편한 심정으로 방문을 열면서 그녀는 지금부터 그동안 그 방이 목격했던 그 어떤 장면보다 더 괴로운 장면이 펼쳐지겠다고 생각했다. 하지만 크로퍼드 양의 갑작스러운 심경 변화 때문인지, 아니면 동쪽 방에 다시 왔다는 감회가 그녀의 마음에 미친 강렬한 영향 때문인지, 금방이라도 폭발할 것 같던 불행한 상황은 적어도 잠시 동안은 지연되었다.

"어머!" 그녀가 즉시 생기를 띠며 외쳤다. "제가 이 방에 다시 들어온 거예요? 동쪽 방이네요. 딱 한 번 이곳에 들어온 적이 있었죠!" 그러더니 잠시 주변을 둘러보면서 그곳에서 있었던 모든 일들을 돌이켜보았다. "딱 한 번이었죠. 기억나죠? 연극 연습을 하러 왔잖아요. 패니 양의 사촌 오빠도 왔고요. 그래서 연습을 함께 했죠. 패니 양이 관객 겸 프롬프터 역할을 맡았어요. 정말 즐거운 리허설이었는데. 결코 잊지 못할 거예요. 우리가 여기, 이 방의 이쪽에 있었어요. 여기 그가 있었고, 여기제가 있었고, 여기 의자들이 있었어요. 아! 왜 이런 추억은 다사라지는 걸까요?"

친구인 패니로서는 다행스럽게도 대답을 원한 것은 아닌 모양이었다. 그녀는 온통 옛 생각에 푹 빠져 있었다. 몽상 같은달콤한 추억에 푹 빠져 있었다.

"우리가 연습하던 극 속 장면이 참 대단했죠! 주제가 정말너무나…… 너무나…… 뭐라고 해야 하나요? 그가 저한테 결혼에 대해 설명하고 결혼을 권하는 대사를 하게 되어 있었잖아요. 그가 긴 대사를 두 개 하면서 안할트답게 의젓하고 침착해 보이려 애쓰던 모습이 눈에 선하네요. 그가 '결혼을 통해 공감하는 가슴을 지닌 두 사람이 만난다면, 그 결혼 생활은 가히행복하다 할 수 있다'고 말했죠. 그 말을 할 때의 표정과 목소리에서 받은 인상은 세월이 아무리 흘러도 사라지지 않을 거예요. 우리 두 사람이 그런 장면을 연기하다니, 참 묘한, 정말 묘한 일이었어요! 제 삶의 어떤 한 주를 되살릴 수 있는 능력이 주어진다면, 저는 그 일주일을, 연극 연습을 하던 그 주를 되살릴 거예요. 뭐라고 말하든 상관없어요, 패니. 저는 그 주를 되살릴 거예요. 다른 어떤 때에도 그토록 강렬한 행복을 느낀 적은 없었으니까요. 그토록 강한 기질을 가진 분이 그렇게 뜻을 굽힐 줄이야 누가 알았겠어요! 아! 정말 말로 표현할 수 없을 만큼 즐거웠죠. 하지만 그래요! 마지막 날 저녁 모든 일을 망쳤어요. 그날 저녁 전혀 반갑지 않게도 패니 양의 이모부께서 돌아오셨잖아요. 가엾은 토머스 경, 돌아온 당신을 보고 누가 기뻐했을까요? 하지만, 패니 양, 제가 아직도 토머스 경에 대해 불손한 이야기를 할 거라고는 생각하지 마세요. 물론 꽤 여러 주 동안 그분이 몹시 싫었던 건 분명한 사실이에요. 하지만 지금은 그렇지 않아요. 그분을 공정하게 평가해요. 그야말로 이런 댁의 가장다운 모습을 지니셨죠. 그래요, 조금은 유감스럽지만 냉정하게 말할게요. 저는 이 댁 분들을 모두 사랑한답니다." 그때까지 그녀에게서 한 번도 본 적이 없었지만 그 순간만큼은 너무나 잘 어울린다는 생각이 들 뿐인 사랑스럽고 겸연쩍어하는 모습을 살짝 보이던 그녀는, 마음을 가라앉히려는지 잠시 몸을 돌렸다. "보다시피 이 방에 들어온 뒤 가슴이 조금 북받쳤나 봐요." 그녀가 곧바로 명랑한 미소를 지으며 말했다. "하지만 이제 그런 감정을 다 추슬렀어요. 그러니 앉아서 편히 이야기를 나누기로 해요. 실은 당신을 제대로 나무라야겠다고 단단히 벼르고 왔죠. 한데 막상 본론으로 들어가려니 그럴 마음이 싹 사라졌답니다, 패니 양." 그러면서 그녀는 애정을 가득 담고 패니를 꼭 안았다. "착하고 상냥한 패니! 이번이 당신의 얼굴을 보는 마지막 시간이라고 생각하니 가슴 아파요. 이별이 얼마나 길어질지 모르기 때문이죠. 그래서 이 순간 당신을 사랑하는 일 외에 다른 일을 한다는 건 전혀 불가능하다는 생각이 들어요."

패니는 감동을 받았다. 그런 모습은 전혀 기대하지 않았었다. 게다가 그녀의 마음은 "마지막"이라는 말이 남긴 구슬픈 여운을 좀처럼 버텨낼 수 없었다. 그녀는 그럴 수 있을 거라고 생각했던 정도를 훨씬 넘어서서 크로퍼드 양을 사랑한다는 듯 울었다. 그러자 그렇게 찡한 모습을 보고 애틋한 마음이 들었는지 크로퍼드 양이 패니의 곁에 다정하게 달라붙으며 말했다. "저도 헤어지기가 정말 싫어요. 지금 가는 곳에는 패니 양에 대한 애정의 절반이라도 느낄 만한 사람이 없어요. 누가 우리가 시누이올케 사이가 되지 않을 거라고 말하겠어요? 저는 우리가 그렇게 될 거라는 걸 알아요. 우리가 인척이 될 운명이라고 느껴요. 그렇게 눈물을 쏟는 모습을 보니 당신도 그렇게 느끼고 있다는 확신이 드네요, 패니."

패니는 정신이 번쩍 들었다. 그래서 크로퍼드 양이 말한 내용의 일부분에 대해서만 대꾸하며 이렇게 말했다. "하지만 한 친구들에서 다른 친구들에게로 가는 거잖아요. 각별한 친구에게 가는 거잖아요."

"그래요, 맞는 말이에요. 프레이저 부인과 저는 여러 해 동안 친구로 지낸 사이죠. 하지만 지금은 그 부인 가까이에 가고 싶은 마음이 전혀 없어요. 이곳에 두고 떠나는 친구들만 생각날 뿐이에요. 더없이 착한 제 언니와 패니 양, 대부분의 버트럼 가족분들이요. 모두들 온 세상을 다 뒤져도 찾을 수 없을 만큼 따뜻한 가슴을 지닌 사람들이죠. 모두들 제가 신뢰하고 제 속마음을 털어놓을 수 있다는 느낌을 선물한 분들이에요. 평범한 교제에서는 전혀 알 수 없는 느낌 말이에요. 부활절을 보낼 때까지 런던으로 돌아가지 않겠다고 프레이저 부인과 약속했더라면 좋았을 텐데. 그때가 방문하기에 더 좋은 시절인데……. 하지만 이제 와서 프레이저 부인을 기다리게 할 수는 없어요. 그 방문이 끝나면 부인의 언니인 레이디 스토너웨이도 찾아뵈어야 하고요. 그 두 사람 중에서 언니 쪽이 저와 더 각별히 지내는 사이랍니다. 그런데도 지난 3년 동안 그분에게 신경을 많이 써드리지 못했어요."

이 말이 있고 나서 두 아가씨는 아무 말 없이 한동안 각자의 생각에 잠겨 앉아 있었다. 패니는 세상에는 참 다양한 우정이 존재한다는 생각에 잠겨 있었고, 메리는 그보다 덜 철학적인 취향의 생각에 잠겨 있었다. 먼저 입을 연 건 메리였다.

"위층에서 패니 양을 만나야겠다고 결심했던 일과, 동쪽 방이 어디 있는 줄도 모르고 찾아 나섰던 일이 얼마나 생생히 기억나는지! 이곳으로 오면서 무슨 생각을 했었는지도 기억나요. 그리고 이 방을 들여다보고 패니 양이 이 탁자 옆에 앉아 바느질하던 모습을 목격했던 일이나 패니 양의 사촌 오빠가 문을 열고 제가 여기 있는 것을 보고 깜짝 놀랐던 일도 얼마나 생생히 기억나는지 몰라요! 그래요, 바로 그날 저녁 패니 양의 이모부가 돌아오셨죠! 정말이지 그런 일은 또 없을 거예요."

그녀는 다시 가슴이 북받쳐 오르는지 멍하니 가만히 있다가, 이내 그걸 떨쳐버리고는 앞에 앉아 있는 친구를 느닷없이 공격했다.

"어머, 패니 양, 몽상에 빠졌나 보네요! 언제나 패니 양만 생각하는 한 사람을 생각하는 것이면 좋으련만. 아아! 당신을 잠깐이라도 런던의 우리 모임 사람들에게 데려가서 헨리에 대한 당신의 영향력이 그곳에서 어떻게 받아들여지는지 보여줄 수 있다면 좋을 텐데! 어머! 그러면 수십 명의 아가씨들이 질투하고 시기하는 모습을 보게 될걸요! 당신이 무슨 짓을 했는지를 듣는다면 그 아가씨들이 얼마나 놀라고 못 믿어할지! 비밀 엄수에 대해 말하자면, 헨리 오빠는 옛 로맨스에 나오는 주인공 못지않답니다. 쇠사슬에 묶여 있는 것을 영광으로 생각하는 사람 말이에요. 런던에 가게 된다면 당신이 어떤 남자의 애정을 차지했는지 분명히 알게 될 거예요. 오빠가 얼마나 많은 아가씨들의 구애의 대상인지, 또한 오빠 때문에 모두들 얼마나 제 비위를 맞추는지 알게 될걸요! 이제부터는 오빠와 패니 양의 관계 때문에 프레이저 부인이 저를 예전의 절반만큼도 반가워하지 않을 거라는 생각이 확실히 든답니다. 진실을 알고 나면 십중팔구 제가 다시 노샘프턴 주로 돌아가주기를 바랄 거예요. 실은 프레이저 씨에게 첫 부인과의 사이에서 난 딸이 하나 있어요. 프레이저 부인은 그 딸을 결혼시키고 싶어 혈안이 되어 있고요. 헨리 오빠가 그 딸을 아내로 삼아주기를 고대하고 있다는 거죠. 세상에! 그녀가 오빠의 마음을 얻으려고 얼마나 노력했는지 당신이 안다면! 아무것도 모른 채 이곳에 조용히 앉아 있기만 하니 당신은 런던에서 당신이 얼마나 대단한 이야깃거리가 될지, 당신이 어떤 사람인지 모두들 얼마나 궁금해하며 보고 싶어 할지, 그리고 제가 끝도 없이 이어질 질문들에 얼마나 시달리게 될지 짐작조차 못 할 거예요! 가엾은 마거릿 프레이저가 당신의 눈과 치아, 머리 모양새가 어떻게 생겼느냐, 구두는 누가 만드느냐고 쉴 새 없이 물을걸요. 가엾은 제 친구를 위해서라도 마거릿이 결혼했으면 좋겠어요. 프레이저 부부 역시 대부분의 부부처럼 결혼 생활이 그다지 행복해 보이지 않거든요. 하지만 결혼할 당시에는 재닛에게 더없이 바람직한 결혼이었죠. 우리 모두가 기뻐했고요. 프레이저 씨는 부자였고 재닛은 가진 것이 없었기 때문에 그녀에게는 그를 받아들이는 것 말고는 다른 방도가 없었어요. 하지만 그가 성마른 사람이고, 거기다 요구만 잔뜩 하는 사람이라는 사실이 요즘 드러나고 있어요. 그는 아가씨, 그것도 스물다섯 살의 젊은 아가씨가 자기처럼 의젓하기를 바라요. 게다가 제 친구는 남편을 잘 다루지 못한답니다. 이런 상황을 어떻게 잘 견뎌나갈 수 있을지 아는 것 같지 않아요. 그래서 화를 돋우는 분위기가 조성되곤 해요. 안 좋은 이야기는 하고 싶지 않지만, 그런 상황은 분명히 교양이 없어 보여요. 그 부부의 집에 가면 맨스필드 목사관의 결혼 생활을 경의를 표하며 떠올리게 될 거예요. 그랜트 박사조차도 제 언니에게는 완벽한 신뢰를 보이고 언니의 판단을 배려하니까요. 그 모습을 보면 두 분 사이에 애정이 존재한다는 느낌을 확실히 갖게 되죠. 하지만 프레이저 부부에게서는 그런 모습을 전혀 보지 못할 거예요. 저는 앞으로 쭉 맨스필드에서 살 겁니다, 패니 양. 아내로서는 제 언니가, 남편으로서는 토머스 경이 제가 생각하는 완벽한 기준이에요. 가엾은 재닛은 지독히 기만당했죠. 하지만 그녀 쪽에서 부적절하게 처신한 건 전혀 없었어요. 무분별하게 결혼에 뛰어든 게 아니에요. 미리 충분히 생각해보는 과정이 부족하지도 않았어요. 그가 청혼을 하자 사흘이나 숙고했어요. 그리고 그 사흘 동안 모든 친지들에게 조언을 구했고요. 그들의 의견을 들어볼 가치가 있었으니까요. 그녀는 돌아가신 제 사랑하는 숙모님께도 부탁을 했었어요. 세상일을 훤히 꿰뚫고 계셨던 터라 숙모님을 아는 거의 모든 아가씨들이 대체로, 그리고 당연히 숙모님의 판단을 존중했어요. 그런데 숙모님이 프레이저 씨를 좋게 보신 거예요. 그걸 보면 안락한 결혼 생활을 보장해주는 건 그 무엇도 없나 봐요. 플로라라는 제 친구 이야기는 말할 것도 없어요. 그 애는 근위기병대에 복무하는 아주 멋진 청년을 걷어찼답니다. 끔찍한 스토너웨이 경 때문에요. 그 사람의 분별력은 아마 러시워스 씨만큼은 될 거예요, 패니 양. 하지만 인상은 훨씬 험상궂은 사람이죠. 성격도 불량배처럼 음험하고요. 저는 결혼하는 시점부터 그 애가 올바른 선택을 했는지 의구심이 들었어요. 그에게서는 신사다운 풍모가 전혀 느껴지지 않았거든요. 지금은 그 애가 잘못을 저질렀다고 확신한답니다. 참, 말이 난 김에 하는 이야기인데, 사실 플로라가 사교 모임에 처음 등장한 때부터 헨리 오빠의 환심을 사려고 애를 태웠죠. 여하튼 오빠와 사랑에 빠졌다고 알고 있는 모든 아가씨들 이야기를 다 한다면 아마 끝이 없을 거예요. 무관심 비슷한 감정을 품고 오빠를 생각할 수 있는 아가씨는 오직 당신, 무정한 패니 양뿐이죠. 그런데 말한 것처럼 정말 그렇게 무감동한 건가요? 아니겠죠, 아닐 거예요. 제가 생각하기엔 아닐 거예요."

그 순간 분명 패니의 얼굴에는, 이미 예견하고 있는 사람의 마음에 강력한 의구심을 불러일으키기 충분할 만큼 홍조가 깊게 뱄다.

"참 착하기도 한 아가씨 같으니라고! 그만 괴롭힐게요. 모든 게 알아서 잘 되겠죠. 하지만 친애하는 패니 양, 사촌 오빠의 생각처럼 청혼을 받아들일 마음의 준비가 전혀 안 돼 있던 건 아니라는 것쯤은 인정하겠죠. 그런 일은 가능하지도 않잖아요. 당신도 분명히 이 일을 조금은 생각하고 있었을 것이고, 앞으로 무슨 일이 일어날지 예상하고 있었을걸요. 오빠가 당신의 마음에 들려고 할 수 있는 모든 일을 하며 애써왔다는 건 분명히 알고 있었을 거예요. 무도회 때 오빠가 얼마나 열성적이었어요? 게다가 무도회가 열리기 직전의 목걸이 일은 또 어땠고요! 맞아! 그 목걸이를 준 사람이 의도대로 그걸 착용했잖아요. 속마음이 원하는 만큼은 의식을 하고 있었던 거죠. 그때 일이 완벽하게 기억나는데요."

"그럼 크로퍼드 양의 오빠도 목걸이 일을 미리 알고 있었다는 소린가요? 세상에! 크로퍼드 양, 그건 옳지 않아요!"

"미리 알고 있었죠! 그 일은 전적으로 오빠가 꾸민 일이었어요. 오빠 혼자서 생각해낸 일이었어요. 이런 말을 하는 게 부끄럽지만 그런 계획이 제 머릿속에 자리 잡은 적은 한 번도 없답니다. 그렇지만 오빠의 청혼 문제에, 제가 두 사람 모두를 위해 역할을 맡을 수 있어서 참 기뻤어요."

"당시에 혹시 그럴지도 모른다는 걱정을 어렴풋이 안 했다고는 하지 않겠어요." 패니가 대답했다. "당신의 표정에 뭔가 절 두렵게 하는 면이 있었기 때문이죠. 하지만 처음부터 그랬던 건 아니고…… 처음에는 전혀 생각 못 했으니까요! 정말, 정말 그랬어요. 그건 제가 지금 여기 앉아 있는 것만큼이나 진실이에요. 그때 낌새를 눈치챘더라면 무슨 일이 있어도 목걸이를 받겠다는 마음은 안 들었을 거예요. 오빠분의 태도에 대해 말한다면, 사실 저도 뭔가 특별하다는 생각은 분명히 했었어요. 얼마 동안, 아마 이삼 주 동안은 의식하고 있었을 거예요. 하지만 그 뒤로는 그게 아무 의미도 없다고 생각했고, 으레 그분이 하는 버릇쯤으로 치부해버렸어요. 그분이 저에 대해 마음을 품는 일은 꿈에도 바라지 않았던 만큼, 정말 그럴 것이라는 생각은 해본 적이 없어요. 크로퍼드 양, 제가 이번 여름과 가을, 그분하고 우리 가족 몇 사람 사이에 있었던 일을 무심하게 보고만 있었던 게 아니랍니다. 조용히 있기는 했지만 눈을 가리고 있던 게 아니라는 거예요. 저는 크로퍼드 씨가 아무 의미도 없이 열심히, 정중하게 행동하는 모습을 생생히 목격하지 않을 수 없었어요."

"어머, 그랬군요! 오빠가 그런 행동을 보였다는 건 부인하지 않겠어요. 이따금 지독한 바람둥이처럼 행동하니까요. 아가씨들의 마음을 엉망으로 휘저어놓고는 자기는 신경도 안 쓰곤 했죠. 그래서 그러지 말라고 몇 번이나 질책했어요. 하지만 오빠의 단점은 그것뿐이에요. 오빠가 신경을 쓸 만한 가치가 있는 애정을 보인 아가씨가 극소수였다는 말을 꼭 해야겠네요. 그러니, 패니 양, 그토록 많은 아가씨들의 공략 대상이었던 남자를 붙잡게 된 것, 같은 여성들의 빚을 제 힘으로 되갚을 수 있게 된 것이 얼마나 영광스러운 일이에요! 저는 진심으로 그런 승리를 거절하는 것은 여자의 본성이 아니라고 확신한답니다."

패니는 고개를 저었다. "저는 여자들의 마음을 갖고 노는 남자는 좋게 볼 수 없어요. 아마 그 여자들은 옆에서 구경하는 사람이 알 수 있는 것보다 훨씬 더 큰 고통을, 수없이 겪었을 거예요."

"오빠를 변호하는 말은 않겠어요. 패니 양의 자비에 전적으로 맡기겠어요. 그리고 오빠가 당신을 에버링엄 집에 들이기만 한다면 당신이 무슨 질책을 하든 신경 안 쓸 거예요. 하지만 이 말만은 해야 하겠군요. 아가씨들에게 연정을 조금씩 불러일으키기를 좋아하는 오빠의 단점이, 오빠 본인이 직접 사랑에 빠지는 일의 절반만큼도 아내의 행복을 위험하게 하지는 않을 거라고요. 그런 사랑은 오빠가 한 번도 겪어보지 못한 일이랍니다. 저는 오빠가 지금까지 어떤 여성에 대해서도 보이지 못한 식으로 당신에게 이끌리고 있으며, 진심으로 당신을 사랑하고 있다고, 최대한 오래, 아니 거의 영원히 당신을 사랑할 것이라고, 진지하게 그리고 진심으로 믿어요. 만약 한 남자가 한 여자를 영원히 사랑한 적이 있다고 한다면, 저는 헨리 오빠도 그렇게 당신을 사랑할 것이라고 생각해요."

페니는 옅은 미소를 짓지 않을 수 없었다. 하지만 할 말은 없었다.

"헨리 오빠가 그때보다 더 기뻐했던 모습은 상상할 수 없답니다." 메리가 즉시 말을 이었다. "패니 양 오빠의 진급 건을 성사시켰을 때 말이에요."

이 대목에서 그녀는 패니의 감정을 확실히 건드리며 약점을 치고 들어온 셈이었다.

"아! 맞아요. 그때 얼마나, 얼마나 친절하게 애쓰셨는지!"

"오빠가 그때 정말 열심히 노력했다는 건 제가 알죠. 어떤 분들을 움직여야 하는지 제가 알거든요. 우리 제독님은 번거로운 일을 참 싫어하세요. 누구에게 부탁하는 걸 경멸하시고요. 게다가 그런 식으로 신경 써야 할 청년들의 청이 너무 많아서 단호한 우정이나 정력을 보이는 경우가 아니면 그런 청을 무시해버리기가 일쑤랍니다. 윌리엄 씨는 대단한 행운아가 틀림없어요! 한 번 만나봤으면 좋겠네요."

가엾은 패니의 마음은 갖가지 생각들로 인해 더없이 괴로운 상태로 빠져들었다. 윌리엄 오빠를 위해 했다는 일만 떠올리면 크로퍼드 씨를 거절하겠는 결심이 크게 흔들리곤 하는 것이었다. 그녀는 그런 생각에 깊이 잠겨 앉아 있었다. 마침내 처음에는 그런 그녀를 흡족히 지켜보다가 나중에는 자기 자신도 다른 상념에 젖어 있던 메리가 이런 말로 패니의 주의를 환기시켰다. "이곳에서 온종일 함께 이야기를 나누고 싶어요. 하지만 아래층에 계신 부인들을 잊어선 안 되겠죠. 그러니 소중하고, 사랑하고, 더없이 착한 패니 양과의 작별 인사는 여기서 해야겠네요. 응접실에서 명목상으로 인사는 하겠지만 이곳에서 따로 작별을 고해야 할 것 같아요. 이제 정말 떠나요. 행복하게 다시 만날 날을 기대할게요. 우리가 다시 만날 때는 가슴속에 남은 말이 하나도 없을 것이고, 침묵은 그림자도 얼씬 못하고 서로에게 가슴을 활짝 열어 보이는 상황을 맞게 되리라 믿어요."

그녀는 이 말을 하고 나서 매우, 매우 다정하게 포옹하며 다소 들뜬 모습을 보였다.

"패니 양의 사촌 오빠를 런던에서 곧 만나게 될 거예요. 그가 상당히 이른 시일 안에 그곳에 갈 거라고 말했거든요. 그리고 봄철 중에 토머스 경도 오시게 되겠죠. 패니 양의 사촌 큰오빠와 러시워스 씨 부부, 줄리아 양도 여러 차례 그곳에서 만날 거라고 확신하고요. 두 가지 부탁이 있답니다, 패니 양. 하나는 서신 교환이에요. 제게 꼭 편지를 보내야 해요. 다른 하나는 그랜트 부인을 자주 찾아가서 제가 떠난 자리를 대신 채워달라는 겁니다."

패니는 두 부탁 중 적어도 첫 번째 부탁은 받지 않았으면 하는 생각이 들었다. 그러나 서신 교환을 거절할 수는 없는 노릇이었다. 아무리 생각을 거듭해보아도, 그 일에 기꺼이 동의하지 않는다는 게 불가능했다. 상대편에서 그렇게 드러내놓고 크나큰 애정을 보였는데 그걸 거절한다는 건 불가능한 일이었다. 특이하게도 그녀는 자신에게 애정으로 대해주는 사람을 존중하는 기질을 타고난 사람이었다. 게다가 지금까지 그런 대접은 거의 알고 지낸 적이 없었기에 크로퍼드 양의 그런 대접에 한층 더 압도되고 만 것이었다. 그리고 그녀가 걱정하면서 예견했던 것보다 덜 고통스러운 시간이었기에 크로퍼드 양에게 고마운 마음도 있었다.

두 사람만의 시간은 이렇게 끝이 났다. 그녀를 나무라거나 속마음을 떠보는 일 없이 크로퍼드 양에게서 무사히 벗어난 셈이었다. 그녀의 비밀은 여전히 그녀의 것이었다. 사정이 그러한 동안에는 거의 모든 일을 체념하며 받아들일 수 있으리라는 생각이 들었다.

저녁에 또 다른 작별이 있었다. 헨리 크로퍼드가 찾아와 가족들과 얼마 동안 앉아 있다가 갔다. 그 이전부터 이미 마음이 가장 강인한 상태는 아니었던지라, 그녀의 가슴은 한동안 그를 향해 누그러져 있었다. 그는 이별을 절감하는 모습을 보였다. 평소의 모습과 사뭇 다르게 말이 거의 없었다. 그가 너무나도 침울해 보여서, 그녀는 그가 다른 여자의 남편이 될 때까지 다시는 만나지 않았으면 하고 바라면서도, 한편 안쓰럽게 느껴졌다.

작별의 시간이 다가오자 그는 그녀의 손을 잡으려 했고 그
것까지 거절당하지는 않았으면 하는 바람을 보였다. 하지만 말
은 한 마디도, 그녀가 들을 수 있는 말은 한 마디도 하지 않았
다. 마침내 그가 방을 나가자 그녀는 그런 우정의 표시라도 주
고받은 것 때문에 기분이 한결 좋아졌다.

　다음 날 아침, 크로퍼드 남매는 떠났다.

6

크로퍼드 씨가 떠난 뒤 토머스 경의 다음 목표는 패니가 그의
부재를 아쉬워하게 하는 것이었다. 조카딸이 그간 분명히 느끼
고 있었을, 혹은 유감스러운 일이라 생각하고 있었을 그의 관
심이 눈앞에서 사라졌으니, 이제 그녀가 그의 빈자리를 알아차
리기를 간절히 바랐다. 사실 그녀는 그동안 응당 우쭐해질 만
한 방식으로 자신의 영향력을 만끽하고 있었다. 따라서 이제
그런 관심을 상실하고 아무 영향력도 행사하지 못하는 무의미
한 존재로 돌아갔으니, 그게 그녀의 마음속에 후회의 감정을
불러일으키기를 진심으로 바랐다. 그런 바람을 품고 토머스 경
은 그녀를 지켜보았다. 하지만 과연 그런 일이 얼마나 성공적
으로 이루어진 것인지 가늠할 수는 없었다. 조카딸의 마음에
변화가 일어난 것인지 아닌지 그는 거의 알 수 없었다. 늘 너무
조용하게, 뒷전으로만 물러나 있으니 그녀의 감정을 헤아리는

것은 그의 능력 밖의 일이었다. 그는 도통 그녀를 이해할 수 없었다. 아니, 이해하지 못한다고 느꼈다. 따라서 에드먼드에게 이번 일을 맞이하여 그녀의 감정 상태가 어떤지, 그녀가 이전보다 더 행복한지 아닌지 알아보고 말해달라고 부탁했다.

에드먼드는 패니에게서 어떤 아쉬움도 감지하지 못했다. 그는 처음 사나흘 만에 그녀에게 그런 감정이 생겨나리라 믿은 아버지가 조금은 터무니없다고 생각했다.

무엇보다 에드먼드를 놀라게 한 것은 패니가 크로퍼드의 여동생, 즉 친구 겸 말동무로서 그동안 큰 의미를 지녔던 그의 여동생이 떠난 것을 그다지 아쉬워하지 않은 일이었다. 그는 패니가 크로퍼드 양에 대해 이야기를 거의 하지 않는 모습, 이 이별에 대해 자진해서 먼저 관심을 표명하지 않는 모습을 보고 의아했다.

아아! 그러나 지금 패니의 평온을 치명적으로 훼손하는 주된 원인이 바로 이 여동생이었다. 그녀의 친구 겸 말벗이라는 크로퍼드 씨의 여동생이었다. 메리의 미래가 맨스필드와 관련이 없다고 믿을 수만 있다면, 혹은 (그녀의 오빠가 이곳으로 돌아오는 일이 제발 머나먼 훗날의 일이기를 바라는 것처럼) 여동생 또한 머나먼 훗날 돌아오기를 바랄 수만 있다면, 패니의 마음은 참으로 가벼웠을 것이다. 하지만 지난 일을 되돌아보고 눈앞에 펼쳐지는 상황을 지켜볼수록, 크로퍼드 양과 에드먼드 오빠의 결혼에 필요한 모든 일들이 전보다 훨씬 더 순조로운 흐름을 타고 있다는 확신이 깊어져만 갔다. 그의 쪽에서는 그런 의향이 점점 더 강렬해지고 있었고, 그녀의 쪽에서는 그런 의향이 점점 덜 모호해지고 있었다. 그동안 그가 반대했던 이유들, 그의 고결한 성품에서 비롯된 망설임 등이 싹 사라진 것 같았다. 어떻게 그렇게 된 것인지는 누구도 알 수 없었다. 게다가 야심으로 가득 찼던 그녀의 의심과 망설임도 그처럼, 마찬가지로 어떤 분명한 이유도 없이, 극복된 상태였다. 그저 상대방을 좋아하는 마음이 점점 더 커졌기 때문이라고 설명할 수 있을 뿐이었다. 그의 호감과 그녀의 비호감이 아무래도 사랑이라는 감정에 자리를 내준 것 같았다. 그런 사랑이 두 사람을 하나로 결합시킨 게 틀림없었다. 그는 손턴 레이시와 관련된 일이 완결되는 대로 런던으로 갈 생각이라고 말했다. 아마 두 주 안에는 떠날 것 같다면서 그 계획을 이야기하며 즐거워했다. 그러니 그가 크로퍼드 양과 다시 한자리에 있게 된다면 패니로서는 나머지 일은 보지 않아도 너무 분명한 일이었다. 그의 청혼만큼이나 그녀의 수락도 확실할 게 틀림없었다. 하지만 어쩐지 그 같은 전망이 너무 서글프게 느껴지는 찜찜한 마음이 여전히 별개의 감정으로 남아 있었다. 그녀는 그런 기분이 자신과 무관한, 다른 사람의 마음처럼 남아 있다고 느꼈다.

마지막으로 대화를 나눌 때 보니 크로퍼드 양은, 다소 사랑스러운 감정과 다소 개인적인 다정함을 보이긴 했지만, 그래도 여전히 예전의 크로퍼드 양 그대로였다. 여전히 갈팡질팡 갈 길을 잃고 어쩔 줄 몰라 하는 속마음을 드러냈고, 그러면서도 자신의 상태가 그렇다는 걸 전혀 의식하지 못하고 있었다. 깜깜한 어둠 속을 헤매고 있으면서도 자신의 마음이 환한 빛이라고 착각하고 있었다. 사랑은 할 수 있을지언정, 다른 감정을 기준으로 볼 때는 그녀는 에드먼드를 차지할 자격이 없었다. 패니는 두 사람 사이에 공통적인 두 번째 감정 같은 것은 거의 없다고 믿었다. 나이 지긋한 현명한 분들이 용서해주시겠지만 그래도 메리 크로퍼드가 나아질 가능성은 거의 절망적인 수준이었다. 에드먼드의 영향조차도 이런 연애 시절에 그녀의 판단력을 밝게 만드는 데 아무런 기여도 하지 못했다고 한다면, 그들이 오랜 결혼 생활을 한다 해도 결국 그의 진가가 그녀에게는 헛되이 낭비되는 셈이었다.

경험이 풍부한 사람들이라면 그런 상황에 처한 젊은 남녀에게 더 큰 희망을 가질 수 있었으리라. 그리고 불편부당한 사람들이라면 크로퍼드 양의 성격에다, 여성들의 일반적인 성격, 즉 자신이 사랑하고 존경하는 남자의 생각을 자기 생각으로 채택하게 만드는 성격을 갖는 데 동참할 수 있는 기회를 선물할 수 있었으리라. 하지만 패니의 확신은 굳건했다. 그리고 그런 확신 때문에 너무 괴로웠다. 크로퍼드 양 이야기만 나오면 고통스럽지 않은 때가 없었다.

한편 토머스 경은 여전히 자기 나름의 희망을 품고 있었다. 그만의 관찰을 하고 있었고, 인간의 본성에 관해 그가 아는 모든 지식에 비추어 여자가 남자에게 갖는 매력과 중요성을 잃는 일이 조카딸의 기분에 어떤 영향을 미치는지 목격하게 되리라 희망하고 있었다. 그리고 그녀의 연인이 지금까지 보였던 관심이라면, 그런 관심이 되돌아오기를 간절히 바라는 마음도 빚어낼 수 있으리라 믿었다. 얼마 후 그는 그가 기대한 모든 것들을 아직도 패니의 마음에서 완벽하게, 의심할 여지 없이 볼 수 없는 이유는 다른 방문자가 찾아올 거라는 기대감 때문이라고 생각하게 되었다. 이 방문자가 온다는 소식에 자신이 지켜보고 있는 패니의 마음이 넉넉한 힘을 얻고 있는 것이리라. 윌리엄이 열흘간의 휴가를 얻어 노샘프턴으로 온다고 했다. 가장 최근에 진급한 가장 행복한 해군 소위가 되어, 자신의 행복한 모습을 보여주고 해군 제복을 세세히 설명해주기 위해 온다는 것이었다.

마침내 윌리엄이 도착했다. 복무 중이 아니면 제복 착용을 금하는 몰인정한 관습만 아니라면, 그는 맨스필드에 제복을 입고 와 자랑하며 기뻐했을 것이다. 하지만 그는 이러한 규율에 따라 포츠머스에 제복을 두고 왔다. 에드먼드는 패니가 오빠의 제복을 볼 수 있는 기회를 잡기도 전에, 제복 자체가 주는 신선함과 제복 주인이 그걸 입고 느끼는 새로운 기분이 점점 사라질 게 분명하다고 짐작했다. 결국 그 제복이 불명예의 표지로 전락하고 말지도 몰랐다. 소위로 한두 해를 보낸 뒤 다른 동료들이 자기보다 먼저 지휘관급 장교로 진급하는 모습을 지켜볼지도 모르는 소위의 제복보다 더 볼품없고 보잘것없어 보이는 것이 어디 있겠는가? 에드먼드가 이런 생각을 하고 있는데 그의 아버지가 그에게 한 가지 계획을 털어놓았다. 영국 군함 스러시 호에 복무하는 해군 소위의 늠름한 모습을 패니가 다른 시각으로 보게 해주자는 것이었다.

계획의 내용인즉슨 오빠가 포츠머스로 돌아갈 때 패니도 함께 딸려 보내서 고향의 가족들과 얼마 동안 시간을 보내게 하자는 것이었다. 근엄하게 상념에 빠져 있던 토머스 경에게 그게 옳고 바람직한 조치이겠다는 생각이 문득 떠올랐다고 했다. 그러나 그는 계획을 확정짓기 전에 아들의 조언부터 구했다. 그 계획을 모든 면에서 검토해본 에드먼드는 올바른 처사라는 것 말고는 다른 결론을 내릴 수 없었다. 계획 자체도 훌륭할뿐더러 실천 시점이 지금보다 더 적절할 수는 없을 것 같았다. 그는 패니도 무척 기뻐할 만한 계획이라는 점을 의심하지 않았다. 이 정도면 토머스 경이 결심하게 만들기에 충분했다. 따라서 "그럼 그리하기로 하자"라는 말로 이쯤에서의 단계는 마무리되었다. 다소의 만족감을 느끼며 일을 마무리한 뒤 물러난 토머스 경에게는, 사실 패니를 고향으로 보내는 가장 중요한 목적이라고 아들에게 말한 내용을 뛰어넘는 다른 목적이 있었다. 그러니 그는 패니와 친부모의 재회가 적절한지의 여부에는 거의 관심이 없었고, 그녀를 행복하게 해주겠다는 생각도 전혀 없었다. 분명 그는 패니가 자발적으로 가기를 바랐다. 하지만 그 못지않게 확실히, 패니가 고향 방문을 끝마치기 전에 고향 집에 대해 넌더리를 내게 되기를 바란 것이기도 했다. 맨스필드 파크의 우아하고 호사스러운 삶에서 부득이 잠시 떠나 있다 보면 그녀도 제정신이 돌아올 것이고, 앞으로 더 오랜 세월을 살게 될지도 모르는 가문의 가치와 자신에게 제안된 맨스필드에서의 삶 못지않은 안락한 삶의 가치를 제대로 평가하고픈 마음이 들게 될 것이라는 게 토머스 경의 계산이었다.

그로서는 이번 계획이 지금 탈이 난 게 분명하다고 여겨지는 조카딸의 분별력을 치료하는 약물과도 같은 것이었다. 그는 여덟 해 혹은 아홉 해를 부와 풍요가 넘쳐나는 집에서 살다 보니 조카딸의 판단 능력에 다소 문제가 발생했고 제대로 비교할 수도 없는 것이라고 생각했다. 그는 아버지의 집에 돌아가면 그녀가 넉넉한 수입이 얼마나 가치가 있는 것인지 똑똑히 깨달을 가능성이 매우 높다고 생각했고 자신이 고안한 이 실험 덕택에 그녀가 평생 동안 더욱 현명하고 더욱 행복해지리라 믿었다.

패니에게 황홀경에 빠져드는 성향이 조금이라도 있었더라면, 아마 이모부의 의도를 처음 알게 됐을 때 급습을 당한 것처럼 강렬한 황홀경에 빠져들었을 게 틀림없었다. 이모부가 그녀 생애의 거의 절반쯤에 해당하는 오랜 세월 동안 헤어져 있던 부모와 형제자매들을 만나고 오라고, 윌리엄을 여행의 보호자 겸 동반자로 삼아 함께 가서 두어 달 동안 어린 시절의 추억이 깃들어 있는 곳들을 돌아보고 오라고 처음 제안했을 때, 그래서 윌리엄 오빠가 육지에 머무르는 마지막 순간까지 함께 있을 수 있다는 확신을 갖게 되었을 때 그녀는 바로 그런 기분에 사로잡혔다. 그녀가 터질 것 같은 기쁨을 주체하지 못하고 터트려야 했던 때가 있다면 바로 이때였다. 그만큼 기뻤다. 하지만 그녀가 보인 행복감은 조용하고, 깊고, 가슴 벅찬 행복감이었다. 본래 수다를 즐기는 편이 아니었던 그녀는 강렬한 감정을 느낄 때면 오히려 언제나 말수가 더 적어지는 경향의 소유자였다. 이번에도 그녀는 감사드리며 이모부의 제안을 따르겠다는 말만 할 수 있을 뿐이었다. 시간이 조금 더 흐르고 그토록 갑작스럽게 가능해진 일들을 즐겁게 상상하는 데 익숙해지고 나서야 비로소 윌리엄과 에드먼드에게 자기 감정을 보다 자세하게 이야기할 수 있었다. 하지만 그녀에게는 말로 표현할 수 없는 애잔한 감정이 여전히 남아 있었으니…… 어린 시절의 갖가지 추억들, 가족들과 헤어질 때 느꼈던 괴로운 마음에 대한 기억들이 새로운 힘으로 그녀를 엄습하는 것이었다. 하지만 고향집으로 돌아가면 어쩐지 가족들과 헤어진 뒤 점점 더 커졌던 온갖 괴로운 심사가 치유될 것 같다는 생각도 들었다. 고향집 가족들 한가운데 섞이고, 그토록 많은 가족들의 사랑을 받고, 그때까지 받아본 어떤 사랑보다 더 큰 사랑을 받는다면, 아무런 걱정이나 제약도 없이 애정을 느끼고, 자신을 둘러싼 모든 이들이 동등하다고 느끼며, 크로퍼드 남매에 관한 모든 이야기에서 벗어나 마음의 평화를 얻고, 그들 남매의 일로 그녀를 비난하는 온갖 눈총들로부터 안전해질 수 있을 것이었다! 너무 기분이 좋아서 그 내용을 절반밖에 고백할 수 없을 만큼, 몇 번이고 곱씹을 그림이었다.

에드먼드와도 이제 두 달은 떨어져 있어야 할 테니(어쩌면 세 달까지 집을 비워도 된다는 허락이 내려질지도 몰랐다), 그것 역시 그녀에게 분명 도움이 될 것 같았다. 그의 표정과 다정한 태도라는 공격을 벗어나 멀리 떨어져 있다 보면, 그래서 그의 속마음을 알아야 하고 그가 속을 털어놓는 것을 피하려고 애쓰며 겪게 되는 속상한 상황에서 무사히 벗어나 있다 보면, 스스로를 차분히 설득하여 더욱 온당한 마음 상태로 돌아갈 수 있을 것 같았다. 비참한 심경에 빠지지 않고서, 그가 런던에 가 있다고, 그래서 그곳에서 모든 일을 마무리하고 있을 거라고 생각할 수 있을 것 같았다. 맨스필드에 있었다면 견디기 힘들 었을 일들이 포츠머스에 가 있으면 별것 아닌 불운으로 여겨지 기를 그녀는 바랐다.

유일한 걱정은 과연 그녀가 없어도 버트럼 이모가 편안히 지낼 수 있을까 하는 것이었다. 가족 누구도 그녀의 존재를 필요로 하지 않았다. 하지만 이모만큼은 생각하고 싶지도 않을 정도로 그녀의 부재를 아쉬워할 것 같았다. 사실 이 부분이 이번 방문 건을 처리함에 있어 토머스 경에게 가장 힘든 일이었다. 그리고 오직 그만이 해결할 수 있는 일이기도 했다.

하지만 맨스필드의 주인은 그였다. 어떤 조치든 실제로 취하겠다고 마음만 먹으면 언제든 실행할 수 있었다. 이번의 경우에도 그는 이 일을 가지고 아내와 오랫동안 대화를 나누며 가족을 만나야 할 패니의 의무에 대해 설명도 하고 강조도 하고 해서, 결국은 아내를 설득하고 패니를 보내겠다는 허락을 얻어낼 수 있었다. 하지만 확실한 이해에서 나온 것이 아닌 남편의 말에 묵묵히 따르기로 한 데서 나온 허락일 뿐이었다. 레이디 버트럼은 토머스 경이 패니를 반드시 보내야 한다고 생각하고 있으니 그런 생각에 따를 수밖에 없다는 정도로만 납득할 뿐이었다. 화장용 사실의 조용한 정적에 싸여, 편견 없이 생각의 흐름을 좇으며 남편의 곤혹스러운 주장이 주는 선입견에 휘말리지 않고 생각해보니 그녀는 그토록 오랜 세월 동안 그녀 없이도 잘 살아온 친부모에게 패니가 꼭 가야 하는지 그 필요성을 인정할 수 없었다. 반면에 자신에게는 너무나 유용한 존재였다. 노리스 부인과 상의하던 중에 그녀가 패니의 부재를 아쉬워할 필요가 없다고 애써 입증하려 하자 레이디 버트럼은 그 점은 결코 인정할 수 없다고 한결같은 태도로 단호하게 버텼다.

토머스 경은 아내의 이성과 양심, 위엄에 호소했다. 그는 이것을 희생이라고 불렀으며, 아내의 착한 심성과 본연의 자제력에 근거하여 받아들여달라고 간청했다. 하지만 노리스 부인은 패니가 없어도 동생이 아주 잘 지낼 수 있다고 설득하고 싶은 마음이었다. (필요한 일이 있을 때마다 자신의 모든 시간을 기꺼이 레이디 버트럼에게 할애하겠다는 것이었다.) 간단히 말하자면, 그러니까 패니가 필요할 일도, 그녀의 부재를 아쉬워할 일도 있을 수 없다는 것이었다.

"그럴 수도 있겠지, 언니." 레이디 버트럼은 이렇게만 대답했다. "언니 말이 맞을지도 몰라. 하지만 난 분명히 패니가 무척 아쉬울 거야."

다음에 취해진 조치는 포츠머스에 통보하는 것이었다. 패니는 방문을 해도 괜찮겠느냐고 편지를 보냈다. 그녀의 어머니는 짧지만 무척 다정한 내용이 담긴 답장을 보냈다. 몇 줄 안 되는 내용에 딸과 재회한다는 희망 때문인지 너무나 자연스럽게 어머니다운 기쁨이 표현되어 있어서, 어머니와 함께하면 참 행복할 거라는 딸의 기대감을 확인시키기에 충분했다. 그리고 그 편지는 이제는 "엄마"에게서 다정하고 애정 넘치는 친구의 모습을 발견할 수도 있을 거라는 확신도 함께 주었다. 그 옛날 딸에게 이렇다 할 정을 베풀지 못했던 어머니였다. 그러나 패니는 어머니의 그 같은 태도가 자신의 잘못에서 기인한 것이라고, 자신의 헛된 공상이 원인이었다고 이해할 수 있었다. 걱정으로 가득 찼던 자신의 기질에서 비롯된 무기력증과 짜증 때문에, 혹은 그토록 많은 형제자매들 가운데 한 명이 받을 수 있는 것보다 더 많은 몫의 사랑을 원하면서 터무니없이 굴었기 때문에 어머니의 사랑으로부터 멀어진 것일 수 있었다. 이제는 그녀도 도움이 되며 인내하는 법을 알 만큼 철이 들었고, 어머니도 어린아이들로 가득 찬 집에서 끊임없이 요구되는 일들에 더 이상 치이지 않아도 되니, 편안하게, 온갖 행복을 누릴 마음의 여유도 그리고 싶은 마음도 가질 수 있을 것이었다. 그러니 두 사람은 이내 어머니와 딸이 마땅히 서로에게 보여야 할 모습을 보이게 될 것이다.

윌리엄은 이번 방문 계획을 동생만큼이나 기뻐했다. 스러시 호가 출항하기 전 마지막 순간까지 동생과 포츠머스에 함께 있게 될 것이고, 첫 번째 해양 순찰을 마치고 돌아온 다음에도 그녀를 계속해서 볼 수 있다니, 이보다 더 기쁠 수는 없지 않은가! 게다가 스러시 호가 정박지를 떠나기 전에 배를 동생에게 구경시켜주고 싶은 마음도 간절하던 터였다. (스러시 호는 분명 현장에서 뛰고 있는 가장 훌륭한 범선형 포함이었다.) 그리고 포츠머스 항의 해군 조선소에도 여러 가지 개선이 이루어졌는데 그는 그 모습도 동생에게 보여주고 싶었다.

그는 그녀가 당분간 고향집에 머무른다면 가족들 모두에게 큰 이익이 될 것이라는 말도 망설임 없이 덧붙였다. "어떻게 해서 그렇게 된 것인지는 모르겠어." 그가 말했다. "하지만 지금 부모님 댁은 네 꼼꼼한 생활 방식과 정연한 태도가 무척 필요해 보이는 상황이야. 집이 항상 엉망이야. 네가 가면 틀림없이 상황이 더 나은 식으로 흘러가겠지. 네가 어머니에게 집안 살림을 어떻게 꾸려야 하는지 일러드릴 수 있을 거야. 수전에게도 도움을 줄 수 있을 거고. 벳시를 가르쳐주고, 사내 녀석들이 너를 무척 좋아하며 네 말에 신경을 쓰도록 만들겠지. 그러면 모든 게 얼마나 올바르게 바로잡히고 안락해질까!"

프라이스 부인의 답장이 도착할 즈음, 이들 남매가 맨스필드에서 보낼 날들은 며칠 남지 않았었다. 그런데 그 남은 날들 가운데 어느 하루, 여행과 관련하여 엄청나게 곤혹스러운 일이 두 젊은 여행자들에게 생겼다. 여행 방법에 대해 이야기를 나누던 중의 일이었다. 노리스 부인이 제부의 돈을 아껴주려고 애쓰던 자신의 모든 노력이 수포로 돌아갔다는 것, 즉 패니를 좀 더 싼 교통수단으로 보내려는 자신의 소망과 암시와는 달리 두 남매가 사륜 역마차를 타고 가게 됐다는 것을 알게 된 것이다. 그녀는 토머스 경이 그런 목적을 위해 윌리엄에게 실제로

지폐를 주는 것을 보자마자 역마차에 세 번째 사람이 탈 공간이 있겠다는 생각이 문득 들었다. 그러고는 갑자기 조카들과 함께 가고 싶다는 강력한 바람에 사로잡혔다. 가서 사랑하는 가엾은 동생 프라이스 부인을 만나봐야겠다는 마음이 든 것이다. 그녀는 자신의 그 같은 바람을 공개적으로 밝혔다. 조카아이들과 함께 가고 싶은 생각이 머릿속의 절반 이상을 차지하고 있다고 말하지 않을 수 없다, 그렇게만 된다면 자신에게 정말 기쁜 일일 것이며, 사랑하는 가엾은 동생 프라이스 부인을 못 본 지 스무 해가 더 됐으며, 여행 중 연륜으로 넘쳐나는 자신의 머리로 조카들을 위해 여행과 관련된 일을 처리해주면 도움이 되리라는 것이었다. 그러면서 이런 좋은 기회가 생겼는데도 가지 않는다면 사랑하는 가엾은 동생 프라이스 부인이 자기를 몹시 매정한 언니로 여길 거라고 생각하지 않을 수 없다고 말했다.

윌리엄과 패니는 이모의 그런 바람을 듣고 질겁했다.

안락한 여행의 온갖 즐거움이 단박에 망쳐진다는 의미였다. 두 남매는 수심 가득한 얼굴로 서로를 쳐다보았다. 그들의 불안감은 한두 시간 계속되었다. 부추기기 위해서든 만류하기 위해서든 끼어드는 사람이 아무도 없었다. 노리스 부인이 알아서, 직접 결정하라고 놔두는 것이었다. 결국 그녀는 조카들을 너무나 기쁘게 만드는 결론을 내렸다. 아무래도 지금은 맨스필드를 도저히 떠날 수 없을 것 같다, 토머스 경과 레이디 버트럼에게 자기가 너무나 필요한 존재라서 두 사람을 단 일주일이라도 둘만 있게 놔두는 게 감당이 안 될 것 같다, 그러니 그들에게 도움만 된다면 자신의 다른 모든 즐거움은 확실히 포기해야 한다는 생각이 든다는 것이었다.

실은 포츠머스까지 갈 때는 공짜로 갈 수 있지만 돌아올 때는 본인 돈을 쓰지 않을 수 없으리라는 생각이 떠올랐던 것이다. 그랬기 때문에 사랑하는 가없은 동생 프라이스 부인이 너무나 실망스럽게도 언니를 다시 만날 수 있는 기회를 놓치게 되었다. 아마도 다시 스무 해 동안의 이별이 시작된 것이리라.

이 포츠머스 여행으로 패니가 집을 비우게 된 일이 에드먼드의 계획에도 영향을 미쳤다. 노리스 이모뿐만 아니라 그도 맨스필드 파크를 위해 희생을 해야 했다. 원래 그는 이 무렵 런던으로 갈 생각이었다. 하지만 어머니와 아버지의 안락한 생활에 더없이 중요한 조카들이 둘 다 떠나는 마당에 자기까지 떠날 수는 없는 노릇이었다. 따라서 그 필요성은 절감하지만 드러나지는 않도록 노력하면서, 그는 자신의 행복을 영원히 확정하리라는 희망으로 고대했던 런던 여행을 한두 주 연기하기로 했다.

그는 패니에게도 그 사실을 알렸다. 이미 너무나 많은 것을 알고 있는 그녀였으니 모든 것을 알 필요가 있었다. 대화를 하다 보니 크로퍼드 양에 대한 속마음을 다시 한 번 털어놓는 내용이 주를 이루게 되었다. 패니는 그 대화가 조금의 거리낌도 없이 두 사람 사이에서 크로퍼드 양의 이름을 거론하는 마지막 시간일 것이라고 절감하고는, 더욱 비감한 생각이 들었다. 물론 그는 이후 한 번 더 크로퍼드 양 이야기를 넌지시 비추기는 했다. 그날 저녁 레이디 버트럼이 조카딸에게 편지를 빨리, 자주 보내라고 말하면서 자신도 답장을 하겠다고 약속하던 중이었다. 적절한 순간에 에드먼드가 끼어들며 패니에게 이렇게 속삭였다. "나도 전할 만한 소식이 생기면 너에게 편지를 쓸게, 패니. 네가 듣고 싶어 할 소식이지만 나 아닌 다른 사람에게서 먼저 들을 수는 없는 그런 소식을 말이야." 이 말을 주의 깊게 듣는 동안 그녀는 그 말이 무엇을 뜻하는지 정확히 알지 못했다. 그러나 고개를 들어 그를 바라보았을 때 환하게 밝아진 그의 얼굴은 그 뜻을 명백하게 말해주고 있었다.

에드먼드가 보내겠다는 편지에 대해 그녀는 각오를 단단히 해야 했다. 에드먼드의 편지가 두려움의 대상이 된 것이다. 그녀는 자신이 이런 변화무쌍한 세상 속에서 세월의 흐름과 상황의 변화가 빚어내는 견해들과 감정들의 온갖 변화를 아직 다 경험하지 못했다는 생각이 들기 시작했다. 천변만화하는 인간의 마음을 아직은 샅샅이 경험하지 못했다는 생각이 들었다.

가엾은 패니! 스스로가 원하는 일이어서, 열성을 보이며 떠나는데도 맨스필드에서 보내는 마지막 밤은 애잔하기만 했다. 막상 떠날 때가 되자 마음이 몹시 서글펐다. 집 안의 모든 방들이 떠올라 눈물이 났고, 사랑하는 모든 가족들 때문에 눈물이 났다. 이모가 무척 그리울 거라는 생각이 들어 좀처럼 이모 곁을 떠나지 못했고, 일전에 이모부의 속을 상하게 했다는 생각에 터져 나오려는 울음을 간신히 참고 그의 손에 입맞춤하기도 했다. 에드먼드에 대해 말하자면, 그녀는 마지막 작별을 해야 할 시간이 다가오자 무어라 말을 할 수도, 쳐다볼 수도, 생각할 수도 없었다. 작별 인사가 끝나고 난 다음에야 그녀는 그가 오빠로서의 애정이 담뿍 담긴 작별을 고했다는 것을 알아차렸다.

이 모든 이별의 인사는 출발 전날 밤에 이루어졌다. 다음 날 아침 매우 이른 시간에 출발해야 했기 때문이다. 규모가 더 축소된, 몇 명 안 되는 가족들이 조찬 시간에 만났을 때는 패니와 윌리엄이 벌써 역마차로 한 구간은 족히 갔을 거라는 이야기가 오갔다.

7

맨스필드 파크를 뒤에 두고 떠난 지 시간이 제법 지났는데도 여행의 신선함과 윌리엄 오빠가 함께하고 있다는 행복감은 패니의 마음에 자연스럽게 영향을 주었다. 첫 역참 구간을 지나 토머스 경 소유의 마차에서 내려야 했을 때 그녀는 명랑한 얼굴로 마부 노인과 헤어지면서 맨스필드에 안부 잘 전해달라는 부탁까지 할 수 있었다.

오빠와 여동생의 즐거운 대화는 끝이 없었다. 환희에 찬 윌리엄의 마음에는 온갖 소재가 화제의 원천이었다. 그는 진지한 이야기를 하면서도 틈틈이 장난기와 농담을 가득 섞었다. 그리고 처음에는 그렇지 않았을지 모르지만, 모든 이야기가 종국에 가서는 스러시 호에 대한 칭찬과 스러시 호가 맡게 될 임무에 대한 추측, 더욱 강력한 무력을 갖추고 교전에 참가하게 된다는 이야기로 귀결되곤 했다. 그는 자신이 그 교전에 참가하게 되면(그의 앞길을 가로막고 있는 중위가 사라질 거라면서— 윌리엄은 줄곧 이 중위에게 별로 호의적이지 않았다), 최대한 빠른 시일 안에 진급하게 된다고 말했다. 그는 적선을 포획하면 분배받게 될 포상금에 관한 계획도 이야기했다. 그걸 받으면 집에 갖고 가서 모두에게 후하게 나눠줄 생각인데, 다만 일부는 남겨놓았다가 작은 시골집을 안락하게 개조하는 데 쓰고, 그 뒤 그 집에서 패니와 함께 중년과 노년의 삶을 함께 살겠다는 것이었다.

패니와 직접적인 관련이 있는 이야기들 중 크로퍼드 씨와 관련이 있는 것들은 오빠와의 대화에 끼어들 틈이 없었다. 윌리엄도 그동안 무슨 일이 있었는지는 알고 있었다. 자신으로서는 으뜸가는 인격자로 생각할 수밖에 없는 남자에 대한 여동생의 감정이 그리 차갑다는 게 진심으로 유감스러웠다. 하지만 그 역시 사랑에 모든 것을 걸 나이였다. 그러니 여동생을 비난할 수는 없었다. 그리고 이와 관련한 그녀의 바람을 알고 있었기에 그 문제를 입에 올려 동생을 괴롭힐 생각은 추호도 없었다.

패니에게는 크로퍼드 씨가 여전히 자신을 잊지 않고 있다고 생각할 만한 근거가 충분히 많았다. 크로퍼드 남매가 맨스필드를 떠나고 난 뒤 3주가 지나자 여동생 쪽에서 계속해서 소식이 왔었다. 그녀가 편지를 보낼 때마다 그 편지 안에는, 그녀의 오빠가 직접 썼으며 그의 말마따나 열렬하고도 단호한 내용의 글들이 몇 줄씩 담겨 있곤 했다. 패니가 우려했던 대로 불쾌하게 여겨지는 편지들이었다. 그렇게 억지로 그녀의 오빠의 펜글씨를 읽어야 하는 것은 차치하고도, 쾌활하고 애정으로 가득한 크로퍼드 양의 말투 자체도 불편하기만 했다. 편지의 주요 내용을 다 읽어주기 전까지 에드먼드가 좀처럼 가만히 있으려고 하지 않았기 때문이었다. 또, 그렇게 편지를 읽어주면 크로퍼드 양의 표현력과 다정한 애정을 칭찬하는 소리를 들어야 했다. 사실 매번 편지를 보낼 때마다 그 안에는 전하고자 하는 소식과, 넌지시 주는 암시와, 지난 일에 대한 회상과, 맨스필드에 관한 내용이 너무 많이 담겨 있어서, 패니는 혹시 그녀가 에드먼드 오빠를 주 수신인으로 의도하고 그 편지들을 보낸 게 아닌가 하는 의심마저 들었다. 그러니 자신이 그런 불순한 목적에 억지로 휘말리고 있다고, 사랑하지도 않는 남자의 구애를 전하는 편지를 억지로 읽고 있다고, 자신이 정말로 사랑하는 남자의 어긋난 감정에 오히려 도움을 주고 있다고 생각하기만 하면, 비참해질 정도로 속이 상하는 것이었다. 이 점을 고려해봐도 역시 지금 시점에서 고향집으로 거처를 옮기는 건 확실히 잘한 일이었다. 그녀는 에드먼드와 더 이상 한 지붕 아래에서 살지 않는다면 크로퍼드 양이 자신에게 편지를 쓸 이유가, 즉 편지를 쓰는 귀찮음을 눌러버릴 만큼의 강력한 이유가 없어지

리라 보았다. 그녀는 자신이 포츠머스에 가 있으면 편지 교환
이 점점 줄어들어 결국은 아무런 의미도 없는 일이 되리라 믿
었다.

천여 가지는 될 법한 여러 생각 중에서도 특히 이런 생각에
잠긴 채 패니는 안전하고 즐겁게, 그리고 2월의 열악한 도로 사
정을 감안할 때 합리적으로 기대할 수 있는 속도보다 훨씬 빠르
게, 여행을 계속했다. 그들은 옥스퍼드로 들어섰지만, 에드먼드
가 다녔다는 대학 옆을 지날 때 그녀가 얼른 흘긋 쳐다본 것을
제외하면 뉴베리에 도착할 때까지 어느 곳에도 멈추지 않았다.
그곳에 도착한 뒤에야 정찬과 석식을 겸한 식사를 편안하게 들
면서 즐겁고 피곤했던 하루 일정을 마무리할 수 있었다.

다음 날 아침 그들은 다시 일찍 출발했다. 그리고 이렇다 할
사건이나 지체 없이 정상적인 여행을 계속했고, 패니가 주변을
둘러보면서 새로 생긴 건물들을 보고 놀랄 수 있을 정도로 아
직 날이 밝을 때 포츠머스 외각에 도착할 수 있었다. 마침내 그
들은 도개교를 건너 읍내로 들어섰다. 마차가 윌리엄이 큰 소
리로 내지르는 목소리를 길 안내 삼아 덜커덕거리며 한길에서
갈라져 나간 좁은 길로 들어서고, 이어서 현재 프라이스 씨의
거처인 작은 집에 다가설 때야 비로소 날이 저물었다.

패니는 가슴이 두근거렸다. 설레이는 마음 한 가득 기대와
걱정이 교차하고 있었다. 그들이 멈춰 선 순간 문 앞에서 그들
을 기다리고 있었던 듯한, 별로 단정해 보이지 않는 하녀가 다
가왔다. 그녀는 그들에게 도움을 주기보다는 소식을 전하는 데

더 큰 열의를 보이며 즉시 말을 시작했다. "스러시 호가 항구를 떠났대요, 도련님. 아까 장교 한 분이 다녀가셨어요." 그 순간 열한 살 먹은 건강한 사내아이가 안에서 달려 나와 하녀의 말을 가로막으며 그녀를 옆으로 밀쳐냈다. 그러고는 윌리엄이 직접 마차 문을 여는 동안 이렇게 외쳤다. "시간을 딱 맞춰 왔네, 형. 우리가 30분이나 기다리고 있었어. 스러시 호가 오늘 아침 항구를 떠났대. 나도 봤어. 정말 멋진 광경이었다니까. 사람들 생각으로는 하루나 이틀 안에 작전 명령을 받게 될 거래. 캠벨 씨가 4시에 이곳에 와서 형을 찾았어. 스러시 호의 보트를 타고 왔는데 6시에 다시 출발할 거래. 그러면서 그때 형하고 같이 출발하면 좋겠다고 했어."

윌리엄이 패니의 손을 잡고 마차에서 내리는 걸 도와주는 동안 누나를 한두 번 말똥말똥 쳐다본 게 이 남동생이 유일하게, 자발적으로 누나를 주목한 것이었다. 누나의 입맞춤을 거절하진 않았지만 소년은 계속해서 스러시 호가 항구를 떠났다는 소식을 자세히 전하는 데에만 열중했다. 마침 그 무렵부터 스러시 호에서 수습선원 생활을 시작할 예정이었는지라 그처럼 지대한 관심을 보일 권리가 있다고 생각하는 모양이었다.

그런 다음 패니는 어느새 좁은 현관 입구로 들어가 어머니의 품에 안겼다. 어머니는 진심이 담긴 다정한 표정을 지었고, 버트럼 이모를 눈앞에 떠오르게 하는 이목구비에 더더욱 사랑스러운 느낌을 풍기며 딸을 반겼다. 두 여동생도 그 자리에 있었다. 아리따운 열네 살 꼬마 아가씨로 자라난 수전과 다섯 살이 조금 넘은 막내 벳시였다. 둘 다 언니를 만나 나름대로 기뻐하긴 했지만 언니를 맞이하는 태도에서, 돋보이는 예의범절은 보이지 않았다. 하지만 패니는 예의범절 같은 것은 원하지도 않았다. 동생들이 자신을 사랑하기만 하면 족했다.

그녀는 거실로 안내되었는데 방이 너무 작아서 그저 더 나은 방으로 가는 통로이겠거니 하는 생각이 가장 먼저 들었다. 그녀는 잠시 서 있으며 다른 방으로 갈 거라고 예상했다. 하지만 방에 다른 문이 없다는 사실과 그 방에서 생활한 흔적을 눈치채고 방금 전의 생각을 거둬들이며 스스로를 나무랐고, 자신의 그런 모습을 가족들이 눈치챌까 봐 걱정했다. 하지만 어머니는 딸에게서 뭔가를 눈치챌 만큼 그 자리에 오래 머무를 수 없었다. 윌리엄을 맞이하러 밖으로 다시 나가야 했기 때문이다. "왔구나! 사랑하는 윌리엄, 너를 다시 보게 되어 얼마나 기쁜지 모르겠다. 참, 스러시 호 이야기는 들었니? 항구를 떠났나 보더라. 우리 생각보다 사흘이나 빠르네. 샘에게 필요한 준비물을 어떻게 해야 할지 모르겠다. 제시간에 준비가 안 될 것 같아. 내일이라도 스러시 호에 작전 명령이 떨어질지 모르는데. 생각지도 못하게 일이 터진 거지. 너도 당장 스핏헤드 정박지로 가야 한대. 캠벨이 찾아왔었다. 네 걱정을 많이 하더라. 이제 우리가 어떻게 하면 좋겠니? 편안하게 저녁 시간을 보낼 수 있으리라 생각했는데. 하필 이 시점에 모든 일이 갑자기 터져버렸으니."

아들은 밝은 모습으로 대답했고, 계속해서 모든 일이 최선의 방향으로 잘 되어갈 거라고 안심시켰으며, 그렇게 빨리 서둘러 귀대할 수밖에 없는 자신의 불편한 상황이 별것 아닌 것처럼 말했다.

"스러시 호가 항구에 더 오래 머물러 있었더라면 좋았겠죠. 그러면 편안한 마음으로 어머니와 함께 더 많은 시간을 보낼 수 있었을 테니까요. 하지만 스러시의 보트가 뭍에 나와 있다니 즉시 떠나는 게 낫겠어요. 그나저나 스러시 호가 스핏헤드 어디쯤에 정박해 있나? 카노푸스 호 옆인가? 아무래도 상관없어요. 참, 거실에 패니가 있잖아요. 왜 우리가 여기 현관에 서 있는 거죠? 자, 가요, 어머니. 그동안 그리워하던 사랑하는 딸 패니를 제대로 보지도 않으셨잖아요."

그들은 안으로 들어갔다. 프라이스 부인은 딸에게 다정한 입맞춤을 한 번 더 해주었다. 그리고 그동안 꽤 많이 컸다고 말한 뒤, 여행하는 동안 얼마나 피곤하고 부족한 것이 많았느냐면서 자연스럽게 걱정을 표하며 두 남매에게 애틋한 정을 쏟기 시작했다.

"가여워라! 둘 다 얼마나 피곤할까! 당장 뭘 좀 먹을래? 너희가 안 온다는 생각이 들기 시작했단다. 벳시와 함께 반시간이나 눈이 빠지게 기다리고 있었어. 마지막으로 뭘 좀 먹은 건 언제니? 지금 먹고 싶은 건 없고? 너희가 고기를 먹고 싶어 할지, 아니면 여행하고 난 뒤니 그저 차나 한 잔 하고 싶어 할지 알 수 없었단다. 그렇지 않았으면 먹을 것을 좀 준비해두었을 텐데. 캠벨이 당장이라도 다시 나타날 것 같아 걱정이구나. 스

테이크를 조리할 시간도 주지 않고서 말이다. 참, 이 근처에는 푸줏간이 없단다. 푸줏간이 없어서 참 불편해. 지난번 살던 집이 더 나았는데. 차만 준비된다면 바로 차를 마시는 편이 더 낫겠지."

아들과 딸 모두 그게 낫겠다고 명확히 말했다. "그래, 그렇다면 얘, 벳시야, 네가 부엌으로 달려가서 레베카가 물을 올려놓았는지 보고, 차 마시는 데 필요한 것들을 되도록 빨리 갖고 오라고 전하렴. 저 벨을 좀 수리해야 할 텐데……. 하지만 우리 벳시도 아주 능숙한 꼬마 심부름꾼이니까."

벳시는 쏜살같이 달려갔다. 새로 등장한 아름다운 언니 앞에서 제 능력을 자랑스럽게 과시하고픈 마음에서였다.

"어머, 이걸 어째!" 근심으로 가득 찬 그들의 어머니가 소리쳤다. "벽난로 불이 너무 시원찮구나. 너희가 추워서 얼어 죽는 것 아닌가 모르겠다. 의자를 더 가까이 끌고 오렴, 얘야. 그동안 레베카가 뭘 하고 있었는지 모르겠구나. 분명히 반시간 전에 석탄을 좀 더 갖다 놓으라고 말했는데. 수전, 너라도 난롯불을 잘 살피고 있었어야지."

"전 위층에 있었어요, 엄마. 제 물건들을 치우고 있었다고요." 수전이 어머니를 전혀 어려워하지 않고 변명투로 말했다. 패니는 그 말투를 듣고 놀랐다. "패니 언니하고 저하고 다른 쪽 방을 써야 한다고 정한 지 얼마 안 된 건 엄마도 알잖아요. 레베카의 도움도 전혀 받을 수 없었고요."

이런 대화가 더 이어졌겠지만 번잡한 일들이 벌어져 대화를 방해했다. 첫째, 마차의 마부가 마차 삯을 받으러 왔다. 다음으로 패니의 트렁크를 옮기는 방법을 두고 샘과 레베카 사이에 실랑이가 벌어졌다. 샘이 제 식으로 옮기겠다고 고집을 피웠던 것이다. 마지막으로 프라이스 씨 본인이 욕설 비슷한 말을 내뱉으면서 복도에 놓인 아들의 여행 가방과 딸의 모자 박스를 발로 걷어차고, 양초를 가져오라고 고래고래 소리 지르며 시끄러운 목소리를 앞세우고 들어왔다. 그렇게 소리를 질렀는데도 양초를 가져오는 사람이 한 명도 없자 직접 방으로 들어온 것이다.

패니는 불안해져서 아버지를 맞이하기 위해 일어섰지만 아버지는 어둑어둑한 방에서 자신의 존재를 알아차리지도 못했을뿐더러 아예 생각조차 못하고 있다는 걸 알고는 다시 앉았다. 그는 다정하게 아들의 손을 붙잡고 흔들어대면서 열의 가득 찬 목소리로 말을 꺼냈다. "어이! 잘 왔다, 내 아들. 다시 만나 기쁜데. 소식 들었지? 스러시 호가 오늘 아침 항구를 떠났다던데. 너도 알겠지만 긴장을 늦추지 말란 소리다. 내 확실히 말하지만, 넌 제시간에 딱 맞춰 왔어. 아까 네가 도착했는지 물으러 군의관이 여기 찾아왔었다. 스러시 호의 보트를 타고 왔는데 6시에 스핏헤드 정박지로 떠난다더라. 그러니 그자와 함께 가는 게 좋겠어. 지금 네게 필요한 물품들이 다 준비됐는지 알아보려고 해군 물품을 조달하는 터너네 가게에 들렀다 오는 길이다. 곧 다 준비된다는구나. 내일 너희 배가 명령을 하달받는다 하더라도 그리 놀라운 일은 아니지. 하지만 혹시 서쪽 방면으로 순양(巡洋)을 하게 된다면 지금 같은 바람으로 항해가 불가능할 거야. 월시 대령이 너희 배가 틀림없이 서쪽 방면으로 순양할 거라고 생각하더라. 엘리펀드 호와 한 조를 이루어서 말이야. 맹세코, 그렇게 되면 좋겠다. 하지만 아까 스콜리 영감은 이렇게 이야기하던데. 자기는 너희 배가 텍셀 섬* 쪽으로 먼저 파견될 것 같다고 생각한다나 뭐라나. 그러거나 말거나. 무슨 일이 일어나든 우리는 준비가 다 돼 있단 말이지. 하지만 내 맹세코 말하는데, 네가 오늘 아침 이곳에서 스러시 호가 항구를 떠나는 모습을 못 봤으니, 이거야, 참, 너 정말 멋진 광경을 놓친 거다. 천 파운드를 준다 해도 그런 구경은 놓쳐서는 안 되지. 조찬 때 스콜리 영감이 헐레벌떡 뛰어와서 배가 닻을 올렸다고 말하더구나. 벌떡 일어나 단 두 달음에 곶 쪽으로 가봤지. 여태껏 그렇게 완벽하고 말도 못하게 예쁜 배가 바다에 떠 있었던 적이 있었나 모르겠다. 스러시 호가 바로 그런 배지. 그런 배가 지금 스핏헤드에 정박해 있는 거야. 아마 영국인이라면 누구든 그 배가 함포 28문을 갖춘 포함인 줄 알아볼걸. 오후에는 그 배를 바라보며 곶의 포대에 두 시간이나 서 있었어. 엔디미언 호 선미 바로 옆쪽이었는데, 좌현 쪽에는 클레오파트라 호가 있었지."

"와!" 윌리엄이 외쳤다. "그럼 제가 정박시키고 싶었던 바로 그 위치에 배가 정박하고 있는 거네요. 그런데 아버지 지금 방

---

*네덜란드 북쪽 와덴 군도에서 제일 큰 최남단의 섬. 유럽 해역을 봉쇄하는 주요 거점이다.

에 패니가 와 있어요." 그는 몸을 돌리며 패니를 앞쪽으로 나오게 했다. "너무 어두워서 안 보이실 거예요."

패니의 존재를 잊고 있었다고 시인하면서 프라이스 씨는 그제야 그녀를 반갑게 맞이했다. 그리고 다정하게 안아주며 이젠 다 큰 숙녀가 되었다고, 곧 남편감이 필요하겠다고 말했다. 그러고는 곧바로 그녀의 존재를 다시 잊고 싶은 듯한 눈치였다.

패니는 움츠러들어 뒤로 물러나 앉았다. 아버지의 말투와 독주 냄새 때문에 무척 서글픈 감정이 들었다. 그는 아들에게만 말을 건넸고 스러시 호 이야기만 했다. 물론 윌리엄도 이 화제에 대해 아버지 못지않은 뜨거운 관심을 갖고 있긴 했다. 하지만 그는 패니의 존재와 그녀가 오랫동안 집을 떠나 있었던 사실, 오랜 여행을 하고 온 참이라는 사실을 상기시키려고 여러 차례 애를 썼다.

조금 더 앉아 있으려니 촛불 한 개가 켜졌다. 그러나 여전히 차가 나올 낌새는 보이지 않았다. 부엌에 다녀온 벳시가 알려준 이야기로도 오랜 시간이 지나도록 차가 나올 희망은 없어 보였다. 윌리엄은 옷을 갈아입으러 가야겠다고 마음먹었다. 배에 즉각 오르는 데 필요한 준비를 미리 마치면 편안하게 차를 마실 수 있을 것 같았다.

그가 방을 나가자 이번에는 너덜너덜해진 옷에 지저분해 보이는 여덟 살, 아홉 살가량의 사내 녀석들이 얼굴이 발그스레 해져서 뛰어 들어왔다. 학교가 파해 자유롭게 되자 빨리 돌아와 누나도 보고 스러시 호가 항구를 떠났다는 사실을 알리려고 열심히 달려온 것이다. 톰과 찰스였다. 찰스는 패니가 집을 떠난 뒤에 태어났지만 톰은 그녀가 종종 보살펴주던 아이였다. 톰을 다시 보니 각별한 기쁨이 느껴졌다. 그녀는 두 동생 모두에게 입맞춤을 했다. 하지만 톰을 좀 더 옆에 두고 싶었다. 자신이 사랑했던 아기 때의 얼굴을 떠올리려고 애쓰면서 그가 아기 때 그녀를 좋아했다는 말을 건네보기도 했다. 그러나 톰은 그런 대접을 받고 싶은 마음이 전혀 없었다. 그는 누나 옆에서 이야기를 나누려고 돌아온 것이 아니라, 집 이곳저곳을 돌아다니며 말썽을 피우려고 돌아온 것이었다. 두 녀석 모두 누나 옆을 재빨리 떠나 거실 문을 쾅 닫고 나갔다. 패니의 관자놀이가 얼얼하게 느껴질 정도였다.

이제 집에 있는 가족들은 전부 다 보았고, 그녀와 수전 사이의 남동생 둘만 아직 안 본 셈이었다. 한 명은 런던의 관공서에서 서기로 일하고 있었고 다른 한 명은 인도 교역선 인디언맨호의 수습 선원으로 일하고 있었다. 모든 가족들을 다 보았다고 생각했지만, 아직 그들이 내는 온갖 소음을 다 들은 건 아니었다. 15분이 지나자 더욱 큰 소동이 벌어졌다. 윌리엄이 3층 층계참에서 어머니와 레베카를 큰 소리로 부르는 소리가 들려왔다. 그곳에 두었던 무슨 물건을 찾지 못해 곤란하다는 소리였다. 그는 열쇠가 안 보인다고, 자신의 새 모자에 벳시가 손을 댔다고 책망하면서, 말끔히 준비해놓겠다는 약속에도 불구하고 그 약속을 까맣게 잊어버렸다고, 제복 조끼에 약간이지만 꼭 말끔해야 할 부분이 구겨졌다고 투덜거렸다.

프라이스 부인과 레베카, 그리고 벳시까지 모두 올라가서 한꺼번에 말을 쏟아내며 변명했다. 그중에서도 레베카의 목소리가 제일 컸다. 그녀는 최대한 서둘러 최선을 다해 조끼 문제를 해결했다. 윌리엄은 벳시를 아래층으로 내려보내려고 애썼다. 그게 안 되자 지금 있는 곳에서라도 방해가 안 되도록 막아보려고 했지만 소용없었다. 이때 집 안의 모든 문들이 열려 있어서, 이따금씩 위층과 아래층을 오르내리며 서로를 뒤쫓고, 나뒹굴고, 고래고래 소리를 지르는 샘과 톰, 그리고 찰스가 내는 더 큰 소음에 묻혀버릴 때를 제외하면, 이 모든 소음을 거실에서도 똑똑히 들을 수 있었다.

패니는 귀가 멍해질 정도였다. 집이 작은 데다 벽들도 얇아서 이 모든 소란이 워낙 가까이에서 벌어지는 것 같아, 안 그래도 여행의 피로에 최근의 정신적인 혼란까지 겹쳐졌던 그녀는 그걸 어떻게 견뎌야 할지 몰랐다. 물론 거실 안은 모든 것이 충분히 조용했다. 수전이 다른 사람들과 함께 방을 나가자 방에는 이내 아버지와 그녀만 남게 되었다. 그는 신문—이웃집에서 습관적으로 빌려오는 신문—을 꺼내 들고 딸의 존재는 안중에도 없다는 듯이 그걸 읽는 데만 전념했다. 딸이 불편해할지도 모른다는 사실에는 관심도 기울이지 않은 채 방 안에 하나밖에 없는 촛불을 자신과 신문 사이에 두고 있었다. 하지만 그녀는 딱히 할 일이 없었다. 그러니 당혹감에 빠져 띄엄띄엄, 서글픈 상념에 젖어 있던 그녀에게는 차라리 촛불이 안 보이는 게 지끈거리는 골머리에 방해가 되지 않아 기뻤다.

고향집에 와 있었다. 하지만 아아! 설마 그런 고향집일 줄은, 그런 대접을 받게 될 줄은……. 그녀는 얼른 이런 생각을 억눌렀다. 부당한 생각 아닌가. 대체 자신이 무슨 권리로 가족들에게 중요한 사람인 양 굴 수 있단 말인가? 그토록 오랜 세월 그들의 시야에서 사라져 있었으니 그런 권리가 전혀 없는 것 아니겠는가! 마땅히 윌리엄의 문제가 그들에게 가장 소중한 문제여야 했다. 지금까지 늘 그래오지 않았겠는가. 모든 권리가 그에게 있었다. 하지만 그렇다 하더라도 어떻게 그녀에게 그렇게 말들을 하는 것이고, 물을 것은 또 왜 그리 적단 말인가. 어떻게 맨스필드에 대해서는 거의 묻지도 않는단 말인가! 그녀는 가족들이 맨스필드를 잊고 있다는 게 가슴 아팠다. 그토록 많은 일들을 해준 친척들 아닌가. 소중하고 또 소중한 친척들이었다! 하지만 막상 이곳에 와보니 오로지 한 가지 화제가 다른 모든 화제들을 집어삼키고 있었다. 그럴 수밖에 없었을지도 몰랐다. 분명 스러시 호의 목적지가 다른 무엇보다 우선하는 관심사였다. 하루나 이틀이 지나면 상황이 달라질 수도 있었다. 그 배가 오로지 비난의 대상이 될 수도 있었다. 여하튼 패니는 맨스필드였다면 이런 상황은 절대로 벌어지지 않았으리라 생각했다. 절대로 벌어지지 않았을 거라고, 이모부의 집이었다면 시절에 대해, 계절에 대해, 화제에 제약을 두고 적절히 예의를 갖추고 자리에 없는 모든 사람들에게까지 관심을 표하며 이야기를 나누었으리라 생각했다.

거의 반시간 동안 패니의 이런 상념이 유일하게 방해를 받았던 것은 아버지가 버럭 소리를 질렀던 때뿐이었다. 그녀의 섭섭한 마음을 달래려는 의도로 낸 소리는 물론 아니었다. 복도에서 아이들이 평소보다 심하게 쿵쿵거리며 고래고래 소리를 질러대자 소리를 내지른 것이었다. "저 빌어먹을 놈들은 귀신이 왜 안 잡아가나 몰라! 아니, 어떻게 저렇게 큰 소리를 질러댈 수 있냐고! 그래, 샘의 목소리가 다른 아이들 목소리를 모두 합친 것보다 더 크군! 저놈은 갑판장으로 제격이라니까. 야, 이놈들아…… . 샘, 네 그 빌어먹을 목소리 좀 안 줄일래? 아니면 네가 잡으러 나간다."

아버지가 이렇게 협박했어도 아이들이 그걸 워낙 노골적으로 무시했기 때문에, 패니는 그로부터 5분 뒤 아이들이 모두 방 안으로 뛰어 들어와 앉았어도 그게 그저 그들이 그 순간 녹초가 됐다는 걸 입증할 뿐이라고 생각하지 않을 수 없었다. 벌겋게 달아오른 아이들의 얼굴과 헐떡거리는 숨소리가 그걸 입증하는 것 같기도 했다. 특히 아버지가 버젓이 보고 있는데도 아이들이 여전히 서로의 정강이를 걷어차고 느닷없이 벌떡 일어나 고함을 지르는 모습을 보니 더 그랬다.

얼마 후 방문이 열리더니 보다 반가운 것이 들어왔다. 차를 마시기 위한 준비물들이었다. 그날 밤 안에 차를 마시기는 틀렸다고 체념하기 시작하던 참이었다. 수전과 시중드는 어린 하녀가 차와 간식에 필요한 모든 물건들을 들고 안으로 들어왔다. 그런데 어린 하녀의 모습이 하도 보잘것없어서 그녀는 깜짝 놀랐다. 문 앞에서 보았던 하녀가 그나마 더 급이 높은 하녀였던 것이다. 불 위에 찻주전자를 올려놓으면서 언니 쪽을 흘 긋 바라보는 수전의 모습을 보니, 자신의 능력과 쓸모를 자랑할 수 있어 기쁘다는 자부심과, 자신이 그런 하찮은 일로 품위를 잃고 있다고 언니가 생각하지나 않을까 하는 염려 사이를 오가며 마음이 두 갈래로 갈라지는 모양이었다. 그녀는 "샐리를 재촉하고, 토스트 굽는 것을 돕기 위해 빵에 버터를 바르러 부엌에 갔었다고, 그렇게라도 하지 않으면 차를 언제 마실 수 있을지 알 수 없었다고, 여행을 하고 났으니 분명히 언니가 뭘 좀 먹고 싶어 할 거라고 생각했다"고 말했다.

패니는 정말 고마웠다. 차를 조금 마시면 좋을 것 같다고 솔직하게 말할 수밖에 없었다. 그러자 수전은 순전히 제 힘으로 그런 일을 할 수 있다는 게 뿌듯하다는 듯 차를 준비하기 시작했다. 그리고 다소 불필요하게 부산을 떨며 남동생들을 얌전히 있게 하려고 몇 차례 지각없이 나서기만 했을 뿐, 이 임무를 무사히 치러냈다. 몸이 원기를 회복하자 패니의 기분도 좋아졌다. 동생이 시기적절하게 친절을 베풀어준 덕분에 머리와 마음이 이내 한결 나아졌다. 수전의 얼굴은 솔직하고 분별력이 있어 보였다. 어딘가 윌리엄을 닮은 구석이 있었다. 패니는 이 동생이 기질에서도 자신에 대한 따뜻한 정에서도 오빠를 닮았으면 좋겠다고 생각했다.

이렇게 좀 더 평온해진 상황에서 윌리엄이 다시 나타났다. 그리고 그에게서 그다지 멀리 떨어지지 않은 채 어머니와 벳시도 뒤따라왔다. 소위 제복을 완벽히 갖춰 입어서 그랬는지 그는 키도 더 커 보였고 더 우아하고 늠름하게 움직이는 것 같았다. 그는 만면에 더없이 행복한 미소를 머금고 곧장 패니에게로 왔다. 그녀는 앉았던 자리에서 일어나 말문이 막힌 채 탄성만 발하며 오빠를 바라보았고, 오빠의 목에 팔을 두르고 흐느끼면서 씁쓸함과 기쁨이 뒤섞인 다양한 감정을 쏟아냈다.

그녀는 슬퍼 보이지 않으려고 무진 애를 쓰며 곧 마음을 가라앉혔다. 그리고 눈물을 닦으면서 그의 제복에서 특히 멋진 부분들을 주목하며 감탄의 말을 건넸다. 그녀는 다시 좋아진 기분으로, 본격 출항을 하기에 앞서 매일 일정한 시간에 뭍에 올라왔으면 좋겠다고, 그녀를 스핏헤드로 데려가 스러시 호를 구경시켜주고 싶다고 오빠가 신이 나서 말하는 것에 귀를 기울였다.

다시 소란스러워지더니 스러시 호의 군의관이자 행동거지가 매우 반듯한 청년 캠벨 씨가 들어왔다. 친구를 데리러 온 것이다. 용케도 그를 위해 의자를 찾아냈고, 차를 준비했던 어린 아가씨가 허겁지겁 설거지를 마친 덕분에 찻잔과 받침 접시를 내놓을 수 있었다. 두 신사의 진지한 대화가 15분간 이어졌지만 점점 더 시끌벅적 소란스러워지자, 마침내 어른이고 아이고 할 것 없이 남자들은 모두 움직이기 시작했다. 떠날 시간이 된 것이다. 모든 준비가 끝나 있었다. 윌리엄이 작별 인사를 한 뒤 남자들은 모두 나갔다. 어머니의 간곡한 만류에도 불구하고 세 사내 녀석들이 요새의 비상문까지 형과 캠벨 씨를 배웅하겠다고 나섰다. 그리고 그와 동시에 프라이스 씨도 이웃에서 빌려온 신문을 돌려주겠다며 나갔다.

　이제 고요 비슷한 상황을 기대할 수 있을 것 같았다. 따라서 프라이스 부인이 레베카를 시켜 차 마시는 데 필요했던 물건들을 치우게 하고, 얼마 동안 셔츠 소맷자락 한 개를 찾겠다고 방 안을 돌아다니다 결국 벳시가 부엌의 서랍을 뒤져 찾아냈다. 그러고 나자, 그럭저럭 몇 안 되는 여자들만의 오붓한 모임이 형성되었다. 어머니는 배를 탈 예정인 샘의 준비물을 제시간에 마련하지 못할 것 같다고 다시 불평을 늘어놓은 뒤에야 비로소 여유롭게 큰딸과 큰딸이 두고 떠나온 친척들 생각을 할 수 있었다.

　몇 가지 질문부터 시작됐다. 그러나 가장 먼저 물어본 질문들, 이를테면 "버트럼 언니는 하녀들 관리를 어떻게 하고 있느냐? 쓸 만한 하녀를 구하느라 나만큼 골머리를 썩이고 있지는 않느냐?" 같은 질문들을 하다 보니 어머니의 마음은 이내 노샘프턴 주를 벗어나 자신의 불만스러운 집안 사정으로 빠져들었고, 그것에만 집착하게 됐다. 그녀는 포츠머스의 모든 하녀들의 충격적인 성품과 그중에서도 자기 집의 두 하녀야말로 최악이라고 믿는다는 이야기를 하는 데 푹 빠졌다. 레베카의 흠을 자세히 보느라고 버트럼가의 친척들은 다 잊은 것이다. 수전까지 덩달아서 레베카의 흠을 입증할 게 잔뜩 있다고 나섰고, 어린 벳시는 한술 더 떴다. 그러니 레베카가 정말 칭찬할 점이 하나도 없는 하녀 같아서 패니는 혹시 어머니가 1년 기한이 다 차면 내보낼 생각을 하고 있는 게 아닌지 조심스럽게 추정하지 않을 수 없었다.

"1년 기한이라니!" 프라이스 부인이 소리쳤다. "분명히 말하는데 기한이 다 차기 전에 내보냈으면 좋겠다는 게 내 바람이다. 11월은 돼야 1년이 되는데. 포츠머스의 하녀들이 워낙 한심한 지경이라 반년 이상 데리고 있는 사람이 있으면 정말 기적일 거다, 얘야. 나는 안정되게 살림을 꾸릴 바람 같은 건 싹 접었다. 레베카를 내보낸다 해도 더 형편없는 하녀를 구하게 될 뿐일 거야. 하지만 내가 하녀들 마음에 그토록 안 드는 까다로운 주인은 아닌데…… 우리 집이 얼마나 일하기 쉬운 집이니. 언제든 밑에 두고 쓸 어린 계집아이도 있고, 나도 종종 집안일의 절반은 직접 하는 편이고."

패니는 침묵을 지켰다. 하지만 이런 불편을 조금이라도 해결할 방안을 찾을 수 없을 것 같다는 확신이 들어 그랬던 건 아니었다. 벳시를 물끄러미 바라보고 있노라니 또 다른 여동생, 아주 귀여웠던 또 다른 여동생이 특별히 생각나서 그랬던 것이다. 그녀가 노샘프턴 주로 떠날 때 벳시보다 어리지 않은 나이였는데 그 몇 년 뒤에 세상을 떠난 아이였다. 그 아이에게는 유독 사랑스러운 데가 있었다. 그 시절 패니는 수전보다 그 아이가 더 좋았었다. 따라서 세상을 떠났다는 소식이 마침내 맨스필드에 전해졌을 때, 그녀는 잠시나마 마음이 무척 아팠다. 벳시의 모습을 보고 있노라니 죽은 어린 메리의 모습이 되살아나는 것이었다. 하지만 무슨 일이 있어도 죽은 그 아이 이야기로 어머니의 마음을 상하게 할 생각은 없었다. 어머니를 배려하고

자 마음을 다잡으며 이런 생각에 잠겨 있는데 조금 떨어진 곳에 있던 벳시가 그녀의 눈길을 끌려고 그랬는지 뭔가를 꺼내 내밀었다. 그러면서 수전에게는 안 보이도록 그걸 가리고 있었다.

"그게 뭐니, 애야?" 패니가 말했다. "갖고 와서 언니에게 보여줘."

은제 나이프였다. 그러자 수전이 벌떡 일어나 그게 제 것이라 우기며 빼앗으려고 했다. 하지만 벳시가 어머니의 보호를 받으러 달려가자 수전은 그 아이를 말로만 나무랄 수밖에 없었다. 골을 잔뜩 내며 그랬는데 아마 패니 언니가 제 편을 들어주기를 노골적으로 바라는 모양이었다. 그게 자기 나이프인데 자기가 안 갖고 있다는 건 정말 속상한 일이다, 분명히 자기 나이프다, 어린 메리가 죽으면서 남기고 간 물건이고 그러니 오래전부터 자기가 갖고 있어야 마땅한 물건이다, 그런데도 엄마가 그걸 빼앗아서 언제나 벳시에게 갖고 있으라고 주니 결국은 벳시가 망가뜨릴 것이다, 엄마가 비록 벳시가 나이프의 주인이 되게 하는 일은 없게 하겠다고 약속했지만 벳시는 그걸 자기 것으로 여길 것이라고 했다.

패니는 깜짝 놀랐다. 동생의 말과 어머니의 대답을 듣고 나니, 도리니, 명예니, 다정한 마음이니 모든 소중한 감정들이 상처를 받았다.

"잘 들어, 수전." 프라이스 부인이 푸념조로 외쳤다. "잘 들으라고. 대체 왜 그렇게 심술을 부리는 거야? 나이프를 갖고 동생하고 늘 다투고 말이야. 엄마는 너희 둘이 그렇게 다투지 않았으면 좋겠어. 벳시, 이 불쌍한 것. 수전이 너한테 왜 이렇게 심술을 부리나 모르겠다! 하지만 애야, 엄마가 부엌 서랍으로 심부름을 보냈을 때 나이프를 꺼내지 말았어야지. 수전이 화를 내니, 나이프에 손대지 말라고 했잖니. 언제 시간을 내서 다른 데 감춰야겠다, 벳시야. 죽기 겨우 두 시간 전 가엾은 메리가 그 나이프를 잘 간직하고 있으라고 내게 주었을 때, 불화의 씨앗이 되리라는 생각은 꿈에도 못 했을 거다. 가엾은 것! 그 애가 들릴락 말락 하는 소리로 간신히 그리고 너무 착하게 이렇게 말했단다. '제가 죽어서 땅에 묻히거든 이 나이프를 수전 언니에게 전해줘요, 엄마.' 불쌍한 것! 저 나이프를 얼마나 좋아했는지 병에 걸려 누워 있던 내내 침대 위 제 곁에 두고 싶어 했었단다, 패니. 죽음의 길로 들어서기 불과 여섯 주 전에 그 애의 착한 대모였던 맥스웰 제독의 노마님께서 주신 선물이었어. 가엾고 착한 것! 그래, 앞으로 다가올 불행을 벗어난 거지, 뭐. 우리 착한 벳시, (쓰다듬으면서) 넌 그런 훌륭한 대모를 가질 운은 없나 보다. 노리스 이모가 너무 먼 곳에 살고 있으니 너 같은 어린 것들은 생각도 못 하겠지."

실제로 패니에게는 노리스 이모가 전하라고 준 선물이 없었다. 전해줄 것이라고는 그저 자신의 대녀가 착한 아이가 되고 공부도 열심히 하는 아이가 되었으면 좋겠다는 말뿐이었다. 벳시에게 국교회 기도서를 보내주는 일을 두고 맨스필드의 응접실에서 잠시 가볍게 중얼거리는 말이 있기는 했다. 그러나 이후 그 문제에 대해서는 두 번 다시 어떤 소리도 들을 수 없었다. 하지만 사실 노리스 부인은 집으로 돌아가서 선물할 요량으로 남편의 낡아빠진 국교회 기도서 두 권을 꺼냈었다. 그랬는데 책들의 상태를 자세히 살펴보고는 후하게 베풀려는 열의가 싹 사라지고 말았다. 한 권은 아이의 눈으로 보기에 글자가 너무 작았고, 다른 한 권은 아이가 들고 다니기에 너무 거추장스러웠던 것이다.

패니는 피곤이 거듭 몰려와 어머니가 그만 가서 자라고 권유하자마자 고마운 마음으로 받아들였다. 언니의 귀향을 기념하여 특별히 한 시간만 더 안 자고 있게 해달라고 벳시가 크게 보채는 소리가 끝나기도 전에 패니는 또다시 난리법석을 피우며 소란스럽게 굴기 시작한 아이들을 아래층에 두고 방을 나왔다. 사내 녀석들은 치즈를 구워달라고 애원하며 아우성쳤고, 아버지는 럼주와 물을 가져오라고 소리쳤고, 레베카는 자신이 마땅히 있어야 할 자리에 결단코 없었다.

수전과 함께 쓰기로 한 방은 답답한 데다 가구도 듬성듬성 몇 개 없었다. 그녀의 기분을 끌어올릴 만한 것은 하나도 없었다. 정말이지 아래층 위층을 불문하고 집의 방들이 하도 옹색하고 복도와 계단은 하도 좁아서 그녀는 사실 상상도 못할 만큼 놀랐다. 그녀는 이내 맨스필드에 있는 자신의 작은 다락방이 귀히 여겨지기 시작했다. 물론 그곳에서는 누구도 안락한 생활을 할 수 없다고, 너무나 옹색한 방이라고 여기는 방이었지만 말이다.

8

패니가 고향을 방문한 뒤 처음으로 이모에게 편지를 보냈을 때, 토머스 경이 이 조카딸의 심정을 모두 알아차릴 수 있었다면 그리 실망하지는 않았을 것이다. 하룻밤 잘 잤고, 상쾌한 아침이었고, 윌리엄을 이른 시일 내에 다시 볼 수 있다는 희망도 있었고, 톰과 찰스는 학교에 갔고, 샘은 자기 나름의 할 일이 있고, 아버지는 평소처럼 빈둥대고 있어 집도 비교적 조용해서, 그녀는 밝은 표현을 써가며 고향집 소식을 전할 수 있기는 했다. 하지만 고향집의 많은 결함들이 머릿속에 억눌려진 채 계속 남아 있다는 걸 그녀 자신은 온전히 의식하고 있었다. 일주일이 지나기도 전에 그녀가 고향집에 대해 느낀 실망감을 토머스 경이 그 절반이라도 알아차릴 수 있었다면, 이제 크로퍼드 씨가 조카딸을 확실히 손에 넣게 된 것이라고 생각하면서 그녀를 고향에 보낸 자신의 현명한 처사를 기뻐했을 것이다.

일주일이 지나기도 전에 패니는 실망을 금치 못했다. 우선 윌리엄이 완전히 떠났다. 스러시 호에 작전 명령이 하달된 것이다. 풍향이 바뀌었으므로 그는 포츠머스로 귀환한 지 나흘 만에 출항했다. 그녀는 그 나흘 동안 그가 임무차 잠깐 뭍에 올랐을 때, 그것도 황급히 단 두 차례만 만났을 뿐이었다. 자유로운 대화도, 성벽 산책도, 해군 공창(工廠) 구경도 못 했고 스러시 호를 알게 될 기회도 잡지 못했다. 오빠와 함께하려고 계획하거나 믿었던 일들을 한 가지도 하지 못했다. 윌리엄의 애정을 확인한 것 외에, 그 계획들과 관련해서는 모든 게 패니의 기대를 저버린 것이다. 윌리엄은 집을 떠나면서 마지막 순간까지 패니만 생각했다. 그는 가던 발걸음을 돌려 다시 문으로 와서 이렇게 말했다. "패니를 잘 보살펴주세요, 어머니. 몸이 허약한 애예요. 우리처럼 불편하고 거친 생활에 익숙하지도 않아요. 부탁드려요. 패니를 잘 좀 보살펴주세요."

윌리엄이 완전히 떠났다. 그가 그녀만 두고 떠난 고향집은 정말이지……. 패니는 실망감을 스스로에게 감출 수 없었다. 거의 모든 점에서 고향집은 그녀가 바랐었던 모습과 정반대였다. 시끄럽고 무질서하고 무례함이 넘쳐나는 거처였다. 제자리를 지키는 사람이 한 명도 없었고, 제대로 행해지는 일도 전혀 없었다. 그녀는 기대했던 대로 부모님을 존경할 수 없었다. 아버지에게 그리 낙관적인 확신을 품었던 건 아니었다. 하지만 그는 각오했던 것보다 훨씬 더 게을렀고, 가족을 등한시했고, 악습관에 젖어 있었고, 태도가 상스러웠다. 능력이 모자란 게 아니었는데도 호기심도 전혀 없었고, 자기 직업 분야 말고는 어떤 분야에 대한 지식도 없었다. 오로지 신문과 해군 소식지만 읽었고, 해군 공창과 스핏헤드 정박지, 머더뱅크* 정박지 이야기만 입에 달고 살았다. 게다가 욕설을 내뱉고 술을 마셨으며 지저분하고 천박했다. 그녀는 예전에는 아버지가 다정함 비슷한 감정을 품고 대해준 적이 있었는지 좀처럼 기억할 수

---

* 스핏헤드 서쪽에 위치한 또 다른 정박지. 악천후 때문에 출범을 미룬 상선들이 정박하던 곳이다.

없었다. 그저 거칠고 시끄러웠다는 어렴풋한 기억만 남아 있을 뿐이었다. 그리고 지금도 그는 큰딸에게 거의 눈길을 주지 않고 그저 저속한 농담의 대상으로만 여기고 있었다.

어머니에 대한 실망감은 더 컸다. 어머니에게 큰 기대를 했었지만 거의 아무런 장점도 발견하지 못했다. 어머니에게 의미 있는 존재가 되겠다는 우쭐한 기대감이 이내 바닥으로 곤두박질쳤다. 프라이스 부인은 매정한 사람은 아니었다. 하지만 패니는 어머니의 애정과 신뢰를 얻고 어머니에게 보다 소중한 사람이 되는 대신, 도착한 첫날 어머니가 보여준 것 이상의 애정은 결코 접하지 못했다. 타고난 본능이라는 모정이 충족되자 큰딸을 향한 프라이스 부인의 애정이 솟아나는 샘물은 막혀버렸다. 그녀의 마음과 시간은 이미 다른 것들로 꽉 차 있었다. 패니에게 베풀 시간이나 애정은 없었다. 딸들이 그녀에게 큰 의미를 지녔던 적은 한 번도 없었다. 그녀는 아들들, 그중에서도 특히 윌리엄을 편애했다. 그러나 혹시 딸들을 소중히 여긴 적이 있다고 한다면 그중 벳시가 첫째였다. 벳시에게만큼은 무분별하다 싶을 정도로 응석을 받아주었다. 윌리엄은 그녀의 자랑거리였고 벳시는 귀여운 막내였다. 그 밖에 그녀에게 어머니로서 걱정하는 마음이 남아 있다고 한다면, 그건 존, 리처드, 샘, 톰, 그리고 찰스의 차지였다. 그들이 번갈아 가며 그녀를 괴롭히기도 하고 위안이 되기도 하면서 그걸 나눠 가졌다. 그들이 어머니의 그런 마음을 나눠 가졌다. 그녀의 시간은 주로 집안 살림과 하녀들에게 쓰였다. 일상적인 하루하루가 그녀에게는 느릿느릿하게 벌어지는 소동 비슷한 상황 속에서 흘러갔다. 그녀는 언제나 바빴고, 제대로 진행하는 일은 하나도 없었고, 언제나 뒤늦었다. 그러면서 생활방식은 개선하지도 않으면서 늘 한탄만 했고, 머리를 짜내거나 질서정연한 생활은 하지도 않으면서 살림꾼이 되고 싶어 했고, 하녀들을 더 낫게 만드는 노련한 솜씨도 없으면서 불평만 늘어놓았고, 그들을 돕거나 나무라거나 너그럽게 봐주면서도 존경은 받지도 못했다.

프라이스 부인은 두 언니 중에서 노리스 부인보다는 레이디 버트럼을 더 닮은 편이었다. 어쩔 수 없어 그럭저럭 살림을 꾸려나가긴 했지만, 그녀에게는 노리스 부인처럼 살림을 좋아하는 마음이나 활동적인 면모는 전혀 없었다. 그녀의 기질은 천성적으로 레이디 버트럼처럼 무사태평하고 게을렀다. 그녀의 천성에는, 레이디 버트럼처럼 풍족하고 무위도식하는 삶이 경솔한 결혼으로 부득이 처하게 된 현재의 상황, 즉 무진 애를 쓰며 극기해야 하는 삶보다 더 잘 맞았을 것이다. 그녀는 레이디 버트럼 못지않게 대단한 영향력을 지닌 훌륭한 부인이 될 수 있는 사람이었다. 그러나 쥐꼬리만 한 수입으로 아홉 명의 아이들을 주렁주렁 매달고 살기에는 아마 노리스 부인이 더 훌륭한 어머니 노릇을 했을 터였다.

패니는 이 모든 사실의 상당 부분을 눈치채지 않을 수 없었다. 말로 표현하기가 꺼려졌을 뿐이지, 그녀는 어머니가 편파적이고 무분별하며, 게으른 데다 단정치도 못한다는 것을, 아이들을 제대로 가르치지도 단속하지도 못하며, 하나에서 열까지 살림을 엉망으로, 불편하기 짝이 없게 꾸려나가고 있음을 알 수 있었다. 재능도, 친교 관계도, 큰딸에 대한 애정도, 큰딸을 더 잘 알고 싶어 하는 궁금증도, 친해지려는 바람도, 함께하는 자리를 많이 만들면 서먹서먹한 감정이 줄어들 텐데 그런 자리를 만들고 싶은 의향도 없다는 사실을 확실히, 그리고 분명히 느꼈다.

패니는 어머니에게 도움이 되고 싶은 생각이 간절했다. 고향집에서 군림하고 싶다는 생각은 정말이지 추호도 없었다. 타향에서 가르침을 받고 자랐다고 해서 고향집을 안락한 곳으로 만드는 데 도움을 줄 자격이 없다거나 그럴 의사조차 없는 사람으로는 보이고 싶지 않았다. 따라서 그녀는 즉각 샘을 위해 바느질을 시작했고, 이른 아침부터 늦은 밤까지 인내심을 갖고 신속하게 상당히 많은 일을 했다. 결국 그 덕택으로 샘은 충분한 리넨 속옷을 준비하여 배를 타고 떠날 수 있었다. 그녀는 자신이 그렇게 쓸모가 있어서 무척 기뻤다. 만약 그녀의 도움이 없었더라면 그런 일을 어떻게 처리할 수 있었을지 알 수 없었다.

샘은 목청이 크고 거들먹거리는 편이었지만, 막상 그가 떠나자 패니는 약간 섭섭했다. 영리하고 총명한 데다 읍내에 심부름시킬 것이라도 있으면 흔쾌히 달려가던 아이였다. 수전이 잔소리를 하면 그게 아무리 입바른 소리더라도 시점이 부적절하고 아무 효과도 빚어내지 못하고 열만 내며 하는 잔소리여서 샘이 일축하곤 했지만, 패니의 노력과 온건한 설득에는 영향을 받기 시작하던 참이었다. 패니는 이제 그런 샘이 떠났으니 세

남동생 가운데 제일 괜찮은 남동생이 없는 것이라는 생각이 들었다. 톰과 찰스는 샘보다 한참 어려, 적어도 감수성과 이성을 발휘할 수 있는 나이가 되려면 아직 먼 아이들이었다. 그들도 샘 정도의 나이였으면 누나와 친하게 지내거나 누나의 마음에 더 들려고 했을 것이다. 패니는 그들에게 조금이라도 영향을 미쳐보겠다는 바람을 이내 포기했다. 단단히 결심하고 시간을 내서 갖가지 방법을 동원해봐도 좀처럼 유순하게 만들 수 없는 아이들이었다. 매일 오후만 되면 그들이 온 집 안을 돌아다니며 난리법석을 피우고 노는 일이 되풀이되곤 했다. 그러니 그녀는 토요일 오후라는 확고한 반휴일이 찾아오면 한숨부터 쉬는 법을 일찌감치 터득했다.

벳시도 매한가지였다. 버르장머리가 없는 데다 알파벳 철자를 무슨 철천지원수인 양 알고 자란 이 아이는 제멋대로 하녀들과 지내도록 방치됐고, 하녀들이 잘못이라도 저지르면 쪼르르 달려와 일러바치곤 했다. 패니는 이 아이에 대해서도 위의 두 오빠에 대해서 못지않게 애정이나 도움을 줄 수 있겠다는 생각을 접었다. 그녀는 수전의 기질에 대해서도 의구심을 품게 되었다. 어머니와 줄기차게 의견이 충돌하고, 톰과 찰스와 경박하게 다투고, 벳시에게 발끈 성을 내는 모습이 패니는 아무튼 너무나 보기 싫었다. 수전의 그런 모습이 아무 자극도 없이 공연히 생겨난 건 아닐 것이라고 인정하긴 했지만, 그런 일을 그 정도로 밀어붙이는 기질이라면 아무래도 사랑스러운 것과는 거리가 멀지 않을까, 자신의 마음을 편하게 해주는 것과 거리가 멀지 않을까 염려했다.

맨스필드를 머릿속에서 밀어내고 에드먼드에 대해 누그러진 감정을 갖고 생각하게 해주리라 예상했던 고향집의 실제 상황은 이러했다. 예상과 달리 오히려 맨스필드의 집과 사랑하는 그곳 식구들과 행복한 생활방식이 새록새록 생각날 뿐이었다. 지금 있는 곳의 모든 것은 맨스필드와 완전히 대조를 이루고 있었다. 매일, 매 시간 맨스필드의 고상한 분위기, 예의범절, 질서정연함, 조화로움…… 무엇보다 맨스필드의 평온함과 고요함이 떠올랐다. 고향집의 모든 모습이 맨스필드의 그런 모습과 상반되게 다가오다 보니 그랬다.

끊임없이 이어지는 소음 속에서 사는 일은 패니처럼 몸도 마음도 예민하고 과민한 사람에게는, 아무리 우아하고 조화로운 생활이 보태진다고 해도 그 피해가 완전히 벌충될 수 없는 악영향을 미치게 마련이었다. 모든 정신적인 고통 중에서 그게 최악이었다. 맨스필드에서 그녀는 싸우는 소리나 언성을 높이는 소리, 고함을 버럭 내지르는 소리, 쿵쿵거리는 발소리를 들어본 적이 없었다. 그곳에서는 모든 일이 즐겁고 질서정연하게, 정상적인 과정을 통해 진행되었고, 모든 사람들이 적절한 중요성을 지니고 있었고, 모두가 다른 모든 사람들의 감정을 헤아렸다. 따뜻한 정이 부족하다는 생각은 할 수 있겠지만, 그 부족한 부분은 양식과 예의범절이 대신했다. 가끔 노리스 이모 때문에 다소 짜증 나는 일이 생기긴 했지만 그건 잠깐뿐이었고 사소한 문제여서, 지금 있는 고향집의 끝없는 어수선한 소란에 비교한다면 넓은 바다에 물 한 방울을 떨어뜨리는 격이었다. 이곳에서는 모두가 시끄러웠고, 모두가 목소리를 높였다. (나지막하고 단조로운 레이디 버트럼의 목소리를 닮은 어머니의 목소리, 즉 서서히 지쳐가다 보니 짜증만 잔뜩 밴 그 목소리만 예외였다.) 원하는 것이 있으면 모두들 고래고래 소리를 질렀고, 하녀들도 부엌에서 변명할 게 있으면 큰 소리를 내질렀다. 시도 때도 없이 문들이 쾅 하고 닫히기 일쑤였고, 계단은 쉴 틈이 없었고, 왁자지껄 시끄럽지 않고서 이뤄지는 일은 하나도 없었고, 누구도 조용히 앉아 있는 법이 없었고, 누가 무슨 말이라도 할라치면 다른 사람들의 주목을 좀처럼 끌 수 없었다.

일주일이 채 되기도 전에 패니는 자신에게 보여진 두 집안의 모습을 차분히 비교하면서, 결혼과 독신 생활에 대해 했다는 존슨 박사의 유명한 평가*를 적용해 이렇게 말하고 싶은 유혹을 느꼈다. 맨스필드 파크에서의 생활은 다소 고통스러울지 모르겠지만, 포츠머스에서의 생활은 도대체 즐거움이라곤 하나도 없다고 말이다.

9

이제 편지 교환이 처음 시작되었을 때처럼 빠른 속도로 크로

---

*새뮤얼 존스의 소설 《아비시니아의 왕자 라셀라스 이야기》(1759)에 나온다. "결혼 생활은 많은 고통이 따르지만, 독신생활은 즐거움이 전혀 없다."

퍼드 양에게서 소식이 오진 않으리라는 패니의 예상은 옳았다. 마지막 편지를 보낸 이후 메리는 확실히 예전보다 더 간격을 오래 두고 편지를 보내왔다. 하지만 그렇게 뜸하게 간격을 두는 게 참 다행스러운 일이라 여겨지겠지 하던 그녀의 예상은 옳지 않았다. 이 역시 묘하고도 대단한 마음의 변덕 아니겠는가! 마침내 메리의 편지가 도착하자 그녀는 그걸 받아 들고 진심으로 기뻤다. 지금처럼 훌륭한 사람들과의 사교 모임에서 추방되고 그녀의 관심을 끌었던 모든 일들로부터 멀어져 살다 보니, 그녀가 마음을 두고 살았던 모임의 구성원이었던 메리에게서 애정이 가득 담긴 데다 품격마저 갖춘 편지가 오니 반갑기 그지없었다. 그녀는 늘어가는 약속들 때문에 좀 더 일찍 편지를 보내지 못해 미안하다는 상투적인 변명부터 했다. "일단 편지를 시작했으니 계속 써나갈게요." 편지 내용이 이어졌다. "제 편지가 읽을 만한 가치가 없을지도 모르겠네요. 말미에 자그마한 사랑의 선물이 없을 테니까요. 이 세상에서 가장 헌신적인 H. C.가 보내는 열정적인 서너 줄 말이에요. 헨리 오빠는 지금 노퍽 주에 가 있답니다. 볼일이 있어서 열흘 전 에버링엄을 방문하러 갔어요. 아니 볼일이 있는 척했던 것인지도 모르겠네요. 당신이 여행하던 시점과 같은 때 여행하겠다는 목적으로 말이에요. 여하튼 오빠는 지금 그곳에 가 있어요. 그런데, 오빠가 지금 이곳에 없다는 것이 그의 여동생이 편지 쓰기에 태만했던 이유로 충분하지 않을까 싶네요. '그래, 메리, 패니 양에게 편지는 언제 쓰니? 패니 양에게 편지 쓸 때가 되지 않았니?'라고 몰아대면서 보채는 사람이 없으니까요. 드디어, 여러 번 노력한 끝에 당신의 사촌 언니들을 만났답니다. '친애하는 줄리아 양과 더욱 친애하는 러시워스 부인' 말이에요. 어제 두 사람이 우리 집을 찾아왔어요. 모두들 서로 다시 만나게 된 걸 기뻐했지요. 아니, 겉보기로만 매우 기쁜 척한 건지도 모르겠네요. 사실 저는 조금은 기뻤다고 생각하지만……. 할 말이 엄청나게 많았죠. 당신의 이름을 입에 올렸을 때 러시워스 부인이 지어 보인 표정을 말해줄까요? 예전에는 그녀에게 냉정함이 부족하다는 생각은 한 적이 없었지만, 어제 필요했던 냉정함은 충분히 갖추고 있지 못한 것 같더군요. 대체로 줄리아 양이 둘 중에서 표정이 더 나았어요. 적어도 당신 이야기가 끝난 다음에는요. 제가 '패니'라는 이름을, 그것도 친자매처럼 살갑게 입에 올리자마자 러시워스 부인의 표정이 확 바뀌더니 좀처럼 돌아오지 않더군요. 하지만 러시워스 부인이 표정을 펼 날이 언젠가는 찾아오겠죠. 우리는 28일, 러시워스 부인이 처음으로 주최하는 파티에서 카드 게임을 하기로 했어요. 그때 아름다운 모습을 보여주겠죠. 윔폴 거리에서 가장 훌륭한 저택 중 한 곳인 자기 집을 개방할 테니까요. 2년 전 그 저택이 레이디 래슬스 소유였을 때 가본 적이 있답니다. 그래서 제가 아는 런던의 어느 저택보다 그 저택을 더 좋아해요. 분명히 러시워스 부인은 그날 시쳇말로 '본전을 뽑았다'고 느낄 겁니다. 헨리 오빠는 그녀에게 그런 저택을 사줄 능력이 안 된답니다. 그녀가 그걸 기억하고, 당연한 권리인 양 궁궐의 왕비마마처럼 행동할 수 있다는 데 만족했으면 좋겠어요. 물론 그 궁궐의 국왕이라는 사람은 뒷전에 물러나 있는 게 최선인 것처럼 보이고요. 러시워스 부인의 약을 올릴 생각이 전혀 없으니 그녀 앞에서 당신의 이름을 다시 꺼내는 일은 없을 거예요. 그럼 그녀도 서서히 냉정을 되찾겠죠. 제가 듣고 짐작한 모든 내용에 근거하여 말한다면, 요즘 줄리아 양을 향한 빌덴하임 남작의 관심은 여전히 진행 중인가 봐요. 하지만 그녀 쪽에서 진지한 마음으로 그에게 용기를 불어넣어준 것인지는 잘 모르겠어요. 줄리아 양은 철이 더 들어야 해요. 가난뱅이 귀족 자제는 손에 넣을 만한 상대가 아니죠. 이번 일에 무슨 호감 같은 게 작용한 것인지는 모르겠어요. 연극조로 떠벌리는 솜씨만 뺀다면 빌덴하임 남작은 참 보잘것없는 존재잖아요. 모음 한 글자 차이가 어쩌면 이렇게 큰지! 그 사람이 거둬들이는 임대료가 연극조로 떠벌리는 소리만큼이나 대단하다면 좋을 텐데!* 당신의 사촌 오빠 에드먼드 씨는 어쩌면 이렇게 굼뜨세요. 교구 일 때문에 아직도 발이 묶여 있나 봐요. 손턴 레이시에 개종시킬 할머니라도 있는지 모르죠. 젊은 아가씨 때문에 제게 관심을 쏟지 않는 거라고는 상상하고 싶지 않아요. 그럼 안녕, 그립고 사랑하는 패니 양. 런던에서 이만큼 긴 편지를 보내다니요. 헨리 오빠가 돌아와서 보고 환히 눈웃음칠 수 있는 멋진 답장을 보내세요. 그리고 당신에게 저돌적으로 달려드는 그곳의 모든 젊은 부관

---

*임대료(rent)와 큰 소리로 떠드는 말(rant)의 철자가 유사한 것을 이용한 말장난이다.

들 이야기도 써서 보내주고요. 물론 패니 양은 제 오빠가 있으니 그런 자들은 모두 경멸할 테지만요."

편지의 내용에는 깊이 생각할 거리가 많이 담겨 있었다. 무엇보다도 불편한 생각을 자아낼 거리가 많았다. 하지만 불편한 생각거리를 제공했음에도 불구하고, 그 편지는 떠나고 없는 사람들과 그녀를 연결시켜주었고, 지금보다 더 궁금한 적이 없는 사람들과 사건들 소식을 전해주었다. 그녀는 그런 편지라도 매주 확실히 받을 수만 있다면 참 기쁠 것 같다는 생각까지 들었다. 그간 버트럼 이모와의 편지 교환이 그나마 조금 더 많은 관심을 기울일 수 있는 유일한 관심사이다 보니 더욱 그랬다.

집안의 많은 결함을 조금이라도 벌충할 수 있는 포츠머스의 사교 모임에 대해 말하자면, 아버지나 어머니의 지인들 범주 내에서는 그녀를 최소한이라도 만족시킬 수 있는 모임이 전혀 없었다. 그녀를 좋게 봐주고, 그 덕분에 수줍음을 타고 말수가 없는 자신의 소극적인 태도를 극복할 수 있으리라 바랄 사람이 한 명도 보이지 않았다. 그곳의 남자들은 모두 거칠어 보였고, 여자들은 모두 주제넘어 보였다. 모든 사람들이 천박해 보였다. 예전부터 알았던 사람이든 처음 알게 된 사람이든 간에 소개를 받을 때도 그랬지만 조금도 만족스럽지가 않았다. 그녀가 준남작 집안에서 왔다는 사실을 생각해선지 사람들은 처음에는 경의를 표했지만, 그녀에게 다가오는 아가씨들은 이내 "잘난 척한다"는 표현을 사용하며 불쾌감을 드러냈다. 그녀가 피아노 연주도 안 했고 화려한 털외투도 입지 않았으니, 좀 더 관찰해보다 결국 어떤 우월한 권리도 인정할 수 없었던 것이다.

그런 가운데 불편한 집안 상황을 견딜 수 있게 해준 최초의 든든한 위안거리이자, 그녀의 판단으로도 전적으로 인정할 수 있고 오래 지속될 수 있다는 희망까지 갖게 해준 첫 위안거리가 생겨났다. 수전을 더 잘 알게 됐다는 생각, 그 애에게 뭔가 도움이 될 수 있으리라는 희망이었다. 수전은 언제나 그녀에게 싹싹하게 굴었다. 하지만 패니는 수전의 전반적인 태도에 밴 단호한 면모를 보고 깜짝 놀라거나 경악을 금치 못하곤 했었다. 두 주가 지난 다음에야 비로소 그녀는 자신의 기질과 판이하게 다른 수전의 기질이 이해되기 시작했다. 수전도 집안의 많은 일들이 잘못됐다는 걸 알고 바로잡고 싶어 하고 있었다. 열네 살짜리 소녀가 다른 도움은 전혀 없이 순전히 자신의 이성에만 의존하여 집안을 바로잡겠다고 나설 때, 그 방법상으로 과오를 저지른다는 것은 놀랄 일이 아니었다. 패니는 그토록 이른 나이에 올바른 분별력을 행사할 수 있는 타고난 밝은 정신에 대해 찬탄하고픈 마음이, 그런 정신이 초래하는 잘못된 행동을 가혹하게 비난하고픈 마음보다 더 많이 들었다. 수전은 패니 자신의 판단으로도 인정한 것과 똑같은 진실에 입각하여 행동하면서, 그녀가 생각했던 것과 똑같은 가족 체계를 추구해 나갈 뿐이었다. 그러나 수전보다 더 소극적이고 고분고분한 편이었던 그녀는 동생처럼 강력한 주장을 못 펴고 움츠러들었던 것이었다. 그녀가 도망을 치거나 울음만 터뜨릴 수 있었을 뿐인 곳에서, 수전은 도움이 되고자 애쓰고 있었다. 그리고 그녀는 수전이 실제로 도움이 되고 있다는 사실을 알아차릴 수 있었다. 수전의 그 같은 간섭이 없었더라면 안 그래도 열악한 집안 사정이 더욱 열악해졌을 것이며, 수전으로 인해 어머니도 벳시도 지나칠 정도로 거슬리게 제멋대로 상스럽게 구는 일을 삼간 것이었다.

수전은 어머니와 의견 충돌이 빚어질 때마다 논리적인 측면에서 우위를 점했다. 그런 말다툼에 딸의 마음을 사려는 모정 같은 것은 개입할 틈이 전혀 없었다. 끊임없이 주변에 폐해를 빚어내던 어머니의 맹목적인 편애를 수전은 한 번도 맛본 적이 없었다. 예전이든 지금이든 그녀는 모정의 고마움을 느껴본 적이 없었다. 그런 고마움을 느꼈더라면 다른 자식들에게 과도하게 베푸는 엄마의 편애를 좀 더 잘 견뎌나갈 수 있었을 텐데.

이 모든 정황이 점점 더 명료해지면서 언니의 눈에 비친 수전은 점점 더 동정과 존중의 대상이 되었다. 하지만 그 태도가 잘못됐다는 것, 가끔은 몹시 잘못됐다는 것, 나아가 사용하는 방법이 빈번히 잘못 선택되고 시점도 부적절하다는 것, 표정과 말투가 옹호해주기 불가능한 정도인 경우가 많다는 것 등을 패니는 알아차리지 않을 수 없었다. 그녀는 동생의 그 같은 결점을 바로잡을 수 있다는 희망을 품기 시작했다. 수전이 언니를 우러러 보고 있으며, 언니가 자신을 좋게 평가해주기를 바라고 있다는 것도 알게 되었다. 누군가에게 권위를 갖고 행동하는 일은 패니에게는 낯선 것이었고, 누군가를 지도하고 가르칠 수 있다는 생각도 그랬지만, 그녀는 앞으로 수전에게 가끔 조언을 해주리라 굳게 마음먹었다. 그리고 수전에게 득이 되게끔, 모든 사람들이 마땅히 갖고 있어야 할 보다 올바른 가치관과, 스스로에게 어떤 행동이 가장 현명한 행동인지에 대한 보다 올바른 생각들을 몸소 실천해 보이려고 노력했다. 더욱 유리한 입장에서 교육받은 덕택에 이미 그녀의 내면에 공고히 새겨진 가치관과 생각들이었다.

그녀의 영향력은, 혹은 적어도 그런 영향력을 의식하고 행사해야겠다는 생각은, 수전에게 베푼 한 가지 다정한 행동에서 비롯되었다. 세심하게 마음을 쓰면서 수차례 망설이다 마침내 용기를 내어 했던 행동이었다. 돈만 조금 쓴다면 지금도 계속해서 서로 자기 것이라고 우기는 골치 아픈 은제 나이프 문제에 있어 지속적인 평화를 되찾을 수 있을 것 같다는 생각을 하고 있던 차였다. 그런데 지금 그녀의 수중에 그럴 돈이 있었다. 맨스필드를 떠나올 때 이모부가 준 10파운드라는 돈이 있었다. 그러니 넉넉히 인심을 쓰고 싶은 만큼, 최대한 쓸 수 있었다. 그러나 그녀는 아주 가난한 사람들에게 베풀었을 때를 빼고는, 호의를 베푸는 데 너무나, 전적으로, 익숙하지 못했다. 자신과 비슷한 사람들 사이에서 그들의 불편을 해소해준다거나 친절을 베푸는 일에 너무나 미숙했다. 게다가 자기 집에서 대단한 귀부인인 행세를 하며 우쭐해하는 것처럼 보일까 봐 무척 걱정이 되었기 때문에 그녀는 그런 선물이 자신에게 어울리지 않을 것이라면서 한참 뜸을 들이고 난 다음에야 마음을 굳혔다. 하지만 결국은 그 일을 실천에 옮겨 벳시를 위해 은제 나이프 한

개를 구입했다. 벳시는 뛸 듯이 기뻐하며 그걸 받았다. 새것이라서 저번 것에 비해 그녀가 바랄 수 있는 온갖 장점을 다 갖추고 있다고 했다. 벳시가 제 나이프가 훨씬 더 예쁘니 이제 다시는 언니 것을 갖겠다고 우기지 않겠노라고 단단히 다짐하자, 수전은 그제야 자기 나이프를 완전히 소유하게 되었다고 안심했다. 역시 만족스러워하는 어머니에게도 어떤 비난의 마음도 옮겨가지 않은 것 같았다. 사실 그녀는 어머니가 비난할까 봐 걱정하고 있었다. 선행이 완벽히 성공을 거둔 것이었다. 자매들 간의 다툼의 원인이 완전히 제거된 셈인데, 이 일은 수전이 언니에게 가슴을 활짝 열어 보이는 계기가 되었다. 또한 언니에게는 사랑을 주고 관심을 기울일 대상이 생기는 계기가 되었다. 수전은 섬세한 면모도 가지고 있었다. 자신의 것으로 만들기 위해 적어도 2년간 애써왔던 물건을 소유하게 되어 기쁘기는 했지만, 그녀는 이번 일로 자신에 대한 언니의 평가가 나빠진 것은 아닌지, 가정의 평화를 위해 새 나이프 구입을 불가피한 일로 만들 만큼 자신이 극성을 부렸으니 혹시 언니가 자신을 비난하게 된 것은 아닌지 두려워했다.

수전은 솔직했다. 그녀는 자신이 무엇을 두려워하는지 털어놓았고, 그렇게 열을 올리며 동생과 다툰 일을 자책했다. 그런데 바로 그 순간부터 패니는 동생의 기질이 얼마나 가치 있는지 이해했고, 동생에게 자신의 좋은 평가와 조언을 얻어내고픈 마음이 얼마나 간절한지도 알아차렸다. 따라서 그녀는 다시 한번 애정이라는 축복을 실감하면서, 그토록 도움을 필요로 하고 도움을 받을 만한 가치가 있는 동생에게 도움이 되고 싶다는 소망을 품기 시작했다. 그녀는 조언을 해주었다. 너무나 옳은 조언이어서 제대로 된 이해력의 소유자라면 도저히 거절할 수 없는 조언이었다. 불완전한 성격의 소유자라도 화를 내지 못할 정도로 지극히 온건하고 신중한 조언이었다. 그녀는 그 조언이 빚어낸 훌륭한 효과를 심심찮게 지켜보는 행복감을 맛보았다. 복종과 인내라는 도리와 그 합당성을 온전히 알고는 있었지만, 수전과 같은 소녀에게 매 시간 신경을 건드리며 가해졌을 것이 틀림없는 온갖 언행을 똑똑히 알고 있는 사람으로서 그 이상을 기대할 수는 없었다. 이와 관련해서 그녀가 가장 놀랍게 생각했던 것은, 수전이 철은 들었지만 주변에서 자꾸 화를 돋우며 자극을 해오니 불손하게 굴고 인내심을 발휘하지 못하는 것이라는 사실이 아니라, 여하튼 간에 수전이 철이 너무 많이 들었고 올바른 생각도 너무 많이 하고 있다는 사실, 그리고 고향집 같이 무관심과 잘못으로 가득한 곳 한가운데서 자라났으면서도 무엇이 바른 것인지에 대해 그토록 합당한 가치관을 형성해왔다는 사실이었다. 더구나 수전에게는 생각의 방향을 잡아주고 원리원칙을 정해준 에드먼드 같은 사촌 오빠도 없었다.

두 자매가 이렇게 친해지기 시작하자 서로에게 크게 득이 되었다. 위층에 함께 앉아 시간을 보내면서 그들은 아래층에서 일어나는 야단법석을 상당 부분 피할 수 있었다. 패니는 마음의 평화를 얻었고, 수전은 조용히 제 할 일을 하는 게 불행이 아니라는 사실을 깨달았다. 그들은 난롯불도 안 피우고 앉아 있었지만 그건 패니에게도 익숙한 궁핍이었다. 그런 상황을 겪다 보니 맨스필드의 동쪽 방이 생각나 덜 고통스러웠다. 유일하게 두 방이 닮은 점이 그것이었다. 방의 크기나 불빛, 가구, 전망 등에서 두 방은 닮은 점이 하나도 없었다. 그녀는 동쪽 방의 모든 책들과 상자들, 위안을 주는 다양한 물건들이 생각나 종종 한숨을 크게 내쉬었다. 두 자매는 점점 더 많은 아침나절 대부분의 시간을 위층에서 보냈다. 처음에는 그저 바느질만 하고 담소만 나누었다. 그러나 며칠 뒤부터 앞서 말한 책들에 대한 생각이 워낙 강렬하게, 자극적으로 나는 바람에 패니는 책을 다시 읽지 않는다는 건 불가능한 일이라고 생각했다. 아버지 집엔 책이 한 권도 없었다. 그러나 재력이란 것이 원래 사치스럽고 대담한 일을 하게 하지 않는가. 결국 그녀가 가진 재산의 일부가 순회도서관*으로 흘러 들어갔다. 그녀는 그곳의 회원으로 가입했다. 스스로의 힘으로 어떤 자격을 갖춘 존재가 됐다는 것을 신기해하면서, 또한 모든 일에서 자신의 행동을 알아서 하고 있다는 것을 신기해하면서 그렇게 했다. 책을 빌릴 수 있는 회원이 되고 책 선정도 마음대로 할 수 있게 되다니! 더구나 그런 선정을 통해 다른 사람이 더 나은 사람이 되는 것을 목표로 삼다니! 하지만 엄연한 사실이었다. 수전은 한 번도 책을 읽어본 적이 없었다. 따라서 패니는 자신이 맨 처음 느꼈던 독서의 기쁨을 수전에게도 나눠주고 싶었다. 그녀 자신이

---

*연회비를 받고 책을 대여해주던 도서관. 주로 개인이 운영했으며 18세기 후반 이후로 영국인들의 일상의 한 부분으로 자리 잡았다.

기쁨을 느꼈던 전기와 시 작품에 대한 취향을 동생에게도 간절히 불어넣어주고 싶었다.

나아가 그녀는 이런 일을 하면서 맨스필드의 기억을 조금이라도 묻고 싶었다. 아무리 손가락을 바삐 움직여봐도 너무 쉽게 그녀의 마음에 엄습해 오던 기억이었다. 특히 이 무렵에는, 런던에 가 있는 에드먼드에게 향하는 생각의 방향을 다른 데로 돌리는 데 이런 독서가 도움이 될 수 있기를 더욱 바라고 있었다. 이모의 지난번 편지를 통해 그녀는 그가 런던에 갔다는 걸 알고 있었다. 그러니 다음에 무슨 일이 일어날지는 의심의 여지가 없었다. 그가 약속했던 통지가 곧 전해질 것이라는 생각이 계속해서 머리 위를 아른거렸다. 우편배달부가 이웃집 문을 두드리는 소리가 일상적인 두려움이 되기 시작했다. 그러니 단 반시간이라도 독서를 통해 그런 두려움을 잊을 수만 있다면 그것만으로 이득인 셈이었다.

10

에드먼드가 런던에 가 있을 것이라고 추측했던 시점 이후 일주일이 지나도록 패니는 그에게서 아무런 소식도 듣지 못했다. 그녀는 그렇게 감감무소식인 이유에 대해 각기 다른 세 가지 결론을 내렸다. 그녀의 마음은 그 세 가지 결론을 오가면서 혼란스러워했다. 그 결론 하나하나가 번갈아가며 그때그때 가장 가능성이 높아 보였다. 런던 방문이 다시 연기되었거나, 아직 크로퍼드 양을 만날 기회를 못 잡았거나…… 그도 아니면 너무나 행복해서 편지를 쓸 마음조차 생기지 않는 것이거나, 셋 중 하나일 텐데!

패니가 맨스필드를 떠나온 지 거의 넉 주가 다 되어가던 그 무렵(곰곰이 따져보며 하루하루를 헤아리는 일이 그녀의 일과였다) 어느 날 아침, 그녀가 수전과 함께 평소처럼 위층으로 올라갈 차비를 하고 있을 때였다. 그들은 손님이 찾아와 문 두드리는 소리를 듣고 멈췄다. 레베카가 얼른 문으로 달려갔기 때문에 그들은 손님과의 만남을 피할 길이 없겠다고 생각했다. 언제든 다른 어떤 일보다 그런 일을 더욱 재미있어하는 하녀가 바로 레베카였다.

점잖은 신사의 목소리가 들려왔다. 그 목소리를 듣자마자 패니의 얼굴은 파랗게 질렸다. 즉시 크로퍼드 씨가 방으로 들어왔다.

패니가 가진 것처럼 건강한 판단력이라면 꼭 필요한 경우 언제든 작동하는 법이다. 그녀는 어느새 어머니에게 그의 이름을 대며 소개하면서, 그게 "윌리엄 오빠의 친구" 이름 아니냐고, 기억을 떠올려보라고 말할 수 있는 자신의 모습을 깨달았다. 그런 순간에 한 마디라도 할 수 있으리라는 믿음을 갖지 못했던 터였다. 집에서는 크로퍼드 씨가 윌리엄의 친구로만 알려져 있다는 생각이 다소 도움이 됐다. 하지만 소개가 끝나고 모두 다시 자리에 앉자, 그녀는 이 일이 대체 어떤 식으로 결말이

날지 그 두려움이 너무나 강하게 짓눌러 와서 기절하기 직전이
었다.

　그녀가 기운을 차리려고 애를 쓰는 동안, 문제의 손님은 처
음에는 예전에 못 보던 활기찬 표정으로 다가와 현명하고도 친
절하게 눈길을 다른 데로 돌리면서 그녀에게 침착성을 되찾을
시간을 주었다. 그러면서 전적으로 어머니만 상대하면서 말도
붙이고, 최대한 공손하고 예의 바르게 주의도 기울였다. 동시
에 어느 정도 다정하게, 적어도 관심을 갖고 어머니를 대했고,
그 때문에 그의 태도는 완벽해 보였다.

　프라이스 부인의 태도도 최고 수준이었다. 아들에게 그 같
은 친구가 있다는 걸 알고 기쁘기도 했고, 그런 친구에게 잘 보
이고 싶다는 바람에 언행을 자제하기도 했던 그녀에게는 고마
운 마음이, 어머니로서의 꾸밈없는 고마운 마음이 넘쳐흘렀다.
참 보기 좋은 모습이 아닐 수 없었다. 프라이스 씨는 외출 중이
었다. 프라이스 부인은 그 점을 무척 아쉬워했다. 패니는 이제
침착함을 충분히 되찾은 상태여서 어머니처럼 그 점이 아쉽지
는 않았다. 마음을 불편하게 만드는 다른 많은 이유들이 있었
지만, 거기에 이런 집에 살고 있는 모습이 부끄럽다는 가혹한
이유가 보태졌기 때문이다. 그런 바보 같은 생각을 하는 자신
을 책망할 수도 있었지만, 책망한다고 그 생각이 사라질 리는
없었다. 그녀는 창피했다. 그리고 다른 어떤 것보다도 아버지
의 존재가 더 창피할 것 같았다.

　그들은 윌리엄 이야기를 했다. 프라이스 부인에게는 질리는

법이 없는 화제였다. 크로퍼드 씨도 부인이 진정으로 원하는 만큼 윌리엄 칭찬에 열의를 보였다. 프라이스 부인은 지금까지 살면서 이처럼 사근사근한 청년은 본 적이 없다고 느꼈다. 이처럼 지극히 훌륭하고 사근사근한 청년이 포츠머스를 방문한 목적이, 기지 사령관이나 공창 책임자를 만나거나 바다 건너 와이트 섬을 가는 것도 아니고, 공창 구경을 하는 것도 아니라는 게 놀라울 따름이었다. 그녀가 늘 방문자의 중요성을 입증해준다고 생각하는 방문 목적들 중 하나라든가, 아니면 그저 부를 과시하려는 목적 때문에 포츠머스를 찾은 게 아니라는 것이었다. 그는 전날 밤 늦게 도착했다면서, 하루나 이틀 머물 생각으로 지금 크라운 여관에 묵고 있으며, 도착한 뒤에 우연찮게 아는 해군 장교 한두 명을 만났는데 그 만남이 목적은 아니라고 말했다.

이 모든 사실을 알리고 났을 때쯤 이제는 패니에게 눈길을 주고 말을 건네도 된다는 생각에 무리가 없어 보였다. 그녀도 이제는 웬만큼 그 눈길을 견뎌내며 그의 이야기를 들을 수 있었다. 그는 런던을 떠나기 전날 밤 반시간 동안 여동생과 시간을 보냈으며, 노퍽 주에서 런던으로 돌아온 뒤 보낸 시간이 스물네 시간도 안 되는데 그곳을 다시 떠나기에 앞서 그렇게 반시간이라도 여동생과 함께할 수 있어서 다행이라고 생각한다, 패니의 사촌 오빠 에드먼드가 지금 런던에 와 있는데 그가 아는 바로는 며칠 전에 도착했다, 그를 직접 만나지는 못했지만 건강한 것 같다, 맨스필드의 가족들도 모두 잘 계신 것 같으며,

그가 어제쯤 프레이저 부부와 식사를 했을 것으로 생각한다고 말했다.

패니는 그가 마지막으로 전한 상황까지 차분하게 경청했다. 아니, 이제는 런던의 상황을 분명히 알게 되었으니 그 소식이 기다리다 지친 마음에 위안처럼 느껴졌다. '그래, 지금쯤 모든 게 확실히 결정됐겠지'라는 말이 머릿속을 스치고 지나갔지만 얼굴만 살짝 붉혔을 뿐 그 이상으로 감정을 드러내지는 않았다.

그녀가 확실히 관심을 보이는 화제였던 맨스필드 이야기를 마치자 그는 아침 산책을 나가는 게 어떻겠느냐고 넌지시 떠보았다. "참 아름다운 아침이며, 그맘때는 화창했던 날씨가 돌변하는 수가 많으니 어떤 사람이든 아침 산책은 미루지 않는 게 지극히 현명한 일"이라는 것이었다. 그 제안이 아무런 효과도 못 보자 그는 프라이스 부인과 다른 딸들에게 다가가 더 미루지 말고 산책을 나가자고 적극적으로 권했다. 그들은 그제야 그 말뜻을 알아차렸다. 프라이스 부인은 일요일을 빼고는 집밖으로 나서는 일이 좀처럼 없는 듯했다. 그녀는 대가족을 신경 써야 하는 입장이니 산책할 틈을 좀처럼 낼 수 없다고 고백했다. "그럼 이런 화창한 날씨를 만끽하도록 따님들이라도 설득해주시지 않겠습니까? 따님들의 보호자가 되는 기쁨을 허락해주시지 않겠습니까?"라고 그가 말하자, 프라이스 부인은 참 고맙다고 말하면서 제안에 선뜻 응했다. 그녀는 딸들이 보통 집에만 틀어박혀 있으며, 포츠머스는 우중충한 곳이라고, 산책을 나갈 기회가 그리 많지는 않으며, 마침 읍내에 볼일도 조금 있는 것으로 알고 있으니 딸들이 즐거움 마음으로 산책을 나가려 할 것이라고 말했다. 결국 패니는 묘한 마음으로—묘하고, 거북하고, 괴로운 마음으로—10분 뒤 수전과 크로퍼드 씨와 함께 포츠머스의 한길을 걷게 되었다.

그런데 엎친 데 덮친 격으로 즉각 더 괴롭고 더 당혹스러운 상황이 벌어졌다. 한길로 들어서자마자 아버지를 만난 것이다. 차림새가 토요일이라고 해서 더 나을 것도 없었다. 아버지가 멈춰 섰다. 그러자 패니는 아버지가 아무리 신사답게 보이지 않더라도 크로퍼드 씨에게 소개를 하지 않을 수 없었다. 그녀는 크로퍼드 씨가 충격을 받을 것이라는 점을 의심할 수 없었다. 창피해하는 동시에 혐오감을 드러낼 게 틀림없었다. 아마 곧바로 그녀를 포기할 것이고, 결혼하고 싶은 마음도 싹 달아날 것이었다. 비록 그때까지 그가 제발 자신에 대한 사랑의 감정을 치유했으면 좋겠다고 바랐던 그녀였지만, 이런 식의 치유는 거의 그런 짝사랑 증세만큼이나 마음에 들지 않았다. 똑똑하고 사근사근한 남자가 쫓아다니는 불편을 겪는 것보다 자신과 가장 가까운 가족의 비천한 모습 때문에 그가 도망치는 것을 바라는 아가씨는 아마 온 영국을 통틀어도 없으리라.

크로퍼드 씨 역시 이 미래의 장인의 차림새를 옷 입기의 귀감으로 여기며 바라볼 수는 없었을 것이다. 그런데 그녀의 아버지가 사뭇 다른 모습을 보였다. (패니는 즉각, 크게 안도하면서, 그 사실을 눈치챘다.) 지극히 훌륭해 보이는 이 낯선 청년을 앞에 두고 그는 가족들 앞에서와는 사뭇 다른 태도를 보였다. 그 순간 그의 태도는 세련되지는 않았지만 그럭저럭 봐줄 만한 수준은 넘어서고 있었다. 그는 유쾌한 모습을 보이며 활기가 넘쳤고, 남자다웠다. 말투 또한 애정이 넘치는 아버지의 말투이자 양식 있는 남자의 말투였다. 그의 걸걸한 목소리조차도 옥외에서 들으니 그럴듯했다. 그는 욕설도 한 마디도 내뱉지 않았다. 크로퍼드 씨의 훌륭한 태도를 접하고는 본능적으로 자신도 그런 식의 경의를 표해야겠다는 생각이 든 모양이었다. 이 만남의 결과가 어찌 되든 간에 그 순간 패니의 기분은 한없이 편해졌다.

두 신사의 예의 바른 인사의 결말로 프라이스 씨는 크로퍼드 씨에게 해군 공창으로 안내하겠다는 제안을 했다. 크로퍼드 씨는 이미 해군 공창을 여러 차례 구경한 적이 있었지만 프라이스 씨의 호의(정말 호의를 베푼 것이었다)를 기꺼이 받아들이고 싶은 마음에 더해 패니와 더 오래 함께 있고 싶은 바람까지 있었기에, 두 자매가 피곤해질 것을 걱정하지 않아도 된다면 오히려 고마운 마음으로 그 제안을 이용하고 싶은 심정이었다. 이어서 두 자매가 그 점은 전혀 걱정하지 않는다는 사실이, 어찌해서 그리됐는지는 모르겠지만, 확인되거나, 짐작되거나, 아니면 적어도 그런 척하는 것으로 여겨지거나 해서 결국 모두 해군 공창 구역으로 가게 되었다. 아마 그 자리에 크로퍼드 씨만 없었더라면 프라이스 씨는 한길에 볼일이 있다는 딸들은 조금도 배려하지 않고서 곧장 공창 구역으로 갔을 것이다. 그러나 그는 딸들을 배려하면서 그들의 분명한 산책 목적지였던 상점들을 들르라고 허락했다. 딸들이 볼일을 마치는 데는 오랜 시간이 걸리지 않았다. 남들을 초조하게 기다리게 하는 것은 패니가 워낙 싫어하는 일이었다. 두 신사가 상점 문 앞에서 해군의 규제 조치 이야기를 꺼내면서 현재 작전 수행 중인 3층 갑판선의 숫자가 얼마나 되는지 미처 확정하기도 전에, 일행은 다시 발걸음을 옮길 차비를 해야 했다.

그들은 즉시 해군 공창 구역으로 나아갔다. 그런데 이때 산책을 전적으로 프라이스 씨가 주도하도록 맡겼다면 이상한 모양새가(크로퍼드 씨의 생각은 그랬다) 될 뻔했다. 가만히 보니 그와 프라이스 씨가 잰걸음으로 나아가는 동안 뒤에 처진 두 아가씨는 온 힘을 다해 따라붙거나 말거나 하는 상황이었던 것이다. 그는 자신이 원하는 만큼은 아니었지만, 그래도 수시로 나서서 이 상황을 개선할 수 있었다. 무슨 일이 있어도 두 아가씨에게서 멀리 떨어지고 싶지 않았다. 따라서 길을 건너거나 사람들이 많이 모인 곳을 지나면서 프라이스 씨가 "얘들아, 빨리 따라와라. 팬, 빨리…… 수, 빨리…… 조심해라. 주위를 잘 살펴!"라고 외치기만 할 때마다, 그는 두 아가씨에게 각별히 신경을 쓰며 그들이 다가올 때까지 기다리곤 했다.

공창 구역 안으로 제법 들어갔을 때부터 그는 패니와 행복한 대화를 나눌 수 있으리라는 희망을 품기 시작했다. 얼마 안 가 그곳에서 빈둥거리던 프라이스 씨의 동료를 만난 것이다. 그곳 상황이 어떤지 둘러보려고 일상적인 산책을 나온 것이었는데, 그는 분명히 프라이스 씨보다 훨씬 훌륭한 동료로 판명

날 것 같은 사람이었다. 잠시 후 이 두 동료 선원들은 매우 만족스러운 표정으로 주위를 함께 둘러보았고, 그칠 줄 모르고 두 사람 공히 관심을 갖고 있는 화제들을 논의했다. 그동안 동행하던 젊은이들은 야적장에 쌓인 목재 위에 걸터앉거나, 모두들 구경하려고 했던 선박 수리대 위의 배의 갑판에 올라가서 자리를 찾아 앉거나 했다. 안성맞춤으로 마침 패니에게 휴식이 필요한 시점이었다. 크로퍼드 씨 입장에서는 그때만큼 패니가 피곤해져서 앉기를 고대하던 때도 없었다. 다만 여동생이 다른 곳에 가주었으면 하고 바랄 뿐이었다. 눈치 빠른 수전 또래의 소녀야말로 세상에서 가장 달갑지 않은 제삼자 아니던가. 레이디 버트럼과 정반대되는…… 온통 자신의 귀와 눈에만 신경을 쓰는 제삼자 말이다. 그런 여동생 앞에서 본론을 꺼낼 수는 없었다. 그저 두루뭉술하게 즐거운 모습만 보이면서 수전도 제 몫의 즐거움을 누릴 수 있게 해주는 것으로 만족해야 했다. 물론 사정을 더 잘 알고 있으면서 자신을 의식하고 있던 패니에게 이따금 눈짓을 보내거나 넌지시 암시를 하는 게 재미나기는 했다. 노퍽 주가 그의 주된 화제였다. 그는 얼마 전에 그곳에 갔다 왔다면서, 현재 품고 있는 계획들에 비춰볼 때 그곳의 모든 일이 점점 더 중요해지고 있다고 말했다. 그와 같은 남자라면 어느 곳을 갔다 오든 혹은 어떤 사교 모임에 참가하고 오든, 재미있으면서 중요한 이야깃거리가 무궁무진하지 않을 수 없었다. 그가 했다는 여행과 지인들 이야기는 모두 쓸모가 있었다. 수전은 처음 보는 모습으로 이 이야기를 재미있어했다.

그는 패니를 위해서 참석했던 파티들이 뜻하지 않게 즐거웠다는 이야기 이상으로, 더 많은 이야기를 해주었다. 그리고 그는 그녀의 인정을 받기 위해 한 해 중 지금처럼 예외적인 시점에 왜 노픽 주에 가야 했는지, 그 특별한 이유를 설명하기도 했다. 대가족을 거느리고 열심히 사는(그는 그렇게 믿었다) 어느 가족의 행복이 달려 있는 임대차 계약 갱신 문제라는 실제적인 볼일이 생겨 갔다 왔다는 것이었다. 그는 그동안 자신의 대리인이 뭔가 부정한 짓을 저지르고 있다고 의심하던 중이라고 했다. 그자가 착한 임차인을 음해하여 그에게 편견을 심어주려 했다는 것이었다. 따라서 그는 노픽 주에 직접 가서 이 일의 진상을 파악해보기로 결심했다. 그는 정말 그곳으로 갔고, 예상했던 것보다 훨씬 더 큰 도움을 주게 되었고, 맨 처음 계획에 포함해놓았던 성과 이상으로 유용한 역할을 했다. 그래서 이제 그 일을 두고 자화자찬할 수 있게 되었으며, 의무를 잘 수행해서 뿌듯한 기억을 스스로의 마음속에 확실히 심어놓았다는 생각을 할 수 있게 되었다는 것이었다. 그는 그동안 한 번도 본 적이 없던 몇몇 소작인들에게 자신을 소개했고, 자신의 사유지 안에 있었는데도 그동안 존재 여부를 까맣게 모르고 있었던 작은 집 몇 채도 알게 되었다고 했다. 이 이야기는 모두 패니를 겨냥한 것이었는데, 썩 훌륭한 시도였다. 그가 그토록 올바른 행위에 대해 이야기하는 것을 듣는 것은 기쁜 일이었다. 그 이야기에 따르면 그는 자신의 본분을 더없이 잘 이행하고 온 것이었다. 가난하고 억압받는 사람들을 돕고 왔다지 않는가! 이

보다 더 반가운 이야기는 있을 수 없었다. 그래서 그에게 잘했다는 의미의 눈길을 주려고 했다. 그런데 그 순간 그가 너무나 노골적으로, 이야기 끝에 이런 소망을 보태는 바람에 패니는 하도 놀라서 눈길이고 뭐고 싹 거둬버렸다. 에버링엄에서 공익을 행하고 자선을 베풀겠다는 자신의 모든 계획에 필요한 조력자 겸 친구 겸 안내자를 이른 시일 내에 맞이하게 됐으면 좋겠다고, 에버링엄과 그 주변의 모든 곳을 어느 때보다 더 소중한 관심의 대상으로 만들어줄 사람을 맞이하게 됐으면 좋겠다는 소망이었다.

패니는 얼굴을 돌리며 그 말은 하지 않으면 좋았겠다고 생각했다. 그의 성품이 예전에 생각했던 것보다 더 훌륭할 수도 있겠다고 인정하려던 참이었다. 결국 그가 좋은 사람이었다는 것이 밝혀질 가능성이 높다고 생각하려던 참이었다. 하지만 그는 그녀와 전혀 맞지 않고, 앞으로 계속해서 그럴 것이니 그녀를 마음에 두어서는 안 되는 일이었다.

그는 에버링엄 이야기는 이제 충분히 했으니 다른 화제를 꺼내는 게 합당하다고 생각하며 맨스필드 이야기로 돌아갔다. 그보다 더 좋은 화제는 없었다. 그녀의 관심과 표정을 거의 단박에 돌아오게 만들 화제였다. 맨스필드 이야기를 하는 것도 듣는 것도 그녀에게는 진정으로 즐거운 일이었다. 그곳을 아는 사람들과 너무 오래 떨어져 있었던지라 그녀는 그가 맨스필드 이야기를 꺼내자 꼭 친척의 목소리를 듣는 것 같은 친근감마저 들었다. 그녀 먼저 나서서 그곳의 아름다움과 안락함에 대해 애정 깃든 찬사를 쏟아낼 정도였다. 그리고 그가 존경심을 품고 그곳 가족분들에 대한 찬사를 바치자 그녀는 이모부가 현명하고 훌륭한 인품의 소유자이며 이모 또한 고운 심성의 소유자 중에서 가장 고운 심성을 가지신 분이라며 열렬한 찬사를 아끼지 않았다.

그도 맨스필드에 큰 애정을 느끼고 있었다. 그는 그렇다고 말했다. 그곳에서 많은, 아주 많은 시간을 보내게 되기를 고대한다고…… 그곳 혹은 그곳 인근에서 영원히 시간을 보내게 되기를 고대한다고 말했다. 특히 그는 올 여름과 가을을 맨스필드에서 아주 행복하게 보낼 것 같다고 믿고 있었다. 그는 그렇게 될 거라고 생각하고 있었다. 아니, 확신하고 있었다. 지난해보다 한없이 더 멋진 여름과 가을을 보내리라는 것이었다. 지난해 못지않게 활기가 넘치고, 다채롭고, 사교적인 시간일 것이라고…… 표현도 못 할 만큼 더욱 나아진 상황에서 시간을 보낼 것이라고 했다.

"맨스필드, 소서턴, 손턴 레이시 세 집입니다." 그가 말을 이었다. "이 세 집에서 얼마나 즐거운 사교 모임이 열리게 될까요! 아마 미카엘 축일쯤 그 모임에 네 번째 집이, 너무나 소중한 그 세 집과 가까운 곳에 자그마한 사냥용 오두막집이 더해질지도 모릅니다. 손턴 레이시가 참여할 것인가에 대해 말한다면, 일전에 에드먼드 버트럼 씨가 농담조로 말했듯이, 이 계획에 대해 두 여성의 반대, 아름답고 훌륭한 두 여성의 거역할 수 없는 반대가 예상된다고 생각하니까요."

패니는 이 대목에서 입을 두 배로 굳게 다물었다. 물론 그 순간이 지나자 억지로라도 말뜻의 절반은 알아들었다고 시인했어야 할걸 그랬다고, 그의 여동생과 에드먼드에 관해 더 많은 이야기를 해달라고 부추겼어야 할걸 그랬다고 후회하기는 했다. 그녀가 반드시 화제로 삼아야 하는 법을 배워야 했던 화제 아니던가. 그런데도 심약해져서 말도 못 꺼내고 움츠러들고 말았으니 이내 자신이 용서가 안 될 것 같았다.

프라이스 씨와 그의 동료가 살펴보고 싶었던 것들, 살펴볼 시간이 되는 모든 것들을 다 살피고 나자, 다른 일행은 돌아갈 준비를 했다. 집으로 돌아가는 길에 크로퍼드 씨는 용케도 1분쯤 시간을 확보하여 패니에게 포츠머스를 찾아온 유일한 목적이 그녀를 만나는 것이었으며, 그녀 때문에, 오로지 그녀 때문에, 그리고 그녀를 전혀 못 보고 지내는 걸 더 이상 견딜 수 없어서 이틀 일정으로 그곳에 내려온 것이라고 말했다. 패니는 그가 딱하게 여겨졌다. 참 딱했다. 하지만 이런 딱한 느낌과 그가 하지 않았더라면 좋았을 두세 가지 이야기에도 불구하고, 왠지 그가 지난번에 만났던 이후로 사뭇 나아졌다는 생각이 들었다. 맨스필드에서 보았던 모습보다 훨씬 더 점잖아지고, 더 친절해지고, 다른 사람의 감정에 더 주의를 기울이는 모습을 보이고 있었다. 그녀는 이처럼 마음에 드는 그의 모습은, 아니 그런 모습에 가까운 모습은 여태껏 본 적이 없었다. 아버지를 대하는 그의 태도도 불쾌한 점이 전혀 없었다. 수전을 눈여겨보는 그의 시선에도 특별히 다정하고 예의 바른 뭔가가 담겨 있었다. 확실히 예전보다 더 나아진 모습이었다. 그녀는 빨리 내일이 지나기를 바랐고, 그의 방문 일정이 단 하루뿐이었다면 좋았겠다고 생각했다. 그런데 그와의 만남이 예상했던 것만큼 지독하게 나쁘지는 않았다. 맨스필드를 이야기하는 기쁨이 너무나 크지 않았던가!

그와 헤어지기 전에 그녀는 다른 기쁨, 하찮게 볼 수 없는 다른 기쁨 한 가지를 더 만끽할 수 있어 그가 고맙기까지 했다. 아버지가 그에게 그들 가족과 함께 양고기를 먹는 영광을 베풀어 달라고 부탁하자 그가, 그녀가 너무 놀란 나머지 두려움에 떨 시간을 채 갖기도 전에 선약이 있으니 그럴 수 없겠다고 분명히 말했던 것이다. 그는 그날도 그렇고 다음 날도 그렇고 두 날 다 이미 정찬 약속이 잡혀 있다고, 크라운 여관에서 만난 지인과의 약속을 도저히 거절할 수 없다고 말했다. 하지만 그는 다음 날 오전 패니의 집을 다시 방문하는 영광만은 누리고 싶다고 했다. 그들은 그런 다음에 헤어졌다. 패니는 그토록 끔찍하게 불행한 사태를 피할 수 있어 정말 다행이라는 행복감에 젖었다!

가족의 식사 자리에 그를 초대하여 온갖 누추한 꼴을 보였다면 얼마나 참혹한 일이었겠는가! 레베카의 요리, 레베카의 시중, 아무런 제약도 안 받고 음식을 마구 먹으면서 무엇이든 제멋대로 잡아당기는 벳시의 꼴은, 패니 자신도 종종 식사를 제대로 하지 못할 만큼 아직 익숙하지 못한 것들이었다. 자신은 타고난 예민함 때문에 민감하게 굴 뿐이겠지만, 그는 호사스러운 미식가 취향의 교육을 받으며 자라난 사람 아니던가.

11

이튿날 프라이스 가족이 교회로 출발하려고 할 때 크로퍼드 씨가 다시 나타났다. 그저 들른 게 아니라 교회까지 동행하기 위함이었다. 해군 수비대 교회에 함께 가자는 권유가 있었고 그것이야말로 그가 바라는 바였다. 그렇게 해서 모두 함께 교회까지 걸어갔다.

이날 이들 가족의 모습은 다른 때보다 유리해 보였다. 조물주가 적잖은 미모와 잘생긴 용모를 선물한 덕분이기도 하지만, 매주 일요일이면 피부를 깨끗이 씻고 제일 좋은 옷으로 갈아입었기 때문이다. 이렇게 일요일만 되면 패니는 안도감을 느꼈다. 그리고 이번 일요일은 그런 안도감을 어느 때보다 더 강하게 느꼈다. 이날 가엾은 어머니는 그녀가 평소에 너무 쉽게 보이던 모습, 즉 레이디 버트럼의 동생이라는 것에 훨씬 못 미치는 모습은 전혀 보이지 않았다. 두 자매가 얼마나 대비되는지만 생각해도 패니의 가슴은 종종 미어지곤 했다. 태어날 때는 차이가 거의 없었건만 환경 탓에 너무나 큰 차이가 생겼다는 생각, 그리고 레이디 버트럼에 버금가는 미모에다 나이도 몇 살 더 어린 어머니가 그렇게 지치고 시들고 낙이라곤 없어 보이고, 단정하지 않고 초라해 보인다는 생각만 하면 가슴이 아팠다. 하지만 일요일만 되면 그녀의 어머니도 제법 칭찬할 만하고, 웬만큼 명랑한 프라이스 부인이 되어 잘 차려입은 아이들을 거느리고 바깥나들이를 나와 한 주의 근심 걱정을 조금이라도 해소했다. 그리고 그녀의 심기가 불편해지는 건 사내아이들이 위험한 상황으로 달려들거나 레베카가 모자에 꽃을 꽂고 지나가는 걸 목격할 때뿐이었다.

그들 일행은 교회에서 두 무리로 나눠질 수밖에 없었다. 크로퍼드 씨는 여자들에게서 떨어지지 않으려고 신경을 썼다. 예배가 끝난 뒤에도 그는 계속 여자들 무리에 섞여 그들과 함께 성벽까지 동행했다.

프라이스 부인은 한 해 내내, 화창한 날씨의 일요일이면 아침 예배가 끝난 뒤 곧바로 성벽으로 직행하여 정찬 시간이 될 때까지 머무르곤 했다. 그곳이 그녀에게는 사람들과 만나는 공원 같은 곳이었다. 그녀는 그곳에서 지인들을 만났고, 소소한 소식을 들었고, 포츠머스 하녀들을 험담했고, 다음 주 엿새를 버틸 기운을 충전시켰다.

이날도 그들 가족은 성벽으로 갔다. 크로퍼드 씨는 두 프라이스 양을 자신이 특별히 보호할 수 있다는 생각에 무척 기뻤다. 그리고 성벽 위에 도착한 지 얼마 되지 않아, 어찌 된 영문인지(어떻게 해서 그렇게 됐는지도 알 수 없었다) 패니로서는 믿을 수 없게도, 그가 자기 팔에 두 자매의 팔을 끼고 사이에 서서 걷고 있었다. 그녀는 그 같은 상황을 어떻게 막아야 할지, 어떻게 끝내야 할지 몰랐다. 한동안은 몹시 불편하기만 했다. 하지만 밝은 햇살과 눈앞에 펼쳐진 풍경을 감상할 생각을 하니 이내 즐거운 마음이 들었다.

이날은 유난히 화창했다. 아직 3월이었지만, 온화한 공기와 상쾌한 산들바람 그리고 때때로 구름이 끼긴 했지만 밝은 태양 때문에 꼭 4월 같았다. 그런 하늘의 영향 때문인지 모든 게 너무나 아름다워 보였다. 서로를 뒤쫓고 있는 구름들이 스핏헤드에 정박해 있는 배들과 그 너머 섬들에 드리우는 그림자가 빚어내는 효과와, 때마침 만조인 바닷물이 끊임없이 빛깔을 바꾸면서 환희에 찬 듯 춤추고 멋진 소리를 내면서 마구 부딪치고 있는 모습이 합쳐져서, 패니에게 대단히 조화로운 매력을 선물하고 있었다. 하도 매력적이라 그 매력을 느끼고 있는 그 순간의 불편한 상황이 점점 더 신경이 쓰이지 않을 정도였다. 불편은커녕 그가 팔로 붙잡아주지 않았다 해도, 곧 그 팔의 도움이 필요하다고 느꼈을지 모를 일이었다. 이런 식으로 두 시간 산책을 하기엔 그녀에겐 체력이 부족했다. 대개 이런 산책이 직전 한 주 동안 꼼짝하지 않고 있다가 하는 일이었기에 더욱 그랬다. 패니는 평소에 규칙적으로 하던 운동을 하지 못하고 지낸 영향을 절감하기 시작했다. 포츠머스에 머무르기 시작한 이래로 그녀의 건강은 더 나빠져 있었다. 크로퍼드 씨가 없었거나 아름다운 날씨가 아니었다면 아마 이날도 금세 지쳐서 녹초가 되었을 것이다.

그도 그녀처럼 화창한 날씨와 아름다운 풍광을 감상했다. 두 사람은 여러 차례 똑같은 감정과 감흥을 느끼며 멈춰 서서, 벽에 기대어 풍경을 감상하며 감탄을 했다. 그가 에드먼드가 아니라는 것을 의식하면서도, 그녀는 그가 자연의 매력을 충분히 감상할 수 있고 감탄할 능력도 충분한 사람이라는 것을 인정하지 않을 수 없었다. 그녀는 이따금 애틋한 몽상에 젖어들기도 했는데, 그는 그 기회를 이용하여 여러 차례 들키지 않고 그녀의 얼굴을 쳐다보곤 했다. 이렇게 훔쳐본 결과 그는 그녀의 얼굴이 여느 때처럼 매혹적이긴 하지만 왠지 그 본연의 모습에 비해 생기가 덜하다는 생각이 들었다. 그녀는 자신이 무척 건강하다고 말했다. 그리고 다른 사람들이 그렇지 않다고 생각하는 것을 달가워하지 않았다. 하지만 모든 것을 종합해보고 나서, 그는 그녀가 지금 머무르고 있는 고향집이 편안하지 않으며, 그녀의 건강에 유익할 리가 없다고 확신했다. 그는 그녀가 맨스필드로 돌아가기를 간절히 원했다. 그곳이라면 그녀 자신의 행복도 그녀를 그곳에서 보게 되는 그의 행복도 훨씬 더 커질 게 분명했다.

"이곳에 내려온 지 한 달은 됐겠죠?" 그가 말했다.

"아니요. 아직 한 달이 안 됐어요. 내일이 돼야 맨스필드를 떠난 지 딱 넉 주가 돼요."

"참 정확하고 정직하게 계산하시는군요. 저라면 그냥 한 달이라고 하겠습니다."

"화요일 저녁까지는, 이곳에 도착도 안 했었어요."

"두 달 예정으로 내려오신 거겠죠. 맞죠?"

"맞아요. 이모부께서 두 달이라고 말씀하셨어요. 그보다 짧아지진 않으리라 생각해요."

"그럼 돌아갈 때는 뭘 타고 갈 건가요? 누가 데리러 오나요?"

"몰라요. 그 이야기는 이모에게서 아직 들은 바가 없어요. 아마 더 오래 머무를지도 모르겠네요. 정확히 두 달이 지났을 때 저를 데려가는 게 여의치 않을 수도 있으니까요."

잠시 생각에 잠겨 있던 크로퍼드 씨가 대답했다. "제가 맨스필드를 압니다. 그곳 방식을 알아요. 그분들이 당신에게 한 잘못을 압니다. 이처럼 깨끗이 잊힌 존재가 됐으니 혹시 있을지 모르는 그 댁 어느 분의 편의를 위해, 당신의 안락은 자리를 내줄 위험성이 크다는 걸 안다는 얘깁니다. 토머스 경이 향후 3개월 치 계획을 다 확정해놓았을지 모르는 판국이니, 그 계획을 조금도 바꾸지 않은 채 본인인 직접 이곳에 내려오거나 이모가 당신을 위해 하녀를 보내라는 결정을 내린다면 모를까, 그렇지 않으면 아마 하염없이 몇 주고 이곳에 계속 머물러야 할 겁니다. 안 될 말이죠. 두 달도 많이 봐준 겁니다. 저는 여섯 주 정도로 충분하다고 생각합니다만…… 지금 언니의 건강을 고려해서 말하는 겁니다. (그가 수전 쪽을 향해 말했다.) 포츠머스의 집에 갇혀 사는 것이 언니의 건강에 안 좋다는 생각이 들어서요. 언니는 끊임없이 맑은 공기를 마시고 운동을 해야 합니다. 동생분이 저만큼 언니에 대해 알게 된다면 틀림없이 제 말에 동의할 겁니다. 언니가 막힘없는 바깥 공기를 쐬며 시골 생활의 자유를 누리는 일에서 더 이상 멀어져선 안 된다는 거예요. 그러니 (다시 패니 쪽으로 향하며) 혹시 건강이 안 좋아지고 있다는 느낌이 든다든가 맨스필드로 돌아가는 데 어려움이 발생한다든가 하면…… 두 달이 차기를 기다릴 필요도 없지요.

그런 건 전혀 중요하게 여길 필요가 없어요. 혹시 조금이라도 몸이 쇠약해졌다거나 평소보다 편치 않다는 느낌이 들면, 제 누이에게 알려만 주십시오. 최소한의 힌트만 주십시오. 그러면 그 애와 제가 득달같이 달려와 당신을 맨스필드로 데려가겠습니다. 그게 얼마나 쉬운 일인지, 그리고 우리 남매가 그 일을 얼마나 즐겁게 행할지 알 겁니다. 그런 일을 하면서 우리가 느낄 온갖 감정을 아마 잘 알겠죠."

패니는 고맙다고 말했다. 하지만 그가 한 말은 그저 웃어넘기려 했다.

"지금 더없이 진지하게 말씀드리는 겁니다." 그가 대답했다. "당신도 더없이 잘 알 거고요. 그리고 말인데요! 혹시 탈이 난 것 같은 조짐이 보이는데도, 모진 마음으로 숨길 생각은 안 했으면 좋겠습니다. 정말, 그런 일은 안 하겠죠. 당신은 그런 일을 할 수도 없는 사람이니까요. 당신이 메리에게 보내는 편지마다 분명하게 '저는 지금 건강해요'라는 말이 적혀 있는 한 (당신이 거짓말을 할 줄 모르고 적을 줄도 모르는 사람이라는 건 제가 압니다), 그러는 한은 당신이 건강하다고 생각할 겁니다."

패니는 다시 고맙다고 말했다. 그러나 많은 말을 할 수 없었고, 마땅히 해야 할 말이 뭔지 확신하지 못할 만큼 마음이 찡하고 괴로웠다. 산책이 다 끝나갈 무렵 이루어진 대화였다. 그는 마지막까지 동행하며 그들의 집 문 앞에 도착한 다음에야 작별을 고했다. 그곳에서 그는 그들 가족이 식사를 할 것이라는 걸 알고는 다른 곳에 자기를 기다리는 사람이 있는 척했다.

"너무 피곤하지 않으면 좋겠네요." 모두들 안으로 들어갔는데도 그가 패니를 계속 붙잡고 말했다. "원기를 회복한 모습을 보고 갔으면 좋았으련만……. 런던에 가서 제가 뭐 해드릴 일이 있나요? 노픽 주는 곧 다시 갈지 어떨지 고민 중입니다. 매디슨의 일이 영 마뜩하지 않아서…… 그자는 기회만 되면 아직도 저를 기만할 마음을 먹고 있는 게 틀림없습니다. 제가 다른 사람을 염두에 두고 있는 특정한 일자리에, 자기 친척을 심으려 하고 있어요. 아무래도 그자의 속마음을 확실하게 파악해야 할 것 같습니다. 에버링엄의 북쪽에서 그러했듯이 남쪽에서도 기만당하지 않을 것이라는 점과 내가 내 땅의 주인이라는 점을 확실히 알게 해야겠어요. 지금까지는 그런 점을 명백히 알리지 않았죠. 주인의 신망이라는 측면에서도 그렇고 가난한 사람들의 행복이라는 측면에서도 그렇고, 그런 자가 제 주인의 땅에 미치는 해악은 상상도 못 할 만큼 큽니다. 바로 노픽 주로 가서, 다시는 제자리를 벗어날 수 없도록 모든 것을 굳건한 토대 위에 올려놓아야겠다고 벼르고 있어요. 매디슨은 똑똑한 친구죠. 그러니 버리고 싶지는 않습니다. 물론 그가 나를 버리려 하지 않는다면 그렇다는 겁니다. 어쨌든 나를 속이는 자, 채권자 같은 권리를 갖지도 않은 자에게 속아 넘어간다는 건 바보 같은 일일 겁니다. 아니, 그런 자 때문에 제가 이미 약속한 것이나 마찬가지인 정직한 임차인 대신, 몰인정하고 불평만 늘어놓는 자를 임차인으로 맞게 된다면 그건 바보 같은 일 이상으로 잘못된 일이겠죠. 바보 같은 일보다 더 잘못된 일 아니겠어요? 제가 그곳에 가야겠죠? 그리 하라고 조언하시겠죠?"

"제가 조언하다니요! 무엇이 옳은지 너무 잘 아시잖아요."

"그렇죠. 당신이 의견을 주면 언제든 무엇이 옳은 일인지 알죠. 당신의 판단이 제 옳고 그름의 기준이니까요."

"어머, 안 돼요! 그런 말씀 마세요. 우리 모두에게, 귀를 잘 기울이기만 한다면 누구보다 훌륭한 길잡이가 마음속에 있다고 전 생각해요. 안녕히 가세요. 내일 즐거운 여행이 되기를 바랄게요."

"런던에 가서 해드릴 일이 전혀 없습니까?"

"전혀 없어요. 정말 고마워요."

"혹시 누군가에게 전할 말도 없습니까?"

"괜찮으시다면 동생분에게 안부의 말을 전해주시고…… 그리고 제 사촌 오빠를 만나면 이런 말을 전하는 친절을 베풀어주십사 바랍니다만…… 에드먼드 오빠에게서 곧 소식이 오리라 생각해요."

"분명히 그럴 겁니다. 혹시 그분이 게으름을 피우거나 편지 쓰기를 소홀히 한다면 제가 대신 그분의 변명을 써서 보내겠습니다."

그는 더 이상 말을 이을 수 없었다. 패니가 더는 붙들려 있으려 하지 않았기 때문이다. 그는 그녀의 손을 꼭 쥔 채 바라보다가, 떠났다. 그는 일류 여관이 제공할 수 있는 최상의 정찬이 마련될 때까지 앞으로 세 시간 동안 다른 지인과 빈둥거리며 시간을 보내기 위해 그곳을 떠난 것이었고, 패니는 그보다 훨씬 더 소박한 식사를 위해 곧바로 집으로 돌아선 것이었다.

두 사람의 식사 메뉴는 대체로 판이한 성격을 띠고 있었다. 그가 운동 말고도 그녀가 아버지 집에서 얼마나 많은 궁핍을 견디고 있는지 알았더라면, 자신이 알아차렸던 그녀의 얼굴 상태가 그런 궁핍한 상황으로 더 나빠지지 않은 게 오히려 이상하게 여겨졌을 것이다. 그녀는 식탁에 차려진 레베카의 푸딩과 레베카의 저민 고기 요리를 도저히 감당할 수 없었다. 모든 요리가 설거지를 하다 만 것 같은 접시와 나이프, 포크와 함께 차려졌기 때문에 배불리 음식을 먹는 일은 부득이 저녁때 남동생들을 시켜 비스킷과 둥근 빵을 사 오게 할 때까지 미뤄야만 했다. 맨스필드에서 성장한 몸이니 포츠머스에서 단련되기에는 이미 때가 너무 늦은 것이었다. 토머스 경이 이 모든 사실을 알았더라면 이제 조카딸이 몸과 마음 모두 굶주리는 상태, 즉 그로서는 희망을 가질 만한 상태에 빠져 있으니 크로퍼드 씨의 훌륭한 교분 관계와 막대한 재산의 가치를 더욱 올바르게 알아볼 수 있으리라 생각했을 것이다. 하지만 그런 그도 조카딸의 마음을 치료하려다가 그녀가 죽기라도 할까 봐, 이 실험을 계속 밀어붙이는 게 두렵기는 했을 것이다.

패니는 그날 내내 울적했다. 크로퍼드 씨를 다시 보지 않아도 된다는 안도감이 들긴 했지만 울적해지지 않을 수 없었다. 따지고 보면 절친한 친구 비슷한 사람과 헤어진 것 아닌가. 한가지 점에서는 그가 떠난 게 기뻤지만, 그가 막상 떠나고 보니 모든 사람들에게 버림받은 것 같았다. 맨스필드와 새로이 결별한 것 같은 느낌도 들었다. 런던으로 돌아간 그가 메리와 에드먼드와 빈번히 함께 지낼 거라는 생각만 하면, 질투에 가까운 감정이 들지 않은 적이 없었고, 그런 감정을 갖는 자신이 혐오스럽기까지 했다.

주변에서 일어나는 어떤 일로도 그녀의 울적한 기분은 줄지 않았다. 아버지 친구 한두 분이 그날 밤 오랜 시간을 그곳에서 보냈는데, 아버지가 그들을 찾아가지 않을 때면 늘 있는 일이었다. 6시부터 9시 반까지 시끄럽게 떠들어대며 물 탄 독주를 마시는 일에 좀처럼 끝날 기미가 없었다. 그녀는 매우 울적했다. 크로퍼드 씨가 예전에 비해 놀랄 만큼 나아졌다는 생각이 아직 든다는 것이 그나마 그녀의 생각의 흐름에 조금이마나 위로 비슷한 것을 만들어내는 일과 가장 가까운 일 같았다. 평소에 어울리던 사람들과 얼마나 다른 부류의 사람들 사이에서 그를 만났던 것인지는 고려하지도 않은 채, 또 그 두 부류의 대조적인 모습으로 인해 얼마나 많은 차이가 있어 보였던 것인지는 고려하지도 않은 채, 그녀는 그가 예전에 비해 놀랄 만큼 점잖아지고 타인을 배려하는 사람으로 변했다고 거의 확신했다. 그러니 이처럼 소소한 사항에서 변모가 일어났다면 틀림없이 중대한 사항에서도 변화가 일어나지 않았을까? 자신의 건강과 안락을 그토록 염려해주고, 이날 그가 표현했던 바대로 너무나 다정다감하게 대해주지 않았던가? 그러니 '그가 이제는 정말로, 그녀에게는 너무나 괴롭기만 했던 구애 행위를 더 이상 집요하게 지속하지 않을 것 같다고 생각하는 게 온당하지 않을까?' 하는 생각마저 들었다.

12

크로퍼드 씨는 다음 날 아침 런던으로 돌아간 것으로 짐작되었다. 프라이스 씨의 집에 더 이상 모습을 나타내지 않았기 때문이다. 그리고 그 이틀 후 그의 여동생이 보낸 다음과 같은 편지를 보고 패니는 그 짐작이 사실임을 확인했다. 다른 이유가 있어서 그랬던 것이지만, 그녀는 지극히 불안하면서도 궁금하기 짝이 없는 심정으로 편지를 개봉하고 읽었다.

친애하고 친애하는 패니 양,

헨리 오빠가 당신을 보러 포츠머스에 갔다가 왔다는 이야기를 들었다는 걸 알려야 할 것 같아요. 그리고 오빠가 지난 토요일 당신과 함께 즐거운 산책을 했고, 다음 날에는 성벽을 다시 산책했다고 자세히 전했다는 것도요. 그때 상쾌한 산들바람과 반짝이는 바닷물, 당신의 사랑스러운 표정과 대화가 전부 합쳐져서 아주 매혹적인 조화를 빚어냈다죠. 그리고 돌이켜 생각만 해도 황홀감을 자아내는 감동을 빚어냈고요. 제가 아는 바로는 이게 제가 전할 내용의 골자랍니다. 오빠가 이렇게 쓰라고 했어요. 하지만 그 밖의 소식은 뭘 전해야 할지 모르겠네요. 방금 전 말한 오빠의 포츠머스 방문과 두 차례의 산책, 그리고 당신의 가족들, 특히 열다섯 살 먹은 어여쁜 소녀라는 당신의 아름다운 여동생에게 오빠가 소개된 일을 뺀다면 말이에요. 여동생이 성벽 위 산책을 함께 했다죠. 아마 그 아가씨가 그곳에서 사랑에 관한 첫 수업을 들은 것 아닌가 싶네요. 이 편지를 길게 쓸 시간은 없어요. 하지만 단순히 용건만 전하는 목적으로 이 편지를 쓴다고 해도, 즉 큰 불편이 초래될 위험을 감수하지 않고서는 미룰 수 없는 꼭 필요한 소식만 달랑 전하기 위해 제가 펜을 든 것이라 해도, 그것으로만 끝난다면 부적절한 일이겠죠. 친애하고 친애하는 패니 양, 당신이 이곳에 있었다면 함께 얼마나 이야기를 나누고 싶었을지! 아마 지칠 때까지 제 이야기에 귀를 기울이고, 그것보다 더 지칠 때까지 조언을 주었겠죠. 여하튼 편지지에 제 간절한 마음을 백 분의 일이라도 옮긴다는 건 불가능하답니다. 그러니 구구절절한 이야기는 아예 그만두고, 당신이 마음대로 짐작하도록 남겨둘게요. 정치에 관한 소식은 듣고 있겠죠. 그리고 제 모든 시간을 차지하고 있는 사람들의 이름과 파티 이야기로 당신을 괴롭히는 것은 너무나 부적절한 일이겠죠. 패니 양의 사촌 언니가 처음으로 연 파티 소식은 마땅히 전했어야 했는데 그만 제가 게으름을 피웠네요. 그리고 이제는 너무 오래전 일이 돼버렸고요. 그 파티는, 그녀와 관련이 있는 사람들은 누구라도 기쁜 마음으로 지켜보았을 게 틀림없는 식으로, 그리고 그녀 자신의 드레스와 태도가 칭찬을 가장 많이 받는 식으로, 마땅히 열려야 하는 모습을 모두 갖췄다고 말하면 충분할 거예요. 제 친구 프레이저 부인은 그런 대단한 저택을 보고 나서 지금 무척 흥분해 있답니다. 그렇다고 제가 불행하다는 생각이 드는 건 아니고요. 레이디 스토너웨이에게는 부활절 이후 갈 생각이에요. 그분은 지금 아주 명랑하고 행복해 보인답니다. 스토너웨이 경도 자기 집에서는 무척 유쾌하고 사근사근해 보여요. 예전처럼 인상이 험악해 보인다는 생각도 안 들고요. 적어도 그분보다 더 인상이 안 좋아 보이는 사람들을 많이 볼 수 있으니까요. 아마 그분이 당신의 사촌 오빠 에드먼드 씨 옆에 있으면 전혀 도움이 안 될걸요. 방금 말한 우리의 주인공에 대해서는 무슨 말을 해야 할까요? 그분 이름만 쏙 빼놓는다면 의심스럽게 여겨지겠죠. 그러니 이 정도는 말해야겠네요. 우리가 그분을 두세 차례 만났다는 것, 이곳의 제 친구들이 그분의 신사다운 풍모를 보고 감동했다는 것 말이에요. 프레이저 부인은 (사람을 결코 잘못 보는 법이 없죠) 그토록 출중한 외모와 신장과 분위기를 지닌 남자는 런던 전체에서 딱 세 명밖에 알지 못한다고 단언하고 있답니다. 그리고 저 또한 일전에 그분이 이곳에서 정찬을 들었을 때, 그분과 비교할 만한 남자가 하나도 없었다고 느꼈다고 고백해야겠네요. 그 자리에 모두 합쳐 열여섯 명이나 모였는데도요. 다행히 요즘은 험담을 할 만한 복장의 차이도 없잖아요. 하지만…… 하지만…… 하지만…….

이만 줄일게요,
당신의 다정한 친구가

666

참, 깜빡할 뻔했네요. (에드먼드 씨 때문이에요. 그분 생각
이 필요 이상으로 제 머릿속을 맴돌다 보니 그만.) 헨리 오빠도
그렇고 저도 그렇고, 꼭 전해야 할 중요한 말이 있어요. 당신을
노샘프턴 주로 데려가는 계획을 말하는 거예요. 그립고 사랑
하는 아가씨, 그 예쁜 얼굴이 상할지 모르니 포츠머스에는 이
제 그만 머물러요. 해로운 해풍이 미모와 건강을 망친답니다.
가엾은 제 숙모님도 바다에서 10마일 내에만 있으면 늘 해풍
의 영향을 받곤 했어요. 물론 제독님은 그렇게 믿지 않으셨죠.
하지만 저는 그게 사실이라고 알고 있어요. 당신과 헨리 오빠
의 분부를 받들기 위해 제가 한 시간 대기조처럼 대기하고 있
답니다. 저도 오빠의 계획이 마음에 들어요. 참, 갈 때 조금 돌
아갈까 싶어요. 가는 길에 당신에게 에버링엄 집을 구경시키려
고요. 그런데 그전에 런던을 통과하면서 하노버 광장의 세인트
조지 교회 구경을 한다고 해도 싫어하진 않을 거죠. 단지 당신
의 사촌 오빠 에드먼드 씨와 제가 만나지만 않게 해줘요. 유혹
에 빠지고 싶지는 않으니까요. 이 편지를 이렇게 길게 쓰다니!
딱 한 마디만 더 할게요. 당신이 찬성했다는 어떤 볼일 때문에
헨리 오빠가 노퍽 주에 가겠다는 생각을 조금 하고 있다는 걸
알았답니다. 하지만 아마 다음 주 중반까지는 도저히 가능하지
않을걸요. 무슨 말인고 하니, 14일이 지날 때까지 오빠가 무슨
수를 써도 시간을 낼 수 없다는 거예요. 그날 저녁 우리가 파티
를 열거든요. 헨리 오빠 같은 남자가 그런 행사에서 얼마나 큰
가치를 지니는지 아마 상상도 못 할 거예요. 그 가치가 헤아릴

수 없을 만큼 크다는 제 말을 사실로 받아들여야 해요. 오빠가 러시워스 부부도 만난다더군요. 저도 그 일이 불편하게 느껴지진 않고요. 호기심이 살짝 생겼다고나 할까. 오빠도 그런 모양이에요. 물론 그렇다고 인정은 안 하겠지만요.

끝까지 열심히 읽어야 했고, 신중을 기하며 읽어야 했고, 많은 상념 거리를 제공했고, 그리고 그전 어느 때보다 더 모든 문제가 아직 미해결 상태임을 알려준 편지였다. 편지 내용에서 유일하게 유추할 수 있었던 확실한 사실 한 가지는, 결정적인 일이 아직은 일어나지 않았다는 것이었다. 에드먼드는 아직 고백하지 않은 것 같았다. 크로퍼드 양의 진심이 무엇일까, 앞으로 어떤 행동을 하려고 할까, 진심도 아니면서 혹은 자기 진심에 반하여 행동하려는 것은 아닐까, 그녀에게 미치는 그의 중요성이 마지막으로 헤어지기 전과 같은 것일까, 혹시 그 중요성이 줄어들었다면 더 줄어들 가능성이 있는 것일까, 아니면 되살아날 가능성이 있는 것일까 등등이 끊임없이 짐작만 해볼 뿐 아무런 결론도 못 내리고 그날과 그 뒤 몇 날 동안 숙고한 주제들이었다. 가장 빈번히 되살아난 생각은, 크로퍼드 양이 런던의 생활 습관으로 돌아가면서 냉정하고 갈팡질팡하는 망설이는 사람이라는 것을 이미 입증해 보였지만, 그럼에도 불구하고 오빠를 너무나 사랑한 나머지 결국은 그를 도저히 포기할 수 없었던 것 아닌가 하는 것이었다. 크로퍼드 양은 자신의 진심이 허용할 수 있는 한도 이상의 야심을 가진 여자였다. 망설이고, 애를 먹이고, 조건을 달고, 엄청난 요구 조건을 내걸겠지만 결국은 에드먼드의 고백을 받아들일 여자였다. 이것이 패니가 가장 빈번히 했던 예상이었다. 아마 런던에 집까지 마련하고 싶어 할 테지! 그녀는 그런 일은 불가능하다고 생각했다. 하지만 크로퍼드 양이 그런 요구를 하지 않을 리 없었다. 사촌 오빠의 앞날에 점점 더 먹구름이 끼고 있었다. 편지 속에서 그에 대해 이야기하면서 기껏 외모 이야기만 하는 여자 아닌가! 그런 애정이라니 얼마나 하찮은 것인가! 고작 프레이저 부인 같은 여자의 칭찬을 지원 사격으로 삼다니! 크로퍼드 양의 오빠와 반년이나 친하게 지내왔다는 여자 아니던가! 패니는 크로퍼드 양이 창피스러웠다. 그녀는 크로퍼드 씨와 자신만 관련되는 내용에 대해서는, 에드먼드 오빠와 관련된 내용에 비해 전혀 영향을 받지 않았다. 크로퍼드 씨가 노퍽 주에 14일 이전에 가든 그 이후에 가든, 그건 그녀가 알 바 아니었다. 물론 모든 것을 고려해볼 때, 그가 지체 없이 떠날 것이라는 생각은 들었다. 그와 러시워스 부인의 만남을 성사시키려 한다는 것이 크로퍼드 양의 보기 싫은 행동 가운데서도 압권이었다. 참으로 심술궂고 무분별한 행동이었다. 그녀는 그가 자기 동생의 그런 비열한 호기심에 좌우될 사람이 아니기를 바랐다. 그는 여동생의 그런 부추김에 놀아날 사람이 아니었다. 그러니 여동생도 오빠가 자기보다 더 훌륭한 심성을 가졌다고 칭찬했어야 마땅했다.

이 편지를 받고 난 뒤, 패니는 전보다 훨씬 더 초조진 마음으로 런던에서 또 한 통의 편지가 오기를 기다렸다. 며칠 동안 이미 일어난 일과 앞으로 일어날 일에 대한 불안감이 하도 심해서 그녀는 평소에 수전과 함께 하던 독서와 대화를 상당 부분 미뤄야 했다. 원하는 만큼 집중력을 발휘할 수 없었던 것이다. 그녀는 사촌 오빠에게 전해달라고 부탁했던 말을 크로퍼드 씨가 잊은 게 아니라면, 무슨 일이 있어도 에드먼드가 편지를 쓸 가능성이 높다고, 그것도 아주 높다고 생각했다. 그게 평소에 다정했던 그의 모습과 제일 잘 어울리는 반응이었다. 그 후 사나흘이 지나도록 어떤 편지도 모습을 드러내지 않아 이런 생각이 서서히 지워지고 사라질 때까지, 그녀는 몹시 불안하고 안절부절못하는 상태로 지냈다.

마침내 평온 비슷한 상태가 이어졌다. 에드먼드 문제가 미결정 상태라 할지라도 받아들여야지 그 문제로 지친다거나 쓸모없는 사람처럼 보여서는 안 될 일이었다. 시간이 지나면 다소 도움이 될 것이고, 그녀 스스로 노력한다면 더 큰 도움이 될 터였다. 따라서 그녀는 다시 수전에게 관심을 쏟았고, 그 관심은 예전처럼 흥미를 불러일으켰다.

수전은 점점 더 언니가 좋아졌다. 패니가 그랬듯이 처음부터 독서에 강렬한 기쁨을 느끼지는 않았지만, 그리고 앉아서 하는 일이나 지식을 위한 지식 쌓기를 별로 좋아하지 않는 성격이긴 했지만, 수전은 무식하게 보이고 싶지 않다는 열망이 너무 커서 엄청 똑똑한 머리로 집중력이 아주 강하고, 성과를 보이고, 고마워할 줄 아는 학생이 되었다. 그녀에게는 패니가

신의 말씀과 같은 존재였다. 패니의 모든 설명과 말들이 그녀에게는 모든 글들과 역사책의 모든 장들을 보충하는 중요한 자료였다. 패니가 옛 시대들에 대해 하는 말이 수전의 머릿속에는 골드스미스*의 역사책 내용보다 더 자세히 남았다. 그녀는 언니의 문체가 인쇄된 어느 작가의 문체보다 더 낫다는 칭찬을 하기도 했다. 어린 시절부터 글 읽는 습관이 부족했으니 그랬을 것이다.

그러나 그들의 대화가 항상 역사나 도덕 같은 고상한 주제에 한정된 것은 아니었다. 다른 주제들에 대해 대화하는 시간도 있었다. 그리고 그런 소소한 주제를 이야기할 때면 맨스필드만큼, 즉 맨스필드 파크의 가족들과 예의범절과 생활방식에 대한 설명만큼 자주 등장하고 오래 거론되는 주제도 없었다. 천성적으로 상류사회의 품위와 멋진 집을 좋아하는 편이었던 수전은 맨스필드 이야기를 듣는 데 열성을 보였고, 패니 자신도 그런 흡족한 주제를 자세히 이야기하며 즐겁지 않을 수 없었다. 그녀는 자신의 그런 태도가 잘못된 것이 아니기를 바랐다. 물론 이모부 댁에서 오간 모든 말들과 행해진 모든 행동들에 대해 수전이 워낙 많은 찬탄을 발하며 노샘프턴 주에 가고싶다는 열망을 피력했기 때문에, 그녀는 충족시켜줄 수도 없으면서 괜히 수전의 마음에 헛바람만 불러일으킨 게 아닌가 하는 자책감까지 들었다.

*올리버 골드스미스. 영국의 시인 겸 작가로, 총 4권으로 간행된 그의 《영국사》(1774)는 당시 학교에서 가장 인기 있는 역사책이었다.

가엾은 수전도 언니 못지않게 그런 고향집에서 살기에 맞지 않는 편이었다. 패니는 서서히, 이런 사실을 완전히 깨닫게 되면서 언젠가 포츠머스를 벗어날 수 있게 될 때 수전만 남겨두고 간다는 생각에 자신이 행복할 수만은 없겠다는 생각이 들기 시작했다. 종류가 무엇이든 얼마든지 훌륭한 사람이 될 수 있는 재능을 갖춘 아이를 그런 부모의 손에 맡기고 가야 한다는 것 때문에 점점 더 속이 상했다. 수전에게 와서 살라고 권할 자기 집이 있다면 얼마나 행복할까! 만약 그녀가 크로퍼드 씨의 연정에 화답할 수 있게만 된다면, 그가 그런 조치에 반대할 사람은 전혀 아니리라는 생각이 그 일에서 그녀가 받게 될 위안 가운데 가장 큰 위안이 되었을 것이다. 그녀는 그가 진정 착한 심성을 가졌다고 생각하게 되었고, 그렇기에 더없이 즐거운 마음으로 그가 자신의 계획에 동참하리라 상상할 수 있었다.

13

두 달 가운데 일곱 주가 거의 지났을 무렵 편지가, 그토록 고대하던 에드먼드의 편지가 패니의 손에 쥐여졌다. 편지를 개봉하고 그 길이를 보며 그녀는 편지 안에 오빠의 행복과 넘치는 사랑 그리고 지금쯤 그의 운명의 주인이 되어 있을 행운의 여성에 대한 찬사가 상세히 담겨 있으리라 예상하고 각오를 다졌다. 편지 내용은 다음과 같았다.

맨스필드 파크에서

사랑하는 패니에게,

편지를 더 일찍 보내지 못해 미안하구나. 네가 내 소식을 듣고 싶어 한다는 소식은 크로퍼드 씨를 통해 들었어. 하지만 런던에서는 편지를 쓴다는 게 불가능하다는 걸 알게 되었단다. 네가 소식을 전하지 못하는 내 심정을 이해해주리라 믿기도 했고. 단 몇 줄이라도 기쁜 소식을 전할 수 있었으면 전하지 않았을 리가 없었겠지. 하지만 좀처럼 그런 소식을 전할 수 없었어. 지금 나는 떠날 때보다 자신감이 현저히 떨어진 상태로 맨스필드로 돌아와 있어. 희망도 훨씬 줄어들었고. 내 상태가 이렇다는 건 아마 너도 알고 있겠지. 크로퍼드 양이 너를 끔찍이 좋아하니 네가 내 감정을 웬만큼 짐작할 수 있을 정도로 아주 자연스럽게 자신의 감정을 네게 털어놓았을 테니까. 하지만 그렇다고 내가 내 이야기를 직접 전하는 걸 그만두지는 않으려고 해. 우리 두 사람이 네게 각각 속내를 털어놓아도 문제가 될 리 없으니까. 너한테는 어떤 질문도 하지 않을게. 우리 두 사람이 똑같은 사람과 친하다는 것과, 우리 사이에 생각의 차이가 존재한다 하더라도 너를 사랑하는 일에서 만큼은 한마음이라는 것을 생각하면 조금 위로가 된단다. 네게 지금의 내 상황이 어떤지, 그리고 앞으로의 계획—계획을 갖고 있다고 말할 수 있을지 모르겠지만—이 무엇인지 속 시원히 털어놓으면 위안이 될 것 같아. 나는 지난 토요일에 돌아왔어. 런던에 석 주 머무른 셈이지. 그리고 그녀를 (런던에 있었으니까) 자주 만났어. 프레이저 부부에게서는 합당하게 기대할 수 있는 만큼의 대접은 모두 받았지. 그런데 맨스필드에서 나눈 것 같은 교분을 그곳에서도 나누리라는 희망을 품고 갔던 내가 잘못한 것 같다. 만남의 횟수가 모자라는 게 문제가 아니라 그녀의 태도가 문제였어. 그녀의 태도가 변해 있지 않았더라면 난 전혀 불만스럽지 않았을 거야. 하지만 맨 처음 만났을 때부터 태도가 달라져 있더라고. 나를 처음 맞이할 때부터 내가 기대했던 모습과 너무 차이가 나서 즉각 런던을 떠나야겠다는 마음까지 먹을 뻔했다니까. 그때 일을 시시콜콜 전부 이야기할 필요는 없겠지. 너도 그녀의 성격적 취약점을 알잖니. 그녀의 어떤 감정과 말투가 내게 상처를 주었는지 상상할 수 있을 거다. 기분이 무척 들떠 있더구나. 주변에는 온통 자기들 고유의 무분별한 모습으로, 과도하게 들뜬 그녀의 마음을 지지하는 사람들뿐이었고. 프레이저 부인은 영 마음에 들지 않았어. 냉정하고, 허영기로 가득 차 있고, 결혼도 순전히 타산적으로 한 사람 같았지. 결혼 생활도 명백히 불행해 보이던데, 그 실망스러운 결과의 원인을 자신의 판단 착오나 기질, 혹은 남편과의 나이 차이 때문으로 생각하는 게 아니라 결국은 자신이 다른 많은 사람들, 특히 언니 레이디 스토너웨이보다 부유하지 않다는 사실 탓으로 돌리고 있더구나. 그리고 그 여자는 돈이나 야심과 관련된 것이면 뭐든 단호히 지지했어. 돈이든 야심이든 넉넉하기만 하면 만사형통이라는 식이지. 메리 양이 그 두 자매와 친하게 지내는 게 그녀와 나의 인생에 가장 큰 불행이라고 생각된다. 여러 해 동안 그 두 자매가 그녀를 나쁜 길로 이끌어온 거야. 그들에게서 멀어지게 할 수 있으면 좋으련만. 가끔 그런 일을 못 할 것도 없다는 생각이 들기도 해. 애정을 보이는 쪽이 그녀가 아니라 주로 그 자매 같거든. 그들이 그녀를 무척 좋아하긴 하지만, 가만히 보니 그녀가 그들을 사랑하는 건 그녀가 너를 사랑하는 정도 같지는 않았어. 너를 향한 메리 양의 크나큰 애정을 생각하면, 그리고 여동생으로서의 현명하고 올바른 처신을 생각하면, 정말이지 그녀가 사뭇 다른 사람으로 보인단다. 온갖 고귀할 일을 할 수 있는 사람 말이야. 그러면 그저 장난기 섞인 그녀의 태도를 내가 너무 가혹하게 해석한 것이 아닌가 하는 자책감이 들곤 해. 나는 그녀를 포기할 수 없어, 패니. 그녀가 내가 아내감으로 생각할 수 있는 이 세상의 유일한 여자야. 물론 그녀가 내게 조금이라도 호감을 갖고 있지 않다고 믿는다면 나도 이런 말을 안 하겠지. 하지만 진심으로 그렇게 믿고 있어. 그녀에게도 나에 대한 확실한 호감이 없지 않다고 확신하고 있어. 나는 특정한 개인에 대해서는 질투가 느껴지지 않아. 내가 질투심을 느끼는 건 상류사회 전반의 영향력이야. 내가 두려워하는 건 부자들의 습관이지 그녀의 생각이 자신의 행운이 보장할 수 있는 수준을 넘어선다는 건 아니야. 하지만 우리 두 사람의 수입을 합친 액수가 허용하는 한도를 넘어선다는 것이 문제지. 그러나 이 같은 사실에도 위안이 되는 점 하나가 있어. 내 직업 때문이 아니라 내가 충분히 부자가 아니라는 이유 때문에 그녀를 잃는 것이라면, 더 잘 견딜 수 있다는 사실이야. 그리고 그건 그녀의 애정이 희생을 감수할 만큼 크지 않았다는 걸 증명할 뿐일 테니까. 사실 내가 그녀에게 그런 희생을 요구한다는 것은 좀처럼 정당화될 수 없을 거야. 그러니 만약 거절을 당한다면 방금 말한 점이 솔직한 이유라고 생각할 거다. 그녀의 편견이 예전만큼 심하지는 않다고 믿는단다. 지금 머릿속에 떠오르는 대로, 내 생각을 너에게 말하고 있는 거야, 사랑하는 패니. 그러니 가끔 앞뒤가 안 맞을지도 모른다. 하지만 그렇다고 해서 내 마음을 덜 충실하게 그려내는 것은 아닐 거야. 일단 시작했으니 내 속마음을 네게 전부 털어놓을 수 있어 기뻐. 나는 그녀를 포기할 수 없단다. 이미 그렇게 되었고 앞으로도 그렇기를 바라지만, 일단 인연이 맺어졌으니 메리 양을 포기한다는 것은, 내게 지극히 소중한 사람들과의 교분을 끊고 언제든 내게 괴로운 일이 생겼을 때 위로받으러 찾아갈 집들과 친구들로부터 나 자신을 멀리하는 일이 될 거야. 나로서는 메리 양을 잃는 일이 크로퍼드와 패니를 잃는 일을 의미한다고 생각할 수밖에 없어. 일이 확실히 결정된다면, 즉 확실한 거절이 확인된다면 어떻게 견뎌야 할지, 그리고 나를 사로잡고 있는 그녀의 매력을 어떻게 약화시켜야 할지 알면 좋겠는데…… 앞으로 몇 해가 흘러가는 동안…… 아니다, 내가 허튼소리를 쓰고 있네. 거절당하면 견뎌야겠지. 그러니 실제로 거절당할 때까지는 그녀를 얻으려는 노력을 그만둘 수 없을 거 같아. 이게 내 진심이야. 유일한 문제는 방법이지. 가능성이 가장 높은 수단이 뭘까? 부활절 이후 런던에 다시 가볼까 생각도 해봤고, 그녀가 맨스필드로 돌아올 때까지 아무 일도 하지 말아야겠다고 결심하기도 했어. 그녀는 지금도 6월까지는 맨스필드로 돌아올 것이라고 즐겁게 이야기하곤 해. 하지만 6월이 되려면 아직 멀었잖니. 그러니 그녀에게 편지를 써야 할 것 같다. 편지를 써서 내 생각을 설명해야겠다고 마음을 거의 굳혔단다. 일찌감치 확실히 마음을 확인하는 게 가장 중요한 목표야. 지금 나는 지독히 무료한 상태란다. 모든 점을 고려할 때, 편지가 내 마음을 설명하는 가장 좋은 방법이라는 생각이 드는구나. 말로 할 수 없는 많은 내용을 편지에 쓸 수 있을 거야. 그러면 대답을 결심하기 전에 그녀에게 심사숙고할 시간을 많이 주게 되겠지. 그 대답이 즉흥적이고 성급한, 충동적인 대답이 아니라 심사숙고의 결과물이라면 걱정이 덜 될 거 같아. 나는 그렇다고 생각한다. 내가 가장 걱정하는 건 그녀가 프레이저 부인에게서 조언을 구하는 거야. 나는 멀리 떨어져 있다 보니 내 목적에 도움이 되는 일을 하나도 할 수 없는 상황이잖니. 그리고 편지는 온갖 조언의 폐해에 노출되어 있는 수단이야. 완벽한 결론을 못 내리고 조금이라도 마음이 흔들리는 상황에서는, 운 나쁜 한순간에 조언자가 그 흔들리는 마음의 소유자에게 나중에 후회할 일을 하라고 부추길 수도 있어. 아무래도 이 문제는 좀 더 생각해봐야겠다. 편지를 이렇게 길게 썼으니, 우리 패니와 같은 깊은 우정을 가진 사람도 충분히 지치겠지. 크로퍼드를 마지막으로 본 건 프레이저 부인의 파티에서였어. 나는 그의 모습과 하는 말 모두가 점점 더 만족스럽게 여겨진단다. 마음이 흔들리는 모습을 조금도 안 보이더구나. 자기 마음을 완벽히 알고 있으면서 결심한 바에 어긋나지 않게 행동하는 거지. 그건 더할 나위 없이 소중한 자질이야. 그와 내 큰 여동생이 같은 방에 있는 모습을 보기만 하면, 일전에 네가 했던 말이 떠오른단다. 나도 그 두 사람이 단순한 친구 사이로 만났던 게 아니라는 건 인정해. 마리아 쪽에서 두드러질 정도로 차갑게 굴더구나. 두 사람은 말도 거의 주고받지 않았어. 그가 놀라서 뒤로 물러서는 모습을 보았지. 러시워스 부인이 된 그 애가 예전에 자신이 버트럼 양이었을 때, 그가 모욕했다는 생각으로 그렇게 화를 내는 게 참 보기 딱했다. 마리아가 아내로서 얼마나 행복하게 살고 있다고 생각하는지 내 생각을 듣고 싶겠지. 불행해 보이지는 않았어. 나는 그들 부부가 잘살기를 바라고 있어. 윔폴 거리에서는 식사를 단 두 번만 했어. 좀 더 자주 갈 수 있었지만 처남으로서 러시워스 씨와 자리를 함께하는 게 영 불편해서. 줄리아는 런던 생활을 무척 즐기는 것 같더라. 나는 재미없었는데……. 하지만 이곳은 더 재미가 없어, 패니. 남아 있는 가족들이 활기가 없는 분들 아니니. 네가 정말 필요하단다. 말로 표현할 수 없을 만큼 보고 싶고. 어머니께서 가장 큰 사랑을 담아, 안부를 전해 달라고 하신다. 네게서 빨리 소식을 듣고 싶다고 하시고. 거의 매 시간 네 이야기만 하신단다. 어머니가 앞으로 얼마나 더 많은 주를 너 없이 보낼지 생각하면 참 안됐어. 참, 너를 데리러 아버지께서 직접 가실 모양이더라. 하지만 부활절 전에는 그런 일이 없을 거야. 그때나 돼야 런던에 볼일이 있으시대. 포츠머스의 생활은 행복하겠지. 하지만 이런 고향 방문이 연례행사가 돼서는 안 된다. 네가 지금 집에 있으면 좋으련만. 그럼 손턴 레이시 집에 대한 네 의견을 들을 수 있을 텐데. 그 집에 안주인이 생겼다는 사실을 확신할 때까지는, 대대적인 개량 공사는 하지 않을 생각이야. 그렇게 되면 틀림없이 소식을 전할게. 그랜트 부부의 바스 여행은 완전히 결정된 일이라는구나. 월요일에 맨스필드를 떠난다고 해. 나는 그래서 기뻐. 지금 내 마음이 다른 사람하고 어울릴 만큼 편하지는 못하니까. 하지만 네 이모님께서는 그 일을 불운으로 생각하시는 것 같네. 맨스필드에 관한 이런 소식까지 자신의 펜이 아니라 내 펜으로 전하게 됐으니 말이야. 그럼 잘 지내, 패니.

'이제 다시는 기다리지 않을 거야. 그래, 이제 편지 같은 건 다시는 기다리지 않을 거야.' 편지를 다 읽은 뒤 패니는 속으로 선언했다. '실망과 슬픔만 가져올 뿐이잖아? 부활절 전에는 그런 일이 없을 거라고? 그때까지 어떻게 견뎌? 게다가 가엾은 이모가 매 시간 내 이야기만 하신다고!'

패니는 온 힘을 다해 생각의 흐름이 이런 불만 쪽으로 기우는 걸 자제했다. 그러나 30초도 되지 않아, 이모에게도 자신에게도 토머스 경이 너무 매정하다는 생각이 다시 들기 시작했다. 편지의 본론에 대해서는…… 그 속에도 화를 누그러뜨릴 만한 것은 하나도 없었다. 너무 짜증이 나서 불쾌하기까지 했으며 에드먼드에게 분노까지 치밀었다. "뭐가 득이 된다고 이렇게 미루적대는 걸까." 그녀가 말했다. "아니 왜 결정을 안 내려? 눈이 멀어서 아무것도 안 보이는 거야. 하지만 그 무엇도 오빠의 눈을 뜨게 할 수 없을걸. 그 무엇으로도. 그토록 오랫동안 진실이 눈앞에 뻔히 드러나 있었는데도 아무 소용 없었잖아. 결국 그녀와 결혼하겠지. 그리고 가난하고 불행해지겠지. 오, 하느님, 제발 그녀의 영향 때문에 오빠가 품위를 잃지 않게 해주소서!" 그녀는 편지를 다시 훑어보았다. "그 여자가 나를 '끔찍이 좋아한다'고! 말도 안 돼. 그 여자는 자기 자신과 자기 오빠 말고는 누구도 사랑하지 않아. 그 여자 친구들이 '여러 해 동안 그 여자를 나쁜 길로 이끌었다'고! 오히려 그 여자가 그 친구들을 나쁜 길로 이끌었을 가능성이 더 커. 아마 그들 모두 서로를 타락시켰을지도 모르지. 하지만 그 여자가 그 친구들을 좋아한 것보다 그들이 그 여자를 더 좋아한 것이라면, 그들의 아첨에 의한 피해를 빼면, 그녀 쪽이 피해를 덜 입었을 거라고 봐. '아내감으로 생각할 수 있는 이 세상의 유일한 여자'라! 그래, 나도 그렇다고 굳게 믿지. 오빠의 전 생애를 좌지우지할 사랑이겠지. 수락을 받든 거절당하든, 이제 오빠의 가슴은 그 여자에게 영원히 얽매인 거지. '메리 양을 잃는 일이 크로퍼드와 패니를 잃는 일을 의미한다'니…… 에드먼드 오빠, 저를 아직 모르시네요. 오빠가 인연을 맺어주지만 않으면, 두 가족이 인연을 맺는 일은 절대로 없을 겁니다. 아아! 빨리 그 편지를 써요, 편지를 쓰라고요. 그리고 이 일을 단박에 결론 내요. 이렇게 미루적대지 말고 당장 끝내라고요. 결정을 내리고, 감행하고, 자책하라고요."

그러나 이런 생각은 원망과 너무 닮아서 패니의 독백을 오랫동안 이끌어낼 수 없었다. 그녀는 곧바로 마음이 누그러졌고 서글퍼졌다. 에드먼드가 따뜻한 관심을 보이고 다정한 표현을 사용하며, 자신에게 속내를 털어놓고 있다는 생각을 하니 강한 감동이 밀려왔다. 그는 누구에게나 더없이 친절하기만 했다. 요컨대, 이 편지는 세상 무슨 일이 있어도 받고 싶지 않을 수 없었던 편지였다. 그 가치를 아무리 따져봐도 다함이 없는 귀중한 편지였다. 이것이 이어진 생각의 끝이었다.

할 말이 별로 없어도 편지 쓰기에 푹 빠져본 사람들이라면 (적어도 여성들 세계의 상당수가 이런 사람들에 포함될 것이다) 누구든 이때 레이디 버트럼이 느꼈을 아쉬움에 공감했을 것이다. 불운하게도 그랜트 부부가 바스로 떠난다는 소식 같은 맨스필드의 주요 소식이 하필 그녀가 그 기회를 이용할 수 없는 시점에 일어났다는 아쉬움 말이다. 그리고 그들은 그 소식의 전달이 고마워할 줄 모르는 그녀의 아들 몫으로 떨어졌다는 것, 그리고 그마저도 편지지의 상당 부분을 뒤덮는 모양새가 아니라 긴 편지의 말미에 간략히 언급되는 모양새로 이뤄졌다는 것 때문에 레이디 버트럼이 틀림없이 몹시 원통해했으리라는 점도 인정할 것이다. 결혼 초부터 딱히 할 일이 없었던 데다 토머스 경이 의회에 진출해 있었기 때문에 레이디 버트럼은 편지를 주고받는 벗들을 많이 만들어놓고 편지 교환을 계속하고 있었다. 그리고 그녀는 스스로를 위해 매우 칭찬할 만한 상투

적이고 과장된 문체까지 개발해놓았으므로 편지 쓰는 일에서
만큼은 다소 빛을 발하는 편이어서, 아주 소소한 이야깃거리만
있어도 충분했다. 그러나 편지를 쓸 만한 이야깃거리가 하나도
없게 됐으니 그녀로서도 속수무책이었다. 아무리 조카딸에게
보내는 편지일지라도 뭔가 쓸 만한 이야깃거리가 있어야 했다.
그런데 이제는 그랜트 박사의 통풍 증세나 그랜트 부인의 아침
방문 같은 좋은 화제들을 이용할 혜택을 잃게 된 셈이었다. 편
지에 써먹을 수 있는 마지막 소재가 그렇게 사라진다는 것은
너무나 괴로운 일이었다.

하지만 그녀를 위해 상당한 보상이 준비되어 있었다. 마침
내 레이디 버트럼에게 행운이 찾아온 것이다. 에드먼드의 편
지를 받은 지 며칠이 지난 후 패니는 이모가 보낸 편지 한 통을
받았다. 이렇게 시작되는 편지였다.

사랑하는 패니에게,
아주 놀라운 소식을 전하려고 이렇게 펜을 들었단다. 아마
너도 이 소식을 들으면 몹시 걱정하리라 생각해.

레이디 버트럼 입장에서는 그랜트 부부의 예정된 여행을 패
니에게 알리려고 펜을 드는 것보다 이 소식을 전하려고 펜을
드는 게 더 마음에 들었다. 지금 전하는 소식이 앞으로 여러 날
동안 그녀에게 할 일을 보장해주는 성격이어서 그랬다. 다름
아니라 그녀의 장남이 위중한 병에 걸렸다는 소식이었는데, 이

682

것이 불과 몇 시간 전 속달로 집에 전달되었던 것이다.

톰이 한 무리의 청년들과 런던에 갔는데 부주의하게 말에서 떨어졌고, 술도 너무 많이 마셔 그만 열병에 걸렸다고 했다. 그러다 일행과 헤어지게 됐는데 톰이 몸을 움직일 수 없어 그 청년들 중 한 명의 집에 혼자 남았고, 거기서 병을 다스리며 고독을 달래는 처지가 된 것이다. 그를 보살펴준 사람들이라곤 그 집의 하인들밖에 없었다. 그런데 처음에 바랐던 대로 친구들을 뒤따라갈 수 있을 만큼 회복하기는커녕 오히려 병세가 더 악화됐다. 따라서 얼마 지나지 않아 자신의 상태가 매우 심각하다고 생각한 그는 의사의 권고를 받아들여 선뜻 맨스필드로 속달 편지를 보낸 것이다.

"이 괴로운 소식이 어떤 결과를 빚어냈는지는 너도 상상할 수 있겠지." 핵심 내용을 전달한 뒤 레이디 버트럼이 계속 써나갔다.

이 소식을 듣고 우리는 극도로 혼란에 빠졌단다. 혼비백산 놀랐고, 병에 걸린 가엾은 아들을 걱정하는 마음을 금할 수 없었어. 토머스 경은 그 애의 상태가 몹시 위중한 건 아닌지 두려워하기까지 했어. 착한 에드먼드가 즉각 런던으로 가서 제 형을 간병하겠다고 나섰지. 하지만 이처럼 고통스러운 사태를 맞이하여 토머스 경까지 나를 두고 떠나려 하지는 않았다는 걸 행복한 마음으로 덧붙일게. 일이 그렇게 됐으면 내가 너무나 견디기 힘들었을 거야. 안 그래도 몇 명 남지도 않았는데 에드먼드까지 떠나면 그 빈자리가 너무 컸을 테니까. 하지만 나는 그 애가 그곳에 가서 병든 가엾은 형의 상태가 염려했던 것보다 덜 걱정스러운 상태임을 알게 될 것이라고 희망한단다. 그래서 속히 형을 맨스필드로 데리고 돌아오게 될 것으로 믿고 희망하고 있어. 토머스 경이 꼭 그렇게 해야 한다고, 무슨 일이 있어도 그렇게 하는 게 최선이라고 생각한다고 말했거든. 고통을 겪는 가엾은 그 애가 곧 큰 불편과 피해를 겪지 않고 여행을 견딜 수 있게 되겠지 하고 생각하면 위안이 된단다. 우리 때문에 네가 어떤 심정일지 너무 잘 알고 있으니, 패니, 상황이 이처럼 괴롭더라도 이른 시일 내에 다시 편지를 쓸게.

소식을 접한 패니의 심정은 정말이지 이모의 편지 속 말투에 담긴 것보다 동정심도 훨씬 더 크고 진실했다. 그녀는 맨스필드의 가족 모두가 진정 가엾게 느껴졌다. 톰이 위독하고, 에드먼드가 톰을 보살피러 떠났다지 않는가. 그러면 아주 적은 숫자만 맨스필드에 남아 있겠지. 무엇보다 그 점이 다른 모든 걱정거리, 아니, 거의 모든 걱정거리를 가리는 제일 큰 걱정거리였다. 혹시 에드먼드가 이 일로 런던에 불려가기 전에 크로퍼드 양에게 이미 편지를 쓴 것은 아닌지 궁금할 만큼의 이기적인 생각이 잠시 들기는 했다. 그러나 순수한 애정과 사심 없는 걱정이 아닌 감정은 그 어떤 것도 그녀의 마음속에 오래 머무르지 않았다. 그녀의 이모는 정말로 조카딸을 소홀히 하지 않고 계속 편지를 보내왔다. 맨스필드의 가족들은 에드먼드가 보낸 소식을 빈번히 듣고 있었다. 그러면 그 소식이 그대로 그녀에게도 전달되었다. 한결같은 장황한 문체로 쓰인, 한결같은 "믿는다", "바란다", "걱정된다"는 표현들이 마구잡이로, 앞서거니 뒤서거니 등장하는 편지들이었다. 눈으로 직접 보지 못하는 고통은 레이디 버트럼의 머릿속에 거의 영향을 미칠 수 없었다. 그녀는 톰이 실제로 맨스필드로 실려 올 때까지 매우 느긋하게, 초조하고 불안하다고 적어 보냈다. 그러다 자기 눈으로 아들의 변한 모습을 직접 보게 되자 그녀는 그전에 패니에게 보내려고 준비해둔 편지를 사뭇 달라진 말투로 마무리했다. 진심으로 아들이 불쌍하다면서 충격을 받은 말투였다. 이번에는 실제로 말을 하는 것 같은 말투로 편지를 써 보냈다.

사랑하는 패니, 톰이 방금 전 도착했단다. 그리고 그 애를 위층으로 데려갔어. 그 애를 보고 너무 충격을 받아 대체 뭘 어찌해야 할지 모르겠구나. 정말 지독히 아팠던 게 틀림없어. 불쌍한 톰, 그 애를 생각하면 정말 가슴이 아파. 겁도 벌컥 나고. 토머스 경도 마찬가지란다. 네가 이곳에 있으면서 나를 위로해준다면 얼마나 좋을까. 하지만 토머스 경은 내일이면 톰의 상태가 나아질 것이라고 기대하신다고 해. 그 애의 여독도 고려해야 한다고 말씀하시고.

이제야 어머니로서의 그녀의 가슴속에 진심 어린 걱정이 깨어난 것이었다. 그 걱정은 쉽사리 사라지지 않았다. 톰이 극도로 조바심을 내며 빨리 맨스필드로 거처를 옮겨서 고향집과 가족들(건강에 이상이 없을 때는 거들떠보지도 않았던)이 주는 위안을 누리고 싶다고 우기는 바람에, 아무래도 너무 빨리 돌아온 게 아닌가 싶었다. 열병이 다시 도졌던 것이다. 그리고 그 뒤 일주일 동안 그는 전보다 훨씬 더 걱정스러운 상태였다. 가족 모두가 매우 심각하게 겁을 냈다. 레이디 버트럼은 매일 느끼는 공포감을 하루가 멀다 하고 조카딸에게 써 보냈다. 그러니 그 조카딸은 이제 그 편지들에 의존하며 사는 사람 같아서, 오늘 도착한 편지로 괴로워하고 내일 도착할 편지를 고대하며 모든 시간을 보냈다. 사촌 큰오빠에 대한 특별한 애정이 없었으면서도, 심성이 워낙 따뜻하다 보니 그 오빠가 없으면 안 된다고 생각했다. 그리고 그 오빠가 그동안 얼마나 제 구실을 하지 못하는 존재였는지, 얼마나 무절제한 생활을 해왔는지(분명히 그랬다) 곰곰이 생각나, 순수한 도리의 원칙에 입각하여 따져볼 때도 안쓰러운 마음이 더 심하게 보태지는 것이었다.

이 일보다 더 평범한 일들에서도 그랬듯이, 이번 일에서 유일한 말벗이 되어 그녀의 말을 경청해준 사람은 수전뿐이었다. 수전은 언제든 언니의 말을 기꺼이 들었고 함께 걱정했다. 다른 가족들 중에 1백 마일 이상 떨어진 곳에 사는 친척에게 일어난 발병이라는 불운한 사건처럼 자신들과 동떨어진 사건에 관심을 가질 사람은 단 한 명도 없었다. 프라이스 부인조차도 딸이 편지를 손에 들고 있는 모습을 볼 때만 짤막하게 한두 가지 질문을 던졌고, 이따금 "가엾은 버트럼 언니가 참 많이 괴롭겠네"라는 말만 했을 뿐 그 이상의 반응은 보이지 않았다.

그토록 오래 떨어져 살았고, 그토록 처한 상황이 다르니 혈연이 아무 의미도 갖지 못하는 것이나 마찬가지였다. 본래 그들의 기질만큼이나 무덤덤한 자매간의 우애였으니, 이제는 이름만 남은 허울뿐이었던 것이다. 프라이스 부인은 레이디 버트럼이 딱 자신에게 했음직한 반응만 보였다. 패니와 윌리엄은 빼놓고, 프라이스가의 아이들 서너 명 중 몇몇 혹은 전부가 세상을 떠나는 일이 발생했을 수도 있었다. 그러면 레이디 버트럼은 그 일에 신경도 안 썼을 것이다. 아니면 아마 노리스 부인의 입에서 나온 빈말, 즉 아이들을 그렇게 잘 키울 수 있었으니 그것만으로 가엾은 동생 프라이스 부인에게는 행복이자 큰 축복이었을 것이라는 빈말을 알아듣는 정도의 신경은 썼을지 모를 일이다.

14

맨스필드로 돌아온 지 두 주가 다 되어서야 톰은 위급한 고비를 넘겼다. 그리고 그의 어머니가 마음을 완전히 놓을 만큼 안심해도 좋은 상태가 되었다는 진단까지 내려졌다. 이제는 무기력하게 고통을 겪고 있는 아들을 지켜보는 데 익숙해졌기도 했고, 최선의 결과만 들었을 뿐이지 자신이 들은 것 이상의 심각한 상황은 결코 상상하지 않는 편이며, 본래 놀라는 기질도 아닌 데다 넌지시 던지는 말의 뜻을 알아챌 능력도 없었으니, 레이디 버트럼은 이 세상 의사들이 하는 선의의 거짓말에 최적의 대상이었다. 톰은 열이 내린 상태이긴 했다. 열이 주 증상이었으니 모두들 당연히 곧 건강을 되찾으리라 여겼다. 레이디 버트럼은 그보다 못한 결과는 상상할 수도 없었다. 패니도 에드먼드에게서 몇 줄짜리 편지를 받을 때까지는 이모의 안도감에 동참하고 있었다. 그는 형의 상태를 보다 명확히 알리기 위해, 그와 아버지가 의사로부터 듣고 알게 된 우려스러운 증상, 즉 미열이 지속되는 소모성 증상을 알리기 위해 편지를 일부러 보낸 것이었다. 고열이 사라지자 그런 증상이 톰의 몸에 엄습한 것 같았다. 두 부자는 레이디 버트럼이 아무런 근거도 없는 것으로 입증되기를 바라는 일 때문에 미리 괴로워하지 않도록 하는 것이 최선이라고 판단했다. 그렇지만 패니에게까지 진실을 알리지 못할 이유는 없었다. 그들이 걱정하는 것은 톰의 폐였다.

패니는 에드먼드가 적어 보낸 몇 줄로 레이디 버트럼이 보낸 모든 편지 내용보다 더 올바르고 명확하게 병자와 병실의 상황을 그릴 수 있었다. 집 안에서 현재의 상황을 개인적으로 지켜보고 난 뒤 그걸 레이디 버트럼보다 더 잘 설명하지 못할 사람은 거의 없었다. 그리고 그녀보다 더 병이 난 아들에게 쓸모없는 사람도 없었다. 그녀는 그저 병실에 살그머니 들어왔다가 아들을 물끄러미 바라보기만 했다. 결국 말을 할 수 있게 되고, 책을 읽어줄 수 있게 되었을 때 톰이 선호한 말벗은 에드먼드였다. 그의 이모는 걱정만 늘어놓아 골치만 아프게 했고, 토머스 경은 도무지 대화나 목소리를 낮춰 말하는 법을 몰라서 짜증이 나거나 몸에 힘이 빠질 정도였다. 그러니 에드먼드의 역할이 제일 중요했다. 패니는 적어도 그가 그런 존재라고 확신하고 싶었다. 그가 고통을 겪고 있는 형을 보살피고, 돕고, 용기를 북돋아주는 것 같으니 어느 때보다 그를 더 높이 평가해야 한다고 생각했다. 그리고 그는 최근의 병으로 쇠약해진 형의 육신만 돕는 게 아니었다. 이제 와서 알게 됐지만, 심각한 손상을 입은 형의 신경과 심각한 우울증에 빠진 형의 기분까지 돌보고 있었다. 그녀는 톰 오빠의 정신까지 적절히 이끌어줘야 하는 게 틀림없다는 나름의 상상을 더하기도 했다.

맨스필드 가문의 사람들은 원래 폐 질환에 취약하지 않았으니 그녀는 사촌 큰오빠에 대해 걱정보다는 희망 쪽에 승산이 있다고 믿고 싶었다. 물론 크로퍼드 양을 생각하면 그렇지 않았지만……. 크로퍼드 양을 떠올리면 그녀가 행운아라는 생각, 그토록 이기적이고 허영으로 가득 찬 마음을 가졌으니 아마 그녀로서는 에드먼드가 외아들이 되는 것이 행운으로 여겨지겠지 하는 생각이 드는 것이었다.

에드먼드는 형의 병실에 있으면서도 이 운 좋은 메리가 잊히지 않는 모양이었다. 편지에는 이런 추신이 붙어 있었다. "내가 지난번에 보낸 편지의 본론 말인데, 사실은 톰 형의 병 때문에 런던으로 불려갈 때 그녀에게 편지를 쓰려던 참이었단다. 하지만 지금은 마음이 바뀌었어. 그녀의 친구들이 가진 영향력을 신뢰할 수 없으니까. 톰 형의 상태가 나아지면 직접 찾아가려고."

맨스필드의 상황은 이상과 같았다. 그리고 그 상황은 부활절이 찾아올 때까지 계속되었다. 에드먼드가 가끔 어머니의 편지에 보태는 한 줄이 패니에게는 충분한 정보였다. 톰의 회복은 놀랄 만큼 더뎠다.

드디어 부활절이 찾아왔다. 부활절이 지나도 포츠머스를 떠날 가능성이 전혀 없다는 걸 처음 알고 나서 그녀가 몹시 슬픈 마음으로 생각했듯이, 올해의 부활절은 유독 늦게 찾아왔다는 느낌이 들었다. 여하튼 부활절이 찾아왔다. 그녀는 맨스필드로 돌아간다는 소식을 여전히 듣지 못하고 있었다. 그곳으로 돌아가기 전에 런던부터 들른다는 소식은 말할 것도 없었다. 버트럼 이모가 빈번히 그녀를 보고 싶다는 뜻을 밝혔지만 모든 결정권을 가진 이모부에게서는 어떠한 통지나 전갈도 오지 않았다. 이모부가 아직은 아픈 아들 곁을 떠날 수 없는 상황이라고 이해하긴 했지만, 그녀로서는 매정하고 가혹하게 미루적대는 것일 뿐이었다. 벌써 4월 말이 다가오고 있었다. 얼마 안 있으면 그들에게서 떨어져서 고행 비슷한 상태로 나날을 보낸 시간이 두 달을 훨씬 지나 거의 석 달이 다 되는 셈이었다. 그들을 너무나 사랑했기에 그녀는 그들이 자신의 그런 상태를 이해해주리라는 희망 같은 것은 품지도 않았다. 하지만 과연 그녀의 존재를 생각해내거나 그녀를 데리러 올 수 있는 짬이 언제쯤 생기는 것인지 누가 말할 수 있단 말인가?

간절함과 초조함, 그들과 함께하고 싶은 갈망이 너무 커서 늘 쿠퍼가 쓴 〈티로키니움〉이란 시의 구절이 눈앞에 어른거릴 정도였다. "고향집으로 돌아가고 싶다고 그녀가 얼마나 강렬히 소망했던가"*라는 구절이, 그 어느 학생의 가슴도 더 통렬히 절감할 수 없으리라 생각될 만큼 컸던 자신의 갈망을 지극히 사실적으로 묘사하는 것 같아서 계속 그녀의 혀끝을 맴돌았다.

포츠머스로 처음 돌아오게 되었을 때 그녀는 그곳을 자신의 '집'으로 부르기를 좋아했었다. 그리고 드디어 집에 돌아간다고 말하는 것도 무척 좋아했었다. 집이라는 단어가 너무나 소중하기만 했었다. 그리고 그건 지금도 마찬가지였다. 다만 지금은 그 단어가 맨스필드에 해당될 뿐이었다. 지금은 맨스필드가 그녀의 집이었다. 은밀히 사색을 즐기는 가운데 이미 오래전부터 두 곳의 의미가 그렇게 자리바꿈 해버린 것이다. 게다가 이모도 같은 단어를 사용하고 있다는 걸 알게 됐을 때보다 더 큰 위안을 받은 적이 없었다. "내 마음에 너무나 큰 시련이 닥쳐왔다고 할 수 있는 이런 괴로운 시기에 네가 집에 없어 너무 아쉽단다. 네가 다시는 이토록 오랫동안 집을 비우지 않을 거라고 믿고, 희망하고, 진심으로 바란단다." 패니에게 기쁨을 준 문장들이었다. 하지만 여전히 이런 기쁨은 은밀히 즐겨야만 했다. 부모님을 배려하여 이모부의 집이 더 좋다는 생각을 드러내지 않도록 조심해야 했다. 따라서 그녀는 항상 "노샘프턴주로 돌아가면, 아니, 맨스필드로 돌아가면 이런저런 일을 할

---

*18세기의 영국 시인이자 찬송가 작가 윌리엄 쿠퍼가 1785년에 쓴 시 〈티로키니움: 학창생활을 회고하며〉의 562행.

거예요" 하는 식으로만 말했다. 한동안 그런 식이었다. 하지만 이모부의 집에 돌아가고 싶다는 갈망이 점점 더 강해지는 바람에 결국은 그만 그런 조심성을 상실하고, 자신도 모르게 집에 돌아가면 이런저런 일을 하겠다고 불쑥 내뱉고 말았다. 그녀는 스스로를 나무라고 얼굴을 붉히면서 두려운 심정으로 아버지와 어머니를 바라보았다. 그런데 불안해할 필요가 없었다. 두 분에게 그녀의 말을 불쾌해하는 기색도, 그 말을 알아들었다는 기색도 없었던 것이다. 맨스필드를 시샘하는 마음이 전혀 없는 분들이었다. 그녀가 맨스필드로 가고 싶어 하든 말든, 실제로 그곳에 가 있든 말든 상관없는 분들이었다.

봄이 선물하는 온갖 즐거움을 잃는 것도 패니로서는 서글픈 일이었다. 도시에서 3월과 4월을 보내는 경우 어떤 즐거움을 잃어야 하는지 그녀는 예전엔 미처 몰랐다. 초목이 움트고 커나가는 모습을 지켜보는 즐거움이 얼마나 큰지 예전엔 미처 몰랐다. 변덕스럽기는 하지만 사랑스러운 봄의 행진을 지켜보는 일, 그리고 이모의 정원 가장 양지바른 곳에서 가장 일찍 피어나는 꽃들로부터 시작해서 이모부의 조림지 나뭇잎들이 자라나는 모습과 정원 숲의 눈부신 모습에 이르기까지, 점점 늘어나는 봄의 아름다운 모습에서 몸과 마음 모두 얼마나 큰 활력을 얻었던가. 그런 즐거움을 잃는 것은 결코 하찮게 볼 일이 아니었다. 당장 답답하고 시끌벅적한 환경에 놓여 있기에, 자유로움과 신선한 공기, 향기와 푸르른 초목 대신에 구속과 나쁜 공기와 고약한 냄새를 견디며 살고 있기에, 그런 즐거움을 잃는 것이 한없이 더 못 견딜 일이었다. 그러나 아쉬움을 자아내는 이런 생각도, 지금 가장 친한 사람들이 자신을 그리워하고 있다는 확신이나 자신을 애타게 원하는 사람들에게 도움이 되고 싶다는 갈망에서 비롯된 아쉬움에 비하면 약하기만할 뿐이었다.

지금 집에 있을 수 있었다면 집 안의 모든 사람들에게 도움이 될 수 있었을 텐데. 그녀는 자신이 분명히 모두에게 쓸모가 있었으리라 느꼈다. 분명히 모두의 손과 머리가 되어 그들의 부담을 덜어줄 수 있었으리라 느꼈다. 그리고 자신의 역할이 그저 버트럼 이모의 기분을 북돋아주는 것에 불과했다 해도, 혹은 이모를 외로움의 폐해로부터 보호해주거나, 자신의 중요성을 돋보이게 하려고 위험을 부풀려 이야기하며 안절부절 중 뿔나게 나서는 노리스 이모의 더 큰 폐해로부터 보호해주는 것에 불과했다 해도, 그녀가 그곳에 있었다면 모두에게 이득이 되었으리라 느꼈다. 그녀는 이모에게 책을 어떻게 읽어줄 수 있었을지, 이야기는 어떻게 해줄 수 있었을지, 그리고 어떻게 단박에, 이미 지난 일이 그나마 얼마나 다행인지 생각하고 앞으로 있을 일에 대해 각오를 다지라고 설득하며 노력할 수 있었을지, 이모를 대신하여 자신이 위 아래층을 얼마나 자주 오르내릴 수 있었을지, 그리고 얼마나 많은 말 심부름을 할 수 있었을지, 즐겨 상상하곤 했다.

패니는 이런 중요한 시기에 톰 오빠의 두 여동생이 아무렇지도 않은 듯 계속해서 런던에 눌러앉아 있는 것이 너무나 놀라왔다. 위중도의 차이는 있었지만 자기들의 오빠가 벌써 여러 주에 걸쳐 병세를 견디고 있지 않은가. 그들은 언제든 원하기만 하면 맨스필드로 돌아올 수 있었다. 그들에게는 여행이 전혀 힘든 일일 아닐 것이다. 어쩌면 둘 다 그렇게 계속해서 집을 떠나 있는지 그녀는 이해할 수 없었다. 러시워스 부인이라면 귀향을 방해하는, 아내로서의 도리를 핑계로 내세울 수도 있었다. 하지만 줄리아는 언제든 원하기만 하면 런던을 떠날 수 있지 않은가. 이모가 보낸 편지 중 한 통의 내용을 보니 줄리아는 필요하다면 돌아오겠다고 하긴 한 모양이었다. 하지만 그게 전부였다. 지금 있는 곳에 그냥 눌러앉아 있겠다는 게 명백해 보였다.

패니는 런던이란 곳의 영향력이 온갖 고귀한 애정과 완전히 상충된다는 쪽으로 생각하고 싶었다. 그녀는 그 증거를 사촌 언니들뿐만 아니라 크로퍼드 양에게서도 목격했다. 에드먼드를 향한 크로퍼드 양의 애정은 고귀한 것이었다. 그녀의 성격 중에서 제일 고귀한 부분, 즉 그녀 쪽에서 먼저 보였던 자신에 대한 우정 또한 적어도 비난할 점이 없었다. 그런데 지금 그 두 감정은 어디로 가버렸단 말인가? 그녀에게서 편지를 받은 지 워낙 오래되었기에 패니에게는 철석같이 맹세하던 둘 사이의 우정이 별것 아니었다고 생각할 상당한 이유가 있었다. 크로퍼드 양에 관해서건 런던에 있는 그녀의 다른 친구들에 대해서건, 맨스필드를 통해 들은 것 말고 그녀가 무슨 소식이라도 들은 것은 벌써 몇 주 전 일이었다. 그러니 크로퍼드 씨가 노력

주에 다시 갔는지 여부는 그를 다시 만날 때까진 결코 알 수 없겠다는 생각, 올봄 안에 그의 여동생에게서 소식을 듣는 일은 더 이상 없겠다는 생각이 들기 시작했다. 그런데 그러던 참에 다음 편지를 받게 되었다. 해묵은 감정이 되살아났고 다소 새로운 감정도 생겨났다.

오랫동안 소식을 전하지 못한 저를 되도록 빨리 용서해주세요, 사랑하는 패니 양. 저를 곧장 용서할 수 있다는 듯이 대해줘요. 제 소박한 청이자 기대랍니다. 당신은 너무 착한 사람이니 제가 받아야 할 대접보다 더 나은 대접을 해주리라 믿어요. 답장을 곧바로 보내달라는 부탁의 말도 지금 적을게요. 맨스필드의 현재 상황이 어떤지 알고 싶어요. 틀림없이 당신은 그 상황을 완벽히 설명해줄 수 있겠죠. 그곳 분들이 겪고 있을 고통을 제가 공감하지 못한다면 짐승만도 못한 인간일 거예요. 제가 들은 바에 의하면, 가엾은 버트럼 씨가 완전히 회복할 가망이 거의 없다던데. 저는 처음에는 대수롭지 않은 병이라 생각했어요. 그저 그분을, 무슨 일이 생기면 옆에서 법석을 떠는 분이라거나, 몸에 사소한 탈만 나도 스스로 법석을 떠는 분으로만 생각했답니다. 그래서 그분 곁에서 간호해야 하는 분들 걱정만 하고 있었어요. 하지만 지금, 그분이 정말로 폐 질환에 걸린 것 같다고, 증상이 너무나 걱정스럽다고, 적어도 가족들 중 일부는 그 사실을 알고 있다고, 사람들이 쉬쉬하며 이야기하고 있어요. 만약 이 주장이 사실이라면 저는 당신이 분명히 그 일부, 즉 그 사실을 알고 있는 일부에 속해 있으리라 확신해요. 그러니 제 정보가 어느 정도 정확한 것인지 부디 말해줘요. 무슨 착오가 있었다는 말을 듣게 된다면 제가 얼마나 기쁠지는 구태여 말할 필요 없겠죠. 하지만 소문이 너무 자자해서 몹시 떨리는 마음이 들지 않을 수 없다고 고백할게요. 그토록 훌륭한 젊은 분이 한창 피어나는 전성기에 꺾인다는 것은 참으로 우울한 일이죠. 가엾은 토머스 경도 그 점을 지독히 절감하실 거예요. 이번 일로 제 마음도 심란하기 그지없답니다. 패니, 패니, 당신의 미소와 영리한 얼굴을 보고 싶어요. 하지만 맹세코 말하는데, 저는 제 평생 돈을 주고 의사를 매수해본 적이 없답니다. 젊은 분이 너무 가엾게도! 만약 그분이 세상을 떠난다면, 가엾은 젊은이 두 분이 세상에서 사라지게 되겠죠.* 두려움 없이, 대담한 얼굴로 저는 누구에게라도 이렇게 말할 수 있어요. 그분의 부와 영향력이 그 둘을 차지할 만한 가치가 더 많은 분의 수중에 들어갈 수 있다고요. 지난 크리스마스 때의 낙상이 말도 안 되는 불상사였군요. 하지만 며칠간의 불행 정도는 부분적으로 지워질 수 있는 거랍니다. 칠을 하고 금박을 입히면 얼룩을 많이 가리게 되죠. 이번 일은 그저 그분의 이름 뒤에 붙는 경칭이 사라지는 일일 뿐일 거예요. 제 애정처럼 진실한 애정을 갖고 있다면요, 패니 양, 보다 많은 일을 별것 아닌 일로 흘려버릴 수 있는 거랍니다. 돌아오는 우편마차 편에 답

*죽음을 맞이하게 되는 톰과 그의 몫까지 가지게 되어 이제 가엾은, 즉 가난한 상황에서 벗어나게 되는 에드먼드 두 사람을 말한다.

장을 보내줘요. 부디 제 심란한 마음을 가늠해보고 하찮게 여기지 말아줘요. 제게 있는 그대로의 진실을 말해줘요. 소식의 원천지로부터 진실을 직접 들었을 테니까요. 그리고 제가 지금 품고 있는 생각에 대해서도 당신의 생각에 대해서도 부끄러워하며 괴로워하지 말아요. 진심이에요. 그런 생각은 자연스러울 뿐 아니라 자비롭고 선한 것이니까요. '에드먼드 경'이 버트럼가의 전 재산을 갖게 되는 일이 다른 어떤 '경'이 갖는 일보다 더 이로울지 아닐지 여부는 당신의 양심에 맡길게요. 그랜트 박사 부부가 지금 집에 있었으면 당신을 귀찮게 하지 않았을 텐데. 여하튼 지금 제가 진상을 알아볼 수 있는 유일한 사람은 당신뿐이에요. 마침 그분의 여동생들도 저와 연락이 닿지 않는 곳에 가 있네요. 러시워스 부인은 (당신도 분명히 알고 있겠지만) 에일머 부부와 함께 트위커넘에 머물고 있는데, 아직 안 돌아왔어요. 줄리아는 베드퍼드 광장 인근에 사는 사촌 댁에 있고요. 그 댁의 이름과 거리 명은 잊었어요. 아무튼 그 두 자매 중 어느 하나에게 제가 즉각 상황을 물어볼 수 있다 해도, 저는 당신에게 묻는 게 더 좋답니다. 그 두 사람은 그동안 자신들의 즐거움을 방해받지 않으려는 태도만 보여왔으니, 아마 이번에도 진실에는 눈을 닫고 있을 거예요. 러시워스 부인의 부활절 휴가 기간이 더 오래갈 것 같지는 않아요. 분명히 완벽한 휴가 기간이긴 하겠죠. 에일머 부부는 좋은 분들이니까요. 게다가 남편까지 멀리 떠나 있으니, 러시워스 부인에겐 즐거운 일만 있었을 겁니다. 아들의 도리를 다하게끔 바스로 어머니를 데리

러 가게 추진한 그녀의 처사를 칭찬하고 싶어요. 하지만 그녀
와 미망인 시어머니가 어떻게 한집에서 뜻을 맞춰나갈까요? 헨
리 오빠는 지금 제 곁에 없어요. 그러니 오빠가 전하는 말은 적
을 게 없네요. 형의 병이 아니었다면 에드먼드 씨가 오래전에
런던에 다시 왔으리라 생각하나요?

당신의 영원한 벗,
메리

　실은 이 편지를 접고 있는데 마침 헨리 오빠가 들어왔어요.
하지만 편지를 보내는 걸 지연시키는 새 소식을 들고 오진 않
았네요. 참, 러시워스 부인도 오빠의 폐 질환을 걱정하고 있다
는 것은 알고 있대요. 오늘 아침 오빠가 그녀를 만났는데 오늘
윔폴 거리로 돌아왔다는군요. 시어머니도 오셨고요. 이상한 상
상으로 불편한 마음을 갖진 마세요. 오빠가 리치먼드에서 며
칠 지내고 온 것뿐이니까요. 매년 봄 하는 방문이랍니다. 안심
해요. 오빠는 오직 당신에게만 신경 쓰니까요. 지금 이 순간에
도 당신을 만나고 싶어 죽겠다며 안달하고 있어요. 그리고 그
일을 실행할 수단과 자신의 기쁨이 당신에게도 전해질 수단을
궁리하는 데만 골몰하고 있고요. 그걸 입증하기라도 하듯 오빠
는 포츠머스에서 당신에게 했다는 말, 즉 당신을 집으로 데려
다주겠다는 말을 더욱 열의를 보이며 되풀이하고 있어요. 저
도 오빠의 생각에 진심으로 동의해요. 사랑하는 패니 양, 답장
을 바로 보내줘요. 그리고 우리에게 오라는 분부만 내려요. 함

께 가면 모두에게 득이 될 거예요. 알다시피 오빠와 저는 목사관에 가면 돼요. 그러니 맨스필드 파크의 지인들에게 폐가 되진 않을 거예요. 그분들을 모두 다시 뵙게 된다면 참 기쁠 거예요. 사람들이 조금 더 보태져 북적거린다면 그분들에게 큰 도움이 되겠죠. 그리고 당신의 경우도 그래요. 분명히 그곳에서 당신을 너무나 필요로 하고 있다는 걸 알고 있을 테니, 양심상 (당신은 양심적인 사람이잖아요) 돌아갈 수단이 생겼는데도 그분들을 멀리할 수는 없겠죠. 헨리 오빠가 전해달라는 말의 절반도 전할 시간과 인내심이 제겐 없네요. 우리 두 사람 각자가, 혹은 두 사람 모두가 변치 않는 애정을 갖고 있다는 점은 확신해도 좋아요.

편지 내용의 절반 이상에 대한 혐오감과, 편지를 쓴 사람과 사촌 오빠 에드먼드를 다시 만나게 해서는 절대로 안 된다는 극도의 반감 때문에, 그녀가 결론에 언급된 제안을 받아들일지 말지 여부를 공정하게 결정할 수는 없었을 것이다. (실제로 그렇게 느꼈을 것이다.) 개인적으로는 귀가 솔깃해지는 제안이었다. 사흘 안에 맨스필드로 실려 가서, 그곳에 있게 되는 모습은 상상만 해도 더없이 행복한 그림이었다. 그러나 지금으로서는 생각이든 행동이든 책잡을 게 너무나 많은 그 남매에게 그런 행복을 빚진다는 게 마음에 걸렸다. 여동생의 그런 생각이라니…… 오빠라는 사람의 그런 처신이라니……. 매몰찬 여동생의 야심은 또 어떤가. 오빠의 무분별한 허영기는 어떻고. 아직도 러시워스 부인과 친하게 지내는 시시껄렁한 연애 상대란 말인가! 패니는 분노가 치밀었다. 그가 예전보다 더 좋은 사람이라고 생각하지 않았던가. 여하튼 그녀로서는 다행스럽게도, 무엇이 옳은 결정인지 상충되는 마음들과 의심스러운 생각들을 제각각 따져보고 결론 내릴 일은 없었다. 에드먼드와 메리를 떼어놓는 게 당연한 일인지 아닌지 결론 내릴 일도 전혀 없었다. 그녀에겐 지침으로 삼을 원칙이 있었고, 그 원칙이 모든 걸 결정했다. 이모부에 대한 경외심과 이모부에게 무례를 범할 수 있다는 두려움이 어떻게 행동해야 할지 즉각 명료하게 밝혀준 것이다. 그들 남매의 제안은 단호히 거절해야 했다. 원하신다면 이모부가 그녀를 데리러 올 것이다. 그러니 그보다 일찍 돌아가겠다고 나서는 것은 무엇으로도 정당화할 수 없는 주제넘은 짓이었다. 그녀는 크로퍼드 양에게 고마움을 표한 뒤 제안을 단호히 거절했다. 그녀가 알기로는 이모부께서 그녀를 데리러 오실 것이며, 게다가 아직은 그녀가 맨스필드에 전혀 필요하지 않을 만큼 큰오빠의 병세가 여러 주 계속되고 있으니, 자신이 돌아가는 것이 당장은 달갑게 여겨지지 않을뿐더러 가더라도 방해물로 여겨지리라 생각할 수밖에 없다고 했다.

이 무렵의 사촌 오빠의 상태에 대한 그녀의 설명은 순전히 자신이 믿고 있는 바에 따른 것이었다. 만약 크로퍼드 양이 추측하는 내용대로 써 보냈다가는, 편지 상대방의 낙천적인 마음에 자신이 바라는 온갖 일에 대한 희망만 불러일으킬 뿐일 것이었다. 크로퍼드 양은 부자라는 특정한 조건만 충족된다면 성직자가 된 에드먼드도 용서해줄 것 같았다. 패니는 고작 이런 모습이 오빠가 그토록 선뜻 자축까지 했던 그녀의 참모습인지, 편견을 완전히 극복했다는 참모습인지 의심스러웠다. 그동안 그저 돈만 있으면 영향력 같은 건 아무래도 괜찮다는 생각만 배워온 것 아닌가.

15

자신의 답장이 진짜로 실망만 전했을 것이라는 점을 의심할 수 없었기에, 크로퍼드 양의 성미를 잘 알고 있던 패니는 그녀가 다시 끈질긴 간청을 해오리라는 예상을 웬만큼 하고 있었다. 일주일이 다 되도록 두 번째 편지는 도착하지 않았다. 하지만 그 편지가 실제로 도착했을 때에도 그녀는 여전히 같은 예상을 하고 있었다.

답장을 받자마자 그녀는 즉각 안에 적힌 내용이 그다지 길지 않으며, 그것도 황급히 본론만 쓴 것임을 알 수 있었다. 편지의 골자가 무엇인지에 대해서는 의문의 여지가 없는 것 같았다. 눈을 두 번 깜빡일 시간이면 그 편지가 그날 그들 남매가 포츠머스에 도착한다는 것을 알리는 단순한 통지일 가능성을 상기시키는 데 충분했다. 그리고 그리되면 자신은 어떻게 해야 하는지 몰라 당황스러워하며 혼란에 빠질 터였다. 그러나 눈을 두 번 깜빡일 시간이 패니를 그런 어려움에 에워싸이게 했다면, 세 번째 순간은 그 어려움이 사라지게 만들었다. 그녀는 편지를 개봉하기에 앞서 크로퍼드 남매가 이모부의 의사를 타진하고 그의 허락을 얻어냈을 공산이 크다는 생각이 들자 안심이 되었다. 하지만 편지 내용은 다음과 같았다.

몹시 중상 모략적이고 악의적인 소문을 방금 들었어요. 그래서 혹시 이 소문이 그 지역까지 퍼져나갈 경우, 눈곱만큼도 믿지 말라고 조심시키려고 이 편지를 쓰는 거랍니다, 패니 양. 맹세코 말하지만, 뭔가 착오가 생긴 거예요. 아마 하루 이틀이면 깨끗이 해명될 거예요. 하지만 헨리 오빠에게는 잘못이 없어요. 잠시 경솔한 언동을 했을지는 모르죠. 오로지 패니 양 자신만 생각해요. 소문에 대해서는 한 마디도 꺼내지 마세요. 제가 다시 편지를 보낼 때까지 어떤 말도 듣지 말고, 어떤 억측도 하지 말고, 수군대지도 마세요. 틀림없이 모든 소문이 잠잠해질 거예요. 러시워스 씨의 어리석은 행동 외에는 그 어떤 사실도 입증되지 않을 거고요. 그들이 떠났다면, 맨스필드로 떠난 것에 불과하다는 데 제 목숨을 걸죠. 그리고 줄리아 양도 그들과 함께 떠났다는 데도요. 참, 그런데 왜 우리에게 데리러 오라고 하지 않는 건지? 그 같은 거절을 후회하지 않기를 바라요.

그럼 잘 있어요.

패니는 너무 놀라서 어안이 벙벙했다. 중상 모략적이고 악의적인 소문을 전혀 들은 바가 없었으니, 그녀가 이 이상한 편지의 대략적인 내용을 이해한다는 것은 불가능한 일이었다. 그녀는 그저 윔폴 거리와 크로퍼드 씨가 관련된 일이라는 것만 눈치챌 수 있었다. 세상 사람들의 이목을 끌 만하고, 그녀가 들으면 질투심이 자극될 수 있다고 크로퍼드 양이 걱정하는 대단히 불미스러운 사건이 그쪽에서 일어났다는 것만 짐작할 수 있었다. 그러나 크로퍼드 양이 긴장해서 그녀를 걱정할 필요는 없었다. 그녀는 그저 이 소문이 맨스필드까지 전해질 경우, 사건의 당사자들과 그곳에 계신 분들이 어떨지만 염려될 뿐이었다. 그렇다고 일이 그렇게 되기를 바라지는 않았다. 크로퍼드 양의 편지 내용으로 짐작할 수 있는 것처럼, 만일 러시워스 부부가 직접 맨스필드로 간 것이라면 이 불쾌한 소식이 그들보다 앞서 그곳에 전해진다거나 적어도 충격을 줄 가능성은 그리 높아 보이지 않았다.

크로퍼드 씨에 대해서는, 그녀는 이 사건으로 인해 그가 자신의 기질을 정확히 인식하고, 이 세상에서 한 여자에게만 한결같은 사랑을 줄 수 없는 사람임을 확실히 깨닫고, 부끄러움에서라도 그녀를 향한 집요한 구애를 그만두기를 바랐다.

아무튼 참 이상한 일 아닌가! 그가 그녀를 진심으로 사랑한다고 생각하며, 그녀를 향한 그의 애정이 보통 이상이라고 상상하기 시작하던 참이었는데. 그리고 그의 여동생도 그가 여전히 다른 어떤 여성은 거들떠보지도 않는다고 말하지 않았던가. 여하튼 그가 사촌 큰언니에게 눈에 띌 만큼 관심을 보인 게 틀림없었다. 편지를 보낸 아가씨가 하찮은 언동에는 신경도 안

쓰는 사람인 걸로 봐서, 뭔가 심각한 정도의 경솔한 언동이 있었음이 틀림없었다.

그녀는 마음이 몹시 불편했다. 크로퍼드 양에게서 다시 편지가 올 때까지는 이런 마음 상태가 지속될 것이 분명했다. 편지 내용이 좀처럼 머릿속에서 떠나지를 않았다. 다른 사람에게 털어놓고 부담을 덜 수도 없었다. 사실 크로퍼드 양이 그토록 열심히, 비밀을 엄수하라고 당부할 필요까진 없었다. 사촌 언니를 위해 무엇이 올바른 처신인지 알 만큼의 분별력은 자신에게 있다고 믿어도 되었으니까.

다음 날이 되었지만 그 어떤 다음 편지도 오지 않았다. 패니는 실망했다. 오전 내내 다른 일은 하나도 생각할 수 없었다. 여하튼 평소와 같이 오후에 아버지가 일간 신문을 들고 집에 돌아왔을 때만 해도, 그녀는 그런 경로를 통해 소문의 진상이 밝혀지리라고는 전혀 기대하지 않았기에 그걸 잠시 머리에서 내려놓고 있었다.

그녀는 이때 다른 생각에 골몰이 잠겨 있었다. 그 방에 처음 들어왔던 저녁 시간과 아버지와 아버지의 신문에 대한 기억이 머리를 스치고 지나가고 있었다. 지금은 촛불이 필요하지 않았다. 아직 해가 한 시간 반은 더 지평선 위에 머물러 있을 시간이었다. 이제는 정말로 그곳에 온 지 석 달이 되었다는 생각이 들었다. 거실 안에 강하게 내리비치는 햇빛은 그녀의 기운을 북돋아주기는커녕 울적한 마음만 더 들게 했다. 그녀는 도시의 햇빛과 시골의 햇빛이 사뭇 다르다고 느꼈다. 이곳에서 햇빛이 할 수 있는 일이라고는 그저 이글거리기만 하는 것, 숨 막히게, 퇴색한 모습으로 이글거리기만 하는 것뿐이었다. 햇빛이 없었더라면 잠자듯 눈에 띄지 않았을 얼룩과 먼지를 두드러지게 하는 데 도움이 될 뿐이었다. 도시의 햇빛은 건강하지도 화사하지도 않았다. 그녀는 답답한 열기를 띤 햇빛을 받으며 자욱이 떠돌아다니는 먼지 속에 앉아 있었다. 그러면서 아버지의 머리 자국이 난 벽들로부터 시작해서 남동생들이 칼자국과 흠집을 낸 식탁에 이르기까지, 주위를 둘러보며 이리저리 눈길을 주고 있을 뿐이었다. 식탁 위에는 한 번도 깨끗이 씻은 적이 없는 차 쟁반과, 줄무늬가 진 덜 닦인 잔과 접시들과, 둥둥 떠다니는 먼지가 섞인 연푸른 우유와, 레베카가 손으로 처음 만들었을 때보다 점점 더 반들거리는 기름기를 띠어가는 버터 바른 빵이 놓여 있었다. 차가 마련되는 동안 아버지는 신문을 읽었고, 어머니는 평소와 같이 너덜너덜해진 양탄자에 대해 불평을 늘어놓은 뒤 레베카가 그걸 수선해주기를 바라고 있었다. 패니는 아버지가 특정한 기사를 읽고 난 뒤 곰곰이 생각에 잠겼다가, 헛기침을 하고 그녀를 큰 소리로 부르는 소리를 듣고 나서야 비로소 상념에서 깨어났다. "런던에 산다는 네 그 대단한 사촌 언니 부부의 이름이 뭐라고 했지, 패니?"

그녀는 잠시 생각한 다음에야 대답할 수 있었다. "러시워스예요, 아버지."

"그 사람들, 윔폴 거리에 살지 않니?"

"맞아요, 아버지."

"그럼 앞으로 그 사람들에게 큰 재앙이 닥치게 생겼다. 그 사람들 이제 끝났어. 자, 봐라. (신문을 그녀에게 내밀며) 이렇게 훌륭한 친척들이 네게 퍽도 도움이 되겠다. 토머스 경이 이 일을 어떻게 생각할지 모르겠군. 듣기 좋은 말을 워낙 많이 하고, 워낙 훌륭한 신사이니 말이다. 이런 일이 벌어졌다고 자기 딸을 덜 좋아하는 건 아니겠지. 하지만 하느님께 맹세코 말하는데, 나 같으면, 아마 그런 딸이 내 딸이었으면 감독을 할 수 있는 한은 올가미에 걸어놓고 감시했을 거다. 사내든 계집이든 조금씩 두들겨 패는 게 이런 일을 방지하는 최선책이지."

패니는 묵묵히 신문을 읽었다. "더없는 우려의 심정으로 본지는 윔폴 거리의 러─ 씨 부부에게 분란이 일어났다는 사실을 세상에 널리 알리지 않을 수 없습니다. 결혼의 신이 주관하는 부부 명단에 이름이 등재된 지 얼마 안 되었으며, 상류사회를 이끄는 눈부신 리더가 되리라 약속한 바 있는 아름다운 러─ 부인이 남편의 집을 가출하여 러─ 씨의 절친한 친구이자 지인인 유명하고 매혹적인 크─ 씨와 함께 어디론가 사라졌다는 겁니다. 그런데 그 두 사람이 사라진 곳이 어디인지는 본지의 편집인도 아는 바가 없습니다."

"오보일 거예요, 아버지." 패니가 즉시 말했다. "틀림없이 오보일 거예요. 사실일 리가 없어요. 분명히 다른 사람들에 관한 기사일 거예요."

그녀는 창피한 마음을 미루려는 본능적인 바람으로 이렇게 말했다. 절망감에서 비롯된 결의로 이렇게 말한 것이었다. 사실 그녀 자신도 안 믿기고 또 믿을 수도 없는 말이었다. 기사를 읽으면서 그녀는 강력한 확신이 들어 이미 충격을 받은 상태였다. 기사 내용이 사실이라는 확신이 물밀 듯이 밀어닥쳤다. 그러니 그 같은 상태에서 어떻게 입을 열 수 있었는지, 대체 어떻게 숨을 쉴 수 있었는지…… 나중에 생각해보니 참 신기하기만 했다.

프라이스 씨는 기사 내용에 거의 관심이 없는 듯 딸에게 많은 말을 하지 않았다. "거짓말일 수도 있겠지." 그가 인정했다. "하지만 요즘은 너무나 많은 훌륭한 부인들이 그런 식으로 악마의 꼬임에 넘어간단다. 그러니 누구도 장담할 수 없어."

"저도 진심으로 그 기사 내용이 사실이 아니었으면 좋겠네요." 프라이스 부인이 딱한 일이라는 듯이 말했다. "사실이라면 너무나 충격적인 일일 테니까요! 저 양탄자 좀 수선하라고 레베카에게 한 번만 더 말하면, 틀림없이 열두 번은 말하는 셈일 거야. 안 그러니, 벳시야? 세상에, 10분도 안 걸리는 일인데."

신문에 실린 추문이 사실이라고 확신했을 때, 그리고 뒤에 이어질 참혹한 결말을 일부라도 인지하기 시작했을 때, 패니 같은 마음을 지닌 사람이 느꼈을 공포감은 말로 다할 수 없을 것이다. 그녀는 처음에는 그저 망연자실 멍하기만 했다. 그러나 시시각각 그 과실이 끔찍한 불행이라는 생각이 들기 시작했다. 그녀로서는 의심의 여지가 없는 일이었다. 그 한 문단짜리 기사가 오보라는 희망은 감히 품을 수도 없었다. 한 줄 한 줄 모든 내용이 마치 자신이 쓴 것처럼 여겨질 정도로 읽고 또 읽었던 크로퍼드 양의 편지 내용이 신문 기사의 내용과 놀랄 만큼 일치하고 있었다. 오빠를 열심히 변명하던 그녀의 말과, 소문이 잠잠해지기를 바라던 그녀의 희망과, 명백한 심적 동요 등 모든 내용이 뭔가 지독히 안 좋은 사건을 보도한 기사의 내용과 일맥상통했다. 게다가 이런 엄청난 강도의 중대한 과실을 대수롭지 않게 여길 만한 됨됨이를 지닌 여자가 있다고 한다면, 또한 그런 과실을 호도하면서 그게 아무 일도 아닌 듯 벌도 받지 않고 지나가기를 바라는 여자가 있다고 한다면, 패니로서는 크로퍼드 양이 바로 그 여자라고 믿을 수밖에 없었다! 패니는 이제야 사라진, 아니, 크로퍼드 양이 사라졌다고 말한 '그들'이 누군지에 대해 자신이 착각했었다는 것을 깨달았다. 그들은 러시워스 씨와 러시워스 부인이 아니었다. 러시워스 부인과 크로퍼드 씨였다.

패니는 지금까지 이런 충격에 빠져본 적이 한 번도 없다는 생각이 들었다. 아무리 애를 써도 마음을 편히 먹을 수 없었다. 그날 저녁은 단 한 순간도 불행하다는 생각이 멈추는 적이 없이 흘러갔다. 밤새도록 잠도 싹 달아났다. 그저 메스껍다는 느낌으로 시작하여 두려움에 몸서리까지 쳐지는 가운데, 발작적으로 열이 났다가 다시 한기가 느껴지는 일이 반복되며 시간이 흘렀다. 워낙 충격적인 사건인지라 몇 차례 그녀의 마음이 그럴 리 없다고 반기를 들기도 했고, 이런 일은 도저히 일어날 수 없다는 생각이 들기도 했다. 불과 여섯 달 전에 결혼한 여자와 다른 여자에게 헌신적인 사랑을 고백했던, 아니, 결혼까지 약속했던 남자가 세상에 이런 짓을…… 게다가 그 다른 여자가 그녀의 가까운 친척인데…… 온 가족의, 양가의 온 가족의 인연이 얽히고설켜 모두 아는 사람들에다 친한 사이인데…… 어쩌면 그럴 수가 있단 말인가! 완전히 야만 상태에 있지 않은 이상, 인간의 본성으로는 도저히 저지를 수 없는 짓 아닌가! 너무나 끔찍하게 뒤얽힌 상스러운 죄악 아닌가! 그러나 그녀의 판단력이 바로 그런 일이 있어났다고 말하고 있었다. 허영심에 휘둘리던 그의 불안한 애정과 그를 향한 마리아의 확고부동한 사랑이, 그리고 두 사람 모두에게 부족했던 원리원칙이 이런 일을 가능하게 한 것이었다. 그리고 이 사건이 사실인지에 대해서는 크로퍼드 양의 편지가 확인 도장을 찍은 셈이었다.

앞으로 어떤 결과가 빚어진단 말인가? 피해를 입지 않을 사람이 누가 있단 말인가? 생각에 영향을 받지 않을 사람이 누가 있을까? 마음의 평화가 영원히 깨지지 않을 사람이 누가 있을까? 크로퍼드 양 자신도…… 에드먼드 오빠도…… 그러나 그건 밟아서는 안 되는 선처럼 위험한 생각이었다. 그녀는 이번 일이 정말 큰 잘못이며, 대중에게 발각된 것이 분명하다고 확인된다면 틀림없이 온 가족을 집어삼킬 명백한 불행이라고 생각하는 데에만, 아니, 생각하기 위해 노력하는 데에만 집중하기로 했다. 언니의 어머니의 고통과 아버지의 고통…… 그녀는 거기서 생각을 멈췄다. 줄리아 언니의 고통과 톰 오빠의 고통,

에드먼드 오빠의 고통…… 그녀는 거기서 더 오래 생각을 멈췄다. 이 사건을 제일 끔찍하게 여길 사람은 둘이었다. 아버지로서 토머스 경이 하고 있을 걱정, 명예와 예절을 중시하는 그의 심정, 그리고 에드먼드 오빠의 곧은 원칙과 남을 의심하지 않는 성품, 그의 감정이 지닌 순수한 힘을 생각하니, 이 같은 치욕적인 사건을 맞은 두 사람이 생명과 이성을 계속 유지하는 것만도 기적처럼 여겨졌다. 이 사건이 지금에만 관련된 일이라면 차라리 즉각 소멸해버리고 마는 것이 러시워스 부인의 모든 친인척들에게는 더없는 축복일 것 같기도 했다.

다음 날도, 그다음 날도 그녀의 걱정을 더는 일은 하나도 일어나지 않았다. 두 차례 우편물이 도착했지만 공적이든 사적이든 사건 내용을 반박하는 소식은 하나도 없었다. 크로퍼드 양에게서도 첫 편지의 내용을 해명하는 두 번째 편지는 오지 않았다. 이모에게서 다시 편지가 올 때가 되고도 남았지만, 맨스필드로부터도 소식이 없었다. 불길한 조짐이었다. 정말이지 마음을 달래줄 털끝만큼의 희망도 가질 수 없어서 그녀는 몹시 침울하고 창백해졌다. 그 어떤 어머니도, 프라이스 부인을 제외한 그 어떤 매정하지 않은 어머니도 그냥 지나칠 수 없을 만큼 벌벌 떨고 있는 상태로 빠져들었다. 그러던 차에 드디어 사흘째 되는 날, 가슴이 덜컹 내려앉는 문 두드리는 소리가 들리더니 패니의 손에 다시 편지가 건네졌다. 에드먼드가 보낸 런던 우체국 소인이 찍힌 편지였다.

사랑하는 패니에게,

우리가 얼마나 참혹한 상태인지 너도 알고 있겠지. 너도 네
몫의 고통을 겪고 있을 테니 하느님께서 너를 도와주시기를 바
랄게. 아버지와 함께 이곳에 도착한 지 이틀이 지났건만 할 수
있는 일이 아무것도 없단다. 도무지 두 사람의 행방을 추적할
수가 없어. 아마 우리가 당한 마지막 일격 소식을 못 들었겠지.
줄리아가 눈이 맞아 도피 행각을 벌였다. 예이츠와 함께 스코
틀랜드로 사라졌어. 우리가 도착하기 몇 시간 전에 런던을 떠
났어. 다른 때였다면 참담한 일로 여겨졌겠지. 지금은 별것도
아닌 일로 여겨지는구나. 물론 현 상황을 더욱 악화시키는 사
건이지만 말이야. 아버지가 몸과 마음이 녹초가 되신 건 아니
다. 이제 더 바랄 일도 없잖니. 여전히 정상적으로 생각하시고
정상적으로 행동할 수 있으셔. 이 편지는 아버지께서 바라셔서
너에게 집으로 돌아오라는 말을 전하기 위해 쓰는 거란다. 아
버지는 어머니 걱정에 네가 당장 집으로 돌아오기를 간절히 바
라셔. 네가 이 편지를 받은 다음 날 아침, 아마 내가 포츠머스
에 당도할 거다. 그때 맨스필드로 떠날 차비를 마치고 있으면
좋겠구나. 아버지는 네가 수전에게 몇 달 동안 맨스필드에 함
께 가 있자고 권하기를 바라신단다. 너 좋을 대로 결정하렴. 어
떻게 하는 게 적절할지 말해주고. 이런 시점에서, 아버지께서
이토록 친절하게 배려해주시니 너도 분명히 그 고마움을 절감
하겠지! 아버지의 뜻을 공정히 평가해주렴. 나는 뭔지 헷갈리
지만. 지금 내 마음 상태가 어떤지 너도 조금은 상상할 수 있을

테니까. 우리 가족에게, 마음대로 풀어놓은 듯 쏟아지는 불행이 끝도 없는 것 같구나. 우편마차를 타고 가는 나를 아침 일찍 볼 수 있을 거야. 이만 줄일게.

이 무렵보다 더 패니에게 기운을 북돋는 강장제가 필요한 때도 없었다. 그리고 이 편지보다 더 약효가 큰 강장제도 없었다. 내일이라고! 내일이면 포츠머스를 떠나게 된다고! 그녀는 그토록 많은 사람들이 비참한 불행에 빠져 있는데 자신은 오히려 짜릿한 행복을 맛보는 크나큰 위험에 빠져들고 있었다. 아니, 빠져 있다고 느꼈다. 이번의 불행한 사태가 자신에게는 이런 이득을 가져다주다니! 그녀는 이번 일이 얼마나 불행한 사태인지 혹시 잊게 될까 봐 두려웠다. 이렇게 빨리 돌아가게 되고, 이렇게 친절하게 편히 갈 수 있도록 자신을 데리러 오고, 그것도 수전과 함께 가도 좋다는 허락까지 내려지다니. 이 모든 게 합쳐지니 가슴이 뜨거워지는 겹겹의 축복처럼 느껴졌다. 그 때문에 한동안 모든 고통이 멀리 있는 것 같았다. 가장 큰 고통을 겪고 있다고 생각되는 분들의 고통조차도 적절히 공감할 수 없을 것 같았다. 줄리아의 도피는 그녀에게 비교적 적은 영향만 미쳤다. 깜짝 놀랐고, 충격을 받긴 했다. 그러나 그녀의 마음을 빼앗지도, 마음에 그리 오래 머물지도 않았다. 억지로 주의를 환기시켜 생각하면 무척 불행하고 가슴 아픈 일이라는 생각이 들기는 했다. 하지만 맨스필드로 돌아오라는 부름을 받고 나서, 온통 마음이 들뜨고, 급박하고, 즐거운 걱정으로 가득

차 있었으니, 그 가운데 어느덧 그런 생각은 멀리 사라지는 것
이었다.

　슬픔을 달래는 데에는 할 일, 활동적으로 불가피하게 해야
할 일만한 것이 없는 법이다. 침울한 일일지언정, 할 일이 있으
면 우울한 마음을 쫓아낼 수 있는 법이다. 그런데 그녀가 해야
일은 희망에 부푼 일이기까지 했다. 할 일이 워낙 많아서 러시
워스 부인의 (이제는 마지막 지점까지 확실한 사실로 확인되었
던) 끔찍한 소식도 이제는 전만큼 영향을 미칠 수 없었다. 비참
한 심정에 빠질 틈도 없었다. 그녀는 앞으로 스물네 시간 안에
이곳을 떠나게 되기를 바라고 있었다. 그러니 어머니와 아버
지에게 사실을 알려야 했고, 수전을 채비시켜야 했고, 모든 사
항을 준비해놓아야 했다. 한 가지 일이 끝나면 다른 일이 이어
졌다. 하루라는 시간으로는 좀처럼 충분하지 않았다. 집을 떠
나게 되었다는 사실을 알리면서 그녀가 발했던 행복감, 알리기
전에 간략하게나마 전해야 했던 우울한 소식으로도 전혀 줄지
않았던 행복감, 수전과 함께 가도 좋다고 아버지와 어머니가
흔쾌히 허락하신 것, 두 자매가 함께 가게 된 일을 모두들 만족
해한 것, 수전 본인의 황홀한 기쁨 등 모든 게 그녀의 기분을
들뜨게 하는 데 일조했다.

　패니의 가족은 버트럼가의 친척들이 느끼고 있을 고통에 그
다지 공감하지 않았다. 프라이스 부인은 불쌍한 언니에 대해
단 몇 분만 이야기했을 뿐이다. 수전의 옷가지를 담을 용기를
찾는 것이 그녀의 생각에는 더 중요한 문제였다. 레베카가 상

자란 상자는 죄다 갖다 버리거나 망가뜨렸기 때문이었다. 그리고 수전의 경우, 온 마음을 다해 가장 우선적으로 원하던 일이 이렇게 뜻하지 않게 이루어진 데다 사건을 저지른 사람들이나 그 사건으로 슬퍼하는 사람들을 개인적으로 몰랐으니 친척들의 고통에 공감할 수 없었다. 처음부터 끝까지 기뻐하는 태도만 보이지 않은 것만으로도, 열네 살 어린 소녀의 인간적인 도덕심에서 기대할 수 있는 최대치의 공감인 것이 당연했다.

프라이스 부인이 결정을 내리거나 레베카가 선의의 도움을 줄 만한 일이 사실상 하나도 없었기 때문에 모든 일이 합리적이고 적절하게, 일사천리로 진행되었다. 두 아가씨는 다음 날 떠날 준비를 모두 마쳤다. 여행을 위해 잠을 푹 자두는 것이 도움이 됐겠지만 불가능한 일이었다. 밤새 그들을 향해 오고 있다는 사촌 오빠가 들뜬 마음속에 등장하지 않은 적이 거의 없었다. 한 명은 지극한 행복감에 젖어 있었고, 다른 한 명은 형용할 수 없을 만큼 다양한, 온갖 심적 동요에 빠져 있었다.

다음 날 아침 8시에 에드먼드는 벌써 집에 들어와 있었다. 두 아가씨는 위층에서 그가 들어오는 소리를 들었다. 패니는 아래층으로 내려갔다. 즉각 내려가서 그를 만나야 한다고 생각하고 또 그가 겪고 있을 것이 분명한 마음의 고통을 충분히 알겠다고 생각하니, 사건 이야기를 처음 듣고 느꼈던 온갖 감정이 되살아났다. 거실로 들어서면서 패니는 쓰러질 것 같은 기분이 들었다. 그는 그곳에 혼자 있다가 곧바로 그녀를 맞이했다. 그녀는 그가 자신을 자기 가슴에 꼭 안고 겨우 이런 내용만 알아들을 수 있는 말을 하고 있다는 걸 알았다. "패니, 지금은 네가 내 유일한 여동생…… 내 유일한 위안……." 그녀는 아무 말도 할 수 없었다. 에드먼드 역시 몇 분 동안 아무 말도 할 수 없었다.

그는 마음을 진정시키려는지 잠시 돌아서 있었다. 다시 말을 할 수 있게 되자 그는 목소리는 더듬거렸지만 태도만큼은 자제하기를 바랐고, 더 이상의 거북한 언급은 피해야겠다고 결심한 기색이 역력해 보였다. "아침은 먹었니? 떠날 준비는 언제쯤 다 되겠니? 수전도 가니?" 신속하게 이어진 질문들이었다. 그가 가장 주안점을 둔 목적은 되도록 빨리 떠나는 것이었다. 맨스필드를 생각한다면 시간이 소중했다. 그리고 자신의 마음 상태로 봐서도 빨리 몸을 움직여야 마음이 편해질 것이었다. 그는 반시간 지난 뒤 마차를 문 앞에 대령하도록 지시하겠다고 정했다. 패니는 그때까지 조찬을 마치고 떠날 채비도 완전히 마치겠노라고 약속했다. 그는 아침을 먹고 왔으므로 두 사촌 여동생들이 식사를 하는 동안 집 안에 머무르지 않겠다고 마음먹었다. 성벽 주변을 거닐다 온 뒤 대령한 마차와 함께 두 사람을 만날 생각이었다. 그는 패니를 잠시 떠나 있는 것조차 다행이라는 심정으로 다시 집을 나갔다.

그는 마음이 몹시 편치 않아 보였다. 격렬한 감정으로 고뇌하고 있는 게 명백해 보였지만 결연히 그걸 억누르고 있는 것 같았다. 분명히 그럴 것이라는 걸 알고 있었지만 그 모습을 보는 패니는 몹시 괴로웠다.

마차가 도착했다. 그리고 그 시간에 맞춰 그가 집 안으로 다시 들어왔다. 몇 분 동안 가족들과 대화를 나누고, 두 딸을 떠나보내는 부모의 무덤덤한 태도를 목격하기에(그는 오로지 그 장면만 목격했다) 알맞고, 아침을 먹는 그들을 방해하기에 알맞은 시간이었다. 평소와 달리 분주히 움직인 덕분에 마차가 문간으로 오고 있었을 때는 제법 그럴듯한 식사가 차려졌었다. 아버지 집에서 패니가 한 마지막 식사는 맨 처음 왔을 때 한 식사나 매한가지였다. 그녀는 맨 처음 그녀를 맞이했던 것만큼의 살가운 대접을 받으며 집을 떠났다.

포츠머스의 방벽을 통과하며 그녀는 너무 기쁘고 고마워서 가슴이 벅차올랐다. 수전이 만면에 얼마나 가득한 미소를 머금고 있었는지는 쉽게 상상할 수 있을 것이다. 하지만 앞으로 몸을 내민 데다 보닛 모자로 얼굴이 가려져 있어서 그 미소를 볼 수는 없었다.

여행은 묵묵히 진행될 가능성이 높아 보였다. 에드먼드의 깊은 한숨이 패니의 귓가에 자주 와 닿았다. 아무리 단단히 결의를 다졌더라도 만약 그녀와 단둘만 있었더라면 분명히 가슴을 열고 속마음을 털어놓았을 것이다. 그러나 수전이 함께 있었으니 자기만의 생각 속으로 빠져들었다. 몇 차례 이번 사건과 무관한 다양한 화제를 꺼내며 이야기를 시도했지만 결코 오래갈 수 없었다.

패니는 좀처럼 근심을 멈추지 않고 주의 깊게 그를 지켜보았다. 그러다 몇 번 눈길이 마주치기도 했는데, 그때마다 애정 어린 그의 미소를 보고 안심하곤 했다. 여하튼 첫날 여행의 절반이 진행되도록 그의 마음을 짓누르고 있는 주제에 관해서는 한 마디도 들을 수 없었다. 다음 날 아침이 되자 좀 더 많은 화제가 거론되었다. 옥스퍼드를 출발하기에 앞서 수전이 창가에 서서 여관을 떠나는 어느 대가족의 출발 장면을 열심히 구경하는 동안, 두 사람만 난롯가에 서 있었다. 에드먼드는 패니의 달라진 모습을 보고 깜짝 놀랐다. 그러면서 그녀 아버지 집의 일상적인 열악한 환경에 대해서는 아무것도 모른 채, 그녀의 모습이 그렇게 심하게 변한 것이 전부 최근의 사건 탓이라 여기고는 손을 덥석 잡으며 나지막하지만 의미심장한 어조로 이렇게 말했다. "놀랄 일도 아니지. 너도 틀림없이 그 불행한 사건을 통감했겠지. 분명히 고통을 겪었겠지. 한때 너를 사랑한다고 했던 자가 어떻게 너를 버릴 수 있는지! 하지만 네 사랑은…… 네 호감은 나와 비교한다면, 시작한 지 얼마 안 됐잖니. 패니, 내 생각을 좀 해주렴!"

그들 여정의 절반은 하루 종일 시간이 걸렸다. 따라서 옥스퍼드에 도착했을 때는 모두 녹초가 되어 있었다. 그러나 여정의 나머지 절반은 훨씬 더 이른 시간에 끝났다. 그들은 통상적인 정찬 시간 전에 맨스필드의 사유지 경계선 안으로 들어섰다. 사랑스러운 저택으로 다가가는 동안 두 자매의 가슴은 다소 내려앉았다. 패니는 그토록 모욕적인 사건이 일어났으니, 그런 상황에서 두 이모와 톰 오빠를 만나기가 두려웠다. 그리고 수전은 다소 근심스럽게, 자신이 최상의 예절과 최근에 배

위둔 이곳의 관행에 대한 지식을 마침내 실천하기 직전이구
나 하고 생각했다. 눈앞에 올바른 예절과 형편없는 예절, 천박
한 구식 언행과 품격 있는 새로운 언행에 대한 그림이 펼쳐지
는 것 같았다. 그녀는 은제 포크와 냅킨, 핑거볼에 대해서도 많
이 생각했다. 패니는 주변 모든 것들의 모습이 2월과 사뭇 달
라져 있다는 것을 깨닫고 있었다. 하지만 맨스필드 파크 안으
로 들어서자 지각 능력과 쾌감이 더없이 예리하고 짜릿해졌다.
그곳을 떠난 지 석 달, 꼬박 석 달이 지난 것이었다. 그러니 그
녀가 느낀 것은 겨울에서 여름으로의 변화였다. 이르는 곳마
다 더없이 푸르른 잔디밭과 초목에 눈길이 가 닿았다. 아직 완
전히 우거진 것은 아니었지만 나무들 또한 기쁨을 주는 상태였
다. 더 큰 아름다움이 가까이 다가와 있다는 걸 알려주고, 사실
상 지금도 큰 아름다움을 뽐내고 있지만 아직 더 많은 아름다
움이 남아 있다는 걸 상상하게끔 하는 상태였다. 그녀는 이런
기쁨은 혼자서만 간직했다. 그런 기쁨을 에드먼드와 함께 나눌
수는 없었다. 그를 바라보았다. 하지만 그는 몸을 뒤로 기댄 채
조금 전보다 더 깊은 시름에 젖어, 주변의 즐거운 경관이 괴롭
다는 듯이, 고향집의 아름다운 광경을 시야에서 차단해야 한다
는 듯이 눈을 감고 있었다.

　그녀는 그 모습을 보고 다시 침울해졌다. 지금도 분명히 계속
되고 있을 집안의 상황을 알고 있으니, 현대적이고 바람 잘 통
하고 위치 또한 훌륭한 저택도 우울한 모습을 띠는 것 같았다.

　집에 있던 사람들 가운데 특히 한 명이 전에 한 번도 느껴보

지 못했을 정도로 몹시 초조하게 그들을 기다리고 있었다. 심각한 표정을 짓고 있던 하인들을 지나치기가 무섭게 레이디 버트럼이 패니를 맞이하러 응접실에서 달려 나왔다. 평소의 느릿느릿한 발걸음이 전혀 아니었다. 그런 다음 패니의 목을 꼭 끌어안고 이렇게 말했다. "잘 왔다, 패니! 이제야 내 마음이 편안해지겠어."

16

그동안 남아 있던 세 사람은 무척 비참해하고 있었다. 셋 모두 각각 자신이 가장 불행하다고 믿었다. 그러나 마리아에 대한 애정이 가장 컸던 노리스 부인이 사실 제일 큰 고통을 겪고 있었다. 조카들 중에서 그녀가 제일 좋아하고 제일 귀여워하던 조카였다. 그리고 마리아의 결혼은, 그녀가 속으로 대단한 자부심을 느끼며 자랑스럽게 말했듯이, 그녀의 머리로 성사된 일이었다. 그러니 그 결혼이 이런 식으로 결말을 보게 됐다는 생각에 심신이 녹초가 될 지경이었다.

노리스 이모는 사람이 변해 있었다. 말수가 줄고, 멍하니 있고, 주변에서 일어나는 모든 일에 심드렁했다. 여동생과 큰조카만 집에 남아 집 안의 모든 일이 자신의 관리에 맡겨지는 이로운 입장이었지만, 그녀는 그 이로운 입장조차 내팽개쳐버렸다. 집을 통솔할 수도 지시할 수도 없었고, 심지어 자신이 유용하다는 생각조차 할 수 없는 지경이었다. 실질적인 고통의 영향을 받자 그녀의 적극적인 행동 능력이 완전히 마비된 것이었다. 그러니 레이디 버트럼도 톰도 그녀의 도움을 조금도 받을 수 없었다. 그녀는 도우려는 시도조차 하지 않았다. 그 두 사람이 서로에게 도움이 되지 않은 것과 마찬가지로 그녀는 그들에게 도움이 되지 않았다. 셋 모두 똑같이 외로웠고, 무기력했고, 쓸쓸했다. 그런 상황에서 드디어 다른 사람들이 도착한 것인데, 이 일은 노리스 부인의 두드러진 불행을 더욱 굳히기만 했다. 함께 남았던 두 사람에게는 위로가 되는 일이었지만 그녀에게는 아무 소용 없는 일이었다. 패니가 버트럼 이모에게 반가운 존재였던 것 못지않게 에드먼드는 형에게 반가운 존재였다. 그러나 노리스 부인은 이 두 사람에게서 위로를 느끼기는커녕 그중 한 사람 때문에 짜증만 더 났다. 분노에 눈이 멀어 그 한 사람이 모든 일의 화근이라고 비난하고 싶었다. 패니가 크로퍼드 씨를 받아들였다면 이런 일이 일어날 수 없었다는 것이었다.

수전도 노리스 부인에겐 불만의 원인이었다. 그녀는 수전을 몇 차례 쌀쌀맞게 쳐다보기만 했을 뿐 그 이상으로 주목하고 싶은 마음이 전혀 없었다. 그저 수전이 염탐꾼이고, 훼방꾼이고, 가난뱅이 조카딸이라는 생각, 밉살스러운 온갖 모습을 다 갖고 있다는 생각만 들었다. 다른 이모는 수전을 차분하고 다정하게 맞이했다. 사실 레이디 버트럼은 수전에게 많은 시간을 내줄 수도 많은 말을 할 수도 없었다. 그러나 수전이 패니의 동생이니 맨스필드에 머물 자격이 충분하다고 생각하고 기꺼이 입맞춤을 해주며 마음에 들어 했다. 수전이 느낀 기분은 만족 이상이었다. 노리스 이모의 냉대 외에는 기대할 게 별로 없을 것임을 충분히 알고 왔던 터였다. 그런 참에 버트럼 이모가 그 토록 다정히 대해주고, 최고의 축복을 들으면서 여러 가지 불편을 그토록 확실히 벗어날 수 있었으니, 그녀는 다른 사람들의 무관심보다 더한 무관심을 받는다 해도 꿋꿋이 이겨나갈 수 있을 것 같았다.

이때부터 수전은 홀로 있는 시간이 무척 많아져, 저택과 저택 경내를 구경하고 다니며 최대한 친숙해질 수 있었다. 그렇게 구경을 하면서 그녀는 이번 일만 아니라면 그녀에게 신경을 써주었을 두 사람이 입을 닫고 있거나, 당장 위로 비슷한 도움을 받으려고 그들에게 각각 매달리는 다른 두 사람에게 시간을 전부 빼앗기고 있는 동안 무척 행복한 나날을 보냈다. 에드먼드는 형을 위로하는 데 전력투구하며 자신의 감정을 묻으려 애 썼고, 패니는 버트럼 이모에게 전념하며 전보다 더 큰 열성으로 예전의 일로 돌아갔다. 그러면서 그녀는 자신을 그토록 간절히 원하던 이모이니, 아무리 많은 일을 해도 충분치 않다고 생각했다.

이번에 일어난 불행한 사건에 대해 패니와 이야기를 나누는 것, 그리고 이야기를 나누면서 슬픔을 표하는 것이 레이디 버트럼에게는 더없는 위로였다. 이모의 말을 참고 경청하는 것, 그리고 다정하게 공감하는 목소리로 대답하는 것이 패니가 이 모를 위해 할 수 있는 모든 일이었다. 다른 식의 위로는 불가능했다. 이번 일은 그만큼 다른 여지를 주지 않았다. 레이디 버트럼은 생각이 깊은 편이 아니었지만 토머스 경의 인도 덕분에 중요한 일이 발생하면 무엇이 올바른 생각인지는 알고 있었다. 따라서 그녀는 이번 사건이 얼마나 불미스러운 사건인지 똑똑히 알았다. 이번 일이 얼마나 큰 죄며 불명예인지 애써 무시하려 하지 않았고, 패니에게 별다른 조언을 부탁하지도 않았다.

레이디 버트럼의 감정은 사실 예민한 편이 아니었고 정신 또한 집요한 편이 아니었다. 얼마쯤 시간이 지나자 패니는 이모의 생각을 다른 데로 돌리고 평소에 하던 일들에 얼마간 다시 관심을 쏟게 하는 것이 불가능하지 않다는 걸 알았다. 그래도 레이디 버트럼은 생각이 큰딸의 사건에 맞춰질 때면, 그 사건의 의미를 오직 한 가지 관점에서만 바라볼 수 있을 뿐이었다. 그 사건에 딸 하나를 잃고 씻을 수 없는 오명을 입었다는 의미가 담겨 있다는 것이었다.

패니는 이모에게서 지금까지 일어난 모든 일에 대해 자세히 들었다. 이모의 이야기가 정연한 편은 아니었지만, 토머스 경과 주고받은 편지들과 그녀가 이미 알고 있던 내용, 그리고 합리적으로 연결이 가능한 추론의 도움을 받으니, 이내 이번 사건의 정황을 원하는 만큼 충분히 파악할 수 있었다.

러시워스 부인은 얼마 전부터 친해진 어느 가족(명랑하고 사근사근한 태도에 적절한 도덕관념과 분별력도 갖고 있는 듯이 보이는)과 함께 부활절을 보내기 위해 트위커넘으로 내려갔다. 그런데 그 가족의 집이 크로퍼드 씨가 언제든 스스럼없이 드나드는 곳이었기 때문에 그랬던 모양이었다. 그가 그 인근에 머무르고 있다는 것은 패니도 알고 있는 사실이었다. 한편 러시워스 씨는 이 무렵 어머니와 며칠을 함께 보내고 그녀를 런던으로 데려올 목적으로 바스에 내려가 있었다. 따라서 마리아가 아무 제약도 안 받고, 심지어 줄리아도 없는 상태에서 이 절친한 가족과 어울린 것이다. 줄리아는 토머스 경의 친척을 방문하러 이삼 주 전부터 윔폴 거리를 떠나 있었다. 그녀의 어머니와 아버지는 딸이 그렇게 떠난 이유가 예이츠를 편하게 만나려는 것이었음을 이제야 눈치챈 것 같았다. 러시워스 씨가 윔폴 거리로 돌아온 직후에 토머스 경은 런던에 사는 각별한 옛 친구가 보낸 편지 한 통을 받았다. 그 친구가 그쪽에서 걱정스러운 이야기를 직접 듣거나 상당 부분 목격하고 나서, 토머스 경에게 런던으로 직접 와서 영향력을 행사하여 딸의 친밀한 교제를 만류하라고, 이미 불쾌하게 쑥덕거리는 소리가 들려 그 때문에 러시워스 씨가 불쾌해하는 게 분명한 교제를 만류하라고 권하는 편지였다.

토머스 경은 편지에서 권한 대로 행동할 차비를 마쳤지만 그 내용은 맨스필드의 어느 누구에게도 발설하지 않았다. 그러던 차에 같은 친구가 다시 편지를 보내왔다. 문제의 두 남녀가 연관된 사건의 상황이 절망적인 지경에 이르렀음을 알리는 편지였다. 러시워스 부인이 남편의 집을 가출해버렸다는 내용이었다. 하딩 씨는 사건의 내용을 전하며, 적어도 두 사람이 지독히 무분별한 잘못을 범한 건 아닌지 염려했다. 러시워스 부인 1세,

즉 시어머니 러시워스 부인의 하녀가 깜짝 놀랄 협박을 했다는 것이었다. 그는 러시워스 부인이 집으로 돌아온다는 바람을 갖고 모든 일이 잠잠해지도록 최선의 노력을 다했지만, 윔폴 거리의 러시워스 씨 어머니의 극심한 반대에 부딪쳐 최악의 결과가 빚어지지 않을까 우려하고 있었다.

이제는 친구가 전해온 이 끔찍한 소식을 다른 가족들에게 더 이상 비밀로 할 수 없었다. 토머스 경은 런던으로 떠났다. 에드먼드도 동행했다. 따라서 다른 사람들은 비참한 상태로 남겨졌고, 더 나쁜 상황은 상상할 수 없으리라 생각했던 그 비참함은 다음 날 런던에서 보내온 또 다른 편지로 인해 더욱 악화되었다. 이제 희망의 여지를 하나도 안 남기고 모든 사실이 온 세상들에 알려지고 말았다는 것이었다. 시어머니 러시워스 부인의 하녀가 얼마든지 사실을 발설할 수 있는 상태였는데, 여주인의 부추김에 힘입어 입을 닫으려 하지 않았다는 것이었다. 아마 이들 고부는 함께 산 시간이 짧았음에도 별로 사이가 좋지 않았던 모양이었다. 며느리를 대하는 시어머니의 이런 독살스러운 태도는 아마 며느리가 자신을 대하는 불손함 때문일 수도 있었고, 그 못지않게 아들을 딱히 여기는 안쓰러운 마음 때문일 수도 있었다.

그건 그럴 수 있다고 치고, 이 시어머니는 무엇으로도 통제할 수 없었다. 하지만 그녀가 고집을 덜 피웠다 해도, 그리고 늘 이 어머니에게 휘둘리는 아들, 즉 꽉 쥐고 흔들며 입을 막아버리는 이 어머니에게 고분고분 이끌리는 아들에게 영향력을 덜 행사했다 해도 사태는 여전히 절망적이었을 것이다. 러시워스 부인이 돌아오지 않은 것이다. 그녀가 크로퍼드 씨와 함께 어딘가로 숨어버렸다고 결론 내릴 만한 근거가 충분하고도 남았다. 그녀가 사라진 날 그 역시 여행을 가려는 듯 숙부의 집을 떠났다는 것이다.

그래도 토머스 경은 런던에 좀 더 오래 남아 있었다. 딸의 평판이 추락할 대로 추락했지만 그래도 찾아내서 더 큰 죄를 저지르지 못하게 낚아챌 수 있으리라는 희망에서 그랬던 것이었다.

패니는 이모부의 현재의 마음 상태를 생각하니 견딜 수가 없었다. 이 시점에서 불행의 원인이 아닌 자식은 한 명밖에 남지 않은 것 아닌가. 여동생의 불미스러운 행실에 충격을 받아서인지 톰의 병세가 몹시 악화되었고, 그것 때문에 회복이 너무 늦어져 버트럼 부인조차 이 사건 전후의 병세 차이에 놀라 하루가 멀다 하고 남편에게 소식을 전할 정도였다. 게다가 이모부가 런던에 도착하자마자 받은 추가적인 일격, 즉 줄리아의 도피 행각 또한 지금은 그 강도가 약화되었다 해도 틀림없이 그에게 통렬한 아픔을 주었으리라는 것을 그녀는 알고 있었다. 그녀는 그게 눈에 보였다. 이모부가 보내온 편지가 줄리아 사건을 얼마나 개탄하고 있는지 말하고 있었다. 어떤 상황이든 그런 도피 행각은 환영받지 못할 행동이었다. 그런데 그런 일이 그토록 은밀히 계획된 데다 하필 이 시점에 완결되었으니, 줄리아의 생각이 아버지에게 좋게 보일 리 만무했고, 그 선택이 한층 더 어리석은 짓으로 보였을 것이었다. 그는 줄리아의 행동을 최악의 방법으로 최악의 시점에 저지른, 지독히 잘못된 일이라고 말했다. 줄리아의 행동은 부도덕한 일이라기보다는 어리석은 일이니만큼 아직은 용서의 여지가 더 많지만, 그래도 그녀가 취한 방식이 언니의 사건처럼 최악의 결과를 빚어낼 가능성이 높다고 그는 생각하지 않을 수 없었다. 줄리아가 몸을 내던진 덫에 대한 토머스 경의 생각은 그랬다.

패니는 가슴이 저리도록 이모부가 안쓰러웠다. 이제 이모부는 에드먼드 말고는 어떤 자식에게서도 위안을 얻을 수 없었다. 다른 자식은 하나같이 가슴이 찢어지는 고통만 줄 뿐이었다. 그녀는 노리스 이모와는 다른 이유지만, 이제는 자신을 못마땅해하던 이모부의 노여움도 사라졌으리라 믿었다. 이제는 자신의 판단이 옳았음이 입증되었을 터였다. 크로퍼드 씨 자신이 그를 거절한 그녀의 처신이 잘못이 아니었음을 완벽히 입증해준 꼴이었다. 하지만 이런 생각이 그녀에게는 지극히 중요한 의미를 지녔을지 몰라도 토머스 경에게는 하찮은 위로가 될 뿐일 것이다. 자신을 못마땅해하던 이모부가 그녀는 두렵기만 했었다. 그러나 그녀의 처신이 옳았음이 입증되었다고 해서, 혹은 이모부에게 고마움과 애정을 갖고 있다고 해서 지금의 그에게 무슨 도움이 될 수 있단 말인가? 이 순간에도 그는 에드먼드만 의지한 채 런던에 머무르고 있을 것이 틀림없었다.

그런데 에드먼드만은 지금 아버지의 마음에 고통을 안기지 않으리라는 패니의 생각은 착각이었다. 다른 자식들이 불러일으킨 고통보다 정도만 덜할 뿐이지 고통을 준 것은 마찬가지였다. 토머스 경은 에드먼드의 행복이 여동생과 친구의 잘못과 깊은 관련이 있다고 생각했다. 그 잘못 때문에 아들이 명백한 애정과 성공에 대한 강한 기대감을 품고 얻으려 애쓰던 아가씨와의 관계가 중단될 게 분명하다고 생각하고 마음 아파한 것이다. 더구나 그 아가씨가 비열한 오빠만 아니었다면 모든 면에서 인연을 맺기에 지극히 적절한 아가씨가 아니었던가. 그는 에드먼드와 함께 런던에 있는 동안, 아들이 다른 일들 외에도 자신의 일 때문에 얼마나 고통스러워하는지 잘 알게 되었다. 아들의 기분을 직접 보고 알기도 했고 짐작을 통해 알기도 했다. 게다가 에드먼드와 크로퍼드 양의 만남이 한 차례 있었는데 그 만남을 통해 아들의 고통이 오히려 가중되었을 뿐이라고 생각할 근거도 충분했다. 따라서 그는 다른 이유도 많았지만 무엇보다 그 이유 때문에 에드먼드가 런던을 떠나기를 간절히 바랐다. 그리하여 집에 남아 있는 다른 가족들의 고통도 덜고 그 자신의 고통도 더는 데 도움을 주려고 패니를 맨스필드파크까지 데려가는 일을 맡긴 것이었다. 요컨대 패니는 이모부의 은밀한 속마음을 몰랐고, 토머스 경은 크로퍼드 양의 은밀한 됨됨이를 몰랐다. 만약 그가 아들과 그 아가씨가 나눈 대화를 알았더라면, 그녀의 재산이 2만 파운드가 아니라 4만 파운드였을지라도 며느리로 삼고 싶은 생각이 싹 사라졌을 것이다.

에드먼드와 크로퍼드 양이 영원히 헤어져야 한다는 것은 패니에게 의문의 여지가 없는 사실이었다. 하지만 그도 같은 생각을 하고 있다는 걸 알 때까지는 그런 확신만으로 불충분했다. 그녀는 그도 같은 생각이리라 짐작했지만 정말 그런지 확인하고 싶었다. 예전에 가끔, 과하다 싶을 정도로 솔직하게 속마음을 털어놓았듯이, 오빠가 지금도 솔직하게 속마음을 털어놓으면 큰 위안이 될 것 같았다. 그러나 그녀는 그런 일은 일어나지 않을 거라고 생각했다. 그를 좀처럼 볼 수 없었고, 둘만의 자리는 한 번도 갖지 못했다. 아마 그가 단둘만의 자리를 피하고 있는 것인지도 몰랐다. 오빠의 그런 태도에서 어떤 추측을 할 수 있을까? 가족들이 고통을 겪는 가운데 특별히 괴로운 자기 몫의 고통에 판단력이 굴복해버린 것이든지 아니면 고통이 너무나 예리하게 느껴져 조금도 털어놓고 싶지 않든지, 둘 중 하나일 것 같았다. 이것이 지금의 마음 상태임이 틀림없었다. 그는 결국 꺾였다. 하지만 말을 할 여지도 없이 극심한 고뇌를 겪고 난 뒤 그렇게 꺾인 것이었다. 크로퍼드 양의 이름이 그의 입에 다시 오르내리기까지는, 혹은 예전처럼 그와 패니가 다시 흉금을 털어놓는 절친한 사이가 되기까지는 한참, 한참 시간이 걸렸다.

상당한 시간이었다. 두 사람이 맨스필드에 도착한 것은 목요일이었는데, 일요일 저녁이 되어서야 비로소 에드먼드는 자신의 문제를 패니에게 털어놓기 시작했다. 일요일 저녁 패니 옆에 앉아 있으니, 비 내리는 일요일 저녁이고 다른 어떤 시간보다 친구가 옆에 있으면 가슴을 열어 보이며 모든 것을 털어놓고 싶은 시간이고 방 안에 어머니 말고는 아무도 없었는데 그 어머니조차 감동적인 설교를 듣고 와서인지 슬피 울다 잠들어 있었으니, 더 이상 이야기를 꺼내지 않는 게 불가능했다. 그는 무슨 이야기부터 먼저 나왔는지 좀처럼 따질 수 없을 만큼 평소처럼 서두를 시작한 뒤, 그리고 몇 분 동안만 귀 기울여준다면 이야기를 짧게 끝내겠으며, 그녀에게 같은 식의 친절을 베풀어달라는 요구는 절대로 다시 하지 않겠다고 선언한 뒤—그러니 그가 다른 사람에게 이 이야기를 되풀이할 거라는 걱정은 할 필요가 없었다, 철저히 금지된 화제가 될 터였다—자신의 가장 큰 관심사와 관련된 상황들과 자신의 심정을, 애정을 갖고 공감해주리라 전적으로 확신하는 상대방에게 털어놓는 호사를 누리기 시작했다.

패니가 얼마나 큰 호기심과 관심을 보이고 얼마나 경청했는지, 어떤 고통과 기쁨을 느꼈는지, 얼마나 예의 주시하며 떨리는 그의 목소리를 들었는지, 얼마나 조심스럽게 두 눈을 그에게만 고정시켰는지 상상할 수 있을 것이다. 이야기의 서두부터가 놀라웠다. 그는 크로퍼드 양을 만났다. 그녀를 보러 오라는 초대를 받았던 것이다. 레이디 스토너웨이에게서 방문을 청하는 쪽지 편지를 받고 그는 그게 마지막 만남이겠거니, 우정 어린 마지막 만남으로 생각하고 초대한 것이겠거니 여기면서, 그리고 크로퍼드의 여동생이라면 마땅히 갖고 있어야 하는 부끄러움과 참혹한 심정을 그녀가 품고 있겠거니 여기면서, 패니에게는 그게 마지막 만남이 아닐 수도 있겠다는 걱정이 들 만큼 대단히 누그러지고 대단히 열성적인 마음으로 그녀를 만나러

갔다고 했다. 그러나 이야기가 진행될수록 패니의 걱정은 차츰 사라져갔다. 그는 자신을 만난 그녀가 심각한 기색을 보였다고 했다. 분명히 심각했고 동요의 빛도 역력해 보였다는 것이었다. 그러나 그가 똑똑히 알아들을 수 있는 문장을 단 하나라도 입 밖에 꺼내지 않았는데도 그녀 쪽에서 먼저 충격적이라고 고백하지 않을 수 없는 태도로 대화를 주도하고 나섰다. "런던에 와 계신다는 소식은 들었어요." 그녀가 한 말이다. "뵙고 싶었어요. 유감스러운 이번 사건에 대해 이야기를 나누고 싶었거든요. 우리의 두 가족이 벌인 어리석은 짓에 버금갈 짓이 뭐가 또 있을까요?" "나는 대답할 수 없었다. 하지만 내 표정이 대신 말했을 것이라고 믿어. 아마 비난의 의미를 읽었겠지. 가끔 보면 어찌나 눈치가 빠른지! 그러더니 그 여자가 더욱 진지해진 표정과 목소리로 이렇게 덧붙이더구나. '에드먼드 씨의 여동생을 희생시키면서까지 오빠를 두둔할 생각은 없어요.' 이렇게 시작했지. 하지만 그 뒤에 이어진 말은 적절하지 않았어, 패니. 그걸 네게 되풀이하는 것도 적절하지 않고. 그 여자의 말을 전부 기억할 수도 없다. 설령 기억난다 하더라도 자세히 전하진 않을게. 골자만 말하면, 문제의 두 사람이 벌인 어리석은 짓 때문에 대단히 화가 난다는 거였어. 그녀는 좋아한 적도 없는 다른 여자의 꾀임에 빠져 실제로 흠모하는 여자를 잃게 된 오빠의 어리석음을 비난했다. 하지만 여자 쪽의 어리석음을 더……. 가엾은 마리아, 이미 오래전에 관심이 없다고 분명히 밝힌 남자가 자기를 진짜로 사랑한다고 착각하고, 지금의

그런 자리를 희생해가며 그 같은 어려움에 빠져들다니. 내 심
정이 어땠을지 짐작해보렴. 하필 그런 말을 그 여자에게 듣다
니…… 어리석은 짓이라는 표현보다 더 거슬리는 표현은 없을
거다! 그렇게 자기 마음대로, 그렇게 거리낌 없이, 그렇게 매정
하게 그 일을 언급하다니! 주저하지도 두려워하지도 여성스럽
지도 않았어. 나도 스스럼없이 말해볼까? 혐오감 같은 건 조금
도 드러내지 않더라고! 세상 사람들이 하는 행동거지 그대로였
어. 세상에, 패니, 그 여자만큼 많은 것을 갖고 태어난 여자가
어디 있겠니? 그래서 완전히 엉망이 되어버렸어! 완전히 망쳐
진 거야!"

  잠시 생각에 잠겼던 그는 체념한 듯 다시 차분히 말을 이어
나갔다. "모든 걸 다 말해줄게. 그런 다음에는 영원히 입을 닫
을 거다. 그 여자는 이번 사건을 그저 어리석은 짓으로만 생각
하고 있더라고. 그런 어리석은 짓에 발각이라는 도장이 찍힌
것일 뿐이래. 통상적인 신중함과 조심성이 부족했다고…… 마
리아가 트위커넘에 있는 동안 내내 자기 오빠도 리치먼드에 가
있던 게 문제라고…… 마리아가 하녀에게 꼬투리를 잡힌 게 문
제라고…… 요컨대 발각된 게 문제라는 거야. 세상에! 패니, 그
여자는 그들의 죄가 아니라 발각된 것만 비난했어. 조심성 부
족으로 사태가 극단까지 치닫게 됐고, 그 때문에 제 오빠가 그
여자와 도망치려고 더욱 소중한 여자를 버리지 않을 수 없었다
는 거지."

  그는 말을 멈췄다. "그럼 뭐라고……." 패니가 말했다(오빠

가 자신의 말을 기다린다는 생각이 들었던 것이다). "그럼 오빠는 뭐라고 말할 수 있었어요?"

"아무 말 못 했다. 똑똑히 알아들을 수 있는 말을 하나도 못 했어. 심한 충격으로 멍한 상태에 빠진 사람 같았지. 그녀가 계속해서 네 이야기를 했어. 그래. 그러더니 네 이야기를 시작했어. 당연한 말이지만 너 같은 친구를 잃게 돼 참 아쉽다고……. 그 이야기를 할 때는 제정신이더라. 늘 너에 대해서만은 공정했었지. '오빠가 놓친 거예요.' 그 여자의 말이야. '앞으로 다시는 만나지 못할 아가씨를 말이에요. 그 아가씨라면 오빠를 꼭 붙잡아줄 수 있었을 텐데. 오빠를 영원히 행복하게 해줄 수 있었을 텐데.' 나의 소중한 패니, 그 여자가 정말 그런 이야기를 했는지 긴가민가하긴 하지만 앞으로 다시는 하지 않을 이런 이야기를 되새기면서, 네게 괴로움보다 즐거움을 더 많이 선물했으면 좋겠구나. 내가 입을 닫기를 바라는 건 아니겠지? 혹시 그렇다면 표정이나 말로 해주렴. 그럼 그만 끝낼게."

어떤 표정도 어떤 말도 없었다.

"다행이구나!" 그가 말했다. "우리 모두가 놀라곤 하지. 하지만 간계를 전혀 품지 않는 사람의 가슴이 고통을 겪지 않도록 자비로운 하느님께서 정해놓으신 것 같다. 그 여자는 다정하게 네 칭찬을 소리 높여 했어. 하지만 그런 칭찬을 할 때에도 불순물이 끼어 있었다. 악감정이 살짝 묻어 있었다는 소리야. 한창 말을 하던 도중에 이렇게 외쳤어. '패니 양이 왜 제 오빠를 받아들이지 않았을까요? 전부 그 아가씨 잘못이에요. 고지

식한 아가씨 같으니라고! 결코 용서하지 않을 거예요. 그 아가
씨가 당연히 오빠를 받아들였으면 지금쯤 결혼 직전의 상황이
었을 텐데. 그러면 헨리 오빠는 너무 행복하고 너무 바빠서 다
른 대상은 원하지도 않았을 거예요. 러시워스 부인과 관계를 다
시 맺는 수고 따위는 하지 않았을걸요. 이 모든 일이 소서턴과
에버링엄의 연례적인 만남에서나 일어날 수 있는, 통상적인 장
난으로 끝났을 거예요.' 이런 말이 가능하리라 믿을 수 있겠니?
바로 그 순간 마법이 풀린 거야. 내 눈이 번쩍 뜨였어."

"잔인해요!" 패니가 말했다. "너무 잔인해요! 그런 순간까
지도 그렇게 장난기에 굴복하여 경박스럽게 말하다니요. 그것
도 오빠 앞에서! 잔인하기 짝이 없어요."

"잔인하다고. 그걸 잔인하다고 표현했니? 그 점은 나와 생
각이 다르네. 나는 그 여자가 내 기분을 상하게 하려는 의도로
그렇게 말했다고는 생각하지 않아. 그 여자의 마음속 훨씬 더
깊은 곳에 잘못이 있다는 게 문제란다. 마음속에 그런 악감정
이 도사리고 있다는 걸 그 여자가 전혀 모른다는 것, 전혀 의심
하지 않는다는 것, 마음이 비뚤어지는 바람에 그런 화제를 그
런 식으로 다루는 것이 자연스럽게 여겨진다는 것, 그게 문제
야. 주변 사람들이 그런 식으로 말하는 소리를 익숙하게 들어
왔으니 아마 다른 모든 사람들도 그리 말할 거라 생각하고 되
는 대로 내뱉은 것뿐이겠지. 그녀의 잘못은 기질적인 게 아니
야. 아마 의도적으로 다른 사람에게 불필요한 고통을 주자고
말한 건 아닐 거다. 내 생각이 틀렸는지 모르겠지만 이렇게 생

각하지 않을 수 없구나. 아마 나를 위한다면, 내 감정을 위한다면 그 여자는……. 그 여자의 잘못은 원칙의 잘못에서 비롯된 거야, 패니. 배려심이 무뎌지고 정신이 타락하고 손상되는 바람에 생긴 일이지. 이렇게 생각하는 게 나로서는 최선이겠지. 그래야 후회할 거리가 별로 없을 테니. 하지만 그리하지 않았어. 그녀를 내가 바라는 대로 생각하는 대신 그녀와 헤어져 고통이 점점 더 커지는 쪽을 선택하기로, 그리고 그걸 받아들이기로 마음먹었단다. 그래서 그렇게 마음먹은 대로 말을 내뱉고 말았어."

"정말 그랬어요?"

"그래. 헤어질 때 그렇게 말했어."

"얼마나 오랫동안 함께 있었는데요?"

"25분. 글쎄, 그 여자는 계속해서 이렇게 말했어. 이제 남은 일은 문제를 일으킨 두 사람의 결혼을 성사시키는 것뿐이라고. 그 말을 나보다 더 차분한 목소리로 말하더구나." 그는 말을 이어가면서 한 차례 이상 멈출 수밖에 없었다. "'두 사람이 결혼하도록 우리가 헨리 오빠를 설득해야 해요.' 그녀가 한 말이다. '명예를 위해서, 그리고 오빠를 패니 양에게서 확실하고도 영원히 떼어놓기 위해서, 저는 그 일을 단념하지 않겠어요. 오빠가 패니 양을 포기해야 해요. 아무리 오빠라도 일이 이렇게 되었으니 그런 성품의 아가씨를 성공적으로 손에 넣으리란 희망을 품진 않을 거예요. 저는 우리 두 사람이 극복해내지 못할 어려움은 없기를 바란답니다. 적잖은 제 영향력을 총동원하여 그 방면에 쓰겠어요. 일단 결혼하고, 그래서 각자의 가족들의 적절한 지지를 받는다면 두 사람 다 훌륭한 사람들이니, 동생분도 어느 정도는 사교계에서의 입지를 되찾을 수 있을 거예요. 우리가 알다시피 몇몇 사교 모임에는 결코 입장이 허락되지 않겠죠. 하지만 훌륭한 정찬 모임이나 대규모 파티가 열리면, 그런 숙녀와 친해지는 것을 반기는 사람들이 항상 있게 마련이죠. 요즘은 분명히 예전에 비해 이런 일에 대해 더 자유롭고 솔직하니까요. 제가 조언하고 싶은 것은 에드먼드 씨의 아버지께서 조용히 계셔야 한다는 겁니다. 괜히 끼어들어서 그분 자신의 이익을 훼손하는 일은 하시지 않도록 하세요. 순리대로 상황이 흘러가도록 놔두라고 아버지를 설득하셔야 해요. 괜히 그분이 끼어들어서 동생분이 헨리 오빠의 보호의 손길을 떠나도록 애쓰신다면, 동생분이 오빠 곁에 머무를 때보다 결혼할 가능성이 줄어들게 될 테니까요. 우리 오빠에게 영향력을 행사하는 법은 제가 잘 알아요. 토머스 경께서 제 오빠의 명예와 동정심을 믿게끔 해주세요. 그럼 모든 게 잘 풀릴 거예요. 하지만 그분께서 딸을 떠나보내면, 가장 중요한 든든한 발판을 훼손하는 꼴이 될 겁니다.'"

이처럼 크로퍼드 양의 말을 되풀이하고 나니 에드먼드는 감정이 무척 격해진 것 같았다. 묵묵히, 그러나 더없이 애잔하고 염려스러운 마음으로 그를 지켜보던 패니에게 공연히 이런 화제를 논하기 시작했다고 미안한 마음까지 들 정도였다. 그는 한참 뒤에야 다시 말을 이어나갈 수 있었다. 마침내 그가 "자,

패니" 하고 말했다. "곧 이야기를 끝낼게. 그 여자가 말한 내용의 골자는 다 말한 셈이니. 말을 할 수 있게 되자마자 나는 이렇게 대답했단다. 나는 그 집에 들어서는 순간 내가 실제로 먹었던 마음 상태에서는 내 마음을 그보다 더 괴롭히는 일이 일어날 수 있다는 생각은 못 했었다고. 하지만 그녀의 입에서 나오는 문장 하나하나가 내게 더 깊은 상처를 준다고 말했어. 우리의 교제가 지속되던 동안 어느 정도 중요한 사항에서 생각의 차이가 있다는 건 종종 의식하고 있었지만, 그 차이가 지금 그녀가 증명하고 있는 것만큼 클 줄은 상상도 못 했다고 말했어. 그녀의 오빠와 내 여동생이 저지른 끔찍한 잘못을 대하는 그녀의 방식에, 누구에게 더 큰 유혹의 책임이 있는지 주장하고 싶지는 않지만, 어쨌든 그녀가 그들의 죄 자체에 대해 말하는 방식에 문제가 있다고, 마땅이 해야 할 비난은 빼고 나머지 비난만 퍼붓고 있다고, 그 죄가 초래할 악영향에 대해 그저 예절을 무시하고 뻔뻔히 버티는 마음으로 용감히 맞서며 이겨내야 할 대상으로만 생각하고 있다고 말했어. 마지막으로, 그리고 다른 무엇보다도, 결혼 가능성을 빌미로 그들의 죄가 계속 이어지도록 그녀가 우리에게 동조와 타협, 묵인을 권하고 있다고 말했어. 그 여자 오빠의 진면목을 알게 되었으니 그것만으로도 추진은커녕 막아야 할 결혼인데 말이야. 이 모든 점들로 봐서 참 가슴 아프지만 지금까지 그녀를 제대로 알지 못했다는 확신이 든다고, 그리고 정신과 관련하여 생각해볼 때 지난 몇 달간 내가 그리도 쉽게 믿고 의지했던 사람은 크로퍼드 양이 아니라 내 상상이 빚어낸 인물이었다고 말했어. 그리고 일이 이렇게 된 게 차라리 최선일 수도 있다고. 하지만 이제는 내게서 떨어져 나간 것이 분명한 우정과 갖가지 감정과 소망을 희생해도 후회가 덜 들 것이라고 말했어. 그리고 반드시 해야 하고, 또 하고 싶기도 한 고백이 있다고. 그녀를 예전에 내게 보이던 모습으로 되돌릴 수 있다면 한때 권리인 양 품었던 애정과 호감을 계속 간직하기 위해서라도 이별의 고통이 커져가는 편을 언제라도 선택하겠노라고 말했어. 이게 내가 했던 모든 말들이란다. 아니, 했던 말의 골자란다. 너도 짐작할 수 있겠지만 물론 지금 네게 되풀이하듯이 차분하고 체계적으로 말을 했던 건 아니야. 그 여자는 깜짝 놀라더라. 지나치다 싶을 만큼 놀라더구나. 아니, 놀라는 것 이상이었지. 안색이 확 바뀌는 걸 보았어. 극도로 빨개지더라고. 착잡한 감정이 드는 것 같았어. 잠깐이지만 필사적으로 애쓰는 것 같았고……. 사실을 순순히 인정하고 싶은 마음이 반쯤 들었을 테고, 부끄러운 마음도 반쯤 들었을 테지. 하지만 습관의 힘, 습관의 힘으로 버티더라고. 할 수만 있으면 아마 웃음도 터뜨렸을걸. 대답할 때 보니 비웃음 비슷한 웃음을 짓고 있더구나. '정말이지 대단히 훌륭한 강의네요. 혹시 지난번 설교 내용의 일부인가요? 이런 속도라면 이내 맨스필드와 손턴 레이시의 모든 사람들을 교화시킬 수 있겠는걸요. 다음에 당신 소식을 들을 때는 대단한 감리교 교단의 저명한 설교가나 외국 어딘가에 파견된 선교사가 되어 있을지도 모르겠어요.' 아무렇지 않은 척하면서 애써 이런 말을 하더라고. 하지만 자기가 보이고 싶은 만큼, 아무렇지도 않아 보이지는 않았어. 나는 진심으로 행운을 빌겠으며, 하루 빨리 더욱 바르게 생각하는 법을 배우고 우리들 중 누구라도 습득할 수 있는 가장 가치 있는 지식, 즉 우리 자신의 참모습을 알고 고통을 통해 얻은 교훈을 실행할 의무에 대한 지식을 남에게 신세지지 않게 되기를 간절히 바란다고만 대답했어. 그런 다음 곧바로 방을 나갔지. 몇 걸음 안 갔는데 말이다, 패니, 뒤에서 방문 열리는 소리가 들려왔어. '버트럼 씨!' 하고 부르더라고. 뒤를 돌아보았지. '버트럼 씨!' 그녀가 미소를 지으며 나를 부르고 있었어. 하지만 방금 전 오간 대화와 안 어울리는 미소였지. 나를 굴복시킬 목적으로, 나를 유혹하려는 듯이 지어 보인 뻔뻔하고 희롱거리는 미소였어. 적어도 내게는 그렇게 보였어. 나는 거부했다. 순간적인 충동에서 나온 거부였지만. 그리고 계속 발걸음을 옮겼어. 이후 가끔은 그날 발걸음을 멈추지 않을 걸 후회하곤 했지만 내가 옳았다는 걸 알아. 그날 그 모습이 우리의 마지막 순간이었어! 대체 내가 무슨 교제를 한 건지는 모르겠지만! 얼마나 기만당했는지 생각만 하면! 오빠와 여동생에게 같은 기만을 당했으니! 이야기를 참고 들어줘 고맙다, 패니. 이렇게 털어놓으니 마음이 아주 편안해졌어. 자, 이제 그만 이야기를 끝내자꾸나."

에드먼드의 말을 철석같이 믿는 패니는 5분 동안 정말 두 사람의 대화가 끝났다고 생각했다. 그러나 5분이 지나자 다시 대화가, 아니 대화 비슷한 것이 시작되었다. 그리고 그 대화는 레

이디 버트럼이 잠에서 완전히 깨어나야 정말 끝날 수 있을 것
같았다. 그런 일이 일어날 때까지 두 사람은 계속해서 크로퍼
드 양 이야기만 했다. 그녀가 어떻게 그에게 호감을 갖게 되었
는지, 그녀가 천성적으로는 얼마나 착한 아가씨였는지, 좀 더
일찍 더 훌륭한 분들의 보호를 받았더라면 얼마나 참한 아가씨
가 되었을지 이야기했다. 이제 거리낌 없이, 솔직하게 터놓고
말할 수 있게 된 패니는 오빠가 그녀의 성품으로 알고 있는 것
에 조금 더 사실을 보태도 잘못하는 건 아닐 것 같았다. 완벽한
화해를 바라는 크로퍼드 양의 속마음에 실은 톰 오빠의 위중
한 상태가 얼마나 큰 몫을 차지하고 있는지, 넌지시 암시한 것
이었다. 그다지 달가운 암시는 아니었을 것이고, 잠시 본성적
인 거부감이 들기도 했을 것이다. 그 아가씨의 애정에 사심이
덜 끼어 들었더라면 얼마나 좋았겠는가. 그러나 에드먼드의 허
영심은 이성에 맞서며 오랫동안 싸울 힘을 갖고 있지 않았다.
결국 그도 형의 상태가 크로퍼드 양의 태도에 영향을 미쳤다는
사실을 받아들였다. 다만 자기 자신을 위하여 그나마 위안이
되는 이런 생각은 남겨두고 있었다. 상충되는 습관 때문에 생
겨난 여러 가지 반작용들을 고려할 때, 그녀가 기대했던 것보
다 더 큰 애정을 가졌었다는 것, 그리고 그를 위해 올바른 처신
을 할 뻔했다는 것만은 확실하다는 생각 말이다. 패니도 같은
생각이었다. 그리고 그들은 그런 그녀에게 느낀 크나큰 실망감
이 그의 마음에 분명 지속적인 영향을 미치고 지워지지 않는
흔적을 남길 것이라는 데에도 의견이 일치했다. 세월이 흐르면

그의 고통도 웬만큼 줄어들 것이다. 그럼에도 그것은 그가 완전히 극복할 수는 없는 고통이었다. 혹시 다른 여자를 만나면 어떨까, 예를 들어 이런……. 하지만 그런 일은 너무 불가능해서 그런 말만 들어도 그는 불같이 화를 냈다. 이젠 패니의 우애만이 그가 꼭 붙잡고 있어야 할 전부였다.

17

죄와 불행에 관한 상세한 이야기는 다른 사람의 펜에 맡기겠다. 큰 잘못도 없는 모든 사람들을 웬만큼 편안한 상태로 되돌리고 다른 문제도 조속히 매듭짓고 싶은 조바심이 드니, 나는 그런 불쾌한 주제에서는 되도록 빨리 손을 떼려 한다.

　바로 이 무렵 나의 패니가 그동안 있었던 온갖 일에도 불구하고 행복한 상태였다는 것을 알고 있기에 나는 만족스럽다. 주변의 모든 사람들이 겪는 고통이 너무나 가엾게 여겨졌음에도, 혹은 여겨진다는 생각이 들었음에도 불구하고 그녀가 행복했다는 것은 분명한 사실이었다. 어쩔 수 없이 흐뭇해지는 행복의 원천이 여럿 있었으니 그랬을 것이다. 우선 그녀는 맨스필드에 돌아와 있었다. 그곳에 도움이 되고, 사랑도 받고 있었다. 크로퍼드 씨에게서도 무사히 벗어났다. 그리고 토머스 경이 돌아왔을 때, 비록 그가 그 당시 우울한 기분에 젖어 있었다 해도 그녀를 완벽히 인정하고 점점 더 많은 애정을 보인다는 갖가지 증거가 있었다. 이 모든 사항들이 그녀를 행복하게 해 준 게 분명했다. 하지만 설령 그중 어느 한 가지가 없었다 해도 그녀는 여전히 행복했을 것이다. 이제 에드먼드가 더 이상 크 로퍼드 양에게 기만을 당하지 않게 되지 않았는가.

사실 에드먼드 본인은 행복과 한참 거리가 멀었다. 그는 실 망과 후회로 번민하면서, 그동안 있었던 일을 가슴 아파 하며 결코 일어날 수 없는 일을 바라고 있었다. 패니는 그의 마음이 그렇다는 걸 알고 서글펐다. 그러나 그런 서글픈 감정을 느꼈더 라도 그 감정이 만족감에 깊은 뿌리를 두고 있었고, 쉽게 누그 러질 가능성이 매우 컸고, 온갖 소중한 온갖 감정과 조화를 잘 이루고 있었으니, 그런 감정이라면 더없이 쾌활한 마음과 기꺼 이 맞바꾸겠다고 나서지 않을 사람이 거의 없었을 것이었다.

토머스 경이 부모로서, 그리고 그동안의 자신의 행동이 잘 못된 것이었음을 깨달은 가엾은 사람으로서 가장 오랫동안 고 통을 겪었다. 그는 큰딸의 결혼을 허락하지 말았어야 했으며, 실은 그런 결혼 허락이 잘못이었다고 생각할 만큼 자신의 큰 딸의 감정을 익히 알고 있었으며, 그 허락을 통해 그저 편해지 자고 올바른 원칙을 희생시켰으며, 그래서 이기심과 세속적인 영악함이라는 동기에 휘말리게 된 것이라고 생각했다. 누그러 지는 데 얼마쯤의 시간이 걸리는 생각들이었다. 그러나 시간 이 지나면 거의 모든 일이 해결될 것이었다. 그리고 러시워스 부인 쪽에서는 그녀가 초래한 불행에 위로가 될 만한 어떤 일 도 생겨나지 않았지만, 다른 자식들에게서 생각보다 더 큰 위

안을 찾을 수 있었다. 우선, 알고 보니 줄리아의 결혼이 처음에
생각했던 것보다는 훨씬 덜 절망적인 사건이었다. 그녀는 겸손
한 태도로 용서를 바랐으며, 그들 가족에게 진심으로 용서받고
싶어 하던 예이츠 씨도 토머스 경을 존경하며 지침을 받고 싶
어 하는 마음을 갖고 있었다. 물론 그는 건실한 사람은 아니었
다. 그러나 다소라도 덜 경박한 사람이 될 희망은 보였다. 적어
도 그런대로 가정적이고 차분한 사람이 될 희망 말이다. 어쨌
든 그의 재산이 걱정했던 것보다는 다소 많고, 빚도 비교적 적
다는 사실을 알게 된 데다, 그들 부부가 그를 가장 소중한 가
족으로 여기며 의견을 구하고 대접해주는 일도 위안이 되었
다. 톰도 아버지에게 위안이 되었다. 그는 건강을 서서히 되찾
았지만 예전의 버릇처럼 생각 없고 이기적인 모습은 보이지 않
았다. 병 때문에 영원히 철이 든 것 같았다. 고통을 겪고 제대
로 생각하는 법을 배웠으니, 이제 자신이 전혀 알지 못했던 두
가지 장점을 갖게 된 것이다. 그리고 윔폴 거리에서 일어났던
개탄스러운 사건에 대해 그는 변명의 여지 없이 자신이 공연
히 연극 공연을 한다고 설치는 바람에 그 모든 위험한 친분 관
계를 만들어냈으니 자신도 그 사건의 공범이라고 자책했다. 아
마 그 사건으로 인한 자책감이 마음에 큰 충격을 준 모양이었
다. 스물여섯이라는 나이에 분별력도 부족하지 않고 주변에 훌
륭한 친구들도 많으니 그 충격이 가한 행복한 영향이 오래도록
지속될 것 같았다. 그는 마땅히 갖춰야 할 본연의 모습으로 변
했다. 아버지에게 도움이 되고, 의젓하고 차분하며, 단순히 자

기 자신만을 위해 살지 않는 사람으로 변했다.

이런 점들만 해도 진정 위안이 아니겠는가! 그런데 토머스 경이 이런 행복의 원천들을 신뢰할 수 있게 되자마자, 이번에는 에드먼드가 아버지의 마음을 편하게 하는 데 일조했다. 그때까지 유일하게 아버지의 속을 상하게 하던 사항이 개선된 것이다. 그의 기분이 한결 나아진 것이다. 여름날 저녁마다 패니와 함께 주변을 거닐고 나무 아래 앉아 있으면서 충분히 대화를 나누며 마음을 다스릴 수 있었고, 쾌활한 모습도 상당한 정도로 되찾을 수 있었다.

이런 상황과 희망이 토머스 경의 마음을 서서히 누그러뜨렸고, 그의 상실감을 사라지게 했고, 부분적일망정 자기 자신과 화해하게 만들었다. 물론 딸들의 교육을 자신이 망쳤다는 확신에서 비롯된 고뇌가 완전히 사라지지는 않을 것이었다.

그는 마리아와 줄리아가 집에서 늘 경험했던 것처럼 완전히 상반된 대접을 받으며 자라난다면 그 어떤 젊은이의 성격에도 분명히 이롭지 않으리라는 사실을 너무 뒤늦게 깨달았다. 그들이 제멋대로 행동하도록 응석을 받아주고 비위를 맞추기만 했던 이모의 태도와, 엄하기만 했던 자신의 태도가 끊임없이 대비되었던 것이다. 그는 노리스 이모의 잘못된 양육 방식을 그것과 반대되는 자신의 양육 방식으로 상쇄할 수 있으리라 기대했던 게 얼마나 잘못된 판단이었는지 깨달았다. 그리고 딸들이 자기 앞에서는 진짜 기질을 숨길 만큼 들뜨고 쾌활한 기질은 억누르도록 가르치고, 응석은 조카딸들을 향한 맹목적인 애정으로 극단적인 칭찬만 늘어놓으며 그들에게 집착했던 이모에게 가서 부리라고 보냄으로써, 그동안 자신이 불행을 가중시키기만 했다는 것을 똑똑히 깨달았다.

이런 양육 방식이 쓰라린 잘못이었다. 그러나 그는 비록 그런 방식이 잘못되긴 했지만, 자녀 교육 계획이라는 측면에서 가장 끔찍한 잘못은 아니었다는 점을 서서히 자각했다. 아이들의 내면에 무엇인가 부족했던 게 틀림없었다. 그렇지 않다면 세월이 흐르면서 그런 잘못된 양육 방식의 악영향이 서서히 사라졌을 터였다. 그는 원칙, 확실한 원칙이 부재했던 것은 아닌지, 딸들이 그것 하나만으로도 충분하다고 할 수 있는 도리에 대한 생각을 통해 자신의 취향과 기질을 다스리는 법을 적절히 배우지 않은 것은 아닌지 걱정스러웠다. 그들은 이론적인 종교 교육은 받았었다. 그러나 그 교육을 일상적으로 실행해보라는 요구를 받아본 적은 없었다. 우아함이나 교양 면에서 빼어난 사람이 되라는 목표—그게 어린 시절 그들의 공인된 교육 목표였다—는 그런 쪽에 전혀 유용한 영향을 미치지 못했다. 그들의 정신에 어떠한 도덕적인 효과도 빚어내지 못했다. 그는 두 딸을 착한 사람으로 만들 작정이었다. 그런데도 그의 관심은 명석한 머리와 태도에만 맞춰졌을 뿐이지 성품에는 맞춰지지 않았다. 그리고 그는 딸들이 자기 절제나 겸양의 필요성에 관해, 자신에게 득이 될 수 있는 그 누구에게서도 결코 들어본 적이 없는 것은 아닌지 걱정스러웠다.

이제 와서 생각해보니 그런 일이 가능했다는 게 도무지 이해되지 않는, 그 같은 결핍에 대해 그는 비통한 마음으로 가슴 아파했다. 그는 그런 걱정 속에서, 값비싼 교육을 시키고 막대한 비용과 신경을 썼음에도 불구하고 딸들이 지켜야 할 첫 번째 도리가 뭔지도 모르는 채 자라났고, 그 자신은 그 딸들의 성품과 기질도 제대로 몰랐다는 사실을 비참하게 절감했다.

특히 그는 러시워스 부인의 활달한 기질과 강렬한 욕정을 그 서글픈 결과물을 보고 나서야 알아차렸다. 그녀는 크로퍼드 씨 곁을 떠나라는 설득을 받아들이려고 하지 않았다. 그저 그와 결혼하기를 바랄 뿐이었다. 결국 두 사람은 동거했다. 그런 동거가 헛된 희망이라는 걸 확신하지 않을 수 없을 때까지, 그리고 그런 확신에서 비롯된 크나큰 실망감과 비참한 심정으로 성질이 몹시 포악해지고, 또한 그 때문에 그를 향한 마음이 증오 비슷한 마음으로 바뀌어 급기야 한동안 서로에게 징벌과도 같은 존재가 되어 자발적으로 결별할 때까지, 함께 살았다.

그녀는 그에게서 패니와의 행복한 삶을 망친 장본인이라는 비난을 들을 때까지 그와 함께 살았다. 따라서 그녀는 그의 곁을 떠나면서 그 두 사람을 자신이 정말로 갈라놓았다는 것보다 더 통쾌한 위안은 갖고 갈 수 없으리라 생각하게 되었다. 그녀와 같은 정신의 소유자가 그 같은 상황에 처해 있었으니 그 비참한 심경을 능가할 게 무엇이 있겠는가?

러시워스 씨는 별다른 어려움 없이 이혼 허락을 얻어냈다. 따라서 행운의 여신이 영향을 미쳤다면 몰라도, 그보다 더 나은 결말은 생각조차 할 수 없는 상황에서 맺어진 이들의 결혼은 그렇게 끝이 났다. 부인은 남편을 경멸하며 다른 남자를 사랑했고, 남편은 부인이 그렇다는 걸 아주 잘 알고 있었다. 어리석음이 초래한 모욕과 이기적인 욕정이 초래한 실망은 좀처럼 연민을 불러일으킬 수 없는 법이다. 그의 처신으로 인해 그의 징벌이 초래된 것이었고, 그의 아내는 더 큰 죄로 인해 더 혹독한 징벌이 가해진 것이었다. 혼인 계약에서 자유로워졌지만 그는 분했고 불행했다. 다른 어여쁜 아가씨가 그를 매혹하여 다시 결혼할 수 있을 때까지, 그래서 두 번째 결혼을 시작해서 보다 성공적인 결혼 생활을 시도해볼 수 있을 때까지—기만을 당할지언정 적어도 즐겁고 운 좋게 기만당하리라 생각하면서—그랬다. 반면에 그녀는 은둔과 자책의 생활을 하고 싶다는 무한히 강렬한 생각을 품고 움츠러들었던 게 분명했다. 그러니 희망과 잃어버린 평판이 새롭게 샘솟을 여지는 전혀 없었다.

그녀를 어느 곳에 살게 하느냐가 몹시 우울하고 중요한 논의 주제로 부각되었다. 조카딸이 저지른 과오 때문인지 오히려 애착을 더 느낀 노리스 부인은 그녀를 집에 받아들이고 싶어 했고 가족 모두 그 생각에 동조했다. 그러나 토머스 경은 그런 제안을 귀담아들으려 하지 않았다. 패니가 그곳에 살고 있는 게 그 이유라고 생각한 노리스 부인은 패니에 대한 분노가 한층 더 커졌다. 그녀는 토머스 경이 망설이는 이유가 패니 때문이라고 집요하게 생각했다. 토머스 경은 설령 거론되는 어린 아가씨가 집에 안 산다 해도, 그리고 남자든 여자든 자신의 보호를 받고 살면서 러시워스 부인과 어울림으로써 위험에 빠진다거나 그녀의 평판 때문에 피해를 볼 젊은이가 집에 한 명도 없다고 해도, 이웃들에게 그런 딸을 구경하는 기대감을 품게 하는 심한 모욕을 가할 생각은 전혀 없다고 아주 진지하게 공언했다. 그는 러시워스 부인을 딸로서―그 딸이 회개하기를 바라면서―보호하긴 하겠으며, 온갖 편의를 제공하고, 앞으로는 그들 각각의 상황이 허락하는 올바른 처신을 간곡히 권하며 지원하겠노라고 했다. 하지만 그는 그 이상은 하지 않겠다고 했다. 마리아가 스스로 자신의 평판을 망쳤으니 결코 되돌릴 수 없는 일을 되돌리겠다는 헛된 시도로 그녀의 잘못을 인정한다거나 치욕을 덜어내리려고 애쓰는 일은 하고 싶지 않으며, 어떻게 해서든 이제 익히 알게 된 비참한 불행이 다른 가족들에게까지 다가오는 데 일조하고 싶지 않다고 했다.

결국 이 문제는 노리스 부인이 맨스필드를 떠나 불행한 마리아를 헌신적으로 보살피기로 하고, 두 사람을 위해 다른 지방에 거처를 마련해주는 것으로 매듭지어졌다. 그들은 외지고 은밀한 그 거처에서 다른 사람들과 좀처럼 어울리지 않고 살게 될 것이다. 한쪽은 애정 결핍이고 다른 한쪽은 판단력 결핍이니 그런 기질 상의 차이로 봐서 서로에게 징벌이 되는 존재가 되리라는 게 가장 합당한 짐작일 것이다.

노리스 부인이 맨스필드를 떠나게 된 결말은 토머스 경의 생활에 상당히 큰 부수적인 위안을 가져다주기도 했다. 안 그래도 안티과에서 돌아온 뒤부터 그녀에 대한 그의 평가가 곤두박질치던 중이었다. 그때부터 시작하여 함께하는 모든 일마다, 예컨대 일상적인 접촉을 하거나, 볼일을 처리하거나, 혹은 한담을 나눌 때마다 그녀는 어김없이 그의 평가에서 입지를 잃어가고 있었다. 그녀에게 세월이 불리하게 작용한 것이든지 아니면 그가 그녀의 분별력을 과대평가하여 예전에 그녀의 그런 태도를 의아할 정도로 참았던 것이든지 둘 중 하나라는 확신이 토머스 경에 들던 참이었다. 그는 그녀가 매 시간 해악만 끼치는 존재라고 생각하고 있었으며, 설상가상, 그녀의 목숨이 다한다면 모를까 그런 해악이 중지될 가능성이 전혀 없다고 여기고 있었다. 그녀가 영원히 참고 견뎌야 할 혹처럼 보였다. 그러니 그런 그녀에게서 벗어날 수 있게 된 게 너무나 큰 행복이어서, 그녀가 쓸쓸한 기억을 남기고 가지 않았더라면 그런 이득을 빚어낸 그 해악을 인정하는 법까지 배우는 위험이 생겨날 정도였다.

맨스필드의 어느 누구도 노리스 부인을 가엾게 여기지 않았다. 그녀가 애정을 잔뜩 쏟았던 사람들의 마음조차 끌지 못했던 것이다. 러시워스 부인의 도피 행각 이후, 그녀는 성질을 부리고 불같이 화만 내며 가는 곳마다 사람들을 괴롭히기만 했었다. 패니조차도 노리스 이모를 위해 흘릴 눈물은 없었다. 이모가 영원히 떠난다는데도 그랬다.

줄리아가 언니보다 더 잘 피해 나갔던 것은, 어느 정도는, 그녀에게 유리하게 작용한 기질과 상황의 차이 덕분이었다. 하지만 그보다 더 크게 영향을 미친 것은 언니보다 노리스 이모의 총애를 덜 받았고, 알랑거리는 소리도 덜 들었고, 그래서 성격을 덜 버린 덕분이었다. 그녀의 미모와 교양은 늘 언니의 뒷자리 취급을 받았다. 본인도 마리아보다 못하다는 생각에 익숙해 있었다. 두 자매 중 그녀의 성격이 천성적으로 더 느긋한 편이었고, 머릿속 생각도 재빠르긴 하지만 언니보다 더 통제가 가능한 편이었다. 게다가 그녀는 교육을 통해 언니처럼 해로울 정도의 자의식도 갖고 있지 않았다.

그녀는 헨리 크로퍼드에게 실망하자 최선의 소망을 포기했다. 자신이 홀대당하고 있다는 쓰디쓴 확신이 들자 그녀는 비교적 일찍, 비교적 멋지게 그를 다시는 생각하지 않기로 마음먹었다. 따라서 런던에서 친교 관계가 재개되고 러시워스 씨의 집이 크로퍼드의 공략 대상이 되었을 때, 또다시 과도하게 퍼부어질 것 같은 애정 공세에서 무사히 벗어나기 위해 그녀가 그 집을 떠난 것이었다. 그러니 그 시간을 골라 친척 집을 방문하기로 한 그녀의 공은 인정해야 할 것이다. 그녀가 사촌들의 집을 방문했던 동기는 바로 이것이었다. 예이츠 씨를 편하게 하자는 목적은 그 방문과 아무 상관도 없었다. 얼마 동안 그의 구애를 허락하긴 했지만 그를 받아들일 생각이 거의 없이 한 일이었다. 그러니 그렇게 느닷없이 터진 언니의 부도덕한 처신과 그 일로 더욱 커진 아버지와 집에 대한 두려움으로―그 일이 그녀에게 미칠 것이 분명한 영향이 더욱 가혹해지고 제약적일 것이라는 생각으로―그녀가 무슨 위험이 초래되든 당장 눈앞에 닥친 끔찍한 질책은 피하고 보자는 마음을 먹지만 않았더라면, 예이츠 씨가 성공을 거두는 일은 결코 없었을 가능성이 크다. 그녀의 도피 행각은 이런 이기적인 주의 조치 차원에서 벌인 일이었지 그보다 더 부도덕한 마음을 품고 벌인 일이 아니었다. 도피가 그녀가 할 수 있는 유일한 방책처럼 보였다. 마리아의 죄가 줄리아의 어리석은 행동을 유발한 셈이었다.

일찌감치 독립한 데다 나쁜 본보기를 보며 자라난 탓에 성격을 버린 헨리 크로퍼드는 조금은, 너무 오랫동안 냉혹한 자만이 빚어내는 변덕을 탐닉하며 살아온 사람이었다. 그런데 그 자만심이 딱 한 번, 의도하지도 않았고 그럴 자격이 없었는데도, 길을 열고 그를 행복으로 가는 길로 인도했었다. 사랑스러운 한 여자의 애정을 획득하는 것으로 만족했더라면, 패니의 망설임을 극복하고 열심히 노력하여 그녀의 존경과 따뜻한 사랑을 얻는 것에서 넘치는 기쁨을 찾을 수 있었더라면, 그에게 성공과 행복이 찾아올 가능성은 넘치고도 남았을 것이다. 이미 그의 애정이 어느 정도 효과를 빚고 있던 상황이었다. 그에 대한 그녀의 영향력이 이미 그에게도 그녀에 대한 영향력이라는 선물을 주고 있던 상황이었다. 그가 설령 그보다 더한 것을 얻을 자격을 원했다고 해도 충분히 얻어낼 수 있었으리라는 것은 의심의 여지가 없었다. 특히 에드먼드와 메리 양의 결혼이 성사됐더라면 더욱 그러했을 것이다. 그 결혼으로 그녀의 양심이라는 지원 수단을 얻게 되어 그녀가 처음 먹었던 마음을 제압하고, 두 사람의 만남이 잦아졌을 테니 말이다. 계속해서 끈질기게, 그것도 올바르게 노력했다면, 에드먼드와 메리가 결혼하고 나서 적절한 시간이 지난 뒤, 패니가 그에게 주어진 선물—그야말로 자발적으로 주어진 선물—이 되었을 것이 틀림없었다.

원래의 의도대로 행동했더라면, 그래서 자신도 마땅히 그래야 한다는 걸 알고 있듯이 포츠머스에서 돌아오자마자 에버링엄으로 내려갔더라면, 그는 행복한 운명을 확실히 결정지었을 것이다. 하지만 프레이저 부인에게서 파티에 참석해달라는 간곡한 청을 받은 게 문제였다. 그가 머물기로 한 것은, 자신이 중요한 사람이라고 비위를 맞추는 말을 들었기 때문이었다. 더구나 그 자리에서 러시워스 부인도 만나게 된다는 것이었다. 호기심과 자만심이 동시에 작용했다. 그리고 올바른 일을 위해 약간의 희생을 감수하는 데 익숙하지 않은 정신의 소유자에게는 당장 눈앞에 보이는 쾌락의 유혹이 너무나 컸다. 결국 그는 노퍽 주 여행을 연기하기로 결심했다. 편지를 보내도 방문 목적을 달성할 수 있고, 사실 그 목적이라는 것도 별게 아니라고 결론짓고는 그대로 눌러앉았다. 그는 정말 러시워스 부인을 만났다. 그녀는 불쾌하게 여겼어야 마땅하고 분명히 둘 사이에 계속되는 무관심을 만들어냈어야 마땅한 냉랭한 태도로 그를 대했다. 그런데 그가 굴욕감을 느꼈다. 한때는 그토록 전적으로, 마음대로 그 미소를 갖고 놀던 여자의 그런 냉대를 견딜 수 없었다. 무진 애를 써서라도 그토록 오만하게 화가 났다는 걸 과시하는 그녀를 눌러야 했다. 러시워스 부인은 패니 때문에 화를 내는 것 같았다. 그녀의 그런 태도를 이겨야 했다. 그래서 자신을 대하는 태도에 있어, 그녀를 러시워스 부인이 아니라 기어코 다시 마리아 버트럼으로 만들어야 했다.

그는 이런 심정으로 공략을 시작했다. 그리고 활기차고 끈기 있게 애를 쓰며 이내 친밀함 비슷한 관계를 재구축했다. 밀통 비슷한 관계, 앞뒤 분간을 못하게 하는 불장난 비슷한 관계였다. 그러나 처음에는 울화가 치밀어 벌인 일이었지만 둘 다 분별력을 유지했더라면 아무 일이 없었을 것이다. 그런데 의기양양해하며 그걸 누르는 가운데 그는 그만 그녀 쪽의 강렬한 감정, 자신이 생각했던 것보다 훨씬 강렬한 감정의 힘에 휘말리고 말았다. 그녀가 그를 사랑하고 있었다. 너무나 소중하다고 고백해 온 그 사랑을 이제 와서 거둬들일 수도 없는 노릇이었다. 사랑 때문에 그랬다는 최소한의 변명의 여지도 없이, 그녀의 사촌 여동생에 대해 마음이 조금도 바뀐 게 아니면서, 순전히 본인의 자만심에 발목이 잡히고 만 것이었다. 그러니 패니와 버트럼 집안사람들이 두 사람이 지금 벌이고 있는 일을 모르게 하는 게 그의 최우선 목표였다. 평판을 유지하는 데 있어 이런 비밀 엄수가 바람직하다고 느낀 정도는 러시워스 부인이 그보다 더 클 수 없었다. 리치먼드에서 돌아오면 그는 기꺼이 러시워스 부인을 더 이상 만나지 않을 생각이었다. 그랬는데 그 후 일어난 모든 사태는 그녀의 조심성 부족으로 초래된 것이었다. 결국 그는 어쩔 도리 없어 그녀와 함께 도망쳤다. 그는 그 와중에서도 패니를 놓친 게 무척 아쉬웠다. 하지만 간통사건의 소동이 잠잠해지자 그 아쉬운 마음은 무한정 더 커져만 갔다. 그리고 몇 달이 지나자 그는 대조의 힘을 빌려 자신이 그 아가씨의 상냥한 성품과 순결한 마음, 훌륭한 원리원칙의 가치를 더더욱 높이 평가하고 있다는 걸 깨달았다.

　징벌, 즉 망신이라는 공개적인 징벌이 공정한 분량으로 지은 죄의 몫만큼 뒤따라야 마땅하다는 사실은, 우리가 알다시피, 사회가 고결한 도덕에 제공하는 대비책 중 하나는 아닐 것이다. 현세에서는 그런 징벌이 우리의 기대치보다 못한 법이다. 그러나 우리가 비록 내세에 보다 공정한 징벌이 약속되어 있다는 기대를 감히 품지 못한다 하더라도, 이런 생각은 충분히 할 수 있을 것이다. 헨리 크로퍼드와 같이 분별력을 지닌 남자라면 스스로에게 적잖은 울화와 후회를 마련해놓았을 것이라는 생각이다. 틀림없이 그 울화가 빈번히 자책으로 번지고 비참한 후회로 악화될 것이다. 자신이 받았던 환대를 그런 식으로 보답했다고, 한 가정의 평화를 그런 식으로 훼손했다고, 최고의 여자였고, 가장 훌륭하고 소중했던 여자와의 친교를 그런 식으로 상실했다고, 그리고 자신이 열정적일 뿐 아니라 이성적으로 사랑했던 그 여자를 그런 식으로 잃었다고 생각하면서 그럴 것이다.

　두 집안에 상처를 주고 관계까지 소원하게 만든 그 사건이 지나간 뒤에도 계속해서 그토록 가까운 이웃으로 살았더라면, 버트럼 가족과 그랜트 가족은 무척 괴로웠을 것이다. 하지만 후자의 가족은 일부러 몇 달 더 연장해가며 그곳을 떠나 있었다. 그리고 참으로 다행스럽게도, 그럴 필요가 있어서 그랬는지 아니면 실행이 가능한 일이어서 그랬는지 그들은 영구 이주 쪽으로 결론을 내렸다. 그랜트 박사가, 거의 포기하고 있던 연줄을 통해 웨스트민스터 교구 성직을 물려받게 된 것이었다. 이 일은 그가 맨스필드를 떠나 런던에서 거주할 명분과 거주지 변화에 따른 생활비를 감당할 수 있는 수입의 증가를 가져다주었다. 그러니 그들의 이주는 맨스필드에 남은 가족에게도 그곳을 떠나는 그들 가족에게도 더없이 반가운 일이었다.

사랑하고 사랑받기를 좋아하는 기질의 소유자였던 그랜트 부인은 그동안 익숙히 보아왔던 정경들과 친숙한 사람들을 떠나게 되었으니, 분명히 조금은 섭섭한 마음을 품고 떠났을 것이다. 그러나 그런 행복한 기질을 계속해서 소유한다면 어느 곳에 가서 누구와 어울리든 즐길 거리를 무궁무진 확보할 게 분명했다. 그리고 메리에게 안식처가 될 집도 다시 장만하는 일이었다. 지난 반년 동안 친구들과 충분히 어울리며, 허영심과 야심, 사랑, 실망을 충분히 맛본 메리는 이제 언니의 진심 어린 따뜻한 가슴과 합리적이며 평온한 생활을 절실히 필요로 하고 있었으니…… 두 자매는 함께 살았다. 그리고 그랜트 박사가 정례적인 대형 만찬 모임을 일주일에 세 번씩이나 열다가 뇌졸중으로 쓰러져 세상을 떠난 뒤에도 여전히 함께 살았다. 차남을 사랑하는 일은 다시는 하지 않겠다고 철석같이 다짐했건만, 메리가 그 뒤로도 오랫동안 자신의 미모에 놀아나는 화려한 후계자들과 게으른 절대 상속권자들 가운데 혹시 적당한 남자가 없나 찾아다녔기 때문이었다. 그녀가 맨스필드에서 습득한, 한층 더 훌륭한 취향을 충족시켜줄 수 있는 남자, 성품이나 태도가 그녀가 맨스필드에서 그 진가를 알게 된 가정의 행복을 제공한 것이라는 희망을 보장할 수 있는 남자, 그도 아니면 에드먼드 버트럼을 그녀의 머릿속에서 싹 지울 수 있는 그런 남자 말이다.

이 점에 있어 에드먼드는 그녀보다 더 유리했다. 그는 헛되이 애정을 쏟으며 그녀를 대신할 다른 여성을 찾거나 기다릴 필요가 없었다. 메리 크로퍼드와의 이별을 아쉬워하면서 패니에게 그런 여자를 다시 만나는 일은 거의 불가능할 거라고 토로하기가 무섭게, 문득 그녀와 완전히 다른 여자도 그녀 못지않게 자신의 마음에 들지 않을까 하는 생각…… 아니, 오히려 더 낫지 않을까, 혹시 미소로 보나 행동방식으로 보나 패니가 지금까지의 메리 크로퍼드 양 못지않게 자신에게 소중하고 중요한 존재가 되어가고 있는 건 아닐까, 그렇다면 자신을 향한 패니의 따뜻한 애정과 여동생으로서의 우애가 부부로서의 사랑의 충분한 토대도 될 수 있을 것 같다는 설득이 가능할 뿐 아니라 희망을 주는 일도 될 수 있지 않을까 하는 생각이 들었다.

이런 일이 실제로 일어난 시점이 언제인지 모두들 자유로이 확정할 수 있도록 그 정확한 날짜에 대해서는 이야기하지 않겠다. 극복할 수 없는 열정을 치유하거나 변치 않는 사랑을 다른 사람에게로 옮기는 일이란 원래 그런 일에 걸리는 시간이 다양한 사람들마다 상당한 차이가 있지 않은가. 다만 이 사실만은 믿어달라고 간청하겠다. 일이 그렇게 풀리는 게 지극히 자연스러운 시점에서, 즉 그보다 일주일도 더 빠르지 않은 딱 그 시점에서 에드먼드가 크로퍼드 양에 대한 생각을 깨끗이 접고 패니 자신이 간절히 바라는 것 못지않게 패니와의 결혼을 간절히 바라기 시작했다는 것이다.

사실 그가 패니에게 그동안 보여왔던 애정, 즉 순진무구하고 의지할 데 없는 그녀의 너무나도 귀여운 자격에 근거하고 그 후 점점 더 커진 그녀의 진가라는 온갖 장점으로 완결된 그런 애정을 품고 있었으니, 이 같은 심경의 변화보다 더 자연스러운 일이 무엇이 있을 수 있겠는가? 그녀가 열 살 때부터 사랑을 베풀었고, 그녀를 이끌었고, 보호했고, 그의 보살핌으로 그녀의 정신이 향상되고 형성되었고, 그녀의 안락한 삶이 그의 친절에 의존했던 터였다. 그리고 그 안락한 삶이 그가 주의 깊고 특별한 관심을 기울여야 할 목표였고, 맨스필드의 다른 누구보다 그가 그녀에게 중요한 사람이었기에 더더욱 소중한 목표였다. 그러니 그가 반짝거리는 검은 눈보다, 온화하고 엷은 빛을 띤 눈을 더 좋아하지 않을 수 없었다는 말 외에 덧붙일 말이 무엇이 있겠는가? 그녀는 그와 늘 함께했고, 늘 속내를 털어놓으며 이야기를 나누었다. 게다가 그의 심경이 최근의 실망스러운 사건으로 두 사람에게 유리하기만 한 상태였으니, 그 온화한 엷은 빛의 눈이 우위를 점하는 데는 그리 오랜 시간이 걸릴 수가 없었다.

행복에 이르는 길로 일단 접어들기 시작하자, 아니, 그런 일을 시작했다고 느끼기 시작하자, 신중을 기한다며 그를 가로막거나 일의 진행을 더디게 하는 건 하나도 없었다. 그녀의 자격에 대한 의구심도, 취향이 상반되지 않을까 하는 우려도, 성격 차이로 인해 행복에 대한 새로운 희망을 끌어낼 필요도 전혀 없었다. 그녀의 정신과 기질, 생각, 습관의 절반이라도 감출 필요가 없었다. 지금 현재로도 자기 기만적인 요소가 전혀 없었으며, 앞으로 나아질 거라는 믿음도 전혀 가질 필요가 없었다. 최근에 크로퍼드 양에게 매료되어 있던 동안에도 그는 패니의 정신적 우월성은 인정한 바 있었다. 그러니 지금 그 점에 대한 그의 생각이 어떠했겠는가? 당연히 패니는 그에게 과분한 상대였다. 하지만 그렇게 과분한 상대를 차지하는 것에 대해 이의를 제기할 사람이 없었으니, 그는 은총과 같은 그녀를 얻기 위한 노력을 한결같은 마음으로 진지하게 해나갈 뿐이었다. 그리고 그리 오래지 않아 그녀의 고무적인 반응을 얻는 게 가능했다. 소심하고 걱정 많고 의심도 많이 하는 그녀였지만, 그처럼 따뜻한 심성을 가진 사람이 성공이라는 강력한 희망의 끈을 수시로 내밀지 않는다는 건 불가능한 일이었다. 물론 그녀는 그동안 품어왔던 즐겁고도 놀라운 자신의 진심을 그에게 전부 고백하는 일은, 시간이 한참 지날 때까지 남겨두었다. 그토록 오랜 세월 동안 그런 가슴을 지닌 아가씨의 연정의 대상이었다는 사실을 알고 에드먼드가 느낀 행복감은, 그 행복감을 그녀나 스스로에게 표현할 수 있는 말의 힘을 충분히 정당화시킬 만큼 대단한 정도였던 게 분명했다. 틀림없이 환희에 찬 행복감이었으리라! 그런데 어떠한 말로도 그 정도를 표현할 길 없는 지극한 행복감은 사실 다른 사람이 느끼고 있었다. 희망을 품는 것조차 스스로에게 좀처럼 허락하지 않고 살아온 애정에 대한 확답을 마침내 듣게 된 어린 아가씨, 그녀의 기분에 대해서는 그 누구도 감히 나서서 전하지 않기로 하자.

두 사람의 의향이 확인되자 이젠 어떤 어려움도 남지 않았다. 가난이라든가 부모라든가 하는 것도 장애가 되지 않았다. 사실 토머스 경이 마음속으로 소망하며 이미 선수를 치고 예견했던 결혼이었다. 야심에 차 있고 재산만 따지는 혼인에 넌더리가 나기도 했고 원리원칙과 순수한 성품의 장점을 점점 더 소중히 여기게 되었고, 무엇보다 가정의 행복과 관련하여 지금 그에게 남은 모든 것을 가장 강력한 안전장치로 묶고 싶은 생각이 간절했기에, 그는 이제 이들 두 젊은 친척 남매가 그동안 각자에게 일어난 모든 일에서 서로에게서 위안을 찾을 가능성이 매우 높겠다는 생각을 진정한 만족감을 느끼며 해오던 참이었다. 그러니 에드먼드가 허락을 받으러 왔을 때 보여준 그의 흔쾌한 동의와 패니가 며느리가 된다는 희망으로 큰 횡재가 실현됐다는 확고한 생각은, 이 가엾은 아가씨를 데려오자는 제안이 처음 태동되었을 때 그가 맨 처음 품었던 생각과 사뭇 대조를 이루었다. 이렇듯 세월은 인간이 처음 세우는 계획과 나중의 결말 사이에, 그들 자신은 교훈을 얻고 남들은 즐거움을 얻으라고 사뭇 다른 대조를 빚어내는 것이다.

패니는 진정 토머스 경이 원하던 며느리감이었다. 자비롭고 친절한 그의 심성 덕분에 자신을 위해 최고의 위안이 되는 사람을 키워온 셈이었다. 후한 마음씨가 풍성히 보답받은 셈이었다. 조카딸에게 보여온 전반적인 후의를 봐서도 그는 그런 보답을 받을 자격이 충분했다. 물론 그는 그녀의 어린 시절을 더 행복하게 만들어줄 수도 있었다. 하지만 그저 판단 착오를 저질렀을 뿐이었고, 그 착오 때문에 엄한 모습을 보이느라 더 일찌감치 그녀의 애정을 받지 못했던 것뿐이었다. 그러니 이제, 서로를 진심으로 알게 되자 상대방에 대한 애착은 매우 강렬해졌다. 다정한 마음으로 온갖 배려를 하며 그녀가 편하게 지내도록 손턴 레이시에 거처를 마련해준 뒤부터는 거의 매일 그곳으로 그녀를 보러 가거나 그녀를 데려 오는 것이 그의 목표가 될 정도였다.

이기적인 동기에서 그랬던 것이긴 하지만, 레이디 버트럼에게 패니는 오랜 세월 소중한 존재였기에 선뜻 떠나보낼 수 없었다. 아들과 조카딸이 어떤 행복을 얻는다 해도 그녀는 이 결혼을 선뜻 바랄 수 없었다. 하지만 마침내 패니를 떠나보내는 게 가능해졌다. 수전이 언니의 자리를 대신하며 남게 된 것이다. 수전이 이모 곁을 상시 지키는 조카딸이라…… 참으로 기쁜 일 아닌가! 게다가 수전은 자진해서 나서는 성격과 남에게 도움을 주는 성향을 지니고 있었다. 그러니 상냥한 성품과 강렬한 보은 의식을 갖고 있던 패니 못지않게 그 자리에 잘 어울리는 적임자였다. 수전은 이내 결코 보낼 수 없는 존재가 되었다. 그녀는 처음에는 패니에게 위로가 되는 존재로, 그다음은 언니를 돕는 조수로, 마지막은 언니의 대역으로 맨스필드에 정착했다. 일이 되어가는 모양새로 볼 때 언니처럼 계속해서 그곳에 살 것 같았다. 언니보다 더 대담한 기질과 더 태평한 신경 덕분에 그녀는 그곳의 모든 것이 편안하게 느껴지는 모양이었다. 자신이 대해야 하는 사람들의 기질을 재빨리 이해했고, 하고 싶은 일을 억누르는 타고난 소심함도 없어서 그녀는 이내 환영을 받고 모두에게 도움이 되는 존재가 되었다. 그리고 패니가 이사한 뒤부터는 지극히 자연스럽게, 시시각각 이모의 안락에 미치는 언니의 영향력을 물려받았다. 아마 점점 더, 둘 중에서 이모가 더 사랑하는 조카딸이 되어가는 것 같았다. 수전의 쓰임새와 패니의 훌륭한 모습, 계속되는 윌리엄의 바른 처신과 점점 더 높아지는 평판, 그리고 모두 함께 발전하도록 서로 도우면서 그의 지지와 지원의 명분을 세워주는 가족들 모두의 건강과 행복을 지켜보면서, 토머스 경은 그들 모두를 위해 자신이 참 기쁜 일을 했다고 생각해도 좋으리라고, 그리고 어린 나이에 하는 고생과 단련과 열심히 노력하고 인내하는 삶을 살도록 태어나는 것에도 장점이 참 많다고 인정해도 좋으리라고 거듭해서, 몇 번이고 거듭해서 되새기었다.

그토록 많은 진정한 장점들과 진실한 사랑을 갖춘 데다 재산과 친지도 부족하지 않았으니, 결혼한 이들 사촌 남매의 행복은 틀림없이 지상의 어느 행복 못지않은 확실한 행복이었을 것이다. 둘 다 가정생활에 알맞은 심성을 가꾸며 자라났고, 둘 다 즐거운 시골 생활에 애착을 느끼고 있었으니, 그들의 집은 사랑과 안락이 넘쳐났다. 그리고 이 멋진 그림에 더해지는 금상첨화 격의 일이 생겼다. 결혼 직후, 수입이 늘어났으면 좋겠다는 바람과 부모님의 집에서 멀리 떨어져 사는 게 불편하다는 생각을 갖게 될 즈음, 시의적절하게도 그랜트 박사가 세상을 떠나는 바람에 에드먼드가 맨스필드의 성직을 이어받게 된 것이다.

그 일을 계기로 그들은 맨스필드로 이사했다. 그리고 전 주인들이 살 때에는 패니가 다가가기만 하면 왠지 속박감과 두려움 같은 거북한 느낌을 느끼지 않을 수 없었던 그곳 목사관이, 맨스필드 파크의 시계 내에 있고 맨스필드의 보호도 받고 있는 다른 모든 것들이 이미 오래전부터 그랬던 것처럼, 이제는 그녀의 마음에 사랑스럽게 여겨지고 그녀의 눈에 더없이 완벽하게 보였다.

미운 오리 새끼의
눈부신 비상

류경희(번역가)

1814년 작《맨스필드 파크》는 제인 오스틴의 주요 장편들 가운데 세 번째로 출간된 소설이자, 가장 뜨거운 논란을 일으킨 작품이다. 논란의 주된 원인은 여주인공 패니 프라이스의 성격이었다. 오스틴 소설에 등장하는 기존의 여성들과 달리, 소심하고 겁 많고 수동적이며 콤플렉스로 가득 찬 패니는 답답하고 매력 없는 인물로 규정되었고, 당대의 독자들은 그런 패니에게 선뜻 애정을 주지 않았다.《맨스필드 파크》는 출간 여섯 달 만에 초판이 모두 팔리는 등 잠시 전작을 뛰어넘는 의미 있는 성과를 거두는 듯했으나, 평단이나 대중으로부터 큰 주목이나 호평을 얻지는 못했고, 2년 뒤 내놓은 재판은 완벽하게 실패로 끝나 그 전해에 출간된《에마》의 성공으로 벌어들인 수입마저 잃게 만들었다. 이후로 이 작품이 세상에서 온전히 그 가치를 인정받기까지는 보다 오랜 시간이 필요했다.

그 전에 집필하거나 출간되었던 세 작품, 즉 《이성과 감성》(1811), 《오만과 편견》(1813), 《노생거 수도원》(이 소설은 오스틴 사후인 1817년에 출간되었지만 집필이 이루어진 시기는 1788~1789년경이다)과의 뚜렷한 간극도 《맨스필드 파크》가 당대에 정당한 평가를 받지 못하는 주요한 이유가 되었다. 앞의 세 작품은 모두 오스틴이 스물세 살이 되기 전 젊은 시절에 쓴 소설이었다. 다시 말해, 고향 스티븐턴에서 아버지, 어머니, 형제자매들과 평범하고 행복하게 살던 시기에 쓰여진 작품들이었다. 그래서인지 이들 세 작품의 기조는 기본적으로 밝고 명랑하며, 그 속에는 작가 특유의 풍자와 해학과 아이러니가 가득 담겨 있다. 사회적, 경제적 위치는 보잘것없으나 당당함을 잃지 않고 불운과 역경을 극복해내는 매력적인 인물들도 다수 등장해 작품에 생기를 더한다. 그러나 이후로 오스틴의 가정환경은 급변한다. 교구 목사였던 아버지가 은퇴하고 세상을 떠난 뒤 10여 년간 오스틴과 언니 커샌드라, 어머니는 가난에 시달리며 바스와 사우샘프턴 주를 떠돌아야 했고, 1809년에 이르러서야 오빠 에드워드의 도움으로 초턴에 작은 시골집을 마련해 정착할 수 있었다. 경제적으로 취약했던 독신녀의 삶은 힘겨웠고, 창작 활동 또한 여의치 않아서 이 시기에 오스틴은 작품을 거의 쓰지 못했다.

《맨스필드 파크》는 그 직후인 1811년, 오스틴이 서른여섯이라는 적지 않은 나이에 쓰기 시작해 1814년에 출간한 작품이다. 《노생거 수도원》의 초고를 집필한 이후 무려 12년 만에 완성한 장편소설이었다. 그러므로 고단했던 그간의 삶과 녹록지 않은 세상살이의 영향, 그리고 그 과정에서 한층 성숙해진 시선이 작품과 여주인공에게 투영된 것은 어찌 보면 당연한 일이었다. 이 점은 이후에 출간된 《에마》(1815)나 《설득》(1817)의 경우도 마찬가지였다. 패니가 온갖 현실적인 위협에 시달리며 깊은 사색을 거듭하는 인물이듯이, 에마나 《설득》의 앤 엘리엇도 판단 착오를 일으키거나 부모의 강요에 항거하는 과정에서 사색과 반성, 자성을 거듭한다. 이를테면 셋 모두 행복한 결혼을 위하여 인내와 고통, 기다림, 정체성에 대한 자각을 경험하는 인물들인 것이다. 물론 이들도 오스틴의 초기 작품의 주인공처럼 총명하고 통찰력 있는 인물들이다. 그러나 동시에 발랄하고, 밝고, 경쾌하고, 재치 넘쳤던 초기의 여주인공들과는 달리, 더욱 성숙해진 작가의 시선으로 포착한 삶과 사회의 문제들, 그 안의 악과 진정한 고통을 체험하며 절감해가는 인물들이기도 하다.

이런 점이 독자들에게 서서히 받아들여지면서 《맨스필드 파크》는 매력 없는 주인공이 등장하는 맥 빠진 작품이 아닌 여러 가지 깊은 의미가 담긴 작품으로 재평가되었다. 오스틴의 작품들 가운데 가장 실험적이고 현대적이며 가장 복잡하고 심오한 작품이라는 평가와, 여주인공 패니가 겪는 운명의 역전과 그녀가 지키려고 하는 가치가 갖는 의미, 시대적 상황과 배경을 감안한 도시와 농촌의 대립 문제, 세태 풍자, 바람직한 자녀 교육과 부모의 역할, 여권주의나 탈식민주의 등 여러 관점의 해석이 가능한 다층적 의미를 지닌 작품으로 평가받게 된 것이다. 덕분에 이후 이 작품은 텔레비전 시리즈(1983)로, 영화(1999)로, 라디오 드라마(2003)로, 연극(2012)으로, 그리고 실내악 오케스트라 작품(2011)으로 각색되고 공연되어 대중적으로도 큰 인기를 누리게 되었다.

그렇다면 문학 작품으로서 《맨스필드 파크》는 어떤 매력을 가지고 있을까? 가장 먼저 거론할 만한 묘미는 이 소설이 '신데렐라' 혹은 '미운 오리 새끼' 모티프를 차용하고 있다는 점이다. 주인공 패니는 수많은 냉대와 고초를 인내한 끝에 운명이 역전되어 신분이 격상하는 신데렐라 같은 인물로, 독자들에게 대리 만족과 쾌감을 안겨준다. 이런 소설의 주인공들은 대개 고아나 업둥이, 이단아, 국외자, 가난뱅이 등 스스로 인생을 개척해나가야 하는 인물이다. 제인 에어나 톰 존스, 《적과 흑》의 줄리앙 소렐, 《허영의 시장》의 베키 샤프 같은 인물이 대표적인 예이다. 이들은 본인의 능력과 끈기로 선택과 투쟁, 혹은 성격의 변화를 통해 자유와 지위, 부를 향유하게 되고, 결말에 이르면 시작과는 전혀 다른 사회적 정체성을 가진 인물로 변모한다. 처음에는 모호하기만 했던 인물이 확연한 정체성과 윤곽을 지닌 인물로 바뀌는 것이다. 패니도 물론 이런 유형에 부합한다. 작품의 첫머리에서 그녀는 포츠머스의 가난한 집안 맏딸로 태어나 부유한 친척 집에 얹혀살게 되는 '자선'의 대상에 불과하다. 그러나 결말에 이르면 맨스필드 저택의 안주인이 되어 집안 전체를 떠받치는 대들보적인 존재로 그 지위가 현격하게 상승한다.

특이한 것은 패니가 기존의 '신데렐라'형 주인공들과 사뭇 다른 미덕을 지니고 있다는 점이다. 앞서 말했듯이 그녀는 탁월한 재능과 끈기를 갖고서 투쟁적인 면모를 보이는 인물이 아니라, 오히려 지나치게 소심해 자기주장에도 서툰 여성, 상처받기 쉬운 예민한 인물이다. 심지어 체력적으로도 허약하기만 하다. 표면적으로 패니는 제인 에어처럼 불의에 적극적으로 맞서며 부당한 대우와 강요에 저항하는 인물이 아니다. 그런데도 그녀는 궁극적으로 승자가 된다. '아무것도 하지 않음으로써 승리를 쟁취하는' 역설을 구현하는 인물인 것이다.

패니는 그저 앉아서 기다리고 참고 견디기만 한다. 그녀는 에너지와 활동성 때문이 아니라 특별하다 할 정도의 '부동성(不動性)' 때문에, 그리고 잘못이나 죄를 저지르지 않았기 때문에 보상을 받는 특이한 인물이다. 소설의 주인공들은 대개 혼란을 겪거나 과오를 저지르고, 실수하고, 그래서 벌 받고, 반성하고, 자신의 실체를 깨달은 뒤 성숙해지고 보상을 받는다. 그런데 이 작품에서는 오히려 주인공의 주변 인물들이 이러한 행동 방식을 따른다. 이 때문에 당대의 독자들 눈에 패니는 지나치게 새침하고 까다로우며, 소극적이고 어두워서 오스틴의 다른 주인공들, 이를테면 엘리자베스 베넷이나 에마 우드하우스와 대비하면 도저히 매력을 느낄 수 없는 인물이라는 평을 얻을 수밖에 없었다. 아마 앞머리에서 지적했던 작가의 전기적인 이유, 30대 후반의 성숙해진 사고와 진지해진 인생관이 그런 인물을 창조해낸 중요한 이유였을 것이다. 그러나 다음에 살펴볼 작가의 의도와 작품의 주제들도 그런 인물이 창조된 것과 무관하지 않다.

잘 알려져 있듯이 제인 오스틴이 《맨스필드 파크》를 집필하던 시기는 사회적 격변기였다. 프랑스 혁명과 나폴레옹 전쟁의 여파로 정치적 혼란이 가중되고, 사람들은 산업화와 도시화로 인해 가치관의 혼란을 겪고 있었으며, 풍습의 변화로 기존의 전통과 가치가 송두리째 흔들리던 시기였다. 물론 오스틴은 당시 영국 사회에서 무르익고 있던 이러한 변혁의 기운을 충분히 감지하고 있었다. 그럼에도 그녀의 작품에는 이상하리만치 이러한 변화가 드러나지 않았다. 이 때문에 일각에서는 "역사의식이 결여된 채 사소한 결혼 문제에만 집착하는 여성 작가"라며 비판적인 시각으로 오스틴을 평가하기도 했다. 그러나 작품을 자세히 들여다보면 주인공 패니의 행동 방식과 그녀가 지향하는 가치를 통해 저자가 특정한 메시지를 전하고 있다는 것을 알 수 있다. 결론부터 말하자면 작가는 바깥세상의 맹렬한 움직임에 의구심을 품고 비판적인 코멘트를 가하고 있다. 맨스필드 파크를 둘러싼 인물들의 처신과 가치의 혼란과 충돌을 통하여, 그리고 그런 상황에서도 유독 꿋꿋하게 자신의 원칙과 도리를 지켜나가는 패니라는 여주인공을 통하여 이런 메시지를 뚜렷하게 전달하고 있는 것이다.

무엇보다도 작품 속의 주요 장소들이 갖는 의미와 인물들의 행태가 의미심장하다. 먼저 '맨스필드 파크'로 대표되는 시골과 '런던'으로 대표되는 도시가 갖는 상징적 의미 차이를 지적할 수 있다. 맨스필드 파크는 영국의 시골에 내재한 평온한 안정과 전통적 가치, 그리고 영국인의 품위와 품격을 유지하는 보루 같은 곳이다. 또한 그곳은 우아하고 세련된 예의범절과 질서와 조화와 평온을 상징하는 안식처이기도 하다. 반면 런던이라는 도시는 사뭇 다른 의미를 지닌다. 그곳은 자유와 향락, 화려함, 세련된 사교 생활, 부와 지위, 패션으로 넘쳐난다. 매력과 흥분과 활기와 즉흥적인 분방함이 가득하다. 하지만 이면을 들추어보면 런던은 차가운 이성과 분별이 사라진 거짓된 외양의 세계로, 기만과 위선과 조작이 횡행하는 경계 대상일 뿐이다.

막대한 부를 소유하고 있지만 일찍 부모를 여읜 탓에 런던의 부도덕한 해군 제독 숙부 슬하에서 성장한 크로퍼드 남매가 바로 이런 런던을 대표하는 인물들이다. 그들은 겉보기에는 매너 있고, 사근사근하고, 화려하고 매력적이지만, 결국은 표피적이고 탈도덕적이며 타락한 인물들로 판명된다. 도덕적으로 해이해진 이들 남매의 비뚤어진 처신은 런던이라는 부패한 도시의 가치를 상징한다. 버트럼가의 자녀들도 런던에 간 후 그곳의 영향을 받아 타락하고 변질된다. 요컨대 맨스필드 파크가 에드먼드나 패니처럼 진실한 인간을 완성시키는 곳이라면 런던은 멀쩡한 인간을 망가뜨리고 왜곡시키는 곳이다.

작품 후반부에서 패니가 맨스필드 파크를 영원한 안식과 평화를 찾아야 할 '집'으로 여기며 쓸쓸한 늦겨울에 그곳을 떠났다가 신록이 푸르게 우거진 초여름에 돌아오는 광경 속에는, 그 장소가 지닌 갱생적인 의미가 담겨 있다.

답답하게 느껴질 만큼 원칙을 고수하는 패니의 태도는 도시의 파괴적인 영향을 막아내는 힘으로 작용한다. 그녀와 비교하면 크로퍼드 남매는 도덕관념을 상실한 채 방황하는 인물들이다. 그들은 '모든 세상은 남들에게 보이는 무대일 뿐'이라는 그릇된 가치관에 물들어 소비와 향락, 주변 환경의 지속적인 개량만 주장하는 외양주의자들이다. 그들은 맨 처음에는 자신들과 너무나 다른 에드먼드와 패니의 반듯한 모습에 호기심과 관심을 드러내지만 종내 내면의 행복을 도외시하고 세속적인 쾌락에만 몰두하는 본모습을 드러낸다. 그러면서 원칙을 준수하는 패니와 줄곧 가치 충돌을 일으키며 그녀의 도덕을 무장해제하려고 시도한다. 이런 관점에서 보면 《맨스필드 파크》는 평화롭고 안정된 세계를 파괴하려는 변화 지향 세력 혹은 도시 세력(크로퍼드 남매)에 맞서 안정된 세계를 지켜내려고 애쓰는 시골 세력(토머스 경과 패니, 에드먼드)이 승리하는 이야기가 된다. 무분별함과 경솔함, 활력, 이동성과 유용성을 주요 가치로 삼고 있는 전자의 위협을 분별과 고결함, 품격과 안정이 주요 가치인 세력이 막아내는 이야기인 것이다. 결국 사라져가는 영국의 전통적 가치를 지키고 '조용한 안정과 평온'의 진가를 옹호하는 것이 이 작품의 주요 주제이다. 사실 이는 제인 오스틴뿐 아니라 이미 그 전 세기부터 여러 작가들이 다루어왔던 주제이기도 하다. 올리버 골드스미스의 장시 《버려진 마을》이나 《로더릭 랜덤》 같은 토비어스 스몰렛의 소설들, 윌리엄 워즈워스의 장시 《소요(逍遙)》, 월터 스콧의 《웨이벌리》가 대표적인 예이다. 《맨스필드 파크》에서는 패니가 끝까지 지켜낸 도덕적 힘 덕분에 이런 옹호가 가능했다고 할 수 있다.

이렇게 보면 이 소설은 이기적인 책략과 본능적인 충동, 거짓된 외양이 힘을 발휘하는 세계에서 어떻게 참된 도덕과 진실을 지켜나갈 것인가 하는 문제를 다룬 작품이 된다. 주인공 패니는 그 과정에서 끊임없이 시련에 부딪치고, 설득당하고, 희생을 강요당한다. 이를테면 분별없는 사촌 언니들과 노리스 이모에게 부당하게 홀대받고, 부도덕한 연극 공연에 참가하도록 강요당하고, 음험한 남자의 거짓된 사랑에 시달리고, 사랑하지도 않는 남자와 결혼하라는 강압에 괴로워하고, 고향 집으로 추방까지 당한다. 하지만 그녀는 끝끝내 자신의 가치를 지켜내고 승리를 거둔다.

앞서 말했듯이 얼핏 보면 패니 프라이스는 쉽게 사랑하기 힘든 주인공이다. 반짝거리는 재치와 활기를 갖추고 오만한 다아시에게 당당히 맞서는 당찬 엘리자베스나, 역시 총명하고 당당하며 명민한 에마 우드하우스와 비교하면 더욱 그렇게 느껴진다. 처음 등장했을 때의 세련되고 사근사근하고 상냥하고 매력적이었던 크로퍼드 남매와 비교해보아도 마찬가지다. 작품의 첫머리에 등장하는 패니의 모습, 친척 집에 더부살이하는 군식구로서 낯설고 두려운 환경에 잔뜩 주눅이 들어 있는 패니의 첫인상은 안쓰럽고 답답한 느낌을 준다. 그러나 이야기가 진행되고 다른 인물들의 잘못과 오판과 치부가 드러날수록, 그리고 독자의 감정이 패니의 감정에 이입될수록 그녀의 진가는 빛을 발한다. 특히 세련된 런던 사교계에서 성장한 덕분에 처음에는 매혹적인 인물들로 보이지만, 부도덕한 숙부의 슬하에서 자란 탓에 그릇된 가치관에 함몰되어 순전히 돈과 사업과 야심과 쾌락의 추구에만 몰두하는 크로퍼드 남매의 모습과 비교하면 더욱 그렇다. 본질적으로 경솔하고 부박하고 탐욕스럽고 이기적이며, 자기 절제를 전혀 하지 못하는 이들의 모습과 비교하면 패니는 얼마나 고귀하고 매력적인가. 토머스 경도 끝에 가서 인정한 바이지만, 어린 시절부터 인내와 고통으로 단련된 그녀의 올곧은 지조와 천성적인 선량함, 표면보다 이면에 더 깊이 새겨져 있는 그녀의 올바른 가치관, 다른 사람에게 도움을 주고자 끊임없이 애쓰는 배려의 마음, 욕망을 절제하고 원칙을 꿋꿋이 고수해나가는 그녀의 심성이 오히려 매력적이지 않은가. 크로퍼드 남매나 버트럼가의 유복한 남매들이 모든 것을 갖고 있으면서 더 갖기를 원했던 인물들이라면, 패니는 아주 적게 갖고 있으면서 더 적게 갖게 되더라도 만족할 줄 아는 인물이다. 그리고 전자의 인물들과 달리 역경과 고난이 닥쳐와도 무릎을 꿇거나 악의를 품지 않고, 사

772

색과 자성과 내면의 회복 능력으로 대처하며 성장하는 인물이다. 주인공 패니 프라이스와 그녀의 운명을 닮은 작품 《맨스필드 파크》는 '미운 오리 새끼'로 오해받았으나 결국에는 백조로 거듭나 눈부시게 비상하는 반전 매력을 지녔다 하겠다.

12월 16일 영국 햄프셔 주 스티븐턴에서 교구 목사 조지 오스틴의 일곱째 딸로 태어남.	1775
가족이 함께 첫 가족 공연으로 〈머틸다〉 상연.	1782
언니 커샌드라와 함께 옥스퍼드의 콜리 부인 기숙학교에 입학. 같은 해 콜리 부인을 따라 사우샘프턴으로 옮겨 갔으나 장티푸스에 걸려 학업을 중단하고 집으로 돌아옴.	1783
가족 공연으로 리처드 셰리든의 〈경쟁자들〉 상연. 이러한 공연을 통해 특유의 풍자와 유머가 싹틈.	1784
언니와 버크셔 주 레딩에 있는 레딩 수도원 여자기숙학교에서 수학. 많은 문학 작품을 접하기 시작함.	1785
학교를 그만두고 아버지와 두 오빠에게 독서와 작문 지도를 받음.	1786

친구나 가족에게 자신의 작품을 들려주는 것에 흥미를 느끼고 소설 습작을 시작함.	1787
6월 초기 습작 가운데 하나인 〈사랑과 우정〉을 탈고.	1790
초기 습작 〈레슬리 캐슬〉과 〈이블린〉 탈고 후 〈캐서린 혹은 은신처〉의 집필을 시작.	1792
〈찰스 그랜디슨 경 혹은 행복한 사람〉이라는 짧은 희곡을 쓰기 시작함.	1793
서간체 소설 〈레이디 수전〉 집필.	1794
첫 장편소설 〈엘리너와 메리앤〉을 집필. 12월 이웃의 조카인 톰 르프로이를 만남. 막 대학을 마치고 삼촌 댁에 방문차 와 있던 톰과 각별한 친분을 쌓음.	1795
1월 톰이 런던으로 떠남. 10월 《오만과 편견》의 초고인 〈첫인상〉 집필 시작.	1796
〈첫인상〉을 탈고하고 〈엘리너와 메리앤〉을 바탕으로 《이성과 감성》을 쓰기 시작함. 아버지의 권유로 〈첫인상〉을 출판사에 보냈으나 거절당함.	1797
《노생거 수도원》의 초고인 〈수전〉 집필 시작.	1798
가족과 함께 바스로 이사.	1801
여섯 살 연하인 해리스 빅위더에게 청혼을 받고 승낙했으나 하루 만에 마음을 바꾸어 거절함.	1802
크로스비 출판사에 〈수전〉을 10파운드에 팔았으나 출판되지 못함.	1803

1월 아버지 조지 오스틴 사망. 전해부터 집필 중이던 〈왓슨 가족〉을 중단.	1805	
어머니, 언니와 함께 사우샘프턴으로 이주.	1806	
아내를 잃은 셋째 오빠 에드워드의 권유로 초턴으로 이사.	1809	
출판업자 토머스 에저턴과 《이성과 감성》 출판 계약.	1810	
10월 넷째 오빠 헨리 부부가 거주하는 런던에 기거하며 《이성과 감성》 출간. 《맨스필드 파크》 집필을 시작함.	1811	《이성과 감성》
《오만과 편견》의 판권을 110파운드에 에저턴에게 넘김.	1812	
《오만과 편견》이 큰 호평을 받음. 런던에 계속 머물며 이후 모든 작품을 익명으로 출간.	1813	《오만과 편견》
1월 《맨스필드 파크》 출간. 《에마》의 집필을 시작함.	1814	《맨스필드 파크》
10월 《에마》의 출간 직전, 섭정공(훗날 조지 4세)의 도서관장으로부터 《에마》를 섭정공에 헌정할 것을 권유받고 동의함. 12월 《에마》 출간.	1815	《에마》
《설득》 초고 완성. 건강이 악화되기 시작함.	1816	
〈샌디턴〉을 쓰기 시작했지만 건강이 악화되어 중단함. 5월 요양을 위해 윈체스터로 이주. 7월 18일 42세의 나이로 영면. 윈체스터 성당에 안장됨. 12월 출판업자 머리가 《노생거 수도원》과 《설득》을 묶어서 출판함.	1817	《노생거 수도원》 《설득》

머리가 《노생거 수도원》과 《설득》의 판본을 폐기.	1820
리처드 벤틀리가 남아 있던 오스틴의 판권을 사들여 12년 만에 5권으로 출간.	1832
최초의 제인 오스틴 전집 출간.	1833
조카인 제임스 에드워드 오스틴 리가 출판한 전기 《제인 오스틴 회상록》 2판에서 〈레이디 수전〉과 〈왓슨 가족〉, 그리고 〈샌디턴〉 원고의 일부를 수록.	1871
《샌디턴》 출간.	1925 《샌디턴》

옮긴이 **류경희**

고려대학교 영어영문학과를 졸업하고 동대학 대학원에서 18세기 영문학을 전공하여 석사학위와 박사학위를 받았다. 홍익대학교, 동국대학교, 고려대학교 등에서 강의했고, 고려대학교 인문대학 초빙교수를 지냈다. 옮긴 책으로는 제인 오스틴의《오만과 편견》, 샬럿 브론테의《제인 에어》, 찰스 디킨스의《위대한 유산》, 토머스 모어의《유토피아》, 조너선 스위프트의《걸리버 여행기》《통 이야기》《책들의 전쟁》《하인들에게 주는 지침》, 대니얼 디포의《로빈슨 크루소》《잭 대령》, 헨리 필딩의《톰 존스》등이 있다.

맨스필드 파크

초판 1쇄 발행일 2016년 10월 27일
초판 6쇄 발행일 2022년 4월 30일

지은이 제인 오스틴
옮긴이 류경희

발행인 윤호권
사업총괄 정유한

편집 황경하 **디자인** 전경아 **마케팅** 명인수
발행처 ㈜시공사 **주소** 서울시 성동구 상원1길 22, 6-8층(우편번호 04779)
대표전화 02-3486-6877 **팩스(주문)** 02-585-1755
홈페이지 www.sigongsa.com / www.sigongjunior.com

ISBN 978-89-527-7716-4 04840
ISBN 978-89-527-7711-9 (세트)

*시공사는 시공간을 넘는 무한한 콘텐츠 세상을 만듭니다.
*시공사는 더 나은 내일을 함께 만들 여러분의 소중한 의견을 기다립니다.
*잘못 만들어진 책은 구입하신 곳에서 바꾸어 드립니다.